KNAUR

Über die Autorin:
Susanne Aernecke ist Kapitänstochter, Weltreisende und Geschichtensammlerin. Sie studierte Sprachen und absolvierte eine Regieausbildung an der Münchner Hochschule für Fernsehen und Film. Für verschiedene Sender drehte sie Dokumentarfilme, u.a. über indianische Schamanen im Amazonas, wilde Reiter in der Mongolei, Mönche in Indien und Schiffsbauer in der Südsee. Außerdem produziert sie Hörbücher, schreibt Drehbücher und Bücher. Susanne Aernecke lebt auf der Kanareninsel La Palma und in München.

Susanne Aernecke

TOCHTER DES DRACHENBAUMS

Roman

KNAUR

Besuchen Sie uns im Internet:
www.knaur.de

FSC
www.fsc.org
MIX
Papier aus verantwortungsvollen Quellen
FSC® C083411

Vollständige Taschenbuchausgabe Februar 2017
Knaur Taschenbuch
Ein Imprint der Verlagsgruppe
Droemer Knaur GmbH & Co. KG, München

Lizenzausgabe mit Genehmigung
des Europa Verlags GmbH & Co. KG

Covergestaltung: ZERO Werbeagentur, München
Coverabbildung: Masterfile / © Westend61; FinePic®, München / shutterstock
Druck und Bindung: CPI books GmbH, Leck
ISBN 978-3-426-51993-6

2 4 5 3 1

La Palma me abrio sus puertas
hacia su universo benahorita
con las brumas
como cortinas de las mas delicada y fina seda
me mostraron la belleza
de su cielo entre dragos y estrellas
los ojos azules de un mar profundo
y mi amor por la vida
en las entrañas de la caldera

La Palma öffnete mir ihre Tore
sie gewährte mir einen Blick in die Welt der
    Benahoaritas
gehüllt in neblige Schleier
gleich Gespinsten aus zartester und feinster Seide
Sie offenbarte mir die Schönheit
ihres Himmels unter Drachenbäumen und Sternen
die azurblauen Augen des unergründlichen Meeres
und meine Liebe für das Leben
    am Grund des Vulkans

Luis Morera

Liebe ist die Brücke,
die Zeit und Raum überwindet
und uns mit allem verbindet,
was war, was ist und was sein wird.

Unbekannter Autor

1. KAPITEL

Romy war solo unterwegs. Free solo. Ohne Haken, ohne Seil und ohne Thea, ihre Kletterpartnerin.

Alles in ihr brannte darauf, endlich loszuklettern, einzutauchen in jene Welt, in der die von Menschen aufgestellten Regeln keine Bedeutung mehr hatten, in der es um höhere Gesetzmäßigkeiten ging. Um das Gesetz der Schwerkraft, die Diktatur von Wind und Wetter, um die Herausforderung, seine Fähigkeiten und Erfahrungen im richtigen Moment abzurufen: dann, wenn das Leben nur noch an den eigenen Fingerspitzen hing. Vielleicht gelang es ihr auf diese Weise, wenigstens für eine Weile nicht an Theas Krankheit zu denken. Aus lauter Sorge um die Freundin hatte sie eine weitere schlaflose Nacht verbracht und war kurz entschlossen um drei Uhr morgens aufgebrochen.

Sie hatte sich für den unteren Teil einer vertrauten Trainingsroute entschieden, die trotz des Wintereinbruchs schnee- und eisfrei war. Das hieß: ungefähr zehn Meter an einer fast senkrechten Wand hochklettern, über einen Rist nach rechts queren und auf der abfallenden Rampe zurück zum Boden gelangen. Für jemanden wie sie, mit gut zehn Jahren Klettererfahrung, ein kalkulierbares Risiko. Auch ohne Sicherung. Sie kannte jeden Tritt und jeden Griff.

Nach ein paar Dehnungsübungen, um ihre Muskeln aufzuwärmen, setzte sie sich auf einen dicken Stein, der aus der frischen Schneedecke ragte, und wechselte die Schuhe. Dieser Stein könnte ihr den Schädel spalten, falls sie stürzte, schoss es ihr durch den Kopf, doch den Gedanken verscheuchte sie umgehend.

Sie verstaute ihren Rucksack in einer kleinen Höhle und rieb ihre Hände mit Magnesiumcarbonat ein. Ein eisiger Wind biss sich durch ihre bunte peruanische Wollmütze mit den Ohrenklappen. Erwartungsvoll streckte Romy ihr Gesicht der Sonne entgegen, die sich wie ein glühender Feuerball in diesem Moment über die zerklüfteten Gipfel des Karwendelgebirges schob. Das Rosa der Morgendämmerung war einem frischen Blau gewichen, gegen das sich nun leuchtend weiß die teils verschneiten Kalksteinfelsen abhoben. Sie sog das farbenprächtige Bild in sich auf und war froh über ihren Entschluss, hierhergefahren zu sein. Es war Montagmorgen, und sie würde die Wand wahrscheinlich ganz für sich haben. Und genau das brauchte sie auch.

Die ersten zwei Kalksteinschuppen waren nicht größer als Streichholzbriefchen. Sie spreizte ihre Finger wie Greifhaken und belastete die Vorsprünge, während sie den Oberkörper anspannte. Dann stellte sie die Schuhspitze auf eine leichte Wölbung im Fels, zog an und drückte sich nach oben. Als Nächstes griff sie mit der anderen Hand über sich und legte die Finger in eine taubengroße Delle in der Wand, presste die Fingerspitzen in die Einbuchtung und stieg höher. Diesen Ablauf wiederholte sie Tritt für Tritt, Griff für Griff. Dennoch war keine Bewegung wie die andere.

Als sie ungefähr acht Meter über dem Waldboden war, kreischte ein Schwarm Bergdohlen über ihr und holte sie aus ihrem Flow. Der eisige Wind zerrte an ihrer Jacke. Romy spürte plötzlich ihren Herzschlag und warf einen Blick nach unten.

Ein schon lange nicht mehr erlebtes Gefühl überschwemmte ihren Körper wie eine Welle. Und eine schon lange nicht mehr gehörte innere Stimme flüsterte ihr zu: Jetzt passiert etwas! Ihr wurde heiß und kalt zugleich. Ihr Kopf begann zu dröhnen. Eine unsichtbare Schlinge zog sich immer fester um ihren Hals. Ihr Atem ging nur noch stoßweise, und jeder einzelne Muskel ihres Körpers verkrampfte sich. Auch wenn ihre Hände fest um zwei sichere Griffe lagen, stand sie in exponiertem Gelände, und der Wind fauchte ihr in die Ohren. Sie liebte diesen Spitzentanz über dem Abgrund. Er war ihre ganz persönliche Droge. Ihre Medizin gegen die Panikattacken, die sie in ihrer Jugend gequält hatten. Der perfekte Ausgleich zu ihrem Leben als Ärztin, die im nie endenden Laborbetrieb stets funktionieren musste.

Doch plötzlich änderte sich etwas, und die längst verschwunden geglaubte Panik kehrte zurück, so sehr sie sich auch dagegen wehrte. Gedanken hämmerten wie ein Schlagbohrer rhythmisch auf sie ein: Jetzt fällst du runter! Jetzt erwischt es dich! Jetzt hast du das Rädchen überdreht!

Ihre Finger wurden steif, sie konnte sich kaum mehr halten. Gleich würde sie loslassen müssen. Alles loslassen. Sie schloss die Augen, drückte ihr Gesicht gegen den kalten Fels und zwang sich, gleichmäßig zu atmen. Eigentlich liebte sie es, das raue Gestein an ihrer Wange zu spüren. Doch jetzt trieb diese Berührung sie noch tiefer in die Panik. Warum nur hatte sie sich auf dieses Wagnis eingelassen? War sie etwa lebensmüde? War in ihr etwas, das nicht mehr weitermachen wollte? Lag es daran, dass Thea seit Wochen im Krankenhaus lag und vielleicht an Krebs sterben würde? Dass sie sich ein Leben ohne ihre Freundin nicht vorstellen konnte? Die Angst ballte sich in ihrem Magen zusammen wie ein klebriger Teerklumpen. Romy zitterte am ganzen Körper, war nicht mehr in der Lage, Arme und Beine zu kontrollieren. Wie der dunkle Schlund eines Raubtiers wartete unter ihr die Tiefe auf ihr Opfer, um es zu verschlingen. Sie presste den Bauch gegen den Fels, um Halt zu finden, und versuchte, ja keine ruckartige Bewegung zu provozieren, die sie aus ihrem labilen Gleichgewicht hätte bringen können. Doch ihre Finger rutschten über den rauen Fels, und ihre Füße verloren den Halt.

Sie hörte ihren eigenen gellenden Schrei an den Felswänden widerhallen und ruderte verzweifelt mit den Armen, während sie in die Tiefe stürzte. Ihr letzter Gedanke war: Nicht auf den dicken Stein fallen!

2. KAPITEL

Nebelschwaden zogen wie weiße Schleier über den gigantischen Vulkankrater, der von Höhlen durchzogen war. Ihre Eingänge sahen aus wie offene Münder von Toten, die man vergessen hatte zu schließen. In der größten Höhle waren die Anführer aller zwölf Stämme der kleinen Insel Benahoare zusammengekommen.

Iriomé, für die es der siebzehnte Winter war, ließ den Blick über die bärtige Schar schweifen, die sich auf den Seegrasmatten niedergelassen hatte. Die Männer hatten sich fein gemacht für diesen Anlass und die langen Haare zu Zöpfen geflochten. Die Bärte, sonst wild und zerzaust, hingen wohlgeordnet bis auf die braun gebrannte Brust herab. Manche trugen sandfarbene, mit bunten Samenkapseln bestickte Ledergewänder, andere hatten zusammengenähte Ziegenfelle um ihre Lenden gebunden.

Es war der kürzeste Tag des Jahres, jener Tag, an dem Tichiname, die Oberste Medizinfrau, die Grenzen der Zeit überschreiten würde, um zu erfahren, was die Götter ihrem Volk vorherbestimmt hatten. Sie saß reglos mit geschlossenen Augen inmitten der Höhle vor einem mächtigen Feuer. Ihr von Wind und Wetter zerfurchtes Gesicht, umrahmt von krausem weißem Haar, war mit blauen Spiralen bemalt, dem Zeichen der Unendlichkeit und der ewigen Wiederkehr des Seins. Um ihren faltigen Hals trug sie eine Schnur mit getrockneten Eidechsen, und in der Hand hielt sie einen grob geschnitzten Stab, an dessen Spitze ein Ziegenschädel mit zwei spitzen Hörnern steckte.

Die Stammesführer hofften von ihr zu erfahren, was das nächste Jahr ihnen bringen würde. Ob sich ihre Ziegenherden vermehrten, ob die Frauen genug Wurzeln, Früchte und essbare Blätter finden würden, um Vorräte für entbehrungsreiche Zeiten anzulegen. Ob genug Kinder geboren würden. Und ob der Guayote, der Höllenhund, der im tiefsten Inneren des feuerspeienden Vulkans saß, friedlich bleiben und keinen von ihnen begehren würde.

Ohne Ankündigung ließ die Weise Frau einen schrillen Pfiff los, der an den steinernen Wänden der Höhle verhallte.

Iriomé atmete tief durch. Es war so weit! Zum ersten Mal durfte sie dabei sein, wenn Tichiname den heiligen Trank Amakuna zu sich nahm. Sie hatte das Gebräu auf Anweisung der Medizinfrau so lange gekocht, bis der Schatten des Zeitstabes von einem Stein bis zum nächsten gewandert war. Und auch wenn sie noch nicht ganz verstand, was der Trank tatsächlich bewirken sollte, hoffte sie inständig, irgendwann einmal selbst damit eine Reise in jene geheimnisvollen Welten zu unternehmen, von denen Tichiname ihr immer wieder erzählt hatte. Doch bisher war sie nur die jüngste von sieben Schülerinnen, aus denen die Medizinfrau irgendwann ihre Nachfolgerin wählen würde.

Ein leises Summen erfüllte die Luft. Die sieben jungen Frauen standen Schulter an Schulter an den Wänden der Höhle und hoben die Arme. Ihre langen, aus gebleichten Pflanzenfasern gefertigten Umhänge breiteten sich aus wie die Flügel von Möwen. Ihre Lippen waren blau bemalt, und jede von ihnen trug um den Hals einen kleinen Lederbeutel mit getrockneten Kräutern.

Iriomé schloss die Augen, während das Summen anschwoll und schließlich zu einer Art Gesang wurde, in dem sie und die anderen sechs ein einziges Wort im immergleichen Rhythmus wiederholten: »Amakuna, Amakuna, Amakuna …«

Trotz der kaum mehr erträglichen Lautstärke nahm Iriomé den Klang der kleinen Tonglöckchen wahr, die an Tichinames ledernem Gewand hingen. Offenbar hatte die Medizinfrau sich erhoben. Das dreimalige Klopfen ihres schweren Holzstocks auf dem Felsboden der Höhle ließ den Gesang verstummen.

Iriomé öffnete die Augen, strich sich das lange rotblonde Haar aus dem Gesicht und trat nach vorn, um die ihr zugewiesene Aufgabe zu erfüllen. Stolz und aufrecht schritt sie zu der Felsnische, in der die Schale mit dem geheimnisvollen Gebräu stand. Ihr blieb dabei nicht verborgen, dass die dunklen Augen einer der Schülerinnen sie mit einem Blick verfolgten, der nichts Gutes verhieß. Sie wusste, dass der Neid Guayafanta fast zerfraß, denn sie glaubte, Anspruch auf Iriomés bevorzugte Stellung zu haben.

Zwei Talgfackeln beleuchten die Felswand, in die Dreiecke, Quadrate und konzentrische Kreise geritzt waren: Zeichen, durch die sich die Eingeweihten mit den Geistern verbinden konnten.

Iriomé nahm den Deckel von der Schale und verrührte mit einem Holzlöffel die öligen gelben Schlieren auf der Oberfläche. Dann nahm sie das Gefäß in beide Hände, kniete vor der Obersten Medizinfrau nieder und reichte es ihr. Gespannt beobachtete sie, wie ihre Lehrerin die Schale an die aufgesprungenen Lippen führte.

Iriomé glaubte den leicht fauligen, erdigen Geschmack des Saftes wahrzunehmen, als rinne er durch ihre eigene Kehle. Nach einigen Atemzügen schoben sich Tichinames Pupillen nach oben. Nur mehr das Weiß ihrer Augen war zu sehen. Sie schien angekommen in der anderen Welt.

Plötzlich ertönte ein dumpfer Knall.

Die Schale war zu Boden gefallen und in mehrere Teile zerbrochen. Iriomé zuckte zusammen und sah voller Schrecken, wie Tichinames Körper zu zittern begann, sich aufbäumte und wand, als wäre ein Dämon in ihn eingedrungen. Ihr Gesicht hatte sich zu einer hässlichen Fratze verformt. Schaum trat aus ihrem Mund. Sie keuchte, als kämpfte sie mit jemandem. Dann stürzte sie rücklings zu Boden.

Iriomé sprang auf, um sie aufzufangen. Doch der von Krämpfen geschüttelte Körper entglitt ihr und prallte auf eine Felskante. Aus der Wunde am Kopf sickerte Blut, das Tichinames weißes Haar rot färbte. Sie heulte auf und rollte sich über den Boden hinaus aus der Höhle. Dort drückte sie sich Hilfe suchend an den knorrigen Stamm eines gewaltigen Baumes, der mit seiner wuchtigen Krone wie ein Riese in das fahle Mondlicht aufragte.

Aus den erschrockenen Blicken der Anführer schloss Iriomé, dass dies nicht der normale Ablauf der Zeremonie sein konnte. Die Mädchen hatten sich entsetzt abgewandt, nur Guayafantas breites Gesicht mit den dunklen, undurchdringlichen Augen zeigte keine Regung.

Iriomé vermochte sich nicht vorzustellen, was die Medizinfrau in der anderen Welt gesehen hatte, das einen solchen Ausbruch hervorrufen konnte. Keiner wagte es, sich ihr zu nähern. Schließlich hielt Iriomé es nicht länger aus. Sie lief zu Tichiname, schmiegte sich an den noch immer stark zitternden Körper und versuchte, die Arme, die wie starke Taue um den Stamm geschlungen waren, zu lösen, doch ohne Erfolg. Erst nach einer ganzen Weile ließ die alte Frau los. Ihr Mund befand sich dicht an Iriomés Ohr, und so konnte sie hören, was ihre Lehrerin mit letzter Kraft flüsterte:

»Es werden Männer mit Schiffen kommen, Männer, für die nur Macht und Reichtum zählen. Diese Männer kennen keine Liebe. Sie werden alles, was uns heilig ist, vernichten. Doch eines darf niemals in ihre Hände gelangen: das heimliche Herz der Insel, das in der Höhle des höchsten Berges schlägt! Erst wenn die Menschen frei von Gier nach Macht und Reichtum sind, darf sein Geheimnis offenbart werden.« Ihre Stimme wurde schwächer. »Es ist deine Aufgabe, als meine Nachfolgerin Amakuna so lange zu bewahren, bis jene Zeit gekommen ist.« Erschöpft von der Anstrengung des Sprechens fiel ihr Kopf nach hinten, sodass Iriomé ihn stützen musste.

»Tichiname!«, schrie sie angsterfüllt.

»Schwöre es«, stieß die Sterbende mit letzter Kraft hervor.

Iriomé nahm deren faltige Hand und legte sie an ihr Herz.

»Ich schwöre.«

Ein tiefer Atemzug füllte den Brustkorb der alten Frau. *Vacaguaré*, hauchte sie in der Sprache ihres Volkes: »Ich möchte sterben.« Und dann noch einmal *Vacaguaré*!

»Nein«, flüsterte Iriomé verzweifelt. »Nein, geh nicht fort.« Tränen liefen ihr über die hohen Wangenknochen. Die blaue Farbe auf ihren Lippen war verschmiert, das Haar zerzaust. Sie presste sich mit dem Rücken an den Stamm des Baums, als könnte er neue Lebenskraft spenden, und blickte Hilfe suchend in die Gesichter der anderen, die einen Kreis um sie gebildet hatten. Doch der Atem der alten Medizinfrau wurde mit jedem Zug flacher, bis er ganz aus ihr wich und sie zu Boden glitt.

Iriomé brach schluchzend über ihr zusammen. Es war, als sei auch etwas in ihr gestorben.

3. KAPITEL

Zögernd öffnete Romy die Augen. Über ihr raues Gestein. Wasserrauschen. Sie brauchte lange Minuten, um sich zurechtzufinden. Wo war sie? Was war passiert?

Nur langsam stieg die Erinnerung in ihr auf. Die Panik. Der Sturz. Der dicke Stein. Das Rauschen musste der Regen sein, der draußen vor dem Höhleneingang niederprasselte. »Starke Regenfälle am späteren Nachmittag«, erinnerte sich Romy an die Wettervorhersage, die sie am Morgen auf der Fahrt von Augsburg im Auto gehört hatte. Um die Zeit hatte sie eigentlich längst zurück sein wollen.

Behutsam bewegte sie den Kopf und nahm ein dumpfes Gefühl wahr sowie einen faulen, erdigen Geschmack in ihrem Mund. Sie spuckte aus, doch der Geschmack hielt sich hartnäckig auf ihrer Zunge. Ihr Blick fiel auf den kleinen Rucksack mit den Winterstiefeln, den sie hier in der Höhle neben dem Klettereinstieg zurückgelassen hatte. Doch wie war *sie* hierhergekommen? Totaler Blackout. Romy suchte nach einer Erinnerung. Doch da war nichts. Nichts außer dem Sturz …

Vorsichtig versuchte sie, einzelne Gliedmaßen zu bewegen. Zuerst die Finger, dann die Hände, Arme und die Beine. Erstaunlicherweise konnte sie sogar aufstehen – ohne einen Schmerz zu verspüren. Offensichtlich lief die Produktion der körpereigenen Betäubungsmittel auf Hochtouren. War das die berühmte »goldene halbe Stunde«, ein Geschenk von Mutter Natur an alle Verletzten, das sie in die Lage versetzen sollte, lebensrettende Maßnahmen zu ertragen? Unmöglich. Draußen dämmerte es bereits. Ein Blick auf ihre Armbanduhr sagte Romy, dass sie seit mindestens sieben Stunden hier lag.

Sie hätte nicht einmal Medizin studieren müssen, um zu wissen, dass man nach einem Sturz aus acht Metern Höhe auf festgefrorenen Waldboden nicht einfach so davonkam. Sämtliche Gliedmaßen hätten gebrochen sein müssen, Bänder gerissen, Muskeln geprellt, von inneren Verletzungen ganz zu schweigen. Sie hätte querschnittgelähmt sein können, wenn nicht gar tot. Auf keinen Fall aber wäre sie in der Lage gewesen, sich in die Höhle zu schleppen. Und auf keinen Fall hätte sie einfach so aufstehen können. Doch sie stand tatsächlich auf ihren eigenen zwei Beinen, wenn auch leicht gebückt, um mit dem Kopf nicht an die Höhlendecke zu stoßen. Jemand musste sie geradezu aufgefangen haben! Aber wie? Und wer? Das war doch unmöglich. Und wieso hätte derjenige sie dann hier allein zurückgelassen? Das machte alles keinen Sinn. Dazu kam, dass ihr kein bisschen kalt war. Nach den vielen Stunden auf dem Boden der Höhle müsste sie eigentlich steif gefroren sein wie eine Tiefkühlpizza.

Hatte sie den Sturz vielleicht ebenso geträumt wie das, was sie in den vergangenen Stunden in jener merkwürdigen Steinzeitwelt erlebt hatte?

Doch Träume waren anders. Sowohl der Sturz als auch das, was sie durch die Augen dieses jungen Mädchens mit dem fremdartig klingenden Namen gesehen hatte, erschienen ihr ganz und gar real. Wenn sie sich auch beim besten Willen nicht vorstellen konnte, in welchem Teil der Welt oder zu welcher Zeit sich jenes gruselige Ritual abgespielt haben könnte, dessen Zeuge sie gewesen war. Die Sprache war ihr völlig fremd, obwohl sie jedes Wort verstanden hatte. Und auch die Menschen, vor allem die alte Medizinfrau, waren ihr irgendwie vertraut vorgekommen.

Sie musste unbedingt mit Thea darüber sprechen. Bestimmt hatte sie eine plausible Erklärung parat. Ihre beste Freundin hatte als Neurologin im selben Krankenhaus gearbeitet wie sie.

Bei dem Gedanken an Thea sah Romy wieder die Schale mit dem giftigen Gebräu vor sich. Hatte sie vielleicht aus einem verborgenen Schuldgefühl heraus das Mädchen erfunden, das der Weisen Frau den Todestrank gereicht hatte? Die Angst um ihre Freundin könnte möglicherweise eine Rolle spielen. Ihr wurde schließlich auch eine Art Todestrank verabreicht. Und sie selbst war es gewesen, die Thea letztlich zur Chemo überredet hatte. Aber wieso das steinzeitliche Ambiente, die merkwürdige Vegetation? Einen derart archaischen Baum, unter dem die Medizinfrau gestorben war, hatte sie noch nie zuvor gesehen.

Romy fühlte sich völlig unfähig, ihre Gedanken zu ordnen und zu erkennen, was Einbildung und was Realität war. Etwas, das ihr normalerweise überhaupt nicht schwerfiel. Sie galt sowohl in ihrem privaten als auch in ihrem beruflichen Umfeld als eine Frau, die mit beiden Beinen auf dem Boden stand. Doch im Moment schien ihr Gehirn Spiele zu spielen, mit deren Regeln sie nicht vertraut war.

Was auch immer hier geschehen war, sie musste weg. Möglichst schnell, denn es würde bald dunkel werden.

Sie suchte in der Tasche ihres Windstoppers nach ihrem Handy. Es war in mehrere Teile zerbrochen. Das zeugte immerhin davon, dass sie tatsächlich gefallen sein musste. Doch wie sollte sie jetzt Hilfe holen?

Romy trat vor die Höhle. Der Regen hatte inzwischen etwas nachgelassen. Vorsichtig tat sie ein paar Schritte. Ihre Knie waren etwas weich, aber sie würde es schon bis zum Parkplatz schaffen. Vielleicht war es besser so. Was hätte sie ihren Freunden von der Bergwacht auch sagen sollen? Dass sie ohne Sicherung losgeklettert war, eine Panikattacke gehabt hatte und wie ein toter Käfer von der Wand gefallen war? Dass jemand sie aufgefangen und in einer Höhle abgelegt hatte, von wo aus sie zu einem kleinen Ausflug in die Steinzeit aufgebrochen war? Man würde sie wahrscheinlich auf der Stelle in die Geschlossene einweisen, und nicht mal Thea würde sie da so ohne Weiteres rauskriegen.

Seufzend holte sie ihre Winterstiefel aus dem Rucksack und schlüpfte hinein. Auch das bereitete ihr keine Mühe. Sie verstaute die Kletterschuhe im Rucksack, warf ihn über ihre Schulter und tastete sich vorsichtig an der Felswand entlang bis zu der Stelle, an der sie abgestürzt sein musste. Der Schnee dort war völlig aufgewühlt und durch den Regen zum Teil weggetaut. Trotzdem glaubte sie, neben ihren eigenen Spuren Abdrücke fremder Schuhe zu erkennen. Irgendjemand musste definitiv hier gewesen sein.

Romy kannte das beengende Gefühl und die knackenden Geräusche, während das CT ihren Körper optisch in einzelne Scheiben schnitt, nur zu gut. Sie war nicht zum ersten Mal in der »Röhre« und das war auch nicht ihr erster Kletterunfall.

Sie hatte die ganze Nacht kein Auge zugetan. Dieses Mädchen mit den geheimnisvollen Zeichen auf den Wangen und den blau angemalten Lippen ging ihr einfach nicht aus dem Kopf. Sie hatte »Amakuna« gegoogelt, alle möglichen Schreibweisen eingegeben, mit k, mit c, mit Doppel-m, mit h, und dennoch keine passenden Resultate erhalten. Das steinzeitliche Ritual lief unterdessen wie in einer Endlosschleife vor ihrem inneren Auge ab. Um zwei Uhr war sie so weit zu glauben, in einem früheren Leben diese Iriomé gewesen zu sein und selbst an der Zeremonie teilgenommen zu haben. Um drei Uhr hielt sie es gar für möglich, dass die Insulanerin oder jemand anderes aus jener Zeit sie gerettet hatte. Um vier beschloss sie, ins Krankenhaus zu fahren, um eine Computertomografie machen zu lassen. Vielleicht war ja doch mit ihrem Kopf etwas nicht in Ordnung.

Sie hatte Glück gehabt. Angie, ihre einzige Freundin im Augsburger Klinikum, schob gerade Frühschicht und war, wenn auch kopfschüttelnd, sofort bereit gewesen, sie ohne den üblichen Wust an Formularen in die Röhre zu schieben.

Ein längeres Summen signalisierte das Ende des Scans. Angie befreite sie lächelnd aus dem klaustrophobischen Apparat. »Ich spiele dir die Bilder direkt in den Auswertungsraum, dann kannst du sie dir ganz in Ruhe ansehen«, sagte sie auf ihre bedächtige Art.

»Gut, ich komme gleich«. Romy trat in die Umkleidekabine und warf einen kurzen Blick in den Spiegel auf ihr schmales, ungeschminktes Gesicht. Prüfend fuhr sie sich mit der Zunge über die Lippen, wo sie glaubte, noch immer diesen faulig-erdigen Geschmack wahrzunehmen. Rasch zog sie sich Jeans und Pullover an, band die langen rotblonden Haare zu einem Pferdeschwanz zusammen und verließ die Kabine.

Im Auswertungsraum grinste ihr Angie breit entgegen. »Da hast du wieder mal Schwein gehabt. Ich hab auf den ersten Blick nichts erkennen können. Schädeldecke, Schultern, Wirbelsäule, Becken, so weit alles o.k.«

Eigentlich hatte Romy nichts anderes erwartet. Trotzdem war sie froh über Angies erste Einschätzung.

»Ich kapier nicht, warum du dich immer wieder so einem Risiko aussetzt«, sagte sie kopfschüttelnd, während Romy sich mit professionellem Blick die Bilder auf den verschiedenen Monitoren ansah, besonders den Kopf. So weit ihre Kenntnisse reichten, konnte auch sie nichts Auffälliges entdecken.

»Es gibt doch genug Sportarten, die nicht so gefährlich sind wie Klettern. Irgendwann geht wirklich mal was schief, und dann sitzt du im Rollstuhl – oder noch schlimmer.«

Aus Angies Worten war echte Besorgnis herauszuhören. Sie war eine gute Seele. Die meisten Kollegen waren so überarbeitet, dass nur ganz selten mal ein persönliches Wort fiel.

»Ich kann es dir nur so erklären«, antwortete Romy ernsthaft.

»Da oben in der Wand spüre ich mich einfach besser. Da fühle ich mich stark, da weiß ich, wer ich bin und was ich kann.«

Angie sah sie verwundert an. »Du bist stark. Ich kenne wenige Menschen, die so mutig sind wie du.«

»Das wirkt nur so auf andere«, wiegelte Romy mit einer Handbewegung ab.

»Immerhin hast du deinen Job aufs Spiel gesetzt, weil es dir wichtig war, mal die Wahrheit über die Arbeitsbedingungen in diesem Saftladen zu sagen.«

»Ich fühle mich aber trotzdem oft klein und hilflos«, erwiderte Romy. »Ist nicht leicht zu verstehen, aber es ist so.«

Angie umarmte sie spontan. »Doch, ich verstehe das. Und ich glaube, dass es uns allen hin und wieder so geht.

»Schon möglich, aber mir tut es richtig weh.« Sie löste sich aus Angies Umarmung. »Trotzdem danke. Danke für alles.«

»Immer wieder gern. Du weißt ja, wo du mich findest.«

Inzwischen war es sechs Uhr morgens. Weckzeit im Krankenhaus. Da konnte sie schon bei Thea vorbeischauen. Vielleicht hatte die Freundin ein offenes Ohr für sie – und vielleicht sogar eine Erklärung für ihren Ausflug in die Steinzeit.

Im Gang der onkologischen Abteilung roch es nach Früchtetee, der in Thermoskannen auf den Essenswagen stand. Daneben stapelten sich die abgedeckten Plastikteller, wie eh und je mit drei Scheiben rosafarbener Wurst, einem Schüsselchen Marmelade, drei Scheiben grauem Brot und einem kleinen Päckchen Butter. Daran hatte sich im Lauf der Jahre nichts geändert. Wie üblich wurde bereits um diese unchristliche Zeit auf allen Stationen das Frühstück verteilt, etwas, das Romy noch nie verstehen konnte. Für sie gab es nichts Erholsameres, als morgens auszuschlafen. Doch das gönnte man hier weder den Patienten noch dem Personal. Wie so manches andere auch nicht. Angie hatte recht. Es war mutig gewesen, auf die Missstände aufmerksam zu machen und gewisse Änderungen vorzuschlagen, auch wenn es sich letztendlich als sinnlos herausgestellt hatte. Sie war der Macht der Krankenhausverwaltung nicht gewachsen gewesen, und am Ende war ihr nichts anderes übrig geblieben, als zu gehen. Seit dieser Niederlage arbeitete sie als Laborärztin bei Biotex, einem mittelgroßen Unternehmen für Medikamentenforschung. Dort war auch *Avistan* entwickelt worden, die Kampfansage gegen eine besonders aggressive Form von Brustkrebs. Derzeit lief die letzte von sieben klinischen Studien. Das hieß, das Medikament stand kurz vor der Zulassung. Deshalb hatte Romy Thea empfohlen, an der Studie teilzunehmen.

Noch bevor sie die Zimmertür öffnen konnte, kam ihr Anton Feistner entgegen, der die Studie leitete. Der Arzt sah in der Neonbeleuchtung so fahl aus, als würde er selbst gerade eine Chemo machen. Er war einen Kopf kleiner als Romy, trug einen Bürstenschnitt und nahm immer eine besonders aufrechte Haltung an, wenn er ihr gegenüberstand.

»Gut, dass ich dich treffe. Hast du schon gehört? Akutes Nierenversagen. Es ist heute Nacht passiert. Sie ist noch während der Dialyse gestorben«, sagte er mit der neutralen Stimme eines Arztes, der solche Sätze nicht zum ersten Mal aussprach.

Romy schnappte nach Luft. Ihr Magen zog sich schmerzhaft zusammen. Ihre Augen füllten sich mit Tränen. Der Boden drohte ihr unter den Füßen wegzukippen. Feistner konnte sie gerade noch festhalten. »Beruhige dich. Nein! Nein, nicht Thea. Ihre Bettnachbarin!«, sagte er schnell, als er bemerkte, was er angerichtet hatte.

Nur langsam gewann Romy die Fassung wieder. Am liebsten hätte sie ihm eine Ohrfeige verpasst.

»Sie war Hochdruckpatientin, und die Nieren waren schon vorher schwer angegriffen. Hat bestimmt nichts mit *Avistan* zu tun.«

Romy wischte sich die Träne weg, die über ihre Wange gerollt und in ihrem rechten Mundwinkel hängen geblieben war.

»Alles wieder o.k. mit dir?« Er wartete die Antwort gar nicht ab. »Thea glaubt jetzt natürlich, dass sie die Nächste ist. Versuche, sie irgendwie zu beruhigen!« Er sah sie verlegen an und machte auf dem Absatz kehrt. »Bis später, man sieht sich.«

Noch immer aufgewühlt, öffnete Romy die Tür zu Theas Zimmer. Es war leer. Das Fenster war gekippt und ließ kühle Luft herein. Wahrscheinlich ertrug Thea es nicht, auf die leere Stelle zu starren, wo bis vor Kurzem das Bett ihrer Leidensgenossin stand.

Romy fuhr mit dem Aufzug hinunter in die Cafeteria und entdeckte die Freundin versteckt hinter einem ausladenden Gummibaum an einem der blauen Plastiktische. Sie trug einen teuren Jogginganzug, der nicht verbergen konnte, wie schmal sie geworden war. Ihr Gesicht dagegen, von den Medikamenten leicht aufgedunsen, ließ sie älter wirken. Ihr einst volles kastanienbraunes Haar war dünn geworden.

»Das war's dann wohl mit eurem Wundermittel«, sagte Thea leise und hob nur kurz den Kopf.

Romy zog sich einen Stuhl heran und setzte sich. Sie wollte noch immer nicht wahrhaben, dass ihre beste Freundin, die zwar die Kleinere, aber immer die Stärkere von ihnen gewesen war, tatsächlich sterben könnte. Thea hatte es bisher geschafft, ihre Situation so gut wie möglich mit Humor zu meistern. Nur in ganz seltenen Momenten ließ sie sich ihre tiefe Verzweiflung anmerken. Jetzt schien so ein Moment zu sein, denn Thea stand eine Ernsthaftigkeit ins Gesicht geschrieben, wie Romy sie selten bei ihr erlebt hatte.

»Die haben da ein ganz mieses Ding am Laufen«, flüsterte sie und rückte näher an Romy heran. Sie sah sich aufmerksam um, ob irgendjemand in der Nähe war, der sie hören könnte. Aber außer einer alten Dame im geblümten Bademantel, die ihre Sauerstoffflasche auf einem Gestell neben sich stehen hatte, war noch niemand in der Cafeteria.

»Ich habe zufällig ein Telefonat mitgehört, das Feistner noch in der Nacht mit deinem Chef geführt hat«, fuhr sie mit unterdrückter Stimme fort. »Die wollen *Avistan* trotzdem auf den

Markt bringen und die Studie sogar manipulieren, wenn es sein muss. Es steckt zu viel Geld in der Entwicklung. Wenn das Medikament nicht genehmigt wird, ist dein sauberes Labor am Arsch und wird endgültig von irgend so einem US-Konzern geschluckt.«

Romy atmete tief durch. »Bist du sicher? Vielleicht hast du was falsch verstanden?«

Thea schüttelte den Kopf. »Ganz bestimmt nicht. Ich habe noch genau seine Worte im Ohr.« Sie lehnte sich auf ihrem Stuhl zurück. »Auf diese Weise als Versuchskaninchen zu sterben, ist nicht gerade das, was ich mir für mein Ende vorgestellt habe«, sagte sie.

Romy musste plötzlich wieder an Iriomé denken, die ihrer Lehrerin den Todestrank überreicht hatte. Sie fröstelte.

»Ich steige jedenfalls aus der Studie aus. Und ich bleibe hier in diesem Versuchskaninchenstall nicht einen Tag länger.«

Romy verstand ihre Freundin nur zu gut. Wie oft hatten sie über bestechliche Ärzte und über Medikamentenstudien diskutiert, die von der Pharmaindustrie finanziert wurden und dementsprechende Resultate aufwiesen. Und jetzt drohte Thea womöglich selbst zum Opfer dieses Systems zu werden. Das durfte nicht passieren.

»In Ordnung«, sagte sie kurz entschlossen. »Dann gehen wir jetzt hoch und packen deine Sachen zusammen. Du kommst erst mal zu mir.«

4. KAPITEL

Der morgendliche Regen war in Schnee übergegangen, als die beiden Freundinnen in Romys Golf den Weg zur Innenstadt einschlugen. Der Wagen war schon älter, aber immerhin war der CD-Player, aus dem nun »What a wonderful world« von Louis Armstrong tönte, noch voll in Ordnung. Romy wollte schon die Forward-Taste drücken, doch Thea hielt sie zurück. »Lass doch. Die Welt ist schön. Trotz allem.«

Romy blickte die Freundin an. Ohne ein Wort der Anklage hatte sie ihre Siebensachen zusammengepackt und Feistner klipp und klar gesagt, dass sie für die krummen Geschäfte der Pharmaindustrie nicht länger zur Verfügung stünde. Romy fragte sich, woher Thea nur diese Ruhe und diese Kraft nahm. Und das letztlich ohne Rückhalt. Ihr Partner war nach der Krebsdiagnose schnell verschwunden, und von ihrer Familie, die zu den reichsten Augsburgs gehörte, hatte sie sich schon vor Jahren losgesagt. Ihnen gehörte beinahe ein Viertel der Stadt, doch als Thea lieber Ärztin werden wollte, als ins Immobilienimperium einzusteigen, war es zum Eklat gekommen. Thea und sie hatten sich während des Studiums in München kennengelernt und sich gegenseitig die Familie ersetzt. Romys Eltern waren bei einem Autounfall gestorben, als sie noch ein Kind war, und so war sie bei ihrer

Großmutter in Südspanien aufgewachsen. Ohne Thea hätte sie ihre ersten Jahre in Deutschland niemals überstanden. Die Freundin war ihr Ein und Alles.

In diesem Moment sah sie den Baum!

Sie trat mit aller Kraft auf die Bremse, sodass ihr Hintermann empört hupte.

»Was ist denn jetzt passiert?«, rief Thea und versuchte, den Sicherheitsgurt zu lockern, der sie fest in den Sitz presste.

Statt zu antworten, fuhr Romy in die nächste Toreinfahrt. Suchten sie jetzt schon wieder Halluzinationen heim? »Bin gleich wieder da«, sagte sie rasch, stieg aus und stapfte über den frisch zugeschneiten Bürgersteig ein paar Meter zurück, bis zum Schaufenster des Reisebüros, dessen Aushang sie so aus der Fassung gebracht hatte. Nein, es war keine Halluzination. Sie konnte sich trotz aller Aufregungen offensichtlich noch auf ihre fünf Sinne verlassen. Der Baum auf dem Poster im Fenster sah genauso aus wie der, unter dem die alte Medizinfrau gestorben war.

Ohne zu zögern, betrat sie den Laden. Eine Frau in ihrem Alter mit schlecht gefärbten roten Haaren saß hinter einem vollgepackten Schreibtisch und lächelte ihr geschäftsmäßig entgegen. »Guten Tag, was kann ich für Sie tun?«

»Dieser Baum, da draußen auf dem Poster …«

»… ist ein kanarischer Drachenbaum«, klärte die Rotgefärbte sie auf. »Wollen Sie eine Reise auf die Kanaren buchen?«

»Bitte?«

»Nun, woanders wachsen diese Bäume nicht. Die meisten finden Sie übrigens auf La Palma, der schönsten und grünsten Insel. Ein kleines Paradies.« Sie reichte Romy einen Prospekt, in dem in buntesten Farben die Naturschönheiten der Insel dargestellt waren: exotische Blumen, schwarze Strände, bizarre Vulkanlandschaften mit Kratern und Höhlen.

Eine der Aufnahmen stach Romy sofort ins Auge. Ihr wurde leicht schwindelig. Sie schloss kurz die Augen und versuchte, die Bilder aus ihrer Vision noch einmal auferstehen zu lassen. Kein

Zweifel. Das Ritual musste genau dort in einer Höhle stattgefunden haben.

»Wo ist das?«, fragte sie aufgeregt und deutete auf den Prospekt.

»Das ist die Caldera de Taburiente, der große Vulkankrater im Zentrum der Insel. Ein Traumgebiet zum Wandern. Gerade um diese Jahreszeit. Immer noch angenehme Temperaturen. Nicht so heiß wie im Sommer. Haben Sie denn schon ein Datum, wann Sie fliegen wollen?«

Romy sah sie irritiert an. »Nein, nein gar nicht.«

»Ich könnte Ihnen eine hübsche Finca mit traumhaftem Meerblick und zwei Drachenbäumen auf dem Grundstück anbieten«, redete die Reisebürofrau unverdrossen weiter. »Wenn Sie sich schnell entscheiden, hätte ich sogar schon für morgen zwei günstige Flüge für Sie. Gerade gestern hat ein junges Pärchen abgesagt.«

Auch das noch, dachte Romy. Es kam ihr beinahe so vor, als wollte irgendeine fremde Macht, dass sie auf diese Insel flog.

»Und? Was meinen Sie?« Die Frau rief bereits das entsprechende Formular auf ihrem Computer auf.

»Vielen Dank, ich werde darüber nachdenken«, erwiderte Romy etwas überrumpelt und trat einen Schritt zurück.

»Tun Sie das schnell. La Palma ist im Winter sehr beliebt. Ich könnte Ihnen die Flüge bis heute Mittag …«

Ein lautes Hupkonzert auf der Straße unterbrach das wohlwollende Angebot. Romy sah durch die Glastür nach draußen. Ein großer Laster wollte unmissverständlich in die Einfahrt, die ihr Wagen blockierte. Romy stürmte aus dem Reisebüro, lief zum Auto und sprang hinein. Ihr Versuch, an dem Laster vorbeizurangieren, löste ein noch massiveres Hupkonzert aus.

»Hast du uns eine Klettertour durch die Anden gebucht, oder was hast du da drin gemacht?«, fragte Thea, während Romy sich mühsam in den Verkehr einfädelte. Sie gab keine Antwort.

»Was ist denn nur los? Du siehst aus, als hätte man dich jetzt auch als Versuchskaninchen eingefangen.«

»Mir ist etwas Komisches passiert«, erwiderte sie. »Lass uns nach Hause fahren, dann erzähle ich dir alles.«

Der vierzigjährige Hüne mit den blauen Augen, der Narbe auf der Stirn und dem blonden Vollbart blickte nachdenklich aus dem Fenster im 25. Stock des *Holiday Inn* über die Dächer von Augsburg. Über dem muskulösen, braun gebrannten Körper trug er eine abgenutzte Militärjacke, von der er sich nicht mehr getrennt hatte, seit er als junger Mann mit dem Kampf gegen die Mächtigen begonnen hatte. Gegen die, die den Hals nicht vollkriegen konnten, die sich auf Kosten der Machtlosen immer mehr und immer von Neuem bereicherten.

Doch nun sah er endlich ein Licht am Ende des Tunnels, denn er würde ab jetzt nicht mehr auf sich allein gestellt sein. Die Weichen waren gestellt. Eine neue Zeitrechnung begann. Sie bekamen eine neue Chance. Er, der Krieger, und sie, die Heilerin. Und dann würde sich zeigen, ob der große Plan sich erfüllte. Ob die Zeit reif war. Ob die Liebe siegen würde oder ob die Menschen weiterhin von der Gier nach Macht und Reichtum getrieben würden.

Deutschland war ein gefährliches Pflaster für ihn, doch er hatte keine Wahl gehabt. Er hatte hierherkommen müssen, um alles, was nun geschehen würde, in Gang zu setzen. So war es seit vielen hundert Jahren vorherbestimmt. Seine Rolle in diesem großen Plan war, *ihr* Leben zu bewahren. Dafür zu sorgen, dass nichts dazwischenkam, was sie davon abhielt, ihre Aufgabe zu erfüllen. Aber er durfte sie in keiner Weise direkt beeinflussen. Sie musste ihren eigenen Weg finden, ihre Entscheidungen aus freiem Willen treffen.

Er wandte sich vom Fenster ab, ging zum Telefon, das auf dem

Nachttisch stand, und drückte die 0. »Rezeption?«, fragte er mit rauer Stimme. »Bitte buchen Sie mir einen Flug …«

Romy erzählte Thea alles, was sie am gestrigen Tag erlebt hatte, ohne ein Detail auszulassen. Die Freundinnen saßen an dem alten Eichentisch in der Küche von Romys gemütlicher Altbauwohnung und frühstückten das, was der spärlich gefüllte Kühlschrank hergab. Obst, Joghurt, Honig und einen alten Kanten Pfister Sonnenblumenbrot. Die beiden trugen dicke Pullover und Wollsocken, obwohl der alte Kachelofen sein Bestes gab. Dennoch war es kühl. Romy hatte unbedingt diese Wohnung im alten Welserkontor haben wollen und nahm die Nachteile klaglos in Kauf.

Als sie mit ihrer Geschichte am Ende angekommen war, blickte Thea sie nachdenklich an. Die Freundin hatte sie kein einziges Mal unterbrochen, doch Romy kannte sie zu gut, um nicht zu wissen, dass sie sich längst eine Meinung zurechtgelegt hatte. Und so war es auch.

»Ich glaube, der Sturz war eine Halluzination«, sagte sie in dem typischen, freundlich-mitfühlenden Tonfall der Neurologin.

Romy schüttelte den Kopf. »Ich bin gefallen. Ganz bestimmt. Und jemand hat mich aufgefangen. Die Spuren im Schnee …«

»Du hast selbst gesagt, dass es angefangen hatte zu tauen.«

»Und die Geschichte mit dieser Iriomé?«, verteidigte sich Romy.

»Eine Art Tiefenhalluzination, ausgelöst durch die Adrenalinüberproduktion, die nach jedem Schock eintritt und die Synapsen im Gehirn verrückt spielen lässt.«

»Aber wenn ich doch gar nicht gefallen bin, woher dann der Schock?«

»Das muss mit deinen Panikattacken zusammenhängen, und die sind stressbedingt. Egal, ob alter oder neuer Stress.«

»Aber ich habe seit Jahren keine mehr gehabt. Und beruflich habe ich in meinem neuen Job viel weniger Stress als im Krankenhaus. Das Einzige, was mich fertigmacht, ist … dass du …« Sie verstummte.

Thea überging Romys Verlegenheit. »Wer, glaubst du denn, ist diese Steinzeitfrau, und was wollte sie dir sagen?« Sie sprach schon wieder mit dieser verständnisvollen Neurologinnenstimme.

Wäre Thea nicht ihre beste Freundin, hätte Romy das Gespräch jetzt abgebrochen. Sie erkannte sich ja selbst kaum wieder. Sonst argumentierte sie genau wie Thea immer über die Vernunftschiene. Doch irgendetwas hatte sich verändert. Sie hatte das drängende Gefühl, Iriomés Existenz verteidigen zu müssen.

»Ich könnte mir vorstellen, dass sie mich aus irgendeinem Grund gerufen hat.«

»Aus der Steinzeit?«, fragte Thea stirnrunzelnd.

»Vielleicht? Vielleicht war ich selbst einmal diese Iriomé, in einem früheren Leben. Thea, ich weiß nicht, wie ich es dir erklären soll, aber es war alles so unglaublich real.«

»Das glaube ich dir ja, Schätzchen. Das ist typisch für Halluzinationen. Und Romy klingt ja fast wie Iriomé.«

»Du verarschst mich!«

»Nein, ich versuche nur herauszufinden, was mit dir los ist.«

Romy kam sich auf einmal vor, als wäre sie die Kranke und nicht Thea.

»Starke Empfindungen, Selbstreflexion und Gefühle sind seelische Zustände und ihre neurobiologischen Korrelate verbrauchen sehr viel Sauerstoff und Zucker. Ich denke, du bist aus irgendeinem Grund kollabiert, was einen Blackout verursacht hat und in der Folge diese Halluzinationen.«

Alles in Romy sträubte sich gegen diese Theorie. »Normalerweise würde ich dir ja recht geben. Aber … hast du denn nie, zumindest kurz, überlegt, dass unsere Seele wiedergeboren werden könnte?«

Thea grinste. »Ehrlich gesagt, nein. Wie ich dir eben schon erklärt habe, sind für mich sämtliche seelischen Funktionen mit Mechanismen und Zentren des Gehirns verbunden. Und wenn das tot ist … na ja … dann ist alles tot.«

»Aber was ist mit den alten Religionen? Reinkarnation ist für Buddhisten etwas ganz Normales. Und auch die Hindus sind davon überzeugt, dass es ein Leben nach dem Tod gibt.«

»Und die Erde ist eine Scheibe! Auch daran haben die Menschen viele Jahrhunderte lang geglaubt.«

»Halte mich für verrückt. Aber irgendwie habe ich durch dieses Erlebnis den Eindruck gewonnen, dass der Tod nicht das Ende ist. Vielleicht ist es wirklich so, und unsere Seele macht sich immer von Neuem auf die Reise. Ich bin mir sogar sicher, dass es genau so ist.«

Thea sah sie nun wirklich besorgt an. »So kenne ich dich ja gar nicht!«

Die Freundin hatte vollkommen recht. War das wirklich sie? Ihre Stimme, die da sprach? Ihre Meinung?

»Na ja, in Anbetracht meines eigenen Zustands kann ich mir eigentlich nur wünschen, dass du recht hast«, sagte Thea plötzlich mit veränderter Stimme, nahm noch einen Schluck Tee und starrte anschließend eine Weile stumm in die Tasse, als würde sie dort eine Lösung finden.

»Sei ehrlich. Du hältst mich für ernsthaft gestört.«

»Nein, dafür kenne ich dich zu gut.«

»Aber was soll ich dann mit dieser Geschichte anfangen?«

In diesem Moment klingelte Romys Handy, sodass Thea ihrer Antwort erst einmal enthoben war. »Wo steckst du denn?«, tönte es aus dem Hörer. »Berger ist total von der Rolle wegen deiner Freundin und will dich sofort sprechen.«

»Ich bin gleich da«, sagte Romy so beherrscht wie möglich. »Versuche, ihn zu beruhigen.«

Sie drückte das Gespräch weg. »Kyra, die Sekretärin meines Chefs. Er will eine Erklärung für deinen Ausstieg aus der Studie.«

»Kann ich ihm gerne geben«, erwiderte Thea. »Soll ich ihn anrufen?«

»Lass mich zuerst mit ihm sprechen. Ich müsste eigentlich schon längst im Labor sein.«

»Dann fahr hin und mach ihm klar, dass er unter allen Umständen *Avistan* zurückziehen muss.«

»Ich verstehe dich. Trotzdem musst du dich schnellstmöglich mit einem Onkologen zusammenraufen und einen neuen Behandlungsplan aufstellen lassen«, redete Romy ihrer Freundin ins Gewissen.

»Keine Sorge. Heute Abend sehen wir weiter. Ich komme hier schon klar. Lass mich erst mal ein paar Stunden schlafen.«

5. KAPITEL

Mit klammen Fingern gab Romy ihren Code ein und hielt ihre Identifikationskarte an den Scanner. Summend öffnete sich die schwere Tür wie von Geisterhand und schloss sich genauso wieder hinter ihr.

Sie nahm die Treppe in den ersten Stock, öffnete wiederum mit ihrer Codekarte die Tür zu ihrem Labor und knipste die Deckenbeleuchtung an. Das Labor für medizinale Pflanzenforschung befand sich in einem Nebengebäude, und sie und ihre zwei Mitarbeiter hatten dieses Reich so ziemlich für sich. Die beiden waren gestern erst spät gegangen und würden heute später kommen. Ihr Büro, das sich ebenfalls nur mit ihrer Karte öffnen ließ, war durch eine Glaswand abgetrennt. Das Display des Telefons zeigte bereits fünf Anrufe vom Büro ihres Chefs. Trotzdem holte sie erst einmal ihren weißen Kittel aus dem Schrank, ging zurück ins Labor und checkte die Überwachungsmonitore des Synthetisierroboters. KL13 spaltete die DNA einer erst kürzlich im Amazonas entdeckten Wurzel in ihre einzelnen Bestandteile und überprüfte die Wirkungsmöglichkeiten sowie mögliche Übereinstimmungen mit bereits bekannten Zusammensetzungen. Es war ein mühsames Geschäft mit großem finanziellen Aufwand. Leider kam es viel zu selten vor, dass eine neue, wirksame pflanzliche Substanz entdeckt wurde, um bisher unheilbaren Krankheiten den Kampf anzusagen. Kein Wunder also, dass die Pharmaindustrie inzwischen hauptsächlich auf Gentechnologie und Chemie setzte und die Nebenwirkungen einfach unter den Teppich kehrte. Romy war überzeugt, dass die Natur selbst für alle Krankheiten ein Mittel parat hatte. Man musste es nur finden. Ihre neue Arbeit erfüllte sie jedenfalls weit mehr, als sie je gedacht hätte. Während ihrer Zeit an der Uni interessierte sie sich wenig für Forschung, aber jetzt kam es ihr fast so vor, als wären ihre Querelen mit dem Krankenhaus nötig gewesen, um ihre eigentliche Berufung zu finden.

Sie war gerade mal ein Viertel des Protokolls durchgegangen, als das Telefon läutete und Kyra sie zu Berger zitierte.

Sein Vorzimmerdrache, der einmal pro Woche die Haarfarbe wechselte und grundsätzlich Klamotten trug, die nicht zusammenpassten, blickte nur kurz auf, als Romy eintrat.

»Er ist ziemlich angefressen«, sagte Kyra und wandte sich dann wieder ihrem Bildschirm zu, auf dem sie in unglaublicher Geschwindigkeit Solitaire-Karten aufdeckte und einander zuordnete.

Berger sah übernächtigt aus, wie so oft in letzter Zeit. Wahrscheinlich hatte er auf der Bürocouch geschlafen. Er war unrasiert, und sein schütteres blondes Haar stieß in fettigen Strähnen auf den Kragen seines Hemds. Romy wandte den Blick ab. An der Wand hingen Fotos von historischen Militärfahrzeugen aus dem Ersten und Zweiten Weltkrieg, die Berger mit großer Leidenschaft sammelte und in seiner Freizeit restaurierte. Er liebte es, wie ein kleiner Junge durch Matsch, Geröll und Flüsse zu fahren. Kurz nach ihrer Einstellung hatte er Romy eingeladen mitzukommen, doch da sie eine extreme Abneigung gegen alles hegte, was nur im Entferntesten nach Krieg roch, hatte sie ihm einen Korb gegeben.

»Setz dich«, forderte er sie mit seiner leicht heiseren Stimme auf. »Es tut mir leid, was heute Nacht passiert ist. Aber ein solcher

Einzelfall bedeutet nicht gleich das Aus von *Avistan* und rechtfertigt keine derart panische Reaktion. Ich weiß nicht, was in deine Freundin gefahren ist. Sie ist doch Ärztin.«

»Genau deshalb ist sie ausgestiegen«, antwortete Romy.

»Das ist ein Fehler, den sie noch bereuen wird. Du weißt genauso gut wie ich, dass sie keine Alternativen mehr hat.«

Romy musste ihm insgeheim recht geben. Thea hatte nach der Operation bereits alles versucht: zwei unterschiedliche Chemotherapien, Bestrahlung, dazu eine komplette Ernährungsumstellung, Mistel- und Immuntherapie … Doch der Tumor streute weiter, als wollte er sie verhöhnen, dass sie mit so schwachen Waffen gegen ihn antrat.

»*Avistan* wird sie schneller töten als der Krebs«, sagte sie leise.

»Das ist eine leere Behauptung. Die Patientin, die heute Nacht traurigerweise gestorben ist, wäre sowieso nicht mehr zu retten gewesen.«

»Dann hättet ihr sie gar nicht an der Studie teilnehmen lassen dürfen! Das macht doch keinen Sinn. Es würde die Ergebnisse von vornherein verfälschen, und daran kann ja wohl keinem gelegen sein.« Romy hatte sich eigentlich vorgenommen, Berger gegenüber sachlich zu bleiben. Doch wenn man ihr so scheinheilige Ausreden auftischte wie diese, fiel es ihr nicht leicht, sich im Griff zu behalten.

»Die Dinge laufen eben nicht immer so, wie wir uns das wünschen.«

»Genau deshalb musst du *Avistan* zurückziehen. Es ist ganz offensichtlich noch nicht ausgereift. Thea hat sich die Akte der Patientin angesehen, die gestorben ist. Sie war keinesfalls eine Hochdruck-Patientin«, sagte sie mit schneidender Stimme.

»Ich denke, diese Einschätzung fällt nicht wirklich in eure Kompetenz«, erwiderte Berger mit ebenso scharfem Unterton.

Bisher hatte Romy ihren Chef eigentlich geschätzt und als fairen und kompetenten Wissenschaftler erlebt.

»Ist es wegen Forster's Health?«, fragte sie ihn. »Wie viele Millionen haben die eigentlich in die Entwicklung von *Avistan* gesteckt? Vier, fünf, sechs? Oder zehn?« Romy wusste, er hing am Tropf des amerikanischen Konzerns. Offenbar machten sie ihm Druck, und ihm blieb letztlich nichts anderes übrig, als *Avistan* bei der Bundesstelle für Medikamentenzulassung durchzudrücken. Dabei spielte eine tote Probandin nur eine untergeordnete Rolle. Feistner deckte ihn und bekam dafür bestimmt eine ordentliche Gehaltsaufbesserung. War er nicht letzte Woche mit einem niegelnagelneuen Jaguar vorgefahren?

»Wenn du irgendwann einmal mehr Verantwortung trägst als für dein monatliches Gehalt, rede ich gerne weiter mit dir. Jetzt kannst du eigentlich nur noch dafür sorgen, dass deine Freundin zur Vernunft kommt. Diese Unterhaltung ist damit beendet.«

Doch so schnell ließ Romy sich nicht abspeisen. »Und was machst du, wenn ich an die Presse gehe oder mich gleich an die Bundesstelle wende?«

»So dumm wirst du wohl kaum sein. Du hast schon einmal einen Job verloren, weil du dich zu weit aus dem Fenster gelehnt hast. Und hier geht es um ein bisschen mehr als um bessere Pflege oder Arbeitszeiten für das Krankenhauspersonal. Ein solcher Konzern besitzt Macht, die weit bis in die Politik, die Presse und die öffentlichen Stellen reicht. Das ist ein Wespennest. Wer anfängt, darin herumzustochern, wird unweigerlich gestochen. Und jeder Stich ist tödlich.«

»Willst du mich einschüchtern?« Sie wusste natürlich, dass er recht hatte. Wenn *Avistan* hier in Deutschland nicht durchkam, würden die Amis es woanders probieren. In London, in New York, in Abu Dhabi … Irgendwo stand bei solchen Konzernen immer jemand auf deren »Gehaltsliste«, den sie gefügig machen konnten. Und dann heuerten sie ein paar Koryphäen an, die auf Kongressen und bei der Fachpresse *Avistan* über den grünen Klee lobten. Für eine ordentliche Summe auf einem Konto auf den Bahamas taten diese Kandidaten alles. Manchmal reichte sogar schon eine nette Urlaubsreise dorthin oder ein Kongress in einem Fünfsternehotel mit touristischem Rahmenprogramm für die Begleiterinnen.

Als könnte er ihre Gedanken lesen, wirkte Berger plötzlich nur noch wie ein Häufchen Elend. Er nahm einen Schluck aus seinem Kaffeebecher, der vor ihm auf dem Schreibtisch stand, und sah Romy desillusioniert an. »Letztendlich ist jeder käuflich, Romy. Auch du! Stell dir vor, jemand schlägt dir vor, in deinem Bereich ein neues Mittel gegen Krebs zu entwickeln. Würdest du nicht auch zugreifen, selbst wenn du einen Pakt mit dem Teufel schließen müsstest?«

Romy schwieg.

»Ich habe einmal genauso ambitioniert gedacht wie du. Tödliche oder chronische Krankheiten besiegen. Krebs, Aids, MS. Die Menschheit retten. Aber das hat man mir endgültig ausgetrieben. Zuerst lockt dich so ein Konzern mit großen Summen und Versprechungen, und dann ziehen sie die Schlinge um deinen Hals immer weiter zu, bis du keine Luft mehr bekommst. Diese Typen sind wie die Geier. Sie werden den Laden hier schlucken. So oder so.« Er stellte den Kaffeebecher zurück auf den Tisch. »In den nächsten Wochen wird Señor Nic Saratoga, der CEO von Forster's Health, auf der Matte stehen und Ergebnisse sehen wollen. Und mit dem Mann ist nicht zu spaßen. Er kommt ursprünglich aus Kolumbien. Alte Kartellschule.« Berger lachte bitter, aber Romy war klar, wie ernst die Situation war und wie tief ihr Chef in der Bredouille saß.

»Mein gesamtes privates Geld steckt in dieser Firma. Ich habe sonst nichts, verstehst du! Was soll aus meiner Familie werden? Ich habe zwei Kinder, die irgendwann studieren wollen.«

So wütend sie eben noch auf Berger gewesen war, so sehr empfand sie plötzlich Mitgefühl für ihn. Sie kannte dieses schmerzhafte Gefühl, einer höheren Instanz ausgesetzt zu sein, gegen die man nichts ausrichten konnte.

In diesem Moment läutete ihr Handy. Romy sah auf dem Display, dass es Thea war. Reflexartig nahm sie den Anruf entgegen.

»Du wirst es nicht glauben!«, legte Thea los. »Ich habe im Internet recherchiert. Diese Steinzeitmenschen, wie du sie beschrieben hast, gab es tatsächlich auf La Palma, und zwar noch vor 500 Jahren. Als die Spanier die Insel eroberten, haben sie genau solche Menschen mit Fellen bekleidet und in Höhlen lebend vorgefunden. Das ist historisch nachgewiesen. Dazu würde auch passen, was deine Medizinfrau vorausgesehen hat!«

Romy schloss für einen Moment die Augen und atmete tief durch. *Es werden Männer mit Schiffen kommen, Männer, für die nur Macht und Reichtum zählen.*

»Mit den Männern hat sie die spanischen Konquistadoren gemeint«, sagte Thea aufgeregt.

»Das heißt, es war keine Halluzination?«, sagte sie und fing Bergers Blick auf. »Eine Sekunde«, signalisierte sie ihm.

»Das weiß ich nicht. Ich weiß nur eins: Wir müssen auf diese Insel.«

»Wir?«

»Ja, wir. Wenn es wirklich so was wie Wiedergeburt gibt, dann will ich das wissen.« Sie hielt einen Moment inne, nur ihr Atem war zu hören. »Würde mich irgendwie beruhigen. Sag dem guten Berger, dass du die nächsten drei Wochen Urlaub machst. Ich buche inzwischen unsere Flüge.«

Weg war sie. Romy musste grinsen. Das ist meine alte Thea!, dachte sie berührt, trotz allem so voller Tatendrang.

»War das Thea?«, fragte Berger. »Alles in Ordnung?«

Romy nickte.

»Und? Hat sie es sich noch mal überlegt?«

»Nein. Sie will morgen mit mir auf die Kanaren fliegen. Gibst du mir drei Wochen frei?«

»Das kommt etwas überraschend, oder?«

»Ja.« Sie sah ihn abwartend an. »Denkst du nicht, wir sind ihr das schuldig?«

Berger atmete tief durch. Sein Blick war schwer zu deuten. »Ist vielleicht nicht das Schlechteste. Wenn ihr wieder zurück seid, hat sich hier alles ein wenig beruhigt, und Thea überlegt es sich vielleicht noch einmal … wenn es dann nicht zu spät ist.«

»Danke«, presste Romy hervor.

»Vergiss deinen Ärger und kümmere dich um deine Freundin.«

Romy verabschiedete sich und ging nachdenklich zurück in ihr Büro. Berger war kein schlechter Kerl. Er hatte sich nur korrumpieren lassen. Und nun hatte Forster's Health ihn in der Hand. Sie würden Biotex schlucken und ihre Belange durchsetzen. Ihr Magen krampfte sich bei diesem Gedanken zusammen.

Der Mann mit den blauen Augen trug diesmal nicht seine Militärjacke, sondern eine blaue Windjacke, eine Hose von Jack Wolfskin, Bergschuhe und einen Rucksack. Er war rasiert und sah aus wie die meisten anderen Passagiere in der Warteschlange vor dem Check-in-Schalter des Flugs nach Santa Cruz de la Palma. Als sich sein Blick auf die beiden jungen Frauen richtete, die gerade am Counter eincheckten, bekam sein Gesichtsausdruck beinahe etwas Zärtliches.

Er zog sein Handy aus der Tasche und gab eine spanische Nummer ein.

»Hola, Ricardo … Ja. Es verläuft alles nach Plan. Die Maschine ist pünktlich.«

Plötzlich tippte ihm jemand auf die Schulter.

»Alexander Merten?«

Er drehte sich um und blickte in das ausdruckslose Gesicht eines Zivilbullen. Er kannte diese Typen nur zu gut und hätte unter hundert Gesichtern einen einzigen erkannt. So wusste er auch sofort, dass ihm keine Chance für eine Flucht blieb. Es standen mindestens fünf weitere Zivilpolizisten in unmittelbarer Nähe.

»Ricardo, es gibt ein Problem. Du musst dich um die beiden kümmern. Und lass sie auf keinen Fall in die Caldera«, konnte er gerade noch sagen, bevor ihm sein Telefon aus der Hand genommen wurde.

»Sie sind verhaftet. Ich muss Sie bitten, mit uns zu kommen.« Der Polizist zog seine Dienstmarke heraus.

Das Gesicht von Alexander Merten blieb unbeweglich.

Der Polizist wurde ein wenig nervös. »Bitte lassen Sie uns ohne großes Aufsehen den Flughafen verlassen. Wir wollen doch den Menschen hier nicht ihre Urlaubsvorfreude verderben. Darf ich fragen, was Sie auf La Palma wollten?«

Merten gab keine Antwort.

Die ersten Leute drehten sich nach ihnen um.

Er warf Romy und Thea noch einen besorgten Blick hinterher und fügte sich dann in sein Schicksal. Er hielt dem Polizisten seine Hände hin, damit er ihm Handschellen umlegen konnte. »Gehen wir. Sie haben Ihre Zeit auch nicht gestohlen.«

»Ich glaube, darauf können wir verzichten.« Der Polizist nahm dem Hünen den Rucksack ab und schob ihn in Richtung Ausgang. »Wissen Sie was? Im Grunde kann ich Sie sogar verstehen. Mir geht auch vieles gegen den Strich. Und manchmal könnte ich alles kurz und klein schlagen. Aber es gibt immer noch Gesetze.«

»Ich halte mich an meine eigenen Gesetze«, erwiderte Merten und hob das Kinn.

6. KAPITEL

Kurz vor der Landung riss die Wolkendecke auf. Romy beugte sich an Thea vorbei zum Fenster, und beide blickten gespannt nach unten. Die bis zu den felsigen Gipfeln bewachsene Vulkaninsel ragte geheimnisvoll aus dem Meer. Romy erschien sie wie ein grünes Urvieh. Sie lehnte sich wieder zurück. Würde sie dort tatsächlich etwas über diese Guanchen herausfinden? Guanche kam eigentlich von Guanchinet, womit nur die Ureinwohner von Teneriffa gemeint waren. In der Sprache der Berber bedeutete Guan »Mensch« und Chinet war ursprünglich der Name von Teneriffa. Die Ureinwohner von La Palma hießen Benahoares. Heute nannte man der Einfachheit halber alle Altkanarier Guanchen. Romy und Thea hatten die halbe Nacht im Internet gesurft, um mehr Informationen über die Kanaren und ihre Vergangenheit zu bekommen. Und das war nicht wenig. In der Antike wurden sie bereits von Homer als Inseln der Glückseligen beschrieben – ein irdisches Paradies, das irgendwo im Atlantik am westlichen Ende der damals bekannten Welt liegen musste, eine Art Elysium, wohin kein normal Sterblicher jemals gelangen konnte. Jene Inseln, so hieß es, waren nur für wenige Helden bestimmt, die von den Göttern auserwählt waren, um Unsterblichkeit zu erlangen. Und die erreichte man angeblich nur durch den

Genuss von goldenen Früchten, die dort in Gärten wuchsen und von den Hesperiden, den Töchtern des Atlas, strengstens bewacht wurden. Alles nur Legenden, und trotzdem kam es Romy vor, als gäbe es irgendeinen Zusammenhang mit jenem Zaubertrank aus ihrer Vision. War Iriomé womöglich auch unsterblich und befand sich nur in einer anderen Dimension? Hatte sie vielleicht irgendeine Zeitschranke durchbrochen, um Romy Einblick in ihr Leben zu gewähren? Aber wenn es so etwas tatsächlich gab, dann blieb die Frage: Warum?

Die Anschnallzeichen blinkten, während die Maschine langsam tiefer ging. Der Flughafen von Santa Cruz de la Palma galt als einer der schwierigsten der Welt. Die Landebahn war extrem kurz, und die starken Fallwinde konnten selbst einen Airbus gegen die schroffen Felsen drücken. Romy merkte, wie ihre Hände feucht wurden und ihr Atem schneller ging. Thea legte ihr beruhigend die Hand auf die Schulter.

»Alles o.k.?«

Romy nickte und konzentrierte sich darauf, regelmäßig ein und aus zu atmen. Offensichtlich schlummerte die Panik noch immer in ihr, wie ein Vulkan, von dem man nie wusste, wann er ausbrechen würde.

Mit einem heftigen Ruck setzte die Maschine auf und bremste so stark ab, dass sie beide tief in ihre Sitze gepresst wurden. Die Passagiere klatschten laut. Romy fand das immer lächerlich, doch hier konnte sie es nur zu gut verstehen. Sie atmete tief durch, löste den Gurt und half Thea, ihren schweren Rucksack aus dem Gepäckfach herunterzuholen, der offenbar mit Unmengen von Büchern vollgestopft war. Normalerweise verschlang die Freundin pro Woche mindestens zwei. Sogar bei ihrem letzten gemeinsamen Trip in den Anden hatte Romy sie mit drei dicken Büchern in ihrem Rucksack erwischt.

Ein angenehm warmer Wind empfing sie, als sie vom Flugzeug die Gangway hinunter zum Flughafengebäude gingen. Auf dem Atlantik, direkt neben der Landebahn, tanzten kleine weiße

Schaumkronen. Was für ein Unterschied zu Deutschland! Dort zeigte das Thermometer am Morgen minus drei Grad, und die Maschine musste sogar enteist werden.

Thea hatte den Großteil des Fluges verschlafen und fröstelte nun trotz der frühlingshaften Temperaturen. Sie zog sich ihren Wollschal fester um den Kopf, schien aber sonst ganz munter zu sein.

»Na, wie fühlt es sich an, den Boden deiner Ahnen zum ersten Mal zu betreten?«, neckte sie ihre Freundin.

Romy gab keine Antwort. Denn es kam ihr tatsächlich so vor, als würde sie diese Luft hier nicht zum ersten Mal atmen.

Das Flughafengebäude, ein zweckmäßig aus dunkelgrauem Sichtbeton gebauter Klotz, wirkte leider gar nicht wie das Tor zum Paradies. Die Moderne in ihren schlimmsten Auswüchsen hatte hier mit aller Gewalt zugeschlagen. Allerdings lief die Abfertigung wie am Schnürchen. Ihre Koffer erschienen fast als erste auf dem Gepäckband, und auch die Formalitäten für den Leihwagen ließen sich erfreulicherweise schnell erledigen, bis auf die zusätzliche Abholgebühr, die in dem Billigangebot aus dem Internet mal wieder nicht erwähnt worden war. Romy kam jedoch zugute, dass sie noch immer sehr gut Spanisch sprach.

Der kleine weiße Citroën, den sie erst nach längerem Suchen in dem riesigen Flughafenparkhaus ausfindig machen konnten, schien ganz neu. Zumindest roch er so, was hoffen ließ, dass die Bremsen gut funktionierten. Das sei auf der Insel überlebenswichtig, hatte die Reisebüroangestellte Romy noch mit auf den Weg gegeben, als sie die Tickets abholte.

Bereits nach den ersten Kilometern war klar, was damit gemeint war. Kaum hatten sie die Küstenstraße verlassen, um über einen hohen Bergkamm auf die Westseite der Insel zu gelangen, trafen sie auf eine Haarnadelkurve nach der anderen. Thea ließ das Seitenfenster herunter und legte sich vorsichtshalber die Kotztüte, die sie aus dem Flugzeug mitgenommen hatte, auf den Schoß. Romy bemühte sich, so langsam und so sanft wie möglich zu fahren. So blieb ihnen jedenfalls ausreichend Zeit, die beeindruckende Landschaft in sich aufzunehmen.

Gigantische Felswände links, tiefe Schluchten rechts und nach der nächsten Kurve umgekehrt. Über zweitausend Meter hohe, von Wolken umgebene Bergmassive fielen steil ab zu riesigen Bananenplantagen am Meer. Die meisten der abschüssigen Hänge waren mit unzähligen Mauern aus dicken Natursteinen in stufenförmige Terrassen unterteilt.

»Also, ich weiß nicht, ob die ursprünglichen Bewohner der glückseligen Inseln wirklich mit einem so sorgenfreien Leben verwöhnt waren. Da müssen etliche Generationen über Jahrhunderte mit unermüdlichem Fleiß Stein für Stein aufgeschichtet haben«, sinnierte Thea.

Romy musste ihr recht geben. Irgendwie hatte sie sich das Paradies auch ein bisschen anders vorgestellt. Nicht so steil und auch nicht so wild. Da sah man mal wieder, wie sehr sich Geschichten und Legenden doch von der Realität unterschieden. Trotzdem gefiel ihr die Landschaft, deren Vegetation sich ständig änderte. Während unten an der Küste hauptsächlich verschiedene Kakteenarten und Sukkulenten, dicke fleischblättrige Gewächse, wuchsen, stießen sie weiter oben auf zart rosa blühende Mandelbäume und meterhohe Christsterne. Dann fuhren sie wieder durch sonnendurchflutete, würzig duftende Kiefernwälder. Und natürlich wuchsen überall die kanarische Palmen, denen die Insel ja schließlich ihren Namen verdankte.

Vorgestern erst hatte sie von La Palma »geträumt«, und heute schon war sie hier. Egal, ob Wiedergeburt oder nicht: Es gab einen Grund dafür! Und den musste sie herausfinden.

»Sieh mal«, riss Thea sie aus ihren Gedanken und deutete auf ein Ortsschild mit dem Namen *Tazacorte,* das halb hinter einem Busch versteckt war. »Ich habe irgendwo gelesen, dass die Welser dort im Mittelalter einmal riesige Ländereien besaßen. Warte mal.«

»Die Welser? Hier?!«

Thea kramte aus ihrem Rucksack eines der Bücher hervor,

das sie gestern Nachmittag noch in der Buchhandlung am Obstmarkt erstanden hatte, und fand schnell die richtige Stelle: »Pass auf, 1492 landeten spanische Truppen unter dem Kommando von Alonso Fernández de Lugo an der Küste von Tazacorte, um von dort die Eroberung der Insel einzuleiten. Zur Erinnerung an den tapferen Guanchenhäuptling ›Tazo‹, der dort im Kampf fiel, erhielt die Gegend den Namen aus der Ableitung ›Tazo und Corte‹ – der Hof des Tazo. Der Landstrich um Tazacorte, der sein Wasser aus der Caldera erhält, dem riesigen Vulkankrater im Zentrum der Insel, wurde später für den Zuckerrohranbau genutzt. Ein Konkurrenzunternehmen der berühmten Augsburger Fugger, das Welser-Handelshaus, kaufte im Jahre 1509 große Teile des Gebietes auf, trieb für kurze Zeit Handel auf den Kanaren, orientierte sich dann aber mehr in die ›Neue Welt.‹« Thea sah die Freundin triumphierend an. »Hab ich's doch gewusst. Mein Hirn ist jedenfalls noch nicht von Metastasen zerfressen.«

»Als geborene Augsburgerin hätte ich mir das natürlich auch gemerkt. Aber warte mal …« Romy stutzte, dann warf sie Thea einen raschen Blick zu. »Denkst du, was ich denke?«

Thea nickte. »Du wolltest damals unbedingt diese Bude im alten Welserkontor haben, in der es im Winter saukalt ist. Und ich musste mich sogar vorübergehend mit meiner Mutter versöhnen, damit du sie bekommst.«

»Das kann doch kein Zufall sein, oder? Da muss es doch ein Zusammenhang sein.« Romy war plötzlich sehr aufgeregt. So viele Zufälle konnte es unmöglich geben. Irgendetwas war hier los. Nur was?

»Vielleicht gibt es ja hier so was wie ein Museum mit einem Inselarchiv oder ein altes Kloster, in dem man noch Aufzeichnungen über frühere Besitzverhältnisse findet?«, meinte Thea.

»Nur gut, dass ich dich dabeihabe«, sagte Romy grinsend.

»Stimmt, und du solltest jede Minute nutzen.«

Romy fuhr rechts ran und hielt den Wagen an. Sie konnte nicht anders, als die Freundin fest in den Arm zu nehmen.

Minuten später folgten sie dem Wegweiser, vorbei an einer unangenehm riechenden Kläranlage, durch eine Siedlung von Sozialbauten, bis hinunter zum Strand, der sie jedoch für alles entschädigte. Der schwarze Lavasand bildete einen edlen Kontrast zum tiefblauen Meer und der weißen Brandung. An der Promenade reihten sich Fischrestaurants aneinander, vor denen Tische und bunte Sonnenschirme aufgestellt waren.

»Schwer vorzustellen, dass hier einst spanische Schiffe vor Anker gingen und Männer in Rüstungen mit Schwertern ausspuckten«, sagte Thea, während sie ausstieg.

Romy gab ihr recht. Sie glaubte für einen kurzen Moment in Iriomés Haut zu stecken, die miterlebt haben musste, wie die Eroberer hier an Land gingen und ihr Volk beinahe vollständig auslöschten.

So viel wusste sie bereits. Die Konquistadoren waren nicht zimperlich gewesen. Mit Schwert und Bibel hatten sie sich nicht nur die Kanaren, sondern große Teile der Welt untertan gemacht. Wer nicht zum katholischen Glauben übertrat, wurde einen Kopf kürzer gemacht. Sie bekam eine Gänsehaut, obwohl die Sonne heiß vom Himmel herunterbrannte. In ihrem Kopf begann es schon wieder leise zu dröhnen.

»Alles in Ordnung?« Thea sah sie prüfend an.

Romy nickte. Sie wollte jetzt nicht mit Thea über ihre Ängste reden, die sie offensichtlich wieder öfter heimsuchten.

»Wollen wir ein paar Schritte am Strand entlanggehen?«, schlug sie stattdessen vor.

Sie zogen Schuhe und Strümpfe aus, ließen ihre Füße im feinen schwarzen Sand versinken und von den Wellen umspielen. Das Wasser hatte eine angenehme Temperatur. Zahlreiche Touristen tummelten sich in den Wogen. Beide hingen ihren Gedanken nach und genossen einfach nur die Wärme.

Thea hakte Romy unter und drückte ihre Hand. »Ich habe dir noch gar nicht dafür gedankt, dass wir beide jetzt hier sind. Es bedeutet mir sehr viel. Auch wenn ich es nicht erklären kann.«

»Du kannst etwas nicht erklären?«

Sie lachten gleichzeitig. Romy drückte die Freundin noch einmal an sich. Für einen kurzen Moment konnten beide vergessen, wie es um Thea stand und dass der Aufenthalt hier vielleicht ihre letzte gemeinsame Zeit sein würde.

Wenig später saßen sie in einem kleinen Restaurant mit Holz- statt Plastiktischen direkt am Meer. Romy bestellte in fehlerfreiem Spanisch Mineralwasser, einfachen Landwein, gegrillten Tintenfisch und eine Schüssel Salat. Ihr Magen knurrte eigentlich schon seit der Landung.

Wie im Flieger waren die meisten Touristen im Restaurant über fünfzig. Hauptsächlich Deutsche, aber auch ein paar Holländer. Nur an der Bar stand ein junger Palmero Mitte zwanzig und trank einen Kaffee. Er sah sympathisch aus. Romy glaubte, ihn schon am Flughafen gesehen zu haben. Aber vielleicht täuschte sie sich. Er blickte immer wieder zu ihnen herüber, doch als sie ihn ebenfalls ansah, wandte er schnell den Blick ab, zahlte und verließ das Lokal. Thea schien davon nichts mitbekommen zu haben, ihre Augen waren geschlossen, und sie genoss die Sonne auf ihrem Gesicht.

In einem kleinen Supermarkt und einem Bioladen kauften sie Lebensmittel für die nächsten Tage, bevor sie sich auf den kurvenreichen Weg in Richtung Nordwesten zu ihrer gemieteten Finca machten. Sie folgten dem gut ausgeschilderten Weg die Küste hinauf und erreichten ihr Ziel eine halbe Stunde später.

Schon vom höher gelegenen Parkplatz hatte man einen fantastischen Blick über die Steilküste und das azurblaue Meer. Die beiden Freundinnen stiegen gleichzeitig aus und blieben verzückt stehen. Sie konnten sich kaum satt sehen an der Weite des Ozeans, die sich vor ihnen ausbreitete.

»Das ist wirklich paradiesisch«, sagte Romy leise.

Thea lächelte. »Die Insel der Glückseligen. Jetzt müssen wir nur noch die Götter gnädig stimmen, dass sie uns in die Reihe der unsterblichen Helden aufnehmen.«

Romy seufzte leise und lud dann das Gepäck aus. Sie rollte ihre beiden Koffer den von hohen Kakteen gesäumten Steinweg zur Finca hinunter. Thea folgte ihr mit den Einkaufstüten. Der Schlüssel lag wie verabredet auf dem Türstock des dickwandigen, weiß getünchten quadratischen Häuschens, dessen Ecken im typischen Kanaren-Stil mit dunklen Natursteinen durchsetzt waren. Die alte Holztür ließ sich erst nach mehreren vergeblichen Versuchen öffnen und gab ein lautes Knarren von sich.

Neugierig betraten sie den einladenden Raum mit dem offenen Dachstuhl. Durch die Ritzen der geschlossenen Fensterläden drängte die Sonne. Romy ließ sie herein.

Die Einrichtung war einfach, aber geschmackvoll. Ein Küchen- und Essbereich mit einem alten, mächtigen Holztisch, ein gemütliches Sofa und ein breites, altmodisches Eisenbett mit blütenweißer Bettwäsche.

Der zweite Raum war etwas kleiner und ebenfalls mit einem Doppelbett ausgestattet. Thea ließ sich erschöpft darauf fallen. »Ist es in spanischen Ländern nicht Sitte, nach dem Mittagessen eine kleine Siesta abzuhalten?«

»Absolut!« Romy half der Freundin, die Schuhe auszuziehen, und deckte sie mit einer Wolldecke zu. Doch das bekam Thea schon nicht mehr mit. Vielleicht geschieht ja ein Wunder und sie wird hier gesund, dachte Romy, während sie die Schlafende betrachtete. Vielleicht hatte ihre Vision sie deshalb hierher geschickt. Im nächsten Augenblick schalt sie sich jedoch für ihr Wunschdenken. Es war unrealistisch. Thea litt an einem hoch aggressiven Karzinom, das bereits gestreut hatte. Eine Heilung war extrem unwahrscheinlich.

Leise schloss sie die Tür und ging in die Küche. Wie es auf dem Merkzettel an der Tür stand, drückte sie die Sicherungen hoch, damit der Kühlschrank ansprang, und ließ sich dann mit einem tiefen Seufzer in einen Liegestuhl auf der Terrasse fallen. Auspacken konnte sie später immer noch.

Binnen kürzester Zeit geriet sie in einen eigenartigen Zustand.

Alles rückte plötzlich in den Hintergrund. Berger, *Avistan*, der amerikanische Konzern, die Sorge um Thea, ihr Sturz, die Guanchen, die Insel der Unsterblichkeit. Das Karussell in ihrem Kopf drehte sich zwar immer noch, aber nicht mehr so schnell, und Romy spürte, dass es möglicherweise ganz zum Stillstand kommen könnte. Etwas, das ihr seit Jahren nicht mehr gelungen war.

Außer dem Rascheln der Eidechsen, die sich zwischen Gestrüpp und Steinen emsig hin und her bewegten und dabei merkwürdig pfeifende Laute ausstießen, und dem Zwitschern der kleinen, gelbbauchigen Kanarienvögel war kein Ton zu vernehmen. Kein nahes oder entferntes Verkehrsrauschen, kein Radio oder Fernsehen, keine Polizeisirene, kein Telefon. Romy hatte das Gefühl, für immer hier sitzen bleiben zu können. Nichts mehr tun zu müssen. Keine stundenlangen Berechnungen von Testreihen, kein Warten auf ein sensationelles Forschungsergebnis, das doch nicht kam, keine Nächte, die sie sich mit dem Schreiben von Berichten um die Ohren schlug.

»Starke Vibrations hier, was?«

Eine warme männliche Stimme riss sie aus ihren Gedanken. Hinter einer Natursteinmauer, die die Terrasse eingrenzte, tauchte ein braun gebranntes, leicht verlebtes Gesicht auf, umrahmt von langen dunklen Rastalocken, die hinten zusammengebunden waren. Gleichzeitig stieg ihr der Duft von Marihuana in die Nase.

»Cannabis Sativa, Hauptwirkstoff Tetrahydrocannabinol«, konstatierte sie.

Der Hippie sah sie irritiert an und drückte reflexartig seinen Joint auf der Steinmauer aus.

Romy lachte. »Keine Angst, ich arbeite in der Medikamentenforschung.«

Sein Gesicht zeigte spürbare Erleichterung. »Hi, ich bin der Nachbar.« Romy sah sich um, konnte aber kein Haus in unmittelbarer Nähe entdecken.

»Ich wohne da unten … in der Höhle.«

Tatsächlich erspähte sie unterhalb ihrer Terrasse, zwischen Kakteen und wildem Fenchel, einen Höhleneingang mit einer Holztür davor und einer alten Lkw-Windschutzscheibe als Fenster.

»Romy Conrad.« Sie stand auf und hielt dem Rasta die Hand hin. Er trug weite indische Pluderhosen von undefinierbarer Farbe, ein ausgebleichtes lila Batikhemd und keine Schuhe. Sie schätzte ihn auf Ende vierzig. Eigentlich hatte sie geglaubt, solche Typen seien längst ausgestorben.

»Sam!« Er ignorierte ihre Hand, umarmte sie stattdessen und drückte sie mindestens eine halbe Minute an sich.

»Du hast Stress, Schwester«, sagte er schließlich. »Aber das hier ist ein guter Platz, um loszulassen. Ich habe gerade frischen Zitronengrastee gemacht. Wenn du willst?«

Romy warf einen Blick durch das offene Schlafzimmerfenster und hörte Theas regelmäßige Atemzüge. Warum eigentlich nicht? Vielleicht konnte er ihnen ja ein paar brauchbare Tipps geben, und bestimmt waren sie irgendwann einmal auf Nachbarschaftshilfe angewiesen.

Sie folgte Sam einen kleinen Trampelpfad hinunter zu seiner Höhle. Vor dem Eingang stand ein hoher Drachenbaum.

Romy hielt inne. Genau so einen Baum hatte sie in ihrer Vision gesehen! Sie konnte nicht anders, als ihre Hand auf die silbrige Rinde zu legen, die sich rau unter ihren Fingern anfühlte. Romy blickte hinauf in die mächtige Krone. Die knorrigen Äste ragten wie die Speichen eines aufgespannten Schirms über ihr auf. An ihren Enden hingen lange, schwertförmige Blätter in einem dunkelgrünen Schopf nach unten. Ob sie wollte oder nicht, sie konnte sich der Kraft, die von diesem Baum ausging, nicht entziehen.

»Coole Bäume, was? Der ist bestimmt zweihundert Jahre alt, wenn nicht mehr.« Sam pulte mit dem Finger ein wenig von dem roten Harz ab, das an dem Stamm klebte. »Wenn ich Zahnschmerzen habe, schmiere ich mir das Zeug einfach aufs Zahnfleisch. Das hilft, zumindest fürs Erste. Ich bin nicht versichert, und einen Zahnklempner kann ich mir sowieso nicht leisten.«

Romy schenkte ihm einen bedauernden Blick. »Weißt du sonst noch etwas über diese Bäume?«

»Wie meinst du das?«

»Na ja, im Zusammenhang mit den Ureinwohnern?«

»Mit den Guanchen?«

Romy nickte.

»Ja klar, für sie waren es heilige Bäume. Die Blätter haben sie zum Flechten von Körben hergenommen, und aus den Stämmen machten sie ihre Boote.«

Romy lehnte sich gegen den Stamm und glaubte tatsächlich, eine gewisse Vertrautheit, ja sogar Geborgenheit zu spüren. Oder bildete sie sich das alles nur ein?

Sam goss aus einer blechernen marokkanischen Teekanne zwei Schälchen voll und stellte sie auf einen wackeligen Holztisch vor dem Höhleneingang.

»Ist ja nicht so alltäglich, im 21. Jahrhundert in einer Höhle zu wohnen«, stellte Romy amüsiert fest.

»Hier schon«, erwiderte Sam. »Wer nicht genug Geld für ein Haus hat, mietet oder kauft sich einfach eine Höhle.«

»Und lebt darin wie früher die Ureinwohner?«

Sam lachte. »Nicht ganz. Die besaßen weder eine Solaranlage noch SAT-Antenne oder Internet. Wenn es dich interessiert, kannst du gern mal reinschauen.«

Das ließ sich Romy nicht zweimal sagen. Sie trat durch den Eingang und war angenehm überrascht. Sie konnte ohne Probleme aufrecht stehen. Die steinerne Decke war zwar rau, aber weiß gekalkt und ließ offensichtlich kein Wasser durch. Aus flachen Steinen und Zement hatte er sich eine gemütliche Sitzecke gestaltet, auf der Matratzen, bunte Tücher und unzählige Kissen lagen. Es sah fast wie eine schicke Wohnlandschaft aus. Dort schlief er wohl auch, denn in der Ecke lag eine zusammengerollte Bettdecke.

In die Höhlenwände waren mehrere Nischen gemeißelt, als Ablage für Bücher und allen möglichen Kleinkram. Rechts neben dem Eingang standen ein sauber geputzter Gasherd, ein

Spülbecken, das in das Holzgestell eines alten Tisches eingepasst war, und ein Regal mit vollen Einmachgläsern, die ordentlich beschriftet waren. Romy musste zugeben, dass man hier durchaus leben konnte.

»So eine Höhle ist ideal«, schwärmte Sam. »Es herrscht fast immer die gleiche Temperatur. Im Sommer ist sie schön kühl, und im Winter schützt sie dich vor dem Regen. Außerdem zahle ich nur fünfzig Euro Miete im Monat.«

»Das ist wirklich günstig.« Romy musste daran denken, wie viel sie für ihre kalte Altbauwohnung inklusive Nebenkosten abdrückte.

»Und sonst braucht man hier auch nicht viel. Die Avocados wachsen einem fast in den Mund, nächsten Monat sind die Orangen reif, und Bananen bekommt man überall auf den Plantagen geschenkt.«

Romy konnte ihn gut verstehen. Für jemanden wie Sam war es ideal hier. Wirklich ein Paradies! Wahrscheinlich wäre der Hippie auch gar nicht mehr in der Lage, woanders zu leben. Im hektischen Leben einer Großstadt, im Haifischbecken der globalen Geschäftemacher, hätte er keine Chance.

»Die Insel der Glückseligen«, zitierte Romy ihre Recherchen.

»Ich weiß nicht. Aber besonders ist es hier schon. Ich bin an vielen magischen Orten gewesen. In Indien, in Irland, in Peru. Aber hier im Norden von La Palma geht energetisch einfach am meisten ab.«

»Wie meinst du das?«

»Keine Ahnung, wie man die Energie beschreiben soll. Hat vielleicht mit den Vulkanen, dem Magma, der Urvergangenheit zu tun. Das macht was mit dir. Die Guanchen haben das bestimmt auch gespürt. Du musst dir mal ihre Höhlen hier unten in Buracas ansehen, die sind schon besonders. Wer ein Gefühl dafür hat, kann dort noch heute etwas spüren.« Er lächelte sie an. »Hast du doch selbst gemerkt, als du eben den Stamm des Drachenbaums berührt hast, oder?«

Romy fühlte sich ertappt und merkte, dass sie rot anlief. Es fiel ihr immer noch nicht leicht, ihr Fühlen zu akzeptieren und sich nicht dafür zu schämen.

»Wir haben dort unten schon so einige Fullmoon-Partys gefeiert und bis in den frühen Morgen getrommelt. Irgendwann bist du dann so in Trance, dass du diese Zeit hier gar nicht mehr für die reale hältst.«

»Vor allem nicht, wenn man genügend geraucht hat.« Romy grinste und beschloss, auf sichereres Terrain zurückzukehren.

»Das sowieso.«

Sie waren inzwischen wieder nach draußen getreten. Sam deutete auf ein sonniges, etwas verstecktes Eck hinter einer Steinmauer, wo fein säuberlich in Reih und Glied mehrere fast zwei Meter hohe Hanfpflanzen standen. »Ich bin Selbstversorger.«

»Und wann ist die nächste Fullmoon-Party?«, wollte Romy nun doch wissen. Vielleicht sollte sie sich auf solch ein »Happening« einlassen. Was konnte schon passieren? Im besten Fall würde sie wieder irgendwelche Visionen aus der Vergangenheit haben und vielleicht sogar den Sinn hinter alldem hier verstehen.

»Ich kann dir ja Bescheid sagen«, erwiderte Sam.

»Das wäre sehr nett.«

»Willst du mal?« Er hielt ihr einen Joint hin, den er sich in der Zwischenzeit angezündet hatte. »Beste Qualität. Alles Bio.«

Romy zögerte kurz, nahm ihn dann aber an. Warum nicht? Sie inhalierte tief und spürte, wie der Rauch ihre Lungen füllte. Es war eine Ewigkeit her, seit sie zum letzten Mal gekifft hatte. Zuerst überkam sie ein leichtes Schwindelgefühl, aber dann wurden ihre Sinne beinahe wie auf Knopfdruck geschärft. Der Geruch frischer Erde und vergorener Kaktusfeigen stieg ihr in die Nase. Das Schreien der Krähen, das Summen der Bienen, das Keckern der Eidechsen drangen viel lauter an ihr Ohr als zuvor. So, als würde sie gerufen. Irgendwohin. In eine andere Zeit.

Nachdem sie ein zweites Mal gezogen hatte, gab sie Sam den Joint zurück. »Meinst du, die Guanchen haben auch irgendwelche Drogen verwendet? Sie sollen ja ein sehr spirituelles Volk gewesen sein«, sagte sie so beiläufig wie nur möglich.

»Klar, alle archaischen Völker sind über psychotrope Pflanzen mit ihren Ahnen, Geistern und Göttern in Kontakt getreten.«

Wie die meisten Hippies kannte er sich auf diesem Gebiet bestens aus. Seine Stimme bekam fast etwas Dozierendes. »In Südamerika zelebrierten die Indios ihre Rituale mit Peyote, Curare oder Ahuasca. In Europa und Nordasien nahmen Druiden und Hexen halluzinogene Pilze …«

»Und die Guanchen? Was nahmen die?« Romy blickte ihn gespannt an.

»Keine Ahnung«, antwortete Sam mit Bedauern in der Stimme. »Auf alle Fälle nichts, was heute noch hier wächst, sonst hätten wir es längst entdeckt.«

Romy musste lachen. Dann warf sie einen Blick zum Haus. »Ich glaube, ich muss jetzt gehen und mich um meine Freundin kümmern. Die weiß ja gar nicht, wo ich bin.«

»Kein Problem, wir sehen uns bestimmt noch. Den Joint kannst du gerne für sie mitnehmen«, sagte Sam. »Als Willkommensgeschenk sozusagen.«

Romy nahm dankend an. Natürlich wusste sie, dass Cannabis in einigen Ländern offiziell für die Krebstherapie eingesetzt wurde. Es regte den Appetit an und wirkte schmerzlindernd. Schaden würde es Thea auf keinen Fall.

»Ach, eins noch. Hast du schon mal von Amakuna gehört?«

Sam schüttelte den Kopf. »Nein, was soll das sein?«

»Egal, vergiss es. Und danke noch mal.«

»Kein Problem. Warte, nimm noch ein paar Avocados mit, die sind schon reif, und ich kann nicht alle essen.« Er drückte Romy beinahe fürsorglich ein paar von den festen grünen Früchten in die Hand und machte abschließend mit Zeige- und Mittelfinger das Victoryzeichen.

Romy grinste. »Danke, das ist wirklich sehr nett. Ich hoffe, wir können uns bald mal revanchieren.«

»Ganz bestimmt, da mache ich mir keine Sorgen. Wer gibt, wird auch bekommen«, lachte er.

Komischer Kauz, aber irgendwie nett, dachte Romy, während sie leicht schwankend den kleinen Trampelpfad zu ihrem Ferienhaus hinaufging.

Thea erwartete sie bereits auf der Terrasse im Liegestuhl. Als Romy ihr den Joint hinhielt, nahm sie ihn entgeistert entgegen. »Seit wann kiffst du?«

»Gelegenheit macht Liebe. Wir haben gleich nebenan unseren privaten Dealer.«

»Was?«

»Ein harmloser Hippie, der ein bisschen Hanf anbaut.«

»Ich weiß gar nicht, wann ich zum letzten Mal so ein Ding in der Hand hatte«, grinste Thea und lehnte sich in ihrem Liegestuhl zurück. Genussvoll inhalierte sie den Rauch und blickte dabei über eine Gruppe von Drachenbäumen hinweg aufs Meer hinaus.

7. KAPITEL

Am nächsten Morgen wachte Romy schon früh auf. Sie brauchte einen Moment, um zu begreifen, wo sie war. Kein lautes Zuschlagen von Autotüren, keine Müllabfuhr, die zu unchristlicher Zeit mit lautem Tuten und Getöse die Tonnen leerte.

Sie stand auf, schlüpfte in ihre Flipflops, öffnete die Terrassentür und genoss die freie Sicht auf den Atlantik. Das war schon etwas anderes als der frühmorgendliche Blick aus ihrem Schlafzimmerfenster in Augsburg. Die ersten Sonnenstrahlen lugten über die Berge. Sie warfen ein sanft schimmerndes Licht auf die Drachenbäume vor ihr und brachten ihre rötlichen Blüten zum Leuchten. Ein Falke erhob sich direkt vor ihren Augen in die Höhe, blieb eine Weile auf der gleichen Stelle stehen, indem er seine Flügel mit hoher Geschwindigkeit hin und her bewegte, und schoss dann unvermutet wie eine Rakete nach unten. Wahrscheinlich, um sich sein Frühstück zu holen, eine Eidechse oder eine Maus. Romy verspürte ebenfalls Hunger, allerdings gelüstete es sie eindeutig nach etwas anderem.

Der Kühlschrank war bis oben hin gefüllt, und ihr lief das Wasser im Mund zusammen, als sie an den frisch geräucherten Ziegenkäse dachte, den sie erstanden hatten. Sie ging in die Küche, legte den tortenförmigen Käse auf einen Teller, wickelte eine ordentliche Portion rot glänzenden Jamón Serrano aus dem Papier sowie gesalzene Butter. Dazu gab es frisches Dinkelbrot aus dem Bioladen. Außerdem hatten sie am Abend den Orangenbaum direkt hinter ihrem Haus geplündert.

Mit einem scharfen Messer schnitt Romy die Früchte auseinander und presste den Saft in zwei Gläser. Das eine trank sie gleich halb leer. Köstlich. Zuckersüß. Dann teilte sie Sams Avocados in zwei Hälften und dekorierte alles mit den gelben und roten Blüten der Kapuzinerkresse, die munter über die Terrasse wucherte, und ein paar Zitronenschnitzen. Zum Schluss holte sie noch die schlichten Tonteller aus dem Geschirrhalter über der Spüle, legte Messer, Gabeln und orangefarbene Stoffservietten daneben und betrachtete zufrieden ihr Werk.

»Das sieht ja großartig aus«, ertönte Theas Stimme hinter ihr. Sie trug ein türkisfarbenes Leinenkleid, hatte sich ein Tuch in der gleichen Farbe um den Kopf gewickelt und stand wie das blühende Leben in der Küchentür. Zum ersten Mal seit langer Zeit waren ihre Wangen leicht gerötet.

»Und du siehst auch großartig aus.«

»Ich fühle mich auch so. Bei diesen Guanchen, Iriomé oder wer auch immer dich gerufen hat, kann ich mich nur bedanken.«

Romy grinste. »Komm, setz dich und lass es dir schmecken.«

Thea hatte tatsächlich Appetit. Ob das nun an dem Joint oder dem Meeresklima lag, war ganz gleich. Romy freute sich jedenfalls darüber.

»Möchtest du heute lieber nur ausspannen oder schon gleich was unternehmen?«, fragte sie, während sie mit der Gabel eine halbe Avocado zerquetschte und Zitrone darüberträufelte.

»Wir sollten nach Santa Cruz fahren. Dort ist ein ehemaliges Kloster, das von Franziskanern gegründet und inzwischen zum Inselmuseum umfunktioniert wurde. Die spanischen Eroberer hatten damals Mönche dabei, und das waren die Einzigen, die schreiben konnten. Vielleicht finden wir ja dort irgendwelche Originalunterlagen, in denen etwas über die Guanchen steht. Ich finde, wir sollten erst einmal ein paar Informationen einholen, bevor wir uns ins Gelände wagen und eine Höhle nach der anderen ansehen. Das kann ewig dauern, bis wir auf die aus deiner Vision stoßen. Je mehr Vorwissen man hat, desto gezielter kann man suchen.«

Thea war schon immer gut im Organisieren gewesen, das musste man ihr lassen. Irgendwie schien hier auf der Insel ihre Energie aufzuleben.

»Und wenn wir tatsächlich die Höhle entdecken, was meinst du, werden wir dort finden?«

»Irgendeinen Hinweis auf Amakuna. Dieser Trank ist der Schlüssel! Da bin ich mir ganz sicher. Ich habe lange darüber nachgedacht. Wenn die Medizinfrau der Guanchen mit seiner Hilfe durch die Zeit gereist ist, kann man das heute vielleicht auch noch. Wer weiß? Tichiname hat die spanische Eroberung vorausgesehen. Vielleicht kannst du statt in die Zukunft zurück in die Vergangenheit reisen und mit dieser Iriomé Kontakt aufnehmen.«

Romy hätte sich beinahe an ihrem Orangensaft verschluckt. »Du hast Nerven! Die Medizinfrau ist qualvoll gestorben, nachdem sie die Schale leer getrunken hat.«

»Ich glaube nicht, dass dieser Trank dafür verantwortlich war, den hat sie schließlich nicht zum ersten Mal zu sich genommen. Sie ist gestorben, weil sie das, was sie vorausgesehen hat, nicht miterleben wollte und weil sie keine Lösung wusste, um das bittere Los ihres Volkes abzuwenden.«

»Du meinst, sie hat sich selbst getötet?«

»Ja, irgendwie schon.« Sie senkte den Blick. »Wenn man einer zerstörerischen Macht nichts mehr entgegensetzen kann, ist es manchmal einfacher, zu sterben, als das ganze Grauen, was da auf einen zukommt, mitzuerleben, denke ich.«

Romy musterte Thea aufmerksam. Unglaublich, was ihre Freundin sich da zusammengereimt hatte. Und das, nachdem sie vor zwei Tagen noch der Ansicht gewesen war, es hätte sich bloß um eine Halluzination gehandelt. Andererseits war Theas Situation gewissermaßen mit Tichinames vergleichbar. Letztlich stand auch sie einer unbezwingbaren Macht in Form ihrer Krankheit gegenüber. Vielleicht wünschte auch sie sich zu sterben, bevor der Krebs ihren Körper zerstörte wie die Eindringlinge die Bewohner der Insel.

»Wenn die alte Frau sich selbst getötet hat, hat sie wahrscheinlich das Geheimnis von Amakuna für immer mit ins Grab genommen«, sagte Romy nachdenklich.

»Oder Iriomé als ihre Nachfolgerin hat es irgendwo bewahrt.«

»Aber das ist über 500 Jahre her. Wie sollen wir denn da heute noch irgendwelche Spuren finden? Außerdem sind das alles doch nur Annahmen.«

»Und trotzdem sind wir hier! Wer A sagt, muss auch B sagen. Kneifen gilt nicht. Komm, lass uns losfahren. Ich habe schließlich nicht ewig Zeit.«

Kurz hinter Tijarafe, einem kleinen Dorf mit kastenförmigen weißen Häusern, das als eines der wenigen auf der Insel seinen Namen aus der Zeit der Guanchen behalten hatte, stand rechts am Straßenrand ein junger Mann, der den Daumen hochstreckte und ihnen zuwinkte.

»Wollen wir den nicht mitnehmen?«, schlug Thea vor.

»Wenn du meinst.« Romy fuhr rechts heran und ließ das Seitenfenster hinunter. Dann stutzte sie. War das nicht der junge Kerl aus dem Restaurant in Tazacorte?

»*Hola*, wo fahrt ihr hin?«, fragte er in ziemlich gutem Deutsch.

»Nach Santa Cruz«, antwortete Thea.

»Nehmt ihr mich mit?«

Romy suchte Theas Blick, um ihr zu signalisieren, dass sie von dieser Idee nicht so begeistert war, aber da war es schon zu spät.

»Klar, kein Problem«, rief Thea ihm fröhlich entgegen und öffnete die rückwärtige Tür.

»*Muchas gracias.*« Er stieg ein und machte es sich im Fond bequem.

Im Rückspiegel sah Romy seine wachen, dunkelbraunen Augen. Er sah wirklich sympathisch aus, doch man konnte nie wissen.

»Sie sprechen gut Deutsch, sind Sie hier von der Insel?«, fragte sie skeptisch.

Er nickte. »Aus Tijarafe. Deutsch habe ich mir selbst beigebracht. Die Sprache hat mir schon immer gut gefallen. Ich heiße übrigens Ricardo. Ricardo Cabrero.«

»Sind wir uns nicht schon mal begegnet?«, bohrte Romy weiter.

»Das ist gut möglich. Ich arbeite manchmal als Fremdenführer, hole Leute vom Flughafen ab und bringe sie zu netten Fischrestaurants.«

Romy sah im Rückspiegel, dass er ihr zuzwinkerte. Aus irgendeinem Grund traute sie ihm nicht. Er hatte mit keinem Wort erwähnt, was er in der Inselhauptstadt zu tun hatte.

»Wenn ihr wollt, kann ich euch Santa Cruz zeigen.«

»Eine super Idee«, freute sich Thea und ignorierte auch diesmal Romys ablehnenden Blick.

Nach einer guten Stunde Fahrt stellten sie das Auto am Hafen zwischen Containern und Lastwagen ab, da es laut Ricardo in der Innenstadt fast unmöglich war, einen Parkplatz zu finden. An der Mole lagen nur drei Schiffe: die AIDA, ein großes deutsches Kreuzfahrtschiff, sowie zwei Autofähren, die La Palma mit dem spanischen Festland und mit den anderen Kanarischen Inseln verbanden. Sonst wirkte das ganze Hafenareal eher ausgestorben.

»Das war nicht immer so«, erklärte ihnen Ricardo, während sie mit Sonnenhut und Kamera ausgestattet in Richtung Altstadt loszogen. »Nach der Eroberung von Benahoare, dem heutigen La Palma, und der Gründung der Hauptstadt Santa Cruz de San Miguel de la Palma wurde der Hafen ganz schnell zum wichtigsten Umschlagplatz zwischen Spanien und der Neuen Welt.«

»San Miguel de la Palma?«, fragte Thea erstaunt.

»Ja, nach dem Erzengel Michael. Im Wappen der Insel ist er auch zu sehen. Allerdings nicht als Drachentöter, sondern mit einer Palme in der einen Hand, dem Symbol des Friedens, und einer Waage in der anderen, auf der die Seelen vor dem Eintritt ins Paradies gewogen wurden.«

Schon wieder Paradies. Höchst merkwürdig, dass dieser Begriff immer wieder im Zusammenhang mit der Insel auftaucht, dachte Romy. Sogar die kriegslüsternen Eroberer schienen irgendwann mitbekommen zu haben, dass dieser Flecken Erde etwas Besonderes war.

»Michael ist seit der Schlacht auf dem Lechfeld bei Augsburg übrigens auch der Schutzpatron Deutschlands«, warf Thea ein.

Romy nickte und war wieder einmal erstaunt, was die Freundin so alles wusste.

»Fast jedes Schiff, das zwischen dem spanischen Mutterland und der damals von Kolumbus entdeckten Neuen Welt verkehrte, legte hier einen Zwischenstopp ein«, fuhr Ricardo fort. »Die Insel verkürzte die Atlantiküberquerung, die sonst ohne zusätzliche Proviantaufnahme überwunden werden musste, um fast 1000 Kilometer.«

»Dann war die Eroberung der Kanaren ein strategischer Schachzug für die weiteren Raubzüge der Spanier in Südamerika.«

»Nicht ganz. Kolumbus entdeckte Amerika 1492, im gleichen Jahr, als La Palma unterworfen wurde. Es passte wohl gut ins Konzept der spanischen Krone. Später erhielten die hier in der Hauptstadt angesiedelten Spanier das Privileg, mit den neuen Besitztümern in Übersee Seehandel auf eigene Rechnung zu betreiben. Und zusätzlich machten sie auch noch gute Geschäfte mit dem Holzreichtum der Insel. Die Wälder reichten früher bis hinunter ans Meer, was für die Schiffsbauer mehr als praktisch war. In den Werften von Santa Cruz wurden die meisten Fregatten und Karavellen der damaligen Zeit gebaut. Später allerdings mussten sich alle Schiffe auf dem Weg nach Amerika in Teneriffa registrieren lassen und auch dort ihre Abgaben entrichten. Deshalb kam der Schiffsverkehr hier völlig zum Erliegen, und aus der einstigen Handelsmetropole wurde die beschauliche Kolonialstadt von heute.«

»Aber dafür blieb die Ursprünglichkeit der Insel wenigstens einigermaßen erhalten«, stellte Romy fest.

Sie hatten inzwischen das Hafenareal verlassen und schlenderten die Calle O'Daly entlang. In den historischen Gebäuden im spanischen Kolonialstil befanden sich heute kleine Boutiquen, Restaurants und Bars.

»Und die Guanchen?«, fragte Romy. »Was ist aus ihnen geworden?«

»Die Überlebenden wurden von den neuen spanischen Siedlern als Arbeitskräfte eingesetzt, sofern sie nicht auf den Sklavenmärkten des Festlands endeten. Eigene Rechte besaßen sie jedenfalls keine und partizipierten natürlich in keiner Weise am neuen Reichtum der Insel. Viele der Frauen haben sich später auch mit Spaniern verheiratet.«

Ob Iriomé wohl mit dem Leben davongekommen war? Und wenn ja, war sie versklavt worden, oder hatte sie sich in der Caldera in irgendeiner Höhle verstecken können?

»Sie waren übrigens sehr schön, die Guanchenfrauen, groß und blond mit blauen Augen, ein bisschen so wie du.« Er warf Romy einen prüfenden Blick zu. Sie spürte, dass sie rot wurde, als hätte er sie bei etwas ertappt.

»Dann müssen sie ja ursprünglich aus nördlichen Gefilden gekommen sein«, sagte sie schnell.

»Nicht unbedingt. Es gibt da verschiedene Theorien. Die glaubwürdigste ist, dass ursprünglich Berberstämme aus Nordafrika die Insel besiedelt haben. Berber sind oft blond, da sie sich mit den Vandalen vermischt haben, einem germanischen Volk, das im 5. Jahrhundert Spanien und Nordafrika eroberte.«

Thea lachte. »Die Deutschen – immer auf der Suche nach der Sonne. Hat sich nicht viel dran geändert.«

Ricardo lächelte höflich. »Es gibt aber auch Wissenschaftler, die glauben, dass richtige Nordländer mitgemischt haben. Wikinger oder Sklaven aus Grönland, die von den Portugiesen hier angesiedelt wurden. So ganz genau weiß eigentlich keiner Bescheid.«

»Aber du weißt schon ganz schön viel. Lernt man das hier in der Schule?«, fragte Romy argwöhnisch. Irgendwie verstärkte sich ihr Verdacht, dass es kein Zufall war, dass Ricardo sich an ihre Fersen geheftet hatte.

»Nein, ich interessiere mich einfach für meine Heimat.«

Sie waren inzwischen in der Avenida Maritima angekommen. Romy erinnerte sich, Bilder davon im Internet gesehen zu haben. Tatsächlich bot die Uferpromenade noch eine kleine Steigerung, was die Kolonialarchitektur betraf. Hier standen die ältesten kanarischen Bürgerhäuser mit den typischen reich verzierten Holzbalkons, die der Straße ein einmaliges Flair verliehen. Besonders, wenn wie jetzt die Wellen über die Befestigungsmauer schlugen und ihre Gischt fast bis in die Häusereingänge verspritzten.

Thea machte ein paar Fotos, während Romy bis zum Ende der Straße zu den Resten einer alten Wehranlage lief. Nachdenklich betrachtete sie die in Richtung Meer ausgerichteten eisernen Kanonen, die in den Schießscharten standen.

»Wenn die Guanchen damals über solche Verteidigungsmittel verfügt hätten, wäre ihnen die Vertreibung aus dem Paradies vielleicht erspart geblieben«, sagte sie zu Ricardo, der ihr gefolgt war.

»Das stimmt. Mit ihren Keulen und Holzlanzen konnten sie nur wenig ausrichten.«

Romy sah ihn von der Seite her an. Schwang da nicht so etwas wie echtes Bedauern in seiner Stimme mit? Es klang fast so, als wäre er damals dabei gewesen.

Sie setzten sich für einen Moment in eine der leeren, sonnendurchwärmten Schießscharten.

»Es ist schade, dass man so wenig über dieses Volk weiß«, überlegte Romy.

»Vielleicht ist es auch gut so«, erwiderte er.

»Wie meinst du das?«

»Weil sich dieses Wissen nur ganz bestimmten Menschen offenbaren soll.«

»Und wen meinst du damit?«

»Menschen, die sich diesem Volk verbunden fühlen.«

Romy blickte ihn an. Wie kam er auf so etwas? Er konnte unmöglich von ihrer Vision wissen. Schließlich hatte sie außer Thea niemandem davon erzählt.

»Die Zeit wird kommen, in der du alles verstehst …«, sagte er, den Blick auf das Meer gerichtet.

Warum tat er so geheimnisvoll? Konnte es sein, dass er über den Grund ihres Aufenthalts auf der Insel Bescheid wusste? Aber woher?

»… und bis dahin möchte ich einfach verhindern, dass dir etwas zustößt«, fuhr er fort.

»Was soll mir denn zustoßen?«, fragte sie beunruhigt.

Er zögerte einen Moment mit seiner Antwort. »Ich hoffe, nichts.«

Trotz dieser mehr als merkwürdigen Richtung, die ihr Gespräch eingeschlagen hatte, hatte Romy das Gefühl, auf dem richtigen Weg zu sein. Irgendwie schienen sich die Dinge zusammenzufügen, wenn auch langsam. Vielleicht musste sie einfach nur Vertrauen haben – etwas, das ihr generell nicht leichtfiel.

Ricardo schien erleichtert, als sich in diesem Moment Thea zu ihnen gesellte und ihr Gespräch unterbrach. »Wollen wir weiter? Ich glaube, ich habe Kolonialarchitektur für einen ganzen Bildband fotografiert.« Sie hakte sich bei Ricardo ein und lief mit ihm einige Schritte voraus.

Romy holte die beiden erst wieder auf der Placeta ein, einem kleinen, pittoresken Platz, auf dem sich die Touristen in mehreren Cafés die warme Mittagssonne auf den Pelz brennen ließen. Ricardo bestellte für jeden von ihnen einen *Cortado Condensada,* kleine Gläschen Kaffee mit dickflüssiger süßer Kondensmilch, und dazu *Churros*, frisches, in Öl ausgebackenes Spritzgebäck. Eigentlich würde man die *Churros* in dicke Trinkschokolade tauchen, erklärte er, aber mit Rücksicht auf zu viele Kalorien ginge es auch mit Kaffee.

Als Romy Thea später auf der Toilette von ihrem Verdacht erzählte, dass die Begegnung mit Ricardo kein Zufall sei, stimmte die Freundin ihr zu. Auf irgendeine Weise hing er in der ganzen Sache mit drin. Thea vermutete, dass er den Auftrag hatte, sie nicht aus den Augen zu lassen. Aber von wem und warum? Auch ihr war es nicht gelungen, mehr aus ihm herauszubekommen. Bisher zumindest.

Nachdem sie die Rechnung bezahlt hatten, machten die drei sich auf den Weg zum Kloster. Sie überquerten den Hauptplatz von Santa Cruz, der bezeichnenderweise Plaza de España hieß und noch viel von der einstigen Macht der spanischen Kolonialherren erahnen ließ.

Auf der rechten Seite wurde er vom imposanten Ayuntamiento, dem Rathaus, gesäumt, auf der linken von der Iglesia del Salvador, deren mächtiger, aus Lavasteinen gefertigter Glockenturm gleich einer Festung in den Himmel ragte. Auch die breite Freitreppe, die zum kunstvoll gefertigten Portal der Kirche führte, passte eher zu einer Kathedrale. Eine eindeutige Zurschaustellung von Macht, letztlich nichts anderes als das, was heute Großkonzerne taten, wenn sie für ihre Zentralen gigantische Wolkenkratzer mit luxuriösen Entrees bauten, dachte Romy.

Das Kloster dagegen, das nur ein paar Straßen weiter lag, wirkte von außen verhältnismäßig schlicht. Als sie durch das Portal gingen und den mit alten Steinplatten gepflasterten quadratischen Innenhof betraten, hieß sie eine angenehme Stille willkommen. Die klaren Linien der Architektur und der starke Kontrast zwischen den weiß gekalkten Mauern und den aus dunklem Teakholz gefertigten Balkonen und Kreuzgängen vermittelten sofort die typische Strenge des spanischen Mittelalters.

Unweigerlich hatte Romy den Impuls, ihre Stimme zu dämpfen, obwohl sie die einzigen Besucher waren.

Sie folgten der Beschilderung zu den Ausstellungsräumen im ersten Stock und stiegen eine breite, noch gut erhaltene Holzstiege hinauf, die bei jedem Schritt knarzte. Im ehemaligen Refektorium, dem Speisesaal der Mönche, waren hauptsächlich präparierte Tiere zu sehen, die auf und um La Palma lebten: riesige Meeresschildkröten, alle möglichen Arten von Möwen, Fische und Eidechsen. In einem kleinen Nebenraum hingen Zeichnungen und Stiche der endemischen Pflanzenwelt. Romy sah sich die Beschriftung unter jedem Bild genau an, in der unwahrscheinlichen Hoffnung, auf Amakuna zu stoßen. Denn selbst wenn es sich bei dem Begriff wirklich um eine Pflanze oder Frucht handelte, die die Grundlage des Tranks bildete, war das Guanchenwort wohl kaum in die spanische oder lateinische Sprache übernommen worden.

Thea und Ricardo waren schon im nächsten Raum verschwunden, als sie ein freundlicher, weißhaariger Mann in dunklem Anzug und Krawatte auf Deutsch mit starkem spanischen Akzent ansprach.

»Sie interessieren sich für palmerische Pflanzen?«

»Hauptsächlich für Heilpflanzen«, antwortete Romy spontan.

»Sind Sie Apothekerin?«, fragte der freundliche Mann mit den warmen Augen.

Romy lächelte. »So ähnlich. Ich arbeite in der pflanzlichen Medikamentenforschung.«

»Da tun Sie der Menschheit sicherlich einen großen Gefallen. Mein Name ist übrigens Manuel Gutiérrez. Ich bin der Direktor hier.«

»Freut mich, Romy Conrad.« Sie reichte ihm nach deutscher Gewohnheit die Hand und kam sich im selben Moment etwas komisch dabei vor. »Gibt es denn überhaupt irgendwelche Aufzeichnungen von Pflanzen, die die Ureinwohner zur Heilung oder für irgendwelche Rituale genutzt haben?«

Er schüttelte lächelnd den Kopf. »Tut mir leid. Ich glaube, in dieser Richtung haben ihnen die Spanier wenig zugetraut. Die Guanchen waren ja doch ein sehr primitives Volk. Sie lebten, nun, wie soll ich sagen, noch wie in der Steinzeit und lagen in ihrer ganzen Entwicklung weit hinter dem Rest Europas zurück.«

Romy drängte es, Iriomés Volk zu verteidigen, doch das wäre bei dem netten alten Palmero wahrscheinlich nur auf Unverständnis gestoßen. Offensichtlich identifizierte er sich im Gegensatz zu Ricardo mehr mit den spanischen Eroberern als mit den einstigen Bewohnern dieser Insel.

»Haben Sie schon einmal von Amakuna gehört?«, versuchte sie trotzdem ihr Glück.

»Wie bitte?« Der alte Mann legte seine Hand hinter das Ohr, wie es ältere Menschen taten, wenn sie etwas nicht genau verstanden.

Romy wiederholte das Wort noch einmal lauter. Doch ohne Erfolg.

»Nein, tut mir leid. Was soll das sein?«

»Ich weiß es nicht genau, es hat mit den Guanchen zu tun. Ich hatte gehofft, dass ich vielleicht hier irgendetwas darüber finde.«

Er schüttelte den Kopf. »Leider nein, aus dieser frühen Zeit haben wir auch kaum Originalexponate.«

»Aber die Mönche, die einst hier lebten, die müssen doch irgendetwas aufgeschrieben haben über ihre Eindrücke von der Urbevölkerung«, schaltete sich Thea ein, die hinzugekommen war.

Señor Gutiérrez sah von einer zur anderen und machte plötzlich ein geheimnisvolles Gesicht. »Vielleicht habe ich ja doch etwas für Sie. Kommen Sie mal mit!« Mit schlurfenden Schritten ging er voraus, gefolgt von den beiden Frauen und Ricardo. Sie durchquerten einen zweiten, kleineren Kreuzgang, in dessen Mitte Orangenbäume blühten, deren süßer Duft geradezu betäubend war. Auf dem Gang, ein Stockwerk höher, standen verschiedene technische Errungenschaften des Mittelalters. Eine alte Schleifmaschine, ein kleiner Webstuhl, ein Pflug, Gerätschaften, die die Spanier damals mit auf die Insel gebracht hatten und die den Guanchen völlig unbekannt gewesen sein mussten.

Señor Gutiérrez öffnete eine hohe Holztür mit Eisenbeschlägen, durch die sie eine kleine Bibliothek betraten. Die vollen Regale reichten vom Boden bis zur Decke.

»Wir haben hier wahrscheinlich eine der umfangreichsten Sammlungen von Büchern über die kanarische Geschichte von ihren Anfängen bis heute«, sagte er stolz.

Thea und Romy nahmen sich vor, mindestens einen ganzen Tag hier zu verbringen. Schon auf den ersten Blick erspähten sie unzählige Titel zum Thema Ureinwohner.

Gutiérrez war vorausgegangen und öffnete am hinteren Ende der Bibliothek eine Tür, die zu einer Art Abstellraum führte.

Er knipste die Deckenbeleuchtung an. Inmitten der Kammer stand ein Glaskasten, in dem ein unscheinbares Buch mit einem Umschlag aus braunem, abgeschabtem Fell lag.

»Typisch Museumsleute«, flüsterte Thea Romy zu. »Die kostbarsten Dinge lassen sie in irgendwelchen Hinterzimmern verstauben, als ob sie etwas Besonderes für sich selbst behalten wollten, anstatt es der Öffentlichkeit preiszugeben. Das kenne ich von meiner Mutter.« Auch wenn Thea wenig über ihre Familie sprach, wusste Romy, dass sie oft Ausstellungen in Augsburger Museen kuratierte.

»Damit hat *er* die Wilden zum wahren Glauben geführt«, sagte Gutiérrez mit leiser Stimme, in der eine gehörige Portion Hochachtung mitschwang. »Frai Hieronymus de Torremar, der erste Franziskaner, der seinen Fuß auf diese Insel setzte. Ihm ist es zu verdanken, dass die Eroberung ohne großes Blutvergießen ablief.«

»Da habe ich aber anderes gelesen«, sagte Thea, die sich am Abend zuvor ein Buch über die Geschichte der Guanchen reingezogen hatte, leicht empört. »Es muss eine schreckliche Schlacht gegeben haben, in der viele Ureinwohner umkamen.«

Gutiérrez nickte. »Eine einzige. Die letzte Schlacht gegen Tanausú. Er war der Anführer des Stammes von Aceró, der in der Caldera lebte und sich als einziger gegen die Spanier zur Wehr gesetzt hatte. Doch am Schluss haben sie natürlich auch ihn gekriegt.«

»Aber nicht lebendig«, erwiderte Thea.

»Das ist richtig«, antwortete Señor Gutiérrez. »Als der große Konquistador de Lugo ihn mit nach Spanien nehmen wollte, um ihn dort Königin Isabella als Trophäe zu präsentieren, soll er sich auf dem Schiff umgebracht haben.« Er schüttelte verständnislos den Kopf. »Selbst Hand an sich zu legen ist eine Todsünde. Was soll man davon halten?«

»Vielleicht war ihm der Tod lieber als ein Leben ohne Freiheit«, sagte Thea. »Ich habe gelesen, dass während der letzten Schlacht viele freiwillig von den Klippen in den Tod sprangen.«

»Unter der ländlichen Bevölkerung ist der Freitod selbst heute verbreitet.« Gutiérrez beugte sich zu den beiden Frauen vor, und in seiner Stimme schwang Angst mit. »Manche fühlen sich noch eng mit den Guanchen verbunden und sollen sogar an bestimmten Tagen ihre alten Rituale durchführen.« Er schüttelte sich. »Davon kann man sich nur fernhalten, auch wenn man kulturinteressiert ist. Ich jedenfalls möchte damit nichts zu tun haben! Einem Schriftsteller, der ein Buch über die kanarischen Ureinwohner schrieb, wurde das Haus angezündet, und irgendein Wissenschaftler sogar ermordet.«

Romy wusste nicht, was sie davon halten sollte. Kalt ließen sie Gutiérrez Ausführungen gewiss nicht. Bevor er weitere Schauergeschichten hervorkramen konnte, fragte sie, ob sie sich diese Bibel genauer ansehen dürfte.

Señor Gutiérrez zögerte einen Moment, doch sie strahlte ihn so vertrauensvoll an, dass er schließlich den Glassturz abnahm und ihr behutsam das alte Buch reichte. Als Romy die ersten Seiten des feinen Pergaments aufblätterte, entdeckte sie in akkurater Schrift mit Feder und Tinte geschriebene Aufzeichnungen. Ricardo sah ihr neugierig über die Schulter. Romy brauchte einen Moment, bis sie die alte Schrift entziffern konnte, doch der Palmero schien damit keine Schwierigkeiten zu haben.

»Das sind Vokabeln«, sagte er aufgeregt. »Hier, seht! Links steht *sol* und rechts *magec*. Das ist das Guanchenwort für Sonne. Und hier: *barco* und daneben *aramotanoque*. Das bedeutet Schiff.«

»Der Mönch hat versucht, die Guanchensprache zu lernen«, schlussfolgerte Thea. »Ganz klar. Und da er kein anderes Papier zur Hand hatte, benutzte er die Leerseiten seiner Bibel.«

»Oder er hat einem Guanchen die spanische Sprache beigebracht«, meinte Romy. »Aber woher weißt du, dass es die Guanchensprache ist?«, wandte sie sich an Ricardo.

»Was soll es sonst sein? Außerdem sind einige dieser Worte bekannt. Ihre Sprache ist nicht vollständig erforscht. Aber vor Kurzem entzifferten Archäologen hier auf der Insel sogar Schriftzeichen, die dem Tamazigh oder Tamaschek, der Sprache der Tuareg, ähneln.«

Romy betrachtete ihn aufmerksam. Der Junge wusste wirklich, wovon er sprach. Vorsichtig blätterte sie weiter. Die folgenden Seiten waren in der gleichen Weise mit noch mehr Vokabeln beschrieben. Mühsam versuchte sie sie zu entziffern, um ein Gefühl für die Sprache zu bekommen. Dann plötzlich stockte ihr der Atem. Auf der linken Seite stand *Hieronymus* und rechts daneben – *Iriomé*. Darunter *takit* und *nombre*, Name. Sie schluckte und sah genauer hin. Nein, sie hatte sich nicht vertan. Es musste tatsächlich eine Person mit dem Namen gegeben haben!

Romy spürte, wie sie weiche Knie bekam. Wenn sie bisher noch irgendwelche Zweifel gehabt hatte, waren sie in diesem Moment vollständig ausradiert. Sie holte tief Luft und versuchte, sich nichts anmerken zu lassen. Nicht in Gegenwart von Ricardo. Sie befanden sich tatsächlich auf der richtigen Spur. Mehr war im

Augenblick nicht wichtig. Sobald sie mit Thea alleine war, würde sie ihr davon erzählen.

Romy klappte die Bibel zu und reichte sie Señor Gutiérrez. »Vielen Dank. Das war sehr interessant«, sagte sie so beiläufig wie nur möglich.

»Wenn Sie mehr über die Guanchen wissen wollen, sollten Sie dem Museo Arqueológico Benahoarita in Los Llanos einen Besuch abstatten. Es ist bis 18 Uhr geöffnet. Dort finden Sie bestimmt vieles, was Sie interessiert.«

»Vielen Dank. Das werden wir tun«, sagte Romy. »Es war sehr aufschlussreich, mit Ihnen zu sprechen.«

»Das freut mich«, sagte der Museumsdirektor. »Kommen Sie ruhig wieder, wann immer Sie wollen.«

Nachdem sie sich von Señor Gutiérrez verabschiedet und die Bibliothek verlassen hatten, kehrte Ricardo noch einmal um, als hätte er etwas vergessen. Romy blieb stehen und hörte, wie er den Museumsdirektor in schnellem Spanisch fragte, ob er morgen wiederkommen dürfe, um die handschriftlichen Notizen des Mönches abzuschreiben.

»Porqué?«, fragte sie ihn, nun ebenfalls auf Spanisch, als sie zurück zum Auto gingen. »Warum interessiert dich, was dieser Mönch aufgeschrieben hat? Was hast du mit den Guanchen zu tun?«

»Ich wusste nicht, dass du Spanisch sprichst«, erwiderte er. »Ich interessiere mich dafür, weil es meine Vorfahren sind. Was ist daran so merkwürdig? Viel merkwürdiger finde ich, dass gerade du als Deutsche so viel wissen willst. Warum?«

Romy beschloss, das Gespräch auf dieser Ebene erst einmal nicht weiterzuführen, zumindest nicht, bevor sie Ricardo besser kannte und wusste, ob sie ihm wirklich trauen konnte. Irgendwas passte da nicht zusammen. Wenn er tatsächlich als Fremdenführer arbeitete, müsste er doch Gutiérrez kennen und vermutlich auch von der Bibel gewusst haben. Es war schließlich ein kleines, übersichtliches Museum.

»Entschuldige bitte, ich bin etwas überspannt und nicht so relaxed wie die Menschen, die hier auf dieser Insel leben«, schlug sie einen versöhnlichen Ton an.

»Das kommt schon noch«, grinste er. »Du bist doch gerade erst angekommen.«

8. KAPITEL

Los Llanos, die heimliche neue Hauptstadt, lag im Zentrum der Insel. Hier lebten zwar fast doppelt so viele Menschen wie in Santa Cruz, doch um diese Zeit wirkte sie wie ausgestorben. Es war Siesta, und die meisten Geschäfte öffneten erst wieder um fünf Uhr nachmittags. Eigentlich eine gute Einrichtung, sich nach dem Mittagessen ein kleines Schläfchen zu gönnen und dann frisch gestärkt die zweite Tageshälfte anzugehen, dachte Romy und warf Thea einen besorgten Blick zu. Ihre Freundin wischte sich soeben den Schweiß von der Stirn. Auch in den Wintermonaten konnte es hier recht heiß werden. Sie hatten während der Fahrt sogar die Klimaanlage des Wagens eingeschaltet.

Die Sonne brannte auf den Platz vor dem Museum, einem modernen Rundbau mit Glasflächen. Neben dem Eingang waren Felsbrocken aufgestellt, in die verschiedene Symbole geritzt waren: Spiralen, konzentrische Kreise, ineinander verschachtelte Wellenlinien, die ein Muster bildeten.

»Die sind natürlich nachgemacht«, erklärte Ricardo. »Aber die echten Petroglyphen sehen nicht viel anders aus.«

»Und weiß man, was sie bedeuten?«, fragte Romy.

Er schüttelte den Kopf. »Zumindest die Wissenschaftler nicht.«

»Wer weiß es denn dann?«

»Na, die Guanchen selbst.«

»Die gibt es doch nicht mehr.«

Er zuckte mit den Achseln.

Romy fuhr mit dem Finger die Zeichen nach. Plötzlich sah sie die Felsnische aus ihrer Vision vor sich, in der die Schale mit dem geheimnisvollen Trank stand. Auch dort waren derartige Symbole in den Stein geritzt gewesen.

»Gibt es diese Felseinritzungen auch in Höhlen?«, fragte sie Ricardo.

Er nickte. »Hauptsächlich findet man sie an ehemaligen Kultplätzen und dort, wo früher Quellen waren. Die Spirale ist inzwischen so was wie das Wahrzeichen der Insel und wird auf T-Shirts, Frühstücksbecher und überhaupt auf alles gedruckt, was nur irgendwie mit der Insel zu tun hat.«

Romy bekam den Eindruck, als gefiele ihm das gar nicht, so, als würde dadurch die alte Kultur entweiht.

»Und was bedeutete die Spirale für die Guanchen?«, fragte sie ihn.

»Dasselbe wie für fast alle archaischen Völker. Sie ist das Symbol für die Unendlichkeit, für den ewig wiederkehrenden Kreislauf der Natur.«

»Auch für die Wiedergeburt von Menschen?«

»Das weiß ich nicht.«

»Hast du schon mal was von Amakuna gehört?« Romy ließ ihn nicht aus den Augen.

»Nein, was soll das sein?« Er schien wirklich keine Ahnung zu haben.

Romy winkte ab. »Nicht so wichtig. Lasst uns reingehen, drinnen ist es sicher nicht so heiß«, sagte sie und ging voran.

Im Foyer des Museums krakeelte eine Schulklasse, die bestimmt nicht freiwillig hier war. Die Lehrerin, eine südamerikanisch aussehende, vollschlanke junge Frau, mühte sich redlich, sie zu bändigen. Einige der Jungs hatten aus Werbeprospekten Papierflieger gefaltet, die sie wild durch die Gegend schossen. Als einer davon auf einem überdimensionalen, aus Bronze gegossenen Guanchen hängen blieb, der mit einem gewaltigen Sprungstab in der Hand über der Eingangshalle schwebte, versuchten alle Jungs, ihre Papierflieger ebenfalls genau dort landen zu lassen. Die junge Lehrerin war der Verzweiflung nahe und heilfroh, als die Kassiererin ihr endlich ein Zeichen machte, dass sie mit ihrer Meute hineingehen konnte.

»*Venga, venga*«, rief sie mit lauter Stimme und zog einen dicken Jungen hinter sich her, der absolut nicht von seinem Spiel lassen wollte.

Romy schenkte ihr ein mitleidiges Lächeln, das sie jedoch strahlend erwiderte. »Alles nur Gewohnheit. Ich hoffe, Sie fühlen sich nicht zu sehr gestört durch die Kinder.«

»Nein, machen Sie sich keine Sorgen«, antwortete Romy auf Spanisch, das ihr inzwischen immer flüssiger über die Lippen ging. Thea löste drei Eintrittskarten, und sie betraten die nachgestellte Welt jenes vergessenen Volkes, das bis vor 500 Jahren hier auf La Palma am äußersten Rand Europas lebte.

Gleich als Erstes stießen sie auf eine nachgebaute Wohnhöhle, die anschaulich darstellte, wie das häusliche Leben damals organisiert war. Vorn am Eingang befand sich die Feuerstelle, im Zentrum lagen dicke Steinplatten zum Essen und Arbeiten, und weiter hinten wurde geschlafen. Daneben gab es noch eine kleinere Höhle, in der die Lebensmittel gelagert wurden.

Auf den Erklärungstafeln war zu lesen, dass sie Korn, Hafer, Bohnen und Linsen anbauten, ansonsten jedoch wild wachsende Früchte wie Datteln oder Erdbeeren aßen. Sie hatten aber auch Ziegenherden, eine besonders starke Rasse, die bis heute auf der Insel gezüchtet wurde. Ihr Grundnahrungsmittel war Gofio, ein Brei aus gerösteten Farnwurzeln und Gerste. Die an der Küste lebenden Stämme bedienten sich zusätzlich aus dem Meer. Besonders liebten sie das feste Fleisch der Lapas, Meeresschnecken, die immer noch in fast jedem palmerischen Lokal auf der Speisekarte zu finden waren, wie Ricardo ihnen erklärte.

Im nächsten Raum standen hauptsächlich Schaukästen mit Tonschalen und Tellern, die mit feinen Mustern versehen waren, sowie Ketten und Armbänder aus Knochen und Muscheln. Romy konnte sich kaum daran satt sehen. Sie besaß schon immer ein Faible für alles Antike. Je älter, desto schöner und desto geheimnisvoller. Von primitiver Steinzeitkultur, wie Señor Gutiérrez die Guanchen bezeichnet hatte, konnte jedenfalls keine Rede sein.

»Sie hatten auf alle Fälle Geschmack«, sagte Thea, der besonders der Schmuck gefiel. »So etwas könnte man auch heute noch ohne Probleme tragen.«

»Die Frauen der Guanchen nahmen übrigens eine ganz besondere Stellung ein«, sagte Ricardo. »Im Gegensatz zum restlichen Europa hatten sie bei allen Entscheidungen Mitspracherecht und konnten auch körperlich mit den Männern gut mithalten. Sie waren Kriegerinnen und nahmen sogar an den Wettkämpfen im Steineweitwurf teil. Hauptsächlich aber fungierten sie als Heilerinnen und Seherinnen, sogenannte Harimaguadas, die hoch geachtet wurden und dem Anführer eines Stammes beratend zur Seite standen.«

Wieder kam es Romy so vor, als spreche Ricardo über sein eigenes Volk, als sei es nach wie vor lebendig.

»Ein Anführer«, fuhr er fort, »musste von höherem Stand sein, in den man allerdings nicht hineingeboren wurde, sondern den man sich durch vorbildliche Lebensweise und gute Taten erarbeitete. Benahm sich einer daneben, wurde er wieder heruntergestuft.«

»Das hätte man damals schon auf der ganzen Welt einführen sollen, dann wären den Menschen viele Despoten erspart geblieben«, meinte Romy.

»Das hätte die herrschende Klasse nie zugelassen«, winkte Thea ab. »Wer einmal die Macht hat, gibt sie nur ungern wieder ab. Daran hat sich nichts geändert.«

Romy wusste genau, worauf sie anspielte. Ihr lief es plötzlich kalt den Rücken hinunter, und sie musste an Forster's Health und Berger denken.

Sie hatte den Gedanken kaum zu Ende gedacht, als plötzlich die Stimme der netten Lehrerin an ihr Ohr drang. Die junge Frau hatte es offenbar noch immer nicht aufgegeben, das Interesse ihrer Schüler für ihre Vorfahren wecken zu wollen. Romy konnte zwar nicht alles verstehen, da der Geräuschpegel sehr hoch war, aber ein Wort erregte ihre Aufmerksamkeit: Harimaguadas.

Die Lehrerin erzählte gerade, dass vor nicht allzu langer Zeit hier auf der Insel vier Mumien gefunden worden waren, wahrscheinlich Medizinfrauen. Die Älteste war vor über 1000, die jüngste vor 500 Jahren gestorben. Romy konnte es kaum glauben.

»Ja, das stimmt«, erwiderte die Frau, als Romy nachfragte. Sie war hocherfreut, dass sich wenigstens ein Mensch dafür interessierte, was sie zu erzählen wusste. »Mumien von Harimaguadas!«

Romy schluckte. »Und woher weiß man, dass es Harimaguadas waren?« Sie fand es überhaupt nicht schwierig, dieses ihr völlig fremde Wort auszusprechen.

»Weil nur die mumifiziert wurden und natürlich die männlichen Stammesführer. Außerdem hat man den Mageninhalt untersucht und ist auf Reste einer unbekannten psychotropen Substanz gestoßen. Da liegt die Vermutung nahe.«

Romy glaubte sich plötzlich in einem Mysterythriller. »Und woher wissen Sie das alles?«

»Mein Freund war dabei. Er klettert und hat den Archäologen geholfen, die Mumien aus einer schwer zugänglichen Höhle in der Caldera zu bergen.«

Romys Gesicht glühte. Das war doch nicht möglich! Thea hatte recht gehabt mit ihrer Vermutung: Tichiname musste das Geheimnis im wahrsten Sinn mit ins Grab genommen haben.

»Meinen Sie, Ihr Freund könnte uns diese Höhle zeigen?«, fragte sie aufgeregt.

Die Lehrerin sah sie leicht verwundert an. »Das weiß ich nicht, aber er ist sowieso nicht da.«

»Wo ist er denn?« Sie wollte jetzt auf keinen Fall lockerlassen.

»Er ist in Ecuador zum Klettern und kommt erst in zwei Monaten zurück.«

»Da war ich auch vor zwei Jahren mit meiner Freundin.« Romy deutete auf Thea, die gerade mit Ricardo auf sie zukam. »Das sind Thea und Ricardo, unser … Fremdenführer. Ich bin Romy.«

»Pilar«, stellte sich die Lehrerin vor und drückte sanft ihre Wange einmal links und einmal rechts an Romys. »*Encantada*, sehr erfreut.«

Romy übersetzte Thea in Kurzform, was sie gerade in Erfahrung gebracht hatte. Thea wollte sofort mehr wissen, während Ricardos Miene sich zunehmend verfinsterte.

»Gibt es denn noch jemand anderen, der den Weg zu dieser Höhle kennt?«

»No lo se«, erwiderte Pilar und schüttelte den Kopf. »Aber ich kann ja mal Manolo fragen, er ruft mich heute Abend an.«

»Das wäre großartig. Meine Freundin und ich sind leidenschaftliche Kletterinnen, und wir interessieren uns außerdem sehr für die Kultur der Guanchen.«

»Ganz im Gegensatz zu der Bande hier«, seufzte sie. »Manolo sagt, es ist ein ganz ungewöhnlicher, magischer Platz. Er wollte ihn mir schon öfter zeigen, aber bisher konnte ich mich nicht dazu entschließen. Mir ist so etwas unheimlich. Meine Großmutter ist aus Garafía, im einsamen Norden der Insel, und hat mir als Kind von gruseligen Todesritualen der Guanchen erzählt. Das sitzt tief. Außerdem bin ich irgendwie nicht so sportlich.« Sie sah lachend an sich herunter. »Ich müsste wohl erst ein wenig abspecken, sonst reißt wahrscheinlich gleich beim ersten Mal das Seil.«

»Es wäre großartig, wenn er Ihnen den Weg wenigstens so ungefähr erklären könnte«, hakte Romy noch einmal nach.

»Die Caldera ist Naturschutzgebiet«, fuhr Ricardo dazwischen. »Zum Klettern braucht man dort eine Sondergenehmigung, und die bekommen nur Wissenschaftler. Außerdem, was wollt ihr da? Die Mumien sind längst im Museum auf Gran Canaria. Ohnehin ist es jetzt im Winter viel zu gefährlich, dort zu klettern, vor allem, wenn es so viel geregnet hat wie im letzten Monat«, legte er nach.

»Ich muss leider wieder nach meinen kleinen Monstern sehen«, entschuldigte sich Pilar. »Wahrscheinlich haben sie schon das halbe Museum auf den Kopf gestellt. Es ist so verdächtig still. Hier ist meine Telefonnummer, ruf mich einfach an.« Sie reichte Romy einen Notizzettel, den sie aus einem Büchlein herausriss, und verfolgte schleunigst ihre Klasse in den nächsten Raum. »*Oh … mi madre!*«, hörte man sie nur rufen.

Thea sah Romy fragend an.

»Wahrscheinlich haben sie die Wohnhöhlen abgebaut, die Puppen ausgezogen und sich die Fellkleider angezogen.«

Bevor sie Ricardo in Tijarafe absetzen konnten, warnte er sie noch einmal ausführlich vor einer Tour in die Caldera, schilderte in allen Farben die Gefahren und rechnete ihnen sogar die Kosten für den Rettungshubschrauber vor, falls sie ausgeflogen werden müssten. Und plötzlich riet er ihnen, ebenso wie Gutiérrez, dringend davon ab, tiefer in die Guanchenkultur einzutauchen.

Romy und Thea versprachen ihm hoch und heilig, nichts zu unternehmen, ohne ihn davon in Kenntnis zu setzten, womit er sich schließlich zufriedengab. Inzwischen kam es ihnen immer eigenartiger vor, dass er sich so als ihr Kindermädchen aufspielte. Den wirklichen Grund für sein Verhalten hatten sie bisher nicht herausfinden können.

Endlich daheim auf ihrer Terrasse beschlossen sie, diesen aufregenden Tag bei einem Glas palmerischen Rotweins ausklingen zu lassen. Vor allem Thea war erschöpft. Romy wunderte sich sowieso, wie sie das alles durchhielt.

»Auf Iriomé«. Sie stießen miteinander an.

»Und?«

»Was – und?«

»Wann wirst du Pilar anrufen?«

»Morgen.«

»Gut. Wir haben schließlich schon ganz andere Berge bezwungen. So ein Vulkankrater sollte da doch eigentlich kein Problem sein. Dieser Ricardo kann mich mal. Ein Seil und ein paar Haken lassen sich bestimmt irgendwo auftreiben«, sagte Thea so voller Elan und Energie, dass Romy sie nur staunend ansehen konnte.

»Ich ziehe das mit dir durch, und weder du noch dieser Ricardo, noch sonst wer wird mich davon abhalten.«

Romy sah ihre Freundin nachdenklich an. »Was versprichst du dir eigentlich davon?«, wollte sie wissen.

»Ich weiß es nicht. Früher hätte ich mich das auch gefragt.« Sie lachte auf. »Aber sieh, wohin mein Pragmatismus mich im Leben gebracht hat. Vielleicht ist ja doch nicht alles so, wie die Vernunft uns vorgibt. Ich weiß es nicht. Ich weiß nur, dass seit deiner Vision, oder was immer es war, sich alles irgendwie … fügt?«

Romy nickte. Eigentlich wunderte sie gar nichts mehr. Seit sie auf dieser Insel waren, hatten sie nichts mehr selbst in der Hand. Als hätte irgendjemand die Führung übernommen. Fragte sich nur, wohin der Weg ging.

Inzwischen schillerte der Himmel in allen nur erdenklichen Orangetönen und kündete einen spektakulären Sonnenuntergang an. Der Touchdown, wie sie untereinander den Moment bezeichneten, wenn der Feuerball den Horizont berührte, stand kurz bevor. Gebannt schauten sie aufs Meer, um ja diesen Augenblick nicht zu verpassen, da schob sich Sams Rastakopf von unten ins Bild.

»Hi, ich will ja nicht stören, aber ich habe gute News für euch.«

Romy stöhnte innerlich auf. Er hatte einen magischen Augenblick zerstört. Sie war sich sicher, gerade Iriomés Gesicht in der untergehenden Sonne erblickt zu haben. Natürlich eine Illusion, eine Wunschvorstellung. Aber immerhin.

»Hast du uns noch was zu kiffen mitgebracht?«, fragte Thea belustigt.

»Nein! Ja! Doch, kriegt ihr. Aber was ich sagen wollte, heute ist Vollmond, und es steigt nachher tatsächlich eine Fullmoon-Party unten in den Höhlen von Buracas. Vielleicht habt ihr ja Lust mitzukommen.«

Er schwang sich über das Terrassenmäuerchen, und diesmal bekam auch Thea eine seiner mindestens zwei Minuten dauernden Umarmungen ab. »Ein paar *Rainbows* vom letzten *Gathering* werden auch da sein. Das wird bestimmt cool.«

»Was bitte sind *Rainbows*?«, fragte Romy etwas genervt.

»Kennst du denn nicht die Rainbow-Legende?«

Romy schüttelte den Kopf. Noch eine Legende, dachte sie. Das hörte ja gar nicht mehr auf.

»Sie stammt von den Hopi-Indianern und besagt, dass sich ein neuer Stamm aus Menschen aller Erdteile zusammenfinden wird, deren Farben so verschieden sind wie die des Regenbogens. Nach einer Epoche der Ausbeutung und des Krieges wird es dieser Stamm sein, der Mensch und Natur wieder versöhnt und die Erde heilt.«

»Und daran glaubst du?«

»Nein«, gab er lächelnd zurück. »Das lebe ich, genauso wie die anderen Hippies, Ökos, Künstler, Traveller und Aussteiger.«

Romy sah ihn leicht skeptisch von der Seite an.

»Also kommt ihr mit?«

»Tut mir leid. Ich bin hundemüde«, sagte Thea. »Das war ein anstrengender Tag. Mir fallen jetzt schon die Augen zu. Aber du kannst ruhig gehen.« Sie zwinkerte Romy zu. »Bestimmt gewinnst du ein paar neue Erkenntnisse.«

»Ja, ganz bestimmt«, meinte auch Sam.

Romy blickte verunsichert von einem zum anderen. »Nun ja. Wenn es so ist, werde ich euch beide anschließend gern darüber in Kenntnis setzen.«

»Ich hole dich in zwei Stunden ab. Zieh dich warm an, nachts wird es kalt hier.« Und schon war Sam wieder hinter dem Terrassenmäuerchen verschwunden.

»Ja, dann. Auf die Hippies!« Romy hob ihr Glas und prostete Thea zu. »Weißt du, wie sie mir vorkommen? Ein bisschen wie die Guanchen von heute. Sie sind gegen Technologie, gegen Gewalt, haben nichts mit Macht und Geld am Hut und leben inmitten der Natur.«

»Stimmt. Vielleicht gar kein Zufall, dass sich gerade hier so viele tummeln. Auf dieser Insel scheint alles irgendwie ineinanderzugreifen, als stünde ein genauer Plan dahinter«, erwiderte Thea nachdenklich.

Romy staunte, wie ihr rationales Denken hier aufgeweicht wurde. Beide hingen sie noch eine Weile ihren Gedanken nach und ließen sich gefangen nehmen von den Rot- und Violetttönen des Himmels, die jetzt, kurz nach Sonnenuntergang, noch intensiver strahlten. Romy hatte das Gefühl, als würde sie immer weiter aus ihrer gewohnten Welt hinausgezogen. Aber wohin nur? Wohin würde sie das alles führen?

Der steinige Weg, den sie Sam hinunter zu den Höhlen von Buracas folgte, bot eine Aussicht, so schön und unwirklich, wie sie es noch nie erlebt hatte. Fast wie in ihrem Traum. Der Vollmond tauchte die zerklüftete Landschaft mit den blühenden Mandelbäumen, Kakteen und Drachenbäumen in ein silbriges Licht. Außer einigen verfallenen, dickwandigen Häuschen aus Natursteinen wies nichts auf irgendeine Zivilisation hin.

Es war so hell, dass man keine Taschenlampe brauchte, um sich zurechtzufinden. Kein Wunder, dass hier Fantasien und Gedanken an Übernatürliches ihren Nährboden fanden. Die Schatten, die die Felsen im Mondlicht warfen, kamen Romy vor wie fremde Wesen, die nachts erschienen, um den Menschen zu zeigen, dass es da noch eine andere Welt gab als die ihre. Eine Welt, die ihren eigenen Gesetzmäßigkeiten folgte. Vielleicht sogar eine bessere Welt.

Von ferne hörte sie die Wellen des Atlantiks gegen die Steilküste donnern, und als dann auch noch dumpfes Trommeln und helle Flötentöne erklangen, war das Szenario perfekt. Ungefähr fünfzig Meter unterhalb des Wegs brannte in einem *Barranco,* einer tiefen Schlucht, ein großes Feuer. In den Felswänden rundum entdeckte Romy Höhleneingänge verschiedener Größe. Die kleineren waren teilweise mit Holztüren versperrt, die größeren sahen aus wie offene Münder. Sie bekam eine Gänsehaut. Irgendwie kam ihr all das sehr bekannt vor. Wie ein Déjà-vu. Wenn jetzt ein Guanche in Fellkleidung in einem der Höhleneingänge erschienen wäre, hätte sie das nicht im Geringsten erstaunt.

Als sie unten ankam, hörte sie jedoch nur ein Sprachgemenge aus Englisch, Spanisch, Deutsch und irgendeiner osteuropäischen Sprache. Weder das Wort *Magec* noch *Aramotanoque* kam darin vor. Irgendjemand reichte ihr einen Becher heißen Chai, der in einem großen eisernen Kessel über dem Feuer kochte. Romy bedankte sich und trank das süße, mit Nelken und Zimt gewürzte Getränk in kleinen Schlucken. Sie setzte sich ans Feuer, streckte ihre Füße in die Wärme und sah sich um. Die Männer trugen weite Hosen, die Frauen lange Röcke, darüber grob gestrickte Pullover oder Ponchos. Fast alle waren barfuß. Die meisten hatten lange Haare, viele wie Sam Rastalocken, manche mit Perlen und bunten Filzsträngen geschmückt. Zwei junge Frauen trugen ihre Babys in breiten Tüchern um den Oberkörper gewickelt. Alle wirkten sehr freundlich und friedlich. Jeder schien hier seine Aufgabe zu haben, doch keiner hatte das Sagen oder erteilte irgendwelche Anweisungen.

»Du bist auch aus Deutschland, oder?«, fragte eine der jungen Mütter, die sich zu ihr ans Feuer setzte. Sie stellte sich als Salima vor, war höchstens Mitte zwanzig, sehr hübsch und trug einen lustigen Hut.

»Ja, ich bin hier auf Urlaub mit einer Freundin«, antwortete Romy.

»Wir haben immer Urlaub«, lachte sie. »365 Tage im Jahr.«

Ganz offensichtlich mache ich etwas falsch, dachte Romy und musste grinsen. »Und wovon lebt ihr?«

»Kein Problem. Irgendwo fällt immer etwas ab. Und wenn wir Geld brauchen, machen wir Musik oder jonglieren am Strand bei den Touristen. Ich singe, mein Freund spielt Gitarre, und Amina, das Mädchen dort drüben, Flöte.«

Romy erinnerte sich daran, dass sie die drei in Tazacorte am Meer bei den Fischrestaurants hatte spielen hören. Und nun erkannte sie auch Salimas Hut wieder. »Und das reicht zum Leben?«

»Je weniger man hat, desto weniger braucht man.«

»Denken alle *Rainbows* so?«, fragte Romy.

»Im Prinzip schon. Wir haben einfach keine Lust auf die sogenannte Gesellschaft. Angepasst sein, immer hinterherrennen müssen, dem Geld, dem Status, Freundschaften … Und dann die Verlogenheit der Mächtigen in Politik und Wirtschaft.«

Romy verstand, was die junge Frau meinte, doch in ihr regte sich Widerspruch. »Und was ist mit der Verantwortung, etwas gegen diese Verlogenheit zu tun? Durch Tanzen und Trommeln wird sich nichts ändern. Das haben die Hippies schon in den Sechzigern und Siebzigern versucht. Und schau, wo wir jetzt stehen.«

»Aber ich kann wenigstens mein Kind vor dieser Welt schützen, solange es geht. Es lernt hier etwas anderes. Bei uns ist jeder für jeden da. Alles wird geteilt. Es gibt keine Hierarchie, wir entscheiden alles gemeinsam, keine Egospielchen, keiner fühlt sich dem anderen überlegen. Natürlich gibt es auch manchmal Meinungsverschiedenheiten, aber die versuchen wir, so gut wir können, friedlich und in Achtung vor dem anderen zu lösen.«

Tatsächlich, die Insel der Glückseligen, dachte Romy, auch wenn sie das, was die junge Frau da erzählte, für ziemlich idealisiert hielt. Wie sollten denn die Kinder später zurechtkommen, wenn sie die Insel verließen?

»Du wirst auch noch draufkommen«, mischte sich ein großer schmaler Typ mit langen Haaren ein, die ihm beinahe bis an die Taille reichten. Nur seine Goldrandbrille erinnerte noch an eine frühere, offensichtlich bürgerliche Existenz.

»Wie meinst du das?«, fragte Romy.

»Na ja, du siehst auch nicht aus wie eine, die immer den Mund halten kann und schön im Gleichschritt mitmarschiert. Das ist aber in der Welt da draußen erwünscht. Wenn du aufmuckst oder dich gar mit denen anlegst, die an den Hebeln der Macht sitzen, kannst du nur noch sehen, dass du schnell Land gewinnst.«

»Und dich in einer Höhle versteckst«, fügte Romy grinsend hinzu. Sie war sich nicht sicher, ob der Typ ein Spinner war und an Verfolgungswahn litt oder tatsächlich auf der Flucht vor irgendetwas war.

»Die fackeln nicht lange, verstehst du. Erst verlierst du deine Existenz, dann verlierst du deine Familie, und wenn sie dich dann immer noch nicht kleingekriegt haben, dann heißt es: Rübe ab. Ich bin übrigens Georg.« Er umarmte sie, wenn auch nicht ganz so lange wie Sam.

»Dann bist du also nicht aus freien Stücken hier?«

»Nein, aber das ist eine lange und vor allem unschöne Geschichte«, erwiderte er ernst.

»Und warum gerade La Palma?«

»Weil die Insel etwas ganz Besonderes ist«, nahm Salima den Faden auf.

»Wegen der Guanchen?« Romy war nicht ganz klar, mit was für Menschen sie es hier eigentlich zu tun hatte.

»Ich glaube, schon vor ihrer Zeit. Die Kanaren waren nämlich einmal Atlantis, der sagenumwobene Kontinent, der einst in den Fluten des Atlantiks versank. Die Menschen sollen dort in einem goldenen Zeitalter in Frieden und im Einklang mit der Natur gelebt haben. Und irgendetwas davon ist hier erhalten geblieben.«

Romy wurde es jetzt doch ein bisschen zu viel. Sie wollte der jungen Frau jedoch nicht ihre Illusionen rauben. Das würde noch früh genug geschehen. Andererseits hatte alles, was ihr bisher auf dieser Insel begegnet war, eine gewisse Relevanz gehabt. Sprach dieser Georg vielleicht eine Warnung aus, die sie besser ernst nehmen sollte? Und wies diese junge Mutter ihr womöglich einen Weg?

Romy starrte ins Feuer und wünschte sich plötzlich, sie könnte die Lebenseinstellung der jungen Frau teilen. Wie fantastisch wäre es, wenn die Menschen es wieder schaffen würden, mehr mit der Natur in Verbindung zu treten. Keine Umweltverschmutzung mehr. Achtung vor allen Lebewesen. Gesunde Ernährung und Bewegung in der freien Natur. Viele der sogenannten Zivilisationskrankheiten würde es dann nicht mehr geben. Sowohl Pharmakonzerne als auch sämtliche Industriezweige, die damit in Verbindung standen, wären in ihrem jetzigen Ausmaß überflüssig. Ärzte könnten sich wieder wirklich den Menschen widmen und müssten nicht ständig nur schnelle Diagnosen stellen und Medikamente verschreiben, die sie laut Gebührenordnung abrechnen konnten. Welch ein schöner Traum. Doch wer sollte ihn in die Wirklichkeit umsetzen? Sie selbst war ja schon gescheitert, als sie im Krankenhaus ein paar Neuerungen durchsetzen wollte, die nur geringe finanzielle Einbußen bedeutet hätten.

»Könntest du wohl kurz auf meine Tochter aufpassen?«, unterbrach Salima Romys Gedanken. »Ich würde gern ein bisschen trommeln, und sie schläft gerade so schön.« Ohne eine Antwort abzuwarten, zog sie sich ihr Tragetuch samt Kind über den Kopf, legte es Romy in den Arm und lief auf und davon.

»Das ging ja schnell«, lachte Sam, der plötzlich wieder neben ihr auftauchte. »Steht dir gut. Du hast keine Kinder, nehme ich an?«

Romy verneinte.

»Und möchtest du welche?«

»Ich weiß es nicht. Ich habe immer gedacht, es ist nicht sehr verantwortungsvoll, Kinder in diese Welt zu setzen. Außerdem gibt es schon genug. Und ehrlich gesagt ist mir noch kein Mann begegnet, dem ich zutrauen würde, der Vater meiner Kinder zu sein.«

»Oh, oh, das klingt nach schlechten Erfahrungen.«

»Haben wir doch alle, oder?«

»Willst du drüber reden?«

Romy holte tief Luft. »Lieber nicht.«

»Ach komm!« Sam setzte sich neben sie ans Feuer und blickte sie auffordernd an.

»Na ja, ich habe den Männern vertraut, und dann sind sie meist doch ihre eigenen Wege gegangen.«

»Und warum?«

»Weil ich zu kompliziert bin, nicht stromlinienförmig genug. Weil ich ihnen nicht nach dem Mund geredet habe. Keine Ahnung.«

»Und das ist dir öfter passiert?«

»Ja.«

»Dann ist das schon Karma.«

Sie musste lachen. »Vielleicht.« Für einen kurzen Moment blitzte der Gedanke auf, ob es Iriomé damals wohl ähnlich ergangen war. Obwohl die Frauen der Guanchen im Gegensatz zum Rest Europas in jener Zeit schon eine sehr emanzipierte Stellung hatten. Angeblich. »Ich glaube, ich habe einfach zu hohe Erwartungen an Männer. Die wird wahrscheinlich nie jemand erfüllen können.«

»Man soll nie nie sagen.«

Sam strich ihr sanft über den Rücken, und es war Romy nicht einmal unangenehm. Natürlich sehnte sie sich nach einem Partner, und auch der Wunsch nach einem Kind war noch nicht vollständig begraben. Ein paar Mal hatte sie versucht, sich entgegen ihrer Natur anzupassen, aber auf Dauer war es ihr nie gelungen, das brave Weibchen zu spielen.

»Dann glaubst du also nicht mehr an die große Liebe?«

»Wahrscheinlich würde ich sie nicht einmal erkennen, wenn sie vor mir stünde«, antwortete Romy, den Blick ins Feuer gerichtet.

»Die große Liebe erkennt man immer sofort«, sagte Salima, die das Ende ihrer Unterhaltung mitbekommen hatte und ihr Baby wieder an sich nahm. »Hey, warum macht ihr zwei nicht auch mit?«

Erst jetzt fiel Romy auf, dass die meisten im Rhythmus der Trommeln tanzten. Es war zwar kein Goa, Techno oder Trance, die Musik, auf die sie am liebsten tanzte, aber die Akustik war trotzdem phänomenal. Sam nahm Romys Hand und zog sie hoch. Sie schloss die Augen, und ohne dass sie willentlich etwas tun musste, bewegten sich zuerst ihre Beine, dann ihr Oberkörper und schließlich auch ihr Kopf im Rhythmus der Trommeln, die von den Felswänden widerhallten. Sie hatte noch nie bei Vollmond unter freiem Himmel ohne elektronische Verstärker getanzt, doch es gefiel ihr. Nach einer Weile hörte sie sogar auf, sich Gedanken darüber zu machen, was das alles hier für sie zu bedeuten hatte.

Irgendwann gab es nur noch die Musik und den Rhythmus. Und dann schlängelte sich plötzlich durch die archaischen Töne eine sanfte Flötenmelodie. Sie drang durch ihre Haut und bahnte sich einen Weg durch ihren ganzen Körper. Zum ersten Mal seit Langem durchströmte Romy das Gefühl, sich selbst nahe zu sein. Und irgendwie auch Iriomé. Und je tiefer sie sich diesem Gefühl hingab, desto sehnlicher wünschte sie sich, endlich wieder mit ihr vereint zu sein.

9. KAPITEL

Am nächsten Tag verschlechterte sich Theas Zustand drastisch. Sie fühlte sich schwach und verbrachte die meiste Zeit schlafend im Bett. Zudem verspürte sie starke Schmerzen in den Knochen, denen mit Medikamenten kaum beizukommen war. Auch ihr Appetit ließ zu wünschen übrig, trotz Sams Tütchen, die er, wie versprochen, vorbeigebracht hatte.

Romy saß am Bett der Freundin, zog eine Spritze mit Morphium auf und verabreichte sie ihr so vorsichtig, wie sie nur konnte. Die Wirkung trat beinahe sofort ein. Theas Gesicht entspannte sich, und sie sank zurück in die Kissen.

»Danke«, sagte sie leise. »Es geht schon besser. Zum Glück hilft es noch.«

Romy musste sich beherrschen, nicht auf der Stelle loszuheulen. »Wir können jederzeit zurückfliegen, Thea. Ich muss nur Berger anrufen. Er hat Freunde beim medizinischen Rückholdienst. Die sind in kürzester Zeit hier.«

»Ich will nicht zurück!« Thea drehte den Kopf zum Fenster und sah hinaus auf den Drachenbaum und das blaue Meer. »Oder willst du mich tatsächlich mutterseelenallein auf einer Intensivstation abtreten lassen?«

»Natürlich nicht.« Romy strich der Freundin sanft über das

dünne Haar. Sie hatte während ihrer Zeit im Krankenhaus viele Menschen sterben sehen, aber der eigenen Freundin hilflos zusehen zu müssen, wie sie immer schwächer wurde, war etwas anderes. Sie hoffte inständig, die Kraft zu haben, diesen Weg auf gute Weise mit ihr zu Ende zu gehen.

»Hast du Pilar schon angerufen?«, fragte Thea mit schwacher Stimme.

Romy schüttelte den Kopf.

»Dann tu es.«

»Ich werde dich auf keinen Fall allein lassen und in irgendeinen Vulkankrater klettern nur wegen …«

»Denk an Iriomé. Ihr Name stand in der Bibel dieses Mönchs, das hast du mir selbst erzählt. Und im Magen einer der Mumien, die man in der Caldera gefunden hat, befand sich eine psychotrope Substanz. Was muss denn noch alles geschehen, damit du handelst und ihrem Ruf folgst? Deshalb sind wir doch hierhergekommen.«

»Aber du bist krank«, sagte Romy verzweifelt.

»Stimmt. Aber du nicht. Und ich habe vielleicht nicht mehr viel Zeit, deshalb … bitte …«

Romy schloss für einen Moment die Augen und atmete tief durch. »Ich kann da nicht solo klettern, unmöglich.«

»Dann nimm Sam mit. Er ist ein guter Typ. Er schafft das bestimmt. Sicher ist er schon öfter in der Caldera gewesen. Dieser Vulkankrater ist schließlich nicht der Nanga Parbat. Wenn du es schon nicht für dich tust, dann tu es für mich.«

»Also gut, ich rede mit ihm«, sagte Romy leise.

Thea lächelte sie an. »Danke.«

Das Medikament tat vollends seine Wirkung, und sie dämmerte langsam weg.

Romy zog ihr liebevoll die Decke über die Schultern und trat hinaus in den Garten. Sie setzte sich unter einen der beiden Drachenbäume und lehnte ihren Rücken gegen den rauen Stamm. In diesem Augenblick überfiel sie ein Gedanke wie ein unvorhergesehener Donnerschlag. Sie zuckte regelrecht zusammen. Tichiname war unter einem Drachenbaum gestorben. Vielleicht gab es ja wirklich eine Verbindung zwischen ihr und Thea. Wiederholte sich jetzt ihrer beider Schicksal? Hatte Thea deswegen mit ihr hierher auf die Insel fahren wollen? War sie deshalb so interessiert, diese Grabeshöhle aufzusuchen? Fragte sie sich vielleicht, ob sie beide eine gemeinsame Vergangenheit hatten? Was für ein naheliegender und gleichzeitig absurder Gedanke!

Was ist nur mit mir los?, dachte Romy. Früher hatte sie sich nie mit Dingen beschäftigt, die so fern der Realität waren. Sie war schließlich Wissenschaftlerin und keine versponnene Esoterikerin. Doch seit ihrem Sturz schien ihr Leben eine 180-Grad-Kehrtwende gemacht zu haben. Warum gerade jetzt? An welchem Punkt in ihrem Leben war sie angekommen, dass das möglich wurde? Was stand ihr noch bevor? Warum war diese Iriomé aufgetaucht und hatte sie hierher gerufen?

Noch nie waren Romy die Zügel so aus der Hand genommen worden. Noch nie hatte sie sich so unsicher gefühlt. Auch wenn sie hin und wieder im Leben und insbesondere in Beziehungen gescheitert war, hatte sie es doch immer wieder geschafft, eine gewisse Kontrolle über ihr Leben zu gewinnen. Das lag wohl daran, dass sie ohne Eltern aufgewachsen war und schon früh lernen musste, sich auch ohne Rückendeckung zu behaupten. Sie hatte eine starke Durchsetzungskraft entwickelt, um ihre Ziele zu verwirklichen. Doch die schien ihr im Augenblick nicht weiterzuhelfen. Und die beste Freundin, die ihr zur Ersatzfamilie geworden war, würde bald nicht mehr da sein.

Romy ging zurück ins Haus und öffnete noch einmal die Tür zu Theas Zimmer. Sie betrachtete die Freundin eine ganze Weile, beinahe so, als wollte sie sich ihre Gesichtszüge für immer einprägen.

Sam war nicht einmal besonders überrascht, als Romy ihm später bei einer Schale Zitronengrastee Iriomés Geschichte erzählte.

Nur Amakuna hatte sie wohlweislich weggelassen. Irgendwie fühlte sie sich dem Schwur, den Iriomé geleistet hatte, verpflichtet. Sie saßen auf der Terrasse vor Theas offenem Fenster, damit sie sofort hören konnten, wenn sie irgendetwas brauchte.

»Hier auf La Palma kommen die tollsten Geschichten vor«, beruhigte sie Sam. »Die meisten, die du hier fragst, haben mindestens schon ein Ufo gesehen, von Geistern und Stimmen aus fremden Welten ganz zu schweigen. Also mach dir keine Gedanken.«

Romy hatte sich so etwas schon gedacht.

Ich bin überzeugt, dass es Dinge zwischen Himmel und Erde gibt, die wir nicht erklären können. Noch nicht. Vielleicht später mal, wenn wir unsere starke Anhaftung an das Materielle verloren haben.«

Romy sah ihn nachdenklich an. Die Menschen, die hier lebten, waren auf alle Fälle stärker mit der wahren Existenz des Universums verbunden und viel weniger fremdbestimmt. Sie konnten mehr Zeit darauf verwenden, sich Gedanken zu machen, und mussten nicht jeden Tag auf Teufel komm raus die Wirtschaft ankurbeln. Vielleicht gingen deshalb auch ihre Gedanken hier auf der Insel in Gefilden spazieren, die nichts mit ihrem eigentlichen Lebensumfeld zu tun hatten.

»Ich komme gerne mit zu dieser Höhle«, sagte Sam. »Ich bin früher schon mal geklettert, als ich noch im Bayerischen Wald lebte und meinen Eltern zuliebe versucht habe, eine Banklehre durchzuziehen. Ist zwar eine Weile her, aber sichern kann ich dich auf alle Fälle.«

»Und was machen wir mit Thea? Wir können sie unmöglich hier allein lassen.« Schon die Vorstellung, sie würde zurückkommen und Thea …

»Ich habe einen Freund, den kann ich bitten, einen Tag bei ihr zu bleiben. Für ein paar Euro macht er das bestimmt.«

Romy sah Sam skeptisch an. »Was ist das für ein Freund?«

»Er ist einer von uns und absolut zuverlässig.«

Romy beschloss, ihre Vorurteile ein für alle Mal über Bord zu werfen. »Danke, ich bin wirklich froh, dass du mir hilfst.«

»Hippies sind manchmal ganz brauchbar«, sagte Sam und warf mit einem Ruck seine Rastapracht nach hinten.

»Sie sind ganz wunderbare Menschen«, sagte Romy lächelnd. »Auch wenn sie keine Steuern zahlen und nicht zur Steigerung des Bruttosozialprodukts beitragen. Es sollte unbedingt mehr von ihnen geben.« Sie knuffte Sam in die Seite, stand auf, ging ins Haus und holte ihr Handy und den Zettel, auf dem Pilar ihre Nummer notiert hatte.

»Was macht sie?«, flüsterte der Mann mit den blauen Augen und der Stirnnarbe ins Telefon, das den Insassen der U-Haft München zur Verfügung stand.

»Die Freundin ist sehr krank. Ich glaube, sie verfolgen noch immer den Plan, in die Caldera zu gehen«, antwortete Ricardo.

»Halte sie unbedingt davon ab. In zwei Wochen habe ich einen Haftprüfungstermin, vielleicht lassen sie mich auf Kaution frei. Wahrscheinlich sind die beiden da schon wieder zurück in Deutschland. Dann sehen wir weiter. Ich danke dir für deine Hilfe.«

»Worum geht es hier eigentlich?«, wollte Ricardo nun doch wissen.

»Das kann ich dir jetzt nicht sagen. Du musst mir vertrauen.«

»Ich vertraue dir«, antwortete der junge Palmero.

10. KAPITEL

Fünf Uhr morgens, der Mond war gerade im Meer versunken. Romy tastete sich mit einer Taschenlampe den Weg zum Parkplatz hinauf. Sam wartete bereits auf sie. Er legte seinen Rucksack zu den anderen Sachen in den Kofferraum.

Pilar hatte nicht nur mit Manolo gesprochen, sondern Romy sogar die handgezeichnete Karte der Archäologen gegeben. Und sie hatte zwei komplette Kletterausrüstungen organisiert.

Das Abenteuer konnte beginnen. Glücklicherweise gab es nur eine Straße, die zum Eingang der Caldera führte, denn der ortskundige Führer war schon nach wenigen Kilometern eingeschlafen und schnarchte friedlich. Mit den Rastalocken unter seiner Wollmütze erinnerte er Romy ein wenig an Alex, der sie vor zehn Jahren als Erster zum Klettern mitgenommen hatte und inzwischen ein gefragter Chirurg war. Sie hatte ihn in der Bergwachthütte im Kleinwalsertal kennengelernt und schon bald darauf fast jedes Wochenende mit ihm in irgendeiner Felswand verbracht. Nach einigen Monaten gab es jedoch nur noch Diskussionen, wohin man zum Klettern fahren sollte oder wer vorstieg. Alex hatte sowohl den Spaß am Klettern als auch an ihr verloren.

Wann bin ich eigentlich zum letzten Mal mit einem Mann in

den Urlaub gefahren?, überlegte Romy. Verdammt lange her. Schon kaum mehr wahr. Nach dem Aus mit Alex hatte sie es mit einem Orthopäden, dann mit einem Bankangestellten und schließlich mit einem Rechtsanwalt versucht, doch keine dieser Beziehungen war länger als ein paar Monate gut gegangen.

Romy schreckte auf, als Sam einen besonders lauten Schnarchton von sich gab. Vielleicht passten ja Männer wie er besser zu ihr. Aber wenn sie ehrlich war, konnte sie sich ein trautes Leben zu zweit in einer Höhle ohne ihr iPhone, ihren Computer und mindestens einmal im Monat Schuhe kaufen nur schwer vorstellen. Und vor allem nicht ohne ihre Arbeit. Aber was wollte sie stattdessen? Einen Mann für ihre Bedürfnisse schien es jedenfalls nicht zu geben. Damit musste sie sich einfach abfinden.

Kurz hinter Los Llanos wurde Sam wieder wach und lotste Romy zu einer Stelle, wo sie den Wagen abstellen und über ein breites, steiniges Flussbett in den Vulkankrater steigen konnten. Auch wenn es in diesem Winter viel Regen gegeben hatte, war der Grund der Schlucht ausgetrocknet. Sie verteilten die Ausrüstung auf beide Rucksäcke und zogen los, Sam voraus. Die Sonne hatte es noch nicht über den Berg geschafft, und Romy war froh über die warme Fleecejacke unter ihrem Anorak. Sie liebte diese frühen Stunden, das Gefühl, aufzubrechen und noch den ganzen Tag vor sich zu haben, ohne zu wissen, was auf sie zukam.

»Das hier ist übrigens der berühmte *Barranco de las Angustias*, die Schlucht der Todesängste, wie die Spanier sie nannten. Der einzige Zugang zum Innern des Kraters ohne mühsame Kletterei über die Kraterwand. Hier haben die Konquistadoren bei ihrem ersten Vorstoß gegen die Guanchen ordentlich eins auf die Mütze bekommen.«

Romys Blick wanderte über die steilen, zum Teil bewachsenen Felswände, und sie versuchte sich vorzustellen, was damals geschehen sein mochte. Vermutlich hatten die Guanchen vom Rand der Schlucht Steine auf ihre Widersacher geworfen, um sie vom Eindringen ins Herz der Insel abzuhalten. In diesem unwegsamen Gelände musste es Fremden fast unmöglich gewesen sein, sich zurechtzufinden.

»Vierzig Jahre später hat es dann de Lugo noch einmal versucht, diesmal mit mehr Männern und schweren Geschützen, und dann ist es ähnlich abgelaufen wie später in Südamerika. Nach dem Motto: Rübe ab, wer sich nicht taufen ließ. Doch viele Ureinwohner haben die Eroberer sowieso als eine Art Übermenschen gesehen und sich ihnen freiwillig unterworfen.«

»Außer der Stamm von Tanausú.« Romy hatte sich inzwischen gründlich über den Anführer des Stammes von Aceró informiert, der einst hier in der Caldera gelebt hatte. Iriomé könnte zu seinem Stamm gehört haben. Wenn ja, musste sie hier in der Caldera unterwegs gewesen sein, Kräuter oder Nahrung suchend, vielleicht sogar auf der Flucht. Vielleicht auch als Gefangene der Konquistadoren mit gefesselten Händen. Dieser Gedanke ließ wieder eine beklemmende Angst in ihr hochsteigen. Sie zwang sich, sofort bewusst und regelmäßig zu atmen.

Sam merkte, dass etwas mit ihr nicht stimmte, doch er stellte keine Fragen und machte sich erst recht nicht über sie lustig. Was für ein angenehmer Begleiter.

Nach einer Weile hörten sie ein leises Rauschen. Das Flussbett wurde von Meter zu Meter feuchter. Sie stiegen auf einem schmalen Pfad die Uferböschung hinauf und waren schon bald von einem dichten, wohlriechenden Pinienwald und üppigen Farngewächsen umgeben.

»Sieh mal dort.« Sam deutete auf eine riesige Felssäule, die in einiger Entfernung in den Himmel ragte. »Das ist der Idafe, der berühmte sprechende Seelenstein der Guanchen. Er ist aus Basalt und über hundert Meter hoch. Tanausú soll oft mit ihm Zwiesprache gehalten haben.«

»Aber der konnte ihm auch keinen Rat geben, um die Spanier loszuwerden«, erwiderte Romy nachdenklich.

»Vielleicht schon.«

»Wie meinst du das?«

»Viele Guanchen haben sich damals von den hohen Felsen in den Tod gestürzt, um der Sklaverei zu entgehen. Dabei sollen sie laut geschrien haben: *Vácaguaré*. Das bedeutet: Ich möchte sterben.«

Romy blieb abrupt stehen. »Das gibt es doch nicht.«

»Was?«

»Kannst du das noch mal sagen?«

Sam zuckte mit den Achseln. »Klar. *Vácaguaré*. Vielleicht auch *Vacáguare*. Die genaue Aussprache weiß ich nicht. Was ist damit?«

»Wenn ich mich nicht irre, ist es genau das Wort, das diese Medizinfrau ausgesprochen hat, als sie in Iriomés Armen starb.«

Romy sprach es nach und betonte das Wort auf der letzten Silbe. *Vacaguaré*. Es ging ihr ganz natürlich über die Lippen und hörte sich genauso an, wie Tichiname es kurz vor ihrem Tod ausgesprochen hatte. Romy schloss für einen Moment die Augen. Immer mehr Dinge fügten sich zusammen. Wie bei einem Puzzlespiel. Wie das fertige Bild aussehen würde, konnte sie sich allerdings beim besten Willen noch nicht vorstellen.

»Kennst du die Legende von den *Guerreros Sagrados?*«, fragte Sam. Sie schüttelte den Kopf. »Ich kenne inzwischen so einige Legenden, die mit dieser Insel in Verbindung stehen, aber die noch nicht.«

»Die *Guerreros Sagrados* sind Heilige Krieger, die als unsterblich gelten und immer wieder in verschiedenen Jahrhunderten auftauchen, um gegen das Böse und Zerstörerische auf der Welt zu kämpfen.«

»Du meinst unsterbliche Helden, wie sie laut den alten Griechen schon vor Jahrtausenden hier gelebt haben?«

»Keine Ahnung. Mit der Antike kenne ich mich nicht so aus, aber hast du *Highlander* gesehen?«

Romy konnte sich noch vage an den Film mit Christopher Lambert und Sean Connery erinnern. Darin ging es um einen unsterblichen schottischen Krieger aus dem Mittelalter, der in der Jetztzeit wieder auf seinen Todfeind aus der Vergangenheit traf.

Dieses Thema schien es wohl in vielen archaischen Kulturen zu geben. »Und wie kommst du darauf? Meinst du, dass die Guanchen auch ihre Highlander hatten?«

»Oder sogar noch haben! Hat mir mal ein Palmero auf einer Fiesta erzählt, allerdings war der schon ziemlich angetrunken. Als ich mehr wissen wollte, tat er recht geheimnisvoll und ließ kein Sterbenswörtchen mehr über die Lippen. Ich habe dann mal im Internet recherchiert, bin allerdings auch nicht viel weiter gekommen.«

»Und du glaubst so was?«

»Ich denke, es kommt immer darauf an, wie man es deutet.« Romy wusste im Moment überhaupt nicht mehr, wie sie irgendetwas von dem deuten sollte, was ihr in den letzten vier Tagen widerfahren war. »Glaubst du eigentlich an Wiedergeburt?«, fragte sie Sam, der inzwischen ein kleines Stück vorausgegangen war.

Er blieb stehen und drehte sich zu ihr um. »Ich glaube jedenfalls nicht, dass nach dem Tod alles zu Ende ist. In der Natur gibt es ja schließlich auch eine Art Kreislauf, und alles beginnt von Neuem. Ich kann mir gut vorstellen, dass bestimmte Dinge immer wieder ans Licht gebracht werden, wenn sie in ihrer Entwicklung noch nicht abgeschlossen sind.«

»Ja, das weiß ich auch, aber ich meine so ganz konkret.«

»Du meinst, ob du die Wiedergeburt dieser Iriomé sein könntest?«

»Ja.« Sie fand es noch immer ein wenig peinlich, vor Sam diesen Gedanken auszusprechen.

»Ich habe bisher nur von Kindern gehört, die sich an frühere Leben erinnern. Aber die meisten Erwachsenen würden, falls sie sich tatsächlich erinnern, es bestimmt nie zugeben, schon aus Angst, in der Klapse zu landen. Aber geh mal in 'ne Eso-Buchhandlung, da gibt es meterweise Bücher zu diesem Thema.«

Er war vor einer verrosteten Gittertür stehen geblieben, die einen teilweise mit Betonsteinen zugemauerten Höhleneingang verschloss. »Schau mal. Hier soll angeblich die Höhle des großen Tanausú gewesen sein.«

Romy versuchte durch die Eisenstäbe ins Innere zu spähen, doch außer ein paar alten Kisten und einer großen Motorsäge konnte sie nichts erkennen. Sie sah Sam enttäuscht an. »Sieht eher wie die Abstellkammer der Forstverwaltung aus. Hier steht nicht einmal ein Schild. Was für eine Schande.«

»Ich weiß. Die heutigen Palmeros sehen sich nicht unbedingt als Abkömmlinge der Guanchen, sondern als Nachfahren der spanischen Konquistadoren. Erst seit Kurzem fangen sie an, den Ureinwohnern Denkmäler zu setzen und Straßen, Läden oder Schulen nach ihnen zu benennen. Aber ich bin nicht sicher, ob das aus dem Herzen kommt oder nur eine Masche ist, um sich besser zu vermarkten.«

Romy dachte an Señor Gutiérrez aus dem Museum. Er hatte die Guanchen als primitives Steinzeitvolk bezeichnet. Auch Pilar schien nicht gerade stolz darauf zu sein, von ihnen abzustammen. Obgleich ihre Eltern aus Garafía stammten, der nördlichsten Gemeinde, wo die meisten Familien lebten, in deren Adern noch ein Rest Guanchenblut fließen musste. Doch verbunden fühlte sie sich auf keinen Fall mit ihnen. Und Ricardo? Da blickte sie noch immer nicht durch. Er schien stolz auf sein Erbe, aber irgendwie wollte er das nicht wirklich preisgeben.

Nach ungefähr drei Stunden waren Romy und Sam tief in den Vulkankessel vorgedrungen. Der Pfad entlang der Kraterwand wurde immer schmaler. Sie kamen nur noch seitwärts voran, den Rücken an die Wand gepresst. Unter ihnen brachen immer wieder Felsstücke ab und polterten in die Tiefe. Romy war dergleichen gewohnt, doch Sam zuckte jedes Mal zusammen und suchte ständig nach einem Halt.

»Gleich haben wir es geschafft«, beruhigte sie ihn, während sie Manolos Karte studierte. Und tatsächlich öffnete sich kurz darauf vor ihnen eine großflächige Plattform, an deren hinterem Ende eine gigantische, fast senkrechte Wand in den Himmel ragte. Im oberen Abschnitt gähnte ihnen ein dunkler Höhleneingang entgegen, umgeben von mehreren kleineren Öffnungen.

»Da ist es«, sagte sie aufgeregt. In ihren Ohren summte es, und sie spürte ein leichtes Schwindelgefühl. »Das ist sie, die Höhle aus meinem Traum!« Es kam ihr fast so vor, als wäre sie nach vielen Jahren an einen Ort aus ihrer Kindheit zurückgekehrt.

»Wow. Dann bist du ja sozusagen am Ziel.«

Sie nickte nur.

»Das heißt also, wir müssen da hoch«, seufzte Sam. Romy sah ihm an, dass er sich bei dem Gedanken alles andere als wohlfühlte.

»Früher waren die Höhlen mit Leitern aus Baumstämmen verbunden«, erinnerte sich Romy an ihre Vision.

»Schade, dass sie nicht mehr da sind, das wäre praktischer.«

»Keine Angst, das machen wir mit links«, versuchte sie, ihn zu beruhigen. »Aber etwas ist trotzdem anders …«

»Was?«

»Der Drachenbaum fehlt! Der Drachenbaum, unter dem Tichiname gestorben ist.«

»Hier oben wachsen eigentlich keine Drachenbäume. Es wird im Winter zu kalt.«

Er hatte recht. Weiter unten standen noch einige Kiefern, ansonsten bedeckte nur niedriges, vom Wind zerzaustes Gebüsch an manchen Stellen den rauen Fels. Vielleicht stand der Baum ja in irgendeiner besonderen Verbindung zu Tichiname, und nur sie hatte ihn dort wachsen lassen können, überlegte Romy.

»Komm, bringen wir es hinter uns.« Sam öffnete den Rucksack und holte Seil und Haken heraus, während Romy sich die Beschaffenheit der Wand ansah. »Irgendjemand muss vor Kurzem da hochgeklettert sein. Da sind noch relativ neue Hakenlöcher«, stellte sie mit Kennerblick fest.

»Vielleicht war dieser Manolo noch einmal hier und hat jemandem die Höhle gezeigt.«

»Schon möglich.« Romy zog sich den Klettergurt an, hakte sich mit dem Karabiner am einen Ende des Sicherheitsseils fest und prüfte, ob es hielt. »Ich steige vor, wenn das für dich o.k. ist. Kommst du mit dem Sichern zurecht?«

»Klar. Keine Sorge.« Sam nahm das andere Ende des Seils, checkte die Feststellplatte und ließ Romy dann genug Spiel, um in die Wand einzusteigen. Sie war sofort wieder voll in ihrem Element, spürte weder Panik noch sonst irgendwelche unguten Gefühle in sich aufsteigen. Nach etwa zwei Metern setzte sie den ersten Haken.

Das von der Sonne durchwärmte Basaltgestein war leicht bröckelig. Sie hoffte, dass die Haken hielten. Von Stürzen hatte sie erst einmal genug.

Ohne sich anzustrengen, fand sie instinktiv die richtigen Griffe und Tritte, obwohl sie nie zuvor hier gewesen war. In kürzester Zeit erreichte sie einen Felsvorsprung, der zwar höchstens einen Fuß breit war, aber ihr Gewicht zu halten schien. »O.k., Stand«, rief sie von oben. Sie merkte, wie Sam einen Moment zögerte.

»Nur keine Angst, das schaffst du schon«, machte sie ihm Mut. »Nimm einfach dieselbe Strecke wie ich.« Sie erinnerte sich noch gut an ihre Kletteranfänge und an ihre Angst, die jedoch, je öfter sie sie überwand, immer geringer wurde.

Meter für Meter hangelte Sam sich hoch, während Romy ihn aufmerksam von oben beobachtete. Er rutschte nur einmal ab, doch das Seil hielt ihn ohne Probleme.

Als er schließlich die Felskante erreichte, half Romy ihm, sich hochzuziehen, und klopfte ihm anerkennend auf die Schulter.

Sam atmete schwer. Er wagte kaum, nach unten zu sehen. »Und das alles wegen einer Vision«, keuchte er. »Aber mit mir kann man's ja machen.«

Romy zuckte mit den Schultern. »Jetzt, wo wir schon mal hier sind, bringen wir es auch zu Ende.«

Er nickte ergeben. Nachdem sie seinen Stand überprüft hatte, machte sie sich an die nächste Etappe. Von hier aus würden sie ohne einen weiteren Zwischenstopp die Höhle erreichen. Während Romy sich Meter für Meter an der Wand hochzog, überfiel sie ein absurder Gedanke: Wenn sie jetzt stürzen würde, könnte ihr vielleicht Iriomé erneut begegnen. Seit sie sich auf dieser Insel befand, war die Sehnsucht nach einer erneuten Verbindung mit der Guanchin immer stärker geworden. Sie war ihr fast so etwas wie eine Seelenschwester geworden.

Doch bevor sie weiter darüber nachdenken konnte, hatte sie ihr Ziel erreicht und zog sich mit aller Kraft über die Kante auf die kleine freie Fläche vor dem Höhleneingang.

Der Blick von hier oben war gigantisch. Vor ihr breitete sich eine grüne Urlandschaft aus, die jetzt, im Winter, mit kleinen Bächen und Wasserfällen durchzogen war, welche sich wie glitzernde Schlangen um die bizarren Felsformationen wanden. Wenn sie über den Kraterrand hinaus auf das Meer sah, konnte sie in der Ferne die Spitzen der anderen Kanarischen Inseln Teneriffa, Gomera und El Hierro sehen, die aus einem weißen Wolkenbett ragten. Es war genau die Perspektive, die sie aus ihrem Traum kannte. Romy setzte sich an die Stelle, wo nach ihrer Vorstellung der Drachenbaum gestanden haben musste, und wartete auf irgendetwas Außergewöhnliches. Doch nichts geschah. Nur das säuselnde Geräusch des Windes und das Krächzen vereinzelter Bergdohlen drangen an ihr Ohr. Fast ein Déjà-vu. So hatte alles vor nur wenigen Tagen angefangen.

»Was ist los?«

»Oh!« Sam hätte sie beinahe vergessen.

Sie stand auf, sicherte das Seil und trat wieder an die Kante. »Alles o.k.!«

Romy zog ihn mehr hoch, als dass er selbst kletterte. Sie war wirklich froh, ihn dabeizuhaben. Wie dumm von ihr, dass sie ihn am Anfang etwas geringschätzig behandelt hatte.

Sam war völlig außer Atem und musste sich einen Moment setzen. Das war ihm wohl peinlich, denn er drehte ihr den Rücken zu, löste zitternd das Seil vom Klettergurt und nahm einen tiefen Schluck aus seiner Wasserflasche.

»Ruh dich erst mal aus«, sagte sie. »Das war echt nicht ohne für den Anfang.«

»Ach, und vorhin hast du noch gemeint, alles wäre ganz easy.«

Romy schmunzelte. »Was hätte ich denn sonst sagen sollen?«

»Schon gut.« Er straffte sich und tat ein paar Schritte in Richtung Höhleneingang, um schnell von seinem kleinen Schwächeanfall abzulenken. »Los komm, tauchen wir ab in die Vergangenheit. Vielleicht sind die Mumien ja zurückgekehrt.«

Männer sind doch alle gleich, dachte Romy. Egal ob Rasta oder akkurater Kurzhaarschnitt.

Das Sonnenlicht reichte aus, um die Felswände im Höhleneingang zu beleuchten. Fasziniert blickte Romy sich um, dann zog sie ihre Taschenlampe heraus und folgte Sam.

»Schau mal, hier ist alles voller Zeichen«, sagte er beeindruckt und erhellte mit dem Lichtkegel seiner Taschenlampe verschieden große Spiralen, Dreiecke, konzentrische Kreise und Rauten, die in den Fels geritzt waren. Mit viel Fantasie konnte Romy sogar einen Hund erkennen. Wenn das wirklich die richtige Höhle war, musste hier irgendwo die Schale mit dem Trank gestanden haben, der Tichiname in die Zukunft reisen ließ. Romy fotografierte jedes noch so kleine Detail für Thea. Wer weiß, was ihre akribische Freundin in all den Kleinigkeiten entdecken würde.

»So viele Petroglyphen auf einmal habe ich auch noch nie gesehen«, sagte Sam. »Die sind mit Sicherheit original. Schade, dass bis heute noch niemand herausgefunden hat, was sie bedeuten.«

Fast andächtig zog Romy mit dem Finger die groben Linien einer Spirale vom Mittelpunkt nach außen. Zeichen der Unendlichkeit, der ewigen Wiederkehr des Seins. Existierte dieser Kreislauf des Lebens wirklich? War nicht irgendwann alles einmal zu Ende? Wenn sie ehrlich war, konnte sie sich weder das eine noch das andere vorstellen.

»Komm, lass uns die Grabhöhle suchen und uns dann schleunigst auf den Rückweg machen, bevor es dunkel wird«, unterbrach Sam ihre Gedanken. Er hatte recht. Schließlich waren sie deshalb hergekommen. Romy zog die Karte aus ihrer Jackentasche und drehte sie ein paar Mal, um sich zu orientieren. Dabei fiel ihr das Papier aus der Hand. Als sie sich bückte, um es aufzuheben, blieb sie wie erstarrt in der Hocke. Ein Schauer überfiel sie, auf ihren Armen stellte sich jedes Härchen einzeln auf.

»Was hast du?«, fragte Sam.

Romy gab keine Antwort. Da war sie, die kleine Nische, in der einst die Schale mit dem geheimnisvollen Trank gestanden hatte! Die Zeichen an den Wänden hatten sich tief in ihr Gedächtnis eingeprägt. Kein Zweifel, sie war am richtigen Ort.

»Alles gut«, sagte sie zu Sam, da sie sich im Augenblick nicht in der Lage fühlte, ihre Empfindungen in Worte zu fassen.

Von der Haupthöhle zweigten zwei Gänge ab, die in das Innere des Berges führten. Laut Karte war der rechte der richtige. Die Decke war relativ niedrig, sodass sie gebückt weitergehen mussten. An manchen Stellen rann Wasser herab und färbte den Basalt dunkel und glänzend. Romy fröstelte. Je tiefer sie ins Innere des Berges vordrangen, desto kühler wurde es. Leises Gurren drang aus Felsnischen, wo Tauben sich ihre Nester gebaut hatten.

Plötzlich blieb Romy stehen. Im Lichtkegel ihrer Taschenlampe erstrahlte ein weißer Knochenhaufen. Sie erschrak fast zu Tode.

»Nur eine Ziege, die nicht mehr hier herausgefunden hat«, stellte Sam nüchtern fest. »Bleibt allerdings die Frage, wie sie hier reingekommen ist. Bestimmt nicht mit dem Kletterseil. Das heißt, es muss irgendwo einen weniger beschwerlichen Eingang geben.«

»Hast du auch frische Batterien in der Lampe?«, wollte Romy wissen, die sich ein Schicksal wie das der armen Ziege ersparen wollte.

»Klar, bin doch selbst Höhlenbewohner mit regelmäßigem Stromausfall.«

Sie folgten einem steinernen Schacht, der in gerader Linie etwa zwanzig Meter nach vorn stieß und dann eine scharfe Biegung nach rechts machte. Dahinter ging die anfängliche Finsternis in eine Art Nebel über. Romy kam es vor, als würde sie endgültig die Jetztzeit verlassen. Aus irgendeinem Grund spürte sie keine Angst hier drinnen, sondern eher das Gegenteil: Sie fasste Vertrauen zu dem, was sie hierhergeführt hatte, und empfand eine Art Geborgenheit tief im Schoß der Erde.

Gleich hinter dem Knick mündete der Gang in eine zweite Höhle, viel höher als die erste und mit einem Loch in der Decke, durch das Tageslicht drang. Die hohen Wände vermittelten Romy das Gefühl, in einer Kathedrale zu sein. Wahrscheinlich war die Ziege hier heruntergefallen und hatte sich dann noch ein paar Meter weitergeschleppt.

Eine aufgeschreckte Fledermaus streifte Romys Wange. Sie blickte ihr nach, wie sie in der Tiefe der Höhle verschwand.

»Wo bleibst du?«, hörte sie Sams dumpfe Stimme ein Stück vor ihr.

»Ich komme«, rief sie, und das Echo trug die Worte zurück an ihr Ohr. »Ich komme, Ich komme«. Wie in Trance lief sie weiter und wäre fast mit Sam zusammengestoßen. Er stand mitten in dem Gang und leuchtete die Felswände ab.

»Laut Karte müsste es genau hier sein.« Er deutete auf eine nackte Felswand. »Aber ich sehe nichts!«

»Lass uns noch mal ganz genau die Karte ansehen.« Konzentriert studierte Romy im Licht der Taschenlampe die Zeichnung und kam zu dem gleichen Schluss wie Sam. »Es muss dort sein. Wir sind genau so gegangen, wie es auf der Karte eingezeichnet ist. Zuerst der schmale Gang, danach der kleine Lichthof, dann die Kathedrale und jetzt die Linkskurve.«

»Ich verstehe das auch nicht.«

»Das Grab kann sich ja nicht einfach in Luft aufgelöst haben«, sagte Romy fast trotzig. Sie waren so nah dran. Es konnte doch nicht sein, dass sie den ganzen Weg umsonst gemacht hatten.

Sam leuchtete noch einmal die feuchten Wände ab. Plötzlich hielt er inne. »Hier, schau mal.« Im Lichtkegel der Lampe entdeckten sie in knapp vier Metern Höhe eine kleine Nische, die mit mehreren, offensichtlich von Menschenhand aufgeschichteten Steinen verschlossen war. »Das muss es sein!«, rief er aufgeregt.

»Irgendjemand muss das Grab wieder zugemacht haben«, mutmaßte Romy. »Komisch, Pilar hat davon nichts erwähnt.«

»Sie hat auch nicht gesagt, dass es so hoch oben ist«, erwiderte Sam, dem schon schwante, wie es jetzt weitergehen würde.

»Ich gehe zurück und hole den Hammer, Haken und das zweite Seil aus dem Rucksack«, sagte Romy.

Sam war weniger begeistert. »Vielleicht gibt es einen guten Grund, warum das Grab verschlossen ist?«

»Und welchen?«

Er zuckte nur mit den Achseln.

»Du hast einfach keine Lust zu klettern.«

»Exacto.«

»Dann tue ich es eben alleine.« Ohne sich weiter um Sam zu kümmern, machte sie sich auf den Weg zum Höhleneingang, wo sie ihre Rucksäcke zurückgelassen hatten. Thea würde ihr nie verzeihen, wenn sie jetzt, so kurz vor dem Ziel, aufgab, und sie sich selbst schon zweimal nicht.

Bei ihrer Rückkehr zeigte sich Sam kooperativ und versprach, sie von unten zu sichern.

»Na, geht doch«, sagte sie und grinste ihn an. Sie musste nur zwei Haken setzen, um sich zu der eingemauerten Stelle hochziehen zu können.

Ihre Hand zitterte, als sie mit dem Hammer fest gegen die Steine schlug. Nichts rührte sich. Da musste ein palmerischer Meister des Mauerbaus am Werk gewesen sein, denn die Steine waren so geschickt ineinander verkeilt, als würde Mörtel sie zusammenhalten. Romy versuchte es noch einmal. Wieder nichts.

»Komm, lass mich mal ran, allein schaffst du das nicht«, rief der Macho im Hippie nach oben.

Romy stieg herunter und reichte ihm den Hammer. »Danke.«

Kurz darauf hallten seine zugegebenermaßen kräftigeren Schläge dumpf durch die dunklen Gänge. Nach dem dritten rieselte das erste lockere Gestein herab. Romy hoffte inständig, dass die Höhle nicht einstürzte. War das nicht das Ende von *The Mummy*? Sie hatte den Horrorfilm irgendwann mal nachts auf RTL2 gesehen, und soweit sie sich erinnern konnte, waren die Forscher in der letzten Szene fast alle verschüttet worden.

Ein krachendes Geräusch ertönte. Romy zuckte zusammen. Ein Stein hatte sich tatsächlich gelöst und war direkt neben ihr auf den Boden gefallen. »Vorsicht!«, rief Sam ein wenig zu spät von oben.

Jetzt bröckelten weitere Steine heraus, und es entstand eine kleine Öffnung. Sam stemmte sich mit beiden Armen hoch und leuchtete mit seiner Taschenlampe hinein.

»Und?«, fragte Romy gespannt.

»Das glaubst du nicht. Der Wahnsinn!« Sam ließ sich herunter und reichte ihr die Lampe. »Sieh selbst.«

Sie zögerte einen Moment. Plötzlich bekam sie Angst vor dem, was sich ihr gleich offenbaren würde. Sam überließ ihr das Seil. Sie nahm es, stützte sich mit den Füßen an der Wand ab und zog sich rasch hoch.

Der Anblick, der sich ihr bot, war überwältigend. Der Boden der Grabkammer war mit einem »Hexenring« von langstieligen weißen Pilzen mit winzigen Hütchen bedeckt, wie eine Spirale der Unendlichkeit. Es musste eine Art Schlauchpilz sein, allerdings eine Sorte, die Romy noch nie zuvor gesehen hatte. Ungewöhnlich, dass sie hier in absoluter Dunkelheit wuchs.

Langsam ließ sie den Strahl ihrer Taschenlampe von einer Seite der Kammer zur anderen wandern, bis sie mehrere flache ausgekratzte Stellen entdeckte, wahrscheinlich die Ruhestätten der Mumien. Pilar hatte nichts von Pilzen erzählt. Vielleicht wuchsen sie hier nur zu einer bestimmten Jahreszeit, nämlich jetzt im Winter, sonst hätte man sie beim Bergen der Mumien entdeckt.

»Hast du vielleicht eine Plastiktüte oder so was?«, rief sie Sam zu.

»Habe ich.« Er knüpfte seinen leeren Proviantbeutel an das Seil, sodass Romy ihn hochziehen konnte.

Mit höchster Vorsicht löste Romy einige Pilze und ließ sie in den Beutel gleiten. Weich und samtig fühlten sie sich an – irgendwie nicht von dieser Welt. Die Gedanken in ihrem Kopf fuhren Achterbahn. Waren die Pilze *Amakuna, das Herz der Insel, das in der Höhle des höchsten Berges schlägt*, das Geheimnis der Guanchen? War sie gerade dabei, eine revolutionäre Entdeckung zu machen, die die Welt verändern könnte? Vielleicht so, wie einst Alexander Fleming, als er das Penicillin entdeckte, nur auf einer ganz anderen Ebene? Doch wie hing das alles mit Iriomés und ihrem Leben zusammen?

Andächtig knotete sie den Beutel zusammen und ließ sich an dem Seil herab, auch wenn sie nicht das Gefühl hatte, wieder festen Boden unter den Füßen zu haben.

»Hey, was meinst du, wetten, dass das so ’ne Art Magic Mushroom ist.« Sam war ganz aufgekratzt, während er das Seil von den Haken löste und es zusammenrollte. Als Fachfrau kannte Romy natürlich verschiedene Schlauchpilze mit dem halluzinogenen Wirkstoff Psylocibin, aber die wuchsen normalerweise nicht in Höhlen, sondern auf Kuhdung oder schimmelndem Holz und besaßen auch nicht diese schlohweiße Farbe.

»Ich wette, dass die Medizinfrauen diese Pilze für ihre magischen Rituale verwendet haben. Ich werde mir gleich heute Abend daraus ein Süppchen kochen.« Die Vorfreude in seiner Stimme war nicht zu überhören. »Bin gespannt, wohin die Reise geht.«

»Mach mal langsam«, mahnte Romy. »Das sind keine normalen Magic Mushrooms. Das weißt du so gut wie ich. Vielleicht sind sie hochgiftig. Die Medizinfrau in meiner Vision könnte daran gestorben sein.«

Sams Euphorie flachte ein wenig ab. »Na gut, du bist vom Fach«, gab er zu. »Aber was geschieht jetzt mit den Pilzen?«

»Ich werde sie mit nach Deutschland nehmen und im Labor untersuchen.«

»So lange halten die doch nie«, meinte er skeptisch.

»Im getrockneten Zustand kein Problem.«

»Und woher weißt du, dass sie dann noch die gleiche Wirkung haben?«

»Weil sich die DNA selbst über einen langen Zeitraum nicht ändert. Man konnte doch auch nach über 500 Jahren die Substanz im Magen der Mumie immer noch halbwegs identifizieren.«

»Und du meinst wirklich, das waren diese Pilze.«

Romy blieb ihm eine Antwort schuldig.

»Also, falls das Zeug wirklich abgeht, musst du es mir sagen, dann komme ich hier noch mal hoch und hol mir mehr von den Dingern.«

»Versprochen. Aber bis dahin muss die ganze Sache unter uns bleiben. Klar!?«, sagte Romy so eindringlich, wie sie konnte.

»Mein Mund bleibt stumm wie der einer Mumie«, erwiderte Sam mit gespieltem Ernst.

Romy war klar, dass die Sache damit noch nicht ausgestanden war, aber sie wollte auf keinen Fall, dass Sam von den Pilzen probierte. Denn wenn sie tatsächlich das Geheimnis der Guanchen waren, dann sollte dieses auch bewahrt bleiben. Schon schlimm genug, dass es da noch einen Mister Unbekannt gab, der offenbar vor ihnen hier gewesen war und das Grab wieder zugemauert hatte. Etwas, das sie jetzt auch unbedingt tun sollten.

»Die ganzen Steine wieder nach oben? Muss das sein?« Sam war langsam wirklich genervt. »Dann ist es stockdunkel, bis wir zurück sind«, sagte er in dem Versuch, sich vor dieser erneuten anstrengenden Aktion zu drücken. Doch Romy ließ nicht locker.

»Die Pilze wachsen hier offensichtlich nur im Winter. Die Mumien wurden im Sommer letzten Jahres gefunden, und da wuchs hier offensichtlich nichts, sonst hätte man bestimmt davon gehört.«

»Oder auch nicht. Wenn es sich tatsächlich um eine Droge handelt, wird man das nicht in die Welt hinausposaunen. Sonst würden sich wahrscheinlich ganze Pilgerströme von Hippies auf den Weg hier rauf machen.«

Das stimmte auch wieder. Trotzdem verspürte sie ein ungutes Gefühl im Bauch. »Wenn wir alles wieder in den ursprünglichen Zustand versetzen, fallen die paar Pilze, die ich genommen habe, gar nicht auf. Schließlich dürfen wir hier offiziell gar nicht klettern und könnten in Teufels Küche kommen, wenn die Forstverwaltung davon erfährt.«

Sam gab sich geschlagen. »O.k., wenn du darauf bestehst.« Er hakte das Seil murrend wieder ein und machte sich bereit, hinaufzuklettern. »Am besten, du wirfst einen Stein nach dem anderen hoch, dann muss ich nicht immer rauf und runter.«

In kürzester Zeit hatte Romy eine Technik heraus, fast zielgenau jeden Stein dorthin zu werfen, wo Sam ihn gerade brauchte.

»Du hast es echt drauf, warst du mal Deutsche Meisterin im Steinewerfen?« Sams schlechte Laune besserte sich zunehmend, nachdem er merkte, dass es doch schneller und einfacher ging als angenommen.

»Vielleicht«, antwortete sie. »In einem früheren Leben.« Romy war selbst überrascht, wie leicht es ihr fiel, selbst schwere Brocken hochzuheben und genau zu wissen, wie viel Schwung sie nehmen und wie viel Kraft sie aufwenden musste.

Sobald sie die Nische verschlossen hatten, machten sie sich auf den Weg zum Höhleneingang. Romy verstaute die Tüte mit Pilzen in ihrem Rucksack und sah Sam zu, wie er die Kraterwand als Erster hinabkletterte. Nach einem letzten Blick zu den Höhlen folgte sie ihm in die Tiefe der Schlucht.

Für den Rückweg brauchten sie wesentlich länger als geplant und waren erst weit nach Einbruch der Dunkelheit am Auto. Romy hatte zwar versucht, Thea auf ihrem Handy anzurufen, sobald sie wieder auf Empfang war, doch sie war nicht erreichbar gewesen.

Sams Freund kam ihnen oben am Parkplatz der Finca entgegen. Im Gegensatz zu Sam war er völlig kahl geschoren, trug dafür jedoch einen Vollbart, der am Kinn zu einem kleinen Zopf geflochten und mit einer roten Perle am Ende verziert war. Seine warmen, sanften Augen standen im völligen Gegensatz zu seinem wilden Äußeren.

»Sie ist gerade erst eingeschlafen. Gegen Abend hat sie wieder Schmerzen bekommen und musste sich übergeben. Ich habe ihr dann von den Tabletten gegeben, die du mir hingelegt hast, und ihr einen Joint gedreht. Danach ging's etwas besser.« Er lächelte leicht verlegen. »Als Krankenpfleger bin ich wohl 'ne Niete.«

»Nein, du hast alles richtig gemacht«, beruhigte ihn Romy. »Vielen Dank für deine Hilfe.«

»Schon o.k., aber … ich glaube, ihr geht's wirklich nicht gut.«

»Ich weiß.« Romy drückte ihm fünfzig Euro in die Hand, die schnell in seiner bunten, mit indischen Göttern bedruckten Umhängetasche verschwanden. »Danke. Ich hau dann mal ab.«

»Hier, du sollst auch nicht leer ausgehen.« Sie hielt Sam ebenfalls einen Fünfziger hin, den er jedoch ablehnte.

»Das hab ich gerne gratis für dich getan, aber ich möchte etwas von den Fundstücken haben, sobald du sie untersucht hast. Vergiss das nicht.«

»Natürlich nicht«, sagte sie. Auf keinen Fall wollte sie sich um diese Uhrzeit auf eine Auseinandersetzung mit Sam einlassen.

Nachdem er sich getrollt hatte, lief sie zum Haus hinunter und sah als Erstes nach Thea. Dank des starken Schmerzmittels schlief sie fest. Romy würde ihr morgen früh alles erzählen und ihr ihren Fund präsentieren.

Die Pilze waren noch immer weiß, als sie sie fein säuberlich auf dem alten Holztisch in der Küche ausbreitete. Allerdings bekamen sie an den Rändern bereits einen leichten Gelbstich. Iriomé hatte Amakuna zur richtigen Zeit geerntet und dann so lange über dem Feuer gekocht, *bis der Schatten des Zeitstabes von einem Stein bis zum nächsten gewandert war,* erinnerte sich Romy.

Vielleicht entfaltete der Pilz doch nur im frisch gekochten Zustand seine Wirkung? *Bis der Schatten des Zeitstabes von einem Stein bis zum nächsten gewandert war* … Das bedeutete möglicherweise eine Stunde. War er vielleicht jetzt schon unwirksam? Und wie viele Pilze hatte sie wohl verwendet? Die richtige Dosis konnte besonders in der pflanzlichen Medizin über Leben und Tod entscheiden.

Sollte sie wirklich einen Selbstversuch wagen? Ihre Vernunft als Biochemikerin riet ihr dringend davon ab. Die wissenschaftlich korrekte Vorgehensweise war, die Pilze zu trocknen oder einzufrieren und in Deutschland eine umfassende Analyse im Labor vorzunehmen.

Romy lief unschlüssig in der Küche auf und ab und konnte den Blick nicht von den Pilzen lassen. Die gelbe Färbung nahm immer mehr zu. Das beunruhigte sie. Sie hatte Sam angeschwindelt. Eine spätere Laboruntersuchung konnte nicht in allen Fällen vorhersagen, welche Wirkung die Pilze in frischem Zustand zeigten.

Schließlich fasste sie einen Entschluss. Sie hatte zehn Pilze mitgenommen. Sie würde fünf jetzt sofort kochen und fünf im Backofen auf niedrigster Stufe trocknen.

Nachdem sie einen kleinen Topf mit Wasser zum Kochen gebracht hatte, gab sie die Pilze hinein, die bereits gelb gefärbt waren, und ließ sie auf kleinster Flamme köcheln. Aufgeregt sah sie immer wieder auf die Uhr. Sie fühlte sich beinahe so wie vor ihrem ersten Experiment im ersten Semester Biochemie an der Uni. Ein leicht erdiger Geruch stieg auf. Romy öffnete die Küchentür und ließ die frische Nachtluft herein.

Sie trat nach draußen und blickte in einen klaren Sternenhimmel, wie man ihn eigentlich sonst nur in der Wüste oder weit draußen auf dem Meer vermutete. Als direkt vor ihren Augen eine Sternschnuppe ins Meer fiel, sah sie das als ein Zeichen. Heute war der 21. Dezember. Wintersonnenwende. Der gleiche Tag, an dem Tichiname mithilfe des Pilzes die *Grenzen der Zeit überschreiten wollte.* Würde sie ebenfalls in die Zukunft blicken können, oder vielleicht sogar in die Vergangenheit? Würde sie das Experiment überhaupt überleben? Sollte sie vielleicht eine Art schriftliche Erklärung verfassen, falls ihr etwas zustoßen sollte? So ein Quatsch. Schließlich machte sie auch nicht jedes Mal ein Testament, bevor sie einen Viertausender bestieg. Ungeduldig blickte sie wieder auf ihre Uhr. Die Zeiger schienen sich nur im Zeitlupentempo vorwärtszubewegen. Sie trat ins Haus und sah noch einmal nach Thea, die fest schlief. Sollte sie ihre Freundin wecken? Romy war hin- und hergerissen. Nein. Das war jetzt sozusagen ganz allein ihre Suppe.

Schließlich war es so weit. Die Pilze hatten sich im Wasser aufgelöst und die ihr bereits bekannten gelben Schlieren auf der Oberfläche gebildet. Romy verrührte sie gleichmäßig mit einem Holzlöffel, genauso wie damals Iriomé. Dann schüttete sie das Gebräu in eine kleine Porzellanschale und stellte sie vor sich auf den Küchentisch. Plötzlich überkam sie ein Gefühl, das sie nur zu gut kannte. Es war das gleiche innere Vibrieren, das sie spürte, wenn sie in eine unbekannte Wand mit hohem Schwierigkeitsgrad einstieg. Ein Gefühl von Unsicherheit, auf das sie bereit war sich einzulassen und das ihr den gewissen Kick gab. Den Kick, ein Teil zu sein im freien Spiel der natürlichen Kräfte und nicht zu wissen, wie das Spiel ausgehen würde. Dabei aber alles zu geben, um es zu gewinnen.

Sie atmete tief durch, nahm die Schale in beide Hände und trank den ersten Schluck. Und dann noch einen. Da war er wieder, der erdige, leicht faulige Geschmack. Sie wunderte sich noch, wie er nach dem Sturz im Karwendel in ihren Mund gekommen war, doch dann sorgte ein heftiges Schwindelgefühl dafür, dass alles Denken aufhörte. Nur noch der Schrei eines Nachtvogels drang an ihr Ohr. So, als würde sie jemand rufen.

Ganz in der Ferne, in einen blauen Nebel gehüllt, sah sie Iriomé. Sie hatte den Kopf in ihre Hände gestützt und in ihren Augen glitzerten Tränen.

11. KAPITEL

Tichinames Leichnam lag aufgebahrt auf einem Lager aus Fellen inmitten der Höhle. Die sieben Schülerinnen der Medizinfrau saßen am Kopfende und hielten die Totenwache. Ihre hohen Klagegesänge hallten an den rauen Felswänden wider und durchdrangen die sternenklare Nacht. In der Nähe schrie ein Käuzchen, als wolle es mit einstimmen.

Die Gesichtszüge der Medizinfrau waren nun glatt und strahlten einen Frieden aus, der aus einer Welt zu kommen schien, in der das Böse nicht existierte und keine Gefahr drohte. Iriomé wäre ihr am liebsten dorthin gefolgt. Warum hatte ihre geliebte Lehrerin sie allein zurückgelassen? Tichiname bedeutete ihr alles. Nachdem ihre Eltern bei einem schweren Unwetter auf dem Meer umgekommen waren, hatte sie sie aufgenommen und war ihr zugleich Mutter, Lehrerin und Vermittlerin in die Anderswelt gewesen. Gemeinsam mit sechs anderen Schülerinnen lehrte sie Iriomé den Umgang mit Heilpflanzen, die Geburtshilfe, das Einbalsamieren von Toten und die Sternenkunde. Und nicht allein das. Durch Tichiname lernte sie, eins zu werden mit der Natur und die Sprache der Geister zu verstehen. Sie hatte ihr erklärt, wie »Abora«, das Leben, entstand, wie es zu erhalten und wie es zu beenden war. Und jetzt war sie von ihnen gegangen. Viel zu früh. Tiefe Verzweiflung und Einsamkeitsgefühle durchströmten die junge Frau.

Mit ihren 17 Sommern fühlte sie sich noch nicht bereit, Tichinames Nachfolge zu übernehmen und die Verantwortung zu tragen, die damit auf sie zukam. Die Höchste Harimaguada hatte zum Wohle aller Stämme der Insel stets die letzte Entscheidung zu treffen. Egal, ob es um einen Streit zwischen zwei Stämmen ging, um Viehdiebstahl oder um eine Frau, die von mehreren Männern begehrt wurde: Es war ihr Wort, das galt. Ihre Anordnungen mussten von jedem befolgt werden. Zudem war sie die Einzige, die von den Geistern und Ahnen die Erlaubnis besaß, die Zeiten zu durchwandern, um deren Ratschläge und Botschaften zu empfangen. Auch das war eine Aufgabe, auf die Iriomé noch nicht vorbereitet war.

Tichiname hatte ihr oft von ihren Reisen in andere Zeiten erzählt, und eine davon war Iriomé so tief im Gedächtnis haften geblieben, als wäre sie tatsächlich selbst dabei gewesen.

Die Medizinfrau war in eine Zeit gereist, in der die Ahnen ihres Volkes noch in der Wüste lebten, wo ihnen die sengende Sonne die Haut verbrannte und Durst und Hunger sie peinigten. Die Anführer hatten beschlossen, das unwirtliche Land zu verlassen und sich auf eine gefährliche Seereise zu begeben. Während eines heftigen Sturms war ihr Schiff gekentert und an den Fels einer Insel getrieben worden, wo es schließlich zerschellte. Iriomé glaubte damals, das Heulen des Sturmes hören und das salzige Wasser schmecken zu können, das die Augen verklebte und die Kehle schmerzen ließ. Tichiname ließ vor ihrem inneren Auge Bilder von Menschen und Tieren entstehen, die sich mit letzter Kraft auf die Insel retteten und schließlich entdeckten, dass sie in einem himmlischen Garten gelandet waren, mit sprudelnden Quellen, essbaren Pflanzen und bewohnbaren Höhlen, die Kühle im Sommer und Schutz vor Regen und Sturm im Winter boten. Die Menschen waren so glücklich, dass sie den Göttern einen Schwur leisteten: nämlich alles, was ihnen gegeben worden war, zu ehren und zu erhalten, wie sie es vorgefunden hatten. Und wenn nötig, es mit Leib und Leben zu verteidigen.

Iriomé liebte diese Geschichte. Sie gab ihr Kraft und ein Gefühl des Stolzes, diesem glücklichen Volk anzugehören. Doch nun schien alles in Gefahr zu geraten. Bisher hatte sie noch niemandem erzählt, was Tichiname ihr vor ihrem Tod ins Ohr geflüstert hatte. Sie wollte zuerst mit Tanausú sprechen, dem Anführer von Aceró, der im Dorf unterhalb des Höhlenheiligtums lebte. Aber sie würde sich erst dann auf den Weg machen, wenn die übrigen Harimaguadas von ihrer Trauer überwältigt eingeschlafen waren.

Erst bei Anbruch des nächsten Tages kletterte sie furchtlos die aus zusammengebundenen Baumstämmen gefertigten Leitern hinunter, die von Höhle zu Höhle führten, bis sie die Ebene erreichte, von der ein schmaler Felspfad an der Kraterwand entlang zum Dorf führte. Sie kannte hier jeden Strauch und jeden Stein, und jeder Strauch und jeder Stein kannte sie. Ein Falke kreiste über der Schlucht, und an den felsigen Hängen suchten die Ziegen der Dorfbewohner nach Wurzeln und Kräutern. Ihr Meckern vermochte Iriomé an diesem unwirklichen Morgen einen Hauch von Alltäglichkeit vorzugaukeln.

Tanausú erwartete sie vor seiner Höhle. Seine große, kräftige Gestalt hob sich gegen den inzwischen heller gewordenen Himmel ab. Beide verneigten sich voreinander und berührten mit ihrer Stirn die des anderen, so wie es Brauch war zwischen den Menceyes, den Stammesmitgliedern von höherem Rang. Dabei flüsterten sie gleichzeitig: »Chusar Axhoran, Magoc e Cel.« Gegrüßt seist du im Angesicht des Himmels, der Sonne und des Mondes.

Tanausú strich sich das dichte dunkelblonde Haar zurück, das offen über seinen nackten Schultern hing, sodass die Narbe über seinen strahlend blauen Augen sichtbar wurde. »Was hat Tichiname gesagt?«

Iriomé wunderte es schon lange nicht mehr, dass er immer einen Schritt voraus war und genau wusste, was andere dachten oder planten zu tun. Eine Kunst, die außer der alten Medizinfrau nur wenige auf der Insel beherrschten.

»Sie hat fremde Männer gesehen, die mit ihren Schiffen von jenseits des Meeres kommen. Männer, die nur Macht und Reichtum suchen. Sie werden die Menschen auf Benahoare vernichten und Abora auslöschen bis in alle Ewigkeit.«

»Und sie hat nicht gesehen, wie wir diese Männer davon abhalten können?«, fragte er mit beherrschter Stimme.

Iriomé schüttelte den Kopf. »Ich glaube, sonst hätte sie nicht entschieden, in die andere Welt zu gehen.«

Große Besorgnis trübten die blauen Augen des Stammesführers. Die Narbe auf seiner Stirn färbte sich dunkel, ebenfalls ein deutliches Zeichen für drohende Gefahr. Das Wundmal erinnerte Iriomé stets an jene Nacht auf dem Meer, als Tanausú sie vor den tödlichen Wellen bewahrte, die ihre Eltern aus dem Boot gerissen hatten. Das Ruder war gegen seinen Kopf geprallt und hatte dort einen tiefen Riss hinterlassen.

»Die Alten sagen, es sind schon einmal Männer von der anderen Seite des Meeres hierhergekommen. Sie haben zuvor die Nachbarinsel Gomera in ihren Besitz genommen. Doch die tapferen Stämme von Benahoare konnten sie in die Flucht schlagen.«

Jetzt erinnerte sich Iriomé wieder. An manchen Abenden war am Feuer von diesem Kampf erzählt worden, der schon einige Generationen zurücklag.

»Bisher haben sie es nicht gewagt, uns noch einmal anzugreifen«, sagte Tanausú mit düsterer Stimme. »Aber ich habe gehört, dass sie immer wieder Inseln überfallen, die Bewohner gefangen nehmen und sie in ihrem Land gegen wertvolle Dinge eintauschen.«

»Wir müssen die anderen Stammesführer warnen, bevor sie in ihre Dörfer zurückkehren«, rief Iriomé aufgeregt. Sie glaubte in diesem Moment, die Gefahr förmlich riechen zu können, die ihnen bevorstand. Todesschreie drangen an ihr Ohr, aber am

Himmel kreiste nur ein Schwarm Krähen, die einander lautstark beschimpften.

»Wir werden eine Versammlung auf dem Tagoror einberufen und gemeinsam beratschlagen, was zu tun ist.«

Iriomé wusste nur zu gut, was Tanausú zu tun gedachte. Solange er einen Arm hatte, um einen Stein zu werfen oder eine Lanze zu schleudern, würde er kämpfen – bis zum letzten Blutstropfen. Doch sie hoffte tief in ihrem Inneren, dass es noch eine andere Lösung geben würde. Eine, die kein so großes Opfer forderte. Vielleicht konnte Tichiname einen solchen Weg aus irgendeinem Grunde nicht sehen.

»Ich werde hinunter zur Küste gehen, um an der heiligen Quelle Opfergaben niederzulegen und die Ahnen um Rat bitten«, sagte Iriomé. »Tichiname hat mir dafür im letzten Winter die Erlaubnis erteilt.«

Tanausú nickte. »Guayafanta soll dich begleiten. Allein ist es zu gefährlich.«

»Du meinst, die Männer sind schon hier?«

Es roch nach nasser Erde, als die ersten Sonnenstrahlen durch den dichten Lorbeerwald drangen und ein flirrendes Licht auf die wild wuchernden Farne warfen, die den lehmigen Weg säumten. Die Feuchtigkeit der Nacht hatte den steilen Weg rutschig gemacht, und die beiden jungen Frauen mussten aufpassen, dass sie mit ihren dünnen Ledersohlen nicht ausglitten. Beide trugen eng anliegende Kleider aus fein gegerbtem Ziegenleder, die mit bunten Samenkapseln bestickt waren.

Guayafanta war etwas älter als Iriomé und von kräftiger Gestalt. Ihre Haut war dunkler und ihr Haar von der gleichen blauschwarzen Färbung wie die erstarrten Lavaströme, die große Teile der Insel bedeckten. Ihre dunklen, blitzenden Augen verliehen ihrem Blick die Schärfe einer Klinge aus Obsidian, jenem Stein, aus dem die Inselbewohner ihre Messer fertigten. Sie trug den aus Drachenbaumblättern geflochtenen Korb, in dem sich die Opfergaben für die Geister befanden.

Zwischen den Frauen herrschte Schweigen. Iriomé wusste, dass es Guayafanta nicht leichtfiel anzuerkennen, dass nicht sie, sondern Iriomé Tichinames Nachfolge antreten würde. Schließlich war Guayafanta die Ältere und Erfahrenere, die Tichiname bei schwierigen Heilzeremonien zur Seite gestanden hatte. Außerdem war sie körperlich stärker und robuster. Bei den letzten Wettkämpfen im Steinewerfen hatte sie alle Frauen besiegt und sogar den einen oder anderen Mann.

»Wir werden diesen Eroberern zeigen, wie unser Volk zu kämpfen vermag. Sie werden ebenso unverrichteter Dinge wieder abziehen wie beim letzten Mal«, sagte Guayafanta und stieß entschlossen einen Stein zur Seite, der ihr im Weg lag.

»Tichiname wäre nicht von uns gegangen, wenn sie einen Sieg vorhergesehen hätte«, erwiderte Iriomé leise.

»Sie hat uns verlassen, weil ihre Zeit gekommen und weil sie gegen jede Art von gewaltsamer Verteidigung war. Aber manchmal gibt es keine andere Möglichkeit.«

»Gewalt ist der kleine Bruder des Todes«, erinnerte Iriomé an die Worte ihrer gemeinsamen Lehrerin.

Guayafanta schenkte ihr nur einen abfälligen Blick und lief dann an ihr vorbei zu einer Felsspitze, von der aus man hinunter auf einen Teil des Stammesgebiets von Tazo blicken konnte. Ein langer, schwarzer Kieselstrand, der einen der wenigen Anlegeplätze der Insel bot, die sonst fast nur von Steilküste umgeben war. Als sie den Blick hob, stieß sie einen leisen Schrei aus.

Im ruhigen Wasser der Bucht dümpelten drei Schiffe, wie schwarze Ungeheuer, die auf ihre Beute lauerten. Iriomé war ihr gefolgt, und die beiden Mädchen sahen sich erschrocken an. Die Schiffe waren aus dunklem Holz gefertigt und um ein Vielfaches größer als die Drachenbaumboote der Inselbewohner, mit denen sie hinaus zum Fischen fuhren. Von jedem der Schiffe ragten drei

Baumstämme in den Himmel, und am höchsten wehte ein buntes Tuch. Einige Männer waren bereits mit kleinen Ruderbooten an den Strand gekommen und hatten dort ein Lager errichtet. Wortfetzen einer fremden Sprache und der Geruch von gebratenem Fisch drangen bis hinauf zu den Mädchen.

Iriomé griff nach Guayafantas Hand. Tichinames Prophezeiung war Wirklichkeit geworden. Eine Wirklichkeit, die man in dieser Welt sehen, hören und riechen konnte. Irgendetwas musste den Guayote, den Höllenhund, erzürnt haben, der im tiefsten Schlund des Feuer speienden Berges saß und auf diejenigen wartete, die in ihrem Leben Böses getan hatten.

Sie verloren keine Zeit und kletterten so schnell sie konnten von ihrem Aussichtspunkt zurück auf den Pfad, der zur heiligen Quelle führte. Schon bald vernahmen sie das vertraute Plätschern, das auf Iriomé jedoch in keiner Weise beruhigend wirkte. Im Gegenteil. Sie spürte Angst in sich aufsteigen. Es war die Angst vor dem Versagen. Als angehende Harimaguada hatte sie gelernt, die Geister der Ahnen um Hilfe zu bitten und sich ihrer Kräfte zu bedienen, jedoch bisher immer nur im Beisein ihrer Lehrerin. Noch nie war sie allein auf sich gestellt gewesen. Sie sah zu Guayafanta hinüber, deren Augen sich vor Anspannung zu schmalen Schlitzen verengt hatten. Von ihr war keine Hilfe zu erwarten. All ihre Sinne waren auf Kampf und Verteidigung ausgerichtet.

Erst als ein leichter Windhauch Iriomé sanft über die Wange strich, verflüchtigte sich ihre Angst, und sie wusste wieder: Der Geist von Tichiname würde ihr stets beistehen und nicht nur das. Erde, Wasser, Pflanzen, die Tiere und sogar der Wind waren mit ihr verbunden und würden ihre Weisheit mit ihr teilen.

Konzentriert wandte sie sich der Quelle zu, die aus einer Felsspalte in einen kleinen Teich sprudelte. Rundherum waren Spiralen verschiedener Größen in den Stein geritzt. Iriomé berührte mit ihren Fingern die Felswand und folgte vorsichtig den kreisförmigen Linien vom Zentrum der größten Spirale bis nach außen. Das Symbol der Unendlichkeit, dafür, dass diese Quelle für immer sprudeln möge, aber auch der ewigen Wandlung und Wiederkehr.

Iriomé ging immer als ein anderer Mensch von der Quelle, als sie gekommen war. Sie erfuhr stets etwas mehr über sich selbst und die Geheimnisse des Lebens. Es gab so viel zwischen Himmel und Erde, das sie noch nicht verstand. So viele Zusammenhänge, die sie begreifen wollte. Angefangen vom Lauf der Sterne über den Wechsel von Ebbe und Flut bis hin zu den unterschiedlichen Jahreszeiten. Alles hing irgendwie zusammen, auch wenn sie nicht wusste, wie und warum. Das Wunder des Lebens, des Heilens, des Sterbens und der Geburt, das alles wollte sie ergründen, enträtseln. Aber wahrscheinlich reichte ein einziges Leben dafür gar nicht aus.

Iriomé kniete nieder, verbeugte sich und berührte sanft mit ihrer Stirn den Boden. Langsam schloss sie die Augen und genoss die Kühle der Erde.

»Tara, Mutter der Erde«, murmelte sie, »die Bewohner von Benahoare danken dir für alles, was du ihnen schenkst. Für die Früchte, mit denen du sie nährst, für die Blumen, mit denen du sie erfreust, und für die Kräuter, mit denen du sie heilst. Wir danken dir für das Wasser, das alles wachsen lässt, und für deine Liebe, die alles möglich macht.«

Guayafanta folgte ihrem Beispiel. Eine Weile verharrten die Mädchen in dieser Stellung. Eine Gruppe Sperlinge kam so nah, dass Iriomé in ihre kleinen, dunklen Augen sehen konnte. Sie kannten keine Furcht. Als die Mädchen sich erhoben, flogen sie ein paar Meter davon, um sich dann auf einer der mächtigen Pinien niederzulassen, die die Lichtung säumten.

Guayafanta hatte indessen den Korb ausgepackt und goss Ziegenmilch aus einem Tongefäß in einen kleinen Kanal, der in den Stein gehauen war und sich schnell füllte. In eine Felsnische daneben legte sie Ziegenbutter, und ganz oben auf die Spitze des Heiligtums stellte sie eine Holzschale mit den Eingeweiden einer Ziege. Die Mädchen entfernten sich und warteten in gebührendem Abstand auf das Eintreffen der Vögel. Wenn sie kamen, um sich die Opfergaben zu holen, waren sie keine Falken, Adler oder Krähen mehr, sondern Boten aus dem Jenseits, die die Kunde der Ahnen überbrachten.

Iriomé schloss die Augen. Tichiname hatte sie ebenfalls gelehrt, zuzuhören, was der Wind ihr zuflüsterte. Der vom Norden wusste stets andere Geschichten zu erzählen als der vom Süden, Westen oder Osten. Auch aus der Erde und vom Himmel konnte man eine Botschaft erbitten.

Sie legte sich auf den Boden, krümmte sich zusammen wie ein Ungeborenes im Mutterleib, schloss die Augen und wartete.

Doch nichts geschah. Der Schleier zwischen den Zeiten lüftete sich nicht. Iriomé stand wie vor einer dichten Nebelwand. Keine Stimme, kein Wort drang von der anderen Seite in ihre Gedankenwelt ein. Der Wind schwieg. Ebenso die Erde. Der Himmel. Die Ahnen schwiegen. So, wie nun auch Tichiname schwieg. Irgendetwas musste sich verändert haben, war nicht mehr im Einklang.

Iriomé fühlte sich wie eine Spinne, deren Netz zerstört worden war und die nun aufgeregt nach den fehlenden Fäden suchte, die sie mit ihrer Umgebung verbunden hatten.

Der Schrei eines Falken ließ sie die Augen öffnen. Er hatte sich ein Stück Leber geholt und war damit davongeflogen. Iriomé sah Guayafanta fragend an. Doch sie schüttelte nur den Kopf. Auch sie war nicht in der Lage gewesen, die Wand zu durchdringen.

»Es sind die Fremden unten am Strand«, sagte sie mit rauer Stimme. »Solange sie hier auf der Insel sind, werden die Ahnen schweigen.«

Guayafanta hatte recht. Die Männer waren verantwortlich für die trennende Wand, die beide Frauen so deutlich spürten.

»Dann lass uns zurückgehen«, sagte Iriomé. »Es wird bald Nacht. Den Hauptteil des Weges müssen wir sowieso im Dunkeln zurücklegen.«

»Und das ist gut so«, sagte Guayafanta. »Die Dunkelheit wird uns Schutz geben.«

Jetzt erst kam Iriomé in den Sinn, dass die Männer nicht nur unten am Strand, sondern vielleicht schon im Inneren der Insel waren. Erschrocken sah sie sich um und versuchte, ihr Gehör so auszurichten, dass sie Geräusche auch noch in weiter Ferne wahrnehmen konnte. Doch alles schien ruhig.

Als sie die Eingangsschlucht in die Caldera erreichten, durch die sich das Flussbett schlängelte, brach bereits die Dämmerung herein. An beiden Seiten ragten steile, mit knorrigen Fichten bewachsene Felswände in den Himmel, und die scharfen Schatten ließen manche Felsformationen wie grimmige Gestalten aussehen.

Ein unheimliches Gefühl überfiel Iriomé. Sie musste an die Geschichte denken, die die Alten erzählten. Waren die Geister der Toten noch immer hier? Konnten sie aus irgendeinem Grund diese Welt nicht verlassen? Waren die Fremden vielleicht deshalb wiedergekommen? Um ihre Toten zu rächen? Immer wieder blieben die beiden Frauen stehen, um zu horchen. Doch außer dem Rascheln flüchtender Eidechsen war nichts zu hören. Nach links und rechts blickend, gingen die Frauen weiter.

Iriomé spürte seinen heißen Atem, bevor sie von hinten gepackt und zu Boden gerissen wurde. Sie wusste sofort, dass es nur einer der Fremden sein konnte, da es auf der Insel keine wilden Tiere gab. Ein unbekanntes klirrendes Geräusch drang an ihr Ohr und sie spürte einen dumpfen Schlag auf ihren Hinterkopf, bevor es dunkel um sie herum wurde.

»Hakanamahé!« Guayafanta stieß einen Kampfschrei aus, der Iriomé zurück ins Licht holte. Mit aller Kraft rammte sie ihre Füße ins Gemächt des Mannes, der sich zwischen ihre Beine drängte. Er brach, vor Schmerz aufstöhnend, zusammen. Sie nutzte den kurzen Augenblick und sprang auf. Nur einige Meter entfernt kämpfte Guayafanta mit einem zweiten Mann, der unverkennbar Flüche in einer fremden Sprache ausstieß. Iriomé sah sich blitzschnell um. Es schienen tatsächlich nicht mehr als zwei zu sein. Ohne Mühe hob sie einen der schweren Steinbrocken auf, die überall herumlagen, und schleuderte ihn mit voller Wucht auf den Schädel des Mannes, der soeben Guayafanta zu Boden geworfen hatte. Mit einem dumpfen Geräusch ging er leblos neben ihr zu Boden. Guayafanta richtete sich blitzschnell auf, griff nach dem Stein und schrie Iriomé eine Warnung zu. Der erste Mann hatte sich wieder aufgerappelt und wollte sie gerade von hinten packen, doch Guayafantas Stein traf ihn in der Mitte seines Körpers und fällte ihn wie die Axt einen Baum. Mit einem tierähnlichen Schrei, der von den Felswänden zurückhallte, sackte er in sich zusammen und gab danach keinen Laut mehr von sich.

Stille. Selbst das Rascheln der Eidechsen hatte aufgehört.

Guayafantas Augen blitzten vor Wut. Sie atmete schwer. Ihr Gewand war zerrissen, eines ihrer Augen bereits zugeschwollen, ihre Fäuste geballt. Iriomé eilte an ihre Seite und legte den Arm um ihre Schultern. Einige Herzschläge lang verharrten sie so, bis sich ihrer beider Atem wieder beruhigt hatte. Dann nahmen sie die zwei Männer genauer in Augenschein.

Der eine blickte sie mit starren Augen an. Seine schimmernde Kopfbedeckung lag neben ihm. Aus der Schädeldecke traten Blut und eine weißliche, glibberige Flüssigkeit aus. Er hatte ein rundes, pausbäckiges Gesicht, kurzes Haar und keinen Bart.

Vielleicht waren es gar keine richtigen Männer, dachte Iriomé. Zumindest hatten sie wenig gemein mit denen ihres Volkes. Statt Gewändern aus Tierfellen oder Pflanzengewebe trugen sie eine harte Schale, die aussah, als wäre sie mit riesigen glänzenden Fischschuppen bedeckt. Ihre Kopfbedeckungen waren aus dem gleichen Material. Die Füße steckten in Schläuchen aus schwarz gefärbter Tierhaut, die bis ans Knie reichten. Und an der Ferse war etwas Scharfes, Rundes angebracht, das dem gezackten Rand der Lapas glich.

Der andere Mann lag reglos auf dem Bauch. Die beiden Frauen drehten ihn gemeinsam auf den Rücken. Als Iriomé ihn berührte, zuckte sie zusammen, als hätte ein Blitz in ihren Körper eingeschlagen. Noch nie in ihrem Leben hatte jemand ein solches Gefühl bei ihr ausgelöst. Es war ein unbekannter, süßer Schmerz, der sich in ihrem ganzen Körper ausbreitete. Sie blickte verwundert in das Gesicht des Fremden. Er hatte keine zwanzig Sommer hinter sich, ebenmäßige, edle Gesichtszüge und kurze, glänzende schwarze Locken. Seine Augen waren geschlossen.

Iriomé nahm sein Handgelenk, so wie sie es von Tichiname gelernt hatte, und erfühlte, ob Abora, die Kraft des Lebens, noch in ihm war. Kaum wahrnehmbar spürte sie das leise Pochen seines Blutes unter ihren Fingerkuppen, und diesmal durchströmte sie ein Gefühl wie süßer Beerensaft.

»Er lebt«, flüsterte sie, und zu ihrem eigenen Erstaunen nahm sie einen Ausdruck der Freude in ihrer Stimme wahr. Guayafanta hob eilig den Steinbrocken auf, um zu Ende zu bringen, was ihr eben noch nicht gelungen war. Iriomé bemerkte es im letzten Moment und zog den Kopf des Mannes beiseite, der sonst ebenso zerschmettert worden wäre wie der des anderen.

Mit einem dumpfen Geräusch rammte sich der Stein in den Boden.

»Warum tust du das?«, zischte Guayafanta.

»Die Kinder Taras beenden nie das Leben eines anderen Menschen, ohne dass eine direkte Gefahr für sie selbst besteht. Eine solche Tat ist allein den Göttern vorbehalten. Wenn sie gewollt hätten, dass er stirbt, hätten sie dafür gesorgt. Sie haben noch etwas vor mit ihm. Und wir müssen ihre Entscheidung achten.«

»Die Götter schweigen«, stieß Guayafanta atemlos hervor. »Du hast es selbst erlebt. Sie haben die Insel längst verlassen. Wir sind jetzt auf uns selbst angewiesen.«

Iriomé, die den Fremden noch immer wie ein Kind im Arm hielt, schüttelte den Kopf. »Der Geist von Tichiname wird uns nie verlassen. Und du weißt selbst, wie sie über das Töten denkt.«

»Und was willst du jetzt mit ihm tun?«, fragte sie verärgert.

»Wir nehmen ihn mit und pflegen ihn gesund.«

Guayafanta starrte Iriomé verständnislos an. »Und das, obwohl du weißt, was diese Männer uns antun wollten? Ich werde dir jedenfalls nicht helfen. Du kannst ihn alleine tragen.«

Sie wandte sich mit einer stolzen Kopfbewegung ab und hängte sich das hölzerne Rohr, die gefährliche Waffe der Fremden, von der die Alten erzählt hatten, wie eine Trophäe über die Schulter.

»Du wirst mir jetzt helfen«, entgegnete Iriomé mit fester Stimme. »Denn ich bin Tichinames Nachfolgerin, und ich befehle es dir.«

Guayafanta zuckte zusammen. Und Iriomé wusste, dass sie von nun an nie mehr Freundinnen sein würden. Offene Feindschaft breitete sich wie stinkender Qualm zwischen ihnen aus.

Doch Guayafanta gehorchte. Mit zusammengekniffenen Lippen kniete sie neben Iriomé nieder. Gemeinsam versuchten sie, dem Bewusstlosen das gepanzerte Gewand auszuziehen. Es war nicht einfach, die Verschlüsse aus Leder und harten Spangen zu öffnen, und es gelang ihnen auch erst nach einigen Versuchen, die sperrigen Schalen, die seinen Rücken und seine Brust schützten, abzustreifen. Darunter trug er ein weiteres, grobmaschiges, schweres Gewand, das sie ihm über den Kopf zogen.

»Ich frage mich, wie man damit überhaupt laufen, geschweige denn kämpfen kann«, murmelte Guayafanta unwillig. Jeder Handgriff war ihr zu viel, und jede Berührung des Fremden erregte Abscheu in ihr.

Er trug jetzt nur noch ein dünnes weißes Hemd, das ihn schmal und verletzlich aussehen ließ. Guayafanta blickte verächtlich auf ihn herab. »Niemals werden diese Würmer uns besiegen. Sieh ihn dir doch an.« Sie spuckte dem Fremden ins Gesicht.

Iriomé musste ihr innerlich recht geben. Ohne den Panzer sah der junge Mann völlig harmlos aus, wie jemand, der schon beim leisesten Windhauch umfallen würde. Trotzdem bestand Guayafanta darauf, seine Arme und Beine zu fesseln, falls er unterwegs zu sich käme und ihnen Schwierigkeiten machte.

Mit Seilen aus Pflanzenfasern, die die Mädchen als Gürtel um die Taille trugen, verschnürten sie ihn wie eine bockige Ziege. Dann legte sich Iriomé seine Beine über die Schulter, während Guayafanta seinen Oberkörper hochnahm. Der Verletzte stöhnte leise, ohne jedoch das Bewusstsein wiederzuerlangen. Er war um einiges kleiner als die Männer von Benahoare und stellte für die Frauen keine zu große Last dar.

In Aceró brannte nicht ein einziges Feuer, wie es sonst nachts üblich war.

»Tara«, flüsterte Iriomé voll düsterer Vorahnungen. »Bitte, lass sie alle noch am Leben sein.«

So leise sie es vermochten, schlichen die beiden Frauen näher.

»Wenn ihnen irgendetwas geschehen ist, werde ich diesen Mann töten, und niemand wird mich davon abhalten«, zischte Guayafanta in die Dunkelheit.

Noch immer waren keine Stimmen zu hören, nicht einmal ein Neugeborenes schrie. Iriomé stieß einen leisen Pfiff aus, so wie die Ziegenhirten, die sich über weite Entfernungen auf diese Weise unterhielten. Nichts. Nur das Zirpen der Grillen.

Plötzlich packte sie jemand von hinten. Doch diesmal war es kein Fremder im gleißenden Fischschuppengewand, sondern Ertoma, einer der Dorfbewohner. Alle drei waren erleichtert, als sie sich erkannten.

»Wir haben mit Absicht keine Feuer gemacht, damit uns der Rauch nicht verrät«, sagte er. »Die Anführer der anderen Stämme sind in ihre Dörfer gegangen, um Frauen und Kinder zu holen. Hier in Aceró sind sie sicherer als unten an der Küste.« Fragend blickte er auf den Fremden, der noch immer ohne Bewusstsein war.

»Ein Gefangener«, sagte Guayafanta. Sie ließ ihn unsanft fallen, sodass Iriomé beinahe mit zu Boden ging.

»Der Tagoror hat noch keine Entscheidung gefällt. Tanausú wollte auf euch warten, um zu hören, was die Ahnen sprechen«, sagte Ertoma.

»Sie schweigen. Außerdem, was gibt es da zu entscheiden«, schnaubte Guayafanta. »Schau ihn dir doch an.« Sie deutete auf den zusammengeschnürten Fremden auf dem Boden. »Ein Wurm, nicht mehr und nicht weniger. Diese Männer haben keine Chance gegen uns.«

»Wir sollten ihn in die Krankenhöhle bringen«, unterbrach sie Iriomé.

Guayafanta schüttelte heftig den Kopf. »Meine Aufgabe ist hiermit beendet.« Sie drehte sich um und verschwand ohne ein weiteres Wort.

»Der Mann wird sterben, wenn ich seine Wunden nicht versorge«, sagte Iriomé zu Ertoma. »Er hat bereits viel Blut verloren.«

Ertoma wiegte nachdenklich den Kopf, machte jedoch ebenfalls keinerlei Anstalten, ihr zu helfen, und so blieb Iriomé nichts anderes übrig, als ihn allein zu schultern und zur untersten Höhle in der Felswand der Harimaguadas zu bringen, die für die Kranken bestimmt war. Dort legte sie ihn sanft auf einem mit Piniennadeln gepolsterten Felllager ab. Sie schürte das Feuer, das nur matt glomm, und löste seine Fesseln. Dann zog sie ihm im hellen Schein der Flammen die blutdurchtränkten Beinkleider aus. Aufmerksam betrachtete sie die tief klaffende Platzwunde, die sich von der Hüfte über den rechten Oberschenkel zog. Des Mannes wertvollstes Stück war heil geblieben, wenn auch geschwollen und bereits violett gefärbt. Der Beckenknochen war nicht gebrochen. Ohne seinen Körper zu berühren, erspürte sie ihn und atmete seinen Geruch ein, wie sie es von Tichiname gelernt hatte.

Iriomé musste nicht lange überlegen, was zu tun war. Sie rief sich ins Gedächtnis, was dort schon immer ruhte: das Wissen um die Kunst des Heilens. Es wurde auf geheimnisvolle Weise von einer Höchsten Harimaguada zur nächsten übertragen. Iriomé war mit der Gabe geboren worden, die alle ihre Vorgängerinnen besaßen. Tichiname hatte sie nur darin unterwiesen, dieses Wissen abzurufen, wann immer sie es brauchte. Es war nicht viel anders, als erinnerte sie sich an Erfahrungen, die sie selbst einmal gemacht hatte. Und wenn der Pfad zum Erinnerten erst einmal geschlagen war, dann wuchs er auch nicht mehr zu.

Sie nahm aus ihrem Medizinbeutel, den sie immer um den Hals trug, etwas getrocknete Iriswurzel und ein paar Blütenblätter der Margerite heraus, füllte sie gemeinsam mit dem Fleisch einer frischen Aloe in eine Tonschale, goss etwas Wasser hinzu und stellte das Ganze auf die Feuerstelle.

Dabei fiel ihr Blick auf die merkwürdig starre Kopfbedeckung des Fremden. Guayafanta hatte darauf bestanden, sie mitzunehmen. Das topfartige Gebilde musste ihm vom Kopf gefallen und in die Feuerstelle gerollt sein, während sie ihn niedergelegt hatte. Iriomé nahm es mithilfe eines Lederlappens aus der Glut und stellte erstaunt fest, dass das Material keinerlei Veränderungen zeigte. Es war nur ein wenig vom Ruß geschwärzt. Also müsste man darin Flüssigkeiten stark erhitzen können, ohne dass es zerschellte, wie das so oft mit ihren Tongefäßen geschah, überlegte sie.

Wer waren diese Menschen? Und warum verfügten sie über Materialien und Waffen, die ihrem eigenen Volk vollständig fremd und vor allem überlegen waren? Sie studierte eine ganze Weile die Gesichtszüge des jungen Mannes, als könnten sie ihr darüber Auskunft geben. Seine Augen waren geschlossen, aber sein Kinn drückte Entschlossenheit und Willensstärke aus. Die Lippen waren weich und sanft geschwungen. Zu ihrem eigenen Erstaunen mochte sie dieses Gesicht und hätte dem jungen Mann am liebsten über die Wangen gestrichen. Sie verstand sich selbst nicht, schließlich hatte er ihr Gewalt antun wollen.

Erst das sprudelnde Geräusch der kochenden Medizin riss sie aus ihren Gedanken. Sie schüttete das Wasser ab, reinigte die

Wunde und träufelte dann den übrig geblieben Sud darauf. Aus einem anderen Gefäß, das in einer Felsnische stand, schöpfte sie mit den Händen einen aus Nesseln zubereiteten grünen Brei und verteilte ihn gleichmäßig auf die blutunterlaufenen Stellen. Sie zögerte kurz, bevor sie sein geschundenes Geschlecht in ihre Hände nahm und dort ebenfalls die Paste auftrug. Es durchzuckte seinen Körper wie ein mehrfacher Blitzschlag.

Er schlug die Augen auf.

Für Iriomé waren sie wie zwei tiefe dunkle Seen. Einen Atemzug lang hatte sie das Bedürfnis, bis ganz hinunter auf den Grund dieser Seen zu tauchen.

Der Fremde bewegte sich nicht, sondern hielt ihrem Blick stand. Es ziemte sich nicht für eine jungfräuliche Harimaguada, Männern länger in die Augen zu sehen, und Iriomé spürte, wie eine leichte Röte ihr Gesicht überzog. Er musste es bemerkt haben, denn plötzlich lächelte er sie an, was seinem Gesicht einen völlig neuen Ausdruck gab.

Er zeigte auf sich, und seine Lippen formten ein fremdartig klingendes Wort. »Joaquín.«

Sie ahnte, dass es sein Name sein musste, und wiederholte ihn, so gut sie konnte. »Akin.«

Er nickte und lächelte sie wieder an, sodass sie seinem Blick kaum standhalten konnte. Er machte eine Kopfbewegung, die wahrscheinlich heißen sollte: Und du, wie heißt du?

»Iriomé«, antwortete sie leise.

Er wiederholte nun ihren Namen, der aus seinem Mund ebenfalls befremdend für sie klang.

»Iri«, sagte er. Und dann immer wieder. »Iri, Iri, Iri.«

Noch niemand hatte ihren Namen je auf diese Weise ausgesprochen.

Er griff vorsichtig nach ihrem langen blonden Haar und ließ langsam eine Locke zwischen Daumen und Zeigefinger hin und her gleiten. Iriomé entzog sich ihm nicht.

Mit einem Mal wurde ihr bewusst, was sie noch immer in

ihren Händen hielt. Erschrocken fuhr sie fort, den Rest des klebrigen Pflanzenbreis aufzutragen. Sie spürte dabei seine Blicke auf ihrem Hals, ihren Schultern und ihren Hüften, die wie Sandkörner während eines Sturms in ihre Haut eindrangen. Gefühle breiteten sich in ihr aus, die eine Harimaguada eigentlich unterdrücken sollte. Ihre Kraft gehörte den Kranken und Hilfsbedürftigen, und sie hatte gelernt, dass die Verbindung zu einem Mann diese Kraft für immer schwächen würde.

Akin musste starke Schmerzen haben. Trotzdem war unübersehbar, wie sich das Blut in der Mitte seines Körpers sammelte und sein Glied noch mehr anschwellen ließ. Er drehte den Kopf zur Seite und flüsterte etwas, das sie nicht verstand, sich aber anhörte wie eine Mischung aus Fluch und Anrufung der Götter.

»Iriomé«, rief eine Frauenstimme vom Höhleneingang. Die Heilerin zuckte zusammen.

Nesfete, eine ältere Harimaguada, betrat die Krankenhöhle. Um ihr freundliches rundes Gesicht kringelten sich kurze graue Locken. Neugierig kam sie näher, um einen Blick auf den Fremden zu werfen. Iriomé beugte sich ein Stück weit vor, sodass ihr der Blick auf die Mitte seines Körpers verwehrt blieb.

»Tanausú möchte, dass du sofort zum Tagoror kommst«, sagte sie. »Ich kann das hier für dich übernehmen.«

Iriomé schüttelte den Kopf. »Danke, aber ich möchte die Behandlung gerne selbst abschließen.« Dabei versuchte sie, ihrer Stimme einen festen Ton zu geben.

Doch Nesfete, die Iriomé lange und gut kannte, bemerkte sofort, dass irgendetwas nicht stimmte.

»Bist du sicher?«, fragte sie.

Der Sandsturm auf Iriomés Haut beruhigte sich langsam, ebenso wie Joaquín. Sie richtete sich auf und konnte Nesfete endlich in die Augen blicken.

»Es ist alles gut. Ich komme gleich.«

Nesfete lächelte, als ob sie bereits alles wüsste, und verließ die Höhle.

Iriomé überprüfte, ob der grüne Brei, der sich wie eine heilende Schutzhaut über die Verletzungen des Fremden gelegt hatte, inzwischen fest geworden war. Dann führten ihre Hände eine Folge fließender Bewegungen über Joaquín aus, dessen Augen nun wieder geschlossen waren. Es war ein Bittgesuch an die Geister, dem Kranken bei der Gesundung zu helfen. Ein letzter Blick, und sie erhob sich. Sie spürte einen kleinen Schmerz, als er ihre Haarlocke noch für einen kurzen Augenblick festhielt.

Unten im Dorf waren die Mitglieder der Stämme von der Küste und dem Aridanetal eingetroffen. Prall gefüllte Fellsäcke mit ihrem wichtigsten Hab und Gut sowie Körbe aus Drachenbaumblättern lehnten an den Felswänden. Hunde bellten wild durcheinander. Mütter riefen nach ihren Kindern, die sich mit Fangenspielen die Zeit vertrieben.

Iriomé begrüßte den einen oder anderen Bekannten und schlug dann den Pfad ein, der zum Versammlungsplatz führte.

Das kleine Felsplateau befand sich etwas oberhalb des Dorfes, und sie sah schon von Weitem, dass dort ungewöhnlich viele Menschen zusammengekommen waren.

Die Stimmung war mehr als aufgeheizt. Ein junger Mann aus Atogmatomas Stamm hatte gerade das Wort. Er sprach schnell und aufgeregt.

Nesfete erzählte Iriomé, dass er von den Fremden gefangen genommen worden war, jedoch fliehen konnte.

»Sie haben uns an Bäume gefesselt, mit Seilen, die aus harten, ineinander verflochtenen Ringen bestehen, die man weder zerreißen noch zerbeißen kann. Sie gaben uns zu essen und zu trinken. Und dann kam ein dicker Mann in einem braunen Gewand und Haaren, die wie ein Kranz um seinen Kopf wuchsen, zu uns. Er hatte eine alte Frau dabei, die seine und unsere Sprache kannte. Sein Name war Frai Hieronymus, und er erzählte uns, dass er ein

Abgesandter eines ganz besonderen Gottes sei, der für die Menschen am Kreuz gestorben sei. Wer an ihn glaube, würde in ewigem Frieden leben. Danach murmelte er merkwürdige Zaubersprüche, während er auf ein viereckiges Gebilde in seinen Händen blickte, das mit Tierfell umhüllt war, und seinen Worten zufolge alles Wissen über diesen Gott enthielt.«

Schweigen. Tanausú brach es als Erster. Ihn kümmerte dieser Gott am Kreuz ebenso wenig wie das zwischen Tierhäuten eingeklemmte Wissen. Er hatte nur eine Frage. »Was wollen diese Männer hier?«

»Sie haben mir kleine, harte, gelb glänzende Steine gezeigt und mich gefragt, ob es die auch hier gibt. Und ich habe ihnen gesagt, dass ich solche Steine noch nie gesehen habe«, sagte er.

Atogmatoma, der Anführer aus Tijarafe, das im Westen der Insel lag, mischte sich mit aufgeregter Stimme ein. »Es sind Diebe! Genauso wie sie Gomera, Esero und die Inseln im Osten gestohlen haben, wollen sie nun auch unsere Insel. Und sie hatten bereits Erfolg. Die Anführer der Stämme aus dem Süden und der Mitte der Insel haben sich unterworfen: Mayantigo aus dem Aridanetal, Echedey aus Tihuya und Echentire. Die Fremden haben ihnen Geschenke gebracht und über die alte Frau wohlklingende Versprechungen gemacht. Ihr Name ist Gazmira. Sie wurde vor vielen Monden in unserem Dorf geboren und war mit ihrem Vater auf Gomera, als die ›Eisenmenschen‹ – so nennt sie die Fremden – die Insel überfielen. Sie nehmen keine Rücksicht auf Abora. Das Leben eines Menschen hat keinen Wert für sie. Die Alte erzählte mir, dass sie jedem, der sich ihnen widersetzte, den Kopf abschlugen. Wer flüchten konnte, wurde so lange verfolgt, bis er gestellt war. Dabei verschonten sie weder Kinder noch Frauen.«

Iriomé wandte ihr Gesicht ab und blickte auf die zerklüfteten Felsen des Kraterrands. Auf Benahoare tötete keiner den anderen. Sie dachte an Akin. Er war einer von den »Eisenmenschen«.

Als hätte Guayafanta ihre Gedanken erraten, kam sie auf den

Gefangenen zu sprechen. Sie trat nach vorne und schüttelte in einer selbstbewussten Geste ihr lockiges schwarzes Haar. »Der Mann, dem Iriomé das Leben gerettet hat, ist es nicht wert, verschont zu werden. Er hätte uns auch nicht verschont«, rief sie mit lauter Stimme. »Ich schlage vor, ihn zu töten und ihn dann nachts zum Lager der Fremden zu schleppen. Dann verstehen sie vielleicht, dass wir keine Angst vor ihnen haben und uns nicht ergeben werden.«

Iriomé zuckte zusammen. Guayafantas Vorschlag kam mehr einer Kriegserklärung gleich als einer Möglichkeit, ohne Blutvergießen zu einer Einigung mit den Fremden zu gelangen. Doch die meisten erhoben ihre Fäuste und stimmten Guayafanta lautstark zu.

Tanausú sorgte mit einer einzigen Handbewegung für Ruhe und bat den jungen Mann vom Stamm Atogmatomas, fortzufahren. »Was hast du noch gesehen?«

»Das merkwürdige Gebilde, in dem das Wissen dieses Gottes steckt, spielt tatsächlich eine große Rolle. Die Männer der unterworfenen Stämme haben sich in einer langen Reihe angestellt und einen Schwur darauf geleistet. Anschließend wurden sie von jenem Frai Hieronymus mit Wasser bespritzt.«

Tanausú schnaubte. »Es gibt nur einen Schwur, und den haben bereits unsere Ahnen geleistet. Jeder von uns, ob Mann oder ob Frau, schwört ihn heute von Neuem, sobald er in das Erwachsenenalter eintritt: die Natur zu ehren und nur das zu nehmen, was wir wirklich zum Überleben brauchen. Nur so kann das Gleichgewicht des Lebens bewahrt werden. Außerdem haben wir unsere eigenen Götter: Tigotan, den alleinigen Gott des Himmels, und Tara, die ewige Mutter der Erde. Ich verstehe nicht, warum sich die anderen Stämme einem unbekannten Gott unterwerfen.«

»Sie glauben, dass dieser Gott mehr Macht hat und ihnen das geben wird, was auch die Fremden haben«, sagte Atogmatoma. »Größere Schiffe, stärkere Waffen, robustere Kleidung und wohlschmeckendere Getränke.«

»Aber wofür?«, schrie Tanausú voller Ärger. »Um in Unfreiheit zu leben? Der Preis ist zu hoch! Wofür Schiffe? Wir haben alles und brauchen nichts von anderen Inseln. Wofür solche Kleider? Wozu Waffen? Um Krieg zu führen und sich schuldig zu machen vor Tigotan, Tara und den Ahnen?«

Iriomé wusste, dass er recht hatte, aber sie wusste auch, dass das Gleichgewicht bereits gestört war, seit die Feinde auf der Insel waren. Etwas, das sich einmal verändert hatte, konnte niemals wieder in den alten Zustand zurückgeführt werden. Sie erinnerte sich an etwas, das Tichiname oft zu ihr gesagt hatte: Das Schicksal verhält sich wie ein Stein, der einen Berg hinunterrollt. Nur ganz selten stellt sich ihm etwas in den Weg, das ihn aufhält.

»Ich kann nicht zulassen, dass die Menschen von Aceró diesen Schwur brechen«, fuhr Tanausú fort und sprach nun mit Bediesta, dem Anführer von Tegalgen, dem nördlichsten Stammesgebiet der Insel. Er war ein kräftiger Mann mit einem dichten roten Bart und bisher stumm geblieben. »Sollen wir alles, was uns seit der Zeit der Ahnen gehört, den Fremden überlassen, damit sie es zerstören und ihre Götter über die unseren herrschen? Soll unser Volk kampflos zusehen, wie sie Männer und Frauen mit ihren Schiffen fortbringen und in ihrem Land verkaufen?«

»Nein, das werden wir nicht«, stellte sich Bediesta auf seine Seite.

»Und du, Juguiro«, sprach er nun den Anführer von Tigalate an, willst du zusehen, wie sie unsere Frauen zu den ihren machen? Wie ihre Kinder immer mehr von unserem Geist verlieren und den ihren annehmen? Wie unser Volk in ihrem untergehen wird?«

Juguiro erhob sich schwerfällig. Seine Haare waren bereits weiß und hingen ihm in dünnen Strähnen über den Rücken. Er sprach langsam mit der leisen Stimme eines alten Mannes. »Sie haben Waffen, die unseren Lanzen und Keulen aus Holz überlegen sind. Sie haben eine Schutzkleidung und Tiere mit hohen Beinen, mit denen sie schneller sind als jeder Mann unseres Volkes.«

Tanausú sah ihn streng an. »Das gute Leben an der Küste hat dich träge gemacht, Juguiro. Die Sonne hat dir den Kampfgeist aus dem Hirn gebrannt. Die Bewohner von Benahoare sind ein tapferes Volk und werden diese Männer in die Flucht schlagen, wie sie es schon einmal getan haben. Wenn du nicht dieser Meinung bist, dann stell dich in die Reihe mit denen, die auf jenes Wissen schwören, das zwischen den Ziegenhäuten eingeklemmt ist, aber tu es sofort, denn dann ist hier auf meinem Land kein Platz mehr für dich. Nur wenn die, die noch übrig sind, zusammenhalten, haben wir eine Chance«, sprach Tanausú voller Ernst und in der Hoffnung, dass am Ende doch alle an einem Strang ziehen würden. Er brauchte die anderen Führer, wenn es zu einem Kampf mit den Fremden kommen sollte. Aceró konnte zwar aufgrund seiner Lage innerhalb des Kraters lange Widerstand leisten, aber das nutzte wenig, wenn die Nachbarstämme sich den Feinden unterwarfen. Er sah es als einen großen Nachteil, dass die Macht heute nicht mehr in einer Hand lag. Er hätte nie zugestimmt, dass sich die Stämme aus dem Süden den Fremden an den Hals warfen.

»Unsere Götter leben! Der Atagom, der große Geist, wird uns zum Sieg führen«, bekräftigte Ertome nun Tanausús Worte. »Er ist nicht an einem Kreuz gestorben, wie der Gott der Fremden. Seht sie euch doch an. Sie sind klein und mager. Selbst Frauen waren in der Lage, zwei von ihnen zu Boden zu strecken, obwohl sie bewaffnet waren.«

Er sah zu Iriomé und Guayafanta, die die Hand zur Faust ballte und ihm zustimmte.

Als die Nacht voranschritt und keine Einigung erzielt war, erhob Tanausú noch einmal die Stimme.

»Fragen wir Amakuna«, sagte er, »so wie wir es immer getan haben, wenn eine Entscheidung zu treffen war.«

Dagegen konnte niemand etwas einwenden. Denn der Geist des Pilzes hatte bisher immer vorausgesehen, was geschehen würde, bevor es geschah.

»Die Geister haben uns nichts mehr zu sagen«, meldete sich Guayafanta noch einmal zu Wort. »Sie haben die Insel verlassen.«

Tanausú warf ihr einen tadelnden Blick zu. »Wie kannst du so etwas sagen?! Die Geister mögen vielleicht für eine Weile schweigen, aber solange wir am Leben sind, werden sie immer ein Teil von uns sein und uns mit ihrem Rat zur Seite stehen.«

Guayafanta senkte den Blick und schwieg. Iriomé aber spürte ihren glühenden Hass, der ihr fast die Luft zum Atmen nahm.

»Amakuna wird durch Iriomé sprechen und eine Entscheidung herbeiführen«, sagte Tanausú mit einer Stimme, die keinen Widerspruch mehr duldete.

12. KAPITEL

Am nächsten Morgen wurde mit den Vorbereitungen für die bevorstehende Zeremonie und den damit verbundenen Festschmaus begonnen. Alle Mitglieder der vier Stämme waren dankbar für diese unerwartete Ablenkung. Es schien, als wäre ihnen noch einmal eine kurze Zeit in ihren bekannten Lebensbahnen geschenkt worden. Die Frauen machten sich auf den Weg, Wurzeln und Knollen zu sammeln. Wilder Fenchel, Spargel, Hülsenfrüchte und Pilze schmurgelten bereits in den Töpfen.

Mehrere Ziegen mussten ihr Leben lassen. Ihre Häute wurden zum Trocknen auf die dafür vorgesehenen Gestelle gehängt und die Körper auf Spieße gesteckt, die sich schon bald über dem Feuer drehten. Die Kinder schwärmten aus, um süße Beeren zu sammeln, die zu dieser Jahreszeit überall reichlich zu finden waren. Der Duft gebratener Kastanien lag in der Luft und mischte sich mit dem gerösteter Farnwurzeln.

Iriomé fragte sich, ob Tichiname wohl vorhergesehen hatte, dass ihre Nachfolgerin schon so bald selbst eine Reise in die Nachzeit antreten werde. Denn sie hatte doppelt so viel Amakuna zubereiten lassen, wie in ihre Schale passte und sie selbst hätte trinken können. Nur deshalb konnte das Ritual überhaupt von Iriomé durchgeführt werden. Denn keiner außer Tichiname selbst wusste, wo der Pilz wuchs, und es war ihr strengstens untersagt, dieses Geheimnis zu ihren Lebzeiten preiszugeben. Erst bei ihrer Bestattung konnte es ihrer Nachfolgerin von den Geistern offenbart werden.

Bevor Iriomé jedoch ihre Lehrerin beerdigen konnte, musste ihr Körper einbalsamiert werden, um, wie auch ihr Geist, die Ewigkeit zu überdauern. Seit ewigen Zeiten wurde diese Prozedur immer von einer bestimmten Harimaguada in einer Höhle am äußersten Rand des Heiligtums durchgeführt, zu der sonst niemand Zutritt hatte. Iriomé drängte es, dort hinzugehen, auch wenn nicht sie es war, die mit dem Einbalsamieren beauftragt worden war. Sie spürte, dass die Medizinfrau ihr noch etwas sagen wollte. Etwas, das von so großer Wichtigkeit war, dass sie sich über alle Vorschriften und Verbote hinwegsetzen musste.

Sie hatte Glück. Nesfete, die die Totenwache hielt, war nicht anwesend, da auch sie mit den Vorbereitungen für das Amakuna-Ritual beschäftigt war.

Tichinames Körper lag auf einem flach behauenen Stein und war mit Ziegenfellen bedeckt, in die man ihn später einnähen würde. Es roch nach Kiefernnadeln, die zusammen mit Heidekraut und zerriebenem Bimsstein in den Leichnam gefüllt wurden, damit er nicht verweste. Später würde er dann mit Ziegenbutter und Drachenbaumblut eingerieben werden, um die Haut in Leder zu wandeln. Iriomé wagte es nicht, das Fell, das auf dem Gesicht der Toten lag, herunterzunehmen, doch sie spürte das weise Lächeln ihrer Lehrerin, auch ohne es zu sehen. Sie kniete nieder, schloss die Augen und versuchte, mit Tichinames Geist Kontakt aufzunehmen. Es dauerte eine Weile, bis sich ein merkwürdig pfeifendes Geräusch in ihren Ohren bemerkbar machte, das immer mehr anschwoll. Als es so laut war, dass Iriomé es kaum mehr aushalten konnte, glaubte sie, darunter Tichinames Stimme zu hören:

»Die Zeit, in der Amakuna allein dem Schutz von Jungfrauen untersteht, ist vorüber. Seine endgültige Bestimmung hängt von der Liebe ab. Der Liebe zwischen einer weisen Frau und einem Mann, der Macht besitzt.«

Kaum dass sie geendet hatte, wurde es totenstill. Iriomé öffnete die Augen. Sie fühlte sich, als hätte sie im Meer getaucht, wenn die Ohren voll Wasser gelaufen waren und man jedes Geräusch nur dumpf und entfernt wahrnehmen konnte.

›Die Liebe zwischen einer Frau und einem Mann‹, klangen Tichinames Worte in ihr nach. Unvermittelt erschien Akins Gesicht vor ihrem inneren Auge. Hatte sie ihn deshalb vor dem Tod bewahrt? War es ihrer beider Liebe, die Amakuna schützen würde? War er dieser Mann und sie die Frau? War das alles schon vorherbestimmt?

Sie erinnerte sich daran, wie sie ihm zum ersten Mal ins Gesicht gesehen hatte, während er halb tot am Boden lag. Schon da ahnte sie, dass sein Schicksal eng mit dem ihren verwoben war. Dennoch gehörte er zu den Männern, vor denen Tichiname sie gewarnt hatte. Auch daran erinnerte sie sich noch genau. *Diese Männer kennen keine Liebe. Sie werden alles, was uns heilig ist, vernichten. Doch eines darf niemals in ihre Hände gelangen: das heimliche Herz der Insel, das in der Höhle des höchsten Berges schlägt! Erst wenn die Menschen frei von Gier nach Macht und Reichtum sind, darf sein Geheimnis offenbart werden.*

Was sollte sie nun glauben?

»Iriomé!« Nesfete stand im Eingang der Höhle und sah sie vorwurfsvoll an. »Ich habe dich überall gesucht.«

Iriomé wandte sich ihr schuldbewusst zu. »Ich konnte nicht anders. Ich musste einfach hierherkommen.«

»Es ist Zeit, zur Quelle zu gehen«, sagte die alte Harimaguada nur.

Iriomé atmete tief durch und trat dann hinaus ins warme Sonnenlicht. »Du hast recht. Würdest du mich begleiten?«

Nesfete nickte. Eine Weile liefen sie schweigend nebeneinander her, denn Iriomé wusste nicht, wie sie in Worte fassen sollte, was Tichinames Geist ihr soeben mitgeteilt hatte.

»Du brauchst dich vor Entscheidungen nicht zu fürchten. Das, was vorherbestimmt ist, wird geschehen«, sagte Nesfete schließlich. »Egal, ob wir es verstehen oder nicht. Die Götter haben ihren eigenen Plan, den wir Menschen meist nicht verstehen, weil wir nur die Fähigkeit haben, das jetzige Leben zu überblicken, nicht mehr.«

Iriomé seufzte tief. »Ich beneide dich um deine Weisheit und den Frieden, der in dir ruht.«

»Deshalb bat Tichiname mich auch, auf dich achtzugeben«, erwiderte die Alte und legte Iriomé sanft ihre Hand auf die Schulter. »Du bist noch sehr jung, deshalb ist es manchmal gut, jemanden mit ein wenig mehr Erfahrung an seiner Seite zu wissen.«

Iriomé nahm dankbar Nesfetes Hand und ließ sie erst wieder los, als sie die Quelle erreichten. Noch vor wenigen Tagen hatte sie Tichiname hier bei ihrer rituellen Waschung geholfen. Jetzt war es an ihr, alles Störende, was die Wirkung von Amakuna beeinträchtigen könnte, von sich abzuwaschen.

Frisches Wasser aus den Bergen sprudelte in das kleine Felsbecken, das gerade groß genug war, um ausgestreckt darin liegen zu können. Nesfete hatte Seifenkraut mitgebracht und zog es mit der Hand durch das kühle Nass, sodass sich ein wohlriechender Schaum bildete. Iriomé entledigte sich währenddessen ihrer Kleidung und ließ ihren schlanken, nackten Körper noch eine Weile von der Sonne wärmen, bevor sie in die steinerne Wanne stieg. Die alte Harimaguada rieb sie sanft mit einem Schwamm aus Pflanzenfasern ab und summte dabei eine beruhigende Melodie. Die vertraute Stimme schenkte Iriomé das Gefühl, sicher und behütet zu sein. Und sie gab ihr die Kraft, eine Entscheidung zu treffen und eine Bitte auszusprechen, die ein großes Wagnis war. »Ich möchte dich ersuchen, heute Nacht etwas sehr Gefährliches für mich zu tun«, sagte sie leise.

Die alte Harimaguada verstummte und sah sie erstaunt an. »Was denn?«

»Während alle der Zeremonie beiwohnen, musst du Akin helfen zu fliehen und ihm den Weg hinunter an die Küste zeigen. Aua!«

Nesfete hatte gerade begonnen, mit einem Kamm aus gezahntem Holz Iriomés Haar zu entwirren und war nun vor Schreck darin hängen geblieben.

»Das kann ich nicht tun!«, rief sie bestürzt. »Er wird die Eisenmenschen hierher führen, und sie werden uns alle töten.«

»Das wird er nicht tun«, sagte Iriomé bestimmt.

»Wie kannst du da so sicher sein?«

»Ich bin nicht sicher. Ich weiß nur, dass es falsch ist, ihn zu töten. Tichiname hätte es auch nicht gewollt.«

Nesfete ließ den Kamm sinken und setzte sich nachdenklich auf den Rand des Felsbeckens.

»Dann ist es also so weit.«

»Was meinst du?«

»Sie hat mir vor einiger Zeit etwas anvertraut. Etwas, das ich bis heute nicht verstanden habe. Aber jetzt weiß ich, was sie meinte, als sie mit mir sprach. Dann bist du die erste Höchste Harimaguada, die diesen neuen Weg gehen wird.«

Iriomé richtete sich auf. »Sie hat es mir auch gesagt.«

»Sie hat wahrscheinlich vorhergesehen, dass ich es dir nicht weitersagen würde.«

»Warum nicht?«

»Ich bin zu alt für solch neuzeitliches Denken. Ich glaube eher an das, was sich bewährt hat. Aber am Ende hat Tichiname immer recht behalten.« Sie begann erneut, Iriomés Haar mit dem Kamm zu bearbeiten, und es dauerte eine Weile, bis sie weitersprach. »Niemand wird merken, wenn ich heute Nacht nicht an der Zeremonie teilnehme«, sagte sie schließlich mit tonloser Stimme.

Iriomé schloss sie in die Arme, sodass die Alte Schaumflocken in die Nase bekam und heftig niesen musste.

»Die Fremden sind nicht alle schlecht, nur weil sie anders sind.

Auch in ihren Herzen muss irgendwo die Liebe wohnen. Sie kennen sie nur noch nicht.«

Nesfete sah die junge Harimaguada lächelnd an. »Ich hoffe, du hast recht.«

◎ ◎ ◎

Joaquín empfing Iriomé mit offenem Blick. Das Licht der Steinlampe spiegelte sich in seinen Pupillen. Und wieder wurde ihr bewusst, wie sehr sie diese Augen mochte. Wie sehr sie sich wünschte, ganz darin zu versinken und der Wirklichkeit wie auch der Furcht zu entfliehen, dass ihr Volk untergehen könnte und alles anders sein würde als bisher.

Joaquín nahm ihre Hand, und Iriomé spürte, dass sich auch auf seine Seele eine Wolke der Traurigkeit gelegt hatte. Sie fühlte sich ihm unendlich nahe, obwohl sie nur wenige Augenblicke zusammen gewesen waren. Er hatte ihr die Tür zu seinem Herzen geöffnet, und sie war mutig über die Schwelle getreten. Alle Gewalt und alles Zerstörerische, was sie noch vor Kurzem in seinen Gesichtszügen sehen konnte, schien wie ausgelöscht. Er hatte sich auf magische Weise verwandelt.

Iriomé reichte ihm lächelnd eine Holzschale mit Gofio. Dabei berührten sich ihre Hände. Sofort fegte wieder ein Sandsturm ihren Arm hinauf und eroberte blitzartig ihren ganzen Körper.

Akin bemerkte es, lächelte und strich ihr sanft über Schulter und Rücken. Erst dann wandte er sich seiner Mahlzeit zu. Als er den ersten Bissen gekostet hatte, verzog sich sein Gesicht spontan zu einer lustigen Grimasse. Iriomé musste lachen. Sie gab ihm schnell einen Holzbecher mit süßem Beerensaft, den er mit spitzen Lippen probierte. Doch dann strahlte er über das ganze Gesicht, goss den gesamten Inhalt in die Schüssel mit dem Brei und aß sie in Windeseile leer. Anschließend ließ er sich mit einem tiefen Seufzer zurück auf sein Lager sinken und schloss wohlig die Augen. Darauf hatte Iriomé nur gewartet. Sie summte leise eine einfache Melodie, die ihn schnell ins Reich der Träume gleiten ließ. Als sein Atem ruhig und gleichmäßig ging, zog sie mit einem Ruck die klebrige Wundauflage von seinem Oberschenkel, sodass ihm keine Zeit blieb zu schreien. Er öffnete nur kurz den Mund und schloss ihn dann wieder.

Diesmal verkniff sich Iriomé ein Lachen und wusch mit einem Lappen aus dünnem Leder die Reste der gallertartigen grünen Masse von der Wunde, die sich bereits geschlossen hatte. Sie war zufrieden zu sehen, in welch kurzer Zeit die Heilung eingetreten war, und dankte im Stillen Tichiname für all ihre klugen Unterweisungen. Akin würde heute Nacht laufen können. Nicht schnell, aber schnell genug.

Sie reichte ihm ein Ziegenfell, das er sich um die Lenden wickelte, und zog ihn vorsichtig an den Händen hoch. Zum ersten Mal blickten sie sich auf gleicher Höhe in die Augen. Joaquín geriet leicht ins Straucheln und musste sich an ihr festhalten. Ihre Körper berührten einander. Iriomé wäre am liebsten noch eine Weile so verharrt, doch dafür war keine Zeit. Er musste laufen. Sie stützte ihn unter den Armen und machte ihm ein Zeichen, langsam einen Fuß vor den anderen zu setzen.

Akin sah sie zweifelnd an, humpelte dann jedoch los. Schritt für Schritt. Und mit jedem Schritt wurde er sicherer. Er drehte mehrere Runden in der Höhle, blieb dann erleichtert vor Iriomé stehen und sah sie mit tiefer Dankbarkeit an. Doch da war noch etwas anderes in seinem Blick. Ein Verlangen, dem sie sich nicht entziehen konnte. Er zog sie in seine Arme, drückte sie an sich und berührte zärtlich mit seinen Lippen die ihren. Der Sandsturm steigerte sich zum Orkan, sodass sie fast ihr Gleichgewicht verlor. Doch Joaquín stand diesmal fest auf beiden Beinen, hielt sie und küsste sie noch einmal, diesmal stürmisch und voller Leidenschaft.

Iriomé glaubte, für immer mit ihm zu verschmelzen, und empfand diese ihr völlig fremde Berührung wie einen Liebesschwur, der sich tief in ihr Herz einbrannte.

War der Fremde ihr gestern noch schwach und kraftlos vorgekommen, so spürte sie jetzt das Feuer, das in ihm loderte, und sein Verlangen, die Flammen immer höher zu schüren.

Sie trat einen Schritt zurück und strich sich langsam mit dem Finger über ihre Lippen. »Du muss heute Nacht Aceró verlassen«, sagte sie und deutete dabei auf ihn und dann zum Ausgang der Höhle. »Nesfete wird mit dir gehen und dir den Weg hinunter zur Küste zeigen.«

Joaquín sah sie einen Moment verständnislos an, doch dann schien er begriffen zu haben, denn er blickte verunsichert auf seinen nur mit einem Ziegenfell bekleideten Unterkörper.

Iriomé lächelte. »Ich werde dir etwas zum Anziehen besorgen.« Dann umarmte sie ihn noch einmal und drückte mutig ihre Lippen auf seine.

Beim großen Festessen bekam Iriomé vor lauter Aufregung nicht einen Bissen herunter. Nesfete musste sich regelrecht zwingen, ein wenig Gofio und etwas Ziegenfleisch zu essen, um eine Grundlage im Magen für das Unterfangen zu haben, das auf sie wartete. Die anderen dagegen schlemmten, schmatzten und genossen die üppige Mahlzeit, als wäre es ihre letzte. In Tonbehältnissen wurde vergorene Ziegenmilch gereicht, die die Sorgen in den Hintergrund rücken ließ und für eine ausgelassene Stimmung sorgte.

Der Mond schien an diesem Abend so hell, dass er die Augen blendete, sah man zu lange in sein Gesicht. Er tauchte den Krater in ein unwirkliches, silbriges Licht und schuf damit genau die richtige Atmosphäre, um Amakuna sprechen zu lassen.

Ein durchdringender Ton, den ein junger Mann einer bunt bemalten Nautilusmuschel entlockte, kündigte den Beginn des Rituals an und gab gleichzeitig den Stammesführern und Harimaguadas das Zeichen, die Holzleitern hinauf zur großen Höhle zu klettern.

Iriomé saß bereits im Inneren vor einem mächtigen Feuer. Nesfete malte ihr mit einem blauen Pulver nach unten gerichtete Dreiecke auf Stirn und Wangen. Es herrschte eine andere Stimmung als bei den Ritualen zuvor. Es ging um mehr als sonst. Es ging um ihrer aller Leben.

Ein heller, dünner Ton löste nun den dunklen ab. Eine Harimaguada blies auf einer Flöte aus dem Knochen eines Vogelbeins. Sie entlockte dem fein geschliffenen Instrument eine einfache Melodie, die sich wie ein hauchdünner Faden erst durch die Höhle und dann durch die Seelen der Menschen schlängelte.

Kaum war sie verklungen, setzten unten auf dem Festplatz die Männer mit ihren Trommeln ein. Sorgfältig gearbeitete Instrumente aus dem ausgehöhlten Stamm eines Drachenbaums, bespannt mit gegerbter Ziegenhaut. Die Trommler steigerten den Takt, bis er mit dem dumpfen Stampfen der Krummholzstäbe der Stammesführer oben in der Höhle im Einklang war. Zusammen schufen sie einen furiosen, einzigartigen Rhythmus, der sie hinwegtrug in eine Welt, wo alles eins war.

Iriomé beugte sich vor und warf eine Hand gehackter Piniennadeln in die Flammen, die knackend und Funken sprühend aufloderten. Dann erhob sie sich und rief den Geist Tichinames herbei:

»Tichiname, Höchste Harimaguada von Benahoare, ich bitte dich um ein Zeichen der Zustimmung, deine Nachfolge antreten zu dürfen.«

Um der Verstorbenen den Weg zu weisen, ließen die Harimaguadas nun einen lang gezogenen, lichten Ton erklingen. Noch bevor einer Frau die Luft ausging, übernahm die nächste, ohne dass eine Pause entstand und die Übergänge von einer zur anderen nicht herauszuhören waren.

Nach einer Weile erschien im Eingang der Höhle eine durchsichtige Gestalt mit langem weißem Haar, umgeben von einem hellen Lichtschein. Ihre Füße berührten nicht den Boden, als sie näher kam und Iriomé über das Haar strich und den Rücken hinunter bis zu den Füßen. Das alles schien wie eine Ewigkeit, doch es waren nur Momente verstrichen, bis sich der Geist der alten Medizinfrau wieder im Rauch des Feuers auflöste.

Iriomé streckte die Arme nach oben und stieß einen schrillen Pfiff aus, den sie dreimal wiederholte. Die Harimaguadas hoben ebenfalls die Arme und ließen einen Ton erklingen, aus dem sich deutlich hörbar das Wort Amakuna formte. Auf ein Zeichen von Iriomé ging Nesfete zu der Felsnische, wo die Tonschale mit dem Weisheitstrank stand. Sie verrührte die gelben Schlieren und bot sie mit beiden Händen der neuen Höchsten Harimaguada dar. Iriomé dankte ihr und setzte mit geschlossenen Augen das Gefäß an ihre Lippen.

Sie glaubte, den erdigen Geschmack zu kennen, als der erste Schluck ihre Kehle hinunterrann. Die Wirkung ließ nur kurze Zeit auf sich warten. Ein Teil von ihr schien sich zu lösen, und sie sah alles um sich herum aus immer größer werdender Entfernung. Farben und Geräusche veränderten sich. Die Höhlenwände, die Holzscheite im Feuer und auch die Menschen nahmen unnatürliche, in die Länge gezogene Formen an. Sie verbogen sich immer mehr, bis sich alles in einer Spirale auflöste und im Nebel der Erinnerung verschwand.

Iriomé sah eine purpurne Sonne, die den Himmel rot färbte, dann das Meer und auch die Erde. Doch das Licht wandelte sich zu Blut, das aus unzähligen Wunden hervorquoll. Ein Donnern und Krachen hallte von den Felswänden, gefolgt von gellenden Todesschreien. Ein Steinbeil spaltete den Schädel eines Unbekannten. Weit aufgerissene Augen starrten in den Himmel. Körper prallten aufeinander. Keuchender Atem ging über in sterbendes Gurgeln.

Der Wahnsinn des sinnlosen Tötens zerrte an Iriomé wie ein tosender Sturm, der einen Baum entwurzelte. Sie musste sich festhalten, um nicht fortgerissen zu werden ins dunkle Nichts, von wo es keine Rückkehr gab. Ins Innere des Vulkans, wo der Guayote bereits auf sein Opfer wartete. Verzweifelt suchte sie

Halt, doch ihr Griff ging immer wieder ins Leere. Als sie kurz davor war aufzugeben, tauchte in einem blauen Licht eine weibliche Gestalt auf. Zuerst dachte sie, es sei Tichiname, doch als sie näher kam, erkannte sie eine junge Frau mit langem rotblondem Haar, die eine fremdartige Kleidung trug. Sie streckte die Hand nach ihr aus, und Iriomé griff danach in letzter Not. Die dunklen Mächte, die an ihr zerrten, ließen langsam von ihr ab, das Tosen verebbte.

Und plötzlich fühlte sich Iriomé sicher. Sie spürte Vertrauen zu dieser Frau, die ihr aus einer anderen Zeitwelt Mut zusprach. Die ihr zu sagen schien, dass es weitergehen würde. Dass die Katastrophe, die sie gesehen hatte, nicht das Ende war. Dass es keinen Tod gab und nichts, was sie davon abhalten würde, Amakuna zu schützen – vor den Eisenmenschen und bis in alle Ewigkeit.

13. KAPITEL

»He, wach auf!«, hörte Romy Theas Stimme wie von ganz weit her. Es fiel ihr nicht leicht, Iriomés Hand loszulassen. Doch sie fühlte, dass schon der kurze Moment ihrer Berührung wichtig für die Guanchin gewesen war. Wie gerne hätte sie ihr erzählt, dass Amakuna selbst jetzt, im 21. Jahrhundert, noch in derselben Höhle wuchs und nicht bei den feindlichen Eroberern gelandet war – weder bei denen aus der Vergangenheit noch bei den heutigen.

Doch zu spät. Romy öffnete langsam die Augen. Vor ihr saß Thea in ihrem hellgrünen Morgenmantel. »Das muss ja eine anstrengende Bergtour gewesen sein, dass du hier am Küchentisch eingeschlafen bist.«

Romy starrte die Freundin entgeistert an. Wie nach ihrer ersten Begegnung mit Iriomé nahm sie den erdigen, leicht fauligen Geschmack in ihrem Mund und auf den Lippen wahr.

»Was ist los mit dir?«, fragte Thea, die sie zu gut kannte, um nicht zu merken, dass etwas nicht stimmte.

»Ich bin wieder dort gewesen«, sagte Romy leise.

»Wo – dort?«

»Bei Iriomé und den Guanchen.«

»Was!« Thea ließ sich auf den Stuhl neben ihr sinken. »Und wie?«

Romy deutete auf die Schüssel mit dem Rest des Pilzsuds. »Damit. Mit Amakuna!«

Thea sah sie ratlos an, nahm dann den Topf und roch daran. »Nicht gerade angenehm.«

»Schmeckt auch so.«

»Und woher weißt du ... woher hast du ... Ich meine, was ist das?«

»Ein Pilz, der im Grab der einstigen Harimaguadas wächst. Du hattest recht, man kann damit in die Zeit der Guanchen reisen. Völlig verrückt! Logisch nicht nachvollziehbar.«

Thea sah sie triumphierend an. »Ich habe es gewusst. Aber dann müsstest du das Zeug doch auch genommen haben, als du Iriomé zum ersten Mal begegnet bist.«

Romy nickte. »Ich kann mich sogar noch an den Nachgeschmack erinnern. Es war der gleiche, den ich jetzt noch im Mund habe.«

»Vielleicht hat Iriomé mal kurz die Grenzen von Raum und Zeit überwunden, um zu dir zu gelangen, und dir das Zeug eingeflößt«, grinste Thea.

»Ich weiß überhaupt nicht mehr, was ich denken soll«, sagte Romy, stützte die Ellenbogen auf den Tisch und legte den Kopf nachdenklich in ihre Handflächen, doch im nächsten Moment richtete sie sich kerzengerade auf. »Aber eines weiß ich, oder besser gesagt, ich bin mir jetzt ziemlich sicher.«

Thea sah sie fragend an.

»Der Pilz hat noch einen zusätzlichen Effekt.«

»Und bitte welchen?«

»Er heilt, und zwar auf eine Weise, die ich dir genauso wenig erklären kann wie alles andere.«

Thea sah sie an, als würde sie nun doch langsam am Verstand der Freundin zweifeln.

»Jetzt überleg doch mal«, sagte Romy aufgeregt. »Ich habe diesen Sturz aus über acht Metern ohne einen Bruch, eine Prellung und sogar ohne den geringsten Kratzer überstanden. Das spricht gegen jede Logik, gegen die Gesetze der Schwerkraft, einfach gegen alles. Und ich hatte anschließend den gleichen Geschmack im Mund wie jetzt. Was sagt uns das?«

»Dass du verrückt bist«, schlug Thea vor und zog sich den Bademantel enger um ihren schmalen Körper.

»Bin ich nicht!«

Romy stellte die Schüssel mit dem Rest des Amakuna vor Thea hin und verrührte mit dem Holzlöffel die gelben Schlieren, die sich wieder auf der Oberfläche gebildet hatten.

»Trink!«

Thea sah sie zweifelnd an. »Ich weiß nicht.«

»Bitte«, flehte Romy. »Es kann dir nichts passieren, schau mich an. Es ist alles gut. Du musst einfach nur vertrauen. Das Schlimmste, was geschehen kann, ist, dass du ebenfalls in die Vergangenheit reist.«

»Aber …«

»Trink!«

»Nun gut. Ist ja auch schon egal.« Thea atmete tief durch, nahm die Schüssel und trank sie in einem Zug leer.

Die Sonne drängte durch die Ritzen der Fensterläden, als wollte sie dabei sein bei dem, was jetzt geschah. Zum ersten Mal in ihrem Leben hatte Romy den Wunsch, ein Gebet zu sprechen. Sie tat es leise, ohne dabei die Lippen zu bewegen, während die Freundin langsam über dem Küchentisch zusammensackte.

Romy trug sie ohne große Mühe in ihr Schlafzimmer und legte sie ins Bett.

Die nächsten Stunden verbrachte sie in einem Zustand aus Hoffnung und Zweifel an sich selbst. Was, wenn doch mit ihr etwas nicht stimmte? Wenn sie einfach weiter halluziniert hatte? Ihre erste Halluzination war so eindringlich gewesen, und ihr Aufenthalt auf der Insel hatte die Bilder noch verstärkt. Kein Wunder, wenn sie in alles etwas hineininterpretierte. Und was, wenn Thea in einigen Stunden aufwachte und sich nichts verändert hatte? Oder noch schlimmer, wenn der Pilz zu viel für ihren geschwächten Körper war? Als Freundin, vor allem aber als Medizinerin hatte sie vollkommen unverantwortlich gehandelt.

Immer wieder öffnete sie leise die Tür zu Theas Schlafzimmer, doch ihre Freundin lag ruhig in ihrem Bett und schlief. Nur ihre Augenlider zuckten, als würde sie irgendetwas Bewegendes träumen. Was sie wohl gerade erlebte?

Um die Zeit des Wartens sinnvoll zu überbrücken, stampfte Romy die getrockneten Pilze aus dem Backofen zu einem feinen Pulver und füllte es in ein luftdicht verschließbares Glasröhrchen aus ihrem Arzneikoffer. Dann setzte sie sich in den Garten unter einen der beiden Drachenbäume und wartete. Sie war nicht in der Lage, irgendetwas zu lesen oder gar ihren Laptop zu öffnen, um ihre Mails zu checken. Sie saß nur da und hörte dem Zwitschern der Vögel zu, dem Rascheln der Eidechsen, dem Summen der Bienen und dem entfernten Rauschen des Meeres. Mit geschlossenen Augen versuchte sie, sich noch einmal in die Zeit zurückzuversetzen, in der Iriomé gelebt hatte. Alles war so viel magischer, so viel tiefer mit der Natur und dem Übernatürlichen verbunden. Auch die Kunst des Heilens war nicht mit dem zu vergleichen, was die Wissenschaft und die Schulmedizin heute vorschrieben und wonach sich die meisten Ärzte richteten. Die Heilerinnen von damals verließen sich noch auf ihre Intuition. Auf die Erfahrung ihrer Vorgängerinnen, die sie auf irgendeine Weise abrufen konnten und die dann durch sie wirkte. So zumindest hatte sie es verstanden. Die Harimaguadas brauchten keine Statistiken, Diagnoseroboter und vor allem nicht die Pharmaindustrie. Nur warum hatte Iriomé Amakuna nicht dazu benutzt, Joaquín zu heilen? Wusste sie vielleicht gar nichts über die Heilwirkung des Pilzes? Oder gab es die überhaupt nur in Romys Einbildung? Warum war sie sich nur so sicher gewesen, vorhin in der Küche?

Natürlich interessierte sie auch die Liebesgeschichte zwischen der Guanchin und dem spanischen Eroberer. Durfte Iriomé Joaquín wirklich trauen? Schließlich hatten die Konquistadoren nicht viel von der Kultur der Insulaner übrig gelassen. Das stand zumindest in den Geschichtsbüchern. War er wirklich derjenige, der ihr beistehen würde, Amakuna zu schützen? Aus ihren eigenen Erfahrungen mit Männern würde sie ihr dringend davon abraten. Aber das ging leider nicht mehr. Iriomés Leben war ja längst gelebt.

Gegen Mittag kam Sam vorbei. Er forderte ganz vehement seinen Anteil von der Pilzernte ein und meinte, er würde sonst noch mal mit seinem Freund in die Höhle klettern, um für sich einen kleinen Vorrat zu holen. Romy blieb also nichts anderes übrig, als ihm etwas von dem Pulver abzufüllen. Dass sie bereits einen Selbstversuch hinter sich hatte und Thea wahrscheinlich gerade irgendwo zwischen den Zeiten unterwegs war, behielt sie lieber für sich.

»Ich würde trotzdem abwarten, was ich im Labor herausbekomme«, warnte sie ihn, obwohl sie genau wusste, dass es zwecklos war. So wie sie ihn einschätzte, würde er spätestens heute Abend seine eigenen Erfahrungen mit dem Pilz machen. Andererseits war es bestimmt spannend zu erfahren, ob es ihn ebenfalls in die Zeit der Guanchen verschlagen würde. Wahrscheinlich zeigte der Pilz bei jedem Menschen eine andere Wirkung, je nach Psyche. Oder je nach Vorleben?

Romy konnte es kaum erwarten, dass Thea endlich aufwachte, um sich mit ihr auszutauschen. Doch bis dahin musste sie sich in Geduld üben.

Sie sah auf die Uhr. Erst ein Uhr Mittag. Sie selbst war mindestens sieben Stunden in der anderen Zeit unterwegs gewesen. Merkwürdig, wie normal das schon alles für sie klang. Als ob es etwas ganz Alltägliches wäre, mal kurz einen Abstecher ins späte 15. Jahrhundert zu machen. Binnen einer Woche hatte sich ihr ganzes Leben auf den Kopf gestellt. Nichts war mehr wie zuvor.

Schließlich übermannte sie doch die Müdigkeit. Sie schreckte erst hoch, als Thea aus dem Schlafzimmer ihren Namen rief.

Romy erhob sich polternd von ihrem Stuhl und wäre beinahe der Länge nach hingefallen, so aufgeregt war sie.

Thea dagegen saß friedlich auf der Bettkante und sah ihr strahlend entgegen. Wenn es wirklich Engel gab, dann mussten sie so aussehen wie ihre Freundin in diesem Moment, dachte Romy. Es war, als ob alles, was sie je bedrückt hatte, was ihr je angetan wurde oder sie sich selbst angetan hatte, von ihr abgefallen wäre. Als ob sich ein seit Langem geschlossener dunkler Vorhang geöffnet hätte und dahinter ein gleißend heller Sonnentag zum Vorschein käme. Romy konnte sie nur anschauen, sie brachte kein Wort hervor. Tränen schossen ihr in die Augen. Etwas hatte sich gewandelt. Thea war gesund. Romy spürte es. Nein, sie wusste es! Auch ohne Labortests, ohne CT und ohne dass ihr Körper aufgeschnitten werden musste. Sie wusste es einfach. Obwohl sie im Moment noch keinen Beweis dafür hatte. Und sie wusste sogar noch mehr. Thea war zu Thea geworden. Sie war nicht länger die verstoßene Tochter einer reichen Mutter, die verbissene Neurologin oder die Superkletterin. Sie war nur noch Thea, ein Teil des grenzenlosen Universums, ein Rädchen, das sich im unendlichen Dasein nun in der richtigen Geschwindigkeit drehte.

Romy war zum zweiten Mal Zeuge eines Wunders geworden. Das musste sie erst einmal verdauen. Obgleich sie sich noch nicht erklären konnte, wie alles zusammenhing, schwor sie sich, es herauszufinden. Sie würde nicht eher ruhen, bis das Geheimnis dieses Pilzes gelüftet war und sie verstand, warum gerade sie ihn gefunden hatte. Warum sie von Iriomé ausgewählt worden war und welche Aufgabe sie nun in diesem Zusammenhang erfüllen sollte. Romy umarmte die Freundin stumm und setzte sich neben sie. Am liebsten hätte Romy sofort gefragt, was sie auf ihrer Reise erlebt hatte, doch Theas Gesichtsausdruck sagte ihr, dass es zu früh war, darüber zu sprechen. So sahen sie beide stumm aus dem offenen Fenster hinaus auf den Drachenbaum, das Meer und den unendlichen Horizont.

14. KAPITEL

Drei Wochen später stand Romy mit höchst gemischten Gefühlen in der Schlange vor dem Abflugschalter der Maschine nach München. Der Abschied fiel ihr nicht leicht. Die Insel mit ihren wohlriechenden Pinienwäldern, den Vulkanen und steilen Klippen, gegen die das tosende Meer seit Jahrtausenden ankämpfte, war für sie ein Stück Heimat geworden. Ebenso wie für Thea, die spontan beschlossen hatte hierzubleiben. Schon wenige Tage nach ihrem Erlebnis mit Amakuna stand für sie fest: Diese Insel war ihr Platz. Hier gehörte sie hin. Hier wollte sie leben. Sobald sie ein nettes Haus zum Mieten oder Kaufen gefunden hatte, wollte sie ihre Sachen per Container hierher transportieren lassen. Nichts würde sie zurück nach Deutschland bringen, zurück zu einer Familie, die sie ablehnte, und zurück in ein Gesundheitssystem, das seinem Namen schon lange nicht mehr gerecht wurde. Nein, ihr Platz war hier auf dieser Insel, wo sie das Leben zurückerobert hatte.

Romy hatte mehrmals versucht, etwas über Theas Zeitreise zu erfahren, doch ohne Erfolg. Thea wollte nicht darüber sprechen. Sie entzog sich Romy, wo sie nur konnte. Irgendetwas zwischen ihnen war anders geworden. Ihre gemeinsame Erfahrung mit dem Pilz hatte sie auf unerklärliche Weise auseinandergebracht, statt sie bis in alle Ewigkeit aneinanderzuschmieden. Und genau wie damals Iriomé fühlte sich Romy von dem Menschen, der ihr am wichtigsten im Leben war, dem sie am allermeisten vertraute, allein gelassen. Thea stellte sich vehement gegen Romys Traum, Amakuna der gesamten Menschheit zur Verfügung zu stellen, falls man es synthetisieren oder reproduzieren könnte. Deshalb war es zwischen ihnen sogar zum Streit gekommen. Thea wurde nicht müde, sie immer wieder auf Tichinames letzte Worte hinzuweisen: *Erst wenn die Menschen frei von Gier nach Macht und Reichtum sind, darf sein Geheimnis offenbart werden.* Außerdem war sie überzeugt, dass die Pharmaindustrie, sobald sie von ernst zu nehmenden Forschungsergebnissen erfuhr, sowieso dafür sorgen würde, dass sowohl Amakuna als auch Romy auf alle Zeiten unauffindbar verschwinden würden. Das Geschäft mit Krankheit blühte, das würden sich die Konzerne nicht so leicht aus den Händen reißen lassen.

Obwohl Romy wusste, dass die Freundin recht hatte, brannte dennoch das Feuer der Neugier in ihr. Sie war Wissenschaftlerin, sie musste das Geheimnis des Pilzes einfach ergründen. Vielleicht war Iriomé ihr ja genau deshalb erschienen, um Amakuna den Menschen zur Verfügung zu stellen?

»*Su pasaporte por favor*«, unterbrach die spanische Bodenhostess hinter dem Schalter ihre Gedanken. Romy händigte ihr das Dokument aus, wuchtete den Koffer auf die Waage und nahm ihre Bordkarte in Empfang.

Als sie zum Gate ging, fühlte sie sich noch einmal mehr im Stich gelassen. Aber sie wusste auch, dass sie das, was ihr in Deutschland bevorstand, nur allein durchziehen konnte. Musste sich Thea deshalb von ihr zurückziehen?

München empfing sie mit Blitzeis. Die kalte, ungewohnte Winterluft nahm ihr fast den Atem. Romy schlitterte mit ihrem Gepäck zwischen parkenden Autos und ungeduldigen Taxifahrern über die glatte Straße vor der Ankunftshalle des Flughafens. Als sie einen kurzen Moment abgelenkt war, passierte es: Trotz des guten Profils ihrer Wanderschuhe fiel sie hart auf ihren Allerwertesten und rutschte vor die Stoßstange eines *Jaguar XKR-S*, dessen Reifen sie nur um Haaresbreite verfehlten. Eine ältere Frau, die hinter ihr ging, stieß einen spitzen Schrei aus, ein junger Mann eilte auf sie zu, doch da streckte sich ihr bereits eine Hand mit einem eleganten Wildlederhandschuh entgegen.

»Alles in Ordnung?«

Romy blickte in ein braun gebranntes männliches Gesicht mit tiefschwarzen Augen. Sie brauchte nicht einmal eine Sekunde, um sich sicher zu sein, dass dieser Mann ohne Weiteres in der Lage wäre, das Gefühl von Sandstürmen auf ihrer Haut auszulösen. Seine angenehme Stimme ging ihr durch und durch. Sie mochte seinen Geruch und seine Gesichtszüge. Doch sie erkannte auch sofort den Krieger in ihm: ein gut bezahltes Schwert für große Wirtschaftsschlachten, in denen statt Rüstungen elegante Designeranzüge getragen wurden.

»Ja, ich glaube schon. Alles in Ordnung«, sagte sie tapfer, obwohl ihre eine Pobacke ganz schön schmerzte.

Der Fremde zog sie hoch. Ihre Gesichter waren sich für einen Herzschlag so nah wie bei einem Kuss. Romy fühlte, wie sich die Haut auf ihren Wangen auf angenehme Weise zusammenzog. Vielleicht kein Sandsturm, aber auf alle Fälle ein starker sandiger Wind.

»Kann ich Sie vielleicht irgendwohin mitnehmen«, fragte er höflich. Der Mann sprach gut Deutsch, hatte jedoch einen leichten spanischen Akzent. »Ich fahre nach Augsburg, kann Sie aber gerne auch woanders hinbringen.«

Das war jetzt wirklich eins zu viel.

»Vielen Dank, aber das ist nicht nötig«, stammelte Romy fassungslos.

»Schade.« Der Fremde lächelte Romy noch einmal zu, stieg dann wieder in seine Luxuskarosse und gab dem Chauffeur ein Zeichen, loszufahren.

Romy sah dem Wagen völlig perplex hinterher und schüttelte dann den Kopf über sich selbst. War sie denn von allen guten Geistern verlassen? Was war nur mit ihr los? Er hätte sie bestimmt nach Hause gebracht. Und wenn schon das nicht, warum hatte sie ihn nicht wenigstens nach seiner Visitenkarte gefragt? Jetzt war er weg. Genauso schnell, wie er ihr erschienen war. Na bravo. Wahrscheinlich war ihr durch ihr Misstrauen wieder einmal ein richtig guter Typ durch die Lappen gegangen. Hastig klopfte sie sich den Schmutz von der Hose und stiefelte, wütend auf sich selbst, zur Haltestelle, wo der Bus nach München zum Hauptbahnhof losfuhr. Zu allem Überfluss war er auch noch überfüllt. Nur mit Mühe zwängte sie sich durch Gepäck, Menschen und deren Ausdünstungen nach hinten. Was hätte sie es stattdessen bequem haben können. Eine wohltemperierte Luxuslimousine, wahrscheinlich mit Bar und Sitzheizung, neben sich ein gut aussehender, wohl riechender interessanter Mann. Wie sollte sie den Typen je wiedersehen? Sie hatte sich ja noch nicht mal die Autonummer gemerkt.

Gott sei Dank wurde sie schnell von den praktischen Dingen der Reise in Beschlag genommen. Ihr Zug nach Augsburg fuhr nicht wegen eingefrorener Weichen. Das hieß im Bahnslang Schienenersatzverkehr. Während sie herauszufinden versuchte, von wo jetzt der Bus abfuhr und vor allem wann, gerieten jene dunklen Augen, die sie so fasziniert hatten, erst einmal in den Hintergrund.

Völlig geschafft kam Romy erst kurz vor Mitternacht nach Hause. In ihrer Wohnung war es kaum weniger eisig als draußen. Die Januarkälte hatte sich unbarmherzig in das alte Gemäuer gefressen, und obwohl ihr geliebter Kachelofen sein Bestes gab, wurde es einfach nicht warm. Romy saß mit dicken Socken in eine Wolldecke gewickelt auf ihrer Couch, vor sich eine Flasche Teneguia Tinto. Wie erwartet schmeckte er mitnichten so gut wie auf der Insel. Ebenso wenig wie der geräucherte Ziegenkäse, von dem sie dort nicht genug bekommen konnte. Sie sehnte sich zurück und fühlte sich in ihrer eigenen Wohnung plötzlich fehl am Platz. Alles schien ihr fremd und irreal, das Ticken der alten Uhr ihrer Großmutter, die Klospülung im Stockwerk über ihr und auch das Motorrad, das vor ihrem Fenster mit lautem Getöse vorbeifuhr. Romy vermisste die besondere Stille der Insel – wenn nachts nur der Wind leise ums Haus strich und das ferne Rauschen der Brandung mit sich trug. Wie gern hatte sie sich jeden Abend davon in den Schlaf singen lassen. Natürlich konnte sie Thea verstehen. Am liebsten wäre sie ja selbst dort geblieben. Genau wie Thea genoss sie zum ersten Mal in ihrem Leben das Gefühl, an einem Ort angekommen zu sein, wo sie sich zu Hause fühlte. Doch Iriomé hatte sie nicht ohne Grund gerufen, davon war Romy inzwischen überzeugt. Warum sonst hätte sie den Pilz entdecken sollen, wenn nicht, um ihn der ganzen Welt zur Verfügung zu stellen? Wenn der Mensch nie wieder Leid durch Krankheiten ertragen müsste, würde er sich vielleicht ändern. Seine Gier nach Macht und Reichtum könnte endgültig der Vergangenheit angehören, und eine Art goldenes Zeitalter könnte erneut beginnen. Vielleicht würden dann Zeiten anbrechen, wie es sie einst auf den Inseln der Glückseligen gegeben hatte. Romy musste bei diesem Gedanken über sich selbst lächeln und stellte fest, dass die Rotweinflasche inzwischen beinahe leer war. Kein Wunder, dass sie sich in solch rosarote Zustände hineingeträumt hatte.

Das Pling der Waschmaschine holte sie in die Realität zurück. Seufzend stand Romy auf. Sie würde die Wäsche noch aufhängen, bevor sie ins Bett ging. Auch wenn ihre Beine schon schwer waren und ihr morgen ein aufregender Tag bevorstand. In ihrem Labor würde sie sich ein besseres Bild von dem Pilz machen können. Sie war Wissenschaftlerin, und sie stand vielleicht direkt davor, eine große Entdeckung zu machen. Was hätte ihr Besseres passieren können?

Während sie Stück für Stück ihre Sommersachen auf den Wäscheständer im Bad hängte, pfiff sie dabei eine kleine Melodie.

Nachdem sich die schwere Tür der U-Haft München hinter ihm geschlossen hatte, konnte er zum ersten Mal wieder frei durchatmen. Die Sonne schien ihm warm ins Gesicht. Es war nicht sein erster Gefängnisaufenthalt, doch diesmal war es anders gewesen als zuvor. Seine Freiheit zu verlieren kam für ihn stets dem Tod gleich, doch seit er über sein früheres Leben Bescheid wusste, empfand er es nicht mehr als so schwer. Dafür lastete nun eine andere Verantwortung auf ihm, die sein ganzes Leben durcheinanderbrachte. Er konnte nicht länger nur das tun, was ihm am Herzen lag. Auf ihn wartete eine neue Aufgabe, die ihn mehr forderte als alles, was er bis jetzt auf die Beine gestellt hatte.

15. KAPITEL

Mit einem hässlichen Geräusch zog der Apparat an der Eingangstür von Biotex ihre Codekarte ein. Empört schlug Romy mit der Handfläche darauf, als würde der Kasten dadurch die Karte wieder ausspucken. Nichts geschah. Ihr blieb wohl kaum etwas anderes übrig, als zum Haupteingang zu gehen und sich wie jeder Besucher von auswärts anzumelden.

»Oh Mann, du siehst klasse aus. Ich erblasse vor Neid!«, schmetterte Kyra ihr entgegen, die merkwürdigerweise am Empfang saß. »Wie war dein Urlaub?« Sie wartete die Antwort gar nicht erst ab.

»Hier hat sich so einiges verändert, wie du ja schon bemerkt hast. Wir haben einen neuen Sicherheitsdienst, neue Codekarten. Und auch sonst weht jetzt ein völlig neuer Wind in diesen heiligen Hallen.«

»Guten Morgen erst mal«, versuchte Romy, Kyras Redeschwall zu unterbrechen.

»Oh, entschuldige! Guten Morgen. Ist nicht so gemeint, aber ich weiß jetzt schon nicht mehr, wo mir der Kopf steht.« Kyra reichte ihr eine neue Codekarte und ließ sich den Erhalt quittieren. »Übrigens eine kleine Vorwarnung. Du hast dein Büro nicht mehr für dich allein. Dort sitzt jetzt *sie!*«

»Wer ist *sie?*«

»Die Controllerin von Forster's Health. Ja, wie gesagt, es weht ein anderer Wind hier, und der ist ganz schön heiß. Und vielleicht weht es uns auch alle ganz bald nach draußen.«

So langsam dämmerte es Romy. Bergers Befürchtungen, Forster's Health könnte Biotex übernehmen, waren offensichtlich wahr geworden. »Ist Berger schon im Haus?«, fragte sie bestürzt.

Kyra verneinte. »Er kommt jetzt nur noch sporadisch. Ehrlich gesagt weiß ich nicht einmal, ob ihm der Laden überhaupt noch gehört. Es wird alles Mögliche gemunkelt, aber bisher hat uns noch keiner informiert, wie es überhaupt weitergehen soll.«

Romy bedankte sich bei Kyra und steckte ihre neue Karte ein. Das hatte ihr gerade noch gefehlt.

Während sie mit dem Aufzug nach oben fuhr, fühlte sie eine leichte Panik in sich aufsteigen, die sie jedoch mit ein paar Atemübungen in den Griff bekam, bevor sie durch die offen stehende Tür ihr Büro betrat.

»Sie müssen Romy Conrad sein. Ich habe schon viel von Ihnen gehört«, empfing sie eine dunkle Stimme mit leicht spanischem Akzent. Sie gehörte einer rassigen Schönheit, die hinter Romys Schreibtisch saß und nun aufstand, um ihr die Hand zu reichen. Sie trug ein auf Figur geschnittenes rotes Kostüm, schwarze Strümpfe und High Heels. »Ich bin Juana Marquéz. Es freut mich, Sie endlich kennenzulernen. Ich habe schon viel Gutes über Sie gehört.«

Romy brachte nichts weiter als ein »Hallo, freut mich ebenfalls« heraus und kapierte nun, was Kyra mit dem heißen Wind gemeint hatte.

»Ich habe mich bei Ihnen einquartiert, da es mir hier am ruhigsten schien. Wir haben vorübergehend Ihren Schreibtisch an die Wand gerückt und Ihre Sachen in die Kartons dort gepackt«, sagte Juana Marquéz, während sie zu ihrem Platz zurückkehrte. »Ich hoffe, es macht Ihnen nichts aus. Da Sie die letzten Wochen ja sowieso in Urlaub waren …«

Romys verdatterter Blick ließ sie innehalten. Tatsächlich waren all ihre Regale mit fremden Ordnern vollgepackt.

»Ich werde Ihnen nicht lange zur Last fallen. Nur ein paar Wochen, dann habe ich alles durchgesehen. Forster's Health will schließlich ganz genau wissen, was für einen Laden wir uns da aufhalsen.«

»Zwingt Sie ja keiner«, rutschte es Romy heraus.

»Das müssen Sie mir nicht sagen. Ich bin nur für die Buchhaltung zuständig. Aber falls es Sie entspannt, Forster's Health hat nicht vor, im großen Stil Entlassungen vorzunehmen«, sagte die südländische Schönheit gönnerhaft.

»Wie beruhigend«, antwortete Romy. Auch wenn sie alles andere als beruhigt war. Wie sollte sie in Gegenwart dieser Schnüfflerin in Ruhe mit dem Pilz arbeiten? Wenn ein Konzern wie Forster's Health in diesem Stadium davon erfuhr, könnte genau das eintreten, was Thea vorausgesagt hatte.

Sie ging in ihr Labor, begrüßte ihre beiden Mitarbeiter, die ebenso überrumpelt wirkten wie sie selbst, und öffnete dann die Tür zum Tierraum. Dort befand sich das Terrarium von Cleo, der Kobra, deren Giftzahn die begehrten Neurotoxine für ihre homöopathischen Forschungen spendete. Ein Bereich, den sie in Absprache mit Berger zusätzlich aufgebaut hatte. Cleo war ihr inzwischen richtig ans Herz gewachsen.

Die Schlange erkannte Romy an ihrem Gang, genauer gesagt, an der Vibration ihrer Schritte auf dem Linoleum. Sie hob sofort den Kopf. Ihre bernsteinfarbenen Augen mit der schmalen Pupille starrten Romy ausdruckslos an. Doch Romy meinte, eindeutig »Hunger« darin lesen zu können. Der Kalender oberhalb des Glaskastens zeigte an, dass heute Fütterungstag war. Cleo bekam nur alle drei Tage eine weiße Maus, die extra zu diesem Zweck im Labor gezüchtet wurden. Das reichte ihr. Hatte sie nämlich keinen Hunger, stellten die kleinen Nager eine große Gefahr für sie dar. Der winzigste Biss konnte den Tod bedeuten, da Reptilien gegen sämtliche Infektionen von Säugetieren höchst anfällig waren. Eine Tatsache, die Romy irgendwie auch gefiel. Im richtigen Moment hatte also selbst eine kleine, harmlose Maus eine Chance gegen eine große, hochgiftige Schlange.

Doch an diesem Morgen bestand nicht die geringste Aussicht, dass der Nager überlebte. Kaum hatte Romy eine Maus in das Terrarium gesetzt, fixierte die Schlange das neugierige Tierchen, das sich auf seinen Hinterbeinen stehend schnuppernd umsah. Dann schoss sie nach vorne und schnappte zu. Romy war inzwischen an den Anblick gewöhnt, und es machte ihr nicht mehr so viel aus wie zu Beginn, als sie ihre Stelle hier angetreten hatte.

»Bestimmt nicht angenehm, dem Tod auf diese Weise ins Auge zu blicken«, vernahm sie hinter sich die Stimme von Berger. Sie hatte ihn nicht kommen hören.

»Wie war euer Urlaub, wie geht es deiner Freundin?«

»Gut«, antwortete Romy.

»Das freut mich. Sie muss sich trotzdem unbedingt bei Feistner melden. Alle *Avistan*-Testpersonen müssen …«

»Heißt das, die Studie läuft tatsächlich weiter?«, unterbrach Romy ihn entsetzt.

»Das unterliegt jetzt nicht mehr meiner Verantwortung.« Berger beobachtete die Kobra, wie sie die Maus mit Haut und Haaren hinunterwürgte. Der Vergleich mit seiner Situation lag auf der Hand, aber keiner von beiden sprach es aus.

»Thea ist nicht mit zurückgekommen«, sagte Romy.

»Was soll das heißen?«

All die Aufregungen der letzten Wochen hatten die *Avistan*-Studie völlig in den Hintergrund gedrängt. Romy war auf ein Gespräch mit ihrem Chef nicht vorbereitet.

»Sie will ihr weiteres Leben auf La Palma verbringen«, sagte sie etwas heftiger als beabsichtigt.

Bergers Gesicht drückte Besorgnis aus. »Das wird ihr höchstens ein paar Monate gelingen, wenn überhaupt. Ich würde gerne in meinem Büro mit dir unter vier Augen sprechen.«

Romy folgte ihm, während die Gedanken in ihrem Kopf Achterbahn fuhren. Sollte sie Berger einweihen? Sie brauchte sein Labor und vielleicht auch seinen fachlichen Rat. Außerdem … vielleicht könnte ja Biotex durch Amakuna gerettet werden? Es wäre zumindest eine Chance. Andererseits befand sich Forster's Health schon im Haus, und laut Berger war mit dem CEO nicht gut Kirschen essen. Aber was hatte sie sonst für Möglichkeiten? Sie musste es wagen. Sie musste Berger vertrauen, auch wenn es ihr schwerfiel.

»Thea ist vollständig gesund«, sagte sie, jetzt mit ruhigerer Stimme, als sie allein in seinem Büro waren.

»Wie meinst du das?«

»Ganz einfach. Da ist nichts mehr. Sie hat einen Scan machen lassen, und das MRT zeigte keinerlei Anzeichen von Metastasen. Du kannst den klinischen Befund gerne sehen.«

»Und wer soll den gemacht haben? Irgendein Inseldoktor?« Hannes Berger sah sie zweifelnd an. »Außerdem muss ich dir sagen, dass *Avistan* versagt hat – auf ganzer Linie. Das ist wenigstens meine Meinung. Forster's Health will es trotzdem unter allen Umständen und mit großem Bohei auf den Markt werfen.« Er ließ sich resigniert in seinen abgeschabten ledernen Bürostuhl fallen.

Romy überlegte kurz, dann legte sie das Röhrchen mit dem Pilzpulver auf seinen Schreibtisch. »Das hier hat sie geheilt.« In kurzen Worten erzählte sie ihrem Chef vom Fund des Pilzes und seiner phänomenalen Wirkung. Die Geschichte von Iriomé und den Guanchen ließ sie weg, das wäre mit Sicherheit zu viel für ihn gewesen. Schon der »alles heilende« Pilz musste sich für ihn wie ein Märchen aus Tausendundeiner Nacht anhören. Und so war es auch.

Nachdem sie geendet hatte, lächelte er sie wohlwollend an. »Romy, ich weiß es sehr zu schätzen, dass du mir helfen willst. Aber was du da erzählst, geht für mich eher in die Richtung chinesischer Wunderpilz, Misteltherapie oder magische Wurzel vom Amazonas. Du weißt, was ich von so was halte.«

»Gib mir ein paar Tage, und wir wissen mehr«, bat Romy eindringlich. »Vielleicht können wir damit Forster's Health die Stirn bieten. Es wäre doch einen Versuch wert, oder?« Berger runzelte die Stirn. Er sah so schlecht aus wie noch nie.

»Was hast du schon zu verlieren?«

Er blickte sie resigniert an. »Aber nur, weil ich dich so schätze und weil unser gemeinsamer Freund Hattinger so von dir geschwärmt hat.« Der Professor war ihr Doktorvater gewesen und hatte Romy den Job bei Berger verschafft. »Vielleicht solltest du ihn anrufen, immerhin ist die Mykologie ja eines seiner Fachgebiete.«

»Ich denke, wir sollten vorerst niemanden einweihen. Das musst du mir versprechen!«

»Wie du meinst. Aber trotz allem solltest du Thea unbedingt dazu bringen, zurückzukommen.«

»Warum? Dass Forster's Health sie sich schnappt und behauptet, *Avistan* hätte sie geheilt?«

Berger atmete durch und sank dann noch tiefer in seinen Schreibtischstuhl. Romy tat er in diesem Moment aufrichtig leid. Bestimmt war es nicht einfach, zuzusehen, wie das eigene Lebenswerk unwiderruflich in andere Hände überging, während man nichts dagegen unternehmen konnte.

Als Romy sein Büro verließ, rief er sie noch einmal zurück.

»Ja?«

»Danke. Ich weiß deine Loyalität wirklich zu schätzen.«

Gegen 18 Uhr packten Romys Mitarbeiter ihre Sachen zusammen und machten Feierabend. Nur Juana Marquéz schien noch Überstunden einlegen zu wollen und hatte sich zwei dicke Ordner aus dem Regal geholt.

Romy überlegte händeringend, wie sie sie loswerden könnte, um endlich anfangen zu können, als das Problem sich glücklicherweise von selbst löste. Juanas Handy klingelte, und nach einer Weile sagte sie mit leicht genervtem Blick: »›Chez Julienne‹,

19 Uhr. Bueno. Ich komme.« Sie legte auf und wandte sich erstaunt an Romy. »Ich weiß wirklich nicht, was Berger von mir will …«

Romy schickte ihm im Stillen ein dickes Dankeschön. Sie waren doch ein gutes Team. Vielleicht würde sich letztlich alles zum Guten wenden und die Schlange die Maus wieder ausspucken.

Sobald Juana gegangen war, holte sie das Röhrchen mit dem Pilzpulver aus ihrer Tasche und machte sich an die Arbeit.

Kurz nach Mitternacht hatte sie das erste vernünftige Ergebnis. Sie war auf eine Molekularstruktur gestoßen, die ihr verriet, es mit einem halluzinogenen Alkaloid zu tun zu haben. Romy konnte sich durchaus vorstellen, dass es bestimmte Regionen im Gehirn stimulierte, von wo aus Signale an kranke Zellen geschickt wurden, die dort eine Art Selbstheilungprozess auslösten. Das könnte bedeuten, dass der Pilz eine Verbindung zwischen Geist, Materie und einer bestimmten Umgebung herstellte. Genau das, wonach Wissenschaftler im Bereich der alternativen Medizin seit Langem forschten. Und nebenbei setzte er auch noch, wie ähnliche Substanzen aus der gleichen Alkaloidfamilie, vorübergehende Bewusstseinsveränderungen in Gang. So ungefähr musste es funktionieren.

Aufgeregt durchforstete sie sämtliche ihr zugänglichen Internetarchive für chemische Verbindungen. Doch sie konnte kein Alkaloid entdecken, das in seiner Struktur dem von Amakuna in irgendeiner Weise ähnelte oder sogar entsprach. Es schien tatsächlich bisher unbekannt zu sein.

Romy öffnete das Fenster und ließ die kalte Winterluft herein. Ihr Herz klopfte. Sie hatte ein ganz ähnliches Gefühl wie in der Höhle, als sie zum ersten Mal auf den Pilz gestoßen war. Schon damals bestand eigentlich kein Zweifel daran, dass sie etwas ganz Großem auf der Spur war.

Nachdem sie das Fenster wieder geschlossen und sich einen starken Kaffee gemacht hatte, beschloss sie entgegen ihrem ursprünglichen Vorsatz, Professor Hattinger anzurufen. Sie musste einfach auf Nummer sicher gehen, bevor sie mit Berger ernsthaft über weitere Maßnahmen sprach. Wenn eine Koryphäe wie Hattinger ihre ersten Ergebnisse bestätigte, könnte die Auswertung des Pilzes eine echte Chance für Biotex sein.

Der Professor war ein Nachtmensch und saß um diese Uhrzeit bestimmt noch an seinem Schreibtisch. Er war ein Freund ihrer Eltern gewesen und hatte Romy während des Studiums oft hilfreich zur Seite gestanden. Bestimmt würde er das wieder tun. Trotzdem zögerte sie noch einen Moment, bevor sie den Hörer abnahm. Hattinger wäre neben Thea, Sam, Berger und ihr selbst bereits der fünfte Mitwisser. Nicht zu vergessen der Unbekannte, dessen Spuren sie in der Höhle gefunden hatten. Irgendwie bereitete ihr das Unbehagen. Doch was sollte sie anderes tun?

Der Professor war sofort am Apparat. Romy erzählte ihm in kurzen Worten von ihrem Fund und von Theas Heilung. Auch diesmal ließ sie ihre Reisen in die Zeit der Guanchen vorsichtshalber weg. Als sie mit ihrem Bericht am Ende war, hörte sie eine Weile nur den schweren Atem des alten Mannes am anderen Ende der Leitung.

»Ich will dir ja nicht die Hoffnung nehmen, und vielleicht ist Thea wirklich gesund«, sagte er schließlich. »Aber bei den meisten dieser sogenannten Wundermittel stellt sich hinterher heraus, dass es doch einen anderen Grund für die Heilung gab«, sagte er auf seine ruhige, stets überlegen wirkende Art.

Ist ja klar, dass er die gleichen Zweifel hat wie Berger, dachte Romy. Er war ebenfalls ein Vollblutwissenschaftler, der ohne siebenfache Doppelblindversuche an gar nichts glaubte. Trotzdem ließ er sie nicht hängen.

»Schick mir eine Probe und maile mir deine vorläufigen Ergebnisse. Dann werden wir sehen. Wahrscheinlich lässt sich dein Pilz sowieso nicht synthetisieren. Die meisten Pilze sporen nur in ihrer natürlichen Umgebung aus und lassen sich nicht künstlich reproduzieren.«

»Ich glaube, dieser Pilz ist etwas ganz Besonderes«, sagte Romy und kam sich plötzlich vor wie eine kleine dumme Studentin. »Die kanarischen Ureinwohner haben ihn auch schon verwendet.«

»Ja, dann …« Hattingers ironischer Unterton war nicht zu überhören. »Wenn du mir deine Ergebnisse sofort mailst, schaue ich sie mir jetzt noch an. Du weißt ja, ich kann vor vier Uhr früh sowieso nicht schlafen.«

»Darf ich dich darum bitten, dass die Sache vorläufig unter uns bleibt?«

»Selbstverständlich«, erwiderte der Professor. »Mach dir keine Sorgen.«

Romy fügte sämtliche Files in einer Zip-Datei zusammen und drückte gerade auf die Taste für Senden, als einer der schwarz uniformierten Wachleute des Sicherheitsdienstes das Labor betrat. Seine athletische Figur war auffallend, ebenso wie seine hellen Haare und die blitzblauen Augen, über denen eine deutlich sichtbare Narbe prangte. Romy starrte ihn entgeistert an.

»Habe ich Sie erschreckt? Das tut mir leid.«

Nur langsam gewann sie ihre Fassung wieder, war jedoch noch immer unfähig, ein Wort herauszubekommen.

»Mein Name ist Tom Sattler. Ich arbeite erst seit ein paar Nächten hier.«

»Romy Conrad«, sagte sie mit tonloser Stimme. Sein Händedruck war warm und kräftig und vermittelte ihr ein sicheres Gefühl.

»Darf ich fragen, was Sie hier tun?«, fragte er interessiert.

Romy schüttelte den Kopf. »Betriebsgeheimnis«, sagte sie so gefasst wie möglich.

»Verstehe. Aber keine Angst, wir haben hier alles im Griff. Da müssen Sie sich keine Sorgen machen.«

Sie blickte ihm noch einmal in die auffällig blauen Augen. Sie erinnerten sie an jemanden, ebenso die Narbe. Tanausú! Sah sie jetzt schon Gespenster? Tauchten plötzlich alle Männer aus dem

Leben von Iriomé auch in ihrem auf? Unwillkürlich musste sie an den Mann am Flughafen denken, der ähnliche Sandstürme auf ihrer Haut ausgelöst hatte wie Joaquín bei Iriomé. Und jetzt auch noch dieser Wachmann. Was hatte das alles zu bedeuten? War sie einfach nur komplett übermüdet?

Einen irrwitzigen Moment dachte sie daran, diesen Mann zu fragen, ob er in irgendeinem früheren Leben vielleicht einmal der Anführer des Stammes von Aceró auf der Insel Benahoare gewesen war. Sie atmete tief durch.

»Ich bin überzeugt, Sie machen hier einen guten Job«, sagte sie stattdessen so cool wie möglich und fuhr dann ihren Computer herunter, jedoch nicht, ohne vorher das Verschlüsselungsprogramm zu aktivieren.

»Danke, wir tun, was wir können«, erwiderte er.

Sogar die Stimme kam ihr bekannt vor, soweit sie sich an ihren letzten Ausflug in die Guanchenzeit erinnern konnte. Am liebsten hätte sie sofort Thea angerufen, aber irgendwie war sie sich nicht sicher, ob sie aus dieser Richtung Rückhalt bekommen würde.

»Gute Nacht! Wahrscheinlich sehen wir uns jetzt öfter. Ich habe noch so einige Nachtschichten vor mir«, sagte sie so jovial wie möglich, bevor sie ihren Wintermantel anzog und das Labor verließ.

Diesmal war sie froh über die kalte Luft, die ihr draußen auf dem Weg zum Parkplatz entgegenschlug. Sie gab ihr das Gefühl, doch noch bei Sinnen zu sein. Es musste etliche Minusgrade haben, denn der Schnee auf dem Parkplatz knirschte unter ihren Winterstiefeln. Nein, sie war nicht übermüdet. Vielleicht zeigte sich das Leben einfach nur von einer Seite, die sie bisher nicht gekannt hatte.

Das kleine gemütliche Café, in dem Romy normalerweise jeden Morgen frühstückte, war nur zwei Straßen von ihrem Haus entfernt. Als Single lohnte es sich nicht, den Kühlschrank für das wenige, das sie morgens aß, vollzupacken. Im »Petit Café« wussten sie genau, wie Romy ihren Milchkaffee am liebsten trank und welche Marmelade sie zu ihrem Croissant wollte. Für einen kurzen Moment fühlte sie sich wieder so wie vor den Ereignissen der letzten Wochen. Sie sog den Duft des Kaffees ein und genoss die Atmosphäre. Sie kannte fast jeden, der hier morgens herkam. Diejenigen, die sich gemütlich an einen Tisch setzten, um ausführlich den »Augsburger Tagesspiegel« zu lesen, und auch die, die schnell an der Theke einen Espresso runterstürzten. Sie gehörte zu den Ersteren. Diese halbe Stunde am Morgen war ihr heilig. Da durfte sie niemand stören. Doch offensichtlich galt das nicht mehr. Ihr Handy meldete nämlich lautstark den Eingang einer SMS. Romy fischte es unwillig aus den Tiefen ihrer Handtasche: *Vorsicht vor dem CEO. Gruß T.,* stand dort deutlich zu lesen.

Augenblicklich war es vorbei mit der Normalität. Romy spürte eine fast schmerzliche Unruhe in sich aufsteigen. Wer war T.? Tanausú? Das hieß, diese Gestalten aus der Vergangenheit konnten auch simsen? Bald bin ich wirklich reif für die Klapse, dachte sie.

Romy versuchte sich zu beruhigen, während sie mit zitternder Hand die Tasse Milchkaffee zu ihren Lippen führte und einen tiefen Schluck nahm. Vielleicht war die Nachricht ja gar nicht für sie bestimmt? Sie warf einen Blick auf ihr Handy. Der Absender war jedenfalls anonym. Wie ging das denn? Eine innere Stimme sagte ihr, dass sie sofort ins Labor fahren sollte. Sie ließ ihr Croissant unangetastet liegen, stand auf, zahlte an der Theke und rannte im Eiltempo zurück zu ihrem Haus in der Welsergasse, wo ihr Auto stand.

Dort wartete die nächste Überraschung auf sie. Die Eingangstür stand offen. Romy wusste genau, dass sie sie geschlossen hatte, bevor sie gegangen war. Schon weil Frau Bieber, die über ihr wohnte, sonst immer rummeckerte. Da stimmte eindeutig etwas nicht. Sie lief zu ihrer Wohnung im Erdgeschoß und steckte den Schlüssel ins Schloss. Die Tür sprang nach einer Umdrehung auf, obwohl Romy immer zweimal abschloss. Sie überlegte fieberhaft. Wäre es nicht besser, die Polizei zu rufen? Sie kramte nach ihrem Handy. Zu spät. Aus dem Inneren der Wohnung hörte sie, wie jemand das Wohnzimmerfenster öffnete und offensichtlich auf diesem Weg flüchtete. So schnell sie konnte, rannte sie durch den langen Flur ins Wohnzimmer. Das Fenster stand tatsächlich offen, doch draußen auf der Straße war niemand zu sehen. Panisch blickte sie sich im Raum um. Sämtliche Schubladen des kleinen Sekretärs, den sie von ihrer Großmutter geerbt hatte, waren aufgezogen. Romy bewahrte darin ihren Schmuck auf, doch es schien nichts zu fehlen. Was hatte der Dieb nur gesucht?

Dann lief es ihr siedend heiß den Rücken hinunter. Manolos Landkarte! Panisch durchwühlte sie die Schublade, in die sie die Karte gelegt hatte. Nichts! Wer auch immer gerade hier gewesen war, hatte sie mitgenommen. Er musste ganz gezielt danach gesucht haben. Doch wer konnte davon wissen? Nur Berger. Ihm hatte sie gestern von ihrer Höhlensuchaktion erzählt. Er kannte ihre Wohnung, und er wusste, dass sie um diese Uhrzeit immer im »Petit Café« war.

Ihr Herz schlug schneller. Sie musste sich setzen und erst einmal tief durchatmen. Hatte sie Amakuna schon jetzt verraten? War bereits jetzt eingetreten, wovor Thea sie gewarnt hatte? Sie sprang auf, raste zu ihrem Auto und gab Vollgas.

Kurze Zeit später stand sie atemlos in ihrem Labor. Sie riss die Tür des Laborkühlschranks auf. Er war leer. Romys Herzschlag setzte für einen Moment aus. Keine einzige Petrischale stand mehr in den dafür vorgesehenen Fächern. Fassungslos schaltete sie ihren Computer ein und rief mit fliegenden Fingern die Files auf, die sie in der vergangenen Nacht angelegt hatte. Der gesamte Ordner war ebenfalls leer. Trotz Verschlüsselung war nichts mehr da.

Romy zwang sich, ruhig zu bleiben, auch wenn ihr das Herz bis zum Hals schlug. Berger war der Einzige, der den Entschlüsselungscode ihres Computers kannte. Oder steckte etwa diese Forster's-Health-Señorita dahinter, die gerade mit neutralem Gesichtsausdruck das Labor betrat?

Romy stieß sie zur Seite und raste, drei Stufen auf einmal nehmend, die Treppen hinauf zum Büro ihres Chefs. Ohne sich um die Proteste seiner neuen Sekretärin zu kümmern, riss sie die Tür auf.

»Was hast du mit meinen Proben gemacht?«, schrie sie außer sich vor Wut.

Sie hielt einen Moment inne, als sie registrierte, dass Berger nicht allein war. Auf der Besuchercouch saß ein elegant gekleideter Mann. Es war der Fremde vom Flughafen. Verwundert lächelte er sie an.

»Darf ich vorstellen: Nic Saratoga, der CEO von Forster's Health. Und das ist eine meiner besten Mitarbeiterinnen, Romy Conrad«, sagte Berger in dem Versuch, die Form zu wahren.

Ganz im Gegensatz zu Romy, die ihre Bremse nicht fand. »Außerdem möchte ich wissen, wer meinen Computer gehackt hat und was mit den Files passiert ist, die ich letzte Nacht angelegt habe!«

Nic Saratoga stand auf und ging langsam auf sie zu. »Ich freue mich, Sie wiederzusehen«, sagte er mit seiner dunklen, warmen Stimme. Er legte sanft seine perfekt rasierte Wange an ihre, einmal rechts und einmal links. Und ob Romy wollte oder nicht, bohrten sich bereits wieder die ersten Sandkörner in ihre Haut.

»Sie kennen sich?«, fragte Berger überrascht.

»Die junge Dame wäre am Flughafen beinahe unter die Räder geraten. Besser gesagt unter die meines Wagens. Aber abgesehen davon hat sie recht.« Er fixierte Berger mit seinen dunklen Augen.

»Sie haben hier immense Sicherheitslücken. Die neue Sicherheitsfirma, die sie engagiert haben, soll einen gewissen Tom Sattler beschäftigen, hinter dem wahrscheinlich »Tanausú«, dieser Ökoterrorist, steckt.«

Romy schnappte nach Luft. »Was? Wer?«

»Bitte wer?«, fragte auch Berger verunsichert.

»Sie sollten besser informiert sein, Herr Berger.« Saratoga zog sein iPad heraus, rief einen Artikel der Sonntagsausgabe der »Süddeutschen Zeitung« auf und las ihn vor:

»Ökoterrorist aus U-Haft entlassen. Beweise reichten nicht aus für ein Verfahren in Deutschland. Der unter dem Decknamen Tanausú bekannte Ökoterrorist Alexander Merten wurde gestern aus der Untersuchungshaft in München entlassen. Seine Spezialität ist das Aufdecken von Skandalen in der Pharma-, Chemie- und Lebensmittelindustrie. Außerdem soll er an mehreren Anschlägen auf globale Unternehmen in der Schweiz, den USA und Deutschland beteiligt gewesen sein. Doch die Beweislage war dem Münchner Untersuchungsrichter offenbar zu dünn.

Wie inzwischen auch bekannt wurde, führte er als Comandante Leandro bis vor fünf Jahren eine berüchtigte Einheit der FARC-Rebellen in Kolumbien an …«

Er blickte auf. »Brauchen Sie noch mehr? Der Mann ist brandgefährlich und schreckt vor nichts zurück«, sagte er mit scharfem Unterton zu Berger, der nur noch ein Schatten seiner selbst war.

Romy versuchte, so gut sie konnte, die ihr bekannten Puzzleteile zu einem Bild zusammenzufügen. Unwillkürlich musste sie an die Legende von den *Guerreros Sagrados,* den Heiligen Kriegern, denken, von der Sam ihr in der Caldera erzählt hatte. Hieß es nicht, sie tauchten immer wieder in verschiedenen Jahrhunderten auf, um gegen die Macht des Bösen in der Welt zu kämpfen? War das vielleicht gar keine Legende? Und was war mit dieser SMS? Stammte die tatsächlich von Tanausú? Irgendwie lief hier gerade alles völlig aus dem Ruder. Ihr wurde schwindelig. Sie schien in einen Strudel aus Vergangenheit und Gegenwart geraten zu sein, in dem sie zu ertrinken drohte. Sie musste etwas ausgelöst haben, was sie nun nicht mehr steuern konnte. Und dieser Mann, der noch immer neben ihr stand, brachte sie zusätzlich um den Verstand.

»Ich möchte Ihnen einen Vorschlag machen«, wandte Nic Saratoga sich nun mit einem gewinnenden Lächeln an sie. »Ich würde Sie gerne zum Lunch einladen, das bin ich Ihnen sowieso schuldig. Dann lässt sich bestimmt einiges klären.«

16. KAPITEL

Das »Don Quichote« war einfach, aber geschmackvoll mit dunklen Holztischen und -stühlen eingerichtet. Über der Bar hingen luftgetrocknete Schinken von der Decke. Es war noch früh, und sie beide waren die einzigen Gäste. Saratoga bestellte einen leichten Cava, einen spanischen Sekt, den man problemlos auch um diese Tageszeit trinken konnte. Dazu schwarze Oliven, Serrano-Schinken, mehrere Sorten Manchego-Käse sowie *Gambas al ajillo*, deren Knoblauchduft bald das ganze Lokal erfüllte.

Er hob sein Glas und blickte ihr in die Augen. »Ich freue mich aufrichtig, Sie wiederzusehen, auch wenn ich mir andere Umstände gewünscht hätte.«

Romy stimmte ihm zu, obwohl ihr klar war, dass es genau die richtigen Umstände waren, die sie zueinander geführt hatten. Inzwischen konnte sie sich tatsächlich vorstellen, dass das, was sie gerade erlebte, sozusagen Band 2 einer 500 Jahre alten Geschichte war.

Und es schien an ihr zu liegen, diese Geschichte zu einem guten Ende zu bringen. Doch davon war sie weit entfernt. Sie wusste ja noch nicht einmal, wie ein solches Happy End überhaupt aussehen könnte.

»*Salud*«, erwiderte sie und stieß mit ihm an. Trotz aller Anziehungskraft, die er auf sie ausübte, nahm sie die Warnung ernst, die Tanausú oder wer auch immer ihr heute Morgen per SMS hatte zukommen lassen. War dieser Ökoterrorist vielleicht sogar der Dieb? Aber warum? Wenn er tatsächlich ein Heiliger Krieger war, dann bestimmt, um Amakuna zu schützen. Möglicherweise vor dem Mann, der ihr gegenübersaß?

»Ich möchte ehrlich zu Ihnen sein, Señorita Conrad. Ihr Chef, den ich übrigens sehr schätze, hat mir von Ihrem Fund erzählt, nachdem er am Morgen eine E-Mail mit der Bestätigung von Professor Hattinger erhalten hatte, dass Sie mit ziemlich großer Sicherheit eine wichtige Entdeckung gemacht haben – deren weitere Entwicklung Sie jedoch unmöglich allein stemmen können. Sie befinden sich schon jetzt in Lebensgefahr.«

Romy starrte ihn sprachlos an. Obwohl sie sowohl Berger als auch Hattinger um Diskretion gebeten hatte, waren beide, ohne mit der Wimper zu zucken, darüber hinweggegangen.

»Bei mir zu Hause wurde heute Morgen eingebrochen«, sagte sie zornig.

Saratoga sah sie alarmiert an. »Und? Hatten Sie denn noch etwas von dem Pilz zu Hause?«

Sie schüttelte den Kopf.

»Ist Ihnen denn etwas gestohlen worden?«

Sollte sie ihm von der Landkarte erzählen? Irgendetwas hielt sie davon ab, und so schüttelte sie verneinend den Kopf.

»Das war bestimmt schon die Konkurrenz«, mutmaßte Saratoga. »Hattinger hat wahrscheinlich noch in der gleichen Nacht mit eigenen Recherchen auf kontrollierten Webseiten begonnen und damit die ersten Geier auf den Plan gerufen. Wer weiß, wo Ihre Ergebnisse inzwischen gelandet sind. Romy – ich darf Sie doch so nennen? –, Sie können eine solche Entdeckung nicht im Alleingang bewältigen. Verstehen Sie das. Und auch nicht mit Berger oder einem alten Mann wie Hattinger.«

Romy begann langsam ihre Situation zu begreifen. Es wussten bereits zu viele Leute von dem Pilz, was es umso schwerer machte, ihn zu schützen. Nic Saratoga hatte recht. Das würde sie niemals allein bewältigen.

»Ich dagegen kann Ihnen alles bieten, was Sie brauchen«, fuhr er fort. »Ein Labor mit den modernsten Einrichtungen und die finanziellen Mittel eines Weltkonzerns. Vor allem aber kann ich für Ihre Sicherheit sorgen und dafür, dass der Pilz nicht in falsche Hände gerät. Darauf kommt es Ihnen doch an, nicht wahr?«

Sie brachte noch immer kein Wort heraus. War es nicht auch Iriomé bestimmt gewesen, gemeinsam mit Joaquín den Pilz zu schützen? Sie rief sich die Szene zwischen den beiden Harimaguadas noch einmal ins Gedächtnis. *Die Zeit, in der Amakuna allein dem Schutz von Jungfrauen untersteht, ist vorüber. Seine Zukunft hängt von der Liebe ab. Der Liebe zwischen einer weisen Frau und einem Mann, der Macht besitzt …*

Saratoga war der CEO eines Pharmakonzerns und mit Sicherheit ein Machtmensch. So, wie auch Joaquín, der spanische Eroberer, einer gewesen war. Und Macht benötigte man, um etwas so Wertvolles wie Amakuna zu schützen. Doch wie sollte sie ihm trauen? Sie konnte sich nur zu gut vorstellen, mit welchen Methoden Konzerne wie Forster's Health ihre Gewinne einfuhren.

Als würde er ihre Gedanken erraten, nahm er ihre Hand. Er hatte die sensiblen Hände eines Pianisten, so wie sie es sich immer bei einem Mann gewünscht hatte.

»Ich möchte nicht, dass Ihnen etwas passiert, Romy! Kommen Sie noch heute mit mir auf meinen Privatbesitz nach Spanien. Dort sind Sie vorerst in Sicherheit.«

Zum ersten Mal in ihrem Leben konnte Romy in einem Flugzeug ihre langen Beine richtig ausstrecken und die Sitzlehne nach hinten stellen, so weit sie wollte, ohne dass sich jemand beschwerte. Das Essen verdiente mindestens drei Sterne und der Champagner noch einen mehr.

Ihr gegenüber saß Nic Saratoga mit geschlossenen Augen. Trotz der späten Stunde war er glatt rasiert. Er hatte die Krawatte gelockert und das Sakko über den Nebensitz gelegt. Perfekte Figur, registrierte Romy. Nicht der Ansatz von Bauch und auch kein Doppelkinn. Das blütenweiße Hemd maßgeschneidert, die Schuhe von schlichter Eleganz und im gleichen Farbton wie seine Socken.

Trotz aller Vorbehalte hatte sie entschieden, Nic Saratogas Einladung zu folgen und noch am selben Abend mit ihm in seinem Privatflugzeug nach Marbella zu fliegen. Ihr war klar, dass er zu den Geiern gehörte, zu den »Eisenmenschen«, wie Iriomé es ausgedrückt hätte, und trotzdem konnte sie nicht anders, als sich ihm anvertrauen. Sie verstand nur zu gut, warum Iriomé den Konquistador geheilt und ihm zur Flucht verholfen hatte. Sie war verliebt. Und Romy war es auch, und das bereits seit dem ersten Moment ihrer Begegnung am Flughafen.

»Wir sind gleich da«, sagte er mit seiner angenehmen Stimme und schlug die dunklen Augen auf. »Ich habe leider gleich morgen früh einen Termin in Puerto Banus auf der Jacht des Scheichs von Bahrain. Er plant ein neues Krankenhaus, und Forster's Health wird ihn dabei unterstützen. Doch mittags essen wir beide zusammen und besprechen alles Weitere.«

Das war also seine Welt. Privatflugzeug, eine Villa in Marbella und Termine mit Scheichs in Jachthäfen. Und dazu sah er auch noch sensationell gut aus. Eine Mischung, der wahrscheinlich nur wenige Frauen auf der Welt widerstehen konnten. Romy kannte natürlich Erfolgsmänner, wenn auch nicht auf dieser Ebene. Übertriebenen Luxus und das Angeben mit Statussymbolen hatte sie schon immer obszön gefunden. Trotzdem konnte sie nicht leugnen, dass im Augenblick alles, was mit Nic Saratoga zu tun hatte, eine gewisse Faszination auf sie ausübte.

Der Learjet landete sanft auf dem Flughafen von Málaga. Ein silberner Jaguar hielt direkt neben der kleinen Gangway. Ein Chauffeur in dunkelblauer Livree nahm ihr die Reisetasche ab und hielt ihr die Tür auf. Als Nic Saratoga neben ihr im Fond des Wagens Platz nahm, berührten sich kurz ihre Oberschenkel. Sandsturmgefühl pur, hinunter bis in die Zehen und herauf bis in die Haarwurzeln. Immer mehr wurde Romy bewusst, worauf sie sich da eingelassen hatte. Doch gab es für sie eine andere Wahl? Hätte sie warten sollen, bis der ominöse Ökoterrorist auftauchte? Und dann?

Die Lichter der Costa des Sol zogen an ihnen vorbei. In der Ferne erblickte Romy das Meer. Nic bot ihr aus der reich bestückten Bar des Wagens einen spanischen Cognac und das »Du« an. Er schenkte zwei Gläser ein, und sie stießen miteinander an.

»Ich hoffe, wir werden Freunde – nicht nur Geschäftsfreunde. Nic. Eigentlich Nicola. Meine Mutter stammt aus Kolumbien, mein Vater aus Panama, aber unsere Vorfahren waren natürlich Spanier. Ich habe in den USA studiert, da blieb es dann bei Nic.«

»Ich bin hier ganz in der Nähe bei meiner Großmutter in Fuengirola aufgewachsen und sogar eine Weile in Marbella auf die Deutsche Schule gegangen.«

»*Hablas espanol*, du sprichst Spanisch«, sagte er erfreut. »Das macht vieles einfacher. Du könntest in Spanien oder Südamerika arbeiten und wärst erst einmal aus der Schusslinie.«

Romy sah ihn zweifelnd an. Plötzlich kam ihr das Bild von der Schlange und der Maus in den Sinn. Tappte sie gerade in die gleiche Falle wie Berger?

»Eine steile wissenschaftliche Karriere liegt vor dir«, hörte sie Nic sagen. »Ausführliche Artikel im »Medical Journal«, »Science Report« oder auch »Medizin Heute«. Ich sehe es schon vor mir. Alexander Fleming entdeckte das Penicillin, Romy Conrad einen Pilz, um Krebs zu heilen. Du wirst sehen, wir schreiben Medizingeschichte.«

Irgendwie klang das schon gut. Aber sie hatte den Pilz nicht nach Deutschland gebracht, um Medizingeschichte zu schreiben. Sie wollte ihn der Menschheit zur Verfügung stellen.

»Magst du klassische Gitarrenmusik?«, fragte Nic, als könnte er ihre Zweifel hören und wollte sie davon ablenken. Er wartete ihre Antwort gar nicht erst ab, sondern drückte einen Knopf auf der Konsole vor ihnen, und schon füllte sich der Fond des Wagens mit den virtuosen Klängen von Paco de Lucía.

Romy genoss die Musik, in der sich alle ihre Aufregung, Zweifel und Ängste auflösten. Der Cognac verursachte zusätzlich ein warmes Gefühl in ihrem Magen. Nach dem zweiten Glas entspannte sich auch ihr Körper, und nach dem dritten fühlte sie sich sicher und geborgen. Ihr Blick blieb an seinen Lippen hängen, und sie wunderte sich nicht einmal darüber, dass sie sich in diesem Augenblick nichts sehnlicher wünschte, als ihn zu küssen.

Am nächsten Morgen wurde sie von einer hübschen Spanierin in Hausmädchenuniform geweckt, die ihr mit einem strahlenden Lächeln und einem freundlichen »*Buenos días*« eine Tasse mit dampfendem Milchkaffee reichte. Dann zog sie die Vorhänge auf und ließ die strahlende Wintersonne herein. Romy brauchte einen Moment, bis sie begriff, wo sie eigentlich war. Am gestrigen Abend hatte sie nicht mehr viel von ihrer neuen Umgebung wahrgenommen, sondern war nur noch todmüde ins Bett gefallen.

Während sie den heißen Kaffee schlürfte, sah sie sich um. Sie befand sich in einem hohen Raum mit weiß gekalkten Wänden, dunkler Holzdecke und antiken spanischen Möbeln. Über dem mächtigen Bett war ein Baldachin aus rotem Brokatstoff gespannt. Rechts und links hingen in großzügigen Bahnen zurückgebundene Vorhänge aus roter Seide. Was für ein Unterschied zu ihrem Ikea-Schlafzimmer zu Hause.

Romy sah auf ihre Armbanduhr. Es war schon nach zwölf!

»Ich habe Ihnen ein Bad eingelassen«, sagte das Hausmädchen in singendem Spanisch, wie es typisch für die Andalusier war.

»Genießen Sie es. In einer Stunde essen Sie mit Señor Saratoga im Wintergarten zu Mittag.«

So langsam kam Romy alles wieder ins Bewusstsein. Seine Einladung, mit ihm hierherzufliegen, die ihr plötzlich fast wie eine Entführung vorkam. Oder besser wie eine Verführung? Sie musste auf der Hut sein und durfte sich jetzt auf keinen Fall einwickeln lassen, weder von all dem Luxus noch von Nic Saratoga selbst. Jedenfalls nicht, bevor sie ganz sicher war, ob sie ihm trauen konnte. Das zu ergründen schien ihr im Moment jedenfalls die größte Herausforderung zu sein.

Grübelnd begab sie sich in das angrenzende Badezimmer, das so groß war wie Romys Wohnzimmer in Augsburg. In der Wanne hätten noch drei weitere Personen mit baden können. Sie streckte sich im warmen Wasser aus, während das Räderwerk in ihrem Kopf weiter ratterte. Erst nach einer kalten Dusche sah sie wieder etwas klarer.

Es war auf keinen Fall reine Menschenfreundlichkeit, die Nic Saratoga veranlasst hatte, sie hierher zu holen, da war sie sich gewiss. Er wollte sie unter Kontrolle haben, weil sie wusste, wo der Pilz wuchs, den er für Forster's Health sicherstellen wollte – wohl kaum für die Vermarktung, sondern viel eher für die Schubade, in der er bis zum Sankt-Nimmerleins-Tag bleiben würde. Denn was sollte aus der Pharmaindustrie werden, wenn es tatsächlich ein Mittel gab, das alles und jeden heilte?! Thea hatte das vorausgesehen.

Mit einem Mal fielen ihr die Gitterstäbe auf, die vor dem Badezimmerfenster angebracht waren, fast wie in einem Gefängnis. In diesem Moment fühlte sie sich wie in einer Lebendfalle, in die sie mit offenen Augen hineingerannt war. Und Nic war der Köder. Was, wenn sie hier gar nicht mehr rauskam? Was, wenn er sie so lange festhielt, bis sie ihm von der Höhle in der Caldera erzählte? War es ein Fehler gewesen, sich diesem Mann anzuvertrauen? Genauso wie es ein Fehler gewesen sein mochte, dass Iriomé Joaquín geheilt und zur Flucht verholfen hatte? Die blutjunge

Guanchin hatte nicht ahnen können, was für eine Art Mensch Joaquín war. Romy dagegen hatte ihre Erfahrungen und entsprechende Vorurteile parat. Wer dieser Nic Saratoga tatsächlich war und zu welchen Mitteln er greifen würde, um zu bekommen, was er wollte, wusste sie natürlich auch nicht.

Sie drehte das kalte Wasser ab und wickelte sich in das bereitgelegte Frotteehandtuch, das so dick und weich war, dass sie am liebsten für immer darin eingekuschelt geblieben wäre.

Mit zwiespältigen Gefühlen zog sie sich Jeans und eine einfache weiße Bluse an und verließ ihr Zimmer. Sie betrat einen endlos langen Flur mit hellem Marmorboden, der mit einem roten Läufer ausgelegt war. An den Wänden prangten dunkle Ölgemälde von spanischen Edelleuten, fast alle in Rüstungen und mit Waffen. Ob das Nics Vorfahren waren? In Wandnischen standen mannshohe Gestelle, auf denen verschiedene Harnische, Brustpanzer und Kettenhemden hingen. Eine riesige Vitrine beherbergte Gewehre und Pistolen.

Romy kam sich vor wie in einem Museum. So manches davon stammte bestimmt aus der Konquistadorenzeit. Warum nur hatte er den ganzen Krempel zusammengetragen? Aus alter Verbundenheit zu Joaquín, einem Teil seiner Seele, der er sich unbewusst nahe fühlte? Ganz schön verrückt, das Ganze. Romy fürchtete, irgendwann Gegenwart und Vergangenheit nicht länger auseinanderhalten zu können. Sie ging tapfer weiter bis zum Ende des Flurs, wo sich hinter einer offen stehenden Flügeltür eine riesige Bibliothek befand. Die Regale, die bis zur Decke reichten, waren gefüllt mit modernen Büchern und alten Folianten. Um an die weiter oben stehenden Ausgaben zu gelangen, musste man auf eine Leiter steigen, die rundum an einer Schiene an der Decke befestigt war. Romy kam die Bibliothek im Franziskanerkloster von Santa Cruz dagegen geradezu winzig vor. Welche Schätze hatte Nic Saratoga hier zusammengetragen? Sie nahm einen in Leder eingebundenen Folianten heraus. Es war eine Chronologie der Rückeroberung Spaniens von den Mauren.

»Interessierst du dich für spanische Geschichte?«, drang seine Stimme an ihr Ohr. Nic stand in der Tür. Er trug eine lässige beige Leinenhose und dazu einen weißen Pullover, der seinen dunklen Teint und die schwarzen Locken, die mit einigen Silberfäden durchzogen waren, besonders gut zur Wirkung brachte.

»Nein, aber ich hatte an der Deutschen Schule in Marbella einen spanischen Geschichtslehrer, dessen Steckenpferd die Mauren und die Spanische Reconquista waren«, erwiderte Romy und dankte Señor Méndez insgeheim dafür, dass er einen so spannenden Unterricht gemacht hatte, dass ihr tatsächlich noch so einiges im Gedächtnis geblieben war. »Die Mauren konnten sich hier in Andalusien ja bis zum Ende des 15. Jahrhunderts halten«, sagte sie in dem Versuch, ein wenig mit ihrem Wissen Eindruck zu schinden.

»Und dann endete leider die kulturelle Hoch-Zeit dieses Landes. Nach der Rückeroberung durch die Spanier ging es nur noch um Macht und Gold aus der Neuen Welt.«

»Die große Zeit der Konquistadoren«, sagte Romy leise.

Er nickte. »Das goldene Zeitalter unter Isabella von Kastilien und Ferdinand von Aragon.«

»Aber auch ein grausames Zeitalter.« Romy dachte dabei an die Eroberung der Kanaren, mit der alles begann.

»Das stimmt. Zimperlich waren die damals nicht. Aber wollen wir uns nicht lieber etwas Erfreulicherem zuwenden? Zum Beispiel dem wunderbaren Essen, das auf uns wartet.«

Romy atmete tief durch und stellte das Buch zurück an seinen Platz. Wie nur sollte sie herausfinden, ob Nic Saratoga tatsächlich auf irgendeine Weise etwas mit Joaquín zu tun hatte? Direkt fragen konnte sie ihn ja wohl schlecht. Und allein die Tatsache, dass er sich für spanische Geschichte interessierte und Gemälde, Waffen und Rüstungen aus der Zeit der Konquistadoren sammelte, war schließlich noch kein Beweis für Joaquíns Wiedergeburt. Wenn es die überhaupt gab. Sie hatte zwar für alles, was ihr in letzter Zeit widerfahren war, keine andere Begründung, aber vielleicht ließ sich manches auch logisch erklären.

Nic fasste sie galant unter dem Arm und führte sie durch eine Glastür hinaus auf die Terrasse. Sie kam sich in diesem Moment vor wie ferngesteuert, als müsse Saratoga nur an einem Rädchen drehen, woraufhin sie sich so bewegte, wie er es wollte. Ein Gedanke, der ihr überhaupt nicht gefiel.

Über einen gepflegten Rasen gelangten sie zu einem Glaspavillon vor einem ovalen, türkis gestrichenen Pool, der jetzt im Winter leer war. Romy erfasste die riesigen Ausmaße des luxuriösen Anwesens, das einem alten Castillo nachempfunden war. Es war aus hellem Sandstein gebaut, doch statt der mittelalterlichen Schießscharten hatte der Architekt große, moderne Fenster und Türen eingefügt, die allesamt vergittert waren. Drei mächtige runde Türme bildeten die Eckpunkte des triangelförmigen Gebäudes. Saratoga hatte sich hier eine Art moderne Trutzburg gebaut, mit mittelalterlichen Preziosen, die bestimmt ein Vermögen wert waren.

Es roch nach frisch gegrilltem Fisch und geröstetem Knoblauchbrot. Romy lief das Wasser im Mund zusammen. Sie merkte erst jetzt, wie hungrig sie war.

Der Tisch war edel eingedeckt. Zu edel für ein Mittagessen zu zweit. Dunkelrote Tischdecke, darauf weißes Service mit ziseliertem Goldrand und einem Wappen auf dem Boden jedes Tellers.

»Leider nicht mehr das Original«, sagte Nic bedauernd, der ihrem Blick gefolgt war. »Es ist das Wappen des Ordens von *Alcántara*, des größten selbstständigen Ritterordens der Extremadura. Zumindest bis sich König Ferdinand von Aragon im 15. Jahrhundert zum Vorsitzenden aller Ritterorden gemacht hat und damit ihre Handlungsfreiheit extrem einschränkte.«

Er sagte das auf eine so bedauernde Weise, als wäre er selbst davon betroffen gewesen. Vielleicht war Joaquín ja zum Ritter geschlagen worden und hatte unter dieser Übernahme zu leiden gehabt.

Nic rückte ihr den Stuhl zurecht. »Ich hoffe, du fühlst dich hier wohl«, sagte er lächelnd.

Wohlfühlen war vielleicht nicht der richtige Ausdruck. Romy empfand eher so etwas wie eine unruhige Erwartung. Wie in einem spannenden Film fragte sie sich, was wohl als Nächstes passierte und wie die Hauptdarstellerin, in diesem Fall sie selbst, darauf reagieren würde. Ein merkwürdiger Zustand. Ein wenig erinnerte er sie an Kletterpartien in exotischen Ländern, wenn man nicht wusste, was einen auf den nächsten fünfzig Höhenmetern erwartete.

»Komm, stoß mit mir an. Es gibt etwas zu feiern.« Nic hob sein Glas und prostete Romy zu. »Chalifa Bin Kayid Al Thahan, Emir und Premierminister von Bahrain und gleichzeitig Präsident der Vereinigten Emirate, hat gerade einen 400-Millionen-Dollar Vertrag mit Forster's Health unterschrieben.«

Romy schluckte. 400 Millionen. In der Liga spielte sie normalerweise nicht. Offensichtlich war ein Abschluss über eine solche Summe selbst für Nic noch etwas Besonderes.

Die geschliffenen Kristallgläser, ebenfalls mit Goldrand, gaben einen klangvollen Ton von sich, als sie anstießen.

»Er gibt heute Abend eine Party auf seiner Jacht. Ich würde mich freuen, wenn du mich begleitest. Oben im Ankleidezimmer meiner Frau hängen genug Kleider für einen solchen Anlass. Such dir eins aus. Ihr müsstet ungefähr die gleiche Größe haben. Ich sage Esmeralda Bescheid, dass sie dir helfen soll.«

Romy schluckte. Nicht, dass sie etwas gegen getragene Kleider hatte, im Gegenteil. Sie liebte es, in ihrem Secondhandladen in Augsburg ganze Samstagvormittage zu verbringen. Doch die Tatsache, dass es in diesem Schloss auch eine Schlossherrin gab, hatte sie bisher erfolgreich verdrängt. Jetzt erinnerte sie sich wieder daran, von Kyra erfahren zu haben, dass Nic Saratoga mit der Tochter des Hauptaktionärs von Forster's Health verheiratet war.

»Und du meinst nicht, sie hätte etwas dagegen?«, fragte Romy vorsichtig.

Er lachte laut auf. »Ich glaube, sie weiß nicht mal, wie viele Kleider sie überhaupt hat und vor allem nicht, welches sich gerade auf welchem Kontinent befindet. Außerdem ist sie derzeit nicht hier. Aber wenn du ein Problem damit hast, können wir auch aus einer Boutique in Marbella ein neues Kleid kommen lassen.«

»Nein, nein. Das ist bestimmt nicht nötig«, sagte Romy hastig.

Er lächelte sie wohlwollend an, während er den Blick ungeniert über ihren schlanken Körper schweifen ließ. »Von mir aus müsstest du gar nichts anziehen. Aber auf einem arabischen Schiff … na ja, ich weiß nicht …«

Romy hatte das Gefühl, rot anzulaufen wie eine Dreizehnjährige. Das war nicht zu fassen. Der Typ schaffte es doch glatt, sie mit so einem plumpen Satz wieder in ihre schlimmste pubertäre Phase zurückzubeamen.

Gott sei Dank wurde in diesem Moment ein appetitlich brutzelnder Fisch auf einer silbernen Platte serviert. Ein Hausangestellter in weißer Jacke und Fliege filetierte ihn in unglaublicher Geschwindigkeit. Als Beilagen wurden frischer Spinat und Knoblauchbrot gereicht.

»*Buen provecho*! Guten Appetit«, wünschte ihr Nic, bevor sie zu essen begannen.

Das weiße, saftige Fleisch des fangfrischen Loup de Mer zerging auf der Zunge. Romy genoss es. Frischer Fisch war eher eine Seltenheit auf ihrem normalen Speiseplan in Augsburg. Mittags zog sie sich gewöhnlich schnell einen Döner vom türkischen Imbiss rein oder aß manchmal auch nur ein belegtes Brötchen.

Nic sah ihr lächelnd zu. »Ich bin sehr glücklich, dass du dich entschieden hast, hierherzukommen, um mit Forster's Health direkt zusammenzuarbeiten.«

Romys Genusserlebnis war jäh unterbrochen, sodass sie sich beinahe verschluckt hätte. Bisher hatte sie noch in keiner Weise irgendeine Zusage gemacht. Aber das stand für Nic Saratoga offensichtlich gar nicht mehr zur Debatte. Er war es bestimmt nicht gewöhnt, auch nur den kleinsten Widerspruch zu dulden.

»Ich möchte, dass du dich hier wie zu Hause fühlst. Esmeralda, die du ja schon heute Morgen kennengelernt hast, wird dir jeden Wunsch erfüllen, auch wenn ich nicht da bin.«

Romy legte das silberne Fischbesteck beiseite und sah ihm direkt ins Gesicht. »Das ist sehr nett, Nic. Aber ich weiß noch gar nicht, wie es überhaupt weitergehen wird. Das alles ist so schnell gegangen. Ich muss mir erst einmal darüber klar werden, was ich wirklich will. Schließlich kann ich nicht ewig hierbleiben.«

»Warum nicht?«, erwiderte er und strahlte sie an. »Spaß beiseite. Du kannst im Moment auf keinen Fall nach Deutschland zurückkehren. Die Pharmamafia wäre dir innerhalb kürzester Zeit auf den Fersen. Du kennst diese Branche nicht. Profit ist alles. Und wenn der in Gefahr ist …«

»… bringt man mich um?«

»Immerhin bist du die Einzige, die weiß, wo der Pilz wächst, oder?«

»Nicht ganz.«

»Wer weiß denn noch davon?«

»Soll das ein Verhör sein?«

»Nein, aber ich möchte vermeiden, dass irgendwelchen Menschen, die nicht einmal ahnen, in welcher Gefahr sie sich befinden, am Ende noch etwas passiert. Wer auch immer sie sind, Romy, du musst sie warnen.«

Sie lief schon wieder rot an. Er hatte recht. Für Profis war es wahrscheinlich eine der einfachsten Übungen, Sam und Thea ausfindig zu machen.

»Am besten, sie tauchen irgendwo unter. Auf einer anderen Insel oder sonst wo. Im Moment kann ich nur für *deine* Sicherheit garantieren.«

Romy schmeckte es plötzlich überhaupt nicht mehr. Am liebsten hätte sie auf der Stelle Thea angerufen, doch ihr Handy war oben in ihrem Zimmer.

»Telefoniere auf keinen Fall von deinem Handy aus. Es könnte gut sein, dass es abgehört wird«, warnte sie Nic im nächsten Moment.

»Aber von wem?«, fragte Romy irritiert.

»Von allen, die nicht wollen, dass deine Entdeckung ihre Geschäfte kaputt macht.«

Wie nur sollte sie je wieder aus dieser Situation herauskommen, in die sie sich so gedankenlos hineinmanövriert hatte? Eines wurde ihr in diesem Moment klar: Allein konnte sie den Pilz niemals schützen. Sie brauchte Nic wohl wirklich. Er hatte immerhin den entsprechenden Machtapparat hinter sich.

»Es wird schon alles gut gehen«, versuchte er sie zu beruhigen. »Und darüber, wie wir mit dem Pilz weiter verfahren, sprechen wir später in Ruhe«, sagte er in geschäftlichem Tonfall und schien es plötzlich eilig zu haben. Er blickte auf seine goldene, äußerst stilvolle Armbanduhr und wischte sich mit einer Stoffserviette aus weißem Damast den Mund ab. »Du kannst ruhig noch sitzen bleiben. Mich entschuldigst du bitte, ich muss noch ein paar Schriftsätze für den Anwalt in New York fertig machen, bevor an der Ostküste der Arbeitstag beginnt. Wir sehen uns dann später.«

Nachdem er gegangen war, fühlte sich Romy einmal mehr wie nach dem Aufwachen aus einer Narkose. Doch statt des Äthers lag nur der herbe Geruch von Nics Aftershave in der Luft. Dankbar nahm sie den stark duftenden Espresso entgegen, den ihr der nette Hausangestellte reichte, und verließ dann ebenfalls den Wintergarten.

Zurück in ihrem Zimmer rief sie auf der Stelle vom Haustelefon aus Thea an. Bevor sie jedoch die letzte Zahl gewählt hatte, hängte sie panisch wieder ein. War sie denn von allen guten Geistern verlassen? Verklebten jetzt endgültig Hormone und Botenstoffe den letzten funktionierenden Teil ihres Gehirns? Gab sie Nic nicht gerade aus freien Stücken eine Information preis, ohne dass er sie danach fragen musste? Was, wenn er ihr nur Angst machen wollte und diese sogenannte Pharmamafia gar nicht hinter dem Pilz her war, sondern er selbst – oder besser gesagt, Forster's Health. Sie versuchte, sich selbst zu beruhigen, indem sie tief durchatmete. Jetzt nur nicht die Nerven verlieren. Schließlich gab es ja noch das Internet. Wahrscheinlich konnte man auch ihre E-Mails knacken, aber solange niemand ihren Laptop in die Finger bekam, müsste das am sichersten sein – hoffte sie.

Über das Haustelefon versuchte sie nun, einen der Angestellten zu erreichen, um das WLAN-Passwort zu erfahren, doch leider ohne Erfolg. Hier wurde offensichtlich die Siesta-Zeit streng eingehalten. Dann musste sie eben Nic darum bitten.

Romy irrte mindestens zehn Minuten in dem weitläufigen, menschenleeren Castillo herum, bis sie aus dem Obergeschoss einer der drei Türme ganz entfernt seine Stimme hörte. Sie lief eine elegant geschwungene Wendeltreppe aus hellem Holz hinauf. Die Tür zu Nics Arbeitszimmer stand offen. Der runde helle Raum mit seinen unvergitterten Fenstern bot einen Blick in jede Himmelsrichtung, sowohl auf das Hinterland und die Berge als auch auf das Meer. Im Gegensatz zum Rest des Hauses war das Arbeitszimmer modern und funktional eingerichtet, eine Mischung aus »Schöner Wohnen«, »Ambiente« und dem »Managermagazin«. Und Nic war das perfekte Modell in diesem Bild. Er legte gerade den Telefonhörer auf, als er sie hereinkommen sah.

»Gut, dass du kommst, ich habe eine Nachricht für dich. Leider keine gute.« Er deutete auf einen der zwei Designersessel, die gegenüber seines Schreibtisches standen. »Vielleicht möchtest du dich lieber setzen?«

Romy schüttelte den Kopf.

»Professor Hattinger ist gestern Nacht einem Herzinfarkt erlegen. Es tut mir sehr leid«, sagte er leise.

Romy spürte, wie sie weiche Knie bekam, und setzte sich nun doch.

»Das ist nicht wahr«, murmelte sie.

Romy schloss die Augen. Es war ihre Schuld. Sie allein hatte ihn auf dem Gewissen. Das war Mord!

»Seine Tochter hat ihn heute Morgen tot in seinem Arbeitszimmer aufgefunden. Laut erster polizeilicher Ermittlung liegt keine Fremdeinwirkung vor.«

»Und das glaubst du? Was ist mit seinem Computer? Ist der noch da? Sind meine Files drauf gespeichert? Woher weißt du das überhaupt?«

»Von unserem Sicherheitsdienst. Wir haben gute Beziehungen zur Polizei. Auf seinem Computer hat man jedoch nichts Ungewöhnliches entdecken können.«

»Was heißt das?«

»Keine Files von dir. Entweder, er hat sie selbst gelöscht, oder jemand hat ihm tatsächlich etwas angetan und sie gelöscht. Verstehst du jetzt, warum ich so darauf gedrungen habe, dass du mit hierherkommst, wo ich für deinen Schutz sorgen kann?«

»Wer könnte das gewesen sein?«

»Wir halten es für möglich, dass dieser Tanausú dahintersteckt.«

»Aber wieso?«, rief Romy. Aus einem Impuls heraus wollte sie ihn verteidigen, schwieg jedoch lieber.

»Je weniger Mitwisser, desto besser, oder?«, meinte Nic.

Romy ließ seine Worte unkommentiert. Sie war viel zu erschüttert, um klar denken zu können.

»Es könnte auch jemand von der Konkurrenz gewesen sein. Aber Mutmaßungen helfen hier nicht weiter. Warten wir ab. Ich halte dich auf alle Fälle auf dem Laufenden.« Er schenkte ihr ein einfühlsames Lächeln und wandte sich dann wieder seinem Computerbildschirm zu. »Entschuldige bitte, aber ich muss das hier unbedingt fertig machen.«

Für Nic schien ein solcher Vorfall offensichtlich keine große Sache zu sein. War ein Machtmensch wie er überhaupt zu emotionalen Regungen fähig?

»Kann ich noch etwas für dich tun?«, unterbrach er ihre Gedanken.

Erst jetzt fiel Romy wieder ein, warum sie ihn überhaupt gesucht hatte. »Ich wollte dich eigentlich nur um das WLAN-Passwort bitten.«

»Kein Problem.« Er schrieb eine Zahlenkombination auf einen Notizzettel und reichte ihn ihr.

»Es tut mir wirklich leid«, hörte sie ihn noch sagen, als sie wie in Trance den Raum verließ.

Sie fand ihr Zimmer, ohne sich zu verirren. Mit zitternden Fingern öffnete sie ihren Laptop und gab das Passwort ein. Als sie ihren Mailordner öffnete, entdeckte sie als Erstes eine Mail von Thea.

Liebe Romy,
Ich habe mein Handy ins Meer geworfen. Deshalb schreibe ich dir.

Sie war eben doch die Schlauere!

Ricardo war hier und hat mich weg von der Finca gebracht. Ich bin jetzt in Sicherheit. Er ist ein enger Freund von Tanausú, den du ja inzwischen kennengelernt hast. Du kannst ihm hundertprozentig vertrauen. Er wird dir helfen, zu fliehen, um deine Aufgabe als Hüterin des Pilzes hier zu erfüllen.

Doch erst mal der Reihe nach:
Sam bekam gestern Besuch von zwei finster aussehenden Typen. Seither ist er wie vom Erdboden verschwunden. Ich mache mir große Sorgen um ihn! Dass du anderen von Amakuna erzählt hast, bringt uns alle, die wir davon wissen, in große Gefahr. Ich bin mir dessen schon länger bewusst. Seit du mir den Pilz gegeben hast und ich in der Zukunft gesehen habe, welch schreckliche Dinge auf uns zukommen. Doch ich konnte nicht darüber sprechen, ebenso wenig wie Tichiname es damals konnte.

Der Schicksalsstein ist bereits im Rollen. Es wird Tote geben, und auch du bist in Lebensgefahr. Diesmal werde ich dich nicht im

Stich lassen. Du, ich und Tanausú, wir werden dafür sorgen, dass unsere gemeinsame Geschichte einen anderen Ausgang nimmt. Wir haben die Chance, zu heilen, was an der Zeit ist, geheilt zu werden. Doch erst wenn wir selbst heil sind, können wir an der Heilung der Welt arbeiten.

Thea

Romy verstand nur die Hälfte von dem, was Thea da geschrieben hatte. Heilung der Welt? Was war denn mit ihrer sonst so rationalen Freundin geschehen? Doch ein weiteres Puzzleteil fiel ins Bild: Tichinames Schicksal war offenbar genauso eng mit Thea verbunden wie ihres mit Iriomé.

Und den ersten Toten hatte es ja schon gegeben, da lag Thea richtig! Amakuna durfte auf keinen Fall in die Hände der Pharmaindustrie gelangen. Wer sonst sollte die Männer beauftragt haben, die Sam bedroht hatten? Sie konnte nur hoffen, dass der Hippie seine Ration des Pilzpulvers inzwischen selbst konsumiert hatte und nicht gezwungen wurde, den Fundort des Pilzes zu verraten. Hoffentlich lebte er überhaupt noch und war nicht, wie Hattinger, einfach aus dem Weg geräumt worden!

Thea schien Tanausú vollständig zu vertrauen. Demnach steckte nicht er dahinter. Und Ricardos Verbindung zu den Guanchen wurde durch die Mail auch etwas durchsichtiger.

Es würde immer schwieriger werden, den Pilz zu schützen und damit Iriomés Schwur aufrechtzuerhalten. Denn das war ihre Aufgabe. Sie konnte nur hoffen, dass nicht alles längst zu spät war und dass es wirklich Tanausú gewesen war, der die Petrischalen im Labor und auch Manolos Karte von der Höhle an sich genommen hatte. Was damals geschehen war, wiederholte sich nun. Die Akteure in dem Stück trugen nur andere Kostüme. Die Pharmalobby waren die Konquistadoren von heute, die Eisenmenschen. Und Nic gehörte zu ihnen. Er würde immer nur im Sinne des Konzerns handeln. Wie hatte sie auch nur einen Moment daran glauben können, dass er ihr beistand und auf ehrliche

Weise den Rücken stärkte. Sie musste hier weg, so schnell wie möglich. Irgendwohin, wo sie sicher war vor Nic Saratogas Charme und der Macht von Forster's Health.

Aber was eigentlich genau tat dieser Konzern? Romy musste zugeben, dass sie reichlich wenig über ihren Gastgeber und das gigantische Wirtschaftsunternehmen wusste, das er leitete. Sie hatte sich bisher nur für ihre Arbeit im Labor interessiert und wenig Gedanken daran verschwendet, wer das alles überhaupt finanzierte. Wie gut, dass es das Internet gab.

Die Website von Forster's Health zeigte ein völlig verzweigtes Unternehmen, dessen Sortiment von Pharmaprodukten über Babynahrung bis zu medizinischen Geräten für Krankenhäuser und Arztpraxen reichte. Nach einigem Suchen entdeckte sie ein Foto von Nic mit der Bildunterschrift *CEO Europe/Arab. Countries/ Southamerica*. Als sie noch einmal getrennt den Namen Saratoga eingab, erfuhr sie, dass Nic offensichtlich einer der reichsten Familien Südamerikas angehörte. Die Saratogas besaßen weltweit zahlreiche Immobilien und spielten in der oberen Bankenliga eine nicht unwichtige Rolle. Ein Foto zeigte Carmen und Enrique Saratoga, Nics Eltern, mit dem früheren panamaischen Präsidenten. Auf einem anderen Foto war Nics Mutter gemeinsam mit einem amerikanischen Immobilienhai bei der Einweihung eines seiner Wolkenkratzer in Panama City zu sehen. Sie bekam eine Gänsehaut. Gegen diese Leute hatte sie keine Chance. Hochfinanz, Real Estate und Pharmaindustrie. Wenn sie nicht spurte, würde man sie zwischen zwei Fingern zerquetschen wie eine Stubenfliege. Wie sollte sie da in der Lage sein, den berühmten Schicksalsstein aufzuhalten oder wenigstens die Richtung zu ändern, in die er rollte?

Stellte sich nur noch die Frage, welchen Part dieser Tanausú spielte. Sie klickte sich durch die Suchergebnisse und fand schließlich einen Artikel:

Vom FARC-Rebellen zum Ökoterroristen:
Das seltsame Leben des Alexander Merten

Niemand weiß, wer er wirklich ist – der Mann, der heute am Münchner Flughafen verhaftet wurde und dessen Pass auf den Namen Alexander Merten lautet. Die Polizei hält ihn für den Mann, der sich unter dem Decknamen Tanausú im Netz zu mehreren Anschlägen auf Pharmalabore und führende Mitarbeiter von Unternehmen der chemischen und pharmakologischen Forschung bekannt hat, bei denen allerdings bisher niemand ernsthaft verletzt wurde. Das kann Zufall sein, denn Tanausús Brandsätze und Sprengbomben sind kein besonders menschenfreundliches Mittel der Aufklärung über die von ihm behauptete »Weltverschwörung der Arzneimittelhersteller«.
Recherchen ergaben, dass Mertens Pass ihm erst vor fünf Jahren auf Betreiben der deutschen Botschaft in Kolumbien ausgestellt wurde. In den Jahren davor hatte er als Comandante Leandro eine berüchtigte Einheit der FARC-Guerillas im Südosten des Landes geführt. Als die kolumbianische Regierung die Waffenstillstandsverhandlungen mit der FARC 2010 wieder aufnahm, bot sie einigen der Rebellenführer eine Amnestie an. Leandro machte offenbar davon Gebrauch, um seine deutsche Mutter in Hamburg zu besuchen, die nach mehreren Chemotherapien 2012 an Krebs starb. Ihr Sohn aus einer Verbindung mit einem unbekannten Mann spanischer Herkunft wurde 1986 auf der Kanareninsel La Palma geboren. Daher sein »Nom de guerre«. Tanausú war ein legendärer Widerstandskämpfer der kanarischen Urbevölkerung, der 1492 den letzten Kampf gegen die spanischen Eroberer führte. Sicher eine historische Figur, mit der sich der vaterlose Leandro leicht identifizieren konnte. Nicht zu klären ist bisher, wie er nach Kolumbien zur FARC kam. Ob die Polizei ihm die Beteiligung an den Anschlägen der letzten Monate tatsächlich nachweisen kann, bleibt abzuwarten. Wie man aus Ermittlerkreisen hört, ist die Beweislage dünn – und gäbe es nicht die FARC-Vergangen-

heit des »Tanausú«, würde man ihn wohl eher für einen harmlosen Spinner und Mitläufer halten. Aber jemanden, der jahrelang für eine der mörderischsten Rebellengruppen Mittelamerikas gekämpft hat, muss man wohl als einen potenziellen Gefährder scharf im Auge behalten …

Es klopfte.

»*Sí*«, antwortete Romy.

Esmeralda, das Hausmädchen, steckte ihren hübschen Kopf durch die Tür. »Señor Saratoga bat mich, Ihnen die Kleider der Señora zu zeigen. Wenn Sie bitte mitkommen wollen.«

Romy nickte. »*Un momento.*« Noch völlig unter dem Einfluss des gerade Gelesenen stehend, schloss sie die geöffneten Seiten auf ihrem Laptop und schaltete ihn aus. Einmal Krieger, immer Krieger, dachte sie. Sein Lebenslauf passte gut zu der Legende der *Guerreros Sagrados*.

Romy folgte Esmeralda nachdenklich durch die Galerie der spanischen Konquistadoren in den anderen Seitenflügel des Castillos.

Heute Abend auf dieser Jacht war ihre einzige Möglichkeit, zu entkommen. Sie musste mit Tanausú sprechen. Aber auch mit Thea. Sie alle standen durch den Pilz miteinander in Verbindung. Und der richtete im Moment nur Unheil an. Tichiname hatte recht gehabt, die Menschen waren nicht reif dafür. Noch immer nicht.

17. KAPITEL

Der Chauffeur brachte Romy und Nic direkt zum Anlegeplatz der Jacht von Chalifa Bin Kayid Al Thahan. Die Fahrt durch den hell erleuchteten Jachthafen von Marbella kam ihr unwirklich vor. Ein Schiff war prächtiger als das andere, mit Swimmingpool und Freilichtkino. Ein Liegeplatz in dieser Größe kostete hier, laut Nic, über 500.000 Euro pro Jahr. Dafür konnte man sich im Schwabenland eine Villa mit Parkanlage kaufen. Doch das alles interessierte Romy nicht wirklich. Sie hatte nur einen Gedanken, und der hieß: Flucht. Dieser Abend unter vielen Menschen war ihre Chance. Und sie würde sie nutzen. Saratoga konnte sich hier keinen Skandal erlauben. Sie fragte sich sowieso schon, warum er überhaupt das Risiko einging, sie mitzunehmen. Was war seine wahre Intention? Was hatte er mit ihr vor?

Der Jaguar hielt vor einer hell erleuchteten Jacht, die Romy wie ein mittelgroßes Passagierschiff vorkam. Vorne am Bug stand etwas in arabischer Schrift und darunter *Alma del Mar*, Seele des Meeres. Laute Partymusik mit arabischem Einschlag und vielsprachiges Stimmengewirr schallten hinunter auf die Mole, auf der eine Luxuskarosse neben der anderen geparkt war. Gelangweilte Chauffeure starrten ins Wasser, rauchten oder standen in kleinen Gruppen beisammen und unterhielten sich.

Nic nahm ihre Hand. »Du siehst zauberhaft aus. Ich bin froh, dass du mitgekommen bist. Ich hasse solche Veranstaltungen«, flüsterte er ihr ins Ohr.

Romy verstand ihn zumindest in diesem Punkt. Auch wenn sie in dem schlichten schwarz-weißen Chanel-Kleid von Jennifer Saratoga und der von Esmeralda gezauberten Hochsteckfrisur ziemlich gut aussah, fühlte sie sich unwohl. Sie war kein Partygirl. Viele fremde Menschen, laute Musik und hohles Geschwätz waren noch nie ihr Ding gewesen. Darin schienen sie und Nic sich einig zu sein.

Die Tür der Limousine wurde von außen geöffnet, und Romy blickte in ein braun gebranntes, kantiges Gesicht mit sorgfältig gestutztem silbergrauem Kinnbart und einer dunkel getönten Brille. Der Mann trug einen eng geschnittenen dunkelgrauen Maßanzug, der einen durchtrainierten Körper vermuten ließ.

»Darf ich mich vorstellen, Antonio Borges«, sagte er in einem beinahe italienisch klingenden Spanisch.

»Antonio ist Sicherheitschef von Forster's Health«, stellte ihn Nic vor, »und gleichzeitig mein bester Freund.«

»Es ist mir eine große Ehre, Sie kennenzulernen, Frau Doktor«, sagte er betont freundlich. »Wir werden gut auf Sie aufpassen!«

»Das ist sehr nett, aber ich kann gut auf mich selbst aufpassen«, antwortete Romy ebenso freundlich. Sie nahm Borges' Hand, die er ihr entgegenstreckte, um ihr beim Aussteigen behilflich zu sein. Im selben Moment zuckte sie zurück, als ob sie sich an ihm verbrannt hätte.

»Stimmt irgendetwas nicht?«, fragte er irritiert.

Das fragte sich Romy auch. »Tut mir leid, ich bin manchmal etwas geladen.«

»Ist ja auch kein Wunder nach allem, was Sie in den letzten Tagen mitgemacht hat«, kam Nic ihr zu Hilfe. »Sie hat gerade erst von Hattingers Tod erfahren.«

Romy war inzwischen ausgestiegen und stand dem Sicherheitschef nun Auge in Auge gegenüber. »Gibt es denn Neuigkeiten vom Tod des Professors?«

»Soweit ich weiß, wurden bisher keine weiteren Ermittlungen aufgenommen. Der Mann war beinahe 80 und noch immer viel unterwegs. Es könnte sich durchaus um einen natürlichen Tod handeln. Aber wie wir drei wissen, gäbe es durchaus auch einen Grund, ihn beiseitezuschaffen.« Borges lächelte sie noch immer an. »Aber keine Angst, wie schon gesagt, Sie sind hier in sicheren Händen.«

Romy lief es kalt den Rücken hinunter. Sie hoffte inbrünstig auf eine günstige Situation, um möglichst bald ihren sogenannten Beschützern zu entkommen.

Nic legte den Arm um ihre Schultern und führte sie die Treppen hinauf zur Jacht. Romy kam sich vor wie ein Schaf, das zur Schlachtbank geführt wurde, und hatte große Mühe, einen Schritt vor den anderen zu setzen, zumal ihr Jennifers elegante Pumps eine halbe Nummer zu groß waren.

»Wir werden sie ab sofort rund um die Uhr bewachen. Das ist doch auch in deinem Sinn«, hörte sie Borges hinter sich zu Nic sagen.

Auch das noch, dachte Romy und fragte sich, wie es ihr gelingen sollte abzuhauen. Sie traute diesem Borges noch weniger als Nic.

Auf dem mit Lichterketten dekorierten Deck tummelten sich die Schönen und Reichen: Araber in Kaftanen und Galabias, westliche Geschäftsmänner in schicken Smokings und junge Frauen, die zumeist wie Models in Haute- Couture- Abendkleidern aussahen. Von rassigen Halbafrikanerinnen bis zu blassen nordischen Schönheiten hatte die Einladungsliste nichts ausgelassen. Das war Nics Welt. In dieser Welt war kein Platz für sie. Wie hatte sie nur einen Moment annehmen können, dass er sich privat für sie interessierte?

Nic hielt ihr ein Glas Champagner hin. Sie lehnte zuerst ab, nahm es dann aber doch. »*Salud*«, sagte sie leise. »Auf den Professor.«

»*Salud*«, erwiderte Nic. »Es tut mir wirklich sehr leid.«

»Er stand mir einmal sehr nahe und hat mir nach dem Tod meiner Eltern Orientierung im Leben gegeben. Ohne ihn hätte ich es niemals gewagt, Biochemie zu studieren.«

»Hast du denn sonst gar keine Familie mehr.«

»Nur noch eine sehr gute Freundin.«

»Weiß sie von der Geschichte mit dem Pilz? Und vor allem: Weiß sie, dass du hier in Sicherheit bist?«

Romy nickte, obwohl sie sich bisher nicht getraut hatte, Thea zu mailen, wo sie sich aufhielt. Die Freundin hätte sie bestimmt für komplett verrückt erklärt.

»Entschuldigen Sie bitte, aber ich musste noch meine Männer instruieren«, vernahm sie Borges' Stimme, der nun ebenfalls ein Glas in der Hand hielt und mit ihr anstoßen wollte. »Es tut mir wirklich leid, dass dieser Abend jetzt nicht mehr ein so glanzvolles Erlebnis für Sie ist, wie er es vielleicht hätte sein können.«

Romy blickte ihn argwöhnisch an. Sie konnte es nicht leiden, wenn Menschen, besonders Männer, sich ihr überlegen fühlten und sich das auch raushängen ließen. »Unter einem glanzvollen Erlebnis verstehe ich etwas anderes«, entgegnete sie. »Ich sehe hier nur Reichtum zur Schau gestellt, für den andere hart arbeiten müssen. Ohne unsere Petrodollars säße der Scheich irgendwo in der Wüste in einem Zelt.«

Borges lächelte mit herablassender Freundlichkeit. »Nur kein Neid, Frau Doktor. Aber ich gebe Ihnen recht. Reichtum ohne Einfluss und Macht ist tatsächlich nur eine Schmierenkomödie. Macht heißt, Dinge zu besitzen, die man für Geld nicht kaufen kann.« Ohne sie anzusehen, nahm er seine Brille ab und polierte sorgfältig die Gläser mit einem kleinen Lederläppchen. »Gesundheit zum Beispiel …« Er warf ihr einen schnellen Blick zu, der ihr ebenso durch und durch ging wie die erste Berührung. Dann setzte er die Brille wieder auf. »… und Liebe. Liebe ist unbezahlbar, und die stärkste Macht überhaupt. Finden Sie nicht auch, Frau Doktor Conrad?«

Noch bevor sie antworten konnte, nahm Nic ihren Arm und führte sie zum Buffet. »Du darfst Antonio seine Art nicht übel nehmen. Er ist ein alter Zyniker und macht sich immer einen Spaß daraus, die Menschen zu testen und ihre Schwachstellen aufzudecken.«

»Er ist mir unheimlich«, sagte Romy, während sie das Buffet betrachtete, das von Hummer über Kaviar bis zu kunstvoll dekorierten tropischen Früchten mit allen Köstlichkeiten dieser Welt aufwartete. Doch sie hatte keinen Appetit.

»Das kommt dir nur so vor. Er ist ein sehr loyaler und hilfsbereiter Mensch.«

»So wie du?«, fragte sie provokativ.

»Auch wenn du es nicht für möglich hältst, ja.«

Romy glaubte ihm das sogar in diesem Moment. Oder waren es nur seine Augen, die sie das glauben machen wollten?

»Woher kennt ihr euch?«

»Wir waren zusammen in Harvard und haben uns als einige der wenigen Lateinamerikaner dort miteinander verbündet und gemeinsam so einige Anfeindungen überstanden. Juana Marquéz gehörte übrigens auch dazu. Und dieses Bündnis hat bis heute Bestand.«

»Was studiert man denn in Harvard, um Sicherheitschef zu werden? Macht man dafür nicht eher eine Ausbildung beim Militär oder bei der Polizei?« Romy gab sich erstaunt.

»Er hat Wirtschaft und Management studiert wie ich auch. Aber du hast nicht ganz unrecht. Sein Vater war ein hohes Tier beim Militär in Argentinien, und Antonio hat als junger Mann selbstverständlich gedient. Das kommt ihm in seiner jetzigen Position natürlich zugute. Er genießt mein absolutes Vertrauen. Romy, dein Leben ist bei ihm in guten Händen.«

»Und warum ist dir mein Leben so wichtig? Weil ich die Einzige bin, die weiß, wo der Pilz wächst?«

Nic nahm ihren Arm und führte sie nach vorne zum Bug, wo nicht so viel Gedränge war.

»Romy, es ist deine Entdeckung. Ich, besser gesagt Forster's Health, stellt dir die nötigen Mittel zur Verfügung, den Pilz auf seine Wirkung, seine Wirkungszeit, seine Nebenwirkungen und auf seine Reproduktionsmöglichkeiten hin zu untersuchen. Erst dann wissen wir, was wir wirklich in der Hand haben. Und ich möchte nicht, dass dir in dieser Zeit etwas passiert.«

Sie verstand seine Sorge und begriff im selben Augenblick, dass sie trotz ihrer Befürchtungen auf dem besten Weg war, sich mit Haut und Haaren in diesen Mann zu verlieben. Und das war das Letzte, was sie in ihrer Situation brauchen konnte.

Er nahm ihr Gesicht in beide Hände und küsste sie sanft auf Stirn und Wangen. Als er sich ihrem Mund näherte, drehte sie schnell den Kopf beiseite, auch wenn sie sich nichts mehr wünschte, als seine Lippen auf ihren zu spüren. Sie trat einen Schritt zurück und reichte ihm ihr Glas. »Ich müsste mal dringend …«, entschuldigte sie sich und fragte eine feingliedrige eurasische Schönheit, die wie eine Geisha gekleidet war, nach der Damentoilette.

Sie musterte Romy und vor allem Nic und forderte sie dann in einem drolligen Englisch auf, mitzukommen. Romy folgte ihr und bemerkte, wie Borges einem Mann im Smoking zunickte, der einen Funkknopf im Ohr hatte und sich ihnen unauffällig anschloss.

»Weißt du, wie ich hier wegkomme?«, flüsterte Romy der Asiatin zu.

Die sah sie erschrocken aus ihren schräg gestellten Augen an. »Das kannst du vergessen. Der Argentinier hat seine Augen überall.«

Romy brauchte einen Moment, bis sie begriff, dass Borges gemeint war. Klar, dieses italienisch klingende Spanisch sprach man in Argentinien.

»Du kennst ihn? Was ist mit ihm?«

Doch da war die junge Frau bereits im Gedränge verschwunden.

Die Damentoilette war völlig überfüllt, und leider gab es keine zweite Tür, durch die sie sich hätte davonmachen können. Wahrscheinlich hatte Borges sowieso einen seiner Männer an der Gangway postiert. Es blieb ihr wohl keine andere Möglichkeit, als über die Reling ins Wasser zu springen.

Als sie die Toilette verließ, folgte ihr der Mann im Smoking, der draußen vor der Tür auf sie gewartet hatte, jedoch wie ihr eigener Schatten. Das mit der Flucht konnte sie vergessen, und im pitschnassen Chanelfähnchen käme sie auch nicht weit.

Sie ging zurück zum Bug der Jacht, wo Nic sich gerade mit Borges unterhielt.

»Na, haben Sie sich das Schiff ein wenig angesehen? Nicht schlecht, was?« Er strahlte sie an.

Romy hätte ihn erwürgen können.

»Willst du tanzen?«, fragte Nic und zog sie, ohne eine Antwort abzuwarten, auf die Tanzfläche.

Die Band spielte lateinamerikanische Rhythmen, und Nic war ein guter Tänzer. Romy konnte sich nicht erinnern, wann sie zum letzten Mal getanzt hatte, und dann auch noch mit einem Partner, dessen Geruch und Berührungen ihr so sehr gefielen. Sie spürte seine Wärme und seinen Atem an ihrem Hals. Und sie spürte vor allem, dass es ihr immer schwerer fiel, sich gegen seine männliche Ausstrahlung zur Wehr zu setzen. Es war über ein Jahr her, dass sie mit einem Mann zusammen gewesen war, und das war nur eine Verlegenheitslösung gewesen. Kein Wunder, dass sie dabei war, zu schmelzen wie Butter auf einer heißen Kartoffel. Seine Hände auf ihrer Taille und der Rhythmus von Samba und Salsa lösten ihre guten Vorsätze einen nach dem anderen auf.

Als er begann, kleine Küsse auf ihrem Nacken zu verteilen, war es endgültig um sie geschehen. Sie konnte nicht anders. Nichts in ihr wehrte sich gegen diese Berührung. Im Gegenteil. Heftige Sandböen breiteten sich entlang ihrer Wirbelsäule aus und überfluteten ihren ganzen Körper. Sie wusste, sie konnte ihm nicht trauen, sie durfte ihm nicht trauen. Doch dieses letzte Aufbäumen der Vernunft reichte nicht aus, dem Ganzen Einhalt zu gebieten. Romy ließ es zu, dass er sie an den Rand der Tanzfläche zog und mit einer Leidenschaft küsste, die keinen Widerstand mehr zuließ. Die Musik, die Stimmen der illustren Gäste, alles trat in den Hintergrund. Es gab nur noch sie und Nic. Er ließ ihr kaum Luft zum Atmen, und sie genoss diese Atemlosigkeit. Die Sandbö ging in einen Sturm über, der sich ohne Probleme zum Tornado steigern ließ. Nie zuvor hatte sie auf diese Weise ihren Körper gespürt. Die Lust übernahm die Regie.

Verwirrt hielt sie inne und sah Nic in die Augen. Wie konnte er solche Gefühle in ihr auslösen? Es war, als ob Lavaströme durch sie hindurchflössen. Aus jeder Pore stieg Hitze auf.

Er führte sie unter Deck, öffnete hinter ihr eine Tür und schob sie sanft in eine Luxuskabine. Die Wände waren mit Seidentapeten bezogen, die Möbel in edlen Elfenbeinfarben gehalten. In der Mitte stand ein rundes Bett von mindestens drei Metern Durchmesser. Nic ließ sie sanft in die seidenen Kissen sinken, beugte sich über sie und strich ihr liebevoll eine Haarsträhne aus der Stirn. Wieder küsste er sie leidenschaftlich auf den Mund und vergrub dann sein Gesicht an ihrem Hals. Seine Zunge erforschte sanft ihr linkes Ohrläppchen und bewegte sich weiter ins Innere ihres Ohrs. Romy wurde von einem Schauer zum nächsten getragen. Vorsichtig knöpfte er ihr Kleid auf und strich mit den Fingerkuppen federleicht über ihr Dekolleté. Romy drängte es, ihn zu umarmen, doch er hielt ihre Arme über ihrem Kopf mit einer Hand fest. Mit der anderen zog er ihr das Kleid aus. Dann löste er ihren BH, als würde er tagtäglich nichts anderes tun. Ihre Brustwarzen waren so steif, als kämen sie direkt aus dem Gefrierfach, und Romy glaubte fast, ein Knistern zu hören, als sie in seinem Mund schmolzen.

Sanft zog er ihr Höschen herunter. Sie wusste kaum, wie ihr geschah, als sie seine Zunge in sich spürte.

Sie war bereits zweimal gekommen, als Nic behutsam in sie eindrang, während seine Hände überall auf ihrem Körper zu sein schienen. Ohne es je geprobt zu haben, fanden sie sofort einen gemeinsamen Rhythmus. Romy fühlte sich, als ob sie von den Wellen des Ozeans weit fortgetragen würde – in eine andere Welt.

18. KAPITEL

»Iriomé! Wach auf!« Nesfetes Stimme klang, als ob sie weit weg wäre, doch die alte Harimaguada kniete direkt neben ihr.

Iriomé kam nur langsam zu sich. Einen solchen Traum hatte sie noch nie gehabt. War es überhaupt ein Traum? Sie sah Nesfete mit einer Mischung aus Staunen, Scham und Schuldbewusstsein an. »Ich habe geträumt, wovon eine Harimaguada niemals träumen darf«, sagte sie leise. »Es war wunderschön. Es war aber nicht ich, die es getan hat. Und es war auch nicht Akin, der es mit mir getan hat.«

Nesfete strich ihr liebevoll über das zerzauste Haar.

»Das war alles zu viel für dich. Tichinames Tod, der fremde Mann und Amakuna«, sagte sie mit sanfter Stimme.

Iriomé schüttelte den Kopf. »Dieser Traum hat etwas zu bedeuten. Und auch diese junge Frau. Ich habe sie schon einmal getroffen. Sie hat mich gerettet, als ich im letzten Kampf unseres Volks gegen die Spanier zu sterben glaubte.«

»Sicher ist sie ein guter Geist«, sagte Nesfete beruhigend.

»Sie hat sich mit diesem Mann, der nicht Akin war, in großer Leidenschaft vereint. Was kann das bedeuten?«

Nesfete nahm ihre Hand. »Ich glaube, es hat mit dem zu tun, was ich dir zu berichten habe. Es sind gute Nachrichten.«

»Erzähle«, sagte sie aufgeregt und zog Nesfete zu sich herunter, sodass sie neben ihr auf dem weichen Felllager zu sitzen kam.

»Als wir am frühen Morgen, die Sonne war noch nicht aus dem Meer gestiegen, das Lager der Fremden erreichten, bat Akin mich, mit hineinzukommen. Ich verspürte große Angst, aber dann dachte ich daran, was Tichiname über die Liebe gesagt hat und dass du ihm dein Vertrauen geschenkt hast. Daher bin ich ihm gefolgt. Wir gingen zu seinem Anführer, einem Mann, der mir nicht gefallen hat, denn in seinen Augen glänzte die Gier. Ein Mensch, der niemals in seinem Leben zufrieden war mit dem, was er hat. Ich empfand großes Mitleid mit ihm.«

Iriomé verstand, was Nesfete ihr sagen wollte, doch viel mehr interessierte sie, was denn nun die gute Nachricht war.

»Akin hat seinem Anführer erzählt, wie gut er von dir behandelt wurde«, fuhr Nesfete fort, »obwohl er und sein Begleiter dir und Guayafanta Gewalt antun wollten. Du hast Gewalt nicht mit Gewalt beantwortet, sondern mit Fürsorge und Liebe. Er erklärte seinem Anführer, dass du über eine hohe Heilkunst verfügst und sein Volk viel von unserem Volk lernen könnte, ebenso wie umgekehrt. Die Spanier verfügen über vieles, was das Leben leichter und angenehmer macht. Es wäre also dumm, gegeneinander zu kämpfen und sich gegenseitig zu töten. Viel sinnvoller wäre es, miteinander zu reden und zu ergründen, was der eine vom anderen lernen kann.«

Iriomé lächelte, und ihr Herz füllte sich mit Freude. »Wie konntest du das alles verstehen?«, fragte sie verwundert.

»Gazmira, die Frau, die die Sprache der Fremden spricht, hat es mir erklärt«, antwortete sie.

»Hast du denn Vertrauen zu dieser Frau?«

»Ich glaube nicht, dass sie mich angelogen hat. Sie ist eine Gefangene der Spanier und hofft bestimmt, durch eine friedliche Lösung ihre Freiheit wiederzuerlangen.«

»Und was soll nun geschehen?«, fragte Iriomé gespannt.

»Der Anführer der Spanier will mit unseren Anführern reden.

Er hat sie eingeladen, in sein Lager zu kommen. Vielleicht kann auf diese Weise ein Blutvergießen vermieden und damit der Schicksalsstein aufgehalten werden.«

Iriomé sprang auf. »Wir müssen sofort mit Tanausú sprechen.« Ihr Herz schlug doppelt so schnell wie sonst. Akin hatte sie nicht enttäuscht. Er wollte zurückgeben, was sie ihm gegeben hatte, und rettete damit vielleicht vielen Menschen ihres Volkes das Leben. Die Liebe, die sie in sein Herz gepflanzt hatte, trug Früchte und vertrieb den Geist der Zerstörung und der Gier. Auch wenn sie nur kurze Zeit zusammen waren, schien es, als seien die dunklen Wolken von seiner Seele abgewandert, um sein inneres Licht strahlen zu lassen. Sie nahm Nesfete bei der Hand, und sie stiegen mühelos die Holzleitern von den Felshöhlen hinab zum Dorf.

Wie schon so oft wusste Tanausú bereits, was geschehen war, bevor die beiden Harimaguadas überhaupt zu sprechen begannen. Was sie ihm erzählten, schien ihm jedoch nicht zu gefallen. Sein Gesicht verfinsterte sich.

»Wieso hast du ihn gehen lassen, ohne es mit mir zu besprechen?«, rügte er Iriomé. »Und was soll das sein, worüber die Fremden mit uns reden wollen? Sie werden uns nichts geben, sondern uns alles wegnehmen. Das, was sie anzubieten haben, brauchen wir nicht. Wir haben alles. Mehr würde nur Neid und Missgunst erwecken und unsere Freiheit einschränken.«

»Aber wenn wir nicht einmal versuchen, mit ihnen zu sprechen, wird es unweigerlich zum Kampf kommen«, warf Iriomé energisch ein. »Du weißt, was Amakuna uns über den letzten Kampf offenbart hat. Weder unsere Lanzen und Keulen noch unsere Steinschleudern reichen aus, um den Spaniern etwas entgegenzusetzen. Und selbst der große Mut und die Kraft unseres Volkes können sie auf längere Sicht nicht aufhalten. Sie werden immer zahlreicher mit ihren Schiffen kommen und schließlich die ganze Insel einnehmen.«

»Und wenn es eine Falle ist und sie uns nur hinunter ins Tal locken wollen, wo wir nicht länger von den Felswänden des Kraters geschützt sind?«

Iriomé schüttelte den Kopf. »Ich glaube, dass Akin das Leben unseres Volkes bewahren will, so wie wir seines bewahrt haben.«

Tanausú hob beide Hände. »Denk an Tichinames Worte: Diese Menschen tragen keine Liebe im Herzen.«

»Dann muss die Liebe in ihren Herzen erweckt werden. Kein Herz ist ohne Liebe«, erwiderte Iriomé voller Überzeugung.

»Und du glaubst, dass es unsere Aufgabe ist, ihre Herzen zu heilen?«

»Ich glaube, dass es die Aufgabe eines jeden Menschen ist, die Liebe zuerst im eigenen und dann in den Herzen der anderen zu wecken«, sagte sie mit ernster Stimme. »Wenn die Menschen der Liebe keinen Platz im Leben einräumen, wird es Streit und Kriege geben bis an das Ende der Zeit.«

Tanausú sah sie lange Zeit nachdenklich an.

»Gut«, sagte er schließlich. »Du bist die Höchste Harimaguada. Deine Entscheidung gilt. So ist es immer gewesen. Und so war es immer richtig.«

Sie verbeugten sich voreinander, und ihre Häupter berührten sich für einen Moment.

»Ich werde die zehn kräftigsten Männer jedes Stammes mitnehmen. Wenn es eine Falle ist, werden wir kämpfen bis in den Tod«, sagte Tanausú. »Niemals werde ich den Schwur unserer Ahnen brechen und lieber sterben, bevor ich bereit bin, meine Freiheit zu opfern und das, wofür ich lebe, aufzugeben.«

Iriomé verstand ihn nur zu gut, aber sie wusste auch, dass der Fortbestand ihres Volkes und ihrer Gesinnung niemals auf Kampf und Töten beruhen konnte. Tichiname hatte sie gelehrt, dass sich die Menschen auf diese Weise niemals fortentwickeln würden und letztendlich sogar das zerstörten, was sie selbst zum Überleben brauchten.

Während Iriomé, gefolgt von Nesfete, nachdenklich den Weg zurück zum Höhlenheiligtum einschlug, spürte sie die schwere

Bürde der Verantwortung, die wie eine tote Ziege auf ihren Schultern lastete. Ihr Herz sagte ihr, dass Akin auf ihrer Seite stand, auch wenn er zu den anderen gehörte, doch ihr Verstand meldete Zweifel an. Je mehr sie darüber nachdachte, desto mehr musste sie sich eingestehen, wie wenig sie über ihn wusste. Nur das, was sie in den kurzen Augenblicken in der Krankenhöhle gespürt hatte. Sein Herz schlug damals im gleichen Rhythmus wie das ihre. Doch jetzt, da er sich wieder in seiner Welt unter seinesgleichen aufhielt, mochte das anders sein.

Doch was sollte sie sonst tun? Amakuna hatte ihr die Grausamkeit der Spanier vor Augen geführt und dass der Kampf gegen sie nicht zu gewinnen war. Diese Männer stellten eine undurchdringlich scheinende Wand der Macht und Überlegenheit dar, wie sie es schon bei ihrem Besuch an der heiligen Quelle gespürt hatte. Natürlich verstand sie Tanausús Wunsch, diese Wand für immer niederzureißen, doch sie glaubte nicht daran, dass es möglich war. Akins Vorschlag war richtig. Alles andere kam einer Selbsttötung gleich.

Die Männer brachen im Morgengrauen des nächsten Tages auf. Sie waren mit Lanzen, Steinschleudern und Keulen bewaffnet, hatten jedoch auf jede Art der Kriegsbemalung verzichtet. Sie trugen kurze Fell- oder Ledergewänder, um unbehindert über die Felsen klettern zu können und im Notfall auch zu kämpfen. Ihr Haar war mit den langen Blättern des Drachenbaums auf dem Rücken zusammengebunden.

Tanausú stand neben Iriomé auf einem erhöhten flachen Stein und blickte in die Ferne. Er erhob die Arme zum Himmel und sprach mit lauter Stimme: »Wir gehen in das Lager der Spanier in friedlicher Absicht. Da die Ahnen schweigen, ebenso wie der Idafé und Tichiname schwiegen, blieb nur noch Amakuna, das der Höchsten Harimaguada einen Blick in die Nachzeit gewährte. Und was sie gesehen hat, war schrecklich und grausam. Iriomé hat den Untergang unseres Volkes in seiner ganzen Härte erlebt.

Sie sagt, nur eines kann diese Katastrophe abwenden. Die Liebe. Nur die Liebe, gegenseitiges Verständnis und Ehrlichkeit können dauerhaften Frieden bringen.«

Iriomé sah, wie einige Männer bei den letzten Worten Tanausús zusammenzuckten, so als glaubten sie nicht an deren Kraft. Auch Guayafanta, die mit den übrigen Harimaguadas nicht weit von ihr stand, wirkte vor Zorn wie versteinert. Sie hätte lieber gekämpft, so wie sie auch lieber Akin sofort getötet hätte. Doch Iriomé hatte sein Leben bewahrt. Sie spürte zum ersten Mal selbst so etwas wie ein Gefühl der Macht in sich aufsteigen. Es war ihre Entscheidung, die nun ausgeführt wurde. Ihre Verantwortung und zugleich ihrer aller Ende, wenn sie sich geirrt hatte. Doch sie stand zu ihren Worten und übertrug die Kraft, die sie daraus zog, auf Tanausú und die Männer, so als könnte sie damit jedem Einzelnen eine Haut überstreifen, die ihn und seine Seele unverwundbar machte bis in alle Ewigkeit.

Als dies getan war, stieß Iriomé einen schrillen Pfiff aus, der das Zeichen für den Aufbruch gab.

Die Männer setzten sich in Bewegung. Als Iriomé ihnen nachsah, wie sich einer nach dem anderen auf seiner Lanze hinunter in den Krater schwang, spürte sie plötzlich, dass sie dieses Bild zum letzten Mal in ihrem Leben sehen würde. Sie erschrak zutiefst. Nein, alles würde gut gehen, beruhigte sie sich selbst. Die Liebe war die stärkste Kraft des Menschen, und nichts und niemand konnten sich ihr auf längere Zeit entgegenstellen. So hatte Tichiname es sie gelehrt. Und so war es richtig.

Die Abwesenheit ihrer Anführer lähmte die Menschen von Aceró. Sie verrichteten lediglich die allernötigsten Arbeiten. Kaum einer sprach, und selbst die Kinder waren ruhiger als sonst. Nur die Vögel und Insekten hauchten mit ihrem Zirpen und Summen der Stille, die über dem Krater lag, Leben ein. Iriomé sorgte dafür, dass die Harimaguadas Medizin für Wunden und Verletzungen herstellten, falls es doch zum Kampf kommen sollte.

Guayafanta widersetze sich allem. Sie säte überall, wo sie konnte, Hass und Zwietracht und spaltete die Harimaguadas in zwei Lager.

Am Morgen des dritten Tages, als die Ungewissheit kaum mehr auszuhalten war, traf die Kunde ein, die mancher befürchtet hatte, die jedoch in ihrer Wucht jeden Einzelnen wie ein Keulenschlag niederwarf. Ein Mann aus dem Stamm von Atogmatoma konnte sich mit letzter Kraft nach Aceró schleppen. Er blutete aus mehreren Wunden und konnte kaum sprechen.

Iriomé hatte bereits geahnt, was geschehen war, aber ihr Glaube an die Liebe und ihre Hoffnung starben erst jetzt.

»Sie haben uns in eine Falle gelockt. Viele sind tot. Der Rest in Fesseln gelegt«, brachte er röchelnd hervor, während ihm das Blut aus Mund und Nase lief. »Die Fremden sind auf dem Weg hierher. Ich weiß nicht, ob der Rest stark genug ist, sie aufzuhalten.«

Akin hatte sie also verraten. Ihre Liebe verraten, ihr Volk verraten. Iriomé brauchte einen Atemzug lang, bis sie sich der Tragweite dieser Katastrophe bewusst wurde und einen klaren Gedanken fassen konnte, was als Nächstes zu tun war. Doch ihr blieb keine Zeit mehr. Einer der Posten, die am Kraterrand Wache hielten, kündigte mit einem Warnpfiff das Herannahen der Spanier an.

Wie sollten sie sich verteidigen? Frauen, Kinder und Alte?

Im nächsten Augenblick hörte sie Guayafanta einen schrillen Schlachtruf ausstoßen. Die Harimaguada, das Gesicht mit weißen, nach oben zeigenden Dreiecken bemalt, dem Zeichen des Kampfes, schwenkte das hölzerne Rohr, das sie Akin abgenommen hatte, über ihrem Kopf und versammelte mit lauter Stimme alle kampffähigen Männer und Frauen um sich. Sie wollte zu der Stelle oberhalb der engen Schlucht, dem einzigen Zugang zum Krater, um von dort Steine auf die Eindringlinge herabzuwerfen. Zornig funkelte sie Iriomé an. All das, was schon lange in ihr gärte, fand nun seinen offenen Ausbruch. Guayafanta stellte sich auf denselben Stein, auf dem Iriomé vor drei Tagen gestanden hatte, und forderte für sich die Stellung der Höchsten Harimaguada ein.

»Iriomé hat versagt«, schrie sie, sodass ihre Worte von den grauen Felswänden in mehrfachem Echo widerhallten. »Sie hat sich von den Gelüsten ihres Körpers verleiten lassen. Etwas, das für jede Harimaguada tabu ist. Sie hat dem Fremden blind vertraut und das Schicksal ihres Volkes in seine Hände gelegt. Ich werde statt ihrer nun Höchste Harimaguada sein. Leider bleibt uns keine Zeit mehr für eine Zeremonie, denn es gilt zu handeln. Hat irgendjemand dagegen einen Einwand vorzubringen?«

Nur einige wenige hoben die Hand. Guayafanta warf Iriomé einen letzten triumphierenden Blick zu, stieg von dem Stein und setzte sich an die Spitze der Gruppe, die sofort loszog.

Iriomé fühlte sich erstarrt, wie die Felswand des Vulkankraters, in dem sie nicht länger sicher waren. Akin kannte den einzigen Weg, der ins Innere führte, und sie selbst hatte dafür gesorgt, dass es so war.

Nesfete trat zu ihr und legte ihr die Hand auf die Schulter. »Du darfst jetzt nicht aufgeben, alles liegt noch vor dir«, sagte sie mit eindringlicher Stimme.

Iriomé löste sich langsam aus ihrer Starre und wandte den Blick der alten Harimaguada zu. In ihren Augen glitzerten Tränen. »Du irrst, Nesfete. Alles ist verloren.«

»Nein! Tichiname hat dich aus gutem Grund als ihre Nachfolgerin bestimmt und nicht Guayafanta. Handle nun danach. Du kannst die Menschen hier nicht ihrem Schicksal überlassen.«

Iriomé wusste nicht, warum, aber plötzlich spürte sie den Geist ihrer alten Lehrerin, wenn er auch diesmal nicht sichtbar war. Und er führte sie langsam in ihre alte Kraft zurück. Nesfete hatte recht. Iriomé trug noch immer die Verantwortung für ihr Volk. Sie wischte sich mit dem Handrücken die Tränen aus den Augen und stieg auf den Stein. Dann befahl sie mit lauter, klarer

Stimme den größeren Kindern und den Alten, die dazu noch in der Lage waren, so viele große Steine wie nur möglich heranzuschleppen, um die Höhlen der Harimaguadas damit zu verschließen. In jede Höhle passten zehn bis zwanzig Menschen, die dort eine Weile ausharren konnten. Wenn die Spanier hier eintrafen, musste alles verlassen aussehen, so als ob hier schon lange nur die Toten schliefen.

Sie bildeten eine Schlange aus Menschen, die sich bis über die Holzleitern nach oben zu den Höhlen zog. Und in kürzester Zeit waren sämtliche Eingänge bis auf einen kleinen Durchschlupf zugemauert. Danach wurden alle vorhandenen Lebensmittel und Wasserbehälter hinaufgeschleppt. Ohne dass irgendwelche Anweisungen gegeben wurden, wusste ein jeder, was er zu tun hatte. Nachdem alle Arbeit getan war, verteilten sie sich gleichmäßig auf die Höhlen, zogen die Holzleitern ein und füllten die Spalten von innen mit den restlichen Steinen aus.

Die zugemauerten Höhleneingänge wirkten nun wie Grabkammern. Das Höhlenheiligtum hatte sich in einen Friedhof verwandelt. Und Iriomé blieb nur die Hoffnung, dass die Spanier es nicht wagen würden, die Ruhe der Toten zu stören.

Ihr selbst war es jedoch unmöglich, sich mit den anderen zu verstecken. Sie empfand eine große Schuld, die ihr fast die Luft zum Atmen nahm. Sie musste für sich einen anderen Weg finden, um weiterleben zu können. Und so hatte sie sich nur von Nesfete verabschiedet, dem einzigen Menschen, dem sie noch wagte, in die Augen zu sehen.

Noch einmal überprüfte sie so genau wie nur möglich, ob auch wirklich nichts mehr auf irgendwelche Bewohner hinweisen könnte. Keine Asche, kein Tongeschirr, kein vergessenes Spielzeug eines Kindes. Doch es war alles beseitigt worden. Dann hängte sie sich den Beutel mit fertig gemischten Heilsalben und Schmerzmitteln über die Schulter und machte sich auf den Weg in Richtung Küste.

Jeder Schritt, der sie dem Ausgang des Kraters näher brachte, fiel ihr schwerer. Die Sonne brannte an diesem Tag unbarmherzig vom Himmel, und der Schweiß malte dunkle Flecken auf Iriomés ledernes Gewand. Sie wusste, dass sie sich freiwillig direkt in den Höllenschlund des Guayote begab. Und es dauerte nicht lange, bis sie das Donnern der Feuerstöcke und Schmerzensschreie von Menschen und Tieren aus der Schlucht vernahm, die in den Krater führte.

Vorsichtig, immer in Deckung eines Felsens oder Baumes, schlich sie näher, während sie einen stechenden Geruch wahrnahm. Sie kletterte auf einen Stein, um sich einen Überblick zu verschaffen. Das Bild, das sich ihr bot, übertraf in seiner grausamen Wirklichkeit bei Weitem das, was sie während des Amakuna-Rituals gesehen hatte.

Unten in der Schlucht lagen mehrere Männer mit eingeschlagenen Schädeln. Um sie herum liefen verstört große Tiere mit langen Beinen, die zum Teil verletzt waren. Doch der eigentliche Kampf spielte sich oben auf dem Kraterrand ab. Die Fremden hatten ihn erklommen und kämpften dort mit den letzten Verteidigern der Insel. Guayafanta war es gelungen, einen Mann zu Boden zu reißen und ihn mit einem Stein niederzuschlagen. Doch da packte sie auch schon ein anderer von hinten, drehte ihr die Arme auf den Rücken und drückte sie zu Boden. Iriomé wendete den Blick ab. Obwohl die Harimaguada ihre ärgste Feindin war, wollte sie nicht zusehen, wie sie ein so unrühmliches Ende fand.

Was sie nun aber erblickte, schnürte ihr das Herz zusammen. Immer wieder stürzten Menschen vom Felsrand des Kraters hinunter in die Schlucht. Meist waren sie zu zweit. Mutige Kämpfer und Kämpferinnen hatten sich an einen der Fremden geklammert und ließen ihn nicht mehr los, bis sie gemeinsam in die Tiefe stürzten. Dabei hallten ihre Todesschreie von den Felswänden wieder: *Vacaguaré*.

Das Donnern der Feuerstöcke, die Schreie der Sterbenden und die Kommandos der Kämpfenden gingen ineinander über und klangen in Iriomés Ohren wie ein schauriges Totenlied. Sie ließ sich von dem Fels hinabgleiten und schloss einen Atemzug lang die Augen.

Der Schicksalsstein war nicht aufzuhalten gewesen. Amakuna hatte genau das prophezeit, was nun geschah. Die Menschen waren offensichtlich noch nicht bereit für das, was sie sich so sehr wünschte. Für das, was sie gemeinsam mit Akin hatte erreichen wollen. Die Vereinigung zweier unterschiedlicher Welten in Liebe, eine Verständigung in Frieden und gegenseitiger Anteilnahme

Der Schmerz, die Trauer und die große Enttäuschung breiteten sich in ihrem Körper aus wie ein riesiger Krake, dessen Fangarme ihr sämtliche Lebensadern abschnürten. Und so nahm sie kaum wahr, wie neben ihr eines der hochbeinigen Tiere zum Stehen kam und ein Reiter mit klirrendem Geräusch abstieg. Erst als sich eine Hand auf ihre Schulter legte, blickte sie auf und sah direkt in Joaquíns dunkle Augen. Sie waren mit Tränen gefüllt. Iriomé empfand weder Zorn noch Hass. Ihr Herz schlug nur noch, um sie am Leben zu halten, nicht mehr, um zu fühlen.

Neben ihm tauchte ein zweites Tier auf. Es war vom Kopf bis zum Schwanz mit Schalen aus jenem harten, feuersicheren Material gepanzert. Seine glänzenden, weiß geränderten Augen blickten Iriomé nervös an. Auf seinem Rücken saß ein Spanier mit einem spitz zugeschnittenen Bart und wechselte mit Joaquín ein paar Worte in ihrer fremden Sprache. Seine Schultern und Arme waren mit beweglichen Schuppen aus dem gleichen glänzenden Material bedeckt, sodass er trotz seiner Panzerung eine Lanze halten und auch zustechen konnte. Seine Brust und sein Bauch wurden von polierten Platten geschützt, die jeden Schlag abwehren konnten. Die Beine steckten ebenfalls in beweglich verbundenen Schalen. Er wirkte auf Iriomé nicht wie ein Mensch aus Fleisch und Blut. Sein eiskalter Blick schien ihr eine ebenso tödliche Waffe zu sein wie die, die er bei sich trug. Das musste der Anführer sein, von dem Nesfete gesprochen hatte.

Ein anderer Eisenmensch schleifte eine alte Frau mit wirrem grauem Haar herbei, die in schmutzige Lumpen gekleidet war. Der Anführer bellte ihr einen Befehl entgegen, woraufhin sie sich neben Iriomé hockte.

»Mein Name ist Gazmira. Ich spreche die Sprache der Spanier. Sie wollen wissen, wo die Alten und die Kinder deines Stammes sind?«

Iriomé blieb stumm. Sie war es nicht gewohnt zu lügen.

Der Anführer wurde ungeduldig und schrie auf die Alte ein. Seine raue Stimme, gepaart mit jenem kalten, abfälligen Blick, ließ Iriomé vollends erstarren. Joaquín trat zwischen die beiden und erhob die Stimme, zog Iriomé vor sich auf den Rücken des Tiers und machte damit seinen Anspruch klar.

»Sage ihnen, die Bewohner von Aceró haben sich alle für den Tod entschieden. Die Alten haben zuerst die Jungen und dann sich selbst getötet«, wandte Iriomé sich an die alte Frau.

Gazmira übersetzte ihre Worte. Der Mann mit den kalten Augen brüllte etwas, worauf sich einige Männer auf die hochbeinigen Tiere schwangen und in Richtung Kraterkessel loszogen.

»Er glaubt, dass du lügst«, sagte sie. »Seine Männer reiten jetzt in den Krater. Sie wollen nicht, dass es Überlebende gibt, die einen neuen Stamm gründen könnten.«

Iriomé spürte, wie Joaquín den Arm um ihre Mitte legte und sein Tier sich in Bewegung setzte. Vor Kummer schloss sie die Augen und merkte nur noch, wie ihre Sinne schwanden.

Als sie wieder erwachte, befand sie sich in einer Art Höhle aus einem dünnen, ihr unbekannten Material, durch das gedämpft die Sonne schien. Das Gebilde war an den Seiten mit Seilen zusammengenäht und wurde von Holzstangen gehalten. Sie war allein. Von draußen schallten unverständliche Rufe an ihr Ohr. Neben ihr stand ein Krug mit Wasser. Sie trank ein paar Schlucke, die ihre Lebensgeister wachriefen. Langsam kehrte die Erinnerung an die schrecklichen Ereignisse der letzten Stunden zurück. Die gellenden Todesschreie ihres Volkes hallten noch immer in ihren Ohren, und das Bild der Frauen, die an ihre Feinde geklammert von den Felsen sprangen, brannte in ihrer Seele.

Sie bemerkte Joaquín erst, als er sich an den Rand ihrer Lagerstatt setzte und schweigend ihre Hand nahm. Sie ließ es geschehen. Doch ihre Hand in der seinen fühlte sich nur mehr an wie ein Stück totes Holz. Sie kannte keine Gefühle mehr, wollte nichts mehr sehen, nichts mehr hören. Alles schien zu Ende. Sie hatte versagt und ihr Volk an einen Mann verraten, den sie noch immer nicht hassen konnte, dem sie noch immer gestattete, sie zu berühren.

Er sah sie eine Weile traurig an, verließ dann das Zelt und kam kurz darauf mit Gazmira zurück. Die alte Frau wirkte müde und gleichmütig. Iriomé bemerkte, dass auf ihrem Gesicht und ihren Armen Narben waren, die von Schlägen stammten. Ihre Augen erinnerten Iriomé ein wenig an Tichiname, doch es fehlte ihnen die Güte einer nicht geschundenen Seele.

Joaquín redete mit verzweifelter Stimme auf sie ein, während Gazmira geduldig nickte.

»Er möchte dir sagen, wie sehr er es bedauert, was deinem Volk widerfahren ist. Er schätzt dich über alles und wollte das Vertrauen, das du ihm geschenkt hast, niemals zerstören. Es sollte keinen Kampf geben, sondern eine Friedensverhandlung. De Lugo, sein Anführer, hatte ihm geschworen, dass dieses Treffen mit den Stammesführern deines Volkes dem Frieden dienen sollte. Doch er brach sein Wort und hat Joaquín nur benutzt, um seine alleinige Macht durchzusetzen.«

Ihre Worte prallten an Iriomé ab.

»Er spricht die Wahrheit«, fügte die Alte hinzu. »Ich war selbst dabei, als das beschlossen wurde.«

Joaquín warf sich Iriomé zu Füßen und umfasste sie wie ein Ertrinkender.

»Gibt es außer mir noch Überlebende?«, fragte sie leise, ohne den Spanier weiter zu beachten.

Gazmira nickte. »Ein paar wenige Männer und Frauen. Sie sind alle in Ketten gelegt.«

»Und Tanausú?«

»De Lugo will ihn als den letzten Widersacher dieser Insel mit auf sein Schiff nehmen und seiner Königin als Trophäe übergeben.«

Welch eine Demütigung! Bis in alle Ewigkeit würde sie diese Schuld mit sich tragen. Sie war sich zwar treu geblieben und hatte nach ihrem Herzen gehandelt. Doch der Schicksalsstein war nicht aufzuhalten gewesen. Tichiname hatte das gewusst. Deshalb war sie gegangen.

»Und du bist jetzt die Sklavin dieses Mannes«, fuhr Gazmira fort und deutete auf Joaquín, der sie noch immer umfasste.

»Sklavin?«

»Das heißt, du gehörst jetzt ihm. Er wird dich mit in seine Heimat nehmen und kann dort mit dir machen, was er will.«

War dies ihre gerechte Strafe? Oder erfüllte sich nun das, wovon Nesfete gesprochen hatte? Aber wie sollte sie je einen Mann lieben können, der am Untergang ihres Volkes beteiligt war? Daran änderte auch nichts, dass sie geneigt war, ihm zu glauben, was den Verrat seines Anführers betraf.

Ihrer beider Herzen hatten für kurze Zeit im Gleichklang geschlagen. Deshalb war er überhaupt in der Lage gewesen, sich für eine Lösung in Liebe und Frieden starkzumachen. Genau wie sie selbst. Doch sie waren gescheitert an einer Macht, die stärker war. Zumindest im Augenblick.

Iriomé blickte Joaquín zum ersten Mal wieder in seine dunklen Augen, als könnte sie dort etwas entdecken, was noch Hoffnung zuließ. Ein winziger Schimmer sagte ihr, dass das noch nicht das Ende war.

Er hielt ihrem Blick stand. Sie las darin Schuld und Verzweiflung, aber auch unendliches Mitgefühl und Liebe. So unverständlich es ihr auch erschien, sein Blick verhieß, dass es neue Wege geben musste, ihrer beider Bestimmung zu erfüllen. Tichiname hatte sich niemals geirrt. Sie musste gewusst haben, warum sie die Verantwortung für Amakuna gerade in ihre Hände gelegt hatte.

»Sag ihm, ich muss noch einmal in den Krater, aber ich werde zurückkommen.«

Gazmira erklärte es Joaquín. Auf seinem Gesicht zeigten sich weder Misstrauen noch Ärger. Er nickte zustimmend.

»Er vertraut dir«, sagte Gazmira. »Du kannst gehen.«

Er nahm eine feingliedrige Kette, die er um den Hals trug, und legte sie Iriomé um. Daran hing ein filigran gearbeitetes, kugelförmiges Amulett, das so golden glänzte wie die Sonne in der Mitte des Tages.

Iriomé strich mit dem Finger darüber, betrachtete es verwundert und sah Joaquín fragend an.

Er griff sanft danach und drückte zweimal fest mit dem Daumen auf die eine Seite, woraufhin es sich zu Iriomés Erstaunen öffnete und das Bildnis einer schönen Frau freigab. »Wer ist das?«, fragte sie.

»Seine Mutter. Sie gab es ihm zu seinem Schutz. Nun soll es dich beschützen«, übertrug Gazmira das Gesagte. Iriomé schloss das Amulett wieder und erhob sich.

»Das Schiff läuft in drei Tagen aus. Ich hoffe, du bist auf dem richtigen Weg. Tara, die Erdgöttin, möge dich beschützen.«

»Danke«, antwortete Iriomé. »Und was wird aus dir?«

»*Vacaguaré*. Meine Zeit ist abgelaufen«, erwiderte die Alte und verließ in gebückter Haltung das Zelt.

19. KAPITEL

Iriomé nahm nicht den Weg durch die Schlucht der Todesängste, sondern kletterte auf allen vieren durch unwegsames Gestrüpp den Krater hinab, was sonst nur die Ziegen schafften. Es war die Mitte des neuen Tages, und die Sonne brannte wiederum heiß vom Himmel. Blut aus Kratz- und Schürfwunden mischte sich mit Schweiß. Den Schmerz ignorierte sie. Es musste Tara sein, die dafür sorgte, dass sie ohne größere Verletzungen das Höhlenheiligtum erreichte. Mit jedem Schritt, der sie ihrem Zuhause näher brachte, wuchs die Angst vor dem, was sie dort vorfinden würde. Hatten die Spanier die Verstecke entdeckt? War es ihnen gelungen, bis zu den Höhlen emporzuklettern? Iriomé vermochte sich keine neuen Schreckensbilder mehr vorzustellen. Zu viele waren in den vergangenen Tagen Wirklichkeit geworden.

Sie drückte ihren Rücken an die raue Felswand und schlich vorsichtig den schmalen Pfad entlang, der zum Höhlenheiligtum führte. Auf den ersten Blick wirkte es vollständig verlassen. Stille. Selbst Vögel und Insekten waren an einen anderen Ort geflohen. Iriomé stieß mehrere Pfiffe aus und meinte anfangs sogar, eine Antwort bekommen zu haben. Doch es war nur ihr Echo, das von den Felswänden widerhallte.

Alle Höhleneingänge waren noch verschlossen. Plötzlich

glaubte sie einen gedämpften Pfiff zu hören, der nicht von ihr selbst stammte. Iriomé entledigte sich ihrer Schuhe und hangelte sich mit Fingern und Zehen die fast senkrechte Felswand hinauf.

Als sie die erste Höhle erreicht und einen sicheren Stand hatte, löste sie vorsichtig einen Stein heraus, der polternd in die Tiefe stürzte. Schon nach wenigen Augenblicken bekam sie Hilfe von innen. Nesfete steckte als Erste den Kopf durch das entstandene Loch, blinzelte in die Helligkeit und griff dann erleichtert nach Iriomés Hand. »Du bist zurückgekommen, Tara sei Dank.« Ihre Stimme klang belegt. Dennoch merkte Iriomé, wie froh die Harimaguada war, sie lebend wiederzusehen. »Die Fremden sind nur kurz hier gewesen. Ich glaube, ein Schwarm Krähen, der immer wieder laut krächzend über dem Krater kreiste, hat sie vertrieben. Sie haben wohl geglaubt, es wären die Seelen der Toten von Aceró.«

Iriomé sah hinter ihr, ängstlich aneinandergeklammert, mehrere Kinder und drei alte Männer mit zusammengekniffenen Augen sitzen. Sie hatten die ganze Zeit im Dunkeln ausgeharrt, beinahe wie lebendig begraben, ohne zu wissen, was weiter geschehen würde.

Als der Eingang frei war, stürzte sich ein kleines Mädchen in Iriomés Arme und wollte sie nicht mehr loslassen. Trotz der vielen Tränen, die die junge Harimaguada schon geweint hatte, waren noch immer welche übrig. Und während sie das kleine Mädchen verzweifelt hin und her wiegte, gestand sie alles, was passiert war, ohne es auszusprechen.

Erst später, als auch die anderen befreit waren, rief sie alle zusammen und erklärte ihnen, dass viele ihr Leben gelassen hatten und die Gefahr noch immer nicht gebannt war. Die meisten blieben jedoch gefasst, und selbst die Kleinsten der Kleinen verstanden, dass ihre Eltern tot oder in Gefangenschaft waren und nicht mehr wiederkommen würden. Keines weinte, und keiner der Alten brach in Wehklagen aus. Der Schock darüber, dass ihr Leben in Freiheit, eingebettet in die großzügige Natur der Insel, nun vorüber war, hatte sie verstummen lassen.

»Nesfete wird ab jetzt das Weiterbestehen von Aceró in ihre Hände nehmen«, verkündete Iriomé. »Sie wird dafür sorgen, dass die Alten den Jungen Vater und Mutter ersetzen, so gut es geht. Und sie wird das Wissen der Harimaguadas an ein Mädchen weitergeben, das ihr geeignet scheint. Keiner darf je den Krater verlassen und an die Küste gehen. Denn dort warten die Gefangenschaft oder gar der Tod.«

»Und was wirst du tun?«, fragte Nesfete.

»Ich kehre zurück zum Lager der Spanier. Wenn ich bleibe, werden sie nach mir suchen und uns alle töten oder gefangen nehmen.«

Die Alte sah sie nachdenklich an. Sie wusste natürlich, dass es noch einen anderen Grund für Iriomés Entschluss gab, fortzugehen. Doch den würde sie für sich behalten.

Iriomé verbrachte eine letzte, wenn auch schlaflose Nacht in Aceró und begab sich noch vor Sonnenaufgang zu der Höhle am äußersten Rand des Heiligtums, wo noch immer Tichinames Körper lag. Die Harimaguadas hatten ihn sorgfältig in ein Ziegenfell eingenäht, und er verströmte keinerlei Geruch mehr. Das Gesicht war zusammengeschrumpft und bräunlich verfärbt. Iriomé kniete nieder, hob die Mumie hoch und wiegte sie wie ein schlafendes Kind in ihren Armen. Sie war leichter als angenommen, und es würde ihr keine Mühe bereiten, sie zu ihrer letzten Ruhestätte im Inneren des Felses zu tragen.

Iriomé kannte den Weg. Die Medizinfrau hatte einst ihren Schülerinnen die Grabkammer gezeigt, wo die einbalsamierten Körper früherer Höchster Harimaguadas ruhten. Iriomé erinnerte sich noch gut an jenen Tag. Sie war erst zehn Sommer alt gewesen und empfand tiefes Mitleid für die Mumien, die hier im feuchten Dunkel lagen. Doch die Medizinfrau hatte sie nur ausgelacht und ihr erklärt, dass auch sie eines Tages ihren Körper hier im Inneren des Berges zurücklassen würde. Iriomé war darüber so erschrocken, dass sie viele Nächte nicht schlafen konnte.

In einer Felsmulde glomm etwas Moos in einer öligen Flüssigkeit und sie entzündete daran eine bereitstehende Fackel. Das flackernde Licht führte sie tief in die Kraterwand hinein. Kurzfristig erhellte ein Loch in der Decke ihren Weg, bevor sie sich wieder im Dunkeln auf dem glitschigen Boden weitertasten musste. Fledermäuse streiften ihre Wangen, und die modrige Kälte drang durch ihr dünnes Ledergewand.

Endlich erreichte sie die Holzleiter, die nach oben zur Grabkammer führte. Vorsichtig legte sie die Mumie auf den Boden, kletterte mit der Fackel in der Hand nach oben und leuchtete damit durch die Öffnung.

Sie verharrte einen Augenblick. Ein verstehendes Lächeln huschte über ihr Gesicht. Jetzt begriff sie, warum die Höchste Harimaguada immer nur von ihrer Nachfolgerin zu Grabe getragen werden durfte. Auf diese Weise konnte das Geheimnis um den Fundort des Pilzes gewahrt bleiben.

Was hier in völliger Dunkelheit zwischen den mumifizierten Körpern mehrerer Generationen von Medizinfrauen wuchs, mochte die letzte Ernte sein. Jetzt, da die Insel in der Hand der Fremden war, würden sie Amakuna hier vielleicht nicht mehr wachsen lassen.

Iriomé erntete so viele Pilze, wie in ihren Medizinbeutel passten, den sie um den Hals trug. Dann stieg sie wieder hinunter, um die Mumie über die Leiter nach oben zu ziehen. Mit ihrem Messer aus Obsidian, das sie versteckt in der Innentasche ihres Gewandes bei sich trug, meißelte sie eine flache Grube und legte Tichinames irdische Hülle sanft hinein. Ein Gefühl großer Zärtlichkeit durchströmte sie, begleitet von tiefer Traurigkeit. Sie wusste, es war nicht nur ein Abschied von Tichiname und der Insel. Es war ein Abschied von einer glücklichen Zeit, die sie so nie mehr erleben würde.

◎ ◎ ◎

Der Weg zurück zur Küste kam ihr so kurz vor wie noch nie. Iriomé prägte sich jede einzelne Berührung ihrer Fußsohlen mit dem Boden ihrer Heimat ein, um nichts zu vergessen, falls sie nie mehr hierher zurückkehren sollte. Die Welt bestand für sie aus Benahoare. Sie wusste zwar, dass es noch andere Inseln gab, die man vom höchsten Berg aus sehen konnte, aber ihr Leben war so glücklich und ausgefüllt gewesen, dass sie bisher nie das Bedürfnis gehabt hatte, woanders hinzuwollen. Deshalb machte ihr der Gedanke, nun fortzugehen, Angst. Andererseits war da auch ein gewisses Gefühl von Neugier auf das, was sie im Land der Spanier lernen könnte.

Je näher sie dem Strand kam, desto langsamer wurden ihre Schritte. Noch konnte sie umkehren und die Geretteten von Aceró in den Norden der Insel führen, wo die Spanier sie nicht so schnell finden würden. Doch der Blick hinunter zum Meer, von jenem Fels aus, auf dem sie vor Kurzem noch mit Guayafanta gestanden hatte, ließ sie diesen Gedanken sogleich wieder verwerfen: Die Spanier trieben die wenigen Überlebenden ihres Volkes, aneinandergekettet wie eine bockige Ziegenherde, über den Strand hinunter zum Meer, um sie zu einem der dort dümpelnden Schiffe zu bringen. Selbst aus der Ferne konnte sie sehen, dass viele humpelten und sich entkräftet aufeinanderstützten. So schnell sie nur konnte, rannte sie den kleinen Pfad hinunter, in der Hoffnung, wenigstens noch einigen von ihnen helfen zu können, ihre schlimmsten Verletzungen zu versorgen und ihre Schmerzen zu lindern. Wenn sie später eingepfercht im dunklen Bauch des Schiffes waren und kein sauberes Wasser hätten, würde es viel schwerer sein, Entzündungen zu behandeln, die nicht selten zum Tod führten.

Im Lager angekommen, fragte sie den ersten Spanier, der ihr über den Weg lief, nach Gazmira und Akin. Doch die Männer machten sich einen Spaß mit ihr und schickten sie erst in die eine, dann in die andere Richtung. Sie lachten sie aus und versuchten, sie zu fangen und an ihren Haaren festzuhalten. Einer bekam sie zu packen und schubste sie zum Nächsten und der wieder zum Nächsten. Überall auf ihrem Körper spürte Iriomé gierige Männerhände. Als sie stolperte und hinfiel, schrie sie laut und gellend auf.

»Alto! Locos!«, gebot plötzlich eine laute Stimme dem hässlichen Spiel Einhalt.

Der dicke Mann mit dem braunen Gewand, von dem Iriomé bereits gehört hatte, reichte ihr die Hand, half ihr auf und wischte ihr behutsam den schwarzen Sand aus dem Gesicht.

Iriomé starrte ihn verzweifelt an und brachte unter Keuchen den Namen »Gazmira« heraus.

Seine Augen bekamen einen bedauernden Ausdruck. Er deutete auf den großen Fels am Rande des Strands, der von heftiger Brandung umspült wurde. Sie hatte den Tod einem Leben in Gefangenschaft vorgezogen. Doch Iriomé konnte in diesem Augenblick keine Trauer um die Frau zulassen. Es war nicht die Zeit dafür. Stattdessen nahm sie die Hand ihres Retters und zog ihn hinter sich her an die Stelle des Strands, wo die Spanier noch immer brüllend dabei waren, die zusammengekettete Gruppe von Gefangenen ins Wasser zu treiben.

Mit Worten und Gesten versuchte sie, dem Dicken begreiflich zu machen, dass sie ebenfalls auf das Schiff wollte, um die Wunden der Verletzten zu versorgen.

Und Frai Hieronymus de Torremar, wie er sich ihr vorgestellt hatte, verstand sogar. Weniger, was sie sagte, mehr, was ihr Herz sprach. Er versuchte, den Spaniern ihr Anliegen begreiflich zu machen.

Iriomé wartete ängstlich auf eine Antwort, während sie die verachtenden Blicke der Benahoarias trafen, die sich tief in ihre geschundene Seele bohrten. Nach einer Weile tauchte de Lugo auf, der Mann mit dem kalten Blick, den man herbeigerufen hatte, um eine Entscheidung zu fällen.

Frai Hieronymus gab sein Bestes und redete mit aller Überzeugungskraft auf ihn ein. Dabei deutete er immer wieder auf den Himmel, als würde von dort ein schlimmes Unwetter kommen, falls man Iriomé nicht auf das Schiff ließ. De Lugo sah ihn erschrocken an und gab schließlich nach. Hieronymus machte Iriomé ein Zeichen, in eines der kleineren Boote zu steigen, in dem sie zu dem großen Schiff gerudert wurden.

»Kaltauge«, wie sie den Anführer der Spanier inzwischen in ihrer Sprache nannte, fuhr ebenfalls mit. Er starrte sie die ganze Zeit unverfroren an. Sie spürte, dass er ihr einerseits nicht traute und andererseits neugierig auf ihre Heilkunst war. Akin musste ihm davon erzählt haben, und jetzt wollte er sich wohl mit eigenen Augen davon überzeugen.

Die Gefangenen waren inzwischen allesamt an Bord des Schiffes gebracht worden. Sie lehnten Rücken an Rücken aneinander oder lagen flach auf dem Boden. Kaum einer war in der Lage, auf beiden Beinen zu stehen. Manche stöhnten laut, denn das Salzwasser brannte in ihren offenen Wunden. Ihre Augen waren stumpf geworden. Nur wenige ließen zu, dass sie die grüne Paste auf ihre Wunden auftrug, sodass sich eine Schutzkruste bildete, unter der alles schnell verheilte. Die meisten verwehrten ihr das Näherkommen. Sie spürte heftige Wellen der Schuldzuweisung und des Hasses, was ihr ebenso wehtat wie der erbarmungswürdige Zustand der Gefangenen.

Guayafanta, deren Körper mit unzähligen Wunden übersät war, zeigte ihr schon von Weitem die Faust. Ihre fiebrig glänzenden Augen schrien nach Vergeltung. Iriomé ging trotzdem zu ihr und kniete sich neben sie.

»Wir werden uns irgendwann wiedersehen«, zischte die Harimaguada. »Und dann werde ich dafür sorgen, dass alles Leid, das du verursacht hast, zu dir zurückkommt – bis in alle Ewigkeit.« Ihr Blick fiel auf Akins Amulett, das unter ihrem Gewand sichtbar wurde, als Iriomé sich zu ihr hinunterbeugte. Sie lachte verächtlich auf und versuchte, danach zu greifen. Doch Iriomé war schneller. So erreichte sie nur noch blutiger Speichel, den Guayafanta ihr mit letzter Kraft ins Gesicht spuckte.

Hieronymus erkannte ihr Dilemma. Nachdem sie als Letztes die Kopfwunde einer jungen Frau versorgt hatte, nahm er Iriomés Hand und half ihr zurück in das kleine Boot. Sie war ihm aufrichtig dankbar. Hier konnte sie nicht bleiben. Die Zeit, in der sie sich unter ihresgleichen behütet und angenommen gefühlt hatte, war unwiderruflich vorüber.

Mit Tränen in den Augen blickte sie zu dem Schiff zurück, während sie langsam zum Strand ruderten. Würde es jetzt Akin sein, der sie auffing, wenn es ihr nicht gut ginge? Würde er derjenige sein, der ihr Wärme und Geborgenheit schenkte, wenn die Stürme des Lebens nach ihr griffen? Sie war sich nicht sicher, auch wenn sich ihr Herz nichts sehnlicher wünschte als das.

Die »Santa Cruz« segelte bei vollem Wind Richtung Norden. Immer wieder zogen Wolken über den Mond und tauchten das Meer in vollständige Dunkelheit. Der Bug der kleinen Karavelle erhob sich beinahe senkrecht in den Himmel, um kurz darauf tief in das nächste Wellental einzutauchen. Iriomé stand an der Reling und hielt sich fest. Die geblähten Segel verursachten ein Geräusch, das furchterregend auf sie wirkte, wie alles, seit sie dieses ständig schwankende Ungeheuer betreten hatte. Sie konnte sich nur nachts an Deck wagen, wenn niemand sie sah und sie kein Aufsehen erregte.

Dann erholte sie sich von der Seekrankheit, die sie in Akins kleiner Höhle im Bauch des Schiffes nie verließ. Er hatte ihr dort eine Schlafstatt bereitet, die aus einem Netz bestand, das an beiden Enden an je einem Haken befestigt war. Durch ein rundes Loch in der Holzwand kam frische Luft herein, die das dauernde Schaukeln etwas erträglicher machte.

Iriomé war dort viel allein, etwas, das sie aus ihrem früheren Leben nicht kannte. Der Einzige, der sie in den langen einsamen Tagen unter Deck hin und wieder besuchte, war Frai Hieronymus. In dieser Zeit versuchte er, ihr seine und sie ihm ihre Sprache beizubringen. Er malte kleine Zeichnungen in sein Buch und kritzelte unverständliche Zeichen daneben. Doch auf diese Weise begriff sie, wie das Wissen in das Buch gelangte. Aber dass der Gott der Spanier darin wohnen sollte und auch noch sein Sohn, das wollte ihr noch immer nicht in den Kopf. Hieronymus erzählte ihr oft von diesem Jesus, der Wunder vollbrachte und für die Menschen gestorben war. Letzteres gefiel ihr überhaupt nicht. Vor allem nicht, seit er ihr kleine bunte Bildchen von dem blutüberströmten Toten gezeigt hatte, der an einem Kreuz hing. Viel wichtiger als diese schaurige Geschichte war, dass sie jeden Tag so viele Worte austauschten, wie der Mensch Finger an beiden Händen hat. Wenn sie an ihrem Ziel angekommen waren, würde sie vielleicht endlich mit Joaquín reden können. Er zeigte sich ihr gegenüber sehr verschlossen, und Iriomé vermutete, dass ihn ähnliche Schuldgefühle plagten wie sie. Ihnen fehlte eine gemeinsame Sprache, denn die, durch die sie sich einst verstanden hatten, war verstummt. Er hatte sie nie wieder berührt. Weder tagsüber noch nachts, wenn jeder in seinem schaukelnden Lager lag, waren sie sich nähergekommen.

Als der Mond sich wieder hinter einer Wolke versteckte, schlich Iriomé geduckt, immer in Deckung bleibend, zum Vordermast, wo Tanausú angekettet war. Sie beide waren die einzigen Benahoarias an Bord. Die übrigen Sklaven befanden sich auf den beiden anderen Schiffen. Die Gischt rann ihm durch das lange Haar und den Bart. Sein nackter Körper zitterte vor Kälte. Neben ihm lag etwas weiches Weißes, vom Wasser Aufgeweichtes, das die Spanier Brot nannten. Er hatte es nicht angerührt.

»Du musst essen«, flüsterte Iriomé.

Der Wind in den Segeln übertönte alles, sodass sie nicht fürchten musste, von den Wachposten, die nur einige Schritte entfernt saßen, bemerkt zu werden. Sie selbst verschmolz mit dem Schatten des Mastes.

Tanausú öffnete die vom Salzwasser verklebten Augen und gab durch ein kaum wahrnehmbares Kopfnicken zu verstehen, dass er sie erkannte. Er versuchte zu sprechen, doch nur ein schwaches Krächzen kam aus seiner Kehle.

»Der Guayote wird mich bestrafen für das, was ich getan habe«, flüsterte Iriomé und wäre am liebsten hier, direkt vor seinen Augen, gestorben.

Der stolze Anführer des Stammes von Aceró, der tapfere Kämpfer, der Junge, der ihr das Leben gerettet hatte, schüttelte kaum merklich den Kopf.

»Du bist im Recht«, flüsterte er entkräftet. »Aber die Zeit der Liebe ist noch nicht gekommen. Doch eines Tages wird es so weit sein, und dann werden wir uns wiedersehen.«

Er glaubte also auch daran. Hatte Tichiname ebenfalls mit ihm gesprochen? Hatte er sich deshalb auf Iriomés Vorschlag eingelassen?

»Es geht um Amakuna.«

Iriomé tastete nach Joaquíns Medaillon, das sie noch immer um den Hals trug. Nesfete hatte ihr geholfen, aus den Pilzen ein Pulver herzustellen, das sie immer bei sich tragen konnte. Niemand würde darin das Geheimnis ihres Volkes erwarten.

»Du musst eines wissen«, flüsterte Tanausú mit letzter Kraft.

Iriomé kam noch näher und legte ihr Ohr direkt an seine Lippen, sodass der Sturm seine Worte nicht wegtragen konnte, bevor sie bei ihr angekommen waren.

»Amakuna lässt die Harimaguadas nicht nur in die Zukunft und die Vergangenheit sehen. Es verbindet das Schicksal all derer, die es je zu sich genommen haben, bis in alle Ewigkeit wie eine Kette, die niemals abreißt. Aber es bewirkt auch noch etwas anderes.«

»Was?«

»Es besiegt jede Krankheit.«

»Woher weißt du das?«, fragte sie erstaunt.

»Weil Tichiname es mir als kleiner Junge gegeben hat, als ich mir bei einem Sturz den Rücken gebrochen habe und dem Tod geweiht war, auch wenn sie das eigentlich nie hätte tun dürfen, denn Amakuna ist nur den Harimaguadas vorbehalten. Deshalb werden wir uns wiedersehen, kleine Iriomé, in einem anderen Leben. Und dann werde ich an deiner Seite stehen und aufpassen, dass dir nichts geschieht. Das schwöre ich.«

Erschöpft sank er in sich zusammen, nur die Fesseln hielten seinen Körper noch aufrecht.

»Vacaguaré«, war das letzte Wort, das über seine Lippen kam.

Die Wachen mussten doch etwas gehört haben. Iriomé merkte an der Bewegung der Schiffsplanken, dass jemand näher kam. Sie versteckte sich schnell hinter einem Turm von Tauen. Doch nicht schnell genug. Einer der Männer packte sie mit festem Griff, und sie musste hilflos mit ansehen, wie der andere Tanausú anspuckte und ihn mit Füßen trat.

Dann wandten sich die beiden Kerle ihr zu. Sie hatten schmutzige, ungepflegte Bärte, stanken nach Fäulnis und dünsteten zusätzlich einen scharfen unbekannten Geruch aus, von dem Iriomé übel wurde. Sie schleiften ihre Beute zu ihrem Lager und hielten ihr einen durchsichtigen Behälter vors Gesicht, in dem eine kleine Flamme brannte und etwas Licht verbreitete. Zufrieden über ihren Fund lachten sie laut auf und klopften sich gegenseitig auf Schultern und Schenkel. Dann drückten sie Iriomé auf den nassen Boden. Sie wehrte sich mit Händen und Füßen, hatte jedoch keine Chance, an ihr Messer zu kommen, das in einer Falte ihres Gewandes steckte. Der eine hielt ihren Oberkörper fest und schob ihr Ledergewand hoch. Der Zweite spreizte mit brachialer Gewalt ihre Beine und schob sich keuchend dazwischen.

Im nächsten Augenblick traf ihn ein gezielter Faustschlag. Er rollte ohnmächtig zur Seite. Der andere ließ Iriomé sofort los.

Joaquín half ihr hoch und legte schützend den Arm um ihre Schultern. Er schrie den beiden Männern einen scharfen Befehl entgegen, die sich daraufhin wie zwei getretene Hunde in den hinteren Teil des Schiffes zurückzogen.

Iriomé zitterte noch immer am ganzen Körper, als Joaquín ihre Hand nahm und sie zurück zu ihrer gemeinsamen Schlafstatt unter Deck führte.

Als ihr Atem etwas ruhiger ging, strich er ihr über die zerzausten Haare, versuchte, die verklebten Haarsträhnen zu ordnen und ihr vorsichtig den Schmutz von den Wangen zu wischen. Es war das erste Mal seit den verheerenden Ereignissen, dass sie sich wieder berührten und zwischen ihnen etwas anderes aufkeimte als Schmerz und Verzweiflung. Ein Gefühl tiefer Vertrautheit und gegenseitigen Begehrens, das während eines einzigen Tages im Höhlenheiligtum zwischen ihnen entstanden war, flackerte wieder auf. Befanden sie sich doch auf dem richtigen Weg? Würde sich am Ende alles zum Guten wenden?

Joaquín zog sie an sich und hauchte ihr einen sanften Kuss auf die zitternden Lippen.

Plötzlich zerstörte lautes Geschrei diesen zarten Augenblick. Männerfäuste hämmerten gegen die Tür, und jemand schrie. Iriomé hörte den Namen de Lugo heraus und wusste sofort, dass dies nichts Gutes heißen konnte.

Joaquín öffnete, und drei Männer stürzten herein. Sie rissen Iriomé von ihrem Lager und schleiften sie trotz Joaquíns lautstarken Protests zurück an Deck, direkt vor die Füße Alonso de Lugos. Er trat zweimal brutal nach ihr, packte sie dann an den Haaren und drehte ihren Kopf zu dem Mast, an dem noch vor Kurzem Tanausú festgekettet war.

Sie hatten ihn abgenommen. Sein Körper lag auf den nassen Schiffsplanken, die starren Augen zum Himmel gerichtet, an dem sich bereits das erste Licht der Morgendämmerung zeigte. Er hatte seine Ankündigung wahr gemacht und war aus diesem Leben gegangen.

Iriomé wäre ihm am liebsten dorthin gefolgt, wo er jetzt war. Denn es stimmte: Die Zeit der Liebe war noch nicht gekommen.

Und so klang der schneidende Ton, als der Eroberer seine tödliche Waffe aus der Scheide zog, für sie fast wie eine Erlösung. Sie würde Tanausú nun folgen in das Reich der Geister und Ahnen. Und sie würde Tichiname wiedersehen und ihre Eltern. Iriomé schloss die Augen und erwartete das Ende. Doch nichts geschah.

Joaquíns kräftige Stimme hielt erneut den Schicksalsstein auf, der bereits in hoher Geschwindigkeit dem Abgrund entgegenrollte. Er umklammerte die Hand, in der de Lugo sein Schwert hielt, und forderte ihn mit klarer Stimme zum Duell.

Auch wenn Iriomé nur wenig von der Sprache der Spanier verstand, ahnte sie, was nun geschehen würde. Wenn zwei Männer ihres Volkes ein Auge auf dieselbe Frau geworfen hatten, entschied der Stockkampf, der jedoch niemals tödlich endete. Was zählte, waren Geschicklichkeit und Schnelligkeit. Doch die Waffen der Spanier waren scharf und tödlich. Sollte Akin verlieren, bedeutete das nicht nur seinen, sondern auch ihren Tod.

De Lugo lachte höhnisch auf und ließ Iriomé unvermittelt los, sodass ihr Kopf auf die Schiffsplanken schlug. Kurz wurde ihr schwarz vor Augen, dann sah sie, wie Joaquín seine Klinge zog und sich in Stellung brachte.

Die übrigen Männer, die an Deck Wache gehalten hatten, kamen neugierig herbeigelaufen. Auch die, denen in dieser Nacht eigentlich Schlaf zustand, waren durch das Geschrei geweckt worden und starrten benommen auf das Geschehen.

Der Kampf begann. Iriomé lag noch immer auf dem Boden und konnte von dort aus gut beobachten, wie sich die beiden Männer von einer zur anderen Seite des Decks jagten. Eine Unachtsamkeit, ein Ausrutscher, eine unberechenbare Bewegung des Schiffes – und einer von beiden gehörte dem Tod. Mit höchster Aufmerksamkeit folgte sie jeder von Akins Bewegungen. Mehr noch, es schienen ihre eigenen zu sein. Als er ausrutschte, war sie es, die zu Boden ging, als er wieder hochkam, war sie es, die ihm die Kraft dazu gab. Es war auch sie, die dem Tod mitten ins Auge blickte, als Kaltauge plötzlich über Akin stand und mit seinem

Schwert ausholte, um ihm den letzten Stoß zu geben. Doch Iriomé sah noch eine kleine Chance. Und Joaquín nahm sie wahr. Einen Herzschlag später rollte er zwischen de Lugos Beinen hindurch, sprang auf und verpasste dem Gegner von der Seite einen Stich in die Schulter. Blut quoll hervor, doch der Eroberer gab nur einen kurzen Schmerzensschrei von sich, aber noch lange nicht auf.

Die ersten Sonnenstrahlen zeigten sich bereits am Horizont, als die beiden Kämpfer, erschöpft und blutüberströmt, noch immer um den Sieg rangen. Joaquín war der Jüngere, was ihm, je länger der Kampf dauerte, zum Vorteil gereichte. Als de Lugo sich eine kurze Verschnaufpause gönnte, versetzte Joaquín ihm einen weiteren Stich, diesmal in den Schenkel. Kaltauge stürzte, rappelte sich wütend hoch und wollte Joaquín von hinten angreifen. Iriomé warnte ihn, wieder auf ihre Weise, ohne ihm ein sichtbares Zeichen zu geben oder mit einem Ton seine Aufmerksamkeit zu erregen. Er drehte sich blitzschnell um und versetzte de Lugo einen Hieb ins Gesicht, der ihn endgültig zu Boden warf. Akin hob sein Schwert zum finalen Stoß und hielt dann inne. Iriomé konnte ihm bis hierhin helfen, doch nicht weiter. Eine Benahoaria tötete niemals jemanden, der hilflos am Boden lag.

Der junge Spanier ließ seine Klinge sinken. Ein Raunen ging durch die Mannschaft, die sich inzwischen bis zum Schiffsjungen an Deck eingefunden hatte, um dem Schauspiel beizuwohnen. Joaquín drehte sich nach Iriomé um. Und diesmal war sie es, die behutsam seine Hand nahm und ihn unter Deck führte. Niemand hinderte sie daran.

Unten in der Schiffshöhle reinigte sie Akins Wunden. Es waren nur wenige und nicht besonders tiefe. Sie holte den Rest der Heilpaste aus ihrem Beutel und strich sie auf das frisch geronnene Blut. Eine vertraute Geste, die sie an ihr erstes Näherkommen erinnerte. Es kam ihr fast so vor, als könnten sie an diesen Augenblick anknüpfen und alles Schreckliche, was danach passiert war, verdrängen.

Er nahm ihre Hand und zog sie zu sich. Sie ließ es geschehen. Sein Atem war heiß. Sein Körper roch nach Schweiß und Blut. Iriomé spürte, wie sich seine Hände unter ihr Gewand schoben, ihr Hinterteil umfassten, sich weitertasteten zu ihren Hüften, zu ihrem Bauch. Ihrer beider Atem ging schneller, fast im Gleichtakt. Sie wusste, was nun geschehen würde.

Als seine Hände ihren Flaum erfühlten, war sie bereit, sich ihm zu schenken. Sie spürte ihre eigene Feuchtigkeit. Seine Finger tasteten sich weiter vor und streichelten sie sanft. Immer größere Wellen von Lust schlugen über ihr zusammen, und sie stöhnte auf. Beide atmeten schwer. Er legte sich auf sie, drang in sie ein. Ein kleiner Schmerz, den sie kaum spürte. Er streichelte sie weiter, während er sich sanft in ihr bewegte. Sie bog den Rücken durch und genoss das ungekannte Gefühl, welches durch ihren Körper raste, bis sie es nicht mehr aushielt und schrie. Sie schrie sich alles, was auf ihr lastete, von der Seele.

20. KAPITEL

Romy konnte nicht mehr auseinanderhalten, wer schrie. Sie oder Iriomé. Raum und Zeit waren miteinander verschmolzen. Wer war sie? Wer war der Mann, der jetzt mit geschlossenen Augen neben ihr lag? Nic oder Joaquín, oder Nic mit der Seele von Joaquín? Romy wusste überhaupt nicht mehr, was sie denken sollte.

»Am besten, du denkst jetzt gar nichts«, flüsterte Nic noch immer mit geschlossenen Augen. »Das hier ist einfach passiert. Es hat nichts mit unserer beruflichen Verbindung zu tun.« Er öffnete die Augen und nahm sie in seine Arme.

Es passte zu ihm, dass er sich schon wieder in der Lage sah, klar zu denken, während sie sich noch fragte, in welchem Körper sie eigentlich gerade steckte. Offensichtlich brauchte sie nicht einmal mehr den Pilz zu nehmen, um mit Iriomé in Verbindung zu treten. Das Tor war geöffnet. *Amakuna lässt die Harimaguadas nicht nur in die Zukunft und die Vergangenheit sehen. Es verbindet das Schicksal all derer, die es je zu sich genommen haben, bis in alle Ewigkeit.*

Tanausús letzte Worte waren ihr noch gut in Erinnerung. Aber würde das nicht bedeuten, dass auch Joaquín irgendwann den Pilz genommen haben musste – oder ihn nehmen würde? Dass Tichinames Geschichte möglicherweise in Theas Leben eine Fortsetzung fand? Und dass Tanausú in dem Körper des Umweltaktivisten Tom Sattler alias Tanausú weiterlebte? Sie alle waren wieder vereint. Diejenigen, die den Pilz in diesem Leben nahmen, kamen wieder in Kontakt mit einem vorigen Leben und hatten nun die Chance, das, was einst schiefgegangen war, geradezurücken. Es klang mystisch, wie eine Fantasie. Doch nur so konnte es sein.

Diese Erkenntnis grub sich tief in Romys Herz und gab ihr das Gefühl, sich nicht mehr ganz so orientierungslos durch die Ereignisse zu hangeln und wieder ein wenig festen Boden unter den Füßen zu spüren. Wenn auch einen, der ihr völlig fremd war und dessen Existenz sie bis vor Kurzem niemals für möglich gehalten hätte.

»Du denkst immer noch«, sagte Nic und richtete sich langsam auf. Romy lächelte ihn an. Er wusste vermutlich nichts von ihrer gemeinsamen Vergangenheit, schließlich war er bisher nicht in den Genuss von Amakuna gekommen. Vielleicht aber ahnte er etwas. Die starke Anziehung, die er auf sie ausübte, war jedenfalls die gleiche wie vor 500 Jahren.

»Ich glaube, die Party ist vorbei. So langsam sollten wir dieses gastliche Schiff verlassen.«

Erst jetzt nahm Romy die Stille wahr, das leise Plätschern der Wellen, die gegen die Bordwand schlugen. Die Band draußen an Deck hatte längst aufgehört zu spielen.

»Es ist schon fünf Uhr«, stellte Nic amüsiert fest, während er sich seine goldene Armbanduhr wieder anlegte.

Romy hatte sämtliches Zeitgefühl verloren. Sie war, ebenso wie Iriomé denen Joaquíns, Nics Verführungskünsten erlegen. Oder wie hatte es Guayafanta ausgedrückt: *Sie hat sich von den Gelüsten ihres Körpers verleiten lassen. Etwas, das für jede Harimaguada tabu ist. Sie hat dem Fremden blind vertraut und das Schicksal ihres Volkes in seine Hände gelegt.*

War sie jetzt auf dem besten Weg, dasselbe wieder zu tun? War sie drauf und dran, Amakuna, das Geheimnis der Guanchen, an die Konquistadoren von heute zu verraten?

Nic hatte unterdessen zwischen den zerwühlten Seidenlaken ihr Kleid und ihre Unterwäsche entdeckt und reichte sie ihr.

»Wenn du möchtest, dort ist ein Badezimmer.« Er deutete auf eine in die feine Holztäfelung der Kabine eingelassene Tür.

Einen solchen Luxus hat Iriomé auf Joaquíns Schiff nicht zur Verfügung gehabt, dachte Romy und erhob sich von dem runden Traumbett. Während sie nach nebenan ging, spürte sie Nics Blicke auf ihrem nackten Rücken. Schon wieder kündigten sich Sandsturmgefühle an. Schnell schloss sie die Badezimmertür hinter sich.

Sie sah in den Spiegel und atmete tief durch.

Tatsächlich hatte kein Mann je zuvor solche Gefühle in ihr ausgelöst und ein derartiges Begehren in ihr hervorgerufen. Wenn sie sich früher einem Menschen besonders nahe fühlte, war schon manchmal der Gedanke entstanden, ob man sich nicht vielleicht aus einem früheren Leben kannte. Doch diesmal war es wirklich so. Irgendwie überwältigend, wenn auch nicht unbedingt beruhigend. Zu gern hätte sie gewusst, wie Iriomés Lovestory weiterging. Ob Joaquín auch in Zukunft zu ihr gestanden hatte. Schade, dass man nicht sein Handy zücken und einfach mal schnell im 15. Jahrhundert anrufen konnte.

Sie schlüpfte in ihr Kleid und versuchte, die von Esmeralda gezauberte Hochsteckfrisur in Ordnung zu bringen. Doch da war nichts mehr zu machen. Ein Pferdeschwanz musste reichen.

Nic hatte sich ebenfalls angezogen und war hinter sie getreten. Er küsste sie sanft auf die Wange und nahm dann ihre Hand.

Wie zwei Diebe schlichen sie sich über das leere Deck zur Gangway. Jetzt hätte Romy Appetit gehabt, doch das Buffet war leider schon abgeräumt. Einige wenige Partygäste hielten sich noch an ihrem letzten Drink fest, doch keiner schien Romy und Nic zu beachten. Nur der Mann im Smoking, der von Borges abkommandiert war, hatte ausgeharrt und nickte ihnen zu.

Die Heimfahrt verlief schweigend. So gern sie in Nics Armen gelegen hatte, so sehr sehnte Romy sich jetzt danach, allein zu sein mit sich und ihren Gedanken an Iriomé. Sie sorgte sich um sie wie um eine Schwester, auch wenn sie natürlich wusste, dass es unmöglich war, in die Geschehnisse der Vergangenheit einzugreifen. Ihr blieb eigentlich nur, die Parallelen und Konsequenzen für ihr jetziges Leben zu ergründen. Joaquín hatte Iriomé zweimal vor dem Tode gerettet. Aber er war auch mitverantwortlich für den Untergang ihres Volkes, das seinem eigenen Volk Besitz und Macht eingebracht hatte. Nic gab ebenfalls vor, Romys Leben retten zu wollen. Gleichzeitig aber war er hinter dem Pilz her, der die Macht von Forster's Health ins Unermessliche wachsen lassen könnte.

Blieb ein Krieger nicht immer ein Krieger? Machte eine Frau, wenn sie verliebt war, nicht immer die gleichen Fehler?

Der Jaguar fuhr die Allee zu Nics Anwesen hinauf, das sich wie eine bronzefarbene Trutzburg gegen den zart rosa gefärbten Morgenhimmel abhob. Der Chauffeur hielt Romy die Tür auf. Nic verabschiedete sich an der Treppe gentlemanlike mit einem Handkuss. »Ich würde mich freuen, wenn du mich morgen Nachmittag auf einen kleinen Ausflug in die Extremadura begleiten würdest. In einem Kloster in der Nähe des alten Castillos meiner Vorfahren in Trujillo wurden bei Renovierungsarbeiten Schriften aus dem Mittelalter gefunden, unter anderem ein Rezepturbuch für Pflanzenmedizin. Das interessiert mich natürlich und dich vielleicht auch.«

Natürlich tat es das. Und vor allem, was es mit jenem Castillo seiner Vorfahren auf sich hatte. Vielleicht würde sie dort etwas über eine Verbindung zwischen Joaquín und Nic herausfinden.

»Sehr gerne«, antwortete sie. »Wenn wir nicht zu früh losfahren. Ich muss mich mal richtig ausschlafen.«

Nic schmunzelte. »Das kann ich gut verstehen.«

Auf dem Weg zu ihrem Zimmer wunderte sie sich, dass der Gedanke an eine neue Möglichkeit zu fliehen eher zweitrangig war.

Aus der Dolby-Surround-Anlage des Jaguars tönte gedämpfter Latin Jazz von Stan Getz, während sie in nördlicher Richtung fuhren. Je mehr sie die sonnige Küste hinter sich ließen, desto kälter wurde es. Der Himmel wechselte von Blau zu Grau, und statt winterlich grüner Vegetation zeigte sich am Horizont die schneebedeckte Bergkette der Cordillera Central. Von dort wehte ein eisiger Wind über die karge Landschaft, durch die sich die kaum befahrene Autobahn zog. Hin und wieder tauchten Ruinen alter Burgen auf, meist in der Nähe kleiner Dörfer mit weiß getünchten Häusern.

»Die Extremadura ist bis heute das Armenhaus der Iberischen Halbinsel«, erklärte Nic, der neben Romy im Fond saß und den Arm um sie gelegt hatte. »Die Spanier haben das Gebiet im 13. Jahrhundert von den Mauren zurückerobert. Die meisten Castillos, die du hier siehst, stammen noch aus dieser Zeit. Allerdings wurden die meisten von den Spaniern komplett umgebaut, was nach ästhetischen Gesichtspunkten keine so gute Idee war.«

Romy kannte die maurische Architektur, die vor allem in Andalusien erhalten geblieben war. Ihre Großmutter hatte sie schon als Kind dafür begeistert. Sie waren im Alcázar von Sevilla gewesen, in der Alhambra in Granada und natürlich in Cordoba, wo sie zwischen den Säulen der schönsten Moschee der Welt Verstecken gespielt hatten. Die spanisch-maurische Kultur war ihr sozusagen mit in die Wiege gelegt worden.

»Nicht nur in der Architektur, auch in der Heilkunst waren die Mauren damals in ganz Europa am weitesten entwickelt«, referierte Nic weiter.

Romy grinste. »Was soll das werden? Eine Unterrichtsstunde in spanischer Kultur?«

»Nein, eher in maurischer Heilkunst.«

Sie sah ihn erstaunt an.

»Ich beschäftige mich derzeit mit den Anfängen der europäischen Medizin. Hast du schon mal von dem berühmten Arztphilosophen Ibn Sina gehört? Man nannte ihn auch *Avicenna*, was so viel heißt wie König aller Ärzte. Sein berühmtestes Werk, der ›Kanon der Medizin‹, wurde bereits im 12. Jahrhundert ins Lateinische und später, im 15. Jahrhundert, ins Hebräische übersetzt. Es galt bis ins 17. Jahrhundert an europäischen Universitäten als das Standardwerk.«

»Ich hatte nur zwei Semester Medizingeschichte und weiß, ehrlich gesagt, nicht viel über ihn«, musste Romy zugeben.

»Ich habe gerade eines seiner Rezepte unseren Labors zur Überprüfung gegeben.«

»Ach ja?« Dieser Nic Saratoga überraschte sie immer mehr.

»Ibn Sina war der Überzeugung, dass zermahlener Weihrauch mit Honig den Verstand stärkt. Und tatsächlich hat ein Verhaltensversuch mit Laborratten eine signifikante pharmakologische Wirkung dieser Mischung auf die Gedächtnisleistung nachgewiesen.«

»Und du meinst, damit wäre Alzheimer und Demenz beizukommen?« Eine solche Einstellung hatte sie nun als Letztes vom Vorstand eines der größten Pharmakonzerne der Welt erwartet.

Nic grinste. »Ich glaube, es ist höchste Zeit, umzudenken. Forster's Health steckt in einer Sackgasse. Viele Produkte haben Nebenwirkungen, die von den Konsumenten immer weniger akzeptiert werden. Außerdem kommen die meisten profitablen Medikamente ans Ende ihrer durch Patente geschützten Zeit. Dadurch geraten sie in Wettbewerb mit preiswerten Generika, was jährliche Umsatzeinbußen von mehreren Milliarden Dollar bedeutet.«

Aha, daher wehte der Wind.

»Letzten September ist der Patentschutz unseres Anti-Cholesterin-Medikaments *Lipitarum* abgelaufen, das 15 Prozent unserer gesamten Umsätze ausmachte und einen jährlichen Umsatz von über zwölf Milliarden Dollar. Noch am selben Tag, an dem der

Patentschutz auslief, wurde einem indischen Pharmakonzern von der US-Medikamenten-Zulassungsbehörde gestattet, einen entsprechenden Generika-Klon für nicht mal einen Euro pro Packung auf den Markt zu werfen.«

Romy war das Problem nicht unbekannt. Genau aus diesem Grund mussten immer schneller immer mehr neue Produkte entwickelt werden, die man zwar teurer verkaufen konnte, die aber meist nicht wirksamer waren als die alten.

»Ich glaube, unsere Zukunft liegt in der Entdeckung neuer pflanzlicher und anderer natürlicher Präparate, die keine oder fast keine Nebenwirkungen haben«, sagte Nic, und er klang sehr überzeugt.

Romy war nun echt baff. Versuchte er etwa, sich auf diese Weise lieb Kind bei ihr zu machen, oder war das wirklich seine Meinung? »Und diese Rechnung geht auf?«

»Mit den richtigen Rezepten, dem entsprechenden Marketing und weltweitem Umsatz, ja. Ich arbeite hart daran, vor allem gegen die Widerstände der Hardliner in der Konzernspitze. Ich kämpfe derzeit um jeden Cent für den Aufbau dieses neuen Segments. Deshalb bin ich auch an deinem Pilz interessiert.«

»Und was ist mit *Avistan?*« Romy konnte sich diese Frage nicht verkneifen.

»Die Konzernleitung will es unbedingt international durchsetzen, wegen der hohen Entwicklungskosten.«

»Und du?«

»Ich bin dagegen.«

»Aber kannst nichts dagegen tun?«

»Im Augenblick nicht.« Nic machte ein ernstes Gesicht.

Romy hätte zu gerne noch mehr darüber gewusst, doch leider klingelte genau in diesem Moment Nics Handy, und er verbrachte die nächsten zwei Stunden hauptsächlich damit, zu telefonieren, und das in den verschiedensten Sprachen, darunter auch Japanisch und Arabisch.

Romy musste zugeben, dass er ihr immer besser gefiel. Ein

Traummann, der in seinem Innern die gleichen Ideen und Ideale verfolgte wie sie. Und der noch dazu die Möglichkeiten hatte, sie im großen Stil umzusetzen.

Sie erreichten Trujillo noch vor Sonnenuntergang. Schon von Weitem konnte man auf dem Hügel über dem Ort die alte maurische Festung sehen, deren Zinnen sich wie ein Scherenschnitt gegen den rot gefärbten Himmel abhoben. Das typisch mittelalterliche Dorf im sanften Abendlicht vermittelte etwas Magisches. Nic schaltete endlich sein Telefon aus und genoss ebenfalls den Anblick.

Der Wagen hielt direkt auf der Plaza Mayor, dem quadratischen Hauptplatz von Trujillo. Als Romy ausstieg, fiel ihr Blick als Erstes auf das bronzene Reiterdenkmal von Francisco Pizarro, dem bekanntesten Sohn dieses Orts.

»Fast alle großen Eroberer Südamerikas stammten aus dieser Gegend, die man auch die Wiege der Konquistadoren nennt«, erklärte Nic. »Sie alle träumten von Macht und Reichtum und davon, der Extremadura den Rücken zu kehren: Hernán Cortés, der das Aztekenreich in Mittelamerika zerstörte, Pizarro, der das Inkareich in Peru eroberte, und auch Hernando de Soto, der Panama und Nicaragua für die spanische Krone einnahm.«

Und Joaquín, der bei der Eroberung La Palmas dabei war, dachte Romy, als sie um das Denkmal herumging.

»Sie trugen die Kraft der Reconquista in sich, die vielen Hundert Jahre des Kampfes gegen die Mauren. Und solch eine militante Politik hat sich natürlich auch auf ihren Glauben ausgewirkt«, erklärte Nic weiter, dem es offenbar großen Spaß machte, mit seinem Wissen auf diesem Gebiet zu glänzen. »Als die Mauren dann vertrieben waren und die Juden ausgewandert oder konvertiert, wandte sich die stürmische Energie des christlichen Spaniens der Eroberung von Neuland zu. Und die gute Zusammenarbeit zwischen Adel, Heer, Kirche und Königshaus begünstigte diese Unternehmungen natürlich noch.«

Romys Blick schweifte nach oben, wo die aus hellem Kalkstein gebaute Zitadelle ihren Schatten auf den Platz warf.

»Und deine Vorfahren, zu welcher Konquistadoren-Familie gehörten die?«, wagte sie einen Vorstoß.

»De Alba y Santa Barbara«, sagte er, nicht ohne Stolz in der Stimme. »Sie gehörten nicht zu den Neureichen wie Cortés oder Pizarro. Letzterer war übrigens Schweinehirte hier in Trujillo, ein Bastard aus der Verbindung mit einer Magd. Die de Albas waren alter Adel«, betonte er. »Sie galten schon während der Maurenzeit als die größten Landbesitzer der Extremadura. Trotzdem haben sie später auch an den Eroberungszügen teilgenommen.«

»Auch auf den Kanarischen Inseln?«, konnte sich Romy nicht verkneifen.

»Schon möglich. Aber der große Kanareneroberer hieß Alonso Fernández de Lugo und stammte, soviel ich weiß, aus Cádiz. Das gehörte schon damals zu Andalusien.«

Romy sah sofort »Kaltauge« vor sich, der Iriomé erbarmungslos getötet hätte, wenn nicht Joaquín so mutig dazwischengegangen wäre. Ob Nic sich wohl ebenso für sie einsetzen würde? Sie sah ihn eine Weile von der Seite an.

»Du traust mir nicht, Romy. Warum?« Er war sensibler, als sie angenommen hatte. »Aber ich kann dich verstehen. Ich traue ja manchmal nicht mal mir selbst.«

»Wie meinst du das?«

Er lächelte. »Na ja, manchmal tut man eben Dinge, die gar nicht zum eigenen Lebensweg passen, und plötzlich befindet man sich irgendwo auf fremdem Terrain und muss sich ganz neu orientieren.«

Hieß das vielleicht, er orientierte sich in *ihre* Richtung?

Hatte Tichiname doch recht?

Nic machte dem Chauffeur ein Zeichen, den Wagen zu parken, und hakte Romy unter. »Das Beste an der Extremadura sind aber nicht die Konquistadoren, sondern der Wein«, wechselte er schnell das Thema, als hätte er sich schon zu weit aus dem Fenster gelehnt. Er führte sie zu einer der Bodegas unter den Arkaden, die den mittelalterlichen Platz auf drei Seiten säumten.

Dort empfing sie der typische Geruch alter Weinfässer, gemischt mit dem der Schinkenschlegel, die von der Decke hingen. Dazu ein Geräuschpegel, wie ihn nur die Spanier zustande brachten. Romy kannte solche Kneipen aus ihrer Jugend in Spanien und fühlte sich sofort wohl. Der Wein, ein tief roter Ribeira de Gurdiana, ließ sich gut trinken. Dazu wurde der landestypische Schinken von Schweinen serviert, die nur Eicheln fraßen. Das gut abgehangene, nussig schmeckende Fleisch zerging Romy auf der Zunge. Sie prosteten sich zu.

»*Salud*. Ich glaube, ich muss dir nicht erzählen, wie froh ich bin, dass wir uns begegnet sind«, sagte Nic mit seiner sanften Stimme und sah ihr tief in die Augen. »Weißt du, auch wenn wir uns gerade erst etwas näher gekommen sind, habe ich das Gefühl, als würden wir uns schon eine Ewigkeit kennen.«

Romy schluckte. Wie gerne hätte sie mit ihm darüber gesprochen, dass er damit gar nicht so falsch lag. Aber dafür war es eindeutig zu früh. Er würde sie bestimmt für völlig versponnen halten und als Wissenschaftlerin nicht mehr ernst nehmen.

Die meisten einheimischen Besucher der Bodega kannten Nic und klopften ihm freundschaftlich auf die Schulter. Er schien sich hier wohlzufühlen, und die Dorfbewohner hatten keine Berührungsängste.

»Die Leute mögen mich inzwischen«, erklärte Nic. »Zuerst gab es einen Riesenskandal, als mein Großvater unser altes Familienanwesen an eine internationale Luxushotelgruppe verkaufte, aber inzwischen hat das Dorf viel davon profitiert und die Proteste sind verebbt.« Er grinste wieder sein typisches Lausbubengrinsen. »Mein Großvater war jedoch so schlau, dafür zu sorgen, dass unserer Familie die schönste Suite dauerhaft zur Verfügung steht. Lass uns hinfahren, dann können wir vor dem Abendessen noch eine kleine Siesta halten.«

So, wie er das Wort Siesta aussprach, klang das nicht gerade nach einem geruhsamen Mittagsschläfchen.

In der Eingangshalle des »Palacio del Conquistador« herrschte eine völlig andere Atmosphäre als in der einfachen Bodega. Von dem gigantischen Gewölbe des mittelalterlichen Castillos hingen eiserne Kronleuchter, die ihr Licht auf schwere, dunkelrote Teppiche und starre, mit braunem Leder gepolsterte Holzstühle warfen, die wie in einem Rittersaal um eine lange Tafel herumstanden. Romy fröstelte. Es war kühl in dem alten Gemäuer, und sie fühlte sich unwohl in dieser Umgebung, als wäre sie schon einmal unter völlig anderen Umständen hier gewesen. Am liebsten hätte sie sofort wieder kehrtgemacht.

Nic musste etwas bemerkt haben, denn er legte wie selbstverständlich seinen Arm um ihre Schultern. »Was hast du?«, flüsterte er in ihr Ohr.

»Nichts, mir ist nur ein wenig kalt«, gab sie zurück.

Eine ungefähr vierzigjährige Spanierin mit strengen Gesichtszügen, straff zurückgekämmtem schwarzem Haar und perfekt sitzendem dunklen Samtkostüm begrüßte sie freundlich. Sie schien sich nicht im Geringsten zu wundern, dass Nic nicht mit seiner Ehefrau, sondern mit Romy hier aufkreuzte. Und wenn doch, ließ sie es sich nicht anmerken. Sie nahm die Reservierung für einen Tisch zum Abendessen auf und gab dann einem Angestellten in Livree ein Zeichen, Nic über eine schmale Seitentreppe in einen abgesperrten Seitenflügel zu seiner Suite zu begleiten.

Im Gegensatz zur Eingangshalle bestimmten helle, freundliche Möbel den Raum. Der Ausblick von dem kleinen mittelalterlichen Steinbalkon war selbst in der aufziehenden Dunkelheit atemberaubend. Unter ihnen schmiegte sich das Dorf an die Festungsmauer, und blickte man in die Ferne, so schien der Horizont unendlich weit. Ein perfekter Standort für eine Festung, dachte Romy. Stunden vor ihrem Eintreffen hatte man von hier aus das Herannahen von Feinden beobachten können.

Der Angestellte schenkte ihnen zwei Gläser mit eisgekühltem Cava ein und reichte sie Nic, der neben Romy auf den Balkon getreten war.

»Ein erhabenes Gefühl, nicht wahr?«, sagte er leise.

Romy gab ihm recht. Ob Joaquín und Iriomé auch damals hier gestanden hatten? Ob er sie zu seiner Frau genommen hatte? War das überhaupt möglich gewesen? Soviel sie wusste, konnte ein Adeliger damals nur eine Adelige heiraten und bestimmt keine Wilde von irgendwelchen fernen Inseln. Der Weg ihrer Liebe war gewiss mit vielen Hindernissen gepflastert. Ob sie sich letztendlich erfüllt hatte, war mehr als fraglich. Dieser Gedanke überfiel Romy wie ein plötzliches Sommergewitter und stimmte sie traurig.

»Du bist so in dich gekehrt.« Nic strich ihr sanft mit den Fingerkuppen über die Lippen.

»Ich bin nur nachdenklich«, antwortete Romy.

Er nahm ihr Gesicht in beide Hände und küsste sie auf den Mund.

Romy schloss die Augen und genoss seine Zärtlichkeit, dann erwiderte sie seinen Kuss.

»*Te quiero, mi amor*«, flüsterte er in ihr Ohr. »Ich habe dich mein Leben lang gesucht und will nie wieder ohne dich sein, verstehst du das?«

Seine Worte drangen tief in ihre Seele. Wurde da gerade ein alter Traum wahr?

Romy schloss die Augen, schmiegte sich in seine Arme und ließ sich hinwegtragen von einer Welle der Leidenschaft. Weit weg von dem Gedanken, dass er verheiratet war mit der Tochter des Hauptaktionärs von Forster's Health. Und weit weg von dem Gedanken, dass es einen ganz anderen Grund geben könnte, warum er das alles hier inszenierte.

21. KAPITEL

Das Dominikanerinnenkloster Santa Maria del Valle lag in einer kleinen Talsenke, umschlossen von sanften Hügeln, auf denen Schafe weideten. Die romanische Kirche war noch gut erhalten und kam Romy vor wie ein Fels, der der ewigen Brandung der Zeit getrotzt hatte. Die Nebengebäude dagegen waren zum Teil mit Baugerüsten und Planen eingeschalt, die wie Stützkorsette oder Bandagen wirkten, um einen alten Körper aufrecht zu halten. Zwei orangefarbene Baukräne gaben dem Ganzen einen bizarren Eindruck.

»Das Gebäude war kurz vor dem Einsturz. Das Dach ist komplett undicht, und in den Wänden sitzt der Schimmel. Aber ich denke, wir können das Kloster retten«, erklärte Nic hoffnungsvoll.

»Wir?«

»Ja, ich habe aus meinem Privatvermögen einiges in die Renovierungsarbeiten gesteckt.«

Romy sah ihn fragend an. »Doch nicht aus religiösen Gründen?«

Nic lachte. »Nein, das weniger. Das Kloster wurde 1490 von Lucía Pilar de Alba gegründet, und irgendwie fühle ich mich heute verantwortlich dafür. Auch wenn ich dir nicht sagen kann, warum. Seit ich zum ersten Mal hier gewesen bin, habe ich das Gefühl, mit diesem Kloster in irgendeiner Weise verbunden zu sein. Und heute denke ich sogar, dass ich dem Platz etwas schulde.«

Romy spürte Unsicherheit in seiner Stimme. Eine völlig neue Seite an diesem Mann, der sonst vor Macht- und Selbstbewusstsein nur so strotzte.

»Die Dominikaner spielten während der spanischen Inquisition eine wichtige Rolle, oder? Waren sie nicht so eine Art Richter, die entschieden, ob jemand reinen Glaubens war oder auf den Scheiterhaufen kam?«, kramte Romy Fragmente aus dem Unterricht von Señor Méndez hervor. Soweit sie sich erinnerte, fanden diese schrecklichen Tötungen zu der Zeit statt, als Iriomé nach Spanien segelte.

»Aber nur der männliche Teil des Ordens«, antwortete Nic. »Und das auch nicht, weil sie sich darum gerissen hätten, sondern weil ihr Gründer Dominicus de Caleruega damals für alle Mitglieder eine akademische Ausbildung gefordert hatte. Und das prädestinierte sie nun mal für diese blutige Aufgabe. Die Frauenklöster dagegen waren ein Auffangbecken für die Damen aus dem Adel, die einzige Möglichkeit, etwas zu lernen und einer Heirat zu entkommen, die nur dazu diente, den Familienbesitz zu vergrößern und legitime Erben zu produzieren.«

Romy glaubte, fast so etwas wie Mitgefühl aus seiner Stimme herauszuhören. Wieder überfiel sie der Gedanke, dass Joaquín und Iriomé damals wahrscheinlich gar keine Chance gehabt hatten. Die gesellschaftlichen Regeln jener Zeit hätten eine solche Verbindung niemals zugelassen. Aber war es heute wirklich so viel anders? Gegen die Tochter von Gerald Forster war sie doch nur ein Karbolmäuschen.

An der Klosterpforte begrüßte sie eine kleine, dicke Nonne mit Schalk in den Augen. Sie stellte sich als Schwester Philomena vor und trug die typisch schwarz-weiße Tracht der Dominikanerinnen. Sie musterte Romy zwar von oben bis unten, verlor jedoch kein Wort über ihre Gegenwart, sondern führte sie in eines der alten, noch nicht renovierten Gebäude.

»Warten Sie bitte hier, Señor Saratoga, ich werde das Buch holen«, sagte sie augenzwinkernd und verschwand.

In dem kargen Besucherraum standen nur ein paar Stühle und ein alter Holztisch. An der Wand hing ein schmuckloses Kreuz, gegenüber befand sich auf einem Sockel eine grob geschnitzte Madonna. Sie trug einen einst blauen Umhang, dessen Farbe ebenso abgeblättert war wie die im Gesicht, das dadurch wie eine Totenmaske wirkte. Die Sonne, die durch das kleine Fensterchen schien, reichte nicht aus, Kälte und Feuchtigkeit zu vertreiben. Romy bewegte die Zehen in ihren schwarzen Lederstiefeln und zog den Reißverschluss ihrer gefütterten Windjacke hoch.

»Ich werde anregen, hier eine Heizung einzubauen«, sagte Nic lächelnd.

In diesem Moment kam die Schwester mit einem großformatigen ledergebundenen Buch unter dem Arm zurück. Es musste recht schwer sein, denn sie stöhnte, als sie es auf den Tisch legte.

»Das ist es«, sagte sie stolz, als hätte sie es selbst geschrieben. »*Liber Herbarum Medicinarum*. Es stammt aus dem späten 15. Jahrhundert und wurde von Hermana Guadalupe, einer Nonne dieses Klosters, verfasst.«

Nic schlug den Einband auf und blätterte vorsichtig die Pergamentseiten um.

Romy sah ihm über die Schulter. Auf der linken Seite befand sich eine fein ausgearbeitete Zeichnung von Blättern, Blüten und Wurzeln der jeweiligen Heilpflanze, auf der rechten ein in sauberer, enger Handschrift verfasster lateinischer Text. Nic blätterte weiter um, während die Nonne jede seiner Bewegungen mit Argusaugen beobachtete, als hätte sie Angst, er könnte mit dem kostbaren Werk davonrennen.

»Und, was sagen Sie?«, fragte sie gespannt. »Können Sie etwas damit anfangen?«

»Das weiß ich noch nicht«, antwortete Nic.

»Wir haben von einigen Museen schon recht lukrative Angebote bekommen, und na ja … die Renovierungskosten überschreiten bei Weitem das, womit wir gerechnet haben«, sagte sie freundlich und bestimmt zugleich.

Ganz schön dreist, dachte Romy. Immerhin hatte Nic für den alten Kasten schon einiges lockergemacht.

Doch er bewahrte wie immer die Ruhe und wandte sich mit einem Lächeln Romy zu. »Warum nutzt du nicht die Gelegenheit und siehst dir das Kloster an, bis ich hier fertig bin?«

Schwester Philomena nickte zustimmend, zückte ihr Handy und bat eine Mitschwester, umgehend zu kommen. Kurz darauf betrat eine Nonne ungefähr in Romys Alter den Raum, die sich ihr als Hermana Felicitas vorstellte.

»Zeige doch bitte der jungen Dame unser Kloster«, sagte Schwester Philomena geschäftig und schob die beiden eilig aus dem Raum. Offensichtlich konnte sie es gar nicht erwarten, mit Nic ein lukratives Geschäft auszuhandeln.

»Leider ist hier im Moment alles etwas chaotisch, aber es gibt noch ein paar schöne Plätze, wo alles beim Alten ist«, sagte die junge Nonne mit einer ungewöhnlich tiefen, rauen Stimme und sah Romy direkt in die Augen.

Romy mochte sie auf Anhieb. Ihr schmales Gesicht, eingerahmt von dem weißen Schleier der Novizinnen, strahlte Ruhe und Ausgeglichenheit aus. Etwas, wovon Romy gerade meilenweit entfernt war.

Die beiden Frauen gingen über den mit alten Kastanienbäumen bepflanzten Kirchplatz zum Hauptgebäude des Klosters. Schwester Felicitas schlüpfte unter einer Bauplane hindurch, holte einen dicken Schlüsselbund aus der Tasche ihrer Tracht hervor und schloss eine schwere eisenbeschlagene Holztür auf.

Vor ihnen öffnete sich ein sonnendurchfluteter romanischer Kreuzgang, in dessen Mitte ein Ziehbrunnen stand.

Ihre Schritte hallten durch das alte Gemäuer. Romy kam sich mit ihren Stiefeln etwas fehl am Platz vor und bemühte sich, ganz besonders vorsichtig aufzutreten. Schwester Felicitas lächelte sie warm an. »Keine Sorge. Manchmal tut es gut, ein wenig die Stille zu durchbrechen, die hier seit über 500 Jahren herrscht. Dieser Kreuzgang stammt noch original aus dem 15. Jahrhundert.«

»Und Sie, wie lange leben Sie schon in dieser Stille?«

»Bis vor Kurzem habe ich in einem Krankenhaus in Madrid gearbeitet, aber ich bin dort selbst irgendwann krank geworden. Jetzt bin ich hier für die Krankenpflege zuständig und kümmere mich um die älteren Mitschwestern. An diesem Ort kann ich die Aufgabe, die Gott mir zugewiesen hat, auch in seinem Sinne erfüllen. Auf menschliche Weise.«

»Das kann ich gut verstehen«, sagte Romy. »Ich bin Laborärztin und habe auch früher in einem Krankenhaus gearbeitet.«

Schwester Felicitas sah sie interessiert an. »Früher?«

Romy nickte. »Seit Kurzem arbeite ich in einem pharmazeutischen Labor in der Abteilung für pflanzliche Medikamentenforschung.«

»Dann interessiert Sie bestimmt unser Heilkräutergarten mehr als das alte Gemäuer hier? Er ist ziemlich einzigartig und hat eine lange Tradition. Eine Dominikanerin mit Namen Guadalupe hat ihn bereits im Mittelalter angelegt, und später wurde hier im Kloster die erste Apotheke in dieser Gegend eröffnet.«

»Ich habe gerade ihr Buch gesehen«, sagte Romy. »Es ist wunderschön!«

»Ein unglaublicher Fund! Wir haben es unter der Bibliothek in einem halb verschütteten Raum gefunden, wo wohl die Bücher aufbewahrt wurden, die während der Inquisition nicht für jedermann bestimmt waren und schon gar nicht für die Inquisitoren. Eigentlich sollte es im Kloster bleiben, aber bei Señor Saratoga ist es bestimmt auch in guten Händen.«

»Ich bin sicher, er wird für das Kloster eine Kopie anfertigen lassen.«

»Das wäre schön«, meinte die Schwester mit einem Lächeln.

Sie verließen den Kreuzgang und gelangten durch eine weitere mächtige Holztür an die Rückseite des Westflügels, der ebenfalls mit einem Baugerüst versehen war. Von dort führte ein

Trampelpfad an der alten Klostermauer entlang zu einem großflächig angelegten Kräutergarten. Die einzelnen Pflanzen waren säuberlich getrennt und liebevoll mit kleinen Schildchen versehen. Während Romy sich interessiert umsah, entdeckte sie in der Mauer eine kleine unscheinbare Holzpforte, die ihre Aufmerksamkeit erregte.

»Was ist dahinter?«, fragte sie.

»Eine alte Klause, die früher einmal zum Kloster gehörte. Aber sie ist inzwischen verfallen.«

»Kann ich diese Klause mal sehen?«, fragte Romy mit einer Entschlossenheit, die sie sich selbst nicht erklären konnte.

»Warum nicht? Aber erwarten Sie nicht zu viel.« Schwester Felicitas stemmte sich resolut mit ihrer Schulter gegen die alte Holztür, die heftigen Widerstand leistete und erst aufsprang, als die Nonne sich noch einmal mit aller Kraft dagegenwarf.

Romy erblickte eine mit Blumen übersäte Wiese und in einiger Entfernung am Waldrand ein verwunschenes Steinhaus mit eingefallenem Dach. Wie magisch angezogen ging sie darauf zu. Schwester Felicitas folgte ihr verwundert mit einigem Abstand.

Die halb verrottete Tür hing völlig schief in den Angeln und wäre fast herausgefallen, als Romy sie aufschob. Ein paar Tauben flogen aufgeschreckt in die Höhe. Innen roch es nach Moder. Auf dem schlammigen Boden lagen zerbrochene Dachziegel, die mit Moos überzogen waren. Die Fenster hatte man mit Holzbrettern verrammelt. Nur durch das beschädigte Dach kam etwas Licht herein und erhellte die Innenmauern. Romys Blick fiel auf ein stark verwittertes Mauerstück. Sie wischte die Flechten ab und darunter kam neben mehreren Dreiecken, Vierecken und verschieden großen Kreisen eine Spirale zum Vorschein, die in einen besonders ebenmäßigen Stein eingeritzt worden war. Vorsichtig berührte Romy sie mit den Fingerspitzen.

Im selben Moment fuhr ein stechender Schmerz in ihren Bauch, der immer heftiger wurde. Sie schleppte sich mit letzter Kraft nach draußen. Dort brach sie zusammen. Die Grenze zwischen dieser und einer anderen Welt löste sich auf. Sie fühlte sich wie in einem spiralförmigen Sog, der sie nach oben zog und ihr den Boden unter den Füßen wegriss.

22. KAPITEL

»Land in Sicht!« Auch wenn Iriomé die Worte nicht genau verstehen konnte, begriff sie doch deren Sinn. Die lange, entbehrungsreiche Reise neigte sich dem Ende zu. Sie hörte, wie die Männer an Deck rannten und Freudenschreie ausstießen. Nur Joaquín lag auf seiner Schlafstatt und schien diese Freude nicht teilen zu können. Und Iriomé wusste auch, warum.

Alonso de Lugo, der Schlächter ihres Volkes, lag im Sterben. Der Wundbrand wütete, und schwere Fieberschübe schüttelten seinen Körper. Joaquín und Frai Hieronymus hatten sie gebeten, sein Leben zu retten, doch jedes Mal, wenn sie auch nur in die Nähe der Schlafstatt des Eroberers kam, begann sie zu zittern. Dann dröhnte ihr Kopf wie die Brandung, die in den Wintermonaten an die Felsküste von Benahoare donnerte, und es überkam sie das Gefühl, ersticken zu müssen. Sie hatte Joaquín den Rest der grünen Paste überlassen, auch wenn sie wusste, dass sie nicht mehr helfen würde. Er hatte Kaltauge damit behandelt, ihm kalte Umschläge gemacht und stundenlang an seinem Lager gesessen. Aber warum? Sie spürte, dass Joaquín litt, als wäre er selbst dem Tode geweiht. Er aß und trank fast nichts und sprach auch kaum mehr mit jemandem, außer hin und wieder mit Frai Hieronymus.

Iriomé rüttelte den jungen Spanier wach und deutete auf das runde Loch in der Schiffswand.

»Land«, wiederholte sie das Wort, das sie immer wieder von Deck gehört hatte.

Er richtete sich auf, schob sie beiseite und sah durch das Loch, um sich selbst davon zu überzeugen. Dann streifte er sich Jacke und Beinkleider über und verließ, ohne ein Wort zu sagen, die gemeinsame Schlafstatt. Seit Kaltauge mit dem Tod rang, hatte sich das, was zwischen ihnen entstanden war, aufgelöst. Iriomé ahnte, dass er insgeheim sie für den unausweichlichen Tod des Konquistadors verantwortlich machte.

Sie zog sich ebenfalls an. Seit einiger Zeit bediente sie sich aus Joaquíns Kleidertruhe. Ihr eigenes Ledergewand war immer wieder nass geworden und scheuerte auf der Haut. Die Beinkleider des Spaniers passten ihr, sie musste sie nur mit einem Ledergurt um die Taille festzurren, um sie nicht zu verlieren. Das, was er Hemd und Jacke nannte, war zwar etwas weit, aber das störte sie nicht.

Sie folgte ihm, ohne dass er es bemerkte. Wie sie es vermutet hatte, ging er zu seinem Anführer. Der Eroberer ruhte reglos auf seinem Lager. Sein Gesicht war so weiß wie die Unterlage, auf die er gebettet war, und bildete einen harten Kontrast zu dem schwarzen, struppigen Bart, der um sein Kinn wucherte. Joaquín fühlte seinen Puls. Er musste gespürt haben, dass sie hinter der Tür stand, und warf ihr einen hilflosen und zugleich völlig verzweifelten Blick zu, der sie bis ins Innerste traf. Sie wandte sich ab und stieß mit Frai Hieronymus zusammen, der ebenfalls auf dem Weg zu dem Sterbenden war.

»Warum ist Joaquín so verzweifelt?«, fragte sie ihn in einfachem, aber inzwischen gut verständlichem Spanisch. In den letzten Wochen hatte sie Fortschritte in der Sprache der Konquistadoren gemacht.

Der Mönch nahm sie beiseite und sah sie ernst an. »Wenn der Konquistador stirbt, wird Joaquín des Mordes angeklagt. Er wird gehängt, und das bringt große Schande über seine Familie.«

Iriomé verstand nicht alles, aber eines war klar: Der Tod von de Lugo würde den Tod Joaquíns nach sich ziehen. Sie schauderte. Er benötigte ihre Hilfe. Genau so, wie sie seine benötigt hatte, als Kaltauges Schwert über ihr schwebte.

Zwischen ihr und Akin gab es wie einst zwischen ihr und Tanausú ein Band der gegenseitigen Verantwortung, das niemals zerreißen durfte. So lautete das Gesetz ihres Volkes, gegen das noch nie jemand verstoßen hatte. Als Joaquín mit gebeugtem Haupt an ihnen vorbeiging, ohne sie überhaupt wahrzunehmen, folgte ihm Frai Hieronymus mit sorgenvollem Blick. In diesem Augenblick fasste Iriomé einen schwerwiegenden Entschluss. Sie überwand ihre Ängste und schlich zurück zu Kaltauges Schlafstatt. Eingehend betrachtete sie den Sterbenden. Sie spürte weder Hass noch Vergeltungsgefühle. Sie dachte nur noch an die Gefahr, die sein Tod für Joaquín bedeuten würde. Dann öffnete sie das Medaillon, befeuchtete ihren Finger mit Spucke und berührte damit den Inhalt, sodass nur wenig von dem Pulver daran haften blieb. Dann tauchte sie ihren Finger in de Lugos Wasserbecher. Sie stützte seinen kantigen Kopf und flößte ihm den Inhalt des Bechers ein, während ihr aus seinem Mund fauliger Atem entgegenschlug.

»Tara, Königin der Götter, Mutter der Erde, deine Macht rufe ich an. Errette diesen Mann. Für das Leben von Akin, denn er rettete meines.« Sie hatte jedes Wort nur geflüstert, doch de Lugo musste sie dennoch gehört haben. Er öffnete die Augen, und sein kalter Blick traf sie wie die Klinge seines Schwertes. Sie war sich nicht sicher, ob er sie erkannte. Stöhnend sank er zurück auf sein Lager. Iriomé blieb noch eine Weile bei ihm sitzen, bis sie merkte, dass er eingeschlafen war und regelmäßig atmete. Erst jetzt wurde ihr bewusst, was sie getan hatte.

Wieder hörte sie Tichinames Stimme. *Diese Männer kennen keine Liebe. Sie werden alles, was uns heilig ist, vernichten. Doch eines darf niemals in ihre Hände gelangen: das heimliche Herz der Insel, das in der Höhle des höchsten Berges schlägt!*

Doch Iriomé war keine andere Wahl geblieben. Sie und Joaquín würden fortan gemeinsam dafür Sorge tragen, dass Amakuna niemals in die Hände der Konquistadoren geriet. So war es bestimmt! Und ob Kaltauge tatsächlich begriff, dass er ihrem Entschluss seine Genesung verdankte, war fraglich.

Einigermaßen beruhigt ging sie zurück in Joaquíns Kajüte, wo sie sich in ihre hängende Schlafstatt legte.

Doch irgendetwas war anders als sonst. Es dauerte eine Weile, bis sie begriff, dass sich das Schiff nicht mehr vorwärtsbewegte. Es schaukelte nur noch sanft und ruckte manchmal, wie eine Ziege, die an einen Pflock angebunden war und sich befreien wollte. Durch das kleine Loch in der Schiffswand erspähte sie die Küste. Es war ein flacher heller Strand, an dem zahlreiche Boote verschiedener Größe lagen. Dahinter, nebeneinander aufgereiht, ragten hohe weiße Kästen mit dunklen Löchern auf.

Je höher die Sonne stieg, desto heißer und stickiger wurde es in der kleinen Kajüte. Vorher hatte der Fahrtwind durch die kleine Öffnung hereingeweht und Kühle gebracht, doch jetzt verwandelte die Sonne das Schiff in einen glühenden, stinkenden Ofen. Iriomé lag nackt mit geschlossenen Augen in ihrem schaukelnden Netz. Der Schweiß lief ihr in kleinen Bächen den Körper hinunter, während Tichinames Worte wie ein nicht endendes Echo auf sie einhämmerten: *Erst wenn die Menschen frei von Gier nach Macht und Reichtum sind, darf sein Geheimnis offenbart werden … Es ist deine Aufgabe, Amakuna so lange zu bewahren, bis jene Zeit gekommen ist.*

Sie schreckte hoch, als es draußen dämmerte und aufgeregte Stimmen an ihr Ohr drangen.

Durch das Loch in der Schiffswand erblickte sie ein kleines Ruderboot, in dem zwei Männer aus der Mannschaft und ein Fremder saßen, der vollständig anders aussah als die Spanier. Er war klein und rundlich, trug ein merkwürdig ineinandergeschlungenes Tuch auf dem Kopf und bunte Kleidung mit fremdartigen Mustern. Sie beobachtete, wie man ihm an Deck half, und erhaschte einen kurzen Blick aus seinen Augen. Das genügte ihr. Sie erkannte die Seele einer Harimaguada im Körper eines Mannes.

Joaquín begrüßte den Mann überschwänglich und geleitete ihn sofort unter Deck. Iriomé ahnte, wohin die beiden gingen. Etwas Besseres hätte ihr nicht geschehen können. Falls de Lugo tatsächlich gesundete, würde es für alle so aussehen, als hätte dieser bunt gekleidete Mann ihn geheilt. Niemand würde je die Wahrheit erfahren. Beruhigt ließ sie sich wieder in den Halbschlaf fallen, der ihre Sinne benebelte und die Sorgen auflöste.

Sie kam erst wieder zu sich, als Joaquín erschien, ihren Namen rief und sie umarmte. Sämtliche Traurigkeit und Hoffnungslosigkeit waren von ihm abgefallen. Tränen der Freude funkelten in seinen Augen.

»Danke, dass du ihn gerettet hast. Ich weiß nicht, was du getan hast. Aber das werde ich dir nie vergessen. Jetzt kann ich an Land gehen und den meinen wieder in die Augen sehen.«

Iriomé befreite sich sanft aus seiner Umarmung und sah erst jetzt, dass er nicht allein gekommen war.

Neben ihm stand der bunte Mann und lächelte sie mit seinen warmen braunen Augen an. »Ali Ibn Musa Ibn Said«, stellte er sich mit einer tiefen Verbeugung vor.

Er erinnerte Iriomé an ihre Heimat, wo sich die Menschen ebenso ernsthaft und respektvoll begrüßten. Sie wickelte sich ein Tuch um ihren Körper, stand auf und verneigte sich ebenfalls.

»Ich bin Médico und helfe kranken Menschen«, sagte er zuerst in Spanisch und dann in einer anderen Sprache, von der Iriomé sogar das Wort »krank« verstand.

»Hast du den Konquistador geheilt?«, fragte er leise.

Iriomé schüttelte heftig den Kopf.

»Er sagt, du hast ihm etwas gegeben, das ihn lange schlafen ließ, und jetzt fühlt er sich plötzlich wie neu geboren.«

»Nur Wasser«, sagte sie und deutete auf einen Wasserkrug, der neben ihr auf dem Boden stand.

»Sonst nichts?«

Sie schüttelte den Kopf. Trotz der Hitze zitterte sie am ganzen Körper. De Lugo hatte sie also doch erkannt. Er würde nichts unversucht lassen, um ihr Geheimnis zu ergründen. Schon als sie die Gefangenen behandelte, hatte er sie genauestens beobachtet und über den Mönch fragen lassen, aus welchen Pflanzen sie die grüne Heilpaste zubereitete.

Ibn Said verstand ohne weitere Erklärung, welch große Angst sie quälte, und drang nicht weiter in sie. Er verabschiedete sich mit einer tiefen Verbeugung und verließ gemeinsam mit Joaquín die Kajüte. Sie rief ihren Geliebten zurück, doch er hörte sie nicht. Iriomé spürte deutlich, dass er bereits ganz woanders war, in seiner Welt. War dort für sie überhaupt Platz? Hatte sich Tichiname doch getäuscht? War es vielleicht gar nicht Joaquín, der ihr zur Seite stehen sollte? War alles ein großes Missverständnis? Hatte sie schon jetzt Amakuna verraten, aus dem gleichen Grund, aus dem ihr Volk in die Falle der Spanier geraten war? Aus falscher Liebe und falschem Vertrauen zu Joaquín? Doch warum fühlte sie sich dann so verbunden mit ihm?

Während sie noch versuchte, sich diese Fragen zu beantworten, kam Frai Hieronymus herein. Er sah ihr mit steinernem Blick entgegen. Alle Herzlichkeit und Wärme, die er ihr zuvor entgegengebracht hatte, waren verschwunden. In seinen Augen las sie nur noch Furcht und Hass.

»Hexe«, schleuderte er ihr entgegen. »Du stehst mit dem Teufel im Bunde. Nur Gott allein hat das Recht, über Leben und Tod zu bestimmen!«

Iriomé verstand nicht, was er ihr sagen wollte. Nur, dass er sie aus tiefster Seele beschuldigte und von einem Augenblick auf den anderen zu ihrem Feind geworden war.

»Ich muss dich der Inquisition übergeben, sobald wir an Land sind. Er hielt ihr ein hölzernes Kreuz entgegen, das er an einer Kette um den Hals trug, als könnte er auf diese Weise verhindern, dass sie ihm zu nahe kam. »Du hast mich getäuscht. Deine blauen

Augen hat der Teufel gefärbt. Doch jetzt kannst du mir nichts mehr vormachen.« Er schrie ihr die letzten Worte entgegen, als ob er von einem Dämon besessen wäre. Dann verließ er laut schnaufend den kleinen Raum.

Iriomé sah ihm fassungslos nach. Sie konnte zwar nur ungefähr verstehen, was er ihr vorwarf, doch sein Benehmen machte ihr klar, dass sie keine Zeit mehr zu verlieren hatte. Ihre Pflicht gegenüber Joaquín war erfüllt, jetzt ging es nur noch um Amakuna. Kaum waren die Schritte des Mönchs verklungen, zwängte sie sich durch das Loch in der Holzwand, sprang an Deck und schlich ungesehen zum hinteren Teil des Schiffes. Der Wind wehte noch einmal Joaquíns Stimme an ihr Ohr, der sich nicht weit entfernt mit dem kleinen bunten Mann unterhielt. Iriomé wäre gern bei ihm geblieben, doch sie hatte nun endgültig begriffen, dass er zu einer anderen Welt gehörte. Zur Welt der Konquistadoren und falschen Gottesmänner. Er konnte unmöglich derjenige sein, der dazu bestimmt war, gemeinsam mit ihr Amakuna zu schützen.

Das Medaillon war gerade so groß, dass es in ihren Mund passte. Es schmeckte auf merkwürdige Weise nach Blut. Sie presste die Lippen zusammen und befahl sich, sie nicht mehr zu öffnen, bis sie die Küste erreicht hatte. Ein langer Weg lag vor ihr, den sie nur mithilfe von Tara und Tigotan bewältigen würde. Sie kniete nieder und legte den Kopf auf die Planken des Schiffes, um sich mit Tara, der Erdgöttin, zu verbinden. Dann sah sie nach oben in den wolkenlosen blauen Himmel, erbat den Segen des Himmelsgottes Tigotan und schloss die Augen. Nachdem sie sich von beiden Göttern gehört fühlte, warf sie das Tuch von sich und sprang.

Das Wasser war kalt. Die Wellen schlugen schäumend über ihr zusammen, doch sie tauchte schnell wieder auf. Sie war schon von viel höheren Felsen gesprungen. In ihrem Volk konnten die Kinder oft früher schwimmen als laufen. Trotzdem bezeugte sie dem Meer großen Respekt. Es hatte ihr die Eltern genommen.

Die Strömung trieb sie nicht auf den Strand zu, sondern parallel an der Küste entlang, die ihr jetzt viel weiter weg erschien, als vom Schiff aus gesehen. Angst stieg in ihr auf. Würde sie es schaffen? Hatte sie vielleicht doch zu vorschnell gehandelt?

Mit der untergehenden Sonne kam ein starker Wind auf, und die Wellen klatschten Iriomé schmerzhaft ins Gesicht, sodass sie kaum noch Luft bekam. Das Salz brannte sich durch Augen und Kehle. Doch sie schwamm weiter, getragen von Tara und Tigotan und dem Geist Tichinames, der sie nie verlassen würde.

Je dunkler es wurde, desto mehr verschmolzen die Wellen mit der Küstenlinie, und sie war nicht mehr sicher, ob der Abstand überhaupt geringer wurde. Sie fror und wurde müde. Irgendwann hörte sie auf, ihren Körper zu spüren, und alles verschwamm vor ihren Augen.

Jemand klopfte ihr auf die Wangen. Ihr erster Gedanke war Tanausú. Er hatte sie zu sich geholt. Endlich. Doch dann drangen entfernt fremde Stimmen an ihr Ohr. Sie spürte feuchten Sand unter sich. Ihr Kopf dröhnte wie das Grollen des Guayote. Die Geister hatten sie wieder ausgespuckt, wollten sie noch nicht haben.

Zwei Hände versuchten, ihren Mund zu öffnen, den sie jedoch wie eine undurchdringbare Felswand verschlossen hielt. Sie schlug die Augen auf und blickte in ein bekanntes Gesicht. Der bunte Mann! Der Médico.

Behutsam strich er ihr das nasse Haar aus dem Gesicht und wickelte ihren nackten Körper in ein weiches Tuch.

»Keine Angst. Du bist jetzt in Sicherheit«, sagte er leise.

War sie wirklich noch in dieser Welt? Wenn ja, verdankte sie das allein den Göttern, die wollten, dass sie lebte und ihre Aufgabe erfüllte. Tara hatte sie gerettet. Hatte sie zu dem einzigen Menschen gebracht, den sie hier kannte und dem sie vom ersten Augenblick an vertraute.

Als seine Aufmerksamkeit für einen Moment abgelenkt war, nahm sie schnell das Amulett aus dem Mund und versteckte es in ihrer Hand unter dem Tuch. Keinen Augenblick zu früh, denn der Médico hielt ihr ein Gefäß mit Wasser an die Lippen, das sie in kleinen Schlucken trank.

Auf ein Zeichen hob sein Begleiter, ein kräftiger junger Mann mit muskulösem Oberkörper und einem Strohhut auf dem Kopf, sie hoch und trug sie quer über den Strand in Richtung der weißen Kästen, die von der Morgensonne in ein rosafarbenes Licht getaucht waren. Er musste sie gefunden und den Médico verständigt haben. Jetzt erst begriff sie, dass sie die ganze Nacht im Meer verbracht hatte.

Zwischen den viereckigen weißen Kästen wimmelte es von Menschen. Die Männer trugen halblange Hosen, die Frauen lange Kleider in unterschiedlichen Farben und strenge Kopfbedeckungen, die ihre Haare verbargen. Alle redeten laut miteinander oder schrien sich über die Köpfe anderer hinweg etwas zu, das Iriomé nicht verstand. Einige hatten Holzkästen mit Gitterstäben bei sich, in denen Vögel saßen, die Iriomé noch nie zuvor gesehen hatte. Andere trieben Tiere mit dicken Eutern vor sich her, die größer und schwerfälliger waren als Ziegen und viel kürzere Hörner besaßen.

Als plötzlich lautes Klappern und Rattern an ihr Ohr drangen, klammerte sie sich an den Mann, der sie trug. Eines der hochbeinigen Tiere, die sie bereits durch die Eroberer kannte, trabte an ihr vorbei. Es zog eine schwere Last, die auf runden, sich drehenden Scheiben befestigt war. Iriomé war in eine neue, ihr völlig fremde Welt geraten, die zu begreifen ihre Sinne überforderte.

Der Médico war vorausgegangen und blieb vor einer hohen Mauer mit einer kleinen blauen Holztür stehen. Er öffnete sie und winkte Iriomés Träger zu, ihm zu folgen. Das Getöse wurde leiser, nachdem die Tür wieder verriegelt war, und Iriomé atmete erleichtert aus. Der Mann ließ sie vorsichtig hinunter, hielt sie jedoch noch so lange fest, bis sie sicher auf beiden Beinen stehen konnte. Sie wickelte sich das Tuch fester um ihren Körper und bedankte sich mit einem leisen »*Gracias*« bei dem jungen Mann.

Der Médico gab ihm eine kleine runde Scheibe und schickte ihn dann fort. Dann forderte er Iriomé, der er gerade bis an die Schulter reichte, auf, ihm zu folgen.

Staunend betrat sie einen mit farbigen Steinen ausgelegten großzügigen Innenhof, in dessen Mitte ein sternförmiger Brunnen sprudelte. Daneben saß in einem merkwürdigen Gestell eine alte Frau. Sie trug weite, mit glänzenden Fäden durchwirkte Röcke und um den Kopf ein dunkles, weiches Tuch.

»Meine Mutter«, sagte der Médico und deutete dabei auf sie und sich. »Sie kann nicht sprechen, nicht sehen und nicht laufen.« Er machte dazu die entsprechenden Handzeichen und Körperbewegungen, sodass Iriomé ihn gut verstehen konnte. Die alte Frau musste bemerkt haben, dass außer ihrem Sohn noch jemand anderes anwesend war, denn sie hob die Hand und lächelte in Iriomés Richtung.

»Setz dich. Ich hole dir ein paar Kleider und etwas zu essen. Du musst doch furchtbar hungrig sein.«

Iriomé nahm auf einer kleinen steinernen Bank Platz und sah sich um. Zu ihren Füßen entführte ein kleiner Kanal das Wasser des Brunnens durch einen Bogengang in einen anderen Hof, aus dem ebenfalls leises Plätschern zu hören war. Die vordere Seite war offen und gab durch drei Bögen den Blick auf einen üppigen Garten frei. Noch nie hatte sie eine derartige, mit Liebe gestaltete Pracht gesehen. Orangefarbene Früchte, die an Bäumen hingen, und blutrote Blüten verbreiteten einen betörenden Duft. Welch ein Unterschied zu den deftigen Gerüchen draußen vor dem Tor!, dachte sie. Eine Insel des Wohlgeruchs inmitten eines aufgewühlten, stinkenden Meeres.

Nach einer Weile sah sie durch die sprühenden Tropfen des Springbrunnens den Médico mit einem Bündel Kleidung über dem Arm zurückkommen. In der einen Hand trug er eine kleine Schüssel, in der anderen ein Gerät, das wie zwei ineinandergeflochtene Messer aussah. Auch wenn sie ahnte, was er vorhatte, hoffte sie dennoch inständig, dass sie sich irrte. Dass er ihr nicht das nehmen wollte, was sie in ihrer Heimat als Frau und vor allem als Harimaguada ausmachte.

Doch Ibn Said war unerbittlich. Mit einem mitfühlenden Gesichtsausdruck schnitt er ihr die erste Locke ab. Auch wenn alles in ihr aufschrie, wehrte sie sich nicht, denn sie verstand, warum er es tat. Sie wagte es nicht, sich zu bewegen. Mit jedem zuschnappenden Geräusch schwebte Strähne für Strähne auf den mit glänzenden blau-weißen Steinen belegten Boden. Es war, als ob ihre Vergangenheit nun endgültig von ihr abfiel. In ihrer Heimat hätte man sie verlacht, wenn sie so aus ihrer Höhle getreten wäre. Tränen der Verzweiflung und Erschöpfung traten in ihre Augen. Die Mutter des Médico musste wohl ihre Gefühle gespürt haben, denn sie begann plötzlich, ein Lied mit einer fremdartigen fröhlichen Melodie zu pfeifen, als wollte sie sie trösten.

Mehrmals trat Ibn Said einen Schritt zurück, um sie von allen Seiten zu betrachten. Nachdem er hier und da etwas nachgebessert hatte, war er endlich mit seinem Werk zufrieden. Er reichte ihr ein grobes Hemd und ein Beinkleid, wie sie es bereits von Akin kannte, und eine Kopfbedeckung mit einem breiten Rand. Dann führte er sie zu dem Brunnen und forderte sie auf, hineinzusehen. Iriomé tat, wie ihr geheißen. Ihr blickte ein junger Mann entgegen, ähnlich dem, der sie hierher getragen hatte.

Der Médico war klug. So würde sie niemand erkennen. Weder Joaquín noch Kaltauge, noch der Mönch. Amakuna war vorerst sicher, gut versteckt unter ihrem Hemd. »*Gracias*«, sagte sie und legte dem Médico die Hand auf die Schulter als Zeichen ihres Respekts und ihres Vertrauens.

Er lächelte und reichte ihr die Schüssel, aus der ein fremdartiger, doch appetitanregender Geruch aufstieg. »*Buen provecho!* Lass es dir schmecken!« Dann packte er die abgeschnittenen blonden Haare in einen Sack und brachte ihn ins Haus, um ihn später zu vergraben.

23. KAPITEL

Insgeheim hatte Iriomé gehofft, Joaquín würde eines Tages an die Tür des Médico klopfen und sie in seine Arme schließen. Sie lebte jetzt schon seit mehr als drei Mondwechseln in seinem Haus, aber er war nicht erschienen. Nur des Nachts besuchte er sie manchmal im Traum, und wenn sie erwachte, glaubte sie, noch immer seine Stimme zu hören, seine Blicke und Berührungen zu spüren. Er fehlte ihr, und sie fragte sich, ob er überhaupt je nach ihr gesucht hatte.

Manchmal stieg Hoffnung in ihr auf, wenn sie vor dem Tor Pferdegetrappel hörte, doch dieses Gefühl wandelte sich nicht selten in Furcht, dass es Kaltauge sein könnte, der gekommen war, um sie zu holen. Er würde nicht aufhören, nach ihr zu suchen, dessen war sie sich sicher.

Um sich für das Entgegenkommen des Médico erkenntlich zu zeigen, kümmerte sich Iriomé um seine Mutter. Sie wusch die alte Frau, half ihr beim An- und Ausziehen, fütterte sie und fuhr sie in ihrem rollenden Gestell durch den Garten. Dort, wo es am besten duftete und das Plätschern der Brunnen wie eine Melodie klang, ließ sie die Alte verweilen.

Während dieser Zeit half sie dem Médico in der Küche beim Zubereiten der Speisen. Die Wände des kleinen Raums mit dem mächtigen Holzofen in der Mitte waren, ebenso wie die seines Patientenzimmers, mit Regalen bedeckt, auf denen unzählige Tiegel, Töpfchen und Gläser mit Pulvern und Kräutern standen. Ibn Said war auch auf diesem Gebiet ein Meister und erklärte Iriomé geduldig, wie Gemüse, Fleisch und Soßen mit verschiedensten Gewürzen schmackhaft zubereitet wurden. Und wieder tat sich für Iriomé eine neue Welt auf. Nie hätte sie es für möglich gehalten, dass die Zugabe von farbigen Pulvern einfache Speisen in Götterspeisen verwandeln konnte. Immer mehr liebte sie die Gerüche von Kardamom, Koriander, Kurkuma und Zimt und wagte es inzwischen auch selbst, sie zu verwenden. Mit der Zeit verlor sie zunehmend die Scheu vor dem Unbekannten und war geradezu begierig darauf, jeden Tag etwas Neues zu lernen.

Der Médico hatte große Freude an ihrer Wissbegierde. Wenn er von seinen Patienten zurückkam, gab er Iriomé zwei Unterrichtsstunden. Eine, um Spanisch sprechen, und eine, um Arabisch lesen und schreiben zu lernen. Mit dem Arabischen eröffnete er ihr noch eine weitere neue Welt, nämlich die der Bücher, von denen Ibn Said einige besaß, die er in einem Versteck in der Vorratskammer neben der Küche aufbewahrte. Iriomé verstand zwar nicht, warum er sie dort verbarg, aber es musste aus ähnlichen Gründen sein, warum die Harimaguadas ihr Wissen nur unter sich weitergaben.

Am meisten interessierten sie die Werke, in denen es um den menschlichen Körper ging und die Kunst, ihn zu heilen. Zum ersten Mal sah sie Abbildungen vom Skelett, von Muskeln und Organen. Während sie bisher nur aus Erfahrung, intuitiv oder im Gespräch mit den Geistern Krankheiten erkannt hatte, entdeckte sie nun ganz neue Anhaltspunkte.

Wenn Tichiname Iriomé Krankheiten erklärt hatte, war nie von einzelnen Organen die Rede gewesen, sondern immer vom ganzen Menschen und seiner Beziehung zur Natur und zur Geisterwelt, zu Tigotan und zu Tara. Die alte Medizinfrau brauchte kein Buch, um zu erkennen, an welcher Stelle des Körpers sich welcher Dämon eingenistet hatte und warum. Sie wusste es einfach, zumindest was die Krankheiten auf Benahoare betraf. Gäbe es ein Buch, in dem all diese Krankheiten mit den passenden Heilmitteln aufgelistet wären, überlegte Iriomé, könnte doch jeder, der dieses Buch besaß, die Kunst des Heilens erlernen. Doch nicht jeder war dafür auserwählt. Nicht jeder besaß die Fähigkeit, in die Seele eines anderen Menschen zu blicken, um dort die Krankheitsdämonen zu erkennen und zu besänftigen.

Trotzdem verbrachte sie fast die gesamte Zeit, in der Ibn Said Patienten besuchte, über seinen Büchern. Sie konnte es kaum erwarten, neue Worte und Schriftzeichen der arabischen Sprache zu lernen, um die Aufzeichnungen immer besser zu verstehen. Stunden um Stunden lernte und übte sie und überraschte ihren Lehrmeister stets mit neuen Zusammenhängen, die sie sich erarbeitet hatte.

Nur das für ihn allerheiligste und wichtigste Buch rührte sie nicht an. Denn darin wohnte der Gott der Mauren, den sie Allah nannten. So viel verstand sie inzwischen. Der Médico glaubte an einen anderen Gott als die Spanier. Und das, was für die Christen die Bibel bedeutete, war für ihn der Qur'an. Fünfmal am Tag holte der Médico ihn hervor, legte ihn neben sich auf seinen Gebetsteppich und betete immer in die gleiche Richtung und immer dasselbe. So kam es ihr jedenfalls vor. An einem Tag der Woche, den er Freitag nannte, badete er ausführlich nach der Arbeit, zog sich saubere Kleidung an und ging in die Moschee, um dort noch einmal gemeinsam mit anderen Menschen zu beten und Allah zu huldigen.

Iriomé selbst war schon lange keine Verbindung mehr mit ihren Göttern und Geistern eingegangen. Es schien ihr unmöglich, hier zwischen den Mauern von Ibn Saids Haus das Ritual durchzuführen, um sie anzurufen. Ihr fehlten die Weite des Meeres, die zerklüfteten Felsen ihrer Insel, der Wind und der Geruch der Pinien und wilden Kräuter. Auch wenn ihr der Médico inzwischen zum Freund geworden war und sie sich an das Leben in seinem Haus gewöhnt hatte, vermisste sie doch ihre Heimat. Manchmal fragte sie sich, ob sie Benahoare je wiedersehen würde und warum sie überhaupt noch am Leben war. Welche Aufgabe sollte sie hier in der Fremde erfüllen?

»Morgen nehme ich dich mit zu einer Patientin, als mein Gehilfe«, sagte Ibn Said eines Abends, als sie zusammen in der Küche standen und einen Lammbraten zubereiteten. Denn wie Iriomé inzwischen wusste, hatte Allah den Seinen verboten, Schweinefleisch zu essen. »Ich denke, selbst Hauptmann de Lugo ist inzwischen überzeugt davon, dass dich die Haie gefressen haben und nichts mehr von dir übrig ist. Wir können es also wagen. Und in deiner Verkleidung wird dich sowieso keiner erkennen.«

Iriomé spürte eine freudige Erwartung in sich aufsteigen. Sie hatte auf Anraten des Médico sein Haus bisher nicht ein einziges Mal verlassen, auch wenn sie manchmal fürchtete, die hohen Mauern, über die man nicht hinwegsehen konnte, würden sie erdrücken.

Doch es war nicht nur die Aussicht, diesen Mauern für eine Weile zu entkommen, die ihr Herz schneller schlagen ließ, sondern auch die, endlich wieder Kranken helfen zu dürfen.

Voller Freude packte sie schon am frühen Morgen den Koffer aus Tierhaut, in dem der Médico Fläschchen verschiedener Größe mit Pulvern und Flüssigkeiten aufbewahrte, und verließ mit ihm das Haus.

Sie durchquerten zuerst das maurische Viertel, wo sich das Leben der Menschen hauptsächlich hinter hohen Mauern abspielte, bis sie durch einen schon von Weitem erkennbaren Torbogen das Barrio der Christen betraten. Ihre Häuser sahen völlig anders aus. Vor den Fenstern und Türen waren Holzkonstruktionen angebracht, auf die man hinaustreten konnte. Die Balken hatte man mit reichen Schnitzereien versehen, so glatt und fein, wie Iriomé es nie für möglich gehalten hätte. Sie fragte sich, welche Werkzeuge die Christen wohl verwendeten und wer sie erfunden hatte. Waren ihre Geister wirklich so viel mächtiger, und vor allem, was mussten die Menschen ihnen dafür opfern?

Ibn Said blieb vor einem besonders schmucken, herrschaftlichen Haus stehen. Bevor er an das verschlossene Holztor klopfte, legte er seine Hand auf ihre Lippen. »Nicht sprechen!«

Iriomé verstand sofort, was er meinte. Ihre weibliche Stimme würde sie sonst verraten.

Die ältere Frau, die ihnen öffnete, trug ein grobes Gewand aus Leinen mit einer sauberen Schürze darüber sowie eine eng anliegende Kopfbedeckung, die unter ihrem Kinn mit zwei Schnüren zusammengehalten wurde. Bevor sie die beiden ins Innere zog, sah sie mit bangem Blick den Weg hinunter, als hätte sie Angst, ihnen könnte jemand gefolgt sein. Erst als sie sich überzeugt hatte, dass sie allein gekommen waren, schien sie beruhigt und schloss das Tor.

Über eine Art Leiter, deren Sprossen so breit waren, dass man den ganzen Fuß darauf setzen konnte, folgte Iriomé dem Médico in den oberen Bereich des Hauses. Die Gerüche, die ihr hier in die Nase stiegen, unterschieden sich gewaltig von denen im Haus des Médico. Statt feiner Gewürze und Rosenduft aus dem Garten dünsteten die dunklen Balken altes Fett und Moder aus. Iriomé konnte sich nur schwer vorstellen, hier zu leben, und war umso dankbarer, dass die Götter sie zu Ibn Said geführt hatten.

Auch der abgedunkelte Raum mit der niedrigen Holzdecke, in den der Médico zielstrebig vorausging, war stickig und heiß. Nur schemenhaft erkannte Iriomé auf einer hoch gelegenen Schlafstatt ein Mädchen, fast noch ein Kind. Ihr blasses Gesicht war mit großflächigen, schuppigen roten Flecken übersät. Die Frau blieb ängstlich an der Tür stehen, als ob sich im Zimmer ein böser Geist ihrer bemächtigen könnte. Iriomé fühlte mit der Frau, auch wenn sie den Geist, der hier sein Unwesen trieb, nicht kannte und deshalb auch nicht einschätzen konnte.

Ibn Said nahm furchtlos die Hand der Kranken und fühlte

ihren Puls, genauso wie Iriomé es von Tichiname kannte. Er verglich jedoch nicht den Pulsschlag des Mädchens mit seinem eigenen Herzschlag, sondern sah konzentriert auf ein merkwürdiges Gebilde, das tickende Geräusche von sich gab.

Auf sein Geheiß öffnete Iriomé den Koffer und reichte ihm ein glänzendes Instrument aus Metall, ein Material, das ihr inzwischen vertraut war. Vorsichtig schabte er damit die schuppigen Flecken von der Haut der Kranken und tröpfelte anschließend aus einem durchsichtigen Gefäß eine gelbliche Flüssigkeit darauf. Dann schlug er die Decke zurück und untersuchte ihren Körper auf weitere rote Stellen. Nachdem er nichts finden konnte, deckte er sie mit einem Nicken wieder zu.

»Du wirst wieder gesund, mein Kind«, sagte er und strich ihr freundlich lächelnd über die Wangen.

»Danke«, hauchte sie nur. »Gott möge es Ihnen vergelten.«

Der Médico setzte sich an einen kleinen Tisch, der am Fenster stand. Die Ritzen in den Schlagläden davor ließen gerade genug Licht hindurch, um etwas aufzuschreiben. Er holte Feder und Pergament aus einem Seitenfach des Koffers und machte sich an die Arbeit.

»Das sind die Namen einiger Kräuter, die du mir besorgen wirst«, wandte er sich an Iriomé. »Ich werde dir später zeigen, wie man daraus eine wirksame Medizin mischt.«

Die alte Frau, die noch immer in der Tür stand, blickte ihn furchtsam an.

»Keine Angst, Señora«, beruhigte er sie. »Das geht alles mit rechten Dingen zu.«

»Lepra«, erklärte Ibn Said Iriomé, als sie wieder draußen auf der Straße waren. »Die Christen glauben, diese Krankheit sei ansteckend, und der Teufel hätte sie ihnen geschickt. Aber das ist nicht wahr. Sie trifft hauptsächlich die, die sich nicht sauber halten. Die Christen gehen nicht wie wir regelmäßig in den Hamam, um zu baden.«

»Lepra«, wiederholte Iriomé, und »ansteckend«. Sie wusste inzwischen, wer der Teufel war. Wie man jedoch mit ihm ins Gespräch kam, um ihn zu besänftigen, war ihr unverständlich geblieben. Ibn Said hatte darauf seine eigene Antwort in Form eines mitleidigen Lächelns. Er überreichte ihr das beschriebene Pergament.

Iriomé sah ihn ratlos an.

»Das bekommst du alles auf dem Markt.« Er deutete die Gasse hinunter. »Immer geradeaus, gar nicht zu verfehlen.« Dann steckte er ihr ein paar der kleinen glänzenden Scheiben zu und nickte ihr auffordernd zu. »Dann bis später. Wir sehen uns zu Hause.«

Iriomé fühlte sich alles andere als wohl bei dem Auftrag. Schließlich war sie noch nie außerhalb des Hauses gewesen und dann auch noch allein.

»Das schaffst du schon, du bist doch eine Harimaguada!« Der Médico wandte sich von ihr ab und ließ sie einfach stehen.

Iriomé blieb nichts anderes übrig, als sich auf den Weg zu machen. Sie hoffte nur, dass sie nach dem Besuch des Markts zurück zu seinem Haus finden würde.

Nachdem sie gemäß Ibn Saids Anweisungen der Gasse gefolgt war, hörte sie Menschenstimmen, die immer lauter wurden und ziemlich beängstigend auf sie wirkten. Sie verlangsamte ihre Schritte, schloss sich dann jedoch einigen Frauen an, die offensichtlich den gleichen Weg hatten. Sie trugen in beiden Händen Körbe, die voll mit verschiedenen Früchten und Gemüse waren. Dabei redeten sie miteinander, und Iriomé glaubte zu verstehen, dass sie hofften, für das, was sie in den Körben trugen, möglichst viele dieser kleinen runden Scheiben zu bekommen.

Als sie um eine letzte Häuserecke gebogen war, tat sich ein riesiger Platz vor ihr auf. Überall standen kleine bunte Stände, in denen die unterschiedlichsten Dinge im Überfluss angeboten wurden. Früchte und Gemüse, Stoffe in allen Farben, Fisch und Fleisch sowie jede Menge Gegenstände, die sie noch nie gesehen hatte, geschweige denn sich vorstellen konnte, wofür man sie verwendete.

Iriomé lief durch die Gassen zwischen den Ständen und konnte sich gar nicht sattsehen. Männer wie Frauen priesen laut ihre Schätze an, deuteten darauf und hielten sie manchmal sogar hoch, damit man sie besser sehen konnte. Über dem Ganzen lag ein für ihre Nase fremder, jedoch nicht unangenehmer Geruch, der, wenn man es genau nahm, aus unzähligen einzelnen Gerüchen bestand. Immer wieder beobachtete sie, wie die kleinen glänzenden Scheiben den Besitzer wechselten, und so langsam begriff sie: Alles, was es hier gab, konnte gegen eine gewisse Menge dieser Scheiben eingetauscht werden.

Eine dicke alte Frau, die Fische verkaufte, nickte ihr freundlich zu und hielt ihr einen glibberigen Kalamar unter die Nase. Iriomé lehnte freundlich ab und zeigte ihr das Pergament des Médico, doch damit schien die Frau gar nichts anfangen zu können. Mit schriller, durch Mark und Bein gehender Stimme rief sie einen jüngeren Mann herbei, der ein braunes Gewand wie Frai Hieronymus und ein kleines Holzgestell auf der Nase trug. Er fragte sie freundlich, wie er ihr helfen könne, doch Iriomé erinnerte sich an die Warnung des Médico, auf keinen Fall zu sprechen, zeigte auf ihren Mund und schüttelte den Kopf. Der junge Mönch nickte verständnisvoll, sah sich an, was der Médico aufgeschrieben hatte, und forderte sie dann auf, ihm zu folgen.

Er führte sie zum hinteren Teil des Getümmels an einen Stand, der anders aussah als die übrigen. Vom Dach hingen unzählige Bündel getrockneter Kräuter. Auf Regalen standen ordentlich nebeneinander durchsichtige Gefäße mit farbigen Elixieren. In einem erkannte Iriomé einen winzigen Menschen, der zusammengekrümmt in einer Flüssigkeit schwamm, in einem anderen Würmer von unterschiedlicher Größe und in einem dritten ein langes schuppiges Tier, dessen gespaltene Zunge zwischen zwei gefährlichen Zähnen herauslugte. Sie schauderte. Doch der Mann, der all diese Dinge feilbot, lächelte sie freundlich an. Er besah sich aufmerksam das Pergament, das sie ihm reichte, strich sich über den weißen Bart und fragte dann: »Schickt dich Ibn Said?«

Iriomé nickte erleichtert, als sie den Namen des Médico vernahm. Der Bärtige studierte noch einmal das Pergament, während er den Kopf hin und her wiegte. Dann legte er verschiedene getrocknete Kräuter auf ein Gebilde mit zwei Schalen. Als die eine Schale sich nach unten bewegte, glich er das Gewicht mit zwei Steinen aus, die er in die andere Schale legte. Dadurch veränderte sich der halbkreisförmige Hintergrund, auf dem Markierungen aufgebracht waren, die Iriomé an ihren Zeitstab auf Benahoare erinnerten. Fasziniert sah sie dem Alten zu. Er schien auf diese Weise die Menge der Kräuter abzumessen. Auf ihrer Insel hatte sie ein solches Gerät bisher nicht vermisst. Sie konnte sich eigentlich immer ganz gut auf ihr Gefühl verlassen, das ihr sagte, wie viel von einer Kräutersorte für eine bestimmte Medizin notwendig war.

Noch ganz in Gedanken an ihre Heimat, hörte sie plötzlich eine Stimme direkt neben sich. »Iriomé!«

Sie erstarrte. Sie kannte diese Stimme genau. Und sie bedeutete nichts Gutes. Vorsichtig drehte sie sich um. Zwei dunkle Augen, in denen sich kalter Hass spiegelte, blitzten ihr entgegen. Es war Guayafanta. Sie trug das einfache Gewand einer Sklavin.

»Ich würde dich erkennen, selbst wenn du unsichtbar wärst, denn du stinkst nach Verrat«, zischte sie Iriomé ins Ohr, die versuchte, so ruhig wie möglich zu bleiben, und sich wieder dem Bärtigen zuwandte. Er reichte ihr mehrere Säckchen und hielt ihr sodann die geöffnete Hand hin. Sie gab ihm alle kleinen runden Scheiben und bedankte sich bei ihm und dem jungen Mönch, der sie hierhergeführt hatte, mit einem Lächeln. Dann zog sie Guayafanta, die nicht von ihrer Seite gewichen war, in eine ruhigere Ecke hinter einen Abfallhaufen.

»Ich bin froh, dich bei guter Gesundheit zu sehen«, sagte Iriomé vorsichtig.

Guayafanta schüttelte verdrossen den Kopf. »Wie kann ich gesund sein hier in der Fremde. Wo die Menschen uns schlimmer als Tiere behandeln. Ein Leben in Gesundheit bedeutet ein Leben in Freiheit. Du hast uns diese Freiheit genommen.«

»Der Schicksalsstein war nicht mehr aufzuhalten, das weißt du ebenso gut wie ich. Ich habe nur versucht, das Schlimmste zu verhindern«, bemühte sich Iriomé, sie zu beschwichtigen.

Guayafanta lachte schrill. »Du warst blind, blind vor Begierde nach diesem Mann. Eine Eigenschaft, die einer Harimaguada nicht würdig ist.« Sie sah Iriomé von oben bis unten abschätzend an und verzog dann ihren Mund zu einem abfälligen Lächeln. »Du bist noch immer blind. Und nun trägst du auch noch sein Kind unter dem Herzen. Es wird deinen Körper vergiften, so wie der Mann dein Herz vergiftet hat.«

Iriomé konnte nicht verhindern, dass sich ihr Gesicht mit einer leichten Röte überzog und sie innerlich zu zittern begann. Vielleicht hatte Guayafanta recht. Ihr Mondblut hätte schon vor einiger Zeit fließen müssen, doch sie dachte, ihr Rhythmus sei durcheinandergekommen, weil sie so lange im kalten Wasser geschwommen war. Ihren etwas fülligeren Leibesumfang hatte sie auf Ibn Saids gutes Essen zurückgeführt.

»Du irrst dich«, sagte sie. »Ich erwarte kein Kind.«

Guayafanta blickte sie voller Verachtung an. »Lass dir nur weiter von deinen Lügen die Sinne verwirren. Du wirst dem Guayote nicht entkommen. Schon bald wird er dich holen und tief unten im Berg in seinem Feuer verbrennen lassen.«

Ihre Worte kamen einem Fluch gleich, und Iriomé spürte die wilde Kraft, die Guayafanta auch als Sklavin noch immer in sich trug.

»Der Mann, dem ich gehöre, de Lugo, sucht seit Wochen nach dir«, fuhr sie fort. »Er glaubt nicht, dass du ertrunken bist.«

Iriomé lief es kalt den Rücken hinunter. Guayafantas Herz kannte nichts als Rache. Sie würde sie an Kaltauge verraten, daran bestand kein Zweifel. Iriomé sah keine andere Möglichkeit, als wegzurennen, doch die Harimaguada packte sie am Arm und zerrte sie mit aller Kraft zurück zum Stand des Bärtigen. »Für wen sind diese Kräuter bestimmt?«, fragte sie in schlechtem Spanisch und deutete dabei auf das Bündel, das Iriomé in der Hand hielt.

»Na, für wen schon. Für Ibn Said, den Médico. Als Gemüse ist das Zeug weniger geeignet.« Der Bärtige lachte über seinen eigenen Witz und wandte sich dann einer kleinen buckeligen Frau zu, in der Iriomé ebenfalls eine Heilerin erkannte.

»Gracias«. Guayafanta grinste zufrieden, ließ Iriomé los und verschwand in der Menge.

Iriomé fühlte sich, als ob noch einmal die Wellen des kalten Ozeans über ihr zusammenschlügen und sie nach unten rissen in den sicheren Tod. So schnell sie konnte, lief sie zum Haus des Médico, um ihn zu warnen. Sie musste ein paar Mal nach dem Weg fragen, was ihr einige merkwürdige Blicke eintrug, doch sie wusste sich nicht anders zu helfen. So gut sie sich in den Wäldern von Benahoare zurechtfand, so schwer fiel es ihr hier, ein Haus vom anderen zu unterscheiden.

Als sie endlich an der Mauer mit dem kleinen blauen Tor angelangt war, hatte sie kostbare Zeit verloren.

Ibn Said war nicht in seinem Patientenzimmer. Laut rief sie seinen Namen und suchte alle Höfe und Räume nach ihm ab. Doch nirgendwo war eine Spur von ihm. Nur seine alte Mutter saß wie immer stumm lächelnd in ihrem rollenden Stuhl am Springbrunnen im schattigen Innenhof.

Iriomé überlegte, was jetzt zu tun sei, da hämmerte es bereits mit voller Wucht gegen das Eingangstor. Mehrere laute Männerstimmen forderten in spanischer Sprache Einlass.

»Abre la puerta!«

Sie rannte zur Hintertür des Hauses, doch auch dort rüttelte bereits jemand am Schloss. Sie musste sich verstecken. Doch wo?

Das Geschrei der Männer wurde immer fordernder, die Schläge gegen das Tor immer heftiger. Sie würden es in kürzester Zeit aufbrechen. Jemand schlug bereits mit einem harten Gegenstand auf das dünnere Holz der Hintertür ein. Iriomé hetzte zurück durch den Garten, vorbei an der alten Frau, während sie das Geräusch von splitterndem Holz und einen lauten Knall vernahm. Schritte, die sich gefährlich schnell näherten, hallten über die

Steinfliesen. In diesem Moment hob die Alte ihre weiten Röcke, und Iriomé nutzte blitzschnell das Versteck, das sich ihr bot. Keinen Augenblick zu früh. Durch den schmalen Schlitz zwischen Rocksaum und Boden sah sie die schwarzen Stiefel de Lugos auf sich zukommen.

»*Dónde está la bruja?* Wo ist die Hexe?«, schrie er auf die alte Frau ein, die sich jedoch nicht rührte. De Lugos Beine zitterten vor Wut.

»Wo ist sie?«, schrie er immer wieder von Neuem. Einer der Männer hielt ihm den Sack mit Iriomés abgeschnittenen Haaren hin, den der Médico offensichtlich vergessen hatte zu begraben. De Lugo nahm sie heraus und sog ihren Duft ein. »Findet sie!«, brüllte er wie ein Wahnsinniger.

Seine Männer fielen in das Haus ein wie ein Heuschreckenschwarm. Die Folgen ihrer Zerstörungswut drangen geräuschvoll an Iriomés Ohr. Jede Vase, die zerbrach, jeder Schrank der gespalten, jedes Kissen, das aufgeschlitzt wurde, ließ sie zusammenzucken. Es schien ihr, als ob das Toben der Horde nie enden würde. Ohne ihre Lippen zu bewegen, bat sie Tara, dafür zu sorgen, dass Ibn Said noch lange fortbleiben möge.

De Lugo brüllte noch einmal die alte Frau an, als ahnte er, dass das Objekt seiner Begierde irgendetwas mit ihr zu tun hatte. Und weil er wieder keine Antwort bekam, schlug er ihr brutal ins Gesicht, sodass der Stuhl heftig ins Wanken geriet. Hätte Iriomé ihn nicht mit aller Kraft von unten festgehalten, wäre er umgekippt und ihr Schicksal ein für alle Mal besiegelt gewesen. Doch es gelang ihr, ihn wieder ins Gleichgewicht zu bekommen. Sie hielt die Luft an und wagte nicht zu atmen.

Nach einer Zeit, die ihr wie eine Ewigkeit vorkam, trat Ruhe ein. Die Stimmen verloren sich in der Ferne. Iriomé vernahm nur mehr das Pochen ihres eigenen Herzschlags. Vorsichtig steckte sie ihren Kopf unter den Röcken hervor. Überall lagen Scherben. Das Wasser floss willkürlich über den Boden des Innenhofs, alle Brunnen waren zerstört, die meisten Pflanzen herausgerissen. Sie rappelte sich hoch, atmete tief durch und wandte sich der Alten zu. Ihr Kopf hing unnatürlich nach hinten. Aus Mund und Nase rann Blut. Sie war tot.

Iriomé nahm verzweifelt ihre Hand und fiel auf die Knie. All das war ihre Schuld. Wie sollte sie das je wiedergutmachen? Sie legte ihren Kopf in den Schoß der Alten. Hätte sie sich ergeben, wäre Ibn Saids Mutter noch am Leben. Die Mutter des Mannes, der ihr das Leben gerettet hatte. Ein tiefes Schluchzen brach aus ihr heraus, das jedoch von dem Aufschrei des Médico übertönt wurde, der soeben sein verwüstetes Heim betrat. Iriomé sprang auf und lief ihm entgegen. Sie warf sich vor ihm auf den nassen Boden wie ein geprügelter Hund, der den nächsten Hieb erwartete. Doch Ibn Said zog sie mit Tränen in den Augen wieder hoch.

»Es ist nicht deine Schuld. Wenn nicht heute, dann würden die Christen morgen, übermorgen, nächste Woche oder nächsten Monat mein Haus zerstören.«

24. KAPITEL

Es war nicht viel, was sie mitnahmen. Nachdem Iriomé Ibn Said geholfen hatte, seine Mutter hinter dem Haus zu beerdigen, brachen sie nach Einbruch der Dunkelheit auf.

Stumm liefen sie einen schmalen Pfad innerhalb der Stadtmauer entlang, bis sie an ein mächtiges Tor kamen, das von mehreren Männern bewacht wurde. Sie trugen jene Panzerkleidung, die Iriomé bereits von Joaquín kannte. Ibn Said sprach mit einem von ihnen und gab ihm ein Fläschchen mit Medizin.

»Er ist der Vater des leprakranken Mädchens«, flüsterte er Iriomé zu. »Er lässt uns aus der Stadt gehen, ohne dass es jemand erfahren wird. Wir müssen bis Mitternacht warten, dann ist Wachablösung. Einen kurzen Augenblick ist das Tor nicht besetzt. Das ist unsere Chance.«

Iriomé verstand zwar nicht jedes seiner Worte, doch immerhin so viel, dass sie sich deren Sinn zusammenreimen konnte. Sie kauerte sich neben Ibn Said in eine Ecke der Stadtmauer, um zu warten. Was sich in den letzten Stunden ereignet hatte, erinnerte sie schmerzlich an die Schlacht, die auf Benahoare geschlagen worden war. Es war purer Hass, der den Anführer der Spanier zu solchen Taten trieb. Wie konnte ein Mensch so viel Zerstörungskraft in sich tragen? Es musste ein böser Dämon sein, der ihm die Kraft zu seinen Untaten verlieh. Doch Dämonen waren bezwingbar, das wusste sie von Tichiname. Man musste sie nur im richtigen Augenblick erwischen. Und ein solcher Augenblick würde kommen. Iriomé war nicht auf Rache aus, sie glaubte trotz allem noch immer an den Sieg des Guten über das Böse.

Ibn Said sah sie nachdenklich an und deckte sie dann fürsorglich mit einem Schafsfell zu, das er von seinem Koffer losband.

Welch ein Freund er doch war! Sie hatte sein Leben zerstört, und noch immer beschützte er sie, als wäre sie sein eigen Fleisch und Blut. Hatten die Geister ihn geschickt, um ihr beizustehen? Für einen Moment überfiel sie der schreckliche Gedanke, dass er sogar eines Tages sein Leben für das ihre geben würde.

Der Mond versteckte sich genau zum rechten Zeitpunkt hinter einer Wolke, um den beiden Flüchtenden die Möglichkeit zu geben, ungesehen durch das Stadttor zu entkommen.

Mit schnellem Schritt wandte sich Ibn Said Richtung Norden. Iriomé folgte ihm, verwundert darüber, wie behände und schnell er war, trotz seines nicht mehr jugendlichen Alters. Er musste weit über fünfzig Sommer erlebt haben. Außerdem zog er das rechte Bein leicht hinterher, eine Verletzung, die er sich in jungen Jahren bei der Verteidigung seines Heimatdorfes gegen die Christen zugezogen hatte. Sie wusste inzwischen, dass die Mauren in den Augen der Eroberer genauso wenig wert waren wie ihr eigenes Volk – etwas, das nur schwer in ihren Kopf wollte. Sie war damit aufgewachsen, dass alle Menschen vor Tara gleich waren. Jeder hatte eine bestimmte Gabe, aber keiner fühlte sich dem anderen überlegen oder musste dies in Worten oder Taten immer wieder kundtun.

Erst im frühen Morgenlicht, als sich am Horizont ein größeres Gehöft zeigte, verlangsamte der Médico sein Tempo.

Schon von Weitem nahm Iriomé den Geruch von Pferden wahr, die rundherum auf saftigen Wiesen weideten und sie mit lautem Wiehern begrüßten. Ein pechschwarzer Hengst mit edlem Kopf preschte direkt auf Ibn Said zu. Das temperamentvolle Tier bremste erst kurz vor der Umzäunung ab. Ibn Said tätschelte seinen Hals. Zum ersten Mal, seit sie sein Haus in Cádiz verlassen hatten, schimmerte wieder so etwas wie ein Lächeln im Gesicht des Freundes.

»Das ist Nasir«, sagte er in arabischer Sprache. »Sein Name bedeutet Beschützer.«

Hinter dem Hengst näherte sich etwas vorsichtiger eine graue Stute mit schwarzer Mähne. Ibn Said stieß einen leisen Pfiff aus, offensichtlich ein vertrautes Erkennungszeichen, denn sie trabte nun ebenfalls heran und ließ sich von ihm streicheln.

»Karima, die Großzügige«, stellte er Iriomé das Tier vor. »Sie gehört jetzt dir. Wir werden eine kurze Zeit hierbleiben, bis ihr euch besser kennt und du sie reiten kannst.«

Iriomé schüttelte den Kopf. Sie besaß ihre eigenen zwei Beine, um zu laufen. Warum sollte sie sich auf eines dieser Pferde setzen und womöglich herunterfallen und sich alle Knochen brechen?

»Ich kann selbst laufen«, sagte sie in einem sehr bestimmten Ton.

Ibn Said lachte laut auf. »Und was machst du, wenn ein spanischer Reitertrupp hinter dir her ist? Das hier sind Araberpferde. Allah hat den Seinen die schnellsten Pferde der Welt geschenkt. Kein Christengaul kann sie jemals einholen.«

Als ob die Stute ihn verstanden hätte, legte sie ihren Kopf auf Iriomés Schulter und schnaufte ihr sanft ins Ohr. Die Augen des Tiers waren gütig, und Iriomé beschloss, ihre ablehnende Haltung noch einmal zu überdenken. Erwartungsvoll folgte sie Ibn Said, der zielstrebig auf das weiß gekalkte Gehöft zuging.

Er stieß die unverschlossene Tür auf und rief mit lauter Stimme: »Ali Ibn Bakr, Sohn eines Esels und einer Kuh, wälze dich aus deinem vollgefurzten Bett und komm herunter!«

Iriomé verstand glücklicherweise nicht jedes Wort.

Auf dem Treppenabsatz erschien mit struppigem Haar und

verschlafenem Gesichtsausdruck ein Mann ungefähr im Alter des Médico.

»Salam aleikum, Sabah el-chair. Willkommen in meinem bescheidenen Heim«, sagte er und berührte kurz Brust, Lippen und Stirn mit seiner rechten Hand, bevor er sie Ibn Said entgegenstreckte.

»Sabah an-nur«, antwortete dieser, was so viel hieß wie schönes Morgenlicht, wie Iriomé wusste. Ihr gefiel die blumige Ausdrucksweise der Mauren viel besser als die trockene, eher harte Sprache der Spanier, doch bisher war sie noch nicht in der Lage, sie zu sprechen.

Ali führte sie in einen Raum, dessen einziger Schmuck ein prächtiger bunter Teppich war, auf dem mehrere Tischchen standen. Er forderte sie auf, Platz zu nehmen, und klatschte zweimal in die Hände. Zwei verhüllte Frauen huschten über die Treppen hinunter in die Küche. Schon bald erfüllte das Haus ein angenehmer Duft nach frischer Minze, wie Iriomé es bereits aus dem Haus des Médico kannte. Kurz darauf kamen die beiden Frauen mit einer großen Kanne und einem Tablett mit Gläsern zurück, in die sie Tee füllten, um sie dann den Gästen zu reichen. Während Iriomé das scharfe und zugleich süße Getränk ihre Kehle hinunterlaufen ließ, pochte es an die Tür. Eines der Mädchen führte einen verwahrlost aussehenden jungen Mann herein.

»Médico, Ihr müsst sofort kommen«, brachte er atemlos hervor. »Nicht weit von hier kommt eine Frau nieder. Ich glaube nicht, dass sie es alleine schaffen wird.«

Ibn Said stellte sein Glas ab und erhob sich. Iriomé tat es ihm gleich. Wieder spürte sie eine tiefe innere Freude, gemeinsam mit Ibn Said einem Menschen in Not helfen zu dürfen. Vielleicht konnte sie auf diese Weise das Leid, das sie bisher verursacht hatte, ein wenig ausgleichen.

Der junge Mann brachte sie zu einer fensterlosen Holzhütte unweit von Alis Gehöft. Schon von Weitem hörten sie die

Schmerzensschreie der werdenden Mutter. Sie lag schweißüberströmt auf einer schmutzigen Bettstatt und nahm kaum wahr, dass Iriomé und Ibn Said eintraten. Es roch nach Blut und Kot. Immer wieder wurde sie von neuen Wogen des Schmerzes überrollt. Ihr rötliches Haar klebte in fettigen Strähnen an ihrem Kopf. Unter einer fleckigen Decke wölbte sich ihr schwangerer Bauch, auf dem sich unzählige Fliegen tummelten. Das Laken war bereits rot getränkt. Als sie wieder Luft bekam, öffnete sie kurz die Augen, griff nach Iriomés Hand und röchelte: »Ich kann nicht mehr. Rette mein Kind. Bitte …«

Iriomé wünschte, sie hätte eine der kleinen Tonfiguren der Tara bei sich, die die Frauen ihres Volkes bei der Geburt ihrer Kinder in den Fäusten hielten, um auf diese Weise von der Erdgöttin unterstützt zu werden. Doch außer Amakuna und der Tasche mit den Kräutern, die längst aufgebraucht waren, hatte sie nichts von ihrer Insel mitgenommen.

Sie sah sich nach dem jungen Mann um, der den kurzen Weg mit ihnen gekommen war, doch er schien wie vom Erdboden verschwunden.

»Er ist nicht der Vater«, erklärte ihr Ibn Said. »Man hat sie hier in diese Hütte am Rand des Dorfes verbannt, weil sie nicht verheiratet ist und weil es keinen Vater für das Kind gibt.«

»Und deshalb lässt man sie verbluten?«, fragte Iriomé empört. In ihrer Heimat wäre so etwas niemals geschehen. Jede Frau verband sich dort mit einen Mann, der sich um sie kümmerte, und wenn das aus irgendeinem Grund nicht möglich war, übernahm ein anderer Mann aus dem Stamm diese Aufgabe. Aber niemals blieb eine schwangere Frau sich selbst überlassen.

Ibn Said zuckte mit den Achseln. »Machen wir uns an die Arbeit.« Er fühlte den Puls der Frau und bat Iriomé, Wasser zu holen und es auf dem Feuer zu erhitzen. Er hatte sie gelehrt, dem Wasser der einfachen Leute nicht zu trauen. Sie warfen oft Abfälle in ihre Brunnen und erleichterten sich in Bächen und Flüssen. Dadurch entstanden Krankheiten, die Iriomé vollständig fremd waren. Doch inzwischen kannte sie die Gefahr und wusste um den oft tödlichen Ausgang.

Als sie die Hütte wieder betrat, waren die Schmerzensschreie der Frau verebbt. Sie lag mit geschlossenen Augen reglos auf dem Rücken. Iriomé sah den Médico erschrocken an.

»Sie hat zu viel Blut verloren«, sagte er mit leiser Stimme. Er zog das blutige Laken unter der Frau hervor und breitete saubere Tücher, die er stets mit sich führte, unter ihr aus. Dann krempelte er die Ärmel hoch, tauchte seine Arme bis zu den Ellenbogen in das frische Wasser und rieb sie mit einer scharf riechenden Flüssigkeit ein.

»Das Kind liegt falsch herum. Ich muss es drehen. Eine Steißgeburt wäre für beide der sichere Tod.«

Die Frau atmete kaum noch. Iriomé spürte, wie Abora, die Kraft des Lebens, langsam aus ihr wich. Ihre Wehen hatten aufgehört. Ihr Körper war bereits zu geschwächt.

Iriomé legte ihre Hände auf den Bauch der Frau, während Said in ihrem Körper arbeitete, bis er seinen mit Blut und Schleim bedeckten Arm herauszog und ein dunkler Haarschopf sichtbar wurde. Dann drückten sie gemeinsam von außen, bis der Kopf, die Schultern und schließlich der ganze kleine Mensch herausglitt. Es war ein Junge. Ibn Said schnitt die Nabelschnur durch, und Iriomé nahm das reglose Baby in den Arm. Sie saugte ihm den Schleim aus Mund und Nase und blies Luft hinein, bis sie den ersten eigenständigen, schwachen Atemzug des Kindes spürte. Es lebte. Ein Gefühl großen Glücks durchfuhr sie. Zum ersten Mal ließ sie den Gedanken zu, dass sie schon bald ihr eigenes Kind im Arm halten würde. Guayafanta hatte recht gehabt. Iriomé trug Joaquíns Kind unter ihrem Herzen. Lange würde sie es nicht mehr verbergen können. Vor allem nicht vor Ibn Said. Sie hoffte nur, dass sie ihr Kind nicht unter ähnlichen Umständen wie diese arme Frau zur Welt bringen musste.

Iriomé wickelte das kleine Geschöpf in das letzte saubere Tuch, das ihnen geblieben war, und wiegte es in ihren Armen.

Der Médico sorgte dafür, dass die Nachgeburt herauskam, wischte der Frau den kalten Schweiß von der Stirn und fühlte erneut ihren Puls. »Ich glaube nicht, dass sie es schaffen wird. Sie wird sterben, schon bald. Das Kind auch. Keine andere Frau wird es stillen wollen.« Er schüttelte traurig den Kopf. »Gib es mir, ich werde es ersticken. Allah möge Erbarmen mit mir haben.« Ibn Said nahm ihr das Kind aus dem Arm.

Iriomé starrte ihn an. »Nein, das darfst du nicht tun!«

»Wenn du es nicht mit ansehen kannst, dann gehe ich hinaus.«

»Bitte warte«, sagte Iriomé mit fester Stimme.

Der Médico gab keine Antwort, drehte ihr den Rücken zu und verließ die Hütte.

Iriomé zog, ohne weiter zu überlegen, das Amulett unter ihrem Hemd hervor und öffnete es. Wenn sie einen Unmenschen wie Kaltauge gerettet hatte, konnte sie unmöglich diese erbarmungswürdige Frau und ihr Kind sterben lassen.

Von draußen hörte sie den Kleinen weinen. Er war also noch am Leben. Sie gab einige Körnchen des Pulvers in eines von Ibn Saids Gefäßen, schüttete etwas Wasser dazu und flößte es der Sterbenden ein.

»Tara, Königin der Götter«, flüsterte sie. »Mutter der Erde, deine Macht rufe ich an. Errette diese Frau, damit sie ihr Kind nähren und es zum Wohle der Erde, der Menschen und der Götter großziehen kann.«

Iriomé setzte sich auf den Rand der Bettstatt und sah zu, wie sich das Gesicht der jungen Mutter langsam entspannte und sie in einen tiefen Schlaf fiel. Sie atmete erleichtert auf und trat vor die Hütte, wo Ibn Said auf einer Holzbank saß, das Kind noch immer im Arm. Tränen liefen seine Wangen hinunter.

»Der Wille Allahs ist nicht immer sofort erkennbar«, sagte er mit rauer Stimme.

Der kleine Junge stieß leise, glucksende Geräusche aus und sah sie mit weit geöffneten Augen an, die wie bei den meisten Neugeborenen von dunklem Blau waren.

»Die Frau wird leben und ihr Kind säugen können«, sagte Iriomé leise.

Ibn Said hob den Kopf und sah sie eine Weile nachdenklich an. »So wie Alonso de Lugo lebt?«

Iriomé gab keine Antwort. Sie nahm ihm das Kind ab und brachte es zu seiner Mutter in die Hütte. Ibn Said folgte ihr in einigem Abstand.

Die Frau auf der Lagerstatt hatte wieder eine normale Gesichtsfarbe und atmete regelmäßig. Iriomé legte ihr das Neugeborene an die Brust, das sofort zu saugen begann. Ibn Said fühlte noch einmal ihren Puls. »Du bist wahrhaftig eine große Heilerin.«

Iriomé schüttelte den Kopf. »Es ist ein Geschenk von Tara, der Erdgöttin. Sie hilft den Frauen in Not. Vor allem den Müttern, denn sie sind es, die für die Beständigkeit auf Erden sorgen. So wie sie selbst von ihren Müttern großgezogen wurden, ziehen sie ihre eigenen Kinder groß. Es liegt in ihren Händen, wie die Menschen sich in Zukunft entwickeln. Aus diesem Grund gewährt Tara ihnen alle Unterstützung, die sie brauchen.«

»In unserer Religion gibt es keine Göttinnen«, sagte Ibn Said nachdenklich. »Nur Allah! Und der ist groß und mächtig. Vielleicht hat auch er seinen Kindern etwas geschenkt, das dem, worüber du verfügst, ähnlich ist, doch ich, Ali Ibn Musa Ibn Said, bin nicht auserwählt, es zu besitzen. Deshalb möchte ich auch nicht damit in Berührung kommen. Verstehst du?«

Iriomé nickte.

»Du darfst mit niemandem darüber sprechen, denn sonst wird nicht nur dieser Hauptmann de Lugo hinter dir her sein, sondern Menschen, die über weit mehr Macht verfügen als er. Und sie werden dich auf grausamste Weise so lange foltern, bis du ihnen dein Geheimnis verrätst. Denn die Gabe, über Leben und Tod entscheiden zu können, kann kein Gold dieser Welt aufwiegen. Der Mächtige wird dadurch zum Göttlichen. Und um das zu erreichen, wird er sich nicht scheuen, Menschen zu töten und Kriege zu führen. Und ist er erst einmal im Besitz deines Zaubermittels, wird er noch mehr Kriege führen. Denn seine Soldaten werden ihre Verletzungen überleben, aber die des Gegners nicht. Also denke immer daran: Jedes Mal, wenn du einem Menschen das Leben rettest, egal ob er eine gute oder eine böse Seele hat, begibst du dich in höchste Gefahr.«

Iriomé sah den Médico mit schreckgeweiteten Augen an. Auf diese Weise hatte sie Amakuna noch niemals betrachtet. Aber nun verstand sie, warum es ein Tabu war, darüber zu sprechen. Deshalb kannten nur die Höchste Harimaguada und Tanausú sein Geheimnis. Sollte sie Amakuna vielleicht besser vernichten?

In diesem Moment hörten sie von draußen lautes Pferdegetrappel und Stimmen.

»Médico, komm heraus!«, drang der typische, kurz angebundene Befehlston eines Spaniers zu ihnen herein.

Ibn Said bewahrte die Ruhe. »Du bleibst hier. Ich gehe allein«, sagte er leise zu Iriomé.

Sie überprüfte noch einmal, ob das Amulett sicher unter ihrem Hemd versteckt war, und lugte dann durch eine Ritze in der Hüttenwand nach draußen.

Zwei Reiter in glänzender Rüstung verhandelten mit Ibn Said. Soweit Iriomé verstehen konnte, ging es um eine hochgestellte Persönlichkeit, die schwer erkrankt war und mit ihrem Gefolge nicht weit von hier lagerte. Ihre Kenntnisse der spanischen Sprache hatten sich inzwischen so verbessert, dass sie fast alles verstehen konnte. Sie atmete erleichtert auf.

»Pack den Koffer zusammen«, sagte Ibn Said, als er zurückkam. »Nicht weit von hier lagert Seine Exzellenz Frai Lorenzo de la Huerta und benötigt unsere Hilfe. Es ist wichtig, dass du stumm bleibst. Und kein Wort über diese Frau!«

Seine Stimme klang anders als sonst. Es fehlten die Freude und die Tatkraft, die er sonst ausstrahlte, wenn er zu einem neuen Patienten aufbrach. Iriomé kannte ihn inzwischen zu gut, um zu wissen, dass irgendetwas nicht stimmte. Doch sie wusste auch, dass jetzt nicht der richtige Zeitpunkt war, ihn danach zu fragen.

Die beiden spanischen Caballeros begleiteten sie zurück zu Alis Gehöft, damit sie dort ihre Sachen holten. Ibn Said bestand darauf, dass sie ihre eigenen Pferde nahmen, auch wenn ihm das einen entsetzten Aufschrei seitens Iriomés einbrachte. Doch es half ihr nichts. Unter der Aufsicht des Médico sattelte sie die graue Stute und saß schon kurze Zeit später mit einem höchst unguten Gefühl auf ihrem Rücken. Ibn Said ritt neben ihr und hielt den Strick, der an Karimas Zaumzeug festgemacht war, sicher in der Hand.

Mit jedem Wegstück, das sie zurücklegten, fühlte sich Iriomé etwas sicherer und verlor bald ihre anfängliche Angst. Es gelang ihr sogar, sich auf ihre Weise mit dem Tier zu verständigen, sodass es in der Lage war, auf ihre Gedanken zu reagieren. Wollte sie etwas langsamer reiten, bemühte sich Karima um eine gemächlichere Gangart und zog an, wenn Iriomé schneller vorankommen wollte. Es war beinahe so, als seien sie nur ein Geschöpf.

Ibn Said lächelte ihr zu, als hätte er geahnt, dass die beiden sich gut verstehen würden.

»Frai Lorenzo de la Huerta leidet an der Gicht«, bereitete er Iriomé auf ihren nächsten Patienten vor. »Eine Krankheit, von der meist nur die Reichen und beleibtere Menschen heimgesucht werden.« Er sprach jetzt Arabisch, was die beiden spanischen Ritter, die sie begleiteten, nicht verstehen konnten.

»Sie essen zu viel Fleisch und sprechen dem Wein in höherem Maße zu, als ihnen guttut. Dadurch bilden sich Ablagerungen in den Gelenken und Organen, weil die krankmachenden Säfte nicht ausreichend über den Urin ausgeschieden werden können. Das verursacht so starke Schmerzen, dass der Patient sich irgendwann nicht mehr bewegen kann. Bei einem Gichtanfall hilft eigentlich nur eines: der Extrakt der Herbstzeitlose. Unverdünnt ist er ein tödliches Gift, aber in der richtigen Dosis wirkt er entzündungshemmend, schmerzstillend und fördert die Ausleitung der Säfte«, erklärte Ibn Said weiter. »Wenn der Anfall vorüber ist, sollte man den Patienten am besten in einen Ameisenhaufen setzen.

Die Säure der kleinen Tierchen bewirkt, dass die Säfte über die Haut ausgeleitet werden und nicht mehr über das Blut in die Gelenke kommen.«

Iriomé hatte den Ausführungen aufmerksam zugehört. Die arabische Sprache bereitete ihr noch immer leichte Schwierigkeiten, doch sie konnte dem folgen, was der Médico ihr erklärte. Auch wenn sie von dieser merkwürdigen Krankheit noch nie etwas gehört hatte.

Was sie jedoch immer noch nicht verstand und Ibn Said schon lange fragen wollte, war, ob ein Patient, der von ihm geheilt wurde, die gleiche Krankheit noch einmal bekommen konnte.

Der Médico schmunzelte. »Viele Krankheiten sind Teil des Charakters eines Menschen. Man kann sie heilen, aber wenn der Charakter verdorben ist, dann wird er auch den Leib irgendwann wieder verderben. Ich kann die Gicht lindern, aber niemanden von der Fress- und Saufsucht heilen. Wer sich niemals einen Fasan, eine Gans oder den täglichen Genuss von Wein versagt, wird stets sein eigener grimmiger Kerkermeister bleiben, das Herz eingekerkert zwischen all dem Fett, das zu seinem Gefängnis geworden ist.«

Iriomé fand es völlig absonderlich, dass Menschen mit Absicht Dinge taten, von denen sie wussten, dass sie ihrem Körper schaden würden. Auf Benahoare wäre niemand je auf eine solche Idee gekommen.

Der Ritt dauerte nicht lange, und schon bald konnten sie von Weitem den Lagerplatz der Reisegesellschaft erkennen. Mehre Zelte standen um ein Feuer herum, über dem sich an einem Spieß ein Schwein drehte. Der Geruch von gebratenem Fleisch lag in der Luft. Ibn Said wandte sich mit Ekel ab. Die spanischen Reiter lachten hämisch. Iriomé wusste von Ibn Said, dass Christen manchmal die Mauren zwangen, Schweinefleisch zu essen, um ihre Macht zu demonstrieren. Diese beiden wären bestimmt dazu fähig, dachte Iriomé.

Die beiden Caballeros geleiteten den Médico und seinen Gehilfen zum größten Zelt. Schmerzensschreie und handfeste Flüche drangen durch die dünnen Wände. Ibn Said legte kurz seine Hand auf seine Lippen, um Iriomé noch einmal daran zu erinnern, stumm zu bleiben. Ganz der Diener, nahm sie den Koffer, den sie hinter ihrem Sattel vertäut hatte, und folgte dem Médico in das Zelt. Der erste Blick, der sie traf wie ein Giftpfeil, war der aus den grünen Augen einer wunderschönen Frau mit milchweißer Haut. Um ihr ebenmäßiges Gesicht schmeichelte sich kastanienbraunes Haar, das zu einer kunstvollen Frisur aufgetürmt war. Sie trug ein Kleid mit Goldfäden durchwirkt, und ihre Mitte erschien so schmal wie die einer Wespe. Sie nickte dem Médico zu, erhob sich jedoch nicht, um ihn zu begrüßen. Seinem Diener schenkte sie keine weitere Beachtung.

»Seid mir gegrüßt, Médico«, sagte Frai Lorenzo de la Huerta mit heller Fistelstimme, die so gar nicht zu seinem runden, aufgedunsenen Gesicht und dem mächtigen Körper passte, über dem sich die schwarz-weiße Tracht der Dominikaner spannte. Zwei plumpe, perlblasse Hände ragten aus dem Gewand hervor. Ein prächtiger Ring mit rotem Stein teilte seinen vierten Finger wie in zwei Würste. In seinen beinahe schwarzen Augen waren Qual und zugleich Verschlagenheit zu lesen. Iriomés Blick fiel auf den fast kahlen Kopf, der von einem schmalen Kranz aus Haaren geziert wurde. Der Mönch erinnerte sie an Frai Hieronymus, und sie unterdrückte ein Schaudern.

»Ich habe gehört, dass Ihr in der Nähe weilt, und zwei Boten geschickt. Euch eilt ein guter Ruf voraus. Ich erwarte, dass Ihr ihm gerecht werdet …«

Er wand sich vor Schmerzen und brauchte eine Weile, bevor er weitersprechen konnte. »Das ist meine Nichte, Inés de Perreira y Castellón.« Er deutete auf die schöne Spanierin. »Sie versucht, mich ein wenig abzulenken, doch in manchen Dingen versagt sogar die Schönheit einer Frau. Aber jetzt alle raus hier.«

Er machte eine Handbewegung, die seine Diener und selbst die puppenhafte Schönheit in Bewegung brachte. »Los, Médico, waltet Eures Amtes, verschafft mir Erleichterung.«

Iriomé öffnete beflissen den Koffer, doch der Dicke schrie auch sie an.

»Du auch! Raus!«

Ibn Said nickte ihr zu, und Iriomé verließ das Zelt. Draußen traf sie auf Inés de Perreira und konnte nicht verhindern, sie staunend anzusehen. Sie hatte noch nie eine Frau von solch anmutiger Schönheit gesehen. Allerdings verstand sie nicht, wie man in solchen Kleidern atmen, laufen, geschweige denn reiten konnte. Sie war froh über ihre Verkleidung als Junge. Die Frauen in diesem Land hatten es nicht einfach, überlegte sie. Entweder waren sie Sklavinnen der Männer, an Heim und Herd gefesselt, oder mussten in engen Gewändern herumlaufen, die ihnen Atem und Gesichtsfarbe nahmen.

»Was wagst du es, mich so anzustarren«, keifte die Spanierin Iriomé an, die sofort den Blick abwandte und machte, dass sie davonkam.

»Du könntest dich wenigstens dafür entschuldigen«, rief sie Iriomé hinterher. »Habt ihr schon jemals einen solchen Flegel gesehen!«, sagte sie zu zwei Frauen, die in ähnlichen, nicht ganz so prächtigen Gewändern beflissen auf sie zueilten, als müssten sie ihr zu Hilfe kommen.

Iriomé wandte sich kopfschüttelnd ab. Das Wiehern ihrer Stute Karima erinnerte sie an ihre Aufgabe als Diener des Médico. Sie führte beide Pferde zu einem kleinen Bach, wo auch die Tiere der Christen weideten. Sie waren, wie Ibn Said ihr erklärt hatte, größer und massiger als die Araberpferde, um die Spanier mit ihren schweren Rüstungen tragen zu können.

Ein schlaksiger Junge mit lehmverschmiertem Haar und schmutzigem Gesicht kam grinsend auf sie zu. Sein knochiger Oberkörper war unbekleidet, er trug eine viel zu weite fleckige Hose, die mit einem Strick um seinen Bauch gebunden war, damit sie nicht herunterrutschte. »He du, komm mal mit!«

Iriomé legte die Hände auf ihren Mund und schüttelte heftig den Kopf.

»Das macht nichts«, lachte er, griff nach ihrer Hand und zog sie etwas abseits des Zeltlagers, wo sich ein paar Pferdeburschen im Steinweitwurf versuchten. Sie hatten in einiger Entfernung ein Seil als Ziellinie ausgelegt, doch bisher schien es keinem von ihnen gelungen zu sein, seinen Stein bis auf die andere Seite zu werfen.

Der Junge drückte Iriomé einen Stein in die Hand. Sie lächelte. Das war eine mehr als leichte Übung für sie. Bei den Wettkämpfen im Steinewerfen auf Benahoare war sie nicht schlecht gewesen, auch wenn die Götter an manchem Tag Guayafanta mehr gewogen waren als ihr.

Sie holte aus und warf den Stein bis weit hinter das Seil. Nicht alle waren von ihrer Leistung begeistert. Ein dicklicher Junge mit Sommersprossen, nur mit einem Hemd bekleidet, das ihm bis über die Knie reichte, forderte sie auf, noch einmal zu werfen, und zwar diesmal mit einem Stein, der dreimal so groß war wie der erste. Ohne Mühe schleuderte sie diesen sogar noch ein Stück weiter. Statt Lob und Anerkennung erntete sie jedoch Misstrauen und Neid.

»Er steht mit dem Teufel im Bund!«, schrie der dicke Junge.

»Ein verdammter Ketzer!«, stimmte ihm der Schlaksige zu und musterte Iriomé von oben bis unten. »Er sieht auch anders aus als wir«, rief ein Dritter und riss ihr den Hut vom Kopf.

Iriomé hob ihn hoch und setzte ihn sich wieder auf. Es fing an, gefährlich zu werden. Plötzlich überkam sie ein ähnliches Gefühl, wie sie es gegenüber de Lugo hatte, auch wenn es sich hier um Jungen handelte, die noch halbe Kinder waren. Und dennoch. Auch ihnen ging es um Macht. Darum, der Stärkere zu sein und den anderen seine Schwächen so schmerzhaft wie nur möglich spüren zu lassen. Sie musste hier weg, so schnell wie möglich. Doch der Dicke hatte sie bereits am Arm gepackt und reichte ihr einen Krug mit Wasser. »Hier, trink. Mal sehen, ob du auch so weit pisst, wie du werfen kannst!«

Iriomé nahm zögernd den Krug. Was sollte sie jetzt tun?

»Los, trink«, feixte der Dicke, und die anderen fielen johlend ein. »Trink, trink, trink …«

Sie musste Zeit gewinnen. Langsam setzte sie den Krug an die Lippen und ließ das kühle Wasser Schluck für Schluck ihre Kehle hinunterlaufen, bis er leer war. Der Schlaksige nahm ihn ihr ab, rannte wieder zum Bach, um ihn noch einmal aufzufüllen, und hielt ihn ihr erneut hin. Sie trank so langsam es nur ging. Noch immer fiel ihr nicht ein, wie sie sich aus dieser Situation retten konnte. Flucht schien aussichtslos. Rechts und links standen zwei kräftige Jungen, die sie sofort festhalten und zu Boden werfen würden.

Sie gab den leeren Krug zurück. Die Übrigen tranken nun auch, einer nach dem anderen. Doch neben ihr standen noch immer die beiden, die sie nicht aus den Augen ließen. Als alle Jungen mindestens drei Krüge hinuntergeschüttet hatten, befahl der Dicke ihnen, sich in einer Reihe aufzustellen. Während er selbst nur sein Hemd hochrollen musste, ließen die anderen ihre Hosen zu Boden fallen. Sie sahen Iriomé abwartend an.

Das war ihre Chance. Mit heruntergelassenen Hosen konnten sie sie nicht so leicht verfolgen.

»Deiner ist wohl so klein, dass er nicht mal aufrecht stehen kann«, griente der große Junge, der direkt neben ihr stand. Sie verpasste ihm mit den Ellenbogen einen Stoß in die Seite. Dann rannte sie los, so schnell sie konnte, zurück zu den Zelten – hinter sich die johlende Meute, die sich jedoch nicht bis zum Zelt des Inquisitors vorwagte, das sie völlig außer Atem erreichte. In dem Augenblick trat Inés de Perreira aus dem Zelt. Iriomé gelang es nicht, sich rechtzeitig abzufangen, und so prallte sie mit ihr zusammen. Beide landeten sie in einer schlammigen Pfütze.

»Schon wieder dieser dämliche Bengel«, schrie Inés de Perreira außer sich vor Wut und wischte sich angeekelt den Schlamm aus dem Gesicht. Sie blitzte Iriomé an, die im ersten Moment gar nicht verstand, was eigentlich geschehen war. »Wie kann man nur so unendlich blöd sein«, schimpfte Inés weiter, während sie versuchte, aufzustehen. Dabei stützte sie sich rücksichtslos an Iriomés Brust ab. Für einen kurzen Augenblick schien sie irritiert, doch dann galt ihre Aufmerksamkeit ihren beiden Zofen, die herbeigeeilt waren und sie lautstark bemitleideten.

Glücklicherweise kam soeben der Médico aus dem Zelt. Er überblickte sofort die Situation. »Doña Inés, ich möchte mich in aller Demut für das ungeschickte Verhalten meines Dieners entschuldigen. Er wird seine angemessene Strafe noch heute erhalten.«

»Das möchte ich Euch auch geraten haben«, funkelte sie ihn an. »Das Kleid ist vollständig ruiniert. Er soll es säubern. Und wenn auch nur ein Fleck zu sehen ist, werde ich ihn von meinen Leuten nackt auspeitschen lassen.«

»Wie Ihr befehlt, Dona Inés.« Der Médico verbeugte sich noch tiefer. Iriomé war inzwischen ebenfalls aufgestanden und versuchte, sich den Dreck von der Hose zu wischen. In einem Ton, der keinen Widerspruch duldete, herrschte er sie an, seinen Koffer zu nehmen und ihm zu folgen.

»So etwas kann lebensgefährlich für dich sein«, sagte er in besorgtem Tonfall, als sie außer Hörweite waren und auf ein kleines Zelt zugingen, das man für den Arzt und seinen Diener für die Nacht aufgebaut hatte.

»Du musst dich hier so unauffällig wie nur möglich benehmen. Diese Menschen lassen keine Situation aus, um dir ihre Macht zu zeigen. Schon ich bin für sie nichts als ein nötiges Übel, doch du, als Wilder von den Inseln, bist weniger wert als Luft.«

»Aber …« Iriomé war noch immer aufgebracht.

»Kein Aber! Wenn du am Leben bleiben willst, tust du, was ich dir sage. Der Inquisitor besteht darauf, dass ich so lange bei ihm bleibe, bis er seine Nichte zu ihrem Verlobten gebracht hat. Im Moment stehen wir unter seinem Schutz. Er braucht mich, um seine Schmerzen zu lindern. Das ist aber auch der einzige Grund. Verstehst du das?« Er sah sie eindringlich an.

Iriomé nickte ergeben. Natürlich hatte Ibn Said recht. Aber schließlich war sie nicht mit Absicht in die Spanierin hineingerannt.

Der Freund packte sie an der Schulter, drehte sie zu sich herum und blickte ihr ernst ins Gesicht. »Unser Patient hat mir erzählt, dass sein Freund Don Alonso de Lugo noch immer nach mir suchen lässt, und zwar deinetwegen. Wie ich es prophezeit habe, ist er von dem Gedanken besessen, dass du ein Zaubermittel hast, das jede Krankheit heilt. Ich habe dem Inquisitor gesagt, dass dergleichen nicht existiert und der Hauptmann sich irrt. Er hätte zu lange auf den wilden Inseln gekämpft, wo die Menschen noch an Geister und Zauberei glauben. Das hat er mir dann notgedrungen abgenommen, besonders nachdem ich seine Schmerzen ein wenig gelindert habe.«

Iriomé sank in sich zusammen. »Was soll ich denn nun tun?«, fragte sie verzweifelt.

»Noch wissen sie ja nicht, wer du bist, doch das könnte sich sehr schnell ändern. Der Inquisitor ist zwar fett, aber nicht dumm«, erwiderte Ibn Said.

Als hätte der Dominikaner ihre Unterhaltung mit angehört, ließ er einen lauten Schmerzensschrei ertönen.

Die beiden konnten sich ein schadenfrohes Grinsen nicht verkneifen, was zumindest ein wenig die Anspannung verminderte.

»Ich habe einen großen Zuber mit roten Waldameisen füllen lassen. Der Mönch nimmt gerade ein Bad darin«, erklärte der Médico, wurde jedoch sofort wieder ernst. »Ich habe ihm erzählt, dass du ein stummer Kastrat bist, den ich vor längerer Zeit auf dem Sklavenmarkt gekauft habe. Wenn sie jedoch herausbekommen, wer du wirklich bist, landen wir beide auf der Folterbank der Inquisition.«

»Ich habe das Wort nun schon so oft gehört. Was ist denn die Inquisition?«, fragte Iriomé verwirrt.

»Eine Art Gericht, und Frai Lorenzo de la Huerta ist der

oberste Richter. Er entscheidet, ob Menschen Ketzer sind oder nicht«, erklärte Ibn Said.

»Und was sind Ketzer?«

»Alle, die nicht an Jesus Christus, den Gott der Christen, glauben und seine Gesetze befolgen.«

»Also du und ich.«

»Ja, aber vor allem werden diejenigen verfolgt, die sie Conversos nennen. Juden und Mauren, die sich nur zum Schein haben taufen lassen, um das Land nicht verlassen zu müssen, ihre ursprünglichen Rituale jedoch weiter im Verborgenen praktizieren.«

Es war nicht leicht für Iriomé, das alles zu verstehen. Ihr brummte der Schädel. Diese verschiedenen Religionen mit all ihren Regeln waren ihr unbegreiflich. Warum konnten sich die Menschen nicht auf einen Gott und eine Göttin einigen?

»Und was geschieht mit ihnen, wenn man ihnen auf die Schliche gekommen ist?«

»Sie werden gefangen genommen, unter Folter verhört und dann meist auf dem Scheiterhaufen verbrannt«, antwortete Ibn Said mit tonloser Stimme.

Iriomé glaubte sich plötzlich im Höllenschlund des Guayote angekommen. Auch er verbrannte im tiefsten Inneren des Vulkans die Seelen der Bösen, auf dass sie nicht wieder auf die Erde zurückkehrten, um weiteres Unheil anzurichten. Doch hier schien es gerade umgekehrt zu sein. Die Unschuldigen, die ihren Glauben leben wollten, wurden verbrannt. Nur die Christen blieben am Leben.

»Einer der Jungen, die sich um die Pferde kümmern, hat mich Ketzer genannt«, stieß Iriomé hervor. »Er hat gesagt, dass ich mit dem Teufel im Bunde stehe.«

Der Médico stieß einen tiefen Seufzer aus. »Du musst sehr, sehr vorsichtig sein.«

»Aber du bist doch auch kein Christ. Warum tun sie dir nichts?«

Ibn Said lächelte. »Ich bin kein Converso und habe niemals den Glauben meiner Väter verleugnet. Die Christen benötigen meine Kunst. Doch wenn ich mich nicht bald taufen lasse, muss ich das Land verlassen.«

»Und wirst du?«

Dem Médico blieb keine Gelegenheit, zu antworten, denn von draußen verlangte die ihnen inzwischen wohlbekannte herrschsüchtige Frauenstimme nach ihm.

Inés de Perreira, umgeben von ihren beiden Zofen und einem der Caballeros, der sie hergebracht hatte, blickte Ibn Said mit anklagender Miene an.

»Médico, Euer Diener hat mich bestohlen!«, sagte sie kalt.

»Das ist eine starke Anschuldigung. Wie kommt Ihr darauf?«

»Er hat mich umgerannt und mir meine Kette mit einem Amulett gestohlen, das er jetzt an seiner Brust unter seinem Hemd versteckt hält.«

Iriomé war sich zuerst nicht sicher, ob sie richtig verstanden hatte, weswegen diese Frau sie beschuldigte. Doch als sie sah, wie der Médico fast unmerklich zu zittern begann, lief es auch ihr heiß und kalt den Rücken herunter. Ihr Herz zog sich zusammen, und ihr Kopf drohte zu zerbersten. Sie wollte wegrennen, doch der wesentlich kräftigere Caballero packte sie mit festem Griff, riss ihr die Kette mit dem Amulett herunter und hielt sie triumphierend in die Höhe. Iriomé konnte sich nicht mehr auf den Beinen halten und sank zu Boden. Sie war unfähig, auch nur einen Ton von sich zu geben.

»Wird bei euch Mauren den Dieben nicht die Hand abgehackt?«, wandte sich die Spanierin höhnisch an den Médico.

»Er ist keiner von uns«, flüsterte Ibn Said erschrocken. »Er kommt von den Inseln der Glückseligen.«

Inés der Perreira wollte sich ausschütten vor Lachen. »So stelle ich mir die Glückseligen vor! Glückselig, weil man andere bestiehlt.« Sie wandte sich mit hochmütigem Gesichtsausdruck ab, drehte sich jedoch noch einmal um und nahm dem Caballero das

Schmuckstück aus der Hand. Mit spitzen Fingern hielt sie es von sich. »Ich hoffe, der Schweiß des Heiden wird meine Haut nicht vergiften.«

Bevor Iriomé auch nur eine Reaktion zeigen konnte, schob Ibn Said sie zurück in den Zelteingang und hielt sie fest. »Gnädigste Doña Inés, bitte verzeiht meinem dummen Diener und lasst noch einmal Gnade walten. Ich werde mich um die Angelegenheit kümmern und versichere Euch, dass dergleichen nie wieder vorkommen wird«, brachte er zwischen den Zähnen hervor, während er sich wiederum bis zum Boden verbeugte.

Inés sah ihn hochmütig von oben herab an. »Maurenpack«, stieß sie hervor, drehte sich um und lief hoch erhobenen Hauptes mit ihren beiden Zofen und dem Caballero im Schlepptau davon.

»Ich muss das Amulett zurückholen«, stieß Iriomé hervor. »Und wenn ich sie töten muss.«

Doch der Médico hielt sie mit eisernem Griff zurück und zog sie dann tief ins Innere des Zeltes.

»Ich dachte, die Entscheidung, ob jemand stirbt, obliegt in deiner Religion allein den Geistern.«

Iriomé sah ihn entsetzt an. Hatte sie wirklich eben gesagt, dass sie Inés töten würde?

25. KAPITEL

Am darauffolgenden Tag brach die Reisegesellschaft bereits in der Morgendämmerung auf. Die Vorhut bestand aus zehn berittenen Wächtern in Kettenhemden mit Helmen und einer Waffe, die sie Armbrust nannten. Dahinter fuhren zwei Kutschen, auf deren Türen das Wappen der de la Huerta prangte: eine gefächerte blutrote Blume hinter einem goldenen Spalier auf schwarzem Untergrund. In dem einen Gefährt saßen Frai Lorenzo und sein engster Vertrauter, in dem anderen Inés und ihre zwei Donacellas, ohne die sie, wie Iriomé von Ibn Said wusste, keinen Schritt tun konnte. Eine zweite Schutztruppe, der sich auch der Médico und Iriomé als sein Diener angeschlossen hatten, ritt hinter den Kutschen. Die Mozos, die Pferdeburschen, liefen barfuß am Ende des Zuges auf ihren eigenen Beinen und mussten sich anstrengen, den Anschluss nicht zu verpassen. Da sie jedoch nicht mehr besaßen als das, was sie am Leib trugen, war die Gefahr, dass irgendwelche Straßenräuber ihnen etwas antaten, gering.

Nach nur zwei kurzen Pausen, in denen sich für Iriomé keinerlei Gelegenheit ergab, näher an Inés oder das Amulett heranzukommen, erreichten sie noch vor Sonnenuntergang ihr Ziel: Trujillo. Schon von Weitem war das mächtige Castillo zu sehen.

Iriomé bemerkte, dass in den Augen von Ibn Said, der neben ihr ritt, Tränen funkelten.

»Das alles war einst Maurenland«, sagte er mit trauriger Stimme. »Die spanischen Adeligen haben den alten Alcázar zu ihrer Festung gemacht.«

Iriomé blickte auf drei hohe quadratische Türme, die jeweils die Eckpunkte zwischen hohen Mauern aus gemeißeltem hellem Kalkstein bildeten. Sie hatte noch nie ein so großes Gebäude gesehen. Von außen schien es uneinnehmbar, doch in seinem Inneren mussten sich die Menschen wie Gefangene fühlen. Wie konnten sie es nur aushalten, ihr Leben lang von solch hohen Mauern umgeben zu sein? Die Umfriedung von Ibn Saids Haus schien ihr im Vergleich dazu die Höhe eines Grashalms zu haben.

»Warum sind die Mauern so mächtig? Wovor haben die Menschen Angst?«, fragte sie Ibn Said.

Er lächelte bitter. »Die Kämpfe zwischen Mauren und Christen waren in dieser Gegend besonders blutig«, erklärte er. »Die hohen Mauern waren die einzige Möglichkeit, sein Hab und Gut und vor allem sein Leben zu schützen.«

Was musste das für ein Leben sein, wenn es dauernd in Gefahr war, dachte Iriomé. Wie konnte man da überhaupt Glück, Liebe und Zufriedenheit empfinden?

»Die Kämpfe gingen über viele Generationen«, erklärte Ibn Said weiter. »Die meisten Menschen wussten gar nicht, was Frieden war. Sie kannten nur blutige Schlachten, die für beide Seiten herbe Verluste brachten. Als die Christen in der Extremadura als Sieger hervorgingen, glaubten sie natürlich, dass es ihr Gott gewesen sei, der ihnen dazu verholfen hatte. Deshalb sind die Menschen hier noch christlicher als im übrigen Spanien.«

»Und war es wirklich ihr Gott?«

»Vielleicht war es auch ihr Teufel«, antwortete Ibn Said. Seine letzten Worte wurden glücklicherweise von einem lang gezogenen Ton überdeckt, der sich zu einer kleinen Melodie formte. Sie kam von den Zinnen der Zitadelle, wo ein Mann in ein glänzendes, trichterförmiges Rohr blies. Karima tänzelte nervös, und Iriomé spürte, dass sie am liebsten weggerannt wäre. Auch in ihr wuchs das Gefühl, dass hinter diesen hohen Mauern Gefahr drohte. Doch Ibn Said lächelte ihr zuversichtlich zu, und so strich sie der Stute sanft über den Hals, die sich daraufhin wieder beruhigte. Sie zuckte nicht einmal mehr zusammen, als sich mit lautem, rasselndem Geräusch eine Brücke über den breiten Graben senkte, der sich rund um die Feste zog.

Wie viel Arbeit die Menschen hier darauf verwendeten, sich vor anderen zu schützen, dachte Iriomé. Wenn sie doch nur diese Mühe aufbrächten, sich mit anderen besser zu verstehen.

Nachdem die ganze Gesellschaft auf dem Burghof angekommen war, wurde die Brücke wieder hochgezogen und rastete mit lautem Ächzen und einem Donnerschlag ein. Noch einmal ertönten zur Begrüßung die Fanfaren. Die Türen der Kutschen öffneten sich, die Gäste stiegen aus und wurden von mehreren Menschen, die aus der Burg kamen, in Empfang genommen. Iriomé sah sich nach dem Médico um, der jedoch von dem dicken Mönch in Beschlag genommen wurde.

»Die Unterkunft für die Knechte ist hinter den Ställen«, sagte ein großer, gewichtiger Mann mit einem roten Bart und legte ihr seine schwere Hand auf die Schulter.

»Ich bin der Diener des Médico«, rutschte es Iriomé heraus. »Er braucht mich für die Behandlung des Inquisitors.« Sie wollte auf keinen Fall noch einmal die nähere Bekanntschaft der Pferdeburschen machen.

Der Rotbärtige sah sie erstaunt an.

Iriomé biss sich auf die Lippen. Hatte sie sich nun endgültig durch ihre helle Stimme verraten?

»Sieh an, ein Kastrat. Armer Teufel«, polterte der Burgvogt jedoch nur und fuhr ihr erstaunlich sanft mit dem Handrücken über die Wange. Dann schüttelte er den Kopf. »Eine Haut wie die eines Mädchens. Die Burschen werden dich fertigmachen.«

Iriomé wusste inzwischen von Ibn Said, was »Kastrat« bedeutete, und konnte ihn nur immer wieder für seine Voraussicht bewundern.

»Ich darf dich nicht ins Gästehaus lassen, aber ich habe noch eine kleine Bettstatt oberhalb der Futterkammer. Komm mit.«

Erleichtert folgte sie dem Mann eine schmale hölzerne Stiege hinauf zu einem kleinen Verschlag direkt unter dem Dach. Es war stickig, staubig und roch nach Taubenkot. Aber das war Iriomé nicht wichtig. Hauptsache, sie war nicht der Willkür dieser Burschen ausgeliefert. Sie bedankte sich mit einer tiefen Verbeugung vor ihrem Retter, eine Geste, die sie sich von Ibn Said abgeschaut hatte und die Christen für gewöhnlich friedlich stimmte. Der Rotbärtige zog sie jedoch wieder hoch.

»Schon gut. Du hast es schwer genug. Wenn dir irgendjemand zu nahe kommt, lass es mich wissen. Mein Name ist Roberto de la Torre. Ich bin der Burgvogt.«

Nachdem er gegangen war, schob Iriomé den Riegel vor und ließ sich mit einem tiefen Seufzer auf einem Strohsack nieder. Sie war müde und verzweifelt. Nie war ihr Wunsch größer gewesen, in ihre Heimat zurückzukehren und dort im Schutz des Vulkankraters ihr Kind zu gebären. Und noch nie schien dieser Wunsch so unerfüllbar wie in diesem Augenblick. Sie durfte nicht fliehen, ohne Amakuna wieder an sich zu bringen. Es galt, das Amulett zurückzugewinnen, bevor Inés de Perreiras Neugier erwachte und sie es öffnete. Wenn sie es nicht längst getan und das ungewöhnliche Pulver entdeckt hatte!

Trotz all ihrer Sorgen fiel Iriomé in einen unruhigen Schlaf und wurde erst durch laute Schritte geweckt, die sich ihrer Kammer näherten. Es waren nicht die des schweren Burgvogts und auch nicht die von Ibn Said, der ein Bein leicht nachzog. Von Angst ergriffen sah Iriomé sich nach einer Fluchtmöglichkeit um, doch es gab nur eine kleine Dachluke, die zu schmal war, als dass sie sich hätte hindurchzwängen können. Es klopfte an die Tür, und sie hörte leise jemanden ihren Namen rufen. »Iri, Iri …«

Träumte sie?

Doch es klopfte wieder. »Iri, bitte mach auf. Ich bin es, Joaquín.«

Es war seine Stimme. Ohne jeden Zweifel. Sie stürmte zur Tür und schob den Riegel zurück. Das Erste, was sie sah, war die Kette mit dem Amulett, die an seinem Finger baumelte. Der Verschluss war unversehrt. Sie konnte nicht anders, als sofort danach zu greifen.

»Tara sei Dank«, hauchte sie und sank auf die Knie. Tränen der Dankbarkeit, gemischt mit Wiedersehensfreude und unerfüllter Sehnsucht liefen ihre Wangen hinunter.

Joaquín schob sich rasch in die Kammer und zog die Tür hinter sich zu. Dann ging er ebenfalls in die Knie, umschlang ihren zitternden Körper und drückte sie an sich, als wolle er sie nie mehr loslassen. Iriomé legte den Kopf auf seine Schulter, doch da durchzuckte es sie wie ein Blitz. Er konnte das Amulett nur Inés de Perreira abgenommen haben. War er etwa der Verlobte der schönen Spanierin?

Erst nach einer ganzen Weile gab er sie frei, betrachtete lange ihr Gesicht, nahm es dann in seine Hände und küsste jede Träne einzeln weg.

»Du bist hier. Jetzt ist alles gut«, flüsterte er. »Ich habe überall nach dir gesucht.«

Er liebkoste ihre Schultern, die aus dem vom Schlaf verrutschten Hemd lugten. Erst die eine, dann die andere. Mit seinen Fingerkuppen strich er sanft an ihrem Schlüsselbein entlang, bis er das weiche Grübchen an ihrem Hals erreichte, und drückte schließlich seinen Mund darauf, was in Iriomé ein schwindelerregendes Verlangen weckte. Sie lehnte sich leicht zurück und fühlte, wie ihr Körper um mehr flehte. Schließlich hielt sie es nicht mehr aus, und ihre Hände suchten unter dem Gewand aus festem Stoff nach seiner Haut.

Joaquín öffnete flink die Lederschnüre seines Wamses und zog es sich mit dem Untergewand über den Kopf. Er küsste ihre Lippen, die sich ihm zitternd und feucht darboten. Es war einige

Mondwechsel her, seit sie auf dem Schiff zum letzten Mal auf diese Weise vereint gewesen waren, aber ihre Körper hatten die Erinnerung daran bewahrt. Und so schwebten sie auf einer Woge der Lust hinweg, die in eine Explosion mündete, gefolgt von einem süßen Tod.

Als sie erschöpft nebeneinander auf dem schmalen Strohbett lagen, strahlte er sie an, als ob das Leben ihm noch einmal eine Tür öffnete, die er längst für verschlossen gehalten hatte. »Ich hätte niemals gedacht, dass ich noch einmal so fühlen würde«, flüsterte er in ihr Ohr. Seine Hände streichelten ihre Brüste und tasteten sich an ihrem Körper entlang bis zu ihrem Bauch, der sich auch im Liegen schon leicht wölbte. Er hielt in der Bewegung inne und blickte sie fragend an.

Iriomé lächelte. »Ja, ich trage dein Kind.«

Joaquín zog die Hände weg von ihrem Bauch und setzte sich ruckartig auf. Sie konnte nur ahnen, was in ihm vorging. Er stand langsam auf und zog sich wortlos mit dem Rücken zu ihr gewandt an, ohne ihr noch einen Blick zu schenken. Iriomés Augen füllten sich mit Tränen.

In ihrer Heimat war es jedes Mal ein Anlass zu großer Freude, wenn ein Mann von seiner bevorstehenden Vaterschaft erfuhr. Jetzt kam es ihr vor, als hätte sich plötzlich eine dunkle Wolke vor die strahlende Sonne geschoben. Erst nach einigen Minuten, die Iriomé wie eine Ewigkeit vorkamen, drehte er sich wieder zu ihr um.

»Du musst mir etwas Zeit geben. Ich werde eine Lösung finden. Das verspreche ich dir.« Seine Stimme klang angestrengt. Die Vertrautheit, die eben noch zwischen ihnen war, wandelte sich, und Iriomé spürte einen Anflug von Misstrauen in sich aufsteigen.

Joaquín nahm ihre Hand und zog sie hoch. »Komm mit«, sagte er. »Hier kannst du unmöglich bleiben.«

Sie schlüpfte in ihre Kleidung, und er führte sie behutsam die Treppen hinunter durch den Stall zu einer kleinen versteckten

Tür. Über dem Türstock ertastete er einen rostigen Schlüssel und sperrte auf. Auf dem Boden stand eine Öllampe bereit, die er entzündete, um den Weg zu erhellen.

»Meine Vorfahren haben diesen Geheimgang graben lassen«, erklärte er mit Stolz in der Stimme, während er vorausging. »Er bietet die letzte Möglichkeit zur Flucht, falls der Feind die Burg bereits eingenommen hat. Im Stall gibt es noch einmal einen verborgenen Schacht, der unterhalb des Burggrabens in die Freiheit führt und sogar mit Pferden begehbar ist …« Er hielt inne. »Kannst du mich überhaupt verstehen?«

Iriomé nickte. Die Christen hatten wirklich an alles gedacht. Der enge, feuchte Schacht erinnerte Iriomé an die dunklen Höhlengänge in ihrer Heimat, auch wenn dieser hier von Menschenhand gemacht war. Nach einer Weile gelangten sie zu einer schmalen Treppe, die steil nach oben führte. Am Ende befand sich wieder eine Tür, die Joaquín mit einem anderen Schlüssel aufsperrte. »Jetzt sind wir bereits in der Burg, ohne dass uns irgendjemand bemerkt hat«, sagte er leise.

Iriomé betrat einen kleinen Raum, in dem ein Tisch, zwei Stühle und eine Art Liege standen. Durch ein Fenster an einer Wand drangen etwas Licht und laute Geräusche. Iriomé trat näher und erblickte unter sich einen riesigen Saal, in dessen Mitte eine lange Festtafel mit Stühlen aufgebaut wurde.

»Dieses kleine Versteck kennt keiner, außer meinem Vater und mir«, erklärte Joaquín. »Von hier aus können wir heimlich Menschen unten im großen Saal belauschen, von denen wir nicht genau wissen, ob wir ihnen trauen können oder nicht. Niemand wird dich hier finden.«

Iriomé wunderte so langsam gar nichts mehr.

Unter ihr wurden inzwischen Teller, Schüsseln und Krüge hereingetragen sowie riesige Platten mit Fisch, Fleisch, Geflügel, Obst und Gebäck. Sie konnte ihre Augen kaum von den leckeren Speisen abwenden, die mit Sicherheit nicht für sie bestimmt waren.

Joaquín schien ihren Blick zu bemerken. »Bitte entschuldige, du musst furchtbar hungrig sein. Ich werde dir gleich etwas zu essen bringen.«

Er hatte sich wohl von seinem Schock erholt und konnte ihr wieder ins Gesicht sehen.

»Und sage bitte dem Médico, dass ich in Sicherheit bin«, bat sie ihn. »Ich reise als sein Gehilfe. Wahrscheinlich sucht er schon überall nach mir.« Joaquín nickte und zog sie kurz an sich, bevor er sie alleine ließ.

Iriomé sah ihm nach. Natürlich verstand sie, dass es unmöglich war, an Akins Seite an dem Festmahl teilzunehmen, noch dazu in ihrer derzeitigen Verkleidung. Dennoch fühlte sie sich zur Seite geschoben. Und das, obwohl sie sein Kind unter dem Herzen trug.

Zumindest war es ein Glück, dass er ihr das Amulett zurückgebracht hatte, dafür konnte sie ihm gar nicht dankbar genug sein. Sie öffnete es vorsichtig. Das Pulver schien unberührt. Ein Lächeln der Erleichterung überzog ihr Gesicht. Keiner, vor allem nicht Kaltauge, durfte je davon erfahren. Sie musste Joaquín das Versprechen abnehmen, ihm gegenüber Stillschweigen zu bewahren, dass sie noch am Leben war.

Er kam schon nach kurzer Zeit zurück und brachte ihr eine Schale voll Suppe mit einem dicken Stück Fleisch darin und einen halben Laib Brot. Er stellte alles auf den kleinen Tisch. »Was ihr auf eurer Insel esst, haben wir hier leider nicht. Aber ich hoffe, es schmeckt dir trotzdem. Guten Appetit.«

Das ließ sich Iriomé nicht zweimal sagen und langte zu. Sie hatte seit dem gestrigen Tag nichts mehr gegessen, da sie auf Anweisung des Médico das Zelt nicht mehr verlassen hatte, um kein weiteres Aufsehen zu erregen.

Joaquín sah ihr lächelnd zu, während sie hastig aß. Das Fleisch war zart und die Brühe kräftig.

»Bist du es, der Inés de Perreira heiraten wird?«, fragte Iriomé schließlich.

Er lachte bitter. »So ist es vorgesehen. Ich habe meine Zukünftige heute zum ersten Mal in meinem Leben gesehen, und ich finde sie schrecklich.«

Iriomé konnte ihm nur beipflichten. »Sie hat behauptet, ich hätte ihr das Amulett gestohlen, nur um mich zu ärgern«, erzählte sie Joaquín empört.

»Ich weiß. Sie ist niederträchtig, hochmütig und kalt. Aber sie ist die Nichte unserer Königin Isabella, und eine Verbindung mit ihr wird die Besitztümer meiner Familie auf lange Zeit absichern«, sagte Joaquín mit trauriger Stimme.

»Das verstehe ich nicht.«

»Ich werde versuchen, es dir zu erklären«, erwiderte er und setzte sich neben Iriomé. »Meine und andere große Adelsfamilien haben mit ihren Rittern Spanien von den Mauren befreit. Dafür erhielten sie von der Krone in den ehemaligen maurischen Gebieten Ländereien, die sie als ihr Eigentum ansehen. Königin Isabella aber behauptet nun, alles sei für die Krone erkämpft worden und nur eine Leihgabe, die ihnen jederzeit weggenommen werden könne. Durch eine Heirat mit Inés de Perreira und einen männlichen Erben wäre unser Besitz jedoch für immer mit der Königsfamilie verbunden. Das nennt man Heiratspolitik.«

»Und was für eine Stellung hätte unser Sohn?«, fragte Iriomé leise.

»Eine sehr unsichere. Die Krone könnte ihm alles nehmen, was seit vielen Jahren im Besitz meiner Familie ist. Aber sei beruhigt, wir werden eine Lösung finden.« Er trat zu dem kleinen Fenster und sah eine Weile stumm auf das geschäftige Treiben hinab. Immer mehr Menschen waren inzwischen eingetroffen, die laut durcheinanderredeten.

»Ich muss gehen, aber ich komme wieder.« Er umarmte sie kurz und verließ dann mit schnellem Schritt das Geheimzimmer. *Eine Lösung finden*, hallten seine Worte in ihren Ohren nach. Was meinte er damit?

Sie fühlte sich plötzlich verlassen und vermisste ihren Freund Ibn Said, in dessen Gegenwart sie sich immer sicher und aufgehoben fühlte. Ob er wohl ebenfalls an der Festtafel saß? Sie war gerade aufgestanden, um zu dem kleinen Fenster zu gehen, als sie eine laute Stimme hörte, die sie aus Hunderten heraus erkannt hätte. Erschrocken blickte sie nach unten. Sie hatte sich nicht getäuscht. Der Schlächter ihres Volkes, Alonso de Lugo, kniete vor dem dicken Mönch und küsste seinen Ring.

»Exzellenz, welch eine Ehre, an diesem erfreulichen Ereignis in Eurer Gegenwart teilnehmen zu dürfen«, drang Kaltauges falsche, unterwürfige Stimme zu ihr herauf.

»Steht auf, de Lugo, und lasst den Unsinn. Helft mir lieber in den Stuhl dort. Oh, die verdammte Gicht.« Er stieß einen Schmerzenslaut aus und ließ sich dann mit der Hilfe des Eroberers auf einen besonders breiten Stuhl fallen.

In diesem Augenblick fiel es Iriomé ein, dass sie vergessen hatte, Akin das Versprechen abzunehmen, Kaltauge nichts von ihrer Anwesenheit zu erzählen. Sie verfluchte sich innerlich dafür. Es war ihr wichtiger gewesen, über Inés zu sprechen und über ihr Kind. Wie töricht von ihr! Sie blickte wieder hinunter in den Festsaal, ängstlich darauf bedacht, im Schatten des Fensterrahmens zu bleiben.

»Setzt Euch zu mir, Konquistador, und erzählt mir, wie viele Wilde auf den Inseln der Glückseligen zum wahren Glauben bekehrt wurden«, sagte Frai Lorenzo, nachdem drei Diener seinen Stuhl an den Tisch gerückt hatten, damit er bequem zugreifen konnte.

»So ziemlich alle, Exzellenz«, schmunzelte er. »Aber Frai Hieronymus kann Euch dazu sicher mehr erzählen. Schließlich bin ich kein Kirchenmann, sondern nur derjenige, der Euch die Schäflein gefügig macht.«

Iriomé erblickte den Franziskaner, der gerade den Saal betrat und nun ebenfalls vor dem Inquisitor auf die Knie ging und seinen Ring küsste. »Ich kann Alonso de Lugo, dem großen Kanareneroberer, nur zustimmen«, sagte er unterwürfig. »Die Herde wird immer größer. Wir können zufrieden sein.«

»Gut, gut. Das höre ich gerne. Denn wir werden erst ruhen, wenn unsere Aufgabe erfüllt ist und es auf der ganzen Welt nur noch Christen gibt. Nicht wahr, Konquistador!?«

»Ich bin stets der Eure. Ihr wisst doch, dass Ihr Euch auf mich verlassen könnt.«

Am liebsten wäre Iriomé durch den geheimen Gang zurück in den Stall geflüchtet und mit Karima auf und davon galoppiert. Doch als sie die Tür öffnen wollte, musste sie feststellen, dass diese versperrt war. Sie ging zum Fenster zurück. Nackte Angst drohte in ihr aufzusteigen, doch Tichiname hatte sie gelehrt, wie diesem Dämon beizukommen war. Sie richtete den Blick einzig auf Kaltauge und schaute über eine gedachte Linie mitten in seine Seele. Was sie dort sah, rief Abscheu, aber auch Mitleid in ihr hervor, und ihre Angst legte sich. Jede Seele hatte ihre Geschichte. Natürlich musste sie sich weiter vor ihm in Acht nehmen. Doch sie war ihm fortan nicht mehr ausgeliefert, sondern würde im Augenblick der Gefahr wissen, was zu tun war.

Die Dienerschaft hatte inzwischen Wein und Wasser eingeschenkt. Frai Lorenzo stand ächzend auf, wobei der Stuhl mit den Armlehnen an seinem fülligen Hinterteil hängen blieb und dann krachend zu Boden fiel. Ohne sich weiter darum zu kümmern, hob er seinen vollen Weinbecher.

»Ich möchte ein Hoch ausbringen auf meine liebreizende Nichte Inés Pilar de Perreira y Castellón und den jungen Conde Joaquín de Alba y Santa Barbara und mit ihrer beider Familien Einverständnis die Verlobung sowie die baldige Hochzeit bekannt geben.«

Iriomé fing einen beruhigenden Blick auf, den ihr Joaquín nach oben schickte. Er saß neben Inés, die ein noch kostbareres Kleid von nachtblauer Farbe trug.

»Das habt Ihr ja gut eingefädelt«, polterte ein älterer Herr mit dichtem, grau gewelltem Haar, der soeben an die Tafel trat. Er war von hoher Gestalt, obwohl er sich leicht gebückt auf einen Stock stützte. Iriomé mochte ihn sofort. Der Ausdruck in seinem Gesicht sagte ihr, dass er sich innerlich über diese Gesellschaft lustig machte, die hier versammelt war.

»Vater, wie schön, dass Ihr doch noch gekommen seid.« Joaquín war aufgestanden und rückte dem alten Conde seinen Stuhl zurecht.

»Ihr könnt froh sein, dass Euer Sohn so mächtige Freunde hat, um das Erbe seiner Familie zu schützen. Also tragt Euren Starrkopf nicht ganz so hoch«, zischte der dicke Mönch dem alten Conde zu, während alle ihre Becher hoben und dem jungen Paar zuprosteten. »Dafür habe ich auch noch etwas gut bei Euch, aber davon später.« Sein gieriger Blick fiel auf eine große Platte, die von zwei Dienern hereingetragen wurde. Darauf lag ein knusprig gebratenes, fetttriefendes Schwein, dem man einen Apfel ins Maul gesteckt und Zitronenscheiben auf die Augen gelegt hatte. »Jetzt wollen wir erst einmal genießen, was uns der Herr geschenkt hat, und ihm dafür danken.« Er sprach ein Gebet in Latein, der Sprache des Christengottes, während die Bediensteten das Schwein in erstaunlicher Geschwindigkeit zerlegten.

Der Mönch endete mit einem feierlichen »Amen, Gelobt sei Jesus Christus« und wandte sich dann an den Médico, der ihm schräg gegenübersaß. »Zu dumm, dass Euer Gott Euch solche Köstlichkeiten verbietet«, höhnte er.

»Auch Eurer täte gut daran, dann würdet Ihr dem nächsten Anfall entgehen können«, gab Ibn Said freundlich zurück.

Iriomé gluckste und hoffte gleichzeitig, dass Ibn Said für seine treffende Bemerkung keine ernsthaften Folgen zu spüren bekäme.

»Dann werdet Ihr mich eben wieder behandeln, werter Ibn Said. Es wäre eine Sünde, eine solche Gabe Gottes auszuschlagen«, feixte der Inquisitor und biss genüsslich in eine knusprig braun gebratene Schwarte.

De Lugo wandte sich an Ibn Said. »Wie ich vernommen habe, seid Ihr der Médico von Cádiz, der diese Hexe von den Inseln der Glückseligen bei sich aufgenommen hat«, sagte er kalt. »Wo ist sie?«

Iriomé erschrak fast zu Tode.

»Ihr müsst Euch irren, edler Herr. Ich habe einen Kastraten für zehn Silbermünzen im Hafen von Cádiz gekauft. Das habe ich bereits Eurem Freund, dem Inquisitor, erzählt«, antwortete Ibn Said ruhig und sah zu dem dicken Dominikaner hinüber, der sich jedoch gerade aus jeglicher Unterhaltung zurückgezogen hatte und angestrengt versuchte, einen Schenkel aus dem bunt dekorierten Fasan herauszureißen, den man ihm auf einem Holzbrett kredenzte.

»Und wegen dieses Kastraten habt Ihr mein Haus zerstört und meine Mutter getötet«, setzte Ibn Said in einem schärferen Ton nach.

»Pah!« De Lugo bekam vor lauter Ärger einen Hustenanfall und musste sein rot angelaufenes Gesicht mit einer Serviette verdecken. »Wo ist der mysteriöse Kastrat? Ich will ihn sofort sehen«, sagte er, kaum dass seine Stimme zurückgekehrt war.

»Beruhigt Euch, werter Freund. Er ist mit uns gereist. Wir werden ihn nachher kommen lassen.« Der Inquisitor tätschelte mit fettigen Fingen den Arm de Lugos. »Jetzt sollten wir uns erst mal diesem göttlichen Mahl widmen.«

»Er kam mir gleich so seltsam vor«, sagte Inés, wurde jedoch sofort still, als Joaquín ihr einen tadelnden Blick zuwarf.

»Diese Hexe hat ein Wundermittel, das mich vor dem sicheren Tod bewahrt hat«, sagte de Lugo mit heiserer Stimme. »Eine meiner Sklavinnen, eine dunkelhaarige Wildkatze, die ich mir von den Inseln mitgebracht habe, hat sie auf dem Markt in Cádiz getroffen und mir erzählt, dass Euer Quacksalber hier sie aufgenommen hat. Nachdem ich weder ihn noch die Hexe angetroffen hatte, musste ich die Kleine leider foltern, um herauszubekommen, ob sie nicht selbst etwas über dieses Mittel wusste. Leider hat sie, nachdem mein Knecht ihr gerade mal fünf Liter Wasser in den Magen gepumpt hatte, das Zeitliche gesegnet.«

Iriomé wurde übel, und sie musste sich fast übergeben. Trotz allem empfand sie Mitleid für Guayafanta. War sie das erste Opfer, das Amakuna forderte? Ibn Said schien recht gehabt zu haben mit seiner Voraussage.

»Werter de Lugo, das Foltern ist eine Kunst, die Ihr lieber der Inquisition überlasst, sonst erfahrt Ihr gar nichts, sondern habt nur tote Delinquenten«, rügte der Mönch den Konquistador, während er sich noch eine Portion von dem Fasan auftischen ließ.

»Die Folter ist eines Christenmenschen nicht würdig. Wir haben dieses Land mit dem Schwert und unserem Glauben erobert und nicht mit der Folter«, fuhr der alte Conde höchst verärgert dazwischen und ließ deutlich heraushören, dass dieses Thema an seiner Tafel nicht weiter erwünscht war.

»Kann es ein solches Wundermittel denn überhaupt geben?«, fragte ein älterer, schmaler Mann mit langem weißem Bart und einer Nase, die Iriomé geradezu riesig vorkam.

»Da Gott allmächtig ist, wird es das sicherlich geben«, entgegnete de Lugo mit heiserer Stimme. »Dass wir es bisher nicht gefunden haben, heißt gar nichts. Wir wussten auch nichts von den Westindischen Inseln, bis Cristobal Colón sie für die Krone entdeckt hat. Und wenn Gott uns dazu beruft, neue Gebiete zu entdecken«, fuhr er fort, »warum sollte er uns nicht berufen, neue Heilmittel aufzuspüren?«

Der Inquisitor nickte zustimmend, während Ibn Said vehement den Kopf schüttelte. »Ich habe die meisten Bücher und Schriften aus Griechenland, dem Orient und Asien gelesen, und nirgendwo stand etwas über ein solches Heilmittel«, warf er mit überzeugter Stimme in die Runde. Er konnte es sich leisten, denn der Inquisitor brauchte ihn und würde ihn kaum de Lugos Willkür ausliefern.

Iriomé hätte ihn am liebsten dafür umarmt, wie tapfer er sich dafür einsetzte, ihr Geheimnis zu bewahren.

»Werter Médico, ich hege keinesfalls Zweifel an Eurem Wissen, aber ich habe nun einmal dieses Mittel am eigenen Leibe erfahren.

Nicht wahr?« De Lugo wandte sich Joaquín zu, der ihm gegenübersaß. »Es war sehr klug von dir, dass du diese Hexe beschützt hast. Vielleicht wusstest du ja sogar von ihrem Mittel. Sie hat mich jedenfalls gerettet, und ich verdanke dir und ihr mein Leben.«

»Mein werter Freund«, sagte Joaquín. »Ich bedauere aufs Höchste, dass eine Hexe, wie Ihr sie nennt, mein Blut derart in Wallung gebracht hat, dass ich die Waffe gegen Euch erhoben habe. Ein unverzeihlicher Fehler. Und selbst wenn Ihr nicht davon abzubringen seid, dass meine damalige Sklavin zu Eurer Rettung beigetragen hat, so kann es doch letztendlich nur Gottes Werk gewesen sein.« Er blickte um Zuspruch heischend zu dem dicken Mönch.

»Gott können wir immer vertrauen, aber nicht den Menschen, sonst brauchten wir schließlich keine Inquisition«, nahm der Dominikaner den Faden nur zu gern auf. »Vielleicht kennen ja Juden und Mauren bereits ein solches Mittel und verwenden es nur für ihre eigenen Glaubensbrüder.« Der Inquisitor war nun ganz in seinem Element und vergaß sogar für einen Moment, weiterzuessen. »In diesem Zusammenhang wollte ich sowieso mit Euch etwas besprechen«, wandte er sich Joaquíns Vater zu. »Im Einvernehmen zwischen Kirche und Krone planen wir, nun auch hier in der Extremadura Inquisitionstribunale zu errichten, und benötigen dafür Eure Unterstützung.«

Der alte Conde sah ihn verachtungsvoll an und hob abwehrend die Hand.

»Es geht nur darum, zu überprüfen, ob die konvertierten Juden und Mauren auch tatsächlich unsere christlichen Rituale ausführen.« Er blickte dabei lächelnd zu dem Mann mit dem langen weißen Bart, der sich hauptsächlich an Brot, Suppe und Süßspeisen hielt.

»Da kann ich Euch beim besten Willen nicht weiterhelfen«, polterte der alte Conde. »Und was meinen Schatzmeister betrifft, er leidet seit Tagen an Magenverstimmung und wird diese bestimmt nicht durch fettes Schweinefleisch verschlimmern.«

»Schon gut«, erwiderte der Inquisitor süßsauer. »Euer Starrsinn wird Euch schon noch vergehen. Die Zeiten ändern sich.«

»Die Zeiten mögen sich ändern, Frai Lorenzo, aber ich mich nicht. Vor allem, wenn sich meine Auffassung von Christentum nicht mehr mit der von Kirche und Krone deckt«, entgegnete der Conde ärgerlich.

»Aber Kirche und Krone sind im Verbund doch recht erfolgreich«, wagte es ein junger, leicht untersetzter Mann vom Gesindetisch aus, sich in die Unterhaltung einzumischen.

De Lugo und der Inquisitor sahen ihn überrascht an. »Wie meinst du das?«

»Ich habe gehört, dass man bei den Eroberungen in der Neuen Welt mit Schwert und Bibel sagenhafte Reichtümer erringen und ganze Königreiche erobern könne.«

»Da hast du recht«, erwiderte de Lugo, erfreut, zwischen Kirche und altmodischem Adel einen Mann mit wahrem Eroberungsgeist zu entdecken. »Wie ist dein Name?«

»Francisco Pizzarro, ich bin hier nur der Schweinehirte. Aber nicht mehr lange.« Er stand auf und erhob sich mit großer Geste. »Es sind bald wieder neue Expeditionen nach Westindien geplant. Ich habe vor, mich daran zu beteiligen.«

»Aus dem wird bestimmt ein echter Konquistador«, lachte de Lugo aus vollem Hals. »Und wie sieht es mit dir aus?« Er grinste Joaquín herausfordernd an. »Schließlich haben wir gemeinsam diesen Wilden auf den Inseln den Garaus gemacht.«

»Da sind wir aber froh, dass Ihr sie gerade noch rechtzeitig niedergerungen habt, bevor sie mit ihren Steinschleudern und Keulen ganz Kastilien erobert hätten.« Der alte Conde erhob sich schwerfällig und stützte sich auf seinen Stock. Einer der Diener sprang heran, um ihm zu helfen. »Entschuldigt bitte, aber ich darf mich empfehlen. Ich bin ein alter Mann und habe nicht mehr die Zeit und Muße, mir das Geschwätz eines Schweinehirten anzuhören. Ich wünsche noch einen schönen Abend.«

Iriomé war ebenfalls müde geworden. Es forderte ihre höchste Konzentration, der Unterhaltung zu folgen. Eines war ihr inzwischen vollständig klar geworden. Sie konnte unter keinen Umständen hierbleiben. Joaquín musste sie noch in dieser Nacht fortbringen. Oder hatte er sie am Ende hier eingesperrt, um sie Kaltauge zu übergeben? Ihr lief es eisig den Rücken hinunter. Noch immer wusste sie nicht, ob sie Akin vollständig trauen konnte. Ihr Herz sagte Ja, doch ihr Verstand …

Das Geräusch des Schlüssels in der Tür holte sie aus ihrer Gedankenwelt. Joaquín lächelte sie an, und ihre Zweifel begannen zu schmelzen wie Fett in der Sonne. Er trug ein dunkelgrünes Kleid mit einer passenden Stola über dem Arm, das er auf den Stuhl legte.

»De Lugo wird morgen früh das ganze Castillo durchkämmen, um dich zu finden. Du musst sofort weg. Hier, zieh das an. Die Sklavenverkleidung hat ausgedient.«

»Will er sich noch immer bei mir bedanken?«, fragte Iriomé bitter.

Joaquín sah sie nachdenklich an. »Dann stimmt es also doch! Du hast ihn mit deinem Zaubermittel geheilt.« Unwillkürlich wich er einen Schritt zurück.

»Warum ist dieser Mann noch immer dein Freund und speist an deiner Tafel?«

»Weil ich ihm etwas schulde. Ich habe in der Schlacht um Granada Seite an Seite mit ihm gekämpft und bin unter unehrenhaften Umständen in maurische Gefangenschaft geraten. Er befreite mich unter Einsatz seines Lebens. Mein Vater hat nie davon erfahren. Und du bist jetzt die Einzige außer mir, die davon weiß.«

Iriomé verstand, wenngleich sie überzeugt war, dass Joaquíns Vater seinem Sohn verziehen hätte und dass Kaltauge Joaquín nicht aus reiner Menschenliebe, sondern aus Berechnung befreit hatte.

»Wir sind so etwas wie Blutsbrüder. Aber warum hast du ihn gerettet?«

»Ich habe es für dich getan! Weil wir beide eine gemeinsame Aufgabe in diesem Leben haben.«

Er sah sie lange an, und Iriomé wäre am liebsten für immer in der Tiefe dieses Blicks versunken.

»Du meinst das Kind?«

Noch immer konnte sich Iriomé nicht dazu entschließen, ihm zu erklären, dass es um Amakuna ging, das Geheimnis, das fortan nur von zwei Liebenden bewahrt werden konnte. Solange Joaquín an de Lugos Freundschaft festhielt, konnte und durfte sie ihn nicht einweihen.

Er überlegte kurz. »Wenn es mein Kind ist, dann haben wir noch vier bis fünf Monate, um alles zu regeln.«

»Wessen Kind soll es sonst sein?«, fragte Iriomé betroffen und zupfte unschlüssig an dem Kleid herum, das noch immer über dem Stuhl hing.

»Entschuldige bitte. Aber für mich ist das nicht so einfach, am selben Tag einerseits meine zukünftige Ehefrau und andererseits die Mutter meines Kindes zu treffen«, sagte Joaquín.

Iriomé nickte, forderte aber auch Verständnis für ihre Situation.

»Ich liebe dich, Iri, und nichts auf der Welt wird mich davon abbringen.«

»Und dein Vater, deine Familie, deine Besitztümer …?«

»… sind nicht wichtig. Du bist wichtig und unser gemeinsamer Sohn.«

»Aber wo sollen wir leben, wenn sie dir alles wegnehmen?«

»Ich weiß es noch nicht, vielleicht gehen wir in die Neue Welt. Dort fragt niemand nach Stand und Herkunft. Selbst ein Schweinehirte kann dort ein Königreich erobern.«

»Und wo ist das, diese ›Neue Welt‹?«

»Weit weg in Richtung Westen. Noch viel weiter als die Insel, auf der du geboren bist. Doch jetzt zieh bitte dieses Kleid an.«

»Ist es nicht besser, wenn ich ein Junge bleibe?

»Nicht dort, wohin ich dich bringe.«

Sie nahm das Ungetüm hoch und blickte ihn ratlos an. »Ich weiß nicht, wie ich es anziehen soll. Ich habe noch nie so etwas getragen.«

»Ich auch nicht«, sagte er schmunzelnd. »Aber gemeinsam werden wir es schon irgendwie schaffen.«

Iriomé zog ihr Hemd über den Kopf. Joaquín passte ihr unbeholfen eine Art Leibchen an, das am Rücken zugeschnürt wurde. Nachdem sie das Kleid darübergezogen hatte, betrachtete er sie wohlgefällig. Es passte perfekt, auch wenn es ihr ein tiefes Durchatmen verbot. Schließlich legte er ihr noch eine passende Stola über das kurz geschnittene Haar, was sie endgültig wie eine spanische Edelfrau erscheinen ließ. Er nahm sie bei der Hand. »Du bist wunderschön.«

Als sie kurz vor Morgengrauen durch den unterirdischen Gang die Feste Trujillo verließen, drangen die Stimmen der Betrunkenen aus dem Rittersaal zu ihnen. Iriomé wäre gern noch viel schneller gelaufen, als es ihr mit den ungewohnten Schuhen möglich war, die, ähnlich wie das Leibchen, mühselig zugeschnürt werden mussten. Dies war nicht ihre Welt. Und sie würde es niemals werden.

Als sie den Stall erreichten und Joaquín die Tür hinter ihnen verschloss, trat eine Gestalt aus dem Halbdunkel auf sie zu. Iriomé erschrak, doch dann erkannte sie ihren treuen Freund.

»Ich kann dich doch nicht gehen lassen, ohne mich von dir zu verabschieden«, sagte Ibn Said ein wenig traurig. Er blinzelte, als würde die noch nicht aufgegangene Sonne ihn blenden. »Nicht immer offenbart Allah auf den ersten Blick, welche Schönheit zu schaffen er fähig ist«, sagte er belustigt, während er Iriomé von allen Seiten bestaunte. Dann legte er Joaquín die Hand auf die Schulter. »Auch wenn dein Gott Jesus Christus und meiner Allah ist, so muss es der gleiche Gott sein, der die Frauen in ihrem Liebreiz und ihrer vollendeten Wohlgestalt in diese Welt gesetzt hat, nicht wahr.«

Der junge Conde nickte.

»Pass gut auf sie auf.«

»Das werde ich.«

Ibn Said sah ihm lange in die Augen. »Ich hoffe es für dich und für sie.« Als er Iriomé die Zügel der grauen Stute reichte, sah sie Tränen in seinen Augen. »Karima gehört jetzt für immer dir. Möge sie dich dorthin tragen, wo du glücklich bist.« Dann verließ er schnell den Stall, ohne sich noch einmal umzusehen.

Iriomé spürte genau wie er den Schmerz des Abschieds. Doch Karima schob ihr sanft die Nase unter die Achseln. Der vertraute Geruch des Tiers flößte ihr Mut und Zuversicht ein.

»Du wirst ihn bestimmt wiedersehen«, tröstete sie Joaquín, während er ihr beim Aufsitzen half, was sich wegen des Damensattels und des Kleides als gar nicht so einfach erwies. Iriomé sehnte sie sich zurück nach Hemd und Hose, die ihr das Leben so viel leichter gemacht hatten.

Sie verließen die Burg durch den zweiten unterirdischen Gang, der in einem kleinen Wäldchen ein Stück außerhalb des Burgfrieds endete. Von dort legten sie in schnellem Trab den Weg Richtung Süden zurück und erreichten kurz vor Mittag eine fruchtbare Talsenke, in deren Mitte ein mächtiger Kirchturm wie ein warnender Finger in den Himmel ragte. Daneben standen mehrere Gebäude aus grauem Stein, die von einer Mauer umgeben waren. Joaquín ließ sein Pferd anhalten. »Das Kloster hat meine Mutter noch zu ihren Lebzeiten gegründet. Dort bist du erst einmal sicher.«

Schon wieder Mauern, dachte Iriomé. Sie kamen ihr inzwischen fast wie ein Sinnbild vor für die Menschen in diesem Land. Sie wusste nicht, was ein Kloster war und was sie dort erwarten würde.

»Lass mich sprechen«, bat Joaquín und klopfte an eine Holztür mit einer verschlossenen Luke. Erst nach einer Weile wurde die

Klappe von innen geöffnet. Hinter einem Gitter saß im Halbdunkel eine alte Frau, eingehüllt in eine schwarz-weiße Tracht, die nur ihr fahles Gesicht freiließ.

Iriomé starrte sie fassungslos an. Fühlte sie sich schon eingesperrt in ihrem Kleid, wie musste es erst dieser Frau ergehen? Sie kannte natürlich den Anblick verhüllter maurischer Frauen aus Cádiz, doch diese hier schien ihren ganzen Kopf einbandagiert zu haben und trug darüber noch einen Schleier, der unter ihrem Kinn festgebunden war.

»Ich bin der Conde de Alba y Santa Barbara und hätte gerne mit der Äbtissin gesprochen«, sagte Joaquín bestimmt.

»Sie ist gerade auf dem Weg zum Mittagsgebet«, kam die Antwort aus dem Halbdunkel. Und wie zur Bestätigung durchdrangen in diesem Augenblick die Glocken der Kirche die Stille des Ortes. Selbst Joaquíns strenger Befehlston vermochte nicht, sie zu übertönen. »Es ist dringend, sehr dringend!«, rief er dennoch in die Luke hinein, was jedoch keinerlei Wirkung zeigte.

Erst als der Hall der Glocken verklungen war, wurde das Tor neben der Pforte geöffnet. Die Nonne winkte sie mit einer energischen Handbewegung herein. Sie banden die Pferde an einem Baum fest und folgten ihr auf einem schmalen Weg zur Kirche. Aus dem offenen Portal ertönte heller Frauengesang, der Iriomé an die Gesänge der Harimaguadas erinnerte. Sie blieb stehen und ließ sich von den reinen Stimmen zurücktragen auf ihre Insel. Sie sah sich unter einem der heiligen Bäume sitzen und auf die Weite des Meeres blicken.

Die Nonne lächelte ihr zum ersten Mal zu. »Unsere Schwestern sind im ganzen Land bekannt für ihre schönen Choräle«, sagte sie stolz, während sie die beiden zu einem der Nebengebäude führte. »Ich gebe der Äbtissin Bescheid, sobald sie aus der Kirche kommt.« Die Nonne schloss ihnen die Tür zum Besucherraum auf.

Iriomés Blick fiel auf eine hölzerne Frauenfigur in einem tiefblauen Mantel. Ihr Lächeln ließ sie an ihre Göttin denken. Allerdings nicht lange, denn die dicken Mauern strahlten eine solch eisige Kälte aus, dass sie in ihrem Kleid jämmerlich zu zittern begann. Joaquín schien es nicht zu bemerken, sondern mit seinen Gedanken ganz woanders zu sein. Bei Inés de Perreira? Bei seiner Hochzeit? Bei den Vorteilen, die ihm diese Eheschließung bringen würde – und auf die er bei einer Entscheidung für sie und ihr gemeinsames Kind verzichten müsste? Vielleicht wollte er sie ja jetzt einfach nur loswerden …

Iriomé schalt sich, dass sie nicht zumindest mit Ibn Said über sonstige Lösungen gesprochen hatte, doch es war alles viel zu schnell gegangen. Und nun war sie hier. Joaquín hatte ihr unterwegs von den Frauen erzählt, die hier als Dienerinnen Gottes ein strenges, nach Gebetszeiten geregeltes Leben führten, doch was bedeutete das für sie? Dass sie den Gott der Christen anbeten und Tara verleugnen musste? Und wenn nicht, wurde sie dann als Ketzerin auf dem Scheiterhaufen verbrannt?

Die Äbtissin des Klosters Santa María del Valle, Teresa de Ángelis, war eine schlanke, hochgewachsene Frau mittleren Alters. Ihr schlichtes, gerötetes Gesicht mit den klaren, hellen Augen verriet große Güte, aber auch Klugheit. Nachdem sie Joaquín und Iriomé begrüßt hatte, erfasste sie sofort die Situation. Ihr war schnell klar, dass die junge Frau mit den kurzen blonden Haaren keine konvertierte Jüdin auf der Flucht vor der Inquisition war, wie ihr der junge Conde weismachen wollte, sondern seine Geliebte.

»Warum lügt Ihr mich an?«, fragte sie Joaquín und sah ihm dabei direkt in die Augen. »Ich bin überzeugt, Eurer Mutter würde das nicht gefallen. Vor allem nicht an einem Ort wie diesem.«

Iriomé wusste die Antwort. Es war die Angst, die ihn lügen ließ. Die Angst um seine Zukunft und die Angst, das Versprechen an sie nicht halten zu können.

Die Äbtissin hatte etwas vertrauenerweckendes, sodass Iriomé entgegen Joaquíns vorausgegangener Bitte beschloss, selbst für sich zu sprechen.

»Ich komme von den Inseln der Glückseligen«, sagte sie. »Ich war dort eine Harimaguada. Eine Heilerin. Frai Lorenzo de la Huerta, der oberste Richter der Inquisition, und der Konquistador Alonso de Lugo glauben, dass ich über ein Zaubermittel verfüge, das alle Krankheiten zu heilen vermag. Doch das ist nicht wahr. Trotzdem verfolgen sie mich und werden nicht eher ruhen, bis sie mich in Händen haben. Dann werden sie mich foltern, damit ich ihnen mein angebliches Geheimnis verrate. Aus diesem Grund ersuche ich um Euren Schutz.«

Die Äbtissin hatte ihr ruhig zugehört. Bei den beiden Namen zuckte es verdächtig zwischen ihren Augenbrauen. Iriomé nahm deutlich wahr, wie sie innerlich mit sich rang. Dann jedoch legte sie ihren Arm um die Schultern der jungen Frau. »Ihr seid hier sicher. Maria, die Muttergottes, unter deren Schutz dieses Kloster steht, wird auch Euch beschützen.«

Iriomé sah sie dankbar an. Ähnlich dem Médico war diese Frau zwar von sichtbaren Mauern, doch nicht von den unsichtbaren umschlossen, die die Menschen undurchlässig für die Liebe machten.

Die Äbtissin warf Joaquín einen abschätzenden Blick zu. »Ihr habt großes Glück, einer solch mutigen Frau begegnet zu sein.«

Er nickte. »Genau aus diesem Grund bringe ich sie zu Euch, Madre Teresa. Ihr wisst, wie schwer die Situation gerade im Augenblick in Trujillo ist. Sobald ich alles geklärt habe, werde ich sie zurückholen.«

»Dann klärt es schnell, Conde de Alba. Die junge Frau hier wird es Euch danken.«

Er nickte. »Ich werde dich besuchen, so oft ich kann«, sagte er zu Iriomé, während sie der Äbtissin hinaus in die warme Mittagssonne folgten.

Iriomé dagegen fand keine Worte für ihn. Die Ungewissheit der Zukunft lastete schwer auf ihrem Herzen.

»Bis bald, Iri.« Er umarmte sie und wandte sich dann schnell ab. Die Äbtissin, die eine solche Abschiedsszene nicht zum ersten

Mal erlebte, nahm Iriomé resolut am Arm und führte sie sanft, aber bestimmt weg von Joaquín. »Ihr müsst jetzt nach vorne schauen, mein Kind«, sagte sie, konnte jedoch nicht verhindern, dass Iriomé sich noch einmal nach Joaquín umsah.

Er hatte inzwischen sein Pferd erreicht, schwang sich in den Sattel und gab dem Tier so unsanft die Sporen, dass es erschrocken aufwieherte. Noch einmal traf Iriomés Blick den seinen. Jeglicher Ausdruck des Glücks und der Freude schien von ihm abgefallen zu sein. Er kam ihr stattdessen vor wie ein Baum, dem ein kräftiger Sturm all seine Blätter genommen hatte.

»Euer Pferd bringen wir am besten im Ziegenstall unter«, riss die Äbtissin Iriomé aus ihrem Abschiedsschmerz. Sie machte Karima los, drückte Iriomé die Zügel in die Hand und führte sie dann zu den Wirtschaftsgebäuden. »Eine schöne Stute, auch sie wird es gut hier haben«, sagte sie mit beruhigender Stimme.

Nachdem das Pferd versorgt und Iriomé sicher war, dass es ihm an nichts fehlte, betraten die beiden Frauen die dämmrige Eingangshalle. Ein gekreuzigter Jesus in mindestens vierfacher Lebensgröße, der direkt gegenüber dem Portal an Seilen von der Decke hing, starrte sie an. Iriomé wandte sich erschrocken von seinem blutüberströmten Gesicht ab. Es war nicht das erste Mal, dass sie das Abbild des Christengottes sah, doch immer wieder jagte es ihr Angst ein.

»Warum nur habt Ihr Euren Gott auf so grausame Weise getötet?«, wagte sie es zu fragen. Es war ein Gedanke, der ihr schon lange auf dem Herzen lag und den auch der Médico ihr nicht erklären konnte.

Die Äbtissin blickte sie ernst an. »Er hat das Leid der Menschheit auf sich genommen, ist für uns gestorben und wieder auferstanden.«

»Aber die Menschen leiden doch noch immer hier in diesem Land.« Das war wenigstens ihre Meinung, die sich, je länger sie hier lebte, immer mehr verfestigte.

»Nur diejenigen, die nicht an ihn glauben. Aber nun sagt mir, wie lautet Euer Name?«, fragte Madre Teresa, als sie ihr voraus eine breite marmorne Treppe hinaufstieg, die in einen langen, von Kerzen beleuchteten Gang mündete.

»Iriomé«, antwortete sie, war aber nicht sicher, ob die Äbtissin den Namen verstanden hatte, da sie gerade die Tür zu einem Raum öffnete, in dem mehrere Schwestern mit Näharbeiten beschäftigt waren.

»Das ist Hermana Irina, eine neue Novizin«, sagte sie. »Sorgt bitte dafür, dass sie eingekleidet wird.« Beruhigend legte sie Iriomé die Hand auf den Rücken, so wie Tichiname es oft getan hatte. Dann machte sie einer jungen Schwester mit warmen, dunklen Augen und einer glatten olivfarbenen Haut ein Zeichen. Sie erhob sich lächelnd und kam auf Iriomé zu.

»Das ist Hermana Guadalupe. Sie wird Euch beim Umkleiden helfen. Eigentlich arbeitet sie im Infirmarium und kümmert sich um die Kranken«, sagte sie, »aber manchmal hilft sie auch hier in der Nähstube aus.«

Iriomé fühlte sich sofort zu der jungen Frau hingezogen. Vielleicht, weil ihre Hautfarbe mehr der ihren entsprach und sie nicht so bleich und ungesund aussah wie die spanischen Frauen, die sie bisher kennengelernt hatte.

»Anschließend wird sie Euch in mein Offizium bringen, dann könnt Ihr mir Eure Geschichte erzählen«, sagte die Äbtissin, strich Iriomé noch einmal beruhigend über den Rücken und verließ den Raum.

Die junge Schwester nahm ihre Hand und führte sie hinter einen mit dunkelblauem Stoff bespannten Wandschirm, wo sie sich ihrer Kleider entledigen konnte. Wieder ein Mensch, der dazu berufen war, zu heilen, dachte Iriomé. Wieder ein Mensch, dessen Berührung und dessen Augen sie mochte.

Geduldig half die junge Nonne ihr, sich aus dem Kleid zu schälen, doch als es endlich zu Boden fiel, stieß sie einen überraschten Schrei aus. Auch wenn sie sich selbst sofort den Mund zuhielt, waren die anderen doch aufmerksam geworden und kamen neugierig herbei. Fassungslos starrten sie auf Iriomés Bauch. Sie bedeckte ihn mit ihrem Schal, was ihre Situation jedoch auch nicht verbesserte.

Guadalupe fasste sich als Erste wieder, scheuchte ihre Mitschwestern an die Arbeit zurück und reichte der Schwangeren das Novizinnengewand.

Nachdem die Äbtissin von ihrem Zustand erfahren hatte, bat sie darum, ein anderes Kleidungsstück für Iriomé zu finden, da ihre Nichtjungfräulichkeit es verbot, als Mitglied der Schwesternschaft angenommen zu werden. Doch sie verwies sie nicht des Klosters.

Iriomé war vom ersten Augenblick an bewusst, dass die Äbtissin ein gutes Herz besaß und mehr noch, dass sie, obwohl Frauen in diesem Land wenig zu sagen hatten, über eine eigene Stimme verfügte. Und diese Stimme wandte sich zur Not auch gegen Regeln und jene Männer, die in diesem Land die Gesetze machten.

»Ich gebe hier den Frauen die Möglichkeit, ein eigenständiges Leben zu führen«, erklärte sie Iriomé. »So hat es Doña Lucía, die Mutter des jungen Conde, gewollt. Sie selbst hat aus Liebe geheiratet, aber die meisten adeligen Frauen werden in diesem Land aus politischen Gründen verheiratet.«

»So, wie diese Inés und Joaquín?«

»So, wie die Condesa Inés de Perreira y Castellón und der junge Conde Joaquín de Alba y Santa Barbara«, korrigierte die Äbtissin Iriomé und schenkte ihr einen Blick voller Verständnis und Mitgefühl, sodass es Iriomé ganz warm ums Herz wurde.

»Aber manche Frauen schaffen es einfach nicht, mit einem Mann zu leben, den sie nicht lieben oder manchmal sogar hassen. Und für jene armen Geschöpfe hat Doña Lucía dieses Kloster gegründet. Gott habe sie selig. Leider ist sie viel zu früh von uns gegangen.«

Iriomé hatte sich längst gefragt, warum Joaquíns Mutter bei dem Festmahl nicht anwesend gewesen war.

»Sie starb schon vor vielen Jahren bei der Geburt ihres vierten Kindes«, fuhr die Äbtissin fort.

»Dann hat Joaquín also noch Geschwister?«

Madre Teresa schüttelte traurig den Kopf. »Es waren allesamt Totgeburten. Der junge Conde hat als Einziger überlebt.« Sein Vater aber liebte seine Frau so sehr, dass er nie wieder eine neue Ehe eingegangen ist.«

Iriomé sah die Äbtissin traurig an. Auf Benahoare starb nur ganz selten ein Kind bei der Geburt, zumindest nicht, solange Tichiname in der Nähe gewesen war. Ohne darüber nachzudenken, strich sie sich sorgenvoll über ihren Bauch.

Die Äbtissin spürte die Angst, die plötzlich in Iriomé hochstieg. »Es wird alles gut gehen«, sagte sie liebevoll. Ihr seid nicht allein.«

Iriomé warf ihr einen dankbaren Blick zu und folgte dann Guadalupe, die darauf wartete, sie zu ihrer Unterkunft zu bringen.

Die Sonne ging gerade hinter dem Hügel unter und tauchte das Tal in ein warmes orangefarbenes Licht. Die Vögel verabschiedeten sich mit lautem Zwitschern vom Tag. Iriomé überfiel zum ersten Mal seit langer Zeit das Gefühl, hier eine Weile unbehelligt bleiben zu können, zumindest, bis ihr Kind das Licht dieser Welt erblickt hatte.

Als sie am Hauptgebäude des Klosters vorbeigegangen waren und um die Ecke bogen, hielt Iriomé den Atem an. Ein Strahlen überzog ihr Gesicht. Welch ein Garten! Anders als der im Hause des Médico, aber nicht weniger schön. Mächtige Nadelbäume, die im Sommer Schatten spendeten, rosa knospende Büsche, Bambus, Palmen und Rosen … eine verschwiegene, blühende Idylle. Im hinteren Teil des Gartens, der an die Klostermauer grenzte, entdeckte sie einen liebevoll angelegten Kräutergarten, vor dem eine schon leicht verwitterte Steinbank stand. Wie schön es hier war, wie friedvoll. Iriomé bat, sich dort einen Moment setzen zu dürfen. Hermana Guadalupe hatte nichts dagegen einzuwenden und nahm neben ihr Platz. So kamen sich die Seelen der beiden jungen Frauen näher, ohne dass sie ein Wort miteinander sprachen. Fast gleichzeitig standen sie nach einer Weile auf, und Iriomé folgte ihrer Begleitung durch eine kleine Holztür in der Klostermauer nach draußen.

Sie schloss das kleine Steinhaus bereits von Weitem in ihr Herz. Es erinnerte sie ein wenig an die Vorbauten, die in Aceró vor den meisten Höhleneingängen aus Natursteinen errichtet worden waren. Und auch der kleine dunkle Raum mit dem winzigen Fenster und der Feuerstelle in der Mitte war den Wohnhöhlen auf Benahoare nicht unähnlich. Auf alle Fälle fühlte sie sich hier wohler als zwischen den hohen Mauern von Trujillo. Sie konnte nur hoffen, dass Kaltauge sie hier nicht aufspüren würde.

26. KAPITEL

Iriomé gewöhnte sich schnell an das ruhige, gleichmäßige Leben im Kloster, auch wenn sie den Médico und vor allem die Arbeit an seiner Seite vermisste.

Und natürlich war da Joaquín. Seit sie ihm wiederbegegnet war, verging kein Tag, an dem sie nicht an ihn dachte. Sie vermisste ihn, was ihr tiefe seelische Schmerzen bereitete. Doch sie nahm es als ihr Schicksal an. In ihr wuchs Joaquíns Sohn heran, und das würde sie immer mit ihm verbinden.

Hermana Guadalupe brachte ihr zweimal am Tag etwas zu essen. Sie war die Einzige, die außer der Äbtissin ein paar wenige Worte mit ihr wechselte. Die Nonnen waren, so viel hatte Iriomé inzwischen verstanden, an eine Art Schweigegelübde gebunden, das nur in wirklich wichtigen Situationen gebrochen werden durfte.

Iriomé respektierte das, doch eines Abends, als Hermana Guadalupe ihr einen Topf mit heißer Gemüsesuppe und einen halben Laib Brot brachte, konnte sie sich nicht mehr zurückhalten, nach ihrem Leben zu fragen.

Guadalupe zögerte kurz, dann setzte sie sich zu ihr. Sie sah sicherheitshalber noch einmal aus dem kleinen Fenster und begann dann, mit ihrer dunklen, warmen Stimme zu erzählen.

»Meine Mutter war Zigeunerin. Sie hat Menschen geheilt und wurde von der Inquisition getötet.«

Iriomé sah sie fragend an. »Was sind denn Zigeuner?«

»In den Augen der Kirche stehen sie mit dem Teufel im Bunde, weil sie Rituale durchführen, vor denen die Christen sich fürchten.«

»Was für Rituale?«

Guadalupe zuckte mit den Schultern. »Tieropfer und Ähnliches.«

»Das tun wir auch«, sagte Iriomé. »Schließlich muss man doch den Göttern etwas zurückgeben, wenn sie einem geholfen haben.«

»So etwas darfst du niemals laut sagen«, warnte sie die junge Nonne erschrocken. »Sonst wird man dich foltern und anschließend verbrennen. Wie meine Mutter! Madre Teresa hat mich hier zu sich ins Kloster geholt. Der Rest meiner Familie war geflüchtet, um dem Schicksal meiner Mutter zu entgehen. Madre Teresa hat mir Lesen und Schreiben beigebracht sowie die lateinische Sprache. Sie gehört zu den Menschen, die jedes Geschöpf auf dieser Erde lieben, egal ob es stark oder schwach ist oder möglicherweise nicht an Jesus Christus glaubt.«

»Und? Glaubst du denn an ihn?«

»Aber ja. Er war der wunderbarste Mensch, der je auf Erden gelebt hat und den Menschen bis heute beisteht. Ihm auch nur ein wenig gleich zu werden ist mein höchstes Streben. Aber natürlich werde ich das niemals erreichen.« Sie lachte, und für einen Moment verlor ihr Gesicht den Ausdruck des Leids, der ihm sonst innewohnte.

»Aber du stehst doch auch den Menschen bei. Du bist eine Harimaguada, eine Heilerin. Du trägst in dir die Gabe, Menschen zu heilen«, sagte Iriomé leise.

Guadalupe sah sie verwundert an. »Woher weißt du das?«

»Du hast es mir gesagt, an meinem ersten Tag, als wir auf der Bank bei dem Kräutergarten saßen.«

»Ich habe nicht mit dir gesprochen.«

»Doch.« Iriomé lächelte.

Guadalupe lächelte zurück. »Die Äbtissin hat mir erzählt, dass man dich jagt, weil du über ein geheimnisvolles Zaubermittel verfügst, das alles heilt.«

Iriomé erschrak, doch die neue Freundin ergriff ihre Hand und strich beruhigend darüber. »Keine Sorge. Niemand wird je mehr ein Wort darüber verlieren. Darauf kannst du dich verlassen.« Iriomé spürte, dass sie sowohl der Äbtissin als auch Guadalupe vertrauen konnte. »Und von wem hast du die Heilkunst erlernt?«

»Ich habe eines Tages die lateinische Ausgabe eines großen medizinisches Werkes in der Klosterbibliothek entdeckt. Sie wurde von dem persischen Arzt und Philosophen Avicenna verfasst. Von da an war es um mich geschehen. Nacht für Nacht studierte ich dieses Buch heimlich bei Kerzenschein.«

»Ich kenne das Buch von Avicenna«, sagte Iriomé.

»Was?«

»Ibn Said, ein maurischer Hakim, dessen Dienerin ich eine Weile war, hat es mir gezeigt.«

Guadalupe strahlte sie voller Begeisterung an. »Dann kannst du ja verstehen, wie wichtig dieses Wissen ist. Damit kann man so vielen Menschen helfen, die sonst verloren wären.«

Iriomé dachte an das junge Mädchen, das Lepra gehabt hatte und das dank der Rezeptur des Avicenna wahrscheinlich noch am Leben war. Wenn es auch eine besondere Gabe war und man ein Herz dafür brauchte, Menschen zu heilen, musste sie zugeben, dass Bücher wie dieses ein zusätzliches Wissen enthielten, das sehr nützlich sein konnte.

»Uns Nonnen ist es eigentlich verboten, darin zu lesen«, sagte Guadalupe in verschwörerischem Ton. Denn die Heilige Kirche sagt, dass es allein in Gottes Hand liegt, ob ein Kranker geheilt wird oder nicht. Aber das glaube ich nicht. Aus diesem Grund habe ich auch begonnen, Kräuter, die ich in den Wäldern heimlich ausgegraben habe, hier im Klostergarten anzupflanzen. So könnte ich nach Avicennas Rezepturen Heilmittel gegen verschiedene Krankheiten herstellen. Bisher habe ich mich jedoch nicht getraut, damit zu beginnen.«

»Und warum nicht?«

»Wenn mich irgendjemand im Kloster dabei erwischt, ja wenn auch nur ein Gerücht darüber entstünde, würde man mich wie meine Mutter schon allein wegen meiner Hautfarbe als Hexe anklagen.«

Iriomé überlegte kurz. »Wenn du möchtest, können wir es hier machen. Ich bin keine Nonne und lebe außerhalb der Mauern. Und außer dir kommt sowieso keiner hierher. Die übrigen Schwestern fürchten sich vor mir. Ich kann auch leichter als du in den Wald gehen und nach neuen Kräutern suchen.«

»Aber wenn dich draußen jemand erkennt und an die Hermandad verrät?«, rief Guadalupe erschrocken.

Iriomé lächelte. »Ich kann mich unsichtbar machen.«

»Was?

»Nein, das war ein Scherz. Aber ich kann mich gut verstecken. Also keine Sorge.«

Iriomé gefiel diese Idee nur zu gut. Sie würde endlich wieder eine Aufgabe haben und nicht nur den ganzen Tag tatenlos in ihrer Klause sitzen. Sie spürte, wie die verschiedenen Kräfte in Guadalupe gegeneinander kämpften: Einerseits die Leidenschaft, neue Heilmittel zu entdecken, und andererseits die Angst vor den Folgen, wenn jemand sie an die Inquisition verriete. Aber schließlich siegte die Stimme ihres Herzens über die der Vernunft. Sie umarmte Iriomé, dabei liefen ihr Tränen über die Wangen.

»Wir machen es! Auch wenn Worte oft überflüssig sind, so ist es manchmal wirklich gut, zu sprechen.«

Am nächsten Tag brachte Guadalupe, versteckt unter ihrer Tracht, Avicennas »Kanon der Medizin« mit in die Klause, um von nun an gemeinsam mit Iriomé ihre Studien fortzuführen.

Immer wenn sie ihr das Essen brachte, blieb sie noch eine Stunde länger, in der die beiden jungen Frauen berieten, welche Heilmittel sie als Erstes herstellen wollten.

Iriomé lernte schnell, welche spanischen Kräuter denen entsprachen, die in ihrer Heimat wuchsen. Statt der Rinde, des Harzes und der Früchte des Drachenbaums, der nur auf den Inseln wuchs, benutzte Guadalupe bei blutenden Wunden die Rinde der Steineiche. Bei Entzündungen verwendete sie die stechenden Blätter der Brennnessel, die Iriomé aus ihrer Heimat nicht kannte. Sie erinnerte sich aber, dass Tichiname ihr einmal eine ähnliche Nessel mit gezackten dunkelgrünen Blättern gezeigt hatte, die man jedoch berühren konnte, ohne dass die Haut Schaden nahm.

Manche Pflanzen und deren Anwendungen waren beiden jungen Frauen gleich gut vertraut. Wie der Stechapfel und das Bilsenkraut, das als Betäubungsmittel bei starken Schmerzen verwendet wurde.

Immer wieder machte sich Iriomé auf in den Wald, um die noch fehlenden Kräuter zu suchen. Dabei erkundete sie nicht nur die Pflanzenwelt, sondern auch jegliche Möglichkeit, sich im Notfall zu verstecken.

Guadalupe hatte aus der Klosterküche Gefäße, Töpfchen und Tiegel für Tees, Tinkturen und Salben mitgebracht, die sie entweder nach Iriomés Erinnerung oder nach Rezepturen aus dem Buch Avicennas zusammenstellten. Und da Guadalupe auch eine sehr begabte Zeichnerin war, begann sie damit, auf großformatigen Pergamentseiten aus der Bibliothek ein Verzeichnis mit originalgetreuen Abbildungen von Heilpflanzen anzulegen, mit einer Tabelle für die verschiedenen Bezeichnungen und Anwendungen.

Die Klause verwandelte sich zunehmend in das, was die Christen eine Hexenküche nannten. Von der Decke hingen verschiedene Kräutersträuße zum Trocknen. In die groben Steinwände hatte sie Symbole geritzt, so wie Tichiname es sie einst gelehrt hatte: die

Spirale als Zeichen der Unendlichkeit und ewigen Wiederkehr. Den Kreis für das ewig Weibliche, die Erde, die Einheit, die Vollkommenheit, ohne Anfang und ohne Ende. Das Dreieck, wenn es nach oben zeigte, als Symbol des Männlichen, des Feuers und des Himmels, und mit der Spitze nach unten als Bild für die weiblichen Geburtsorgane und die unendliche Kraft der Natur. Schließlich das Viereck, das für Ordnung und Halt innerhalb der vier Himmelsrichtungen stand. In die Ritzen zwischen den Steinen hatte sie darüber hinaus schwarze Vogelfedern gesteckt, und in einer Nische stand der ausgebleichte Schädel eines Hundes.

In Wirklichkeit spiegelte das Innere der Klause wider, was tief in Iriomé vor sich ging. Ihr eigentliches Wesen, das sie im hintersten Winkel ihres Herzens versteckt hielt, drängte nach draußen: die unerschrockene Harimaguada, die Menschen heilte und die mit Geistern sprach, auch wenn sie das als Ketzerin brandmarkte und in Gefahr brachte.

@ @ @

Joaquín besuchte Iriomé nach drei Monaten zum ersten Mal. Sie hatte schon nicht mehr damit gerechnet, ihn jemals wiederzusehen. Die Arbeit mit Guadalupe konnte die Sehnsucht nach ihm überdecken, und auch in ihren Träumen war der junge Conde nur noch ein seltener Gast. Trotzdem schlug ihr Herz heftiger, als ihr sein Besuch angekündigt wurde. Sie lief, so schnell es ihre inzwischen beträchtlich angewachsene Leibesfülle zuließ, zum Offizium der Äbtissin, wo er auf sie wartete.

Er schien verändert. Der Ausdruck von Härte und Undurchlässigkeit, den sie bei ihrem ersten Kennenlernen entdeckt hatte, war zurückgekehrt. Seine Augen luden nicht mehr dazu ein, darin zu versinken. Zwischen ihr und Joaquín war aufs Neue eine Mauer entstanden, die die Liebe einst einzureißen wusste. Iriomé spürte, dass sein Zustand nicht an ihr lag, sondern an den Sorgen, die ihn bedrückten. Doch sie beschloss, darüber hinwegzusehen und ihn mit der Freude auf die baldige Geburt ihres gemeinsamen Kindes und ihrem damit verbundenen Glücksgefühl anzustecken.

Es war inzwischen Hochsommer geworden. Die Sonne brannte unbarmherzig auf die rissige Erde der Extremadura, die jetzt aussah wie die Haut einer Greisin. Einer der wenigen kühlen Orte im Kloster war die Kirche, und so beschlossen sie, auch aus Rücksicht auf Iriomés Zustand, die kurze Zeit seines Besuches dort zu verbringen. Allerdings nicht im Hauptschiff, sondern in der Sakristei, wo sich die Priester, wenn sie im Kloster eine Messe lasen, einkleideten und vorbereiteten.

Joaquín zog sie auf eine Holzbank, sah ihr lange ins Gesicht und strich ihr nachdenklich über die Wangen.

»Du bist so schön wie nie«, flüsterte er mit rauer Stimme, ein wenig von sich selbst überrascht, wie sehr ihre Gegenwart ihn doch traf. Dann berührte er fast schüchtern ihren Bauch, zog sie in die Arme und drückte sie vorsichtig an sich.

»Ich habe beinahe vergessen, wie wunderbar es ist, deine Nähe zu fühlen«, sagte er leise, als sie sich wieder voneinander lösten. »Du allein besitzt die Fähigkeit, mich spüren zu lassen, dass es etwas gibt, das wichtiger ist als alles, was ich bisher für wichtig gehalten habe.«

Iriomé blickte ihn abwartend an. Irgendetwas hatte sich auch in ihr verändert. Sie genoss zwar seine Anwesenheit, doch sie war nicht abhängig davon. Sie wusste, seine Abwesenheit würde ihr keine Schmerzen mehr bereiten.

»Doch dieses Etwas scheint mir oft so flüchtig«, fuhr er fort. »Einen Moment ist es da, dann wieder verschwunden. Man kann sich nicht darauf verlassen wie auf sein Schwert, das man nur zu ziehen braucht, wenn man es benötigt.«

»Die Liebe ist genau das Gegenteil eines Schwertes«, erwiderte Iriomé. »Du kannst auf sie vertrauen, auch wenn du sie einmal nicht an deiner Seite spürst. Allerdings muss man sich ihrer stets als würdig erweisen, damit sie einen nicht verlässt.«

»Ich weiß.« Joaquín senkte den Blick. »Ich habe dich viel zu wenig gewürdigt, aber das wird sich ändern. Du wirst sehen. Wir werden einen Weg finden, zusammen zu sein.« Er berührte noch einmal zaghaft ihren Bauch. »Wir drei.«

Iriomé wünschte sich von ganzem Herzen, dass er es schaffen möge, seine Worte Wirklichkeit werden zu lassen. Sicher war sie sich nicht. Allerdings würde sie auch allein einen Weg finden, mit ihrem Kind zu überleben. Die Rückkehr zu ihrer wahren Bestimmung, der Kunst des Heilens, hatte ihr geholfen, in ihre ursprüngliche Kraft zurückzufinden.

Joaquín bestellte ihr die besten Grüße von Ibn Said, der den Inquisitor noch eine Weile in Trujillo behandelt hatte und dann eines Nachts heimlich verschwunden war.

»De Lugo ließ überall nach dir suchen«, berichtete er. »Und hat den Médico und auch mich auf Schritt und Tritt beobachtet. Das ist auch der Grund, warum ich dich erst jetzt besuche. Er wollte sogar seine Exzellenz Frai Lorenzo de La Huerta dazu bringen, Ibn Said foltern zu lassen. Doch Gott sei Dank glaubt der Inquisitor nicht an dein Zaubermittel. Er bevorzugt den maurischen Arzt, und zwar möglichst unversehrt. Er versprach sogar, ihn für seine Dienste unter seinen persönlichen Schutz zu stellen, sollte es zur endgültigen Ausweisung der Mauren aus Spanien kommen.«

»Nichts ist schlimmer, als seine Heimat unfreiwillig verlassen zu müssen«, sagte Iriomé wehmütig und sah einen Atemzug lang die raue Steilküste ihrer Insel vor sich, an der sich schäumend die Brandung entlud. Doch die Kirchenglocken, die die Nonnen zur Vesper, dem Nachmittagsgebet riefen, begannen zu läuten und holten sie schnell wieder auf die harte Kirchenbank zurück.

Auch Joaquín schien dankbar für diese Unterbrechung und dafür, nicht weiter über dieses Thema sprechen zu müssen. Er erhob sich. »Ich glaube, wir müssen jetzt das Gotteshaus verlassen, und auch ich habe noch eine Verabredung.«

»Mit deiner Verlobten?«, konnte sich Iriomé nicht verkneifen zu fragen.

Er schüttelte den Kopf. »Inés der Perreira ist zurück an den königlichen Hof nach Granada gereist. Königin Isabella und Ferdinand haben sich inzwischen dort eingerichtet, nachdem der letzte Emir der Mauren endgültig ins Exil gegangen ist.«

Nichts bleibt so, wie es war, dachte Iriomé traurig. Der Schicksalsstein ließ sich niemals aufhalten. Diese Lektion hatte sie gelernt. Jede Herrschaft, und war sie noch so groß, ging irgendwann zu Ende. Vielleicht fielen auch irgendwann die großen Burgen der Christen und ihre Macht löste sich auf? Nichts war für die Ewigkeit gemacht.

Iriomé begleitete Joaquín zurück zur Klosterpforte, wo sein Pferd angebunden war. Es hatte sich viel verändert, seit sie vor drei Monden den Weg in die entgegengesetzte Richtung gegangen waren. Immer stärker wurde Iriomé bewusst, dass es nicht darauf ankam, festzuhalten, was man besaß, sondern das zu geben, was man konnte. Sie musste an jenen Jesus Christus denken, von dem ihr die Äbtissin und Guadalupe immer wieder erzählten. Er hatte in Armut gelebt und allein mit den Worten der Liebe gekämpft. Seine Zehn Gebote entsprachen dem, was Tara und Tigotan von den Guanchen forderten, und auch Ibn Saids Allah verlangte nichts anderes. Die Christen selbst schienen sich indessen wenig danach zu richten. Sie töteten und vertrieben Menschen aus ihrem Land, die dort seit langer Zeit sesshaft waren. Und das alles im Namen ihres Gottes. Es musste ein schwacher Gott sein. Würde er sonst all das zulassen?

Nachdem sie diesen letzten Gedanken noch mit Joaquín geteilt hatte, verstummte ihr Gespräch. Er versuchte nicht einmal, sich zu verteidigen. Er schwieg einfach und sah zu Boden.

Schließlich hob er den Kopf und sah ihr in die Augen. »Vielleicht sind wir Christen keine guten Menschen und haben mit Jesus Christus wirklich wenig gemein. Aber wir werden eines Tages die ganze Welt beherrschen. Und dann werden alle einsehen müssen, dass unser Gott der stärkste ist.«

In der darauffolgenden Nacht, es goss in Strömen, klopfte Guadalupe, nur mit einem leichten Nachtgewand bekleidet und einer Laterne in der Hand, an Iriomés Tür.

»Madre Teresa ist schwer krank«, schluchzte sie.

»Es ist ihr Herz. Ich weiß nicht mehr, was ich tun soll.« Die Tränen, die ihr über die Wangen liefen, vermischten sich mit dem Regen. Ihr schwarzes Haar lag wie eine zweite Haut um ihren Kopf.

Iriomé zögerte nicht einen Moment, warf ein Tuch über sie beide und lief mit Guadalupe im Eilschritt zum Hauptgebäude des Klosters.

»Sie ist nach der Vesper ganz plötzlich zusammengebrochen«, keuchte die Freundin. »Ich habe ihr einen Tee aus Weißdornblüten, Baldrian und Hopfen gemacht und sie außerdem mit einem Sud aus Melisse eingerieben. Doch ihr Zustand hat sich nicht verbessert. Ich befürchte das Schlimmste.«

Bis auf die Haut durchnässt, erreichten sie das Hauptgebäude des Klosters. Auf ihrem Weg nach oben zu den Zellen der Nonnen hinterließen sie eine breite Wasserspur auf der Treppe.

Die Äbtissin lag auf einer schmalen Bettstatt aus Holz. In dem kargen, unbeheizten Raum befand sich außer einem Tisch und einem Stuhl nur ein schmuckloses Kruzifix an der Wand. Sie atmete schwer. Iriomé legte ihr die Hand auf das Herz und spürte, wie Abora, die Kraft des Lebens, bereit war zu entweichen. Sie bat die übrigen Schwestern, die besorgt auf dem Gang standen, in ihre Zellen zurückzukehren. Doch keine rührte sich vom Fleck. Mit einer Mischung aus Angst, Misstrauen und Hoffnung starrten sie Iriomé an, die mit ihrem hochschwangeren Bauch, an dem ihr nasses Nachthemd klebte, für sie wie die Versuchung des Teufels aussehen musste.

Iriomé schloss kurzerhand die Zellentür. Dann holte sie Joaquíns Amulett hervor, öffnete es vorsichtig und ließ ein wenig von dem Pulver in einen Becher mit Wasser rieseln, der auf dem Tisch neben dem Bett stand. Dabei flüsterte sie in ihrer Sprache: »Tara, Königin der Götter, Mutter der Erde, deine Macht rufe ich an. Auch wenn ich versprochen habe, dein größtes Mysterium zu schützen, so bitte ich dich, mir noch ein letztes Mal zu gestatten, einen Menschen zu retten. Ich habe dieser Frau viel zu verdanken und könnte es nicht ertragen, tatenlos ihren Tod hinzunehmen. Bitte verzeihe mir.«

Erst als Guadalupe ihr half, die Kranke zu stützen, um ihr das rettende Nass einzuflößen, wurde sich Iriomé ihrer Anwesenheit bewusst. Sie hatte gar nicht bemerkt, dass die Freundin bei ihr geblieben war. Doch ihr Blick, der das Versprechen bestätigte, das sie ihr vor Monden gegeben hatte, nahm ihr jegliche Furcht.

Nachdem die Äbtissin zurück auf ihr Lager gesunken war, sahen sich die beiden jungen Frauen in wortlosem Einvernehmen an. Dann setzten sich beide auf den Rand des Bettes und warteten. Draußen vor der Tür hörten sie einige der Nonnen unruhig hin und her laufen, doch keine wagte es, die Tür zu öffnen. Zu groß war ihre Angst vor der großen rotblonden Frau.

Immer wieder tupfte Guadalupe ihrer Ziehmutter den kalten Schweiß von der Stirn. Es kam Iriomé vor, als zähle sie jeden ihrer Atemzüge. Sie musste an Tichiname denken, deren Herz in ihren Armen verstummt war. Die Medizinfrau hatte nur ein einziges Mal einen Menschen mit Amakuna vor dem Tod bewahrt. Sie musste gewusst haben, dass die Enthüllung des Geheimnisses nur Leid und Kämpfe nach sich ziehen würde.

Doch Iriomé war es unmöglich, einen Menschen einfach sterben zu lassen, und zur gleichen Zeit das Mittel bei sich zu tragen, um es zu verhindern. Noch dazu jemanden, der so gut zu ihr gewesen war wie die Äbtissin. Schließlich hatte sie bereits Kaltauge, den sie mehr als alles andere auf dieser Welt hasste, und einer Frau, die sie nicht einmal kannte, das Leben von Neuem geschenkt.

»Ich glaube, es geht ihr etwas besser«, unterbrach Guadalupe

Iriomés Gedanken. Sie fühlte den Puls der Kranken, deren Gesichtsfarbe schon ein wenig rosiger aussah. Langsam stellte sich auch die gleichmäßige Atmung einer Schlafenden ein. Guadalupe griff nach Iriomés Hand und drückte sie.

Das jämmerliche Schreien eines Zickleins hallte durch die rosafarbene Morgendämmerung. Iriomé hatte es bei dem Hirten, der vor den Klostermauern seine Herde weidete, gegen ein Rheumamittel für seine Frau und eine Hustenmedizin für seine Kinder eingetauscht.

Sie saß in der Mitte eines kleinen Steinkreises vor ihrer Klause und beruhigte mit leisem Gesang und sanftem Streicheln das zitternde Tier. Vertrauensvoll streckte es sich neben ihr aus und zuckte nicht einmal, als sie ihm mit einem Messer die Kehle durchschnitt.

Während sie das aus der Wunde sprudelnde Blut in einem Tongefäß auffing, flüsterte sie in ihrer Sprache:

»Tara, große Mutter und Göttin der Erde, ich danke dir für die besondere Gabe, die du den Harimaguadas geschenkt hast. Und ich schwöre dir hiermit feierlich, Amakuna nur noch am kürzesten Tag des Jahres zu nutzen, um mich mit den Ahnen zu verbinden. Nimm das hier als Entschuldigung und als Opfer für deine Gnade.«

Iriomé schüttete das frische Blut in der Mitte des Kreises aus, ließ einen hellen Ton aus ihrer Kehle erklingen und hob ihre Arme zum Himmel, während die trockene Erde den roten Saft gierig aufsaugte. Sie fühlte sich in diesem Augenblick in ihre Heimat zurückversetzt, in jene Zeit, als sie mit Tichiname und den anderen Harimaguadas im Höhlenheiligtum lebte. Als sie noch an eine glückliche und sichere Zukunft glaubte.

Ein kurzer Aufschrei holte sie jäh ins Jetzt zurück. Am Waldrand stand ein früher Besucher, der sie anstarrte.

Joaquín.

Er schien fassungslos. Sein Gesicht drückte Abscheu, Ekel und Furcht aus. Sogar über die Entfernung hinweg spürte sie, dass er ihrer Energie niemals würde standhalten können. Dass er sie niemals bedingungslos lieben könnte, zumindest nicht in schweren Zeiten. Dass er ihre weibliche Kraft niemals erkennen, geschweige denn anerkennen könnte.

Mit einem Ruck drehte er sich um und rannte davon, als wäre ihm ein Dämon auf den Fersen.

»Akin, bleib!«, schrie Iriomé ihm hinterher.

Er blieb tatsächlich stehen.

Sie schürzte ihr Kleid, erhob sich schwerfällig und lief zu ihm. Er kam ihr nicht einen Schritt entgegen. Sein Blick drückte noch immer Furcht aus, und als sie nach seiner Hand greifen wollte, zog er sie zurück.

»Ich habe mich bei meiner Göttin bedankt«, versuchte sie sich zu erklären.

»Du hast dem Teufel gehuldigt«, brachte er zwischen zusammengebissenen Zähnen heraus. »De Lugo und Frai Hieronymus haben recht. Du bist eine Hexe. Ich habe mich von dir blenden lassen. Um ein Haar wäre ich verloren gewesen.«

»Warum bist du so schnell wiedergekommen?«, fragte Iriomé ihn mit zitternder Stimme.

»Willst du es wirklich wissen?« Er lachte laut auf. »Ich habe mich von den Hochzeitsvorbereitungen weggeschlichen, um mich hier zu verstecken, und sobald das Kind geboren und reisefähig ist, mit dir von hier fortzugehen. Doch Gott hat mich im letzten Moment vor einer großen Dummheit bewahrt.« Er ging, ohne ihr einen weiteren Blick zu schenken, zu seinem Pferd, das er in der Nähe an einem Baum angebunden hatte.

Iriomé durchzuckte ein stechender Schmerz. Sie rief Akins Namen, doch er hatte sich bereits in den Sattel geschwungen und seinem Pferd die Sporen gegeben. Er hörte sie nicht – oder wollte sie nicht mehr hören.

Verzweifelt und mit schmerzverzerrtem Gesicht schleppte sich Iriomé zurück zur Klause und legte sich auf ihr Felllager. Es war so weit. Der kleine Mensch, der in ihr gewachsen war, drängte darauf, das Licht dieser Welt zu erblicken. Sie griff nach einem Tongefäß, in dem ihr Guadalupe aus den jungen, grünen Blüten des Beifußes einen Sud vorbereitet hatte, und trank ihn in kleinen Schlucken. Noch kamen die Wehen in längeren Abständen, und noch konnte sie sich alles bereitlegen, was sie brauchte, um allein eine Geburt zu überstehen. Doch dann wurden die Schmerzen immer stärker und raubten ihr fast den Verstand. Sie schrie noch einmal nach Joaquín und auch nach Guadalupe, doch niemand vernahm ihren Hilferuf.

Zwischen ihren Beinen lief eine warme Flüssigkeit herab. Iriomé ging in die Knie, hockte sich auf den Boden, so wie sie es von den Frauen ihres Stammes kannte, und presste, so fest sie konnte. Doch nichts geschah. Das Kind in ihr bewegte sich nicht. Es kam ihr vor, als wollte es diese Welt nicht sehen. Als klammerte es sich an den Innenwänden ihres Bauches fest, um sich dem Schub der Wehen zu widersetzen.

Erneut überfielen sie unerträgliche Schmerzwellen, und wieder presste sie. Und doch bewegte sich nichts. Sie schleppte sich zur Tür und schrie ihren Schmerz hinaus. Nur ein Käuzchen antwortete ihr.

Das Bild von der Frau in der schmutzigen Hütte tauchte vor ihrem inneren Auge auf. Was, wenn auch ihr Kind falsch herum lag? Es würde ohne Hilfe ersticken und sie selbst verbluten. Die nächste Wehe packte sie mit aller Kraft, und sie fühlte, wie sie von einer tosenden Meeresbrandung hinweggetragen wurde in das Reich der Seelen. Sie besaß gerade noch die Kraft, das Medaillon zu öffnen und sich einige Körner des Pulvers auf die Zunge zu legen. Dann löste sich alles um sie herum in Dunkelheit auf.

27. KAPITEL

»Romy, Romy!«

Sie blickte in Nics dunkle, besorgte Augen und hörte seine warme Stimme.

»Gott sei Dank, sie ist wieder bei Bewusstsein.«

Romy nahm den Geruch aromatischer Kräuter wahr, deren ätherische Öle ihr den Weg in die jetzige Zeit wiesen. Schwester Felicitas hielt ihr ein Kräutersäckchen unter die Nase. »Tief einatmen«, sagte sie mit ihrer tiefen Stimme und strich Romy das Haar aus der Stirn.

Es musste nur wenig Zeit vergangen sein, denn sie lag noch immer auf dem Boden der verfallenen Klause.

»Wie fühlst du dich?«, fragte Nic, der bei ihr saß und ihren Kopf in seinem Schoß gebettet hielt.

Sie brachte kein Wort hervor. Was sollte sie auch sagen? Dass sie gerade als Gebärende in einer früheren Inkarnation mit dem Tod gerungen hatte?

»Du bist bestimmt zehn Minuten bewusstlos gewesen«, bemerkte er besorgt. »Und du hast laut geschrien, als hättest du starke Schmerzen. Tut dir etwas weh?«

Sie schüttelte den Kopf. »Nein, ich bin in Ordnung.« Auch wenn das nicht stimmte. Iriomé und ihre Schmerzen saßen ihr buchstäblich in den Knochen, und nicht nur da. Beim Versuch, sich aufzurichten, wurde ihr schwindelig, und sie musste sich an Nic festhalten. Der nahm sie kurzerhand auf seine Arme und trug sie zurück zum Kloster.

Es war ein beruhigendes Gefühl, und sie wünschte sich insgeheim, dieser Gang möge niemals enden. Joaquín hatte sich einfach aus dem Staub gemacht. Der junge Spanier hatte in dem Moment, als Iriomé ihn am dringendsten brauchte, wie ein Vollidiot das Weite gesucht.

»Wir werden uns um sie kümmern, machen Sie sich keine Sorgen«, hörte sie Schwester Felicitas sagen, die vorausgegangen war und Nic in ein kleines, aber helles und freundliches Zimmer lotste.

Er legte sie auf ein weiß bezogenes Bett und nahm ihre Hand. »Ruh dich aus. Der Arzt wurde schon benachrichtigt. Er wird gleich da sein.«

»Ich brauche keinen Arzt«, flüsterte Romy. »Bestimmt nicht. Es geht mir gut. Nur ein kleiner Schwächeanfall.«

»Das wird der Arzt feststellen, *mi amor*«, erwiderte Nic.

Meine Liebe. Romy gingen seine Worte und vor allem die Art, wie er sie gesagt hatte, durch und durch. Sie spürte plötzlich das dringende Bedürfnis, Nic alles zu erzählen, Iriomés Gefühle und Gedanken vor ihm auszubreiten. Ihm von ihrer Stärke und zugleich der Hilflosigkeit zu erzählen, die sie gegenüber Joaquín und den Eisenmenschen empfand. Vielleicht war dieses Kloster, in dem der Geruch der Vergangenheit noch in allen Ecken und Ritzen hing, der richtige Ort dafür. Sie wollte gerade Schwester Felicitas bitten, sie für einen Moment allein zu lassen, als Nic ihr zuvorkam.

»Ich habe einen wichtigen Anruf bekommen und muss leider sofort zurück nach Marbella. Es tut mir sehr leid. Ich würde lieber hier bei dir bleiben. Aber sobald es dir besser geht, wird mich Schwester Felicitas anrufen. Dann lasse ich dich abholen.«

Romy nickte enttäuscht. Sie schwebte zwar nicht in Lebensgefahr, aber trotzdem musste er doch spüren, wie aufgewühlt sie war und dass sie unbedingt mit ihm reden wollte. Stattdessen drückte er ihre Hand, hauchte einen Kuss darauf und verschwand. Nur der dezente Sandelholzduft seines Aftershaves blieb zurück.

Schwester Felicitas bemerkte Romys Enttäuschung und sah sie aufmunternd an. »Seien Sie ihm nicht böse. Bestimmt meint er es nicht so.«

Der Arzt, ein freundlicher älterer Herr, der kurz darauf eintraf, diagnostizierte eine vorübergehende Kreislaufschwäche, gab Romy eine Spritze, verordnete Bettruhe und vor allem Schlaf. Die Schwester hatte ihr inzwischen einen Tee aus Johanniskraut gemacht, den Romy in kleinen Schlucken trank. Die Nonne begleitete den Arzt hinaus, kam dann noch einmal zurück und setzte sich auf Romys Bettkante.

»Darf ich Sie etwas fragen?«

Romy nickte.

»Vorhin, als Sie bewusstlos waren, haben Sie geatmet, gepresst und geschrien, als ob Sie ein Kind gebären würden. Ich habe früher auf der Wöchnerinnenstation gearbeitet und war bei vielen Geburten dabei. Sind Sie vielleicht schwanger? Oder haben Sie Angst vor einer Schwangerschaft?«

Romy schüttelte den Kopf. Sie konnte der Nonne unmöglich von Iriomé erzählen. Soweit sie wusste, hatte das Christentum wenig mit Reinkarnation zu schaffen. Jesus war zwar von den Toten auferstanden, aber das war wohl allein ihm vorbehalten. Normale Christen lebten nur einmal und kamen anschließend, je nach Lebensführung, in den Himmel oder in die Hölle. Und mit Ahnenkulten, psychotropen Pilzen und irgendwelchen Reisen in andere Dimensionen hatte die gute Schwester Felicitas bestimmt nichts am Hut.

Außerdem, je weniger Menschen von Amakuna wussten, desto besser. Hattinger war bereits tot. Der Pilz richtete in Romys Leben genauso viel Schaden an wie in Iriomés: Sie hatte den Médico in eine Situation gebracht, die ihn beinahe das Leben gekostet und seiner Mutter den Tod gebracht hatte. Guayafanta starb während der Folter – und auch Guadalupe und die Äbtissin standen wahrscheinlich schon mit einem Fuß auf dem Scheiterhaufen. Nein, Romy würde Schwester Felicitas nichts erzählen. Es war besser so.

»Sind Sie sicher nicht schwanger?«, fragte sie noch einmal. »Manche Frauen haben so große Angst vor der Geburt ihres Kindes, dass sie schon lange vorher schreckliche Visionen haben.«

Vielleicht liegt die Schwester gar nicht so falsch, durchzuckte es Romy. Sie hatte in der Nacht auf dem Schiff nicht einen Gedanken an Verhütung verschwendet, obwohl sie die Pille nicht nahm. Sobald sie an einer Apotheke vorbeikam, würde sie sich einen Test holen.

»Es geht mir wirklich schon wieder ganz gut«, sagte sie, um die Sorge aus dem Gesicht der netten Schwester zu vertreiben. Unvermittelt kam ihr die Idee, ob sie vielleicht etwas mit Guadalupe zu tun haben könnte, doch sie ließ sie schnell wieder fallen. Nicht jeder Mensch, der ihr begegnete, musste gleich in ihre Vergangenheit verstrickt sein. Wenngleich die Fürsorge und spontane Sympathie Romy sehr an Guadalupe erinnerten. »Ich werde jetzt einfach nur schlafen, und Sie werden sehen, wenn ich wieder aufwache, fühle ich mich wie neu geboren.«

Schwester Felicitas lächelte unergründlich. »Wie gut, dass wir immer wieder diese Chance haben.« Sie strich ihr über das Haar und ließ sie dann allein. Romy sah ihr verwundert hinterher, doch dann übermannte sie die Müdigkeit, und die Spritze tat ihre Wirkung.

Als sie von hellem Frauengesang geweckt wurde, der durch das halb geöffnete Fenster in ihr Zimmer drang, hatte sie fast vierundzwanzig Stunden geschlafen. Sie fühlte sich tatsächlich wie neu geboren. Ihre Kleidung hing säuberlich über einem Stuhl, sodass Romy nur hineinschlüpfen musste.

Draußen war es kalt, wenngleich die winterliche Mittagsonne den Klosterhof in helles Licht tauchte. Neugierig folgte sie den sakralen Klängen und betrat durch das nur angelehnte Portal die Kirche. Der Gesang bereitete ihr eine Gänsehaut. Nicht dass Romy besonders auf diese Art von Musik stand, doch an diesem Morgen berührten sie die hellen Stimmen der Nonnen mehr als ihre Lieblingssängerin Amy Winehouse. Sie setzte sich auf eine Holzbank in der letzten Reihe und schloss die Augen. Bestimmt hatte Iriomé auch hin und wieder hier gesessen. Romy konnte noch immer nicht so recht glauben, dass sie in genau demselben Kloster gelandet war, in dem die Guanchin vor mehr als fünfhundert Jahren Zuflucht gefunden und ihr Kind zu Welt gebracht hatte.

Sie musste Thea recht geben. Es gab in der Tat etwas zu heilen. Die Geschichte zwischen Joaquín und Iriomé schrie geradezu danach. Der junge Conde hatte seine Geliebte zwar nicht an seinen Freund de Lugo ausgeliefert, doch Romy gab keinen Pfifferling darauf, dass er am Ende wirklich zu ihr gestanden hätte. Waren Männer seines Schlages damals überhaupt liebesfähig? Waren sie es heute? Konnte Nic lieben?

»Wie geht es Ihnen?«, flüsterte ihr Schwester Felicitas ins Ohr, die sich unbemerkt neben sie gesetzt hatte.

»Danke. Der Schlaf hat mir gutgetan, wie ich es Ihnen gesagt habe«, antwortete Romy ebenfalls im Flüsterton.

»Das freut mich«, sagte die Schwester und nahm ihre Hand. »Señor Saratoga hat angerufen. Sein Chauffeur ist bereits unterwegs, um Sie abzuholen und zurück nach Marbella zu bringen.«

Romy atmete tief durch. Eigentlich fühlte sie sich hier sehr wohl. Am liebsten wäre sie im Kloster geblieben, so wie Iriomé, und hätte sich mit Schwester Felicitas angefreundet. Doch ihr stand eine andere Aufgabe bevor. Sie musste herausfinden, ob sie Nic vertrauen und mit ihm gemeinsam Amakuna auf einen guten Weg bringen konnte. Oder ob er, wie Joaquín, letztlich doch nur seine eigenen Interessen, beziehungsweise die des Konzerns, im Auge hatte.

Nics Chauffeur und auch ihr persönlicher »Babysitter«, im korrekten Zweiteiler und mit Funkknopf im Ohr, ließen sie während der Rückfahrt nach Marbella nicht einen Moment aus den Augen. Sie schienen von Borges strikte Anweisungen erhalten zu haben. Keiner von beiden fühlte sich bemüßigt, mit ihr zu sprechen. Romy kam sich mehr wie eine Gefangene vor denn wie jemand, der beschützt werden sollte. Je länger sie jedoch unterwegs waren und je mehr sie über Joaquín und seine Verpflichtungen gegenüber seiner Familie nachdachte, desto mehr wuchs ihr Misstrauen. Sie versuchte, sich an alles zu erinnern, was sie mit Iriomé durchlebt hatte, während draußen die karge Landschaft der Extremadura an ihr vorbeizog.

Amakuna verbindet das Schicksal all derer, die es je zu sich genommen haben, bis in alle Ewigkeit wie eine Kette, die niemals abreißt, hatte Tanausú kurz vor seinem Tod Iriomé erklärt. Ihr größter Feind war de Lugo gewesen, der vor nichts zurückgeschreckt war, um an das Zaubermittel zu gelangen. Doch wer mochte in Romys Leben dieser Feind sein? Er musste für den Mord an Hattinger verantwortlich sein. Vielleicht war es dieser Gerald Forster, Hauptaktionär des Weltkonzerns Forster's Health, Nics Chef und zugleich sein Schwiegervater? Verband ihn und Nic eine ähnliche Schuldgeschichte wie Kaltauge und Joaquín? Benutzte er Nic, so wie damals de Lugo Joaquín benutzt hatte, um seine Interessen zu verfolgen?

Wenn der Pilz in seine Hände geriet, würde die Spezies der Eisenmenschen gewiss nicht aussterben und die Welt niemals heilen. Ganz ähnlich waren auch Theas Worte gewesen. Ein Konzern wie Forster's Health würde Amakuna unter Verschluss halten und den Pilz, wenn überhaupt, nur den Reichsten der Reichen zu einem exorbitanten Preis anbieten. Der Rest der Welt sollte mal schön weiter die übrigen Medikamente kaufen.

Tichiname hatte ihrer Schülerin aufgetragen, Amakunas Geheimnis zu wahren, bis die Menschheit frei von Gier und Machtmissbrauch war. Es lag auf der Hand, dass die Welt eindeutig noch nicht reif für Amakuna war. Was sollte sie jetzt tun? Wie sollte sie sich Nic gegenüber verhalten?

Als der Jaguar die Auffahrt zu seinem Castillo hinauffuhr, stand er bereits wartend im Eingangstor. Er öffnete Romy die Autotür und half ihr beim Aussteigen. »Du siehst schon wieder viel besser aus«, sagte er mit seiner samtenen Stimme und legte den Arm um ihre Schultern, während er sie hineinbegleitete.

Romy genoss seine Berührung, auch wenn sie sich wünschte, dass es nicht so wäre. Sie musste sich immer wieder vor Augen halten, dass Nic zu den Eisenmenschen gehörte. Die Umgebung half ihr jedenfalls dabei. Hier im Schatten seiner Trutzburg schwand das, was sie im Kloster an Verbundenheit empfunden hatte, dahin.

»Ich kann dir gar nicht sagen, wie froh ich bin, dich wieder wohlauf zu sehen«, sagte er, während sie das mächtige Treppenhaus betraten. »Wenn du nicht zu müde bist von der Fahrt, würde ich dir gerne oben in der Bibliothek noch etwas zeigen.«

»Kein Problem«, erwiderte Romy, die sich nach ihrem 24-Stunden-Schlaf fit wie selten fühlte.

Das *Liber Herbarum Medicinarum* prangte in der Mitte des Raumes auf einem großen Tisch. Die großformatigen Pergamentseiten waren in einem dicken Ledereinband zusammengefasst worden. Nic lächelte Romy auffordernd an.

Sie spürte, wie sich ein Kloß in ihrem Hals bildete. Ein leichter Schwindel überkam sie, sodass sie sich an der Tischkante festhalten musste.

Nic sah sie prüfend an. »Alles in Ordnung?«

Romy nickte und schlug andächtig die erste Seite auf. Dort stand es. Die Tinte war schon leicht verblasst, doch die Worte waren noch gut lesbar:

Para mi mejor amiga I.,
que se convirtió en mi hermana y

gracias a su conocimiento este
libro podría ser realizado.

»Für meine teuerste Freundin I., die mir zur Schwester wurde und dank deren Wissen dieses Werk entstehen konnte«, flüsterte Romy.

Tränen liefen ihr über die Wangen. Hiermit hatte sie nicht nur einen weiteren Beweis für Iriomés Existenz, sondern auch dafür, dass all das, was sie selbst auf ihren Reisen in der Vergangenheit erlebt hatte, tatsächlich passiert war.

Nic zückte ein weißes Stofftaschentuch und reichte es ihr. »Was hast du?«

»Ach, nichts. Es ist ein so schönes Buch.« Sie brachte es nicht über sich, ihm zu erzählen, was sie so berührte

»Ich möchte es dir gerne schenken«, hörte Romy wie von ferne seine Stimme. »Es könnte eine gute Basis für unsere gemeinsame Arbeit werden. Klostermedizin wird immer beliebter. Vor ein paar Jahren gab es in Deutschland einen richtigen Hildegard-von-Bingen-Boom. Das müsste sich doch im katholischen Spanien oder auch in Südamerika wiederholen lassen.«

Romy traute ihren Ohren nicht. Gemeinsame Arbeit. Klostermedizin. Meinte er das wirklich ernst, oder wollte er sie damit nur einwickeln und sie noch mehr an sich binden, als er es sowieso schon tat?

Es war entsetzlich. Immer wenn ihr Misstrauen ihm gegenüber wuchs, tat oder sagte er etwas, das sie wieder Hoffnung schöpfen ließ. Konnte er vielleicht Gedanken lesen? Oder wusste er doch viel mehr, als er vorgab?

Während sie andächtig die großformatigen Seiten umblätterte, öffneten sich unerwartet mit einem lauten Geräusch die beiden Flügeltüren der Bibliothek, und eine blonde Barbiepuppe im eng anliegenden Haute-Couture-Kostüm stöckelte auf hohen Absätzen herein. Sie fiel Nic mit weit ausgebreiteten Armen um den Hals und küsste ihn rechts und links auf die Wange.

»Darling, Dad hat mir seinen Jet geliehen. Doch leider haben in Madrid die Fluglotsen gestreikt und sich erst vor drei Stunden bequemt, damit aufzuhören. Ich hätte dich natürlich gern zu Chalifa Bin Kayid begleitet, aber wie ich sehe, hast du ja schnell einen Ersatz gefunden.« Sie lächelte Romy wohlwollend an. »Ich habe schon viel von Ihnen gehört. Sie haben da ja eine ganz außerordentliche Entdeckung gemacht. Ein Pilz, der Krebs heilt. Beeindruckend! Darauf wartet die Welt schließlich schon lange.« Sie reichte Romy die Hand, während sie mit der anderen Nics festhielt. »Jennifer Saratoga.«

»Romy Conrad«, antwortete Romy mit belegter Stimme.

»Und, habt ihr schon miteinander geschlafen?«, fuhr sie im gleichen Plauderton fort. »Nic steht auf Blondinen. Sie sind genau sein Typ. Ich muss da leider immer etwas nachhelfen.«

Sie schüttelte ihre blond gefärbte Lockenpracht.

Romy starrte sie an wie ein Wesen vom anderen Stern.

»Aber meine Liebe, jetzt sehen Sie mich doch nicht so entsetzt an. Das ist doch heute das Normalste der Welt, wenn zwei Menschen aufeinander stehen.«

»Jennifer, bitte!«, unterbrach Nic ihren Redefluss.

Sie zuckte mit den Achseln. »Sie brauchen sich übrigens keine Sorgen machen. Ich bin nicht eifersüchtig auf unseren Konquistador. Das Erobern ist ihm einfach in die Wiege gelegt. Ich habe mich damit abgefunden.«

»Es reicht.« Nic schüttelte Jennifers Hand ab.

Jennifer zog eine Schnute. »Du bist gemein!«

»Leg dich ein paar Stunden aufs Ohr und komm erst wieder, wenn du nüchtern bist«, sagte er und schob sie unsanft hinaus.

Romy sah, wie peinlich Nic diese Szene war. Nur ihm zuliebe hatte sie nicht gleich die Bibliothek verlassen.

»Es tut mir leid«, sagte er und zog sie an sich.

Romy schob ihn von sich. »Ich dachte, ich schwebe in höchster Gefahr, und nun wissen offensichtlich schon Hinz und Kunz von dem Pilz«, schleuderte sie ihm entgegen. »Dann hätte ich die

Story auch gleich ins Internet stellen können.« Es kostete sie alle Kraft, nicht völlig aus der Haut zu fahren.

»Meine Frau ist nicht Hinz und Kunz.«

»Entschuldige. Wie konnte ich das übersehen.« Romy atmete tief durch. »Sie ist die Tochter deines Bosses. Wie dumm von mir! Ich möchte sofort abreisen. Es war ein großer Fehler, hierherzukommen. Ruf mir bitte ein Taxi, das mich zum Flughafen bringt.«

»Romy, bitte bleib«, sagte er mit eindringlicher Stimme.

Doch sie hörte ihn schon nicht mehr. Wie hatte sie diesem Mann auch nur eine Minute lang vertrauen können? Das ganze Gerede von Lebensgefahr, von gemeinsamer Arbeit. Er wollte sie bloß weichkochen, damit sie ihm in einer schwachen Stunde verriet, wo Amakuna wuchs. Nur darum ging es ihm.

Sie rannte in ihr Zimmer, rief über ihr Handy sicherheitshalber selbst ein Taxi und warf ihre Sachen hastig in ihre Reisetasche. Als sie mit ihrer Tasche über der Schulter durch die mächtige Eingangshalle nach draußen spurtete, sah sie jedoch nur noch die Rücklichter des Taxis.

Antonio Borges kam ihr mit einem falschen Lächeln entgegen. »Aus Ihrer Abreise wird vorerst nichts, Frau Doktor.«

»Wie bitte?«

Er packte sie am Arm und zwang sie, ihre Tasche abzustellen.

»Lassen Sie mich sofort los!«

»Das mache ich gerne, wenn Sie jetzt wieder auf Ihr Zimmer gehen.«

Romy blitzte ihn an und rieb sich den Arm. »Sie sind wohl nicht ganz bei Trost. Ich bin schließlich nicht Ihre Gefangene!«

»Betrachten Sie es als eine Art Schutzhaft«, grinste er. »Ich habe nämlich schlechte Nachrichten für Sie. Daher werden Sie hoffentlich verstehen, warum ich Sie nicht gehen lassen kann.«

Romy war fassungslos. Man durfte sie doch nicht gegen ihren Willen hier festhalten. Schließlich waren sie nicht mehr im Mittelalter.

»Ihr Chef Hannes Berger ist heute Morgen bei einer Old-timer-Rallye in Ungarn ums Leben gekommen. Er wollte mit einem Schwimmkübelwagen aus dem 2. Weltkrieg die Donau durchqueren, wurde abgetrieben und ertrank. Sie sehen, wie schnell etwas passieren kann.«

Romy erstarrte. Was für ein Albtraum! Hörte das denn überhaupt nicht mehr auf? Zuerst Hattinger, jetzt Berger. Was hatte sie nur angerichtet? Ihr Magen revoltierte, ihr Kopf dröhnte wie ein Düsenflugzeug. Sie war unfähig, klar zu denken.

Wer würde der oder die Nächste sein? Sie hoffte inständig, dass Thea tatsächlich in Sicherheit war. Das Dröhnen in ihrem Kopf wurde immer lauter, ihr Herz begann zu rasen, und ein quälender Brechreiz überfiel sie. Schweißperlen bildeten sich auf ihrer Stirn, obwohl sie fröstelte. Die Kralle der Angst streckte sich mit aller Gewalt nach ihr aus. Ohne dass Borges sie noch einmal dazu auffordern musste, flüchtete sie zurück in ihr Zimmer. Um nichts in der Welt hätte sie sich vor ihm die Blöße gegeben, gegen eine Panikattacke zu kämpfen.

Das Adrenalin raste durch ihren Körper, und ihre Kehle wurde immer enger. Ein heftiger Schwindel überkam sie. Sie musste sich an der Säule des Baldachinbetts festhalten, um nicht umzukippen, und zwang sich, gleichmäßig weiterzuatmen. Ein, aus, ein, aus. Langsam gewann sie ihre Fassung zurück und konnte wieder klarer denken. Berger war bestimmt nicht von allein ertrunken. Aber wer konnte da nachgeholfen haben und wieso? Hatte er womöglich versucht, den Pilz, den er gar nicht besaß, an irgendeine Konkurrenz zu verkaufen, um die Übernahme von Biotex an Forster's Health zu verhindern? Musste er deshalb sterben? Ein weiterer Mitwisser weniger. So hatte Nic sich nach Hattingers Tod ausgedrückt. Steckte vielleicht doch er dahinter?

Oder Tanausú? Empfand er es als heiliger Krieger vielleicht als seine Pflicht, den Pilz vor den heutigen Konquistadoren zu schützen? Es hieß ja, er hätte schon mehrere Menschen auf dem Gewissen. Aber Guanchen töteten doch nur aus Notwehr, jedenfalls war das vor 500 Jahren so gewesen.

Romy atmete durch. Der Anfall schien vorbei. Sie ging ins Bad, klatschte sich kaltes Wasser ins Gesicht und fuhr sich durchs Haar. Sie hatte endgültig die Schnauze voll von diesem Haus. Irgendjemand musste sie hier rausholen können. Sie zog ihr Handy aus der Jackentasche, doch nicht einmal die 112, der europaweite Notruf, funktionierte mehr. Das Haus schien wie ausgestorben und gleichzeitig abgeschirmt vom Rest der Welt. Borges bewachte wahrscheinlich noch immer wie Zerberus das Eingangstor.

Verzweifelt ging sie zurück in ihr Zimmer, schaltete den Computer an, doch auch das Internet war tot. Sie fühlte sich vollständig ausgeliefert, wie ein Vogel in einem goldenen Käfig. Ein Blick aus dem vergitterten Fenster vergrößerte ihre Hoffnungslosigkeit. Selbst wenn sie sich hätte durch die Stäbe zwängen können, gab der glatte Sandstein selbst einer geübten Kletterin wie ihr keine Chance, heil unten anzukommen.

Was würden sie mit ihr tun? Sie foltern, bis sie ihnen verriet, wo der Pilz wuchs? Romy dachte voller Schrecken an de Lugo und Guayafanta. Tränen traten ihr in die Augen. Was sollte sie jetzt tun? Was hätte Iriomé getan? Sie wünschte sich, sie hätte die Kraft der Guanchin, die todesmutig in den kalten Atlantik gesprungen war, um Amakuna vor den Konquistadoren zu retten, während sie sich wie ein naiver Teenager in die Liebesfalle hatte locken lassen.

Selbstvorwürfe, Hilflosigkeit und Erschöpfung ließen sie irgendwann in einen unruhigen Halbschlaf fallen.

Sie wusste nicht, wie viel Zeit vergangen war, als es an ihre Tür klopfte und Jennifer Saratoga den Kopf hereinstreckte.

»Haben Sie mal ein Momentchen Zeit für mich?«

Romy richtete sich auf.

»Oh my God! Haben Sie geweint?« Die Amerikanerin setzte sich zu Romy auf die Bettkante. Sie hatte sich umgezogen und trug nun eine Designerjeans und einen engen Designerpullover, der sich um ihre Designeroberweite spannte.

»Ich möchte mich bei Ihnen entschuldigen«, sagte sie. »Ich weiß auch nicht, was manchmal mit mir los ist. Das Leben an Nics Seite ist nicht immer einfach, verstehen Sie. Wir führen so etwas wie eine offene Ehe.« Sie streichelte Romys Unterarm. »Nic ist zu dem, was Sie vielleicht unter romantischer Liebe verstehen, gar nicht fähig. Und ich wahrscheinlich auch nicht. Wir wurden beide dazu erzogen, unter allen Umständen das zu erhalten, was unsere Eltern und die Generationen vor ihnen aufgebaut haben. Alles andere ist für uns zweitrangig. Nic ist in dieser Hinsicht noch hemmungsloser als ich, allerdings verhält er sich seinen Freunden gegenüber hundertprozentig zuverlässig und loyal. Und Sie gehören, auch wenn Sie ihn noch nicht lange kennen, zu seinen Freunden.«

»Warum erzählen Sie mir das?«, fragte Romy und rückte ein Stück von ihr ab.

»Du! Für meine Freunde bin ich Jen«, sagte Jennifer und reichte ihr die Hand.

Auch wenn Romy sich keineswegs als Freundin von »Jen« fühlte, schlug sie ein.

»Ich erzähle es dir, weil ich dir klarmachen möchte, dass du dir eine große Chance entgehen lässt, wenn du jetzt einfach wegläufst. Forster's Health wird dir alles bieten, wovon eine junge Wissenschaftlerin nur träumen kann. Ein eigenes Labor und unbegrenzte finanzielle Mittel.«

»Das weiß ich bereits.«

Jennifer lächelte, das Lächeln einer Frau, die es gewohnt war, dass alles nach ihren Vorstellungen lief. »Aber hast du wirklich darüber nachgedacht, was das für dich bedeutet? Totale Unabhängigkeit und gleichzeitig eine sichere Position. Kein billiges Auto, das im Winter nicht anspringt, keine kalte Zweizimmerwohnung in Augsburg. Stattdessen ein Dienstwagen und eine Villa an der Costa del Sol oder an einem anderen Ort deiner Wahl. Hawaii, Miami, Acapulco, whatever …«

»Und dafür soll ich Forster's Health den Pilz überlassen?«,

brach es aus Romy heraus. Es wunderte sie schon gar nicht mehr, dass Jennifer offenbar sämtliche Details aus ihrem Leben bekannt waren.

»Was wäre die Alternative?«, antwortete Jennifer in kumpelhaftem Ton. »Du wärst dein Leben lang auf der Flucht, und irgendeiner würde dich früher oder später finden. Mit Forster's Health hättest du eine berufliche Zukunft vor dir und vor allem Sicherheit – privat und beruflich.«

Romy wusste nicht mehr, was sie denken sollte. Sie spürte nur, dass sich die Schlinge immer fester um ihren Hals zog und sie im Moment nichts dagegen unternehmen konnte. »Vielleicht hast du recht«, sagte sie in dem Versuch, ein wenig Zeit zu gewinnen. »Aber es ist nicht so leicht, sein Leben von einem Moment auf den anderen völlig umzukrempeln.«

Jennifer strahlte sie an. »Das verstehe ich. Wie wäre es, wenn wir den Anfang mit einer kleinen Shoppingtour nach Marbella machen?«

»Dazu fehlt mir leider das nötige Kleingeld«, sagte Romy.

»Ach was, du bist natürlich eingeladen. Du würdest mir eine große Freude machen.« Jennifer legte ihr den Arm um die Schultern. »Zu zweit macht es doch viel mehr Spaß.«

28. KAPITEL

Die engen, verzweigten Gassen der Altstadt von Marbella bildeten ein verwirrendes Labyrinth aus edlen Geschäften, Restaurants und Bars. Bougainvilleen und Geranien quollen zwischen den schmiedeeisernen Fenstergittern und Balkonen der weiß gekalkten zweistöckigen Häuser hervor. Romys Blick wanderte auf der Suche nach einem Fluchtweg an der gut erhaltenen Mauer der maurischen Burg entlang. Doch die beiden Leibwächter, die Borges ihnen mitgegeben hatte, ließen sie und Jen nicht eine Sekunde aus den Augen.

Nics Ehefrau zerrte Romy in jede zweite Boutique und überredete sie, sündhaft teure Klamotten anzuprobieren. Sie schien echt ein Händchen zu haben, denn die Nobelfummel, die sie für Romy aussuchte, standen ihr ausnahmslos gut.

Romy fühlte sich scheußlich und hatte schon jetzt das Gefühl, ihre Seele an den Teufel verkauft zu haben. Wie sollte sie je aus dieser Nummer herauskommen? Sie steckte schon viel zu tief drin.

»Das hier passt perfekt zu dir«, rief Jennifer, nachdem sie einen Jil-Sander-Shop betreten hatten. Sie deutete auf ein eng geschnittenes, dunkelgrünes schlichtes Kleid in der Auslage, ein exklusives Einzelstück. »Es hat genau die Farbe deiner Augen.«

Und es hatte genau die Farbe des Kleides, das Iriomé bei der Flucht aus Trujillo trug, registrierte Romy erstaunt. Sie schüttelte den Kopf, doch sogar die Verkäuferin bestand beharrlich darauf, dass sie es anprobierte. Sie zog Romy fast gegen ihren Willen in Richtung der Umkleideräume.

»Bitte kommen Sie mit«, sagte sie in beinahe beschwörendem Tonfall. Sie sperrte eine der mit Stoff bespannten Türen auf und schob Romy hinein.

Ihr erster Blick traf ein Paar tiefblaue Augen.

»Setz dich. Wir haben nicht viel Zeit«, flüsterte Tanausú.

»Sie hier?« Romy war völlig perplex. »Woher wissen Sie, dass ich …«

»Ich muss mit dir reden. Dringend«, unterbrach er sie. »Und wir haben nicht viel Zeit.«

»Wie geht es Thea?«

»Sie ist in Sicherheit, im Gegensatz zu dir. Ich werde dir helfen, hier wegzukommen.«

»Danke.« Romy fasste sich nur langsam. »Aber zuerst muss ich wissen, welche Rolle du spielst.« Sie war jetzt auch zum Du übergegangen.

»Das weißt du doch.«

»Ja, aber mir fehlen so einige Zusammenhänge.« Romy bemühte sich, cool zu bleiben, obwohl sie deutlich ihre innere Anspannung spürte.

»Ich habe seit Langem mein Versteck auf La Palma, wo mich keiner finden kann«, sagte er leise. »Nachdem ich gehört habe, dass man in der Caldera diese Mumien gefunden hat, bin ich auf eigene Faust dorthin und bin, genau wie du, während der Wintersonnenwende auf den Pilz gestoßen. Nur ein Jahr früher.«

»Dann warst du es, der das Grab verschlossen hat?«

»Damit kein anderer darauf stößt.«

»Und dann hast du Amakuna genommen!«

Er nickte.

»Und bist damit in die Vergangenheit gereist?«

»Und in die Zukunft.«

Romy starrte ihn an, dann dämmerte es ihr. »Der Sturz im Karwendel?«

Er nickte. »Ich habe deinen Unfall vorausgesehen. Doch da ich nicht eingreifen darf in dein Schicksal, blieb nur noch der Pilz.« Romy blickte den kräftigen Mann in der abgewetzten Militärjacke sprachlos an.

»Ich habe geschworen aufzupassen, dass dir nichts geschieht«, sagte er mit rauer Stimme. »Bis in alle Ewigkeit!«

Sie schluckte. Auch wenn alles irgendwie seine Logik hatte, musste sie es doch erst einmal verarbeiten. Sie begann zu begreifen, was es für sie bedeutete. Endlich war sie nicht mehr allein mit dieser unglaublichen Geschichte. Endlich hatte sie im wahrsten Sinn des Wortes ihren Seelenbruder gefunden. Sie sah in diesem Moment Tanausú vor sich, wie er an den Mast der Karavelle gekettet war, und konnte nichts anderes tun, als ihm in die Arme zu fallen. Er hielt sie fest. Und Romy wäre am liebsten in dieser Umarmung bis in alle Ewigkeit verharrt.

Jennifers leicht quietschige Stimme unterbrach diesen besonderen Moment. »Und? Passt das Kleid? Ich bin überzeugt, du siehst umwerfend darin aus.«

»Ich brauche noch einen Moment«, rief Romy zurück und versuchte, dabei möglichst gleichmütig zu klingen. »Was ist dein Plan?«, flüsterte sie Tanausú zu.

»Forster's Health wird nicht so schnell aufgeben. Und sie wissen noch nicht mal, dass der Pilz nicht nur Krebs heilt, sondern alle Krankheiten.«

»Aber wie sollen wir gegen einen so mächtigen Konzern ankommen?«

»Du wurdest mit dieser Aufgabe betraut. Deshalb bist du die Einzige, die das in der Hand hat – und auch bewältigen kann.«

»Wer hat Hattinger und Berger auf dem Gewissen?«

Er reichte ihr eine CD, die in einer durchsichtigen Hülle steckte. »Darauf findest du alle Machenschaften und Geschäfte, die Forster's Health in der letzten Zeit getätigt hat. Ich arbeite eng mit *Medical Transparency* zusammen, einer Freiwilligen-Organisation, die Schweinereien im Pharmabereich aufdeckt und den Konzern schon seit Langem auf dem Kieker hat. Die haben die Erstzulassung von *Avistan* verhindert. Und sie waren es auch, die mir den Securityjob bei Biotex verschafft haben.«

»Dann warst also wirklich du es, der meine Proben und Aufzeichnungen geklaut hat.«

»Sichergestellt, Romy. Auch der Einbruch bei dir geht auf mein Konto. Ricardo hatte mir erzählt, dass du eine gezeichnete Karte von der Höhle hast.«

Romy nahm die CD und steckte sie in ihre Handtasche.

»Komm in drei Tagen wieder hierher. Ich werde alles für deine Flucht vorbereiten. Der Verkäuferin habe ich von einer romantischen Liebesgeschichte zwischen uns beiden erzählt, die deine Familie verhindern will.«

Romy lächelte. »Gab es die denn einmal? Ist mir da etwas in der Vergangenheit entgangen?«

Er schüttelte den Kopf. »Du warst eine Harimaguada und damit für alle Männer unseres Volkes tabu.«

»Und warum hast du mir das alles nicht bei unserem ersten Treffen erzählt?«, fragte Romy. »Im Karwendel oder später im Labor?«

»Weil du mir niemals geglaubt hättest.«

Da hatte er wahrscheinlich recht, dachte Romy. Es fiel ihr sogar jetzt noch schwer, obwohl sie nun bereits dreimal in die Vergangenheit gereist war und die Übereinstimmungen nicht von der Hand zu weisen waren.

»*Hasta pronto*, bis bald.« Er öffnete das Fenster und schwang sich behände auf die Fensterbank. Dann verschwand er wie eine Katze hinter den Mülltonnen im Innenhof.

Als Romy ihm nachsah, musste sie an die alte Guanchen-Legende vom *Guerrero Sagrado*, denken, der immer wieder neu geboren wird, um für das Gute zu kämpfen. Dass er ihr allerdings in der Umkleidekabine von Jil Sander begegnen würde, damit hatte sie nun wirklich nicht gerechnet. Trotzdem ergab alles, was er gesagt hatte, einen Sinn. Die vielen verschiedenen Puzzleteile fügten sich langsam zu einem Bild, wenn auch noch lange nicht zu einem vollständigen.

Sekunden später stürmte Jennifer die Umkleidekabine. »Du hast das Kleid ja noch nicht einmal an«, quiekte sie enttäuscht.

»Entschuldige bitte, mir war nicht gut, ich brauchte ein bisschen frische Luft, aber jetzt geht es schon wieder«, sagte Romy, während sie das Fenster schloss.

»Oh, das tut mir leid. Du siehst wirklich etwas blass aus.«

Kein Wunder, dachte Romy und zog Schuhe, Pulli und Jeans aus. Jennifer half ihr, das teure Kleid überzuziehen, und knöpfte es am Rücken zu. Dann tanzte sie begeistert um Romy herum.

»Wow, du siehst klasse aus. Das Kleid steht dir, als wärst du darin geboren.«

»Vielleicht ist es einen kleinen Tick zu lang«, mischte sich die Verkäuferin ein, die dazugekommen war. »Wir könnten es ändern lassen, und Sie holen es in drei Tagen wieder ab.«

»Gerne«, sagte Romy.

»Geht das nicht schneller?«, fragte Jennifer ein wenig ungehalten.

»Leider nein. Tut mir leid«, antwortete die Verkäuferin bestimmt und zwinkerte Romy unmerklich zu.

Wegen Unwohlseins hatte sich Romy vom Abendessen entschuldigen lassen. Und das war noch nicht mal eine Ausrede. Ihr schwirrte der Kopf. Sie konnte kaum mehr unterscheiden zwischen Legende und Realität, Vergangenheit und Gegenwart. Es schmerzte sie, einen Mann wie Nic aufgeben zu müssen. Doch hatte sie denn eine Wahl, wenn sie verhindern wollte, dass sich die Vergangenheit wiederholte?

Eine andere Möglichkeit wäre, das Schicksal zu wenden, Nic auf ihre Seite zu ziehen und mit seiner Hilfe dem Pharmakonzernen Kontra zu bieten. Aber wäre das überhaupt möglich? Iriomé war es nicht gelungen, Joaquín zurückzuhalten. Er hatte sie verkannt, sie nicht einmal angehört, als sie sich erklären wollte. Romy fiel es schwer, sich vorzustellen, dass die Guanchin und Joaquín je wieder zusammengekommen waren.

Auf alle Fälle musste sie sich die CD ansehen, die sich noch immer in ihrer Handtasche befand. Ob es in ihrem Zimmer versteckte Kameras gab? Systematisch suchte sie jeden Winkel ab. Über dem Bett, in der Stehlampe, an der griechischen Marmorgöttin im Bad und der Vorhangstange. Doch sie konnte nichts entdecken. Nachdem sie sich versichert hatte, dass die Tür abgesperrt war, nahm sie die CD aus der Hülle und schob sie in ihren Laptop. Es dauerte eine Weile, bis sich das Inhaltsverzeichnis öffnete, das chronologisch angeordnet war.

Das erste File beschrieb die Konzerngeschichte, die 1980 mit der Umwandlung von Forster's Health in eine Aktiengesellschaft begann, das letzte war mit »Übernahme von Biotex, Deutschland« betitelt. Das öffnete Romy zuerst.

Sie überflog eine sehr persönliche Charakterisierung von Hannes Berger. *Ambitioniert, doch nicht sehr kooperativ. Überschätzt sich leicht. Identifiziert sich nicht mit Forster's Health. Ihm fehlt deutlich der Sinn für die Demut gegenüber der Hand, die ihn füttert.* Als sie das las, wurde Berger ihr fast sympathisch. Er wollte seine Firma behalten und hatte Nic als Kompensation den Pilz als Köder hingeworfen.

Doch was sie dann las, ließ ihr den Atem stocken.

Problem Hannes Berger erfordert bis Februar finale Lösung. Romy wurde schlagartig übel. Sie spürte, wie sich ihr Magen umdrehte und der Gamba-Cocktail, den sie nach ihrem Einkaufsbummel mit Jennifer gegessen hatte, seinen Weg nach oben suchte. Sie schaffte es gerade noch auf die Toilette.

Nachdem sie sich den Mund ausgespült und wieder einigermaßen gefasst hatte, setzte sie sich wieder vor den Laptop und öffnete das nächste File mit der Überschrift »Maßnahmenkatalog *Avistan*/European Market«.

Hier ging es um die Antragstellung für die Zulassung von *Avistan* bei der Europäischen Arzneimittelagentur in London. Tatsächlich hatte die deutsche Zulassungsstelle den ersten Antrag abgelehnt, woraufhin der Konzern es in London versuchte. Romy fand vollständige Profile von wichtigen Entscheidungsträgern der EMA, der Europäischen Zulassungsbehörde für Medikamente, mit ihren Vorlieben, auch ihren sexuellen, ihren Hobbys, ihren Affären, inklusive unehelicher Kinder. Alles Informationen, die man für Bestechung oder Erpressung benötigte. Wenn Forster's Health die Zulassung dort durchdrückte, hielt der Pharmakonzern gute Karten in der Hand, mit *Avistan* doch noch einen Weltbestseller zu landen. Sie fand ein Memo von Berger an die EMA, in dem er ausdrücklich auf die Nebenwirkungen von *Avistan* hinwies und erklärte, dass er die Studie vorerst gestoppt hatte.

Romy lehnte sich zurück. Hatte er deswegen sterben müssen? Vielleicht hatte sein Tod mit dem Pilz nur indirekt zu tun. Irgendwie fühlte sie sich bei diesem Gedanken etwas erleichtert.

Unter »Weitere Maßnahmen« entdeckte sie eine Datei namens »Infiltration von Selbsthilfegruppen« mit einer kompletten Liste von europäischen Krebsselbsthilfegruppen, in die Mitarbeiter von Forster's Health als Patienten eingeschleust werden sollten, um *Avistan* als das neue Wundermittel anzupreisen, das ihnen angeblich bereits nachhaltig geholfen hätte.

Wie perfide und wie schamlos! Romy musste an Thea denken, an ihre Verzweiflung und daran, wie sehr sie sich in ihrer ausweglos erscheinenden Situation an jeden Strohhalm geklammert hatte. Und sie als ihre engste Freundin war nicht minder verzweifelt gewesen und hatte sie sogar überredet, es mit *Avistan* zu versuchen.

Das nächste File bestand aus einer Namensliste von hochrangigen Medizinern, die *Avistan* weltweit auf Ärztekongressen vorstellen sollten. Darunter fand Romy auch den Namen von Professor Hattinger, hinter dem jedoch in Klammern *nicht mehr verfügbar* stand. Romy schluckte. Dass Hattinger sich dafür hatte missbrauchen lassen, hätte sie nicht erwartet.

Diese CD war brandgefährlich. Sie fragte sich, was passieren würde, wenn Forster's Health erfuhr, dass sie in ihrem Besitz war. Allerdings gab es keinerlei Hinweis auf irgendeinen Verfasser oder Verteiler. Es handelte sich um eine reine Textdatei, und es war fraglich, ob sie juristisch überhaupt irgendeinen Wert besaß.

In diesem Moment läutete das Telefon neben ihrem Bett. Romy hob zögernd ab.

Es war Esmeralda, das Hausmädchen. Ihre Stimme klang besorgt. »Könnten Sie bitte schnell in das Büro von Señor Saratoga kommen? Es geht ihm nicht gut. Sie sind doch Ärztin, nicht wahr? Die Señora ist gerade noch einmal in die Stadt gefahren.«

»Ich komme sofort«, sagte Romy und legte den Hörer auf. Was war mit Nic? Ihr Herz klopfte schneller, als sie durch die endlosen Gänge zu seinem Arbeitszimmer rannte.

Er lag mit geschlossenen Augen auf dem chinesischen Seidenteppich vor seinem Schreibtisch, Arme und Beine unnatürlich überstreckt, das Gesicht völlig verzerrt. Sie rief seinen Namen, doch er reagierte nicht. Seine Atmung ging stoßweise, und er röchelte. Der Doktor-Conrad-Teil ihres Hirns gewann gegen den Romy-Teil ihres Herzens: generalisierte tonisch-klonische Krämpfe, nicht ansprechbar, könnte ein epileptischer Anfall sein. Oder eine Vergiftung? Hmmm … Panikattacke? Hirndrucksymptomatik, Tumor? Nein, den Gedanken wollte sie lieber nicht zulassen.

Esmeralda hatte ihm ein Kissen unter den Kopf geschoben. Sein Gesicht wirkte trotz seiner natürlichen Bräune leichenblass.

»Ich habe den Arzt schon verständigt, aber er steckt im Verkehr fest. Die Schnellstraße nach Marbella ist wegen Bauarbeiten in diese Richtung gesperrt«, plapperte das Hausmädchen aufgeregt.

Romy versuchte, ruhig zu bleiben, und kontrollierte Nics

Puls, der jedoch relativ normal war. »Hat er das schon öfter gehabt?«, fragte sie Esmeralda eindringlich.

Die druckste etwas herum und nickte dann. »Der Señor hat mir verboten, darüber zu sprechen.«

»Wie oft?«, hakte Romy nach.

»Bestimmt schon vier- oder fünfmal. Aber diesmal dauert es ganz schön lange, deshalb habe ich Sie auch gerufen. Bitte sagen Sie nicht, dass ich es Ihnen verraten habe.«

Damit war eine akute Vergiftung schon mal ausgeschlossen.

»Nein, nein«, beruhigte Romy sie, legte Nics Kopf in ihren Schoß und streichelte ihm sanft über den Rücken.

Das Hausmädchen sah sie ängstlich an. »Ist es sehr schlimm?«, flüsterte sie.

Romy gab keine Antwort. Sie musste sich eingestehen, dass Nic ihr näher war als ein normaler Patient und dass sie sich in diesem Moment nichts mehr wünschte, als Esmeralda eine negative Antwort geben zu können. »Ich weiß es nicht«, sagte sie schließlich. »Ich habe hier nicht die Möglichkeiten, ihn gründlich durchzuchecken.«

Langsam entspannte Nic sich, und die Krämpfe ließen nach. Nach einigen Minuten schlug er die Augen auf, war aber noch desorientiert.

Esmeralda bekreuzigte sich. »*Gracias a Diós*, dem Herrn sei Dank. Soll ich ihm ein Glas Wasser holen?«

Romy nickte. »Ja, bitte.«

Vorsichtig versuchte Nic, sich aufzurichten. Sein Blick fand ihren, und er schien sich so langsam seiner Situation bewusst zu werden.

»Erst du, jetzt ich«, murmelte er.

»Hast du Schmerzen?«, fragte Romy leise.

Er deutete auf seinen Kopf. »Außerdem ist mir speiübel.« Als er sich weiter aufrichten wollte, hielt Romy ihn zurück.

»Ganz langsam. Jetzt sagst du mir erst mal, was du siehst, ohne deinen Kopf zu bewegen. O.k.?« Sie hielt ihren Finger vor seine

Augen und veränderte dann die Position leicht nach rechts und nach links.

Er antwortete ihr brav wie ein kleines Kind, das bloß keinen Fehler machen will.

Auf der linken Seite war sein Sichtfeld eindeutig eingeschränkt. Das deutete möglicherweise auf etwas hin, das auf den Sehnerv drückte.

»*Buenas tardes*, es tut mir leid, aber es ging nicht früher«, unterbrach sie eine männliche Stimme. Esmeralda betrat mit einem kleinen, korpulenten Mann im dunkelblauen Anzug das Büro.

»Buenas tardes«, grüßte Romy zurück. »Sie sind Nics Arzt, nehme ich an.« Sie stand auf und reichte ihm die Hand. »Romy Conrad. Bitte, Ihr Patient! Er ist schon wieder einigermaßen stabil, hat jedoch ein stark eingeschränktes linkes Sichtfeld. Ist er Epileptiker?«

»Doctor Cabrero. Haben Sie vielen Dank für Ihre Hilfe«, sagte der Arzt, ohne ihre Frage zu beantworten. »Würden Sie uns jetzt bitte allein lassen.«

Romy warf einen Blick auf Nic, der sich bemühte, sie auf seine unwiderstehliche Art anzulächeln. Nachdenklich ging sie zurück zu ihrem Zimmer. Durch die hohen Flurfenster sah sie einen der Securityleute im Garten auf und ab gehen. Hielt man sie vielleicht aus einem ganz anderen Grund fest, als sie bisher geglaubt hatte? Romy setzte sich in eine der Fensternischen. War Nic vielleicht ernsthaft krank? Brauchte er den Pilz am Ende für sich selbst? Bitte nicht, dachte sie. Das würde alles noch viel komplizierter machen.

Als sie zurück in ihr Zimmer kam, wartete dort bereits der nächste Schock auf sie. Antonio Borges saß vor ihrem Laptop und nahm soeben die CD heraus. »Entschuldigen Sie bitte, aber die Tür stand offen.« Er lächelte sie hinterhältig an. »Darf ich fragen, von wem Sie diese CD haben?«

Romy wurde knallrot. Sie hatte fahrlässig alles stehen und liegen lassen und nur noch Gedanken für Nic gehabt.

»Das dürfen Sie«, erwiderte sie kurz angebunden. »Aber Sie werden keine Antwort bekommen.«

Borges nahm seine Brille ab und musterte sie wie ein Professor eine begriffsstutzige Studentin. »Es ist auch nicht wichtig«, sagte er dann. »Mit dieser CD hat Ihnen jemand Einblick in das Räderwerk der Macht geben wollen. Mich wundert nur, dass dieser Jemand Sie für so naiv hält, dass er meint, Sie mit solchen Banalitäten manipulieren zu können.«

»Halten Sie Mord für eine Banalität?«, entgegnete Romy mit leicht zitternder Stimme.

»Willkommen in der Realität, Frau Doktor. Ihr werter Professor Hattinger und Ihr Chef Berger haben leider den Unterschied zwischen Wissen und Macht nicht begriffen. Wissen ohne Macht bedeutet gar nichts. Wissen kann sogar gefährlich sein, besonders für den, der zu viel weiß. Wer Wissen in Macht verwandeln will, muss sich selbst verwandeln.« Seine kalten Augen sahen sie prüfend an. »Sind Sie zu einer solchen Wandlung fähig, Frau Doktor Conrad?«

Romy starrte ihn an. »Weiß Nic vom Inhalt dieser CD?«

»Nein, er hat wichtigere Dinge, mit denen er sich beschäftigen muss. Und das soll auch so bleiben.«

Er steckte die CD in die Tasche seines Sakkos, fasste sie beinahe zärtlich ans Kinn und sah ihr tief in die Augen. »Nic und Sie. Das ist eine große Chance. Soweit ich verstanden habe, meinen sowohl er als auch seine Frau es sehr gut mit Ihnen. Außerdem möchte Gerald Forster, der Gründer und Hauptaktionär von Forster's Health, Sie kennenlernen. Sie fliegen morgen früh mit in die Schweiz nach Genf zur jährlichen Pressekonferenz.«

Romy atmete tief durch. Jetzt war es also so weit. Sie würde ihn endlich zu Gesicht bekommen, den Drahtzieher von allem. Die Inkarnation des Bösen, den Schlächter der Guanchen. Ihre Hand ballte sich zu einer Faust zusammen, was Borges grinsend registrierte.

»Sie sollten sich gut mit ihm stellen«, sagte er. »Das wird sich mit Sicherheit positiv auf Ihre weitere Karriere auswirken. Und …«, er machte eine bedeutungsvolle Pause, »… das dürfte auch im Sinne von Nic sein.«

»Was ist mit ihm los?«

»Sie meinen das eben?« Borges schenkte ihr einen herablassenden Blick. »Ein epileptischer Anfall. Das haben Sie als Ärztin doch sicher sofort erkannt. Er wird jetzt einige Stunden schlafen. Dann ist er wieder wie neu. Also morgen um neun Uhr ist Abflug. Und bitte machen Sie keine Schwierigkeiten. Ich möchte Nic nur ungern wehtun.« Lächelnd verließ er ihr Zimmer.

Am liebsten hätte Romy vor Wut ihren Laptop zertrümmert, aber sie verkniff es sich. Es war wichtiger, einen klaren Kopf zu behalten. Sie musste sich auf die Kraft der Guanchin in ihr besinnen, die es jetzt zu erwecken galt.

Der europäische Firmensitz von Forster's Health befand sich auf einem Grundstück direkt am Genfer See und war auf den Landseiten mit hohen Mauern umgeben.

Ein schweres Eisentor öffnete sich wie von Geisterhand, als der Jaguar die Einfahrt hinauffuhr. Borges folgte mit zwei Mann Sicherheitspersonal in einem dunklen Mercedes.

Romy saß mit Jennifer im Fond, Nic vorn neben dem Chauffeur. Er sah blendend aus. Nichts erinnerte mehr an den gestrigen Anfall. Romy hatte seitdem keine Gelegenheit mehr gehabt, mit ihm unter vier Augen zu sprechen. Weder um ihn nach seinem tatsächlichen Gesundheitszustand zu fragen noch um ihn mit den Fakten auf der CD zu konfrontieren. Aber wahrscheinlich würde er sie zu Ersterem beschwichtigen und ihr zu Zweitem keine ehrliche Antwort geben.

»Die Pressekonferenz beginnt in einer halben Stunde«, sagte Jennifer. »Wenn du möchtest, kannst du daran teilnehmen, dann erlebst du meinen Vater gleich mal voll in Action. Zu deiner eigenen Sicherheit sprichst du am besten mit niemandem. Journalisten sind ein gefährliches Pack.«

»Soll ich so tun, als wäre ich stumm?«, fragte Romy mit ironischem Unterton. Sie dachte sofort an Iriomé, die den stummen Diener Ibn Saids mimen musste, wenn auch aus ganz anderen Gründen.

»Romy wird schon wissen, was sie tut«, mischte sich Nic ein, und Jennifer zuckte nur die Achseln.

Der Wagen hielt vor einer pompösen, ganz in Weiß gehaltenen Jugendstilvilla.

»Wir sehen uns nachher«, sagte Nic zu Romy, nachdem sie ausgestiegen waren. »Lass dich nicht zu sehr beeindrucken. Das Ganze ist nur eine große Show.«

Der Raum für die Pressekonferenz, früher wohl eine Art Ballsaal mit kristallenen Kronleuchtern und mahagonigetäfelten Wänden, war bis auf den letzten Platz besetzt.

Romy suchte sich einen Stuhl am Fenster und bewunderte den traumhaften Blick auf den Genfer See und die mit Schnee bedeckte Alpenkette. Keiner der übrigen Anwesenden schien daran Interesse zu haben. Die meisten Journalisten redeten entweder miteinander oder waren mit ihren elektronischen Geräten beschäftigt. Bis auf einen jungen, sportlich wirkenden Typen in Lederjacke, der sie schon eine Weile beobachtet hatte und nun auf sie zukam.

»Michael Timm«, stellte er sich vor. »Ich schreibe für das ›Medical Journal‹. Und Sie?«

»Ich schreibe nicht.«

»Stimmt, jetzt erinnere ich mich. Arbeiten Sie nicht bei Biotex? Wir haben uns letztes Jahr auf einem Kongress in Baden-Baden im Beisein Ihres Chefs Dr. Hannes Berger kennengelernt.«

Romy konnte sich nicht an den Mann erinnern, aber er wirkte einigermaßen sympathisch.

»Sie wissen wahrscheinlich schon, dass er gestern tödlich verunglückt ist. Ein tragischer Unfall, wirklich, aber finden Sie es nicht höchst merkwürdig, dass auch Professor Hattinger vor ein paar Tagen ums Leben kam? Ich meine, weil beide mit dem neuen Wundermittel zu tun hatten?«

Romy sah ihn erschrocken an. »Was meinen Sie?«

»*Avistan*. Soll doch der neue Megabestseller von Forster's Health werden. Und ursprünglich sollte ja Hattinger hier heute als Referent sprechen. Irgendwas stinkt doch da.«

»Der Meinung bin ich auch.« Romy atmete tief durch. Dann hatte Forster's Health es also tatsächlich geschafft, bei der Zulassungsbehörde in London durchzukommen. Wahrscheinlich mit Bestechung, so wie es in dem Maßnahmenkatalog auf der CD angekündigt war. Vielleicht konnte sie ja den Journalisten dazu bringen, sich etwas ausführlicher mit diesen sogenannten Unfällen zu beschäftigen. »Ich habe ein paar interessante Informationen für Sie«, begann sie und wurde im selben Moment rüde unterbrochen.

»Darf ich Sie bitten, jetzt Ihren Platz einzunehmen. Wir fangen in wenigen Minuten an.« Antonio Borges stand neben ihr.

»Wir sehen uns später auf dem Parkplatz«, konnte sie dem Journalisten gerade noch zuraunen, da nahm der Argentinier sie auch schon am Arm und führte sie zu einem der reservierten Stühle in der ersten Reihe. »Sind Sie wahnsinnig? Wollen Sie die Nächste sein?«, zischte er ihr ins Ohr.

Mit zusammengebissenen Zähnen setzte sich Romy auf den ihr zugewiesenen Platz.

Zwei holzgetäfelte Flügeltüren öffneten sich, und *er* betrat den Saal: Gerald Forster. Klein, drahtig, mit listigen Augen. Eine grell orangefarbene Krawatte zum dunkelblauen Anzug. In der Hand ein iPad, schritt er zügig zum Rednerpult. Sein Gefolge, allesamt in weißem Hemd und schwarzem Anzug, hielt ein paar Schritte Abstand. Es wurde augenblicklich still im Saal. Die Kameraleute an der Seite machten sich bereit.

Gerald Forster kostete die Spannung aus und ließ den Blick wie ein Feldherr über seine Armee schweifen. Er wartete noch ein paar Sekunden, bis er ein Zeichen gab. Die Wandkassetten flippten beiseite, und es öffnete sich eine riesige LCD-Wand. Darauf erschien, begleitet von einem Dolby-Surround-Soundtrack, das dreidimensionale, sich drehende goldene Logo von Forster's Health, ein ineinander verschlungenes großes H und ein großes F auf einer stilisierten Weltkarte.

Die Pinguine, wie Romy die Anzugträger insgeheim nannte, nahmen auf dem Podium Platz. Forster blieb stehen, rückte beiläufig das Mikrofon zurecht und begann mit verhaltener, hoher Stimme und starkem texanischem Akzent zu sprechen.

»Jede achte Frau erkrankt heute an Brustkrebs. Weltweit werden jährlich mehr als 200 Milliarden Euro für die Krebsforschung ausgegeben. Oft umsonst. Doch Forster's Health wird in wenigen Monaten ein neues Medikament zur Behandlung von Brustkrebs auf den Markt bringen, das alles bisher Dagewesene in den Schatten stellt: *Avistan*. Dadurch werden wir weltweit ein großes Ziel erreichen: die absolute Marktdominanz auf diesem Indikationsgebiet. Forster's Health verfügt weltweit über ein schlagkräftiges Verkaufsheer und wird aus dieser neuen Substanz einen Welterfolg machen.«

Am liebsten hätte Romy laut aufgeschrien. Doch ein bohrender Blick in ihrem Rücken bremste sie. Als sie sich umdrehte, sah sie direkt in die kalten Augen von Antonio Borges, der schräg hinter ihr saß.

»Wir werden mehr Geld für weitere Forschung, Marketing und Vertrieb ausgeben als irgendein anderes Pharmaunternehmen«, fuhr Gerald Forster fort.

Einer der Journalisten hob die Hand: »Und was plant Forster's Health mit der gewaltigen Geldlawine zu tun, die nun auf den Konzern zurollt? Werden Sie die Preise für Medikamente in den Entwicklungsländern reduzieren?«

Ein Lächeln huschte über das kantige Gesicht des Konzernchefs. »Wir stehen zwei Wochen vor der jährlichen Hauptaktionärsversammlung. Was denken Sie wohl?«

Romy wollte die Antwort gar nicht hören. Sie wollte nur noch weg. Weg aus diesem Saal. Weg von Forster und seiner Armee, die sich rücksichtslos über alle Regeln des Anstands, der Ehrlichkeit und der Menschlichkeit hinwegsetzte. Und weg von Borges, der es hoffentlich nicht wagen würde, sie hier vor den Augen aller festzuhalten.

Im Vorraum fand sie eine offene Tür und lief einen schmalen, vom Schnee freigeschaufelten Weg hinunter zum See. Die frische Luft tat gut und kühlte ihr erhitztes Gemüt ein wenig ab. Das Schlimmste war für sie die eigene Hilflosigkeit. Und natürlich der Gedanke an die Hilflosigkeit von Zigtausenden Krebspatientinnen, denen man *Avistan* trotz seiner horrenden Nebenwirkungen in die Venen träufeln ließ und die dann trotzdem starben.

Als sie sich umdrehte, bemerkte sie, dass ihr jemand folgte. Es war jedoch nicht einer von Borges' Bodyguards, sondern Nic, der mit schnellem Schritt auf sie zukam.

Sie setzten sich unten am Seeufer auf eine Bank. Eine Weile sagten sie beide nichts. Nur das Geschnatter der Enten, die sich dort tummelten, war zu hören. Sie sahen einander nicht an, während ihr warmer Atem sich mit der kalten Winterluft vermischte.

Schließlich hielt sie es nicht mehr aus. »*Avistan* ist noch nicht ausgereift. Und trotzdem werft ihr es auf den Markt«, stieß sie hervor.

»Das war nicht meine Entscheidung«, antwortete Nic leise.

»Aber hättest du sie denn nicht verhindern können? Was schuldest du Forster? Warum setzt du ihm keine Grenzen? Dein ganzes Gerede von pflanzlichen Medikamenten und Klostermedizin ist doch lächerlich. Damit wolltest du dich doch nur bei mir anbiedern.« Romy spürte, wie all ihre angestaute Wut aus ihr herauszubrechen drohte.

»Das ist nicht wahr!«

»Was denn sonst?«, schrie sie ihn an. »Es geht nur um Profit und um Macht und sonst um nichts. Du glaubst doch nicht im Ernst, dass Forster's Health den Pilz allen Menschen zur Verfügung stellen würde!«

»Romy, noch wissen wir doch überhaupt nicht, was der Pilz überhaupt kann«, entgegnete er und versuchte ruhig zu bleiben.

Aber ich weiß es, dachte Romy, hütete sich jedoch, das laut auszusprechen.

»Geschweige denn, ob sein Wirkstoff reproduzierbar ist, um tatsächlich ein wirksames Medikament daraus zu entwickeln.«

Damit hatte er allerdings recht.

»Du möchtest doch schließlich auch wissen, was du da entdeckt hast. Vielleicht verleiht der Pilz ja auch magische Kräfte oder sogar Unsterblichkeit.« Er lachte, während es Romy kalt den Rücken hinunterlief.

»Möchtest du denn unsterblich sein?«, fragte sie ihn provokativ. Er brauchte nicht lange, um das zu beantworten. »Ja, das möchte ich, um dich bis in alle Ewigkeit lieben zu können.«

Mit dieser Antwort hatte sie nicht gerechnet. Sie holte tief Luft, um sie zu verdauen. »Was verbindet dich mit Forster?«, fragte sie etwas ruhiger. »Was bist du ihm schuldig?«

»Nichts«, antwortete er. »Aber du kannst dir gern selbst ein Bild von ihm machen. Die Pressekonferenz ist zu Ende.«

Sie gingen zurück zur Villa, wo im Erdgeschoss gerade die Fütterung der Raubtiere in vollem Gange war. Die Journalisten türmten sich feinstes Bündner Fleisch, edle Pasteten und wohlgereifte Käsesorten auf ihre Teller. Das Beste, was die französisch-schweizerische Küche an Köstlichkeiten zu bieten hatte, diente als Leckerli, damit die »Bluthunde« brav schrieben, was Forster's Health in den Kram passte.

»Das Buffet ist der einzige Grund, warum sie jedes Jahr so zahlreich hier erscheinen«, bestätigte Nic Romys Gedanken und führte sie durch das Gedränge zum Aufzug, mit dem sie in den ersten Stock fuhren.

Romy war jetzt doch ein wenig mulmig zumute. Irgendwie hatte sie das Gefühl, ein Rendezvous mit dem Teufel persönlich zu haben. Iriomés Angst vor de Lugo wurde zu ihrer.

Der Aufzug spuckte sie direkt in einen Raum mit hohen Fenstern aus, der ein wenig wie ein alter Rittersaal aussah. Schwere dunkle Stühle standen um einen mindestens zehn Meter langen Tisch, an dessen oberem Ende Gerald Forster thronte. Die orangefarbene Krawatte nur noch locker um den offenen Kragen seines Hemdes geschlungen, blickte er Romy interessiert entgegen. Er wirkte nicht einmal unsympathisch. Erst als er zu sprechen begann, stellten sich auf Romys Unterarm die Härchen auf.

»Schade, dass Sie nicht bis zum Ende geblieben sind, Frau Dr. Conrad. Der Applaus war gigantisch. Immerhin auch ein Erfolg für Sie«, begann er. Ohne Mikrofon klang er sehr leise, wie die meisten Menschen, die es nicht nötig hatten, laut zu sprechen, weil sich sowieso jeder bemühte, sie zu verstehen.

»Ich habe mit der Entwicklung von *Avistan* nichts zu tun«, erwiderte sie höflich. »Ich arbeite bei Biotex in der Abteilung für Pflanzenforschung, und das auch erst seit einem Jahr. Es wundert mich allerdings, dass das Medikament zugelassen ist, nachdem es in Deutschland bereits abgelehnt wurde.«

Forster blickte weiterhin interessiert. Nur ein leichtes Zucken der Mundwinkel verriet so etwas wie eine Reaktion. »Wenn wir nicht hart weiter daran gearbeitet hätten, Frau Dr. Conrad, hätte das sicher nicht genehmigt.« Er machte eine wegwerfende Handbewegung. »Aber das ist schon Schnee von gestern. Sie haben ja nun diesen kanarischen Pilz entdeckt, auf den wir alle sehr gespannt sind«, sagte er in altväterlichem Ton. »Ich kann Ihnen versichern, wir werden alles in unserer Macht Stehende tun, um Sie in jeglicher Hinsicht zu unterstützen. Jetzt müssen wir das Ganze nur noch vertraglich regeln. Und Sie werden sehen, da lassen wir uns nicht lumpen.« Er lachte jetzt zum ersten Mal und stieß dabei einen hellen, ziemlich unecht wirkenden Ton aus.

Forster schien sich seiner Sache vollkommen sicher zu sein und nicht einen Moment daran zu zweifeln, dass Romy ihm die Füße küssen würde, wenn er es von ihr verlangte.

»Dieser Pilz ist mit ziemlicher Sicherheit nicht im Labor reproduzierbar. Und somit als Krebstherapeutikum wohl ungeeignet«, entgegnete sie, um den Ball möglichst flach zu halten.

»Warten wir es ab. Die Wissenschaft hat schon größere Wunder zustande gebracht.« Er grinste selbstgefällig. »Vor Ihnen liegt eine sorglose Zukunft, Frau Doktor.« Forster blickte sie mit seinen wachen Augen an. »Welch ein Glück, dass Sie zum richtigen Zeitpunkt Nic begegnet sind. Jetzt gehören Sie zu uns, zu denen, die über Leben und Tod entscheiden.« Er lachte, als hätte er einen Witz gemacht, obwohl er genau wusste, dass es keiner war.

Romy war plötzlich nicht mehr in der Lage, auch nur ein Wort herauszubekommen. Schweiß bildete sich auf ihrer Stirn, was offensichtlich keiner zu bemerken schien. Ihr Kopf begann zu dröhnen, ihr Herz zu rasen, und sie fühlte sich, als drücke ihr jemand die Kehle zu. Sie dachte an Berger und fühlte sich wie die kleine Maus im Angesicht der Schlange, die nur auf eine Bewegung wartete, um zuzuschnappen.

»Wann werden Sie wieder nach La Palma fliegen, um neues Rohmaterial zu holen? Wie ich gehört habe, wurden Ihre ersten Forschungsberichte und die ursprünglichen Proben aus Ihrem Labor entwendet.«

»In den nächsten Tagen«, antwortete Nic für sie.

»Sehr gut«, sagte Forster. »Wir sollten keine Zeit verlieren, denn wer auch immer das war, wird nicht zögern, selbst Profit daraus zu schlagen. Und dann hätten wir das Nachsehen. Ich würde vorschlagen, Sie fliegen gleich morgen. Von Málaga ist es ja nur ein Katzensprung auf die Kanaren. Mein Schwiegersohn wird Sie sicher gerne begleiten.«

»Selbstverständlich«, sagte Nic.

»Gut, dann hätten wir ja alles besprochen. Ich wünsche Ihnen viel Erfolg.« Der interessierte Blick verschwand aus seinem Gesicht, und er machte mit der Hand eine Geste, als wolle er eine lästige Fliege vertreiben.

Nic schob sie in Richtung Aufzug, der schon auf sie wartete. Erst dort gelang es Romy durch regelmäßiges Atmen, die Panikattacke abzuwehren.

Nic sah sie besorgt an. »Du kannst ihn nicht ausstehen, oder?«

Romy konnte noch immer nicht sprechen, aber sie spürte, wie der Druck in ihrem Kopf langsam nachließ und ihr Herz sich beruhigte.

»Er ist jemand, der klar seine Prinzipien verfolgt und sich durch nichts davon abbringen lässt.«

»Du meinst Machtprinzipien«, sagte Romy leise.

»Was spricht gegen Macht. Es ist und war seit jeher die einzige Möglichkeit, etwas durchzusetzen«, erwiderte Nic.

»Im guten Sinne ja, aber irgendwann kommt der Zeitpunkt, an dem Macht korrumpiert.«

»Das muss nicht sein. Nur erlaubt Macht leider auch Willkür, und Willkür korrumpiert.«

»Wo ist da der Unterschied?«

»Dass die Willkür kein Muss ist und man mit Macht auch Gutes tun kann.«

Romy überlegte einen Moment, bevor sie antwortete. »Aber dann verwandelt sich die Macht in Liebe, nicht wahr!?« Er gab ihr nicht direkt eine Antwort. Stattdessen drückte er den Stoppknopf, sodass sich die Aufzugtür nicht öffnete, obwohl sie inzwischen unten angekommen waren. Er nahm ihr Gesicht sanft zwischen seine Hände. »Du hast recht, Romy. Und ehrlich gesagt fühlt sich Liebe viel besser an als Macht. Freier. Ruhiger. Vertrauter! Ich habe dieses Gefühl allerdings schon lange nicht mehr gespürt. Sehr lange. Deshalb macht es mir Angst und Freude zugleich.«

Sie hatte den Eindruck, als würde die enge Aufzugkabine sich um sich selbst drehen. Öffnete er ihr jetzt endlich sein Herz?

»Auch wenn dir das im Moment völlig unwahrscheinlich vorkommt: Ich liebe dich. Ich möchte dich heiraten, auch wenn es bis dahin noch ein sehr langer Weg ist. Aber du bist die Frau, mit der ich mir vorstellen könnte, mein Leben zu ändern.«

Romy konnte seine Worte kaum fassen. Was er gerade gesagt hatte, bedeutete eine 180-Grad-Wendung. Befand er sich endlich wieder auf dem langen Weg, den sie schon einmal gemeinsam gegangen waren? Würde er ihn jetzt mit ihr bis zum Ende gehen?

Er küsste sie. Es war eine andere Art von Kuss als bei ihren leidenschaftlichen Begegnungen. Romy spürte zum ersten Mal Ruhe und ein tiefes Vertrauen, und sie fand das mindestens genauso aufregend wie die Sandstürme. Sie legte den Kopf an seine Schulter und schloss für einen Moment die Augen.

Ich glaube, dass es die Aufgabe eines jeden Menschen ist, die Liebe zuerst im eigenen und dann in den Herzen der anderen zu wecken. Wenn die Menschen der Liebe keinen Platz im Leben einräumen, wird es Streit und Kriege geben bis an das Ende der Zeit.

Iriomé hatte recht, trotz allem. Auch wenn damals ihre Liebe zu Joaquín ihr Volk nicht hatte retten können, war sie auf dem richtigen Weg gewesen. Er wäre der männliche Partner gewesen, der genug Macht besaß, um das Geheimnis des Pilzes vor den Konquistadoren zu wahren. Doch er war damals nicht dazu bereit gewesen. Vielleicht wegen der Umstände, vielleicht weil Iriomé ihm letztendlich nicht vertraute. Wenn sie heute Nic vertraute, würde er dazu bereit sein?

Er sah ihr noch einmal tief in die Augen, bevor er die Stopptaste des Aufzugs löste. »Schade, dass wir uns erst jetzt begegnet sind. Sonst wäre vieles anders in meinem Leben verlaufen.«

»Jetzt ist genau der richtige Zeitpunkt«, antwortete Romy und trat nach draußen.

»Wie meinst du das?«

»Weil wir eine gemeinsame Aufgabe zu erfüllen haben«, antwortete sie.

»Nic, da möchte ein Journalist vom ›Spiegel‹ mit dir sprechen, kommst du mal bitte.« Jennifer, die mit ausdruckslosem Gesicht vor der Aufzugstür stand, nahm Nic am Arm. »Oh, tut mir leid, wenn ich euch zwei Turteltäubchen gestört habe, aber das hier geht leider vor.«

Sie zog ihn mit sich. Romy trat nach draußen und füllte ihre Lungen mit der kalten Winterluft. Ihre Panikattacke hatte sich aufgelöst. Nics Worte waren tief in ihr Herz gedrungen und erfüllten es mit Glück. Der dunkle, undurchdringbare Wald, als den sie ihre Zukunft oft sah, war lichter geworden. Noch war er nur von feinen Sonnenstrahlen durchdrungen, doch bald würde er vollständig in einem goldenen Licht erstrahlen, und die Macht der Liebe würde gegen jede Willkür bestehen. Romy spürte eine ungewohnte Kraft in sich aufsteigen, gerade so als ob sie nun mit Iriomé an einem Strang zog, um ihr gemeinsames Ziel zu erreichen. Zum ersten Mal in ihrem Leben wurde sie sich des innigen Bedürfnisses bewusst, einen Mann zurücklieben zu wollen. Gegen alle Umstände, gegen alle Schwächen und Fehler. Einfach, weil er der Richtige war.

Noch immer tief in Gedanken versunken, bemerkte sie den Journalisten vom ›Medical Journal‹ erst, als er direkt neben ihr stand.

»Ihr Bewacher ist gerade beschäftigt, vielleicht können Sie mir jetzt doch noch etwas mehr über Ihren Verdacht erzählen«, raunte er ihr zu.

Romy sah sich um, entdeckte aber nur ihren Bodyguard, der sie wie immer im Auge hatte.

»Der Professor wurde umgebracht«, flüsterte sie, »genauso wie Hannes Berger. Und mit ziemlicher Sicherheit steckt Forster's Health dahinter.« Mehr konnte sie nicht sagen, denn Borges, der offensichtlich sofort informiert worden war, eilte auf sie zu.

»Tut mir leid, wenn ich schon wieder unterbreche«, sagte der Argentinier schneidend. »Aber wir müssen zum Flughafen.« Er nahm Romy am Arm und zog sie mehr zum Wagen, als dass er sie führte.

Romy hätte ihm am liebsten in die Eier getreten.

»Sie glauben doch nicht, dass der Mann sein Leben aufs Spiel setzen wird, um Ihre Kleinmädchenfantasien zu veröffentlichen. Noch eine solche Aktion, und wir beide haben ein ernsthaftes Problem«, zischte er ihr ins Ohr.

In diesem Moment fiel es ihr wie Schuppen von den Augen. Nicht Gerald Forster war es, der die Fäden zog, sondern Borges. Er war derjenige, der über Leichen ging, der vor keinem Mord zurückschreckte und die Mittel besaß, alles wie einen Unfall aussehen zu lassen. Allerdings war ihr nicht klar, ob er das im Auftrag von Forster machte oder gar auf eigene Rechnung. Vor ihm musste sie sich als Allererstes in Acht nehmen. Er hatte den kalten Blick de Lugos. Warum war ihr das nicht schon längst aufgefallen?

Sie spürte seine Machtgier und Skrupellosigkeit geradezu körperlich. Noch einmal sah sie wie im Zeitraffer Bilder aus der Vergangenheit vor sich: wie Iriomé ihm das Pulver gab, wie de Lugo die alte Mutter des Médico umbrachte und wie er im Festsaal von Trujillo prahlte, dass Guayafanta zu Tode gefoltert worden war. Er würde auch heute nicht aufgeben, bis der Pilz in seinen Händen war.

Der Flug zurück nach Málaga verlief ohne weitere Vorkommnisse. Romy empfand es schon fast als normal, in einem Privatflugzeug durch Europa zu jetten. Die hübsche Flugbegleiterin brachte ihr ein Kissen und eine Decke, damit sie es sich gemütlich machen konnte. Ihr Leben war ein anderes geworden. Sie kam sich vor wie Cinderella, nachdem die Fee ihren Zauberstab geschwungen hatte. Ihre Hoffnung, mit Nic einer gemeinsamen Aufgabe nachgehen zu können, war wieder größer geworden. Blieb nur noch die Frage, ob er von Borges' Machenschaften wusste. Aber eigentlich konnte sie es sich nicht vorstellen.

Romy war noch völlig in Gedanken, als Jennifer durch den Mittelgang auf sie zutorkelte. Sie hatte mindestens den fünften Gin Tonic in der Hand und begann, lautstark über ihren Vater zu schimpfen.

»So langsam geht mir der Alte auf den Keks«, lallte sie in der Hoffnung, dass ihr irgendjemand zuhörte, und ließ sich dann neben Romy in einen freien Sitz fallen. Dabei verschüttete sie die Hälfte des Glases auf ihrem weißen Mohairpullover.

Romy nutzte es wenig, dass sie so tat, als schlafe sie.

»Na ja, kannst du ja nicht wissen.« Jennifer rüttelte sie am Arm. »Meine Mutter lebt in einer Klinik bei Marbella, und ich soll immer für meinen Vater den Boten spielen, wenn sie irgendwelche Papiere für den Konzern unterschreiben muss.«

Jennifer rempelte sie an, sodass Romy nichts anderes übrig blieb, als sich auf eine Unterhaltung mit ihr einzulassen.

»Was hat deine Mutter denn?«, fragte sie höflich.

Die Amerikanerin griff sich an den Kopf und grinste. »Depressionen, Alzheimer, Demenz. Such dir was aus.«

Romy sah sich Hilfe suchend nach Nic um, der jedoch in irgendwelche Papiere vertieft war und nicht reagierte. Offensichtlich war er es gewohnt, alles um sich herum einfach auszublenden.

»He, ich rede mit dir!« Jennifers Gesicht war ganz nah an dem ihren, sodass sie die Alkoholfahne deutlich riechen konnte.

»Entschuldige.«

»Schon gut, dann hol ich mir eben noch was zu trinken. Für meine Belange interessiert sich ja sowieso niemand.« Jennifer stand auf und stolperte nun auch noch über Nics Beine, die er in den Mittelgang ausgestreckt hatte. Er zog sie zurück, ohne auf seine Frau zu reagieren. Den Rücken gebeugt, das Gesicht angestrengt starrte er auf sein iPad und machte sich gleichzeitig Notizen.

Romy betrachtete ihn lange und spürte aufs Neue Zweifel in sich aufsteigen. Vermutlich, so dachte sie, war der Wunsch nach einem anderen Leben wirklich in ihm präsent. Aber ein Wunsch allein war nicht genug. Vielleicht sah er in ihr so etwas wie eine Brücke in ein anderes Leben. Doch er würde die Kraft und den Mut aufbringen müssen, nicht nur davon zu reden, sondern tatsächlich über diese Brücke zu gehen. Und genau das war es, worin sie sich nicht sicher war bei Nic.

Tags darauf starrte Romy ungläubig auf den Streifen des Schwangerschaftstests, den sie auf der Rückfahrt vom Kloster gekauft und seitdem in ihrer Handtasche mit sich herumgetragen hatte. Sie pinkelte darauf und er wurde innerhalb von Sekunden komplett rosa. Sie las noch einmal die Gebrauchsanweisung durch. Es gab keinen Zweifel. Die rosa Einfärbung bedeutete: schwanger.

Romy saß auf dem Badewannenrand neben der Marmorgöttin und starrte durch das schmiedeeiserne Gitter vor dem Fenster nach draußen in den Garten, wo sich die gepflegten Palmen leise im Wind wiegten. Und was jetzt? Iriomés Schicksal schien sich bis ins Detail zu wiederholen. Joaquín hatte sie ins Kloster geschickt, einfach abgeschoben und am Ende in ihrer schwersten Stunde allein gelassen. Doch diesmal würde es anders sein. Es lag an ihr, die Richtung zu ändern. Es dufte nicht das Gleiche geschehen wie damals.

Das Klingeln des Haustelefons riss sie aus ihren Gedanken. »Könntest du wohl in mein Büro kommen, ich würde gerne etwas mit dir besprechen«, sagte Nic.

Seine Stimme durchdrang sie wie ein warmer Strom. »Ich komme«, sagte sie leise. Sie steckte den Schwangerschaftstest in ihre Jackentasche, bereit, ihm ihr gerade entdecktes Geheimnis anzuvertrauen. Vielleicht war ja ein Kind genau das, was er brauchte, um zu sich und seiner Kraft zu finden. Doch warum hatte er dann keine Kinder mit Jennifer? Wollte sie keine? Fürchtete sie um ihre Figur? Schliefen sie überhaupt miteinander?

Nic empfing sie mit einem Lächeln. »Setz dich doch bitte.« Er deutete auf einen der eleganten Stühle vor seinem Schreibtisch.

Als sie über den chinesischen Teppich lief, dachte sie kurz an Nics Anfall. Sie musste ihn unbedingt darauf ansprechen.

»Ich möchte mich bei dir entschuldigen«, sagte er auf seine unvergleichlich charmante Art. »Ich habe dich in eine unangenehme Situation gebracht. Privates und Business zu vermischen ist eigentlich nicht meine Art. Aber im Moment ist die Situation nun einmal so.« Er schob ihr mindestens zwanzig zusammengeheftete, eng beschriebene Seiten über den Schreibtisch. »Das ist dein Vertrag. Die Konditionen sind sehr gut. Ich habe ihn mir gerade durchgelesen.«

Romy machte keinerlei Anstalten, die Papiere an sich zu nehmen.

»Was ist?« Er sah sie abwartend an.

»Ich dachte, du wolltest einen neuen Weg mit mir gehen, oder habe ich da etwas falsch verstanden?«

»Das will ich auch. Aber ich dachte, du möchtest mehr über diesen Pilz herausbekommen, und genau das ermöglicht dir dieser Vertrag. Wie, bitte schön, möchtest du es denn sonst anstellen?«

»Ich weiß es noch nicht. Ich weiß nicht mal, ob ich es überhaupt noch will.«

»Und warum?«

»Weil die Zeit dafür noch nicht reif ist, solange Menschen wie Gerald Forster an der Macht sind und mit Leuten wie Antonio Borges zusammenarbeiten. Ich möchte etwas klären, auch wenn mir dein Freund Borges unter schwersten Drohungen verboten hat, mit dir darüber zu sprechen.«

»Und das wäre?«

»Professor Hattinger und mein Chef Hannes Berger. Das waren keine Unfälle. Beide sind umgebracht worden.«

Nics Gesichtsausdruck zeigte keinerlei Veränderung.

»Was macht dich da so sicher?«

»Borges hat es mir selbst gesagt.«

Nic lachte. »Da hat er dich aber gewaltig auf den Arm genommen. Auch wenn ich das makaber finde. Die Pharmabranche genießt zwar einen schlechten Ruf, aber so weit geht es nun doch nicht. Antonio hat manchmal so seine ganz eigene Form von Humor.«

Romy überlegte einen Moment. Natürlich, was sollte er auch sonst sagen? Er nahm ihn wie immer in Schutz. Was hatte sie erwartet? Ein Geständnis?

»Ich kann mir durchaus vorstellen, dass die beiden Todesfälle mit deiner Entdeckung zu tun haben, aber doch nicht mit Antonio.«

Hielt er sie für so dumm, oder glaubte er tatsächlich, was er da sagte? Waren solche Aktionen für ihn schon so normal, dass er ganz automatisch log? Oder hatte Borges ihn derart in der Hand, dass er gezwungen war, dessen Spiele mitzuspielen?

»Romy«, er sah ihr eindringlich in die Augen, »ich liebe dich und würde niemals zulassen, dass etwas gegen deine Wünsche und Ziele geschieht. Aber Forster's Health hat nun mal die finanziellen Mittel, die ein solches Projekt erfordert. Was willst du noch? Andere würden sich die Finger abschlecken, wenn sie an deiner Stelle wären. Selbst wenn der Pilz nicht das absolute Wundermittel ist, könntest du dir damit international einen Namen machen. Du bist fünfunddreißig. Wäre es nicht an der Zeit? Und ist es nicht genau dein Gebiet? Pflanzliche Medikamentenforschung. Und es ist genau der Zweig, den ich ausbauen will. Mit dir. Sieh dir den Vertrag doch wenigstens mal an.«

Irgendwie glaubte sie ihm sogar. »Warum finanzierst du es nicht selbst, ohne Forster's Health? Deine Familie ist reich. Wir beide könnten es zusammen durchziehen und dann gemeinsam Entscheidungen treffen.«

Er sah sie erstaunt an.

»Du wolltest doch dein Leben verändern, nicht wahr?« Romy war sich durchaus bewusst, dass sie ihm damit die Pistole auf die Brust setzte, aber es war die einzige Möglichkeit, die sie für eine gemeinsame Zukunft sah.

Er nahm nachdenklich den Vertrag in die Hand.

Es war nicht das erste Mal, dass Romy einen Mann vor eine solche Entscheidung stellte, aber noch nie hatte sie so viel zu verlieren gehabt wie jetzt. Bisher hatten sich die Männer gegen sie und für eine sichere Karriere entschieden. Würde es jetzt anders sein?

»Romy, ich trage eine hohe Verantwortung für den Fortbestand dieses Konzerns. Für Tausende von Mitarbeitern und Aktionären. Ich kann nicht von heute auf morgen aussteigen und mit dir mein eigenes Süppchen kochen.«

Romy sah ihn traurig an. Er hatte sich entschieden. Genauso wie damals Joaquín. Nichts hatte sich verändert. All ihre Hoffnung zerplatzte in diesem Moment wie eine Seifenblase. Sie steckte eine Hand in ihre Jackentasche und fühlte dabei den Schwangerschaftstest.

Sie befand sich in der gleichen Situation wie Iriomé.

Er hielt ihr noch einmal den Vertrag hin. »Romy, du begibst dich in Lebensgefahr. Ich, besser gesagt Forster's Health, noch besser gesagt Borges und seine Männer können dich nur schützen, wenn du mit uns zusammenarbeitest. Ansonsten habe ich keinerlei Handhabe.«

»Du meinst, nur als deine Geliebte kannst du mich nicht schützen?«

Er gab keine Antwort, aber Romy merkte, wie sehr ihn diese Frage traf. »An deiner Stelle würde ich deinen Freund Borges endlich mal zur Rede stellen.« Sie begab sich jetzt auf sehr dünnes Eis, und vielleicht würde sie damit endgültig das Ende ihrer Beziehung besiegeln, aber nun war auch schon alles egal. Ganz oder gar nicht. Das war schon immer ihre Devise gewesen.

»Ich werde deinen Verdacht prüfen lassen, Romy, und dich dann sofort in Kenntnis setzen. Solltest du recht behalten, wird das selbstverständlich Konsequenzen haben.«

»Ich würde damit nicht zu lange warten«, sagte Romy betont beherrscht.

»Du kannst dich darauf verlassen.«

Romys Finger krallten sich um den Schwangerschaftstest in ihrer Tasche. Sie war kurz davor, ihn auf Nics Schreibtisch zu legen, doch etwas hielt sie davon ab.

Es ging nicht mehr nur um sie. Sie musste ihr Baby schützen. Vielleicht war Nic ebenso wenig an einem unehelichen Kind gelegen wie damals Joaquín. Und Jennifers Familie hatte bestimmt erst recht kein Interesse an einem zusätzlichen Erbberechtigen.

»Gib mir drei Tage.« Er sah sie lange an. »Der Liebe zuliebe«, sagte er leise.

29. KAPITEL

Am nächsten Morgen erwartete Jennifer Romy aufgekratzt in der Eingangshalle des Castillos, um mit ihr nach Marbella zu fahren und das Kleid abzuholen. Sie trug eine schicke Gucci-Sonnenbrille, obwohl es eigentlich bewölkt war, und dazu ihr übliches Designerkostüm, diesmal in olivgrün, höchstens Größe 34, und hochhackige Pumps, in denen Romy nicht drei Schritte hätte laufen können.

»Wir machen noch einen kleinen Umweg und besuchen kurz meine Mutter in der Klinik«, sagte sie und hakte Romy freundschaftlich unter. »Ich hab dir ja schon von ihrer Krankheit erzählt, oder?«

Romy nickte. Nur zu gut erinnerte sie sich an die peinliche Szene auf dem Rückflug von Genf.

»Es macht dir doch nichts aus«, plapperte Jennifer ununterbrochen weiter, während sie nach draußen gingen, wo der Jaguar nebst zwei Bodyguards schon auf sie wartete.

»Nein, natürlich nicht«, antwortete Romy, was jedoch nur bedingt stimmte. »Wir sollten nur nicht zu spät zu dem Laden kommen, um das Kleid noch rechtzeitig zu holen.«

Jennifer lachte laut. »Was bist du süß! Weißt du, was dieses Kleid kostet? Nein, das sollst du gar nicht wissen. Aber dafür verzichten die gern auf ihre Mittagspause. Also mach dir keine Sorgen.«

Romy machte sich natürlich Sorgen, auch wenn die ganz anderer Natur waren. Sie war froh, heute ihren Seelenbruder zu treffen, auch wenn sie noch nicht sicher war, ob sie wirklich mit ihm gehen würde. Vorsichtshalber hatte sie jedoch schon mal das Nötigste in ihre Handtasche gepackt.

»Ich habe übrigens gehört, dass du und Nic eine kleine Meinungsverschiedenheit hattet«, unterbrach Jennifer ihre Gedanken.

Romy sah sie erschrocken an. »Wie meinst du das?«

»Na ja. Wegen Borges. Nur mal so unter uns. Ich finde ihn auch unheimlich und habe Vater schon mehrmals gebeten, ihn mit einer guten Abfindung zu entlassen, aber Nic bestand immer darauf, dass er bleibt.«

»Weißt du auch, warum?«

Jennifer sah sie nachdenklich an. »Warum sollst du es eigentlich nicht wissen? Du gehörst ja jetzt quasi zum inneren Kreis. Borges hat das Vermögen von Nics Familie gerettet und dafür gesorgt, dass die Saratogas nach dem Sturz von Noriega Panama nicht verlassen mussten.«

Romy erinnerte sich an das, was sie im Internet über die Saratoga-Familie und ihre Stellung in Panama recherchiert hatte.

»Borges' Vater war als Obrist am argentinischen Militärputsch beteiligt und von der CIA ausgebildet worden. Auch sein Sohn hielt noch gute Beziehungen zu den Amerikanern. Ohne seine Einflussnahme hätte man Nics Familie damals enteignet und ausgewiesen.«

»Das heißt, er war ihm etwas schuldig.«

»Borges hat das bestimmt nicht aus reiner Menschenliebe getan. Er hat sich etwas ausgerechnet. Hat ja auch geklappt. Man hat ihm ein Studium in Harvard finanziert, und seine jetzige Position ist nicht zu verachten, wenn man überlegt, wo er herkommt.«

Auch de Lugo hatte Joaquín gerettet und so in eine dauerhafte Abhängigkeit gezogen, überlegte Romy. Machte seine Loyalität Nic wirklich so blind? Würde sich vielleicht alles zum Guten wenden, wenn Borges' Schuld bewiesen wäre und er seiner gerechten Strafe überführt würde?

»Oh, sieh mal. Das ist ja furchtbar.« Jennifer hielt ihr die Morgenausgabe der ›Neuen Zürcher Zeitung‹ hin. »Ich kannte ihn. Er war auch in Genf bei der Pressekonferenz.«

Es war nur ein kleiner Artikel, aber die Überschrift ließ Romy das Blut in den Adern gefrieren. »Medizinjournalist in Badewanne ertrunken.« Hätte sie doch bloß geschwiegen! Ein Gefühl von Schuld legte sich um ihre Kehle. Das nächste Borges-Opfer.

Jennifer las laut vor. *»Der bekannte deutsche Journalist Michael Timm ertrank gestern laut dpa in der Badewanne eines Genfer Hotels. Timm hatte, wie von mehreren Zeugen bestätigt, am Abend zuvor ausgiebig Alkohol an der Hotelbar zu sich genommen. Die Polizei geht davon aus, dass er am frühen Morgen ein Bad nahm und dabei eingeschlafen sein muss.«*

Ob Nic schon davon wusste und selbst einen Zusammenhang herstellen konnte? Am liebsten hätte sie ihn auf der Stelle angerufen, doch da waren sie bereits an der Klinik angekommen.

Sie fuhren die Einfahrt hinauf zu einem traumhaft schönen Herrenhaus, das mit seinen ziselierten Holzbalkonen und Erkern ganz im alten, strengen spanischen Stil gehalten war. In der Eingangshalle brannte im Kamin ein mächtiges Feuer, was dem Raum eine angenehme Wärme gab. Davor saßen in hohen Lehnstühlen mehrere ältere Herrschaften. Manche unterhielten sich leise, andere starrten einfach nur in die Flammen. Jennifer sprach mit einer Angestellten und winkte dann Romy zu, ihr zu folgen.

Ein moderner behindertengerechter Aufzug brachte sie in den ersten Stock, von wo aus sie durch einen langen, mit dunklen Holzdielen ausgelegten Flur gingen. »Sie ist etwas merkwürdig und erfindet gern skurrile Geschichten. Aber das muss dich nicht kümmern. Solche Menschen leben in ihrer ganz eigenen Welt, die sie sich selbst zusammengezimmert haben«, flüsterte Jennifer ihr zu.

»Tun wir das nicht alle?«

Jennifer sah sie einen Augenblick irritiert an, lachte laut und klopfte dann an die Tür mit dem Schild *Señora Ann Forster.* Ohne ein »Herein« oder etwas Ähnliches abzuwarten, drückte sie die Klinke herunter und trat ein.

Eine grauhaarige, gepflegt aussehende Dame saß aufrecht vor einer halb geöffneten Balkontür und sah hinaus. Vor ihr auf einem Tisch standen eine Tasse Tee und ein Teller mit einer angebissenen Scheibe Toast. Sie drehte sich nicht um, als die beiden Frauen hereinkamen.

»Guten Tag, Mutter«, rief Jennifer.

Keine Reaktion.

»Ich habe dir jemanden mitgebracht. Eine junge Wissenschaftlerin, die jetzt für uns arbeitet.«

Ann Forster wendete langsam ihren Kopf und musterte Romy, die ihr die Hand gab.

»Ich habe auch einmal studiert«, sagte sie mit breitem, schleppendem texanischem Akzent. »Aber das ist lange her.«

»Ich glaube nicht, dass Romy sich dafür interessiert. Ich habe hier einige Unterlagen, die Vater dich bittet zu unterschreiben.« Als sie ihr die Papiere plus Kugelschreiber reichte, läutete ihr Handy, das sie sofort zückte. »Ja … okay … wunderbar … dann treffen wir uns alle um Mitternacht …« Sie trat hinaus auf den Balkon, um ihr Gespräch dort weiterzuführen, während ihre Mutter, ohne irgendetwas zu lesen, ihre Unterschrift überall dort hinsetzte, wo ein kleines Kreuz es von ihr verlangte.

»Wollen Sie denn nicht wenigstens wissen, was Sie da unterschreiben?«, fragte Romy leise.

»Wofür? Er tut doch sowieso, was er will.«

»Gerald Forster?«, stellte Romy mehr fest, als dass sie fragte.

»Kennen Sie ihn?«

»Ich habe ihn gestern zum ersten Mal getroffen.«

»Und?«

Romy hielt es für besser, der Frau ihren Eindruck nicht mitzuteilen.

»Er war einmal ein richtig guter Mann«, antwortete die alte Dame selbst. »Aber das ist lange her. Wollen Sie die Geschichte hören?«

Romy nickte.

»Mein Vater hielt große Stücke auf ihn und hat ihm in den frühen Sechzigern die finanziellen Mittel zur Verfügung gestellt, aus Forster's Health das zu machen, was es heute ist. Ich habe ihn damals sehr bewundert. Seine Tatkraft und auch sein soziales Engagement.«

So langsam verstand Romy. Offensichtlich hatte Forster den Namen seiner Frau angenommen, die noch immer gewisse Anteile an Forster's Health besaß. Sie nahm Romys Hand und blickte ihr traurig in die Augen. »Die Macht hat ihn korrumpiert. Vor allem, nachdem er begonnen hat, sich politisch zu engagieren. Politik und Wirtschaft sind eine mächtige Allianz. Er hatte überall Freunde. Bei der Zulassungsbehörde, bei verschiedenen Entscheidungsträgern im Gesundheitswesen, bei den Gerichten. Da wäscht eine Hand die andere. Verstehen Sie das?«

Sie drückte Romys Hand fester, sodass es beinahe wehtat, und redete plötzlich so schnell, als ob es um ihr Leben ging. Dabei warf sie immer wieder ängstliche Blicke hinaus auf den Balkon. Doch Jennifer war noch voll und ganz mit der Organisation ihres Abendprogramms beschäftigt.

»Ich kann mich noch gut an einen Prozess erinnern, in dem eine Frau Forster's Health verklagte. Ihr Mann, ein Polizist, hatte sich nach Einnahme von Psychopharmaka mit der Dienstwaffe erschossen. Sie selbst kam kurz darauf bei einem Autounfall ums Leben. Daraufhin wurde der Prozess eingestellt. Das Mittel wurde erst Jahre später vom Markt genommen, nachdem es noch drei weitere Suizide gab.«

»Sind Sie deshalb krank geworden?«

»Nicht deshalb. Ich habe mich zurückgezogen, weil ich nicht in der Lage war, meinen Mann wieder so hinzubekommen, wie er einmal war. So, wie ich ihn einst geliebt habe. Damals, als sein Herz noch offen war für die Liebe.«

Sie ließ Romys Hand plötzlich los.

»Und dafür hasse ich mich, verstehen Sie das? Ich hasse mich dafür, dass ich resigniert habe.«

»Er hat sich dem Spiel mit der Macht verschrieben. Niemand hätte das geschafft«, versuchte Romy, sie zu beruhigen. »Sie haben bestimmt Ihr Bestes gegeben.«

Ann Forster schüttelte den Kopf. »Ich liebe ihn noch immer, verstehen Sie das.« Sie griff wieder nach Romys Hand. »Meine Tochter ist anders. Sie leidet nicht unter ihrem Mann. Sie war es von Kindesbeinen an gewöhnt. Sie ist mit einem solchen Vater aufgewachsen.«

Romy blickte Forsters Frau nachdenklich an. Sie hatte sich in Depressionen geflüchtet, seine Tochter in Alkohol und Partys, und sie selbst war drauf und dran, Nic aufzugeben und sich auf Tanausús Fluchtangebot einzulassen. Sie wusste nicht mehr, was sie sagen sollte, aber irgendwie wurde ihr durch das Gespräch mit dieser Frau klar, dass sie sich in einer nicht unähnlichen Situation befand. Auch sie liebte Nic, aber nicht sein Umfeld.

Jennifer hatte ihr Gespräch beendet und kam wieder ins Zimmer. »Na, habt ihr euch gut unterhalten?«

»Danke«, erwiderte Ann Forster und wandte sich dann noch einmal Romy zu. »Sie sind ein wunderbarer Mensch. Bleiben Sie, wie Sie sind. Und bleiben Sie sich treu.«

Auf der Fahrt zurück nach Marbella fiel es Romy schwer, auf Jennifers Plauderton einzugehen, die ihr begeistert von einer Party erzählte, auf die sie heute Abend unbedingt gehen müssten und wo Romy die Gelegenheit hätte, ihr neues Kleid auszuführen. Eigentlich war sie Inés de Perreira nicht unähnlich, dachte Romy. Eine verwöhnte reiche Prinzessin, die der Meinung war, sich wegen ihres Geldes alles erlauben zu können. Nics Verbindung zu ihr musste hauptsächlich wirtschaftliche Hintergründe haben, so wie bei Inés und Joaquín. Völlig verrückt, wie sich alles wiederholte. Blieb nur die Frage, ob das bis in alle Ewigkeit so weitergehen würde.

Der Chauffeur ließ die zwei Frauen samt Bodyguards am Beginn der Fußgängerzone aussteigen, von wo aus sie sich auf den Weg zu Jil Sander machten. Plötzlich fiel Jennifer ein, dass sie unbedingt vorher noch in einem der zahlreichen Straßenrestaurants etwas essen wollte. Romy versuchte, ihre Nervosität so gut es ging zu verbergen, denn sie waren schon reichlich spät dran. Der Gedanke an Tanausú drehte sich in einer Endlosschleife durch ihr Gehirn. Würde er dort sein, und wie sah sein Fluchtplan aus? Sollte sie sich wirklich darauf einlassen? Sie hatte noch keine definitive Entscheidung getroffen.

Erst das dritte Lokal, das sie betraten, genügte Jennifers Ansprüchen. Da draußen alles besetzt war, ließ sie einen zusätzlichen Tisch und Stühle von drinnen herausbringen und bestellte für sie beide gegrillte Gambas und einen sündhaft teuren Weißwein. »Auf diese Party heute Abend kommen zehn meiner besten Freunde, alle aus gutem Hause«, nervte sie Romy weiter. »Würde mich wundern, wenn da nicht auch einer für dich dabei wäre. Zumindest nach außen müssen wir doch den Schein wahren«, flüsterte sie Romy zu und kicherte dabei wie ein kleines Mädchen.

Romy sah sie entgeistert an. Diese Frau schien einen Großteil ihrer Gehirnzellen mit Alkohol abgetötet zu haben. Wie konnte Nic das nur aushalten?

Nachdem Jennifer ein Glas Wein in einem Zug ausgetrunken hatte, zückte sie ihr iPhone und forderte Romy auf, anhand der Facebook-Profilbilder eine Vorauswahl zu treffen. »Ich habe schon mehrere Freundinnen verkuppelt, und zwei sind sogar noch immer verheiratet«, sagte sie stolz.

Nach ungefähr einer halben Stunde kam endlich das Essen. Die Krabben wurden mit fetter Knoblauch-Mayonnaise serviert, das Letzte, wonach Romy im Augenblick der Sinn stand, doch sie griff tapfer zu. Trotzdem leerte sich die große Platte nur langsam, und auch die Weinflasche war noch immer halb voll.

Romy saß wie auf heißen Kohlen. »Ich glaube, wir sollten so langsam los«, wagte sie einen Vorstoß. »Die Läden schließen gleich, und ich würde das Kleid wirklich gern heute Abend tragen.«

Jennifer sah auf ihre Uhr. »Na gut, ich könnte zwar dort anrufen, dass sie länger bleiben, aber wollen wir mal nicht so sein und den Angestellten ihre Freizeit gönnen. *La cuenta, por favor*«, rief sie dem Kellner zu, der beflissen herbeieilte. Dennoch dauerte es mindestens eine Viertelstunde, bis der Espresso serviert und die Rechnung endlich bezahlt war.

»Was hast du es denn so eilig?«, bemerkte Jennifer, als Romy sogleich aufstand und gehen wollte. »Hast du noch eine Verabredung?«

»Nein, nein, alles in Ordnung«, antwortete Romy hastig. »Das ist einfach noch meine innere Stressuhr, schätze ich.«

Jennifer sah sie skeptisch an, sagte jedoch nichts weiter dazu. »O.k., dann lass uns gehen.«

Schon als sie den Laden betrat, merkte Romy, dass irgendetwas nicht stimmte. Die freundliche Verkäuferin vom letzten Mal war nicht da. Stattdessen empfing sie eine junge Deutsche, die heute ihren ersten Tag hatte. Das grüne Kleid hing jedoch parat.

»Wollen Sie es noch einmal anprobieren?«, fragte sie etwas unsicher.

Romy nickte und folgte ihr in Richtung der Umkleideräume. Die Verkäuferin öffnete die Tür und ließ sie allein. Der Raum war leer, das Fenster geschlossen. Keine Spur von Tanausú. Ob er schon hier gewesen und wieder gegangen war? Romy sah sich aufmerksam um. Hatte er vielleicht irgendwo eine Nachricht hinterlassen? Sie suchte hastig alles ab, doch vergebens. Bestimmt würde er noch kommen, beruhigte sie sich selbst. Um die Zeit zu überbrücken, zog sie das grüne Kleid an und setzte sich auf einen

Stuhl. Doch kein *Heiliger Krieger* materialisierte sich in irgendeiner Form.

Vorsichtig öffnete sie das Fenster, das zum Hof zeigte. Auch dort war nichts zu sehen. Nur der faulige Geruch aus den Müllcontainern stieg ihr in die Nase.

In diesem Moment fiel ein Schuss. Sie zuckte zusammen. Einige Tauben flatterten erschrocken in die Höhe. Ein männlicher Körper, bekleidet mit einer grünen Militärjacke, flog von der Feuerleiter auf den Betonboden des Innenhofs. Ihm hinterher sprang einer der Bodyguards mit gezückter Waffe.

Romy fühlte sich wie gelähmt. Doch dann setzte, ohne dass sie nur eine Sekunde darüber nachdenken musste, ihr Fluchtinstinkt ein. Sie riss die Tür des Umkleideraums auf, stürmte durch den Laden, vorbei an der verdutzten Verkäuferin und an Jennifer, die versuchte, sie am Arm festzuhalten.

Romy riss sich mit aller Kraft los und rannte hinaus auf die Straße. Sie landete in den Armen des zweiten Bodyguards. So kräftig sie nur konnte, trat sie ihm in die Weichteile, nutzte das schmerzhafte Überraschungsmoment und befreite sich aus seinem Griff. Sie hetzte die breite Fußgängerzone entlang, riss beinahe einen Kinderwagen um, lief rechts in eine schmale Gasse hinein und bog dann die nächste Querstraße wieder links ab. Wie ein Hase auf der Flucht vor dem Fuchs schlug sie ihre Haken durch die Altstadt. Sie wagte es nicht, sich umzudrehen, und wusste dennoch, dass mindestens einer der beiden Männer ihr auf den Fersen war. Und sie waren bestimmt gute Läufer.

Romy rannte um ihr Leben. Als sie an einen Platz kam mit einem kleinen Brunnen in der Mitte und ein paar Bäumen, unter denen blau gekachelte Bänke standen, blieb sie kurz stehen, um durchzuatmen. Aus der Gasse hinter sich hörte sie schnelle Schritte. Panisch sah sie sich um und entdeckte einen offenen Hauseingang. Sie stürzte hinein, schloss schnell die Tür und ließ sich schwer atmend auf dem kühlen Treppenabsatz nieder. Ihr Herz klopfte zum Zerspringen. Jemand rüttelte an der Tür. Romy raste die Treppen nach oben, um vielleicht über das Dach eine Fluchtmöglichkeit zu finden. Sie überlegte kurz, ob auf dem Platz jemand gewesen war, der sie beobachtet haben könnte, als sie das Haus betrat. Doch sie konnte sich nicht erinnern, jemanden gesehen zu haben. Schließlich war Siesta, und die verbrachten die meisten Spanier hinter geschlossenen Fensterläden.

Die Haustür ließ sich scheinbar von außen nicht öffnen. Nur langsam beruhigte sie sich. Sie stieg noch eine Etage höher und fand ein kleines Fenster, von dem aus sie hinunter auf den Platz blicken konnte. Er war menschenleer. Ihre Verfolger suchten wohl schon woanders nach ihr. Trotzdem wagte sie nicht, das sichere Haus zu verlassen. Sie würde hier im Treppenhaus ausharren und später im Schutz der Dunkelheit … ja was?

Wo sollte sie hin? Tanausú war getroffen worden. Ganz sicher war er verletzt, wenn nicht gar tot. Er konnte ihr nicht mehr helfen. Das Bild, wie er vom Dach fiel, hatte sich ihr tief eingeprägt. Mit aller Macht schob sie es beiseite und versuchte, so gut es ging, einen klaren Gedanken zu fassen. Schließlich war sie hier in Marbella einmal zur Schule gegangen. Als Erstes fiel ihr Señor Méndez ein, ihr alter Geschichtslehrer. Er war mit ihrer Großmutter befreundet gewesen, und sie waren oft bei ihm zu Besuch gewesen. Seine Frau hatte immer besonders süße Torten gebacken, die mit viel rosafarbener Buttercreme verziert waren. Dazu gab es einen dünnen Kaffee mit zähflüssiger süßer Kondensmilch. Romy erinnerte sich, dass er ganz in der Nähe der Deutschen Schule wohnte, die sich unweit des Jachthafens befand. Dort musste sie allerdings erst einmal hinkommen. Leider konnte sie nicht einfach ein Taxi rufen, denn ihre Tasche, Geld, Pass, Handy und Kreditkarten befanden sich im Umkleideraum der Boutique, ebenso wie ihre Schuhe.

Nach Sonnenuntergang steckte sie zum ersten Mal ihre Nase nach draußen. Laden- und Cafébesitzer hatten die Gitter vor ihren Schaufenstern heruntergelassen und spritzten die Gehsteige mit Wasser ab. Es war kühl geworden. Romy fror in ihrem dünnen

Partykleidchen. Sie ignorierte die verwunderten Blicke der Passanten, vor allem auf ihre nackten Füße, und schlug sich in Richtung ihrer einstigen Schule durch. Schließlich erbarmte sich ein junger Mann und brachte sie auf seinem Moped direkt dorthin.

Der Anblick des weiß gekalkten viereckigen Gebäudes mit Flachdach und Basketballkörben davor weckte längst vergessene Kindheitserinnerungen. Sie dachte an ihre Großmutter, die sie oft von hier abgeholt und ihr jenes wunderbare Gefühl von Geborgenheit vermittelt hatte. Niemals würde sie ihr Lächeln vergessen, als sie dort auf sie wartete und ihre Arme ausbreitete, sodass Romy sich hineinstürzen konnte. Wie gut wäre es jetzt, jemanden zu haben, in dessen Armen sie sich geborgen fühlen könnte. Sie dachte daran, wie Nic sie von der Klause zum Kloster getragen hatte. Bestimmt war er schon über ihr Verschwinden informiert worden und setzte alles in Bewegung, um sie zu finden.

Nach einigem Suchen entdeckte sie die kleine Nebenstraße, in der Señor Méndez gewohnt hatte und hoffentlich noch immer wohnte. Ihr Herz machte einen kleinen Freudensprung, als sie auf dem Klingelschild des fünfstöckigen Apartmenthauses seinen Namen entdeckte. Sie läutete Sturm. Kurz darauf hörte sie durch die Gegensprechanlage seine Stimme.

»Señor Méndez, ich bin es! Ihre ehemalige Schülerin Romy Conrad«, rief sie aufgeregt.

»*No me diga. Que Sorpresa!*« Der Summton ertönte, und Romy drückte die Tür auf. Bevor sie hineinging, sah sie sich noch einmal um, ob ihr nicht doch jemand gefolgt war. Doch außer einer alten Dame, die ihren Mops an einen Laternenpfahl pinkeln ließ, war die kleine Straße menschenleer.

Sie nahm den Aufzug in den vierten Stock.

Ihr alter Geschichtslehrer stand in seiner Wohnungstür und sah sie ungläubig an. Er trug wie zu ihrer Schulzeit Weste und Fliege und war nur ein wenig fülliger geworden. Doch seine wachen Augen funkelten wie eh und je.

»Romy, wie schön, dich zu sehen! Ich kann es kaum glauben. Du bist ja noch hübscher als früher. Doch warum hast du nicht vorher angerufen?« Sein Blick fiel auf ihre nackten Füße und das dünne Kleid. »Ist irgendetwas passiert?«

Romy nickte. »Kann ich reinkommen?«

»Aber natürlich. Entschuldigung, ich bin ganz durcheinander.«

Die Wohnung sah noch genauso aus wie vor 20 Jahren. Eine Tatsache, die Romy irgendwie beruhigte. »Wo ist Ihre Frau?«

»Sie ist leider vor zwei Jahren gestorben.«

Also keine Torten mehr mit rosafarbener Buttercreme, schoss es ihr völlig unnötigerweise durch den Kopf.

Sie drückte seine Hand.

»Ich brauche Ihre Hilfe, Señor Méndez.«

»Als Erstes gebe ich dir mal etwas Wärmeres zum Anziehen, ich habe noch Sachen von meiner Frau. Bestimmt nicht dein Stil, aber von der Größe müssten sie dir passen.« Er ging ins Schlafzimmer und sie hörte, wie er den Schrank öffnete.

»Wie komme ich am schnellsten von hier nach La Palma?«, rief sie ihm hinterher.

»Die kanarische Insel La Palma?«, tönte es von nebenan.

»Ja!«

»Von Cádiz aus. Das ist der nächste große Hafen«, sagte er und betrat mit einem Kleiderbündel über dem Arm wieder das Zimmer. »Von dort gibt es meines Wissens eine Fähre. Ich kann dich morgen früh hinfahren, wenn du willst.«

In diesem Moment läutete es. Romy erschrak.

»Erwarten Sie noch Besuch?«

Er schüttelte den Kopf.

»Bitte nicht aufmachen«, flüsterte sie mit zitternder Stimme. Sie ging zur Wohnungstür, um sie von innen zu verriegeln. Dabei hörte sie bereits aus dem Treppenhaus die Stimmen der beiden Bodyguards und noch eine zusätzliche, die sie sofort erkannte.

»Machen Sie auf, Señor Méndez. Wir wissen, dass Romy

Conrad bei Ihnen ist«, bellte Antonio Borges in hartem Befehlston durch die Tür.

Méndez sah Romy erschrocken an. »Wer ist das?«

Sie erinnerte sich daran, dass sie Nic von ihrem Geschichtslehrer erzählt hatte. Er und Borges konnten offensichtlich eins und eins zusammenzählen. »Komme ich hier irgendwie raus?«, flüsterte sie.

»Vielleicht über den Balkon in der Küche«, gab der alte Mann ebenso leise zurück.

Romy spurtete in die Küche und öffnete die Tür zum Balkon, der auf einen kleinen Luftschacht hinausging. Während sie sich über das Geländer schwang, hörte sie, wie die Wohnungstür gewaltsam aufgebrochen wurde.

»Wo ist sie?«, tönte Borges. Seine Stimme ging ihr durch Mark und Bein. Ihre Finger umklammerten die Gitterstäbe des Balkons, während ihre Füße versuchten, auf einem kleinen Mauervorsprung Halt zu finden. Wieder eine Sequenz aus dem Iriomé-Stück: De Lugo verwüstet das Haus des Médico, schoss es Romy durch den Kopf.

Die Angst fuhr ihre Krallen aus und näherte sich gefährlich ihrem Hals, um ihr die Luft abzuschnüren. Unwillkürlich sah sie nach unten auf den Boden des Schachts. Das kleine Viereck aus Beton schien sie magisch anzuziehen.

Ihre Zehen klammerten sich fest an den rauen Mauerputz. Nein, sie würde nicht fallen. Diesmal nicht. Sie schloss für einen Moment die Augen, um sich ganz auf sich zu konzentrieren. Und plötzlich spürte sie Iriomés Kraft. Eine Kraft, die ihr vertraut war und die sie immer dann empfand, wenn sie in einer Felswand hing und ganz allein auf sich gestellt war. Die sie als seelischen Turbolader bezeichnete, der von einem explosiven Gemisch aus Adrenalin und Endorphinen angetrieben wurde. Eine Kraft, die sie mit Mut, Selbstliebe und unendlichem Vertrauen durchflutete.

Wie eine Katze sprang sie seitwärts zu einem weiteren Mauervorsprung und stieß sich dabei das Knie blutig, was sie jedoch kaum bemerkte. Von dort hangelte sie sich an einem Fensterbrett entlang zum Regenrohr, das seitlich davon verlief. Für einige Sekunden hing sie nur am Fensterbrett. Zehn Meter unter ihr harter Beton. Würden ihre Finger jetzt versagen, bedeutete das den sicheren Tod. Doch sie schaffte es. Ihre Füße bekamen das Regenrohr zu fassen, und ihre Beine umklammerten es mit letzter Kraft. Sie zog den Oberkörper nach und ließ sich dann langsam daran hinuntergleiten.

Auf der Höhe des zweiten Stockwerks erreichte sie einen Balkon, dessen Tür offen stand. Sie schwang sich über das Geländer und rannte an einem überraschten jungen Mann mit rotblondem Haar vorbei ins Innere. Keinen Moment zu spät, denn unten im Hof tauchte plötzlich einer der Bodyguards auf. »Haben Sie eine junge Frau in einem grünen Kleid gesehen?«, rief er zu dem Rotschopf hinauf.

Romy sah ihn mit flehendem Gesichtsausdruck an und schüttelte den Kopf.

»Nein, tut mir leid«, rief er hinunter. »Hier ist niemand.«

»Danke«, hauchte Romy.

»Soll ich die Guardia Civil rufen?«, wandte er sich wieder ihr zu.

»Ja, aber zuerst muss ich hier weg.«

Der junge Mann musterte interessiert ihr großzügig ausgeschnittenes, bis an die Hüften hochgerolltes Kleid und ihre nackten, aufgeschrammten Beine.

»Die Typen werden nicht ruhen, bis sie das ganze Haus durchsucht haben«, erwiderte Romy, der durchaus bewusst war, welche Fantasien ihr Anblick bei dem jungen Mann auslöste.

»Es gibt einen Ausgang durch den Fahrradkeller«, schlug er ihr vor.

»Und wie komme ich dahin?«

»Mit dem Lift. Er fährt bis ganz nach unten.«

Romy nickte. »O.k., wagen wir es.«

Er sah sie an, als erwartete er eine ausführlichere Erklärung dafür, was hier eigentlich abging und wem er da Hilfestellung leistete, begriff dann jedoch, dass dies nicht der richtige Augenblick für Erklärungen war. Er öffnete seine Wohnungstür einen Spaltbreit und sah sich um, ob die Luft rein war. Dann drückte er den Aufzugknopf, der sich direkt neben seiner Tür befand. Borges' Stimme schallte von oben durch das Treppenhaus. »Wo wollte sie hin, Señor Méndez? Wenn Sie mir nicht sofort sagen …«

»Sobald ich hier raus bin, rufen Sie die Guardia Civil und helfen dem alten Mann aus dem vierten Stock«, sagte Romy, als sie mit dem Lift in den Keller fuhren. »Bitte!«

Er nickte. Unten angekommen, schloss er eine schwere Eisentür auf, hinter der sich eine Betonrampe befand, die nach oben zum Hintereingang des Hauses führte. Romy umarmte ihren Helfer und drückte ihm einen Kuss auf die Wange. »*Muchas gracias!*«

»Passen Sie gut auf sich auf!«, flüsterte er, während sie im Schatten des Nachbarhauses verschwand.

Ohne zu überlegen, lief Romy in Richtung Jachthafen. Hoffentlich kam sie von da aus irgendwie nach Cádiz und dann auf die Fähre nach La Palma.

Ihr war inzwischen klar geworden, dass es keine andere Möglichkeit gab, als den Pilz oder vielleicht sogar die ganze Höhle zu zerstören. Sonst würde es nur noch weitere Opfer geben und sie, genau wie Iriomé, immer eine Gejagte sein. Die Gier der Konquistadoren nach Macht und Kontrolle würde niemals versiegen.

Die Schranke am Eingang des Jachthafens wurde von zwei Beamten bewacht, die von jedem, der hineinwollte, einen Ausweis verlangten. Romy überlegte noch, wie sie sich ungesehen hineinschleichen könnte, als neben ihr eine Luxuskarosse mit getönten Scheiben hielt. Das hintere Seitenfenster fuhr mit einem leisen Surren herunter. Romy erkannte die hübsche Asiatin wieder, der sie auf der Jacht des Scheichs begegnet war.

»Dich kenne ich doch. Brauchst du Hilfe?«, fragte die Frau in ihrem drolligen Englisch und musterte sie von oben bis unten.

Romy nickte. Sie erinnerte sich an ihre kurze Begegnung, als die mandeläugige Schönheit sie vor Borges gewarnt hatte.

»Komm, steig ein.«

Die hintere Seitentür des silbergrauen Mercedes wurde geöffnet. Dankbar und erschöpft ließ sich Romy auf die ledergepolsterte Rückbank fallen und zog sich so gut es ging das Kleid über die Knie.

»Ich bin Zumi.« Die Asiatin reichte ihr die Hand. »Du warst mit Nic Saratoga auf der Party vor ein paar Tagen?«

Romy nickte »Ich kenne ihn aber erst seit Kurzem.«

»Und jetzt bist du schon auf der Flucht vor ihm und vor Antonio Borges, nehme ich an«, stellte sie trocken fest.

Romy starrte sie erschrocken an.

»Keine Angst. Du kannst mir vertrauen.«

»Aber woher …?«

»Später«, unterbrach Zumi sie und wies den Chauffeur an, weiterzufahren. Der Wagen passierte die Kontrollschranke, ohne dass jemand einen Ausweis sehen wollte, und hielt direkt vor der monströsen Jacht des Scheichs. Zwei dunkelhäutige Matrosen in weißer Uniform lösten bereits die Taue von den Stempen und machten alles zum Ablegen bereit.

»Hurry up, girls«, riefen sie den beiden Frauen zu.

»Du hast Glück. Wir laufen in ein paar Minuten aus«, sagte Zumi, während sie mit Romy die Gangway hinauflief. »Komm erst mal mit in meine Kabine, ich gebe dir was Vernünftiges zum Anziehen und ein paar Schuhe.«

»Danke.« Romy folgte der Asiatin. Das Innere der Jacht ließ sie an die Nacht denken, als Nic sie hier nach allen Regeln der Kunst verführt hatte. Ob das von Anfang an so geplant gewesen war? Sie wusste nicht mehr, was sie denken sollte. Es waren die Macht und das Geld, die zwischen Nic und ihr standen. Das, was auch Joaquín und Iriomé voneinander getrennt hatte. Doch wie sollte eine so mächtige Barriere überwunden werden? Noch dazu, wenn sie von Leuten wie Gerald Forster mit allen Mitteln aufrechterhalten wurde.

»Du liebst ihn, nicht wahr? Nic Saratoga meine ich.« Zumi musterte sie eindringlich und sperrte dann die Tür zu ihrer Kabine auf, die fast ebenso groß und luxuriös war wie jene, die Romy bereits kannte.

»Wie kommst du darauf?«

Zumi antwortete nicht sofort, sondern legte ihr erst einmal eine Jeans und ein Sweatshirt auf das Bett.

Romy sah sie abwartend an.

»Meine beste Freundin Laura war eine Weile mit Nic zusammen.«

Romy schälte sich aus dem engen Kleid und reichte es Zumi. »Es ist ganz neu. Ich habe es nur ein paar Stunden getragen.«

Zumi betrachtete es mit Kennerblick. »Jil Sander. Von Nic?«

»Nein, von seiner Frau.«

»Wie pikant. Aber ich glaube, die weiß sowieso nicht mehr so ganz, was sie tut. Zu viel Koks und Alkohol.«

»Was ist aus deiner Freundin Laura geworden?« Schon während sie fragte, hatte Romy ein ungutes Gefühl.

»Sie ist tot.« Das ebenmäßige Gesicht der Asiatin, das von Natur aus mit einem Lächeln überzogen schien, war plötzlich von Angst und Trauer gezeichnet. Sie setzte sich auf das Bett. Romy merkte, wie viel Mühe es sie kostete, die Tränen zurückzuhalten und weiterzusprechen. »Antonio Borges hat sie zu Tode gefoltert«, sagte sie mit tonloser Stimme. »Das ist auch der Grund, warum ich dir helfe.«

Romy starrte Zumi fassungslos an. »Woher weißt du das?«

»Weil er mir Fotos von Laura gezeigt hat. Bilder, die mich bis heute im Traum verfolgen. Er sagte, dasselbe würde mit mir passieren, wenn ich je den Mund aufmachte.«

Romy zog sich Zumis Klamotten an und ließ sich dann ebenfalls auf das Bett fallen. Sie schloss die Augen und versuchte, der Angst, die in ihr hochkroch, keine Chance zu geben.

»Und warum? Weißt du, warum er das getan hat?«

»Er glaubte, sie arbeitete für einen anderen Pharmakonzern und würde Nic ausspionieren.«

»Und – hat sie?«

Zumi zuckte mit den Achseln. »Ich weiß es nicht. Sie hat früher mal Chemie studiert, aber dann das Studium geschmissen. Bei ihrem Aussehen gab es leichtere Wege, Geld zu verdienen.«

»Und Nic, weiß er davon?«

Zumi schüttelte den Kopf. »Er glaubt, Laura hätte ihn verlassen und sei dann irgendwohin verschwunden.«

Wie konnte Nic nur so die Augen verschließen.

»Du bist die Erste, der ich das erzähle.«

»Das ist sehr mutig von dir«, sagte Romy. »Aber warum tust du das?«

»Ich möchte nicht, dass so etwas noch einmal passiert.«

»Ich muss dringend nach Cádiz und von dort mit der Fähre weiter auf die Kanaren. Kannst du mir irgendwie helfen?«

»Ich glaube, wir ankern vor Cádiz und nehmen dort noch einen Arzt an Bord. Dem Scheich geht es nicht gut. Du könntest mit dem Boot, das den Arzt an Bord bringt, zurück zum Hafen fahren.«

Romy blickte sie dankbar an. Sie hatte sich schon von Bord springen sehen wie damals Iriomé.

»Ich werde versuchen, das für dich zu arrangieren«, sagte die Asiatin und wischte sich eine Träne weg. »Aber als Erstes schneide ich dir die Haare ab. Und irgendwo habe ich auch noch ein schwarzes Haarfärbemittel. Mit deinen langen rotblonden Haaren bist du viel zu auffällig.«

Während Zumi eine Strähne nach der anderen abschnitt, dachte Romy unwillkürlich an die Haarschneideszene im Haus des Médico und an seine arme Mutter. Ob Méndez alles gut überstanden hatte? Sie konnte sich trotz allem nicht vorstellen, dass Borges ihn einfach um die Ecke brachte, so wie Kaltauge es mit der alten Frau getan hatte. Schließlich waren sie nicht mehr im Mittelalter, wo das Leben eines Einzelnen so gut wie gar nichts wert war. Auf der anderen Seite sprach das, was Zumi erzählt hatte, nicht gerade für Borges' Zimperlichkeit. Sie wollte gar nicht daran denken, dass Amakuna ein weiteres Opfer gefordert haben könnte. Vor allem nicht den alten Señor Méndez.

»Dürfte ich mal dein Handy benutzen?«, fragte sie Zumi, die ihr inzwischen das Haarfärbemittel aufgetragen hatte und es jetzt wieder rauswusch.

»Klar.« Sie wickelte Romy ein Handtuch um den Kopf und deutete auf ihr iPhone auf einem Tischchen neben ihr. »Aber bitte ruf nicht Nic an, die finden bestimmt raus, dass du bei mir bist.«

»Nein, keine Sorge.« Über die Auskunft bekam sie schnell Méndez' Telefonnummer und wartete dann ungeduldig den Klingelton ab. Sie wollte schon auflegen, als sie endlich seine Stimme am anderen Ende der Leitung hörte. *»Todo bien?«*, konnte sie nur stammeln.

»Sí, sí. Mi niña. Und du? Geht es dir gut?«

»Ja, es geht mir gut«, sagte sie erleichtert.

»Wer waren diese Männer? Die Guardia Civil kam kurz darauf, und da waren sie schnell verschwunden.«

»Erzähle ich Ihnen später. Das alles tut mir furchtbar leid. Ich rufe Sie wieder an.«

Romy atmete tief durch, legte das Handy zurück, nahm das Handtuch vom Kopf und sah in den Spiegel. Von dort blickte ihr jemand entgegen, der nichts, aber auch gar nichts mit Frau Dr. Romy Conrad gemein hatte.

Zumi schien beruhigt.

»So wird dich erst mal keiner erkennen.«

30. KAPITEL

Romy wusste nicht, welche Geschichte ihre neue Freundin dem Kapitän aufgetischt hatte. Jedenfalls konnte sie am nächsten Morgen die Jacht mit dem Motorboot, in dem der Arzt gekommen war, in Richtung Fährhafen Cádiz verlassen.

Nach einer kurzen, aber rauen Bootsfahrt wurde sie am äußersten Ende der Mole abgesetzt. Wie in jedem Hafen roch es nach altem Öl, Salzwasser und undefinierbarem Abfall. Ein Hafenarbeiter brachte sie an langen Reihen rostiger Container vorbei zur Schalterhalle der Kanarenfähren. Romy gab ihm ein großzügiges Trinkgeld. Zumi hatte ihr zum Abschied noch dreihundert Euro sowie eine kleine Tasche mit Klamotten und Waschzeug geschenkt.

In der Halle drängten sich die Reisenden, spanische Familien mit unzähligen Einkaufstüten, ein paar Touristen samt Rollkoffern sowie eine Gruppe Hippies mit Rucksäcken auf dem Buckel und Gitarrentaschen in der Hand. Romy blieb ganz am Rand der Halle hinter einer Säule versteckt stehen, um sich zu vergewissern, ob nicht doch Borges oder einer seiner Leute sie hier abfangen würden. Wenn Nic eins und eins zusammenzählte, konnte er sich ausrechnen, dass sie versuchen würde, nach La Palma zu kommen und Amakuna … Ja, was denn? Zu vernichten? Die ganze Höhle? Aber wie? Sie wusste nur, dass es die einzige Möglichkeit war, dem Unglück, das sich immer weiter ausbreitete, ein Ende zu setzen. Vielleicht hatten Thea und dieser Ricardo eine Lösung parat.

Nachdem sie nichts Ungewöhnliches feststellen konnte, reihte sie sich in die Menschenschlange vor dem Schalter der Fährlinie *Acciona* ein, die über Teneriffa nach La Palma fuhr. Doch ihre innere Unruhe blieb. Immer wieder sah sie sich um. Und plötzlich erspähte sie im hinteren Teil der Halle einen Mann in Uniform, der mit einem Foto herumlief und offensichtlich auf der Suche nach jemandem war.

»Romy!«, drang eine junge weibliche Stimme in dem Moment an ihr Ohr. Erschrocken drehte sie sich um. Salima, die junge Mutter aus der *Rainbowfamily,* strahlte ihr ins Gesicht. »Ich hätte dich fast nicht erkannt. Du siehst ja ganz anders aus. Aber steht dir.«

Romy atmete erleichtert auf. »Wo kommst du denn her?«

»Wir waren auf einem Musikfestival in Portugal und fahren jetzt zurück nach La Palma – und du?«

»Ich will auch nach La Palma.«

»Dann komm doch zu uns rüber.« Sie deutete auf ihre Freunde, die es sich auf Isomatten mit ein paar Flaschen Wein am Rand der Halle gemütlich gemacht hatten. »Es reicht, die Karten kurz vor Abfahrt zu kaufen, dann muss man nicht so lange anstehen.«

Die schickt der Himmel, dachte Romy, denn genau in diesem Moment beobachtete sie aus den Augenwinkeln, wie der Uniformierte mit dem Foto in ihre Richtung steuerte.

»Ja gern«, sagte sie und folgte Salima mit gesenktem Kopf zu ihren Freunden. Zwischen den bunt gekleideten Hippies würde sie weniger auffallen als allein. Jetzt musste sie sich ihnen nur noch ein wenig angleichen. »Salima, darf ich mir mal deinen Schal ausleihen?«

»Du kannst ihn behalten, hier ist auch noch mein Hut«, sagte sie lachend und patschte ihn ihr auf den Kopf. Romy sah sie dankbar an und fühlte sich ein wenig sicherer.

Sie hatte sich kaum zu ihr gesetzt und einige von Salimas Freunden begrüßt, die sie von der Fullmoon-Party in Buracas kannte, als auch schon der Polizist auftauchte. Er bückte sich zu der Gruppe hinunter und zeigte ihnen ein Foto von Romy mit langen rotblonden Haaren.

Ihr blieb beinahe das Herz stehen. Georg mit der Goldrandbrille, den sie jetzt erst wahrnahm, warf ihr einen wissenden Blick zu und antwortete für alle. »Nein, tut uns leid, die kennen wir nicht. Was ist denn mit der?«

»Das tut nichts zur Sache«, erwiderte der Polizist in vernuscheltem Andalusisch und wandte sich wieder ab.

Georg reichte Romy eine halb volle Weinflasche. »Hier, auf den Schock. Können wir dir irgendwie helfen?«

Sie nahm einen großen Schluck des billigen Rotweins, der ihr jedoch auf angenehme Art den Magen wärmte. »Ich muss auf diese Fähre, ohne bemerkt zu werden, und auf La Palma genauso wieder runter.«

Er grinste. »Kein Problem. Ich werde für dich ein Ticket kaufen. An den Schaltern kennen sie bestimmt schon alle dein Foto.«

»Danke.« Romy gab ihm die Flasche zurück. »Aber ich will dich da nicht mit reinziehen, deshalb möchte ich lieber nicht …«

»Schon gut«, unterbrach er sie und zog ihr den Hut noch tiefer ins Gesicht, während sie ihm 50 Euro für das Ticket in die Hand drückte.

»Hast du mal was von Sam gehört? Weißt du, wie es ihm geht?«, fragte sie Salima.

»Nein, keine Ahnung. Wir mailen manchmal, aber seit ich ihm das letzte Mal geschrieben habe, hat er nicht geantwortet. Wieso? Ist er in deine Probleme verwickelt? Geht's um Drogen?«

»Nicht direkt.«

»Schon gut, ich frag nicht weiter.«

Dass Sam nicht antwortete, musste nichts heißen. Leute wie er pflegten bestimmt keinen regelmäßigen E-Mail-Verkehr. Aber ein gutes Zeichen war es auch nicht, überlegte Romy.

»Wenn du willst, können wir dich zu ihm fahren. Wir müssen sowieso nach Puntagorda«, warf Salima ein.

»Das ist wirklich sehr nett von euch.« Diese Hippies waren hilfsbereiter als die meisten Menschen, die sie sonst so kannte.

Zwei Stunden später kam Leben in die Halle. Alle Passagiere packten ihre Siebensachen zusammen und sammelten sich vor dem Ausgang. Eine Schrecksekunde lang glaubte Romy, zwischen den Hafenarbeitern den drahtigen Bodyguard aus Marbella zu erkennen, doch dann merkte sie, dass sie sich getäuscht hatte. Die Angst, jetzt noch erwischt zu werden, machte sie völlig kirre.

Im Schutz der Hippies und der anderen Passagiere ging sie mit gesenktem Kopf an Bord der Fähre und folgte dann Salima hinauf aufs Oberdeck, um von dort die Abfahrt beobachten zu können.

Am oberen Treppenabsatz stand jedoch schon wieder ein Polizist mit einem Foto in der Hand. Romy drehte sich unauffällig um und stieg die schmalen eisernen Treppen hinunter zu den Parkdecks unten im Bauch des Schiffes. Auf mehreren Schildern stand zwar, dass der Zutritt während der Fahrt strengstens verboten war, aber das kümmerte sie in diesem Augenblick wenig. Ganz im Gegenteil. Wahrscheinlich war das der beste Ort, nicht entdeckt zu werden. Vielleicht konnte sie sich zumindest bis zum nächsten Stopp in Teneriffa in ein unverschlossenes Auto legen.

Gebückt lief sie durch die Autoreihen und checkte die Türschlösser. Keines war offen. Es roch nach Abgasen, Benzin und abgestandenem Meerwasser. Romy wollte ihren Plan schon aufgeben, als aus einem kleinen Laster direkt neben ihr plötzlich Salsamusik ertönte. Sie zuckte zusammen. Ein untersetzter Mann mit dunklem, kurz geschnittenem Haar schien höchst erheitert bei ihrem Anblick.

»Magst du keine Salsamusik?«, fragte er grinsend mit dem typisch kanarischen Akzent, der die Hälfte der Wortendungen verschluckt.

»Doch«, antwortete Romy schon wieder gefasster.

»Na dann, setz dich zu mir. Ich habe eine Flasche guten Tinto. Da wird uns die Zeit nicht langweilig.«

»Ist es nicht verboten, sich während der Fahrt hier unten aufzuhalten?«, fragte sie so unschuldig wie möglich.

Er öffnete die Beifahrertür für sie und reckte seine Brust vor. »Ich habe eine Ausnahmegenehmigung. Ich lasse meinen Wagen nicht eine Sekunde alleine.«

Romy überlegte kurz und kletterte dann auf den Beifahrersitz. In Gesellschaft dieses harmlosen Canarios konnte ihr eigentlich nicht viel passieren.

»Ich heiße Carlos«, sagte der Mann mit blitzenden Augen und einem Lachen, das zwei Zahnlücken sichtbar werden ließ, während er eine Flasche Wein öffnete und sie ihr hinhielt. »Gläser gibt's nicht. Auf Besuch war ich nicht eingerichtet.«

Romy nahm einen kräftigen Schluck und gab ihm die Flasche zurück.

»Das ist guter Tinto, Vega Norte, aus Tijarafe«, erklärte er, nachdem er selbst die Flasche bis zur Hälfte geleert hatte.

»Schön da«, sagte Romy, denn sie kannte ja den Nachbarort von Puntagorda, aus dem auch Ricardo stammte.

»Ich bin dort geboren.« Er nahm noch einen Schluck und zog dann eine zerknitterte Seite einer Zeitschrift aus seiner Brieftasche. Der Artikel trug die Überschrift *»La Danza del Diablo«*. Darunter war das Foto einer furchterregenden Gestalt mit roten Augen und glühenden Hörnern, aus denen Feuerwerkskörper sprühten. »Das bin ich«, sagte er mit stolzgeschwellter Brust. »Und dieses Jahr wird zum ersten Mal mein Sohn den Teufel geben.«

Romy verstand nur Bahnhof.

»Hast du noch nie vom Teufelsfest gehört? Es ist eine der berühmtesten Fiestas der Kanaren, zu der jedes Jahr viele tausend Besucher anreisen.«

Romy schüttelte den Kopf. »Noch nie gehört.«

»Es wird zu Ehren der Virgen de la Candelaria, der Maria mit dem Lichterkranz, gefeiert. Sie ist die stärkste Widersacherin des Satans. So steht es schon in der Offenbarung des Johannes.« Romy hörte Carlos aufmerksam zu, obwohl sie sich wenig für religiöse Feste interessierte. Doch irgendetwas sagte ihr, dass es noch wichtig werden könnte.

»Vor Marias Geburt erhielt der Teufel noch einmal Macht über die Menschheit, bis er schließlich von der Jungfrau besiegt wurde. Deshalb feiern wir jedes Jahr dieses Freudenfest. Das Gute hat über das Böse gesiegt. Das Licht über die Dunkelheit.«

»Ist das wirklich so?« Romy hatte im Moment eher das Gefühl, als wäre das Böse eindeutig im Vorteil.

Carlos lachte. »Manchmal fällt es schwer, daran zu glauben, aber man darf eben nie aufgeben. Die Jungfrau meint es auf alle Fälle gut mit uns.«

Romy wünschte, sie hätte den gleichen festen Glauben wie Carlos. Sie sah noch einmal auf das Bild, von dem ihr die blutroten Augen der Teufelsfigur entgegenblickten.

»In der Teufelsfigur steckt also ein Mensch, der die Feuerwerkskörper abschießt.«

Carlos nickte. »Was glaubst du, was ich da hinten in dem Wagen drin habe? Und warum ich hier unten in meinem Lkw sitzen bleibe? Wenn das hier explodiert, garantiere ich für nichts mehr. Die Teufelsfigur wiegt 80 Kilo, und 50 Kilo davon sind Sprengkörper. Und dann habe ich noch 200 Kilo extra dabei für das normale Feuerwerk.«

Romy starrte den Palmero an, während sich ganz langsam in ihrem Kopf ein Plan zusammensetzte. Statt 250 Kilo Schießpulver auf dem Teufelsfest zu verballern, könnte man damit die Höhle in der Caldera sprengen – zumindest so, dass die Grabkammer der Harimaguadas nicht mehr zugänglich war. Bestimmt würde die Jungfrau in diesem Fall Verständnis haben. Schließlich führte auch Romy einen Kampf gegen das Böse. Wie sie das Ganze allerdings anstellen sollte, war ihr selbst noch ein Rätsel.

Die Fähre legte zwei Tage später am Spätnachmittag im Hafen von Santa Cruz de la Palma an. Romy rechnete fest damit, dass Borges' Leute jedes Auto und jeden Passagier, der von Bord ging, überwachen würden. Der Argentinier war bestimmt längst mit dem Lear Jet von Forster's Health auf die Insel geflogen. Vielleicht ja sogar mit Nic.

Das Sicherste wäre, hinten in Carlos' Laster das Hafenareal zu verlassen. Jeder kannte ihn, und jeder wusste, was er geladen hatte. Sicher würde er ohne Probleme sämtliche Kontrollen passieren.

Sie verabschiedete sich herzlich von ihm, blieb jedoch in der Nähe. Als er sich kurz mit jemandem unterhielt, kletterte sie schnell hinten auf seinen Laster und machte es sich zwischen unzähligen, gut verschlossenen Aluminiumkisten so bequem wie möglich. Kurz darauf ging es auch schon los.

Nachdem sie über die Rampe nach draußen gefahren waren, drang ein heißer Wind wie ein Föhn auf Stufe drei durch die Plane des Lastwagens. Romy verstand überhaupt nicht, was los war. Schweiß trat ihr aus allen Poren und lief ihr in kleinen Bächen über den ganzen Körper. Unter der Plane wurde es immer stickiger. Sie konnte kaum noch atmen. War sie wirklich auf den Kanaren und nicht aus Versehen in Afrika gelandet? Diese Temperaturen würde sie keine Minute länger aushalten!

Glücklicherweise hielt der Lkw kurz darauf an. Um nicht zu ersticken, schlüpfte sie unter der Plane hindurch nach draußen und wurde prompt von Carlos entdeckt.

Ihr blieb nichts anderes übrig, als ihm eine haarsträubende Geschichte von einem verrückten Liebhaber aufzutischen, der überall nach ihr suchte. Carlos als heißblütiger Südländer kaufte ihr die Story ab und bot ihr sogar an, sie bis nach Puntagorda mitzunehmen. Diesmal aber vorn in der Fahrerkabine und bei geöffnetem Fenster.

»Wir haben Calima.«

Romy hatte schon von dem heißen Wüstenwind gehört, der ein paar Mal im Jahr die Kanaren in einen Brutofen verwandelte. Selbst nachts, so hieß es, fielen die Temperaturen nur unwesentlich unter vierzig Grad.

Sie lehnte sich erschöpft zurück. Carlos bot grinsend seine zwei Zahnlücken dar und reichte Romy ein leicht schmuddeliges Handtuch, damit sie sich den Schweiß abwischen konnte.

◎ ◎ ◎

»Sie ist zurück auf der Insel.« Tanausú sprach leise in sein Handy.

»Ich kann dich kaum verstehen. Geht es dir gut?«, fragte Ricardo am anderen Ende der Leitung.

»Ist mir schon mal besser gegangen. Hör zu, du musst sie finden, und dann bringst du sie in die Höhle zu ihrer Freundin Thea.«

»Gut. Und wann kommst du nach?«

»Sobald ich kann.« Er beendete das Telefonat und steckte das Handy in die Brusttasche seiner Armeejacke. Dann knöpfte er sein Hemd auf und strich sich über die Stelle an der rechten Schulter, wo es ihn erwischt hatte. Es war nichts mehr zu sehen. Ein glatter Durchschuss. Den Rest hatte Amakuna erledigt.

◎ ◎ ◎

»Du musst unbedingt zum Teufelsfest kommen. Das darfst du dir nicht entgehen lassen«, verabschiedete Carlos seine Begleiterin, als er sie am Parkplatz ihrer einstigen Finca absetzte.

»Auf jeden Fall«, sagte Romy.

»Und hier noch meine Telefonnummer, falls du dich wieder

vor deinem Freund verstecken musst.« Er reichte ihr einen Zettel und grinste sie verschwörerisch an.

Sie steckte den Zettel ein, rief ihm ein *»Adiós y muchas gracias«* zu und lief dann den bekannten Steinweg hinunter zum Haus. Dort bog sie direkt auf den kleinen Trampelpfad ab, der zu Sams Höhle führte. Sie rief seinen Namen. Keine Antwort. Nur das vertraute Zwitschern der Vögel und das Summen der Bienen waren zu hören und in der Ferne eine Motorsäge. Bestimmt war er in seiner Höhle, denn draußen herrschten auch jetzt nach Sonnenuntergang noch immer Höllentemperaturen. Romy war schon von dem kurzen Weg wieder nass geschwitzt. Doch die dicke Holztür vor dem Eingang war von außen mit einer Eisenkette verschlossen. Sie klopfte kräftig an die Lkw-Scheibe. Nichts. Ihre Knie zittern. Wenn ihm nur nichts geschehen war.

»Kann ich Ihnen helfen?«, ertönte eine weibliche Stimme oben von der Terrasse ihrer alten Finca, die offensichtlich wieder vermietet war.

»Ich suche Sam. Wissen Sie vielleicht, wann er wiederkommt?«

»Ja, haben Sie das denn nicht gehört«, rief die ältere Frau, die nur Unterwäsche trug, aufgeregt. »Er ist ertrunken und gestern an der Lomada Grande angespült worden.«

Jetzt zog es Romy wirklich den Boden unter den Füßen weg. Sie taumelte zu der kleinen Bank vor dem Drachenbaum. Hier hatte sie doch gerade erst mit Sam Tee getrunken.

»Sind Sie vielleicht Romy Conrad?«, hörte sie die Stimme der Frau wie aus weiter Ferne.

»Ja«, rief sie mit schwacher Stimme zurück.

Die Frau hatte sich ein buntes Sommerkleid übergezogen und kam den kleinen Pfad herunter.

»Das soll ich Ihnen geben«, sagte sie und reichte Romy ein kleines Döschen und einen Briefumschlag. »Schon komisch. Als er es mir gab, kam es mir beinahe so vor, als wüsste er, dass er nicht wiederkommen würde. Sind Sie mit ihm verwandt?«

Romy schüttelte den Kopf und nahm beides an sich. Sie brauchte nicht nachzudenken, um zu wissen, was in dem Döschen war. Sam hatte sein Leben dafür gegeben.

Die Frau stand etwas hilflos vor ihr. »Wollen Sie vielleicht mit hineinkommen. Im Haus ist es ein wenig kühler.«

»Ich möchte lieber hierbleiben, aber vielen Dank«, brachte Romy kaum hörbar hervor.

»Gut, Sie wissen ja, wo Sie mich finden«, sagte sie und ging den kleinen Trampelpfad zurück.

Romy blickte ihr nach, bis sie verschwunden war. Dann öffnete sie den Umschlag, in dem sich eine aus einem Buch herausgerissene Seite mit nur wenigen, hastig hingeschriebenen Zeilen befand.

Liebe Romy,
gestern waren zwei Typen da, die mich wegen des Pilzes gelöchert haben. Ich habe nichts verraten. Du hattest recht. Das Zeug ist gefährlich. Ich mache mich jetzt erst mal dünne. Hoffe, dich bald zu sehen. Sam

Romy las die Zeilen mehrmals, doch das machte den Hippie auch nicht wieder lebendig. Sie wusste nicht mehr weiter. In ihrer Verzweiflung ging sie zu Sams Außenküche, nahm sich ein Glas, füllte es mit Wasser und ließ den winzigen Rest Amakuna aus dem Döschen hineinrieseln. Vielleicht fand sich die Lösung für ihr weiteres Vorgehen ja in einer anderen Zeit?

31. KAPITEL

»Iriomé, Iriomé!«, rief Hermana Guadalupe. Keuchend kam sie vor der Klause zu stehen, wo Iriomé in der letzten Abendsonne den kleinen Tamanca stillte. Er hatte Joaquíns dunkles Haar und die hellen, blaugrünen Augen seiner Mutter.

»Du musst sofort weg!«, keuchte die junge Nonne. »Sie sind hier und wollen das ganze Kloster durchsuchen.«

»Wer?«

»Frai Lorenzo de la Huerta. Ihm obliegt jetzt das Inquisitionstribunal für diese Gegend. Er hat erfahren, dass die Äbtissin aufgrund ihrer wundersamen Heilung eine Kapelle zu Ehren der Jungfrau Maria bauen lassen will.«

»Und da hat er sich an mich erinnert?«

Guadalupe nickte. »Du musst sofort hier weg und dich im Wald verstecken, du weißt ja, wo. Sobald die Gefahr vorüber ist, werde ich dir Bescheid sagen.«

Iriomé entzog Tamanca die Brust, der sofort zu schreien begann, und wickelte ihn hastig in ein Tuch. Die zwei jungen Frauen umarmten sich kurz, und Iriomé fragte sich unwillkürlich, ob es das letzte Mal sein könnte.

Das Kind an sich gepresst, rannte sie, so schnell sie konnte, über die Wiese die Anhöhe hinauf zum Wald, um im Schutz der

Bäume unterzutauchen. In der Ferne hörte sie bereits Männerstimmen und Hundegebell.

Um die Hunde zu verwirren, nahm sie den Weg durch den Bach und sprang von Stein zu Stein. Atemlos und völlig durchnässt erreichte sie die Felswand, in der sich der Eingang zu einem Tunnel befand, den sie beim Kräutersammeln entdeckt und der einst als Schmugglerversteck gedient hatte. Sie band sich Tamanca mithilfe des Tuches fest vor die Brust, schob das Gestrüpp beiseite und zwängte sich auf allen vieren durch den schmalen Eingang. Die Enge und die Form des Tunnels dämpften die Geräusche, aber hin und wieder drang ein Heulen an ihr Ohr. Sie konnte jedoch nicht unterscheiden, ob es vom Wind oder schon von der Hundemeute herrührte.

Zitternd vor Kälte kauerte sie sich auf den harten Fels, ihr Kind an sich gedrückt, um ihm die Wärme zu spenden, die ihr Körper zu geben imstande war. Nachdem sie Tamanca noch einmal gestillt hatte, ließ sie sich auf den Boden sinken und fiel erschöpft in einen unruhigen Schlaf.

Erst das Schreien ihres Sohnes weckte sie. Iriomé konnte in der Dunkelheit der Höhle nicht ausmachen, wie lange sie geschlafen hatte und ob es Tag oder Nacht war. Während sie dem Kind die Brust gab, merkte sie, wie durstig sie selbst war. Ihr fiel ein, dass Tichiname ihr beigebracht hatte, einen kleinen Kiesel in den Mund zu nehmen, wenn kein Wasser da war, und daran zu lutschen, um den Speichelfluss anzuregen. Sie tastete ihre Umgebung ab, bis sie einen Stein in der richtigen Größe fand, säuberte ihn und steckte ihn sich in den Mund.

So vergingen Stunden, wohl auch Tage zwischen Halbschlaf und wach sein. Nagender Hunger, Durst und eine zunehmende Schwäche plagten sie. Irgendwann glaubte sie, weder liegen noch sitzen zu können. Ihr war klar, dass sie gemeinsam mit ihrem Kind verdursten würde, wenn sie noch länger hierblieb und auf Guadalupe wartete. Mit steifen Gliedern kroch sie aus dem Loch.

Das gleißende Tageslicht traf sie wie ein Schlag. Sie brauchte eine Weile, bis sie sich daran gewöhnt hatte. Am Stand der Sonne erkannte sie, dass es früher Nachmittag war. Bis auf das Zwitschern der Vögel war nichts zu hören. Vorsichtig und immer in der Deckung eines Baumes oder Strauchs schlich sie den Abhang hinunter Richtung Kloster. Es lag friedlich in der Talsenke, und sie konnte von ihrem Standort aus gut erkennen, dass auf dem Hof vor der Kirche keine Pferde angebunden waren. Die Gefahr schien vorüber. Zumindest vorerst.

Nachdem sie an dem Bach ihren brennenden Durst gestillt hatte, schlich sie sich vorsichtig von der Rückseite zum Kloster und nahm dann den Weg entlang der Ställe zum Hauptgebäude. Niemand war zu sehen, nichts Ungewöhnliches für diese Tageszeit im Hochsommer. Die meisten Nonnen gönnten sich eine Siesta bis zur Vesper.

Iriomé betrat die kühle Eingangshalle und lief weiter zum Offizium der Äbtissin.

Sie klopfte an die Tür, die etwas größer war als die anderen, und trat auf das vertraute *»Entra por favor«* hin ein.

Madre Teresa sah sie erstaunt an, dann füllten sich ihre Augen mit Tränen. Sie musste nicht sprechen, Iriomé wusste auch so, dass etwas Schreckliches geschehen war. Wortlos erhob sich die Äbtissin hinter ihrem Schreibtisch und machte Iriomé ein Zeichen, ihr zu folgen.

Sie schlug den Weg zur Kirche ein. Iriomé drückte ihren Sohn fester an sich, als wollte sie dadurch ihr hämmerndes Herz beruhigen.

Im Inneren des Gotteshauses war es angenehm kühl. Die Sonnenstrahlen, die durch die bunten Fenster hereinschauten, verbreiteten ein flirrendes Licht. Die Äbtissin ging mit schleppendem Schritt zu einem der Seitenaltäre, nahm zwei der brennenden Altarkerzen und reichte eine an Iriomé weiter. Dann öffnete sie eine schmale Holztür und stieg eine steile Steintreppe hinab. Iriomé musste sich bücken, um ihr zu folgen. Es roch feucht und modrig, als ob seit Jahren niemand mehr hier gewesen wäre.

In einer Art Höhle mit rundem Deckengewölbe lag Guadalupe, aufgebahrt auf einem Podest aus weißem Stein. Die Äbtissin hielt die Kerze so, dass Iriomé das ovale Gesicht, eingerahmt vom schwarzen Schleier ihres Habits, erkennen konnte. Ihre Lippen waren aufgeplatzt, das linke Auge war nur mehr ein blauvioletter Fleischklumpen.

»Wir haben sie im Wald gefunden. Man hat sie zu Tode gefoltert«, sagte die Äbtissin mit tonloser Stimme, die von den groben Steinwänden der Gruft dumpf widerhallte. »Sie wollte dein Geheimnis nicht preisgeben.«

Iriomé zitterte, und der Kleine in ihrem Arm begann leise zu wimmern. »Kaltauge?«, flüsterte sie. »De Lugo?«

»Es sieht nach seiner Handschrift aus«, sagte die Äbtissin verbittert. »Aber wir werden es wohl niemals beweisen können. Seine guten Verbindungen zu Lorenzo de la Huerta werden immer verhindern, dass man ihn schuldig spricht.«

Iriomé fühlte sich hilflos und schuldig. Und wie damals, als Inés de Perreira ihr das Amulett entwendet hatte, stieg ein unbändiger Zorn in ihr auf, und sie spürte den Wunsch, zu töten.

»Gehen wir wieder nach oben. Das ist kein Ort für einen Säugling.«

Iriomé reichte ihr das Bündel mit dem Kind. »Ich möchte noch einen Augenblick bei ihr bleiben«, sagte sie leise.

Die Äbtissin sah sie schmerzerfüllt an, nahm ihr das Kind ab und verließ ohne ein weiteres Wort die Gruft.

Iriomé kniete nieder. Sie drückte ihre Stirn gegen das steinerne Podest, nahm Guadalupes kalte Hand und schloss die Augen.

Rache und Vergeltung riefen immer neues Unglück hervor. Sogar der Christengott sagte das. Doch beim Anblick der toten Freundin fiel es ihr schwer, in der Liebe zu bleiben.

Sie hatte sich für sie geopfert. Iriomé ließ die Zeit vorüberziehen, in der Guadalupe zu ihrer Freundin geworden war. Sie hatten erkannt, wie ähnlich sie einander waren. Beide Ausgestoßene, beide besondere Kinder von Mutter Erde, befähigt mit der Gabe, Menschen zu heilen. Doch in diesem Land brachte diese Gabe nur Leid und Tod.

Vor dem Leichnam ihrer Herzensschwester schwor Iriomé, Amakuna niemals wieder zu Heilzwecken einzusetzen. Sie würde das Amulett an ihren Sohn weitergeben und selbst keinen Gebrauch mehr davon machen, was auch geschah. Sie beschloss, all ihre Kraft einzusetzen, um zurück nach Benahoare zu kommen. Nur dort war sie in der Lage, ihren Sohn fernab von Intrigen und Gewalt aufziehen.

Sie wusste nicht, wie viel Zeit sie in der Gruft verbracht hatte, als sie von oben ihren Namen rufen hörte.

Langsam erhob sie sich, warf einen letzten Blick auf das geschundene Gesicht der toten Freundin und wandte sich dann endgültig ab. Oben am Altar erwartete sie die Äbtissin, nahm ihr die tropfende Kerze ab und gab ihr ihren Sohn zurück.

»Du hast Besuch aus Trujillo. Der Conde und sein Begleiter warten in meinem Offizium auf dich. Ich werde so lange einen Spaziergang machen. Du findest ja deinen Weg.«

Joaquín! Er war doch gekommen, durchzuckte es Iriomé mit einer Mischung aus Angst und Wut. Guadalupe hatte ihr schonend beigebracht, dass er einen Tag nach der Geburt seines Sohnes geheiratet hatte. Und seitdem war er nicht mehr im Kloster erschienen.

Als sie die Tür zum Offizium der Äbtissin öffnete, erblickte sie jedoch nicht Joaquín, sondern zwei freundliche alte Männer, die sich umgehend erhoben. Iriomé erkannte beide sofort wieder. Der eine war Joaquíns Vater, der andere der hagere Mann mit der großen Nase, der angeblich wegen seiner Magenverstimmung kein Schweinefleisch essen konnte.

»Setzt Euch, mein Kind«, sagte Joaquíns Vater. »Ich bin der Conde Ernesto de Alba y Santa Barbara, und das ist mein Schatzmeister und Freund Aaron Soreon, der durch seinen unglaublichen Spürsinn herausgefunden hat, was hier in diesem Kloster vor sich geht.«

Aufgeschreckt durch die polternde Stimme des alten Grafen, begann Tamanca zu schreien.

»Ich nehme an, das ist die kräftige Stimme meines Enkels«, polterte er freundlich weiter. »Unverkennbar ein de Alba.«

Iriomé nickte schüchtern. Was wollten die beiden von ihr?

Der alte Conde erhob sich, um den kleinen Schreihals etwas genauer anzusehen.

»Er hat Hunger«, erklärte Iriomé, knöpfte ihr stark verschmutztes Leinenhemd auf und gab ohne Scham dem Kind ihre volle Brust. Die beiden Männer verharrten einen Moment in ehrfurchtvollem Schweigen.

»Ich bin alt und leide seit vielen Jahren an einer Kriegsverletzung. Eine Stichwunde, die nicht heilen will. Und ich weiß nicht, wie viel Zeit mir noch bleibt«, unterbrach der Conde die leisen Schmatzgeräusche des Säuglings. »Deshalb möchte ich Euch einen Vorschlag machen. Ich will Eurem Sohn einen Namen geben. Meinen Namen. Er soll getauft werden und mit Euch in Trujillo leben. Dort seid Ihr erst einmal sicher.«

Tamanca schien satt zu sein, und Iriomé klopfte ihm ein paar Mal auf den Rücken, damit die Luft, die er geschluckt hatte, entweichen und ihm keine Bauchschmerzen bereiten konnte. Dann zog sie ihre Kleidung zurecht und sah den alten Conde traurig an.

»Euer Angebot ehrt mich. Aber ich kann es nicht annehmen. Ich möchte zurück in meine Heimat. Mein Sohn soll dort zum Mann werden.«

Der Alte wiegte den Kopf. Sie erkannte Mitgefühl in seinen Augen. »Das verstehe ich gut«, sagte er. »Aber es ist eine lange und beschwerliche Reise zu Eurer Insel, die Euch und vor allem das Kind in große Gefahr brächte, solange es so klein ist. Ich kann Euch nur bitten, auch im Namen meines Enkels, vorerst meinen Schutz anzunehmen. Hier könnt Ihr nicht bleiben. De Lugo wird nicht aufhören, nach Euch zu suchen, und er hat die Inquisition auf seiner Seite.« Er schnaubte verächtlich.

Iriomé wusste, dass er recht hatte.

»Und in Trujillo sind wir sicher? Soweit ich weiß, ist der Konquistador bei Euch ein wohlgelittener Gast.«

»Wohlgelitten war er bei mir noch nie. Seid versichert, dieser Wahnsinnige wird mein Castillo nie wieder betreten.«

»Doch was wird Euer Sohn dazu sagen?«, fragte sie mit einem Hauch von Groll in der Stimme. »Und seine Gemahlin?«

»Das lasst meine Sorge sein«, antwortete der Conde ruhig. »Noch bin ich der Herr von Trujillo und bestimme, was dort zu geschehen hat.«

Als Tamanca von einem heftigen Hustenanfall geschüttelt wurde und sie sein heißes Köpfchen fühlte, wurde Iriomé klar, dass sie dieses Angebot annehmen musste. Ihr Sohn hatte sich in dem feuchten Tunnel erkältet und fieberte. Er brauchte Ruhe und Wärme. »Gut«, sagte sie leise. »Ich werde mit Euch kommen.«

»Das freut mich, mein Kind!« Der Conde strich seinem Enkel liebevoll über den Kopf. »Ihr werdet sehen, bald ist er wieder gesund. Und wenn er etwas älter ist, könnt Ihr immer noch Pläne machen, heimzukehren.« Er nickte seinem Schatzmeister zu, der sich erhob und dem Conde half, ebenfalls aufzustehen. Er reichte Iriomé die Hand, als schlössen sie ein Bündnis. »Alles wird gut, mein Kind.«

Nachdenklich ging Iriomé zurück zu ihrer Klause, um das grüne Kleid, in dem sie vor vielen Monden gekommen war, anzuziehen und das Wenige, was sie besaß, zusammenzupacken.

Die Äbtissin saß auf der Bank vor dem Steinhaus und blickte ihr traurig entgegen. »Meine Tochter, ich bedauere sehr, dass du gehst, aber in Trujillo bist du vorerst sicherer als hier. Seit der Heirat des jungen Conde steht die Burg unter dem persönlichen Schutz der Königin.«

Iriomé setzte sich neben die Ältere und nahm ihre Hand.

»Warum tut er das, der alte Conde? Sagt es mir! Aus Liebe zu seinem Enkel?«

Maria Teresa de Angelis schüttelte traurig den Kopf. »Ich glaube nicht. Eher wegen der Sicherung seiner Erblinie.«

Iriomé sah sie verständnislos an.

»Ich habe dir erzählt, dass es bei den de Albas nur wenige Kinder bis über die Geburt hinaus geschafft haben. Das liegt daran, dass adelige Familien immer wieder untereinander heiraten, um ihre Ländereien und ihr Vermögen für ihre Nachkommen nicht nur zu erhalten, sondern möglichst zu mehren. Die de Albas benötigen frisches Blut!«

Iriomé verstand. Auf Benahoare heirateten die Frauen oft Männer aus anderen Stämmen, was manchmal nicht einfach, doch unumgänglich war.

Die Äbtissin seufzte. »Diesen Menschen ist die Liebe fremd. Das, was der junge de Alba für dich empfunden hat, reichte nur für eine kurze Zeit. Die ewige Liebe wirst du letztendlich nur im Allmächtigen finden. Natürlich ist nichts falsch daran, sie hier auf Erden zu suchen, doch es ist fatal, ihrem Zerrbild, der Verliebtheit, zu verfallen. Die Kunst, hinter die Masken der Menschen zu blicken, hat sehr viel mit Erfahrung zu tun. Und ganz besonders schwer ist es, hinter die Maske eines Menschen zu sehen, der aus einem fremden Land kommt und mit einer anderen Religion aufgewachsen ist.«

Iriomé kniete vor der Äbtissin nieder. »Ihr seid eine kluge Frau, aber sagt mir: Habt Ihr nie einen Mann mit jeder Faser Eures Körpers geliebt?«

»Nein, das habe ich nicht. Vielleicht ist mir etwas entgangen, auf der anderen Seite habe ich mir dadurch viel Leid erspart.«

»Ich möchte Euch für Eure Ehrlichkeit danken und für alles, was Ihr für mich gewagt und auf Euch genommen habt.«

Der Äbtissin traten Tränen in die Augen, und ihr Gesicht wurde noch ein wenig röter als sonst. »Und ich möchte dir danken für das, was du für mich aufs Spiel gesetzt hast.«

Iriomé stand auf und legte Madre Teresa die Hand auf den Rücken.

»Nur die Liebe kann die Angst vor jeder Macht besiegen«, sagte sie leise und ging in die Klause, ihren Sohn in den Armen wiegend.

Die Äbtissin folgte ihr. Iriomé öffnete eine Truhe, in der sie das grüne Kleid aufbewahrte.

Als Madre Teresa ihr das Leibchen zuschnürte, glaubte sie wieder, fast ersticken zu müssen. »Du wirst dich daran gewöhnen«, sagte die Äbtissin lächelnd.

»Ich glaube nicht«, entgegnete Iriomé, »aber es wird mich ständig daran erinnern, dass ich eine Gefangene bin, und meinen Wunsch nach Freiheit aufrechterhalten.«

Sie sah sich noch einmal in der Klause um, in der sie so lange gelebt hatte und die viele Erinnerungen barg. Vor allem an Guadalupe. Sie überlegte, ob sie irgendetwas aus dieser Zeit mitnehmen wollte. Doch dann ließ sie es. Es waren zwei Menschen, die ihr an diesem Ort wertvoll geworden waren, und die würde sie in ihrem Herzen mitnehmen.

Iriomé zog mit der Fingerspitze ein letztes Mal die Linien der Spirale nach, die sie über ihrer Lagerstatt in den Stein geritzt hatte. »Das Zeichen der Unendlichkeit und ewigen Wiederkehr! Es wird mir die Kraft geben, in meine Heimat zurückzukehren.«

Die Äbtissin lächelte. »Ich wünsche dir alles erdenklich Gute. Gott segne dich.«

Iriomé bestand darauf, auf Karima nach Trujillo zu reiten. Die Stute war ihr zur treuen Freundin geworden und erinnerte sie immer wieder an Ibn Said. Sie war schon lange ohne Nachricht über ihn und wusste nicht, ob er noch in Spanien war oder das Land verlassen musste, um sein Leben zu retten. Die Äbtissin hatte ihr erzählt, dass sowohl Mauren als auch Juden inzwischen von den Christen aufs Schärfste verfolgt wurden. Dabei ging es nicht um die verschiedenen Götter, sondern um Macht. Darum, die Schwächeren zu unterdrücken und ihnen alles zu nehmen, um ihnen keine Möglichkeit des Aufbegehrens zu lassen. Ein Gedanke, der Iriomé fremd blieb. In ihrer Heimat sorgten die, denen es besser ging, für diejenigen, die weniger besaßen, und nahmen ihnen nicht das bisschen, das sie hatten, auch noch weg.

Sie führte ihre Stute hinter die Kirche, wo die beiden Männer bereits in ihrer Kutsche auf sie warteten. Der Conde bestand darauf, den kranken Säugling zu sich in die Kutsche zu nehmen, und Iriomé ließ sich nach einigem Zögern darauf ein. Es war vor allem Aaron, der sie beruhigte und zu dem sie schließlich Vertrauen fasste. Er war wie sie und der Médico ein Verfolgter. Das einte sie auf eine traurige Weise.

Nachdem sie ihm das Bündel mit dem Säugling übergeben hatte, saß sie auf, schnalzte leise mit der Zunge und lenkte Karima mit einem leichten Schenkeldruck in die richtige Richtung. Ihr Haar war inzwischen bis auf die Schultern nachgewachsen und wehte rotgolden im Wind.

Die Kutsche mit dem Wappen der de Albas, gekreuzte Degen vor der aufgehenden Sonne, setzte sich ebenfalls in Bewegung und folgte ihr.

Sie nahmen eine wesentlich kürzere Strecke als auf dem Hinweg und kamen durch ein Dorf, das Joaquín und sie damals sicherheitshalber umritten hatten.

Schon von Weitem spürte Iriomé eine merkwürdige Stimmung, die von dem Marktplatz des Ortes kam, als ob dort eine Art Volksfest stattfand. Sie nahm Feuergeruch wahr. Je näher sie kam, desto lauter wurde das Stimmengewirr der Menschen, die sich um ein loderndes Feuer scharten. Als sie die ersten, alles durchdringenden Schreie von Frauen und Männern vernahm und der Geruch von verbranntem Fleisch ihr in die Nase stieg, zog sich ihr Herz vor Grauen zusammen. Sie ließ Karima in die entgegengesetzte Richtung davongaloppieren. Bis zu diesem Augenblick konnte sie sich nicht vorstellen, dass die Geschichten von Guadalupe über das Autodafé, das Verbrennen von »Nichtchristen« auf dem Scheiterhaufen, tatsächlich wahr waren. Doch nun hatte sie Gewissheit.

Obwohl sie bereits einige Entfernung zwischen sich und diesem grausigen Ort gebracht hatte, hörte sie noch immer die Qualen der Sterbenden. Der widerliche Geruch drehte ihr fast den Magen um. Am liebsten wäre sie auf der Stelle in Richtung Küste geritten, um dort ein Schiff zu finden, das sie zurück auf ihre Insel brachte. Doch ohne ihren Sohn konnte und wollte sie das Land nicht verlassen.

So trieb sie Karima zu noch größerer Eile an und erreichte zusammen mit der Kutsche Trujillo. Wie schon bei ihrer ersten Ankunft wurden die Zugbrücke heruntergelassen und die Tore mit einem quietschenden Geräusch geöffnet. Karima schien sich daran zu erinnern und trabte ohne Furcht in den grob gepflasterten Innenhof.

Als Erster kam ihr der Burgvogt Roberto de la Torre entgegen, nahm ihr Pferd am Zügel und half ihr abzusteigen. Er sah ihr einen Moment länger ins Gesicht als nötig, ließ sich aber nicht anmerken, ob er sie wiedererkannte oder nicht.

Iriomé jedoch nahm seine Hand. »Ich möchte mich noch einmal bei Euch bedanken, dass Ihr mich damals vor den Pferdeburschen bewahrt habt.«

Er schmunzelte fast unmerklich. »Das würde ich immer wieder tun. Und nicht nur vor Pferdeburschen.«

Die Kutsche war inzwischen ebenfalls in den Burghof eingefahren. Zwei Bedienstete kamen herbeigelaufen, rissen die Türen auf und stellten kleine Podeste davor, um den beiden älteren Herren das Aussteigen zu erleichtern. Aaron Soreon übergab Iriomé lächelnd ihren schlafenden Sohn, der sich vom Fieber erholt zu haben schien. Der alte Conde aber bot ihr seinen Arm und geleitete sie ins Innere der Burg. Diesmal fühlte sie sich willkommen und respektiert.

Allerdings gab ihr die hohe Eingangshalle, von deren Decke

mächtige eiserne Kerzenleuchter hingen, wieder das Gefühl, klein und unbedeutend zu sein. Die Wände zierten düstere Ölgemälde mit streng dreinblickenden Männern in voller Rüstung. Der alte Conde spürte ihr Unbehagen und lachte Iriomé aufmunternd zu. »Keine Angst, die sehen grimmiger aus, als sie waren. Außerdem sind sie toter, als sie aussehen.«

Aaron verabschiedete sich respektvoll, indem er sich tief vor Iriomé verbeugte. »Wann immer es etwas gibt, das ich für Euch tun kann, erweist mir die Ehre, damit zu mir zu kommen.«

Iriomé bedankte sich bei dem freundlichen Juden und folgte dem Conde eine steinerne Treppe hinauf in den Seitenflügel zu seinen persönlichen Gemächern. Zweimaliges Händeklatschen rief zwei junge Mägde herbei, gekleidet in einfache braune Kleider mit weißer Schürze und eng anliegenden Hauben.

Er befahl ihnen, unverzüglich zwei Räume für Iriomé und ihren Sohn herzurichten. Die beiden warfen ihr abschätzende Blicke zu, die sich in Feindseligkeit und Furcht verwandelten. Den Conde hielt das jedoch nicht davon ab, sie zu noch mehr Eile anzutreiben. »Los, los, wollt ihr im Stehen einschlafen. Die Señora hat eine anstrengende Reise hinter sich.«

Schwere Brokatvorhänge wurden aufgezogen, geschäftig Kissen aufgeschüttelt und Decken herbeigeschafft, Tischtücher und Toilettenutensilien. Eine der Frauen, die der Conde mit Ana ansprach, brachte eine bunt bemalte Holzwiege, die sie neben das mit einem wuchtigen Baldachin überdachte Bett stellte. Nachdem sie auch die Wiege mit Kissen und Decke ausgestattet hatte, forderte der Conde Iriomé auf, seinen Enkel darin zu betten. »Das war einmal Joaquíns Wiege«, sagte er leise. »Sie wurde extra für ihn angefertigt. Seitdem hat nie wieder ein Kind darin geschlafen«, fuhr er mit tiefer Traurigkeit in der Stimme fort.

Die andere Dienerin hatte inzwischen den Kamin angezündet und zog sich nun diskret zurück.

Ehrfurchtsvoll strich Iriomé über die weißen Kissen und Bettbezüge von feinem, glänzendem Stoff, der sich angenehm kühl anfühlte. Das Feuer im Kamin gab dem Raum bald eine angenehme Wärme. Der Conde betrachtete sie wohlwollend. Iriomé spürte, dass er sie grundsätzlich achtete und ihr keinen Schaden zufügen würde. Es hätte ein schöner Moment sein können, wenn sie nicht die rabenschwarzen Wolken vorausgesehen hätte, die keine gute Zukunft verhießen.

Der alte Conde stand ächzend auf, stützte sich auf seinen Stock und verabschiedete sich für diesen Tag. »Ich werde Euch noch etwas zu Essen bringen lassen. Es ist bestimmt in Eurem Sinn, nicht gleich den ersten Abend im Kreise der Familie zu verbringen, zumal sie gerade erst von Eurer Ankunft gehört haben.« Er zwinkerte ihr zu. »Ihr seid wunderschön. Wir sollten uns möglichst schnell vermählen, damit der Junge einen rechtmäßigen Vater hat. Viel Zeit bleibt mir nicht mehr. Und dann wärt Ihr und Euer Sohn ohne Schutz. Ich werde gleich für morgen Eure und seine Taufe vorbereiten lassen.«

»Was höre ich da? Habe ich vielleicht auch noch ein Wort mitzureden?«, tönte es von der Tür. Es war Joaquín.

Er trug eine weiße Halskrause, ein enges Wams aus Leder, eine kurze grün-rot gestreifte Pumphose und darunter ein eng anliegendes helles Beinkleid. Iriomé hatte ihn noch nie in solcher Kleidung gesehen. Während ihres Klosteraufenthalts waren ihr nur wenige Männer zu Gesicht gekommen, und wenn überhaupt, dann nur Bauern im einfachen, meist schmuddeligen Arbeitsgewand. Was sie jedoch am meisten befremdete, war der Geruch, der von Joaquín ausging. Es war der gleiche, der ihr unterwegs solche Übelkeit verursacht hatte, als die Ungläubigen auf dem Marktplatz verbrannt worden waren.

Der alte Conde sah ihn kalt an. »Während du dich bei diesem fetten Dominikaner, dem größten Speichellecker der Kirche, lieb Kind machst und auch noch diesen scheußlichen Hinrichtungen beiwohnst, habe ich einen wirklichen Akt der Menschlichkeit vollzogen.«

Ihre Nase hatte sie also nicht getäuscht. Iriomé versetzte es einen weiteren Stich ins Herz. Was war nur mit ihm geschehen? Weshalb war sein Herz so verschlossen? Obwohl sie sich so lange nicht gesehen hatten, würdigte er sie keines Blickes und tat so, als sei sie gar nicht vorhanden.

»Ich habe nur meine Pflicht getan«, sagte Joaquín.

»Und ich habe dafür gesorgt, dass dein Sohn unseren Namen bekommen wird. Du solltest mir dankbar sein.«

»Dankbar?« Joaquín lachte auf. »Ihr wollt Euch doch nur noch einmal eine junge Frau ins Bett holen. Dafür solltet Ihr Euch schämen in Eurem Alter.«

»Quält dich jetzt etwa die Eifersucht?«, erwiderte der Conde. »Nachdem du dieses wunderbare Geschöpf der Natur schon vor Monaten in ein Kloster abgeschoben hast?«

»Natürlich nicht!«, schnaubte Joaquín. Erst jetzt sah er Iriomé an, die ihm in diesem Moment tief in die Seele blicken konnte. Sie erkannte, dass sich hinter seinem Zorn und seiner neuen Gnadenlosigkeit große Scham verbarg. Er würde niemals zugeben, dass er ihre Liebe verraten und sich stattdessen mit der Macht verbündet hatte. Er glaubte, seinem Vater auf diese Weise Stärke entgegensetzen zu können. Jedoch war es eine Stärke, die nicht von Verantwortung und Wohlwollen, sondern von Grausamkeit und Gewalt geprägt war. Das alles löste eine tiefe Traurigkeit in ihr aus.

»Wenn ich Iriomé heirate und ihren Sohn adoptiere, ist er dein kleiner Bruder, um den du dich ganz offiziell kümmern kannst. Verstehst du nicht, was dies für Möglichkeiten eröffnet?«

»Und mein Erbe?«

»Schweig!«, herrschte der alte Conde ihn an und blickte auf ihn herab, als wäre er ein dummer kleiner Junge. »Als mein Zweitgeborener«, fuhr er fort, »bekommt er nach meinem Tod nur eine Kleinigkeit, und dein Erbe und auch das deines noch ungeborenen Sohnes ist nicht in Gefahr.«

Iriomé zuckte zusammen. Ihre Erzfeindin erwartete also ein Kind. Ein Kind aus einer ehelichen Verbindung.

Joaquín wandte sich ab.

»So ist es für alle das Beste, glaube mir, mein Sohn.« Der Conde klopfte ihm auf die Schulter und schickte sich dann an, den Raum zu verlassen. »Sieh dir wenigstens deinen Spross an. Ein Prachtjunge. Ich hoffe, er hat möglichst wenig von dir«, kicherte er, als er schon fast draußen auf dem Gang war.

»Ach ja«, er kam noch einmal zurück. »Was haltet ihr von dem Namen Enrique? Enrique de Alba y Santa Barbara. Klingt doch eindrucksvoll, nicht wahr?«

Für die Familie de Alba schien damit alles geregelt, für Iriomé noch lange nicht. Doch im Augenblick war sie in ihren Händen und konnte nichts unternehmen. Außerdem war ihr Sohn zur einen Hälfte ein de Alba. Konnte sie ihm verweigern, dass er diesen Namen trug und unter den Schutz des Christengottes gestellt wurde? Hier in diesem Land würde ihm das wahrscheinlich mehr helfen als alles andere. Wer wusste, wann sie je wieder in ihre Heimat zurückkehren konnte?

Joaquín näherte sich zögerlich der Wiege, als wäre sie ein wildes Tier und könnte jeden Moment auf ihn losgehen.

Iriomé nahm den schlafenden Tamanca behutsam aus der Wiege und übergab ihn Joaquín. Er hielt ihn etwas unbeholfen im Arm, während sich der Anflug eines Lächelns auf seinem Gesicht zeigte. Iriomé erkannte, dass sich liebevolle Gefühle ihren Weg nach oben bahnten, doch er ließ sie nicht zu, sondern gab ihr den Säugling hastig zurück.

»Ich habe ihn Tamanca genannt«, sagte sie leise.

Joaquín stand da, als hätte er einen Stock verschluckt.

»Dein Vater ist ein sehr kluger Mann. Nur als seine Frau sind Tamanca und ich vor deinem Freund de Lugo sicher.«

»Er würde dir nie etwas tun. Er will nur dein Zaubermittel. Gib es ihm doch einfach.« Unruhig ging er in dem Raum auf und ab. »Ich weiß nicht, mit welchen Geistern oder Dämonen du in Verbindung stehst, ich weiß nur eins: Ich möchte damit nichts zu tun haben.«

Das war deutlich. Iriomés letzter Funken Hoffnung, mit ihm gemeinsam Amakuna zu schützen, verlosch endgültig. Tichinames Vorhersage, dass der Pilz nur durch die wahre Liebe zwischen einem Mann und einer Frau irgendwann seine Bestimmung erfüllen konnte, würde sich nicht bewahrheiten. Sie musste sich getäuscht haben. Bisher hatte die Verbindung zu Joaquín nur Unglück ausgelöst.

»Dein Freund hat eine junge Nonne zu Tode gefoltert«, sagte sie leise.

»Das sind doch nur Gerüchte, Iriomé.«

»Ich habe sie gesehen. Man hat sie im Wald gefunden, und sie war fürchterlich zugerichtet.«

»Wilde Hunde«, murmelte er. »Ich muss jetzt gehen, wir sehen uns morgen bei der Taufe.«

32. KAPITEL

Die Kapelle von Trujillo war bis auf den letzten Platz besetzt. Joaquín und die Condesa saßen mit steinernem Gesichtsausdruck in der ersten Reihe. Inés trug ein schwarzes Kleid, unter dem sich deutlich erkennen ließ, dass sie schwanger war.

Iriomé wandte den Blick schnell von ihr ab. In ihrer Heimat war die Treue eines Mannes gegenüber einer Frau, die ihm ein Kind geboren hatte, einer der wichtigsten Werte, besonders unter den Stammesmitgliedern von höherem Rang. Doch hier galten andere Regeln. Sie wunderte sich im Stillen, dass Inés in ihr nicht den Gehilfen des Médico wiedererkannte, sondern mit ihrem weißen, wächsernen Puppengesicht einfach durch sie hindurchsah. Joaquín hatte ihr bestimmt nicht erzählt, aus welchem Grund diese Taufe stattfand und wer sie überhaupt war.

Wer sich jedoch sofort an sie erinnerte, war der Franziskaner Frai Hieronymus. Er warf ihr einen Blick zu, als sähe er sie lieber heute als morgen auf dem Scheiterhaufen. Doch Iriomé wusste, dass er dem Conde unterstand und, solange der alte Mann an ihrer Seite war, nichts gegen sie ausrichten konnte. Und sie besaß hier nicht nur Feinde. Ernesto de Alba y Santa Barbara saß in einem prächtigen goldbestickten Wams neben ihr und nahm beruhigend ihre Hand. Aaron Soreon wie auch der rotbärtige Burgvogt hatten ihr zugelächelt, als sie in die Kapelle eingetreten war, und ihr Komplimente ob ihrer Schönheit gemacht. Allmählich gewöhnte sie sich sogar an die engen Kleider, die eine Frau hier, zumindest in den Augen der Männer, aufwerteten. Man hatte ihr eine Robe aus dem Bestand von Joaquíns Mutter gebracht, diesmal in lichtem Blau, das ihr noch besser stand.

Der alte Conde gab dem Franziskaner, der ein rotes, mit goldenen Borten verziertes Gewand trug, ein Zeichen, mit der Zeremonie zu beginnen.

»Lasset uns beten.«

Die Bewohner des Castillos erhoben sich. Ebenso Iriomé, die ihren Sohn dabei fest an sich drückte.

»Pater noster, qui es in caelis: sanctificetur nomen tuum. Adveniat regnum tuum. Fiat voluntas tua, sicut in caelo, et in terra. Panem nostrum supersubstantialem (cotidianum) da nobis hodie. Et dimitte nobis debita nostra, sicut et nos dimittimus debitoribus nostris. Et ne nos inducas in tentationem, sed libera nos a malo. Amen.«

»Amen«, wiederholte die kleine Gemeinde.

Iriomé kannte das Gebet aus dem Kloster, doch der Vers über die Vergebung wollte ihr nicht einleuchten. Warum sollte sie de Lugo vergeben, der den Befehl gegeben hatte, ihr Volk abzuschlachten? Warum Joaquín, der sie belogen und betrogen hatte? Warum Inés de Perreira, die sie des Diebstahls bezichtigt hatte und selbst eine Diebin war? Soweit sie es verstand, erlöste der Christengott seine Kinder von allem Übel, sodass sie reingewaschen neue Untaten begehen konnten. Sie wurden dafür weder in der Rangordnung herabgestuft noch ausgestoßen, wie es die Stammessitten auf Benahoare vorschrieben und wie es Tara und Tigotan bestimmt hatten. Sie konnte hier unmöglich bleiben.

»Der Friede sei mit euch«, sagte der Mönch. Er nickte dem alten Conde zu, vermied jedoch, Iriomé in die Augen zu sehen. »Bitte tretet vor.«

Auf seinen Stock gestützt, erhob er sich und machte Iriomé ein Zeichen, mit ihrem Sohn zum Taufbecken zu kommen.

»Ich befrage Euch nun, Ernesto de Alba y Santa Barbara: Ihr seid Pate und bekennt zugleich, der Vater dieses Kindes zu sein. Wie soll es heißen?«

Iriomé bemerkte, wie Joaquín leicht zusammenzuckte.

»Enrique«, antwortete der Conde mit fester Stimme. »Nach Enrique El Segundo, dem unehelichen Sohn von Alonso XI., der sich gegen seinen Halbbruder zum König ausrufen ließ. Er besiegte ihn in der berühmten Schlacht von Montiel, schlug ihm den Kopf ab und begründete so das Haus Trastámara, aus dem auch unsere geliebte Königin Isabella von Kastilien und unser geliebter König Ferdinand von Aragon abstammen. Ein Name, der zu diesem Kind passt und es gegenüber seinen Vorfahren in die Pflicht nimmt vor Gott und der heiligen Mutter Kirche.«

»Und was begehrt Ihr von der Kirche Gottes?«

»Den Glauben.«

»Was gewährt Euch der Glaube?«

»Das ewige Leben.«

Der Franziskaner blies dem Täufling dreimal sanft ins Gesicht. »Weiche von ihm, böser Geist, und gib Raum dem Heiligen Geiste, dem Tröster.« Dann legte er seine Hand auf das Haupt des Kindes und sprach:

»Lasset uns beten. Allmächtiger, ewiger Gott, Vater unseres Herrn Jesus Christus, blicke gnädig herab auf diesen deinen Diener Enrique de Alba y Santa Barbara, den du in Gnaden zu den Anfängen des Glaubens berufen hast. Nimm von ihm alle Blindheit des Herzens. Zerreiße alle Fesseln Satans, mit denen er gebunden war. Öffne ihm, o Herr, die Tür zu deiner Vaterliebe. Möge das Zeichen deiner Weisheit ihn durchdringen, auf dass er, frei von allem Pesthauch böser Begierden, dir in deiner Kirche freudig diene, vom Dufte deiner Lehren angezogen, und lass ihn vorwärtsschreiten von Tag zu Tag durch Christus, unsern Herrn. Amen.« Er schöpfte Taufwasser, goss es dreimal in Kreuzesform über den Kopf des Kindes und sprach die Worte: »Ego te baptizo in nomine Patris et Filii et Spiritus Sancti ad nomine Enrique de Alba y Santa Barbara.«

Inés de Perreira y de Alba stieß einen spitzen Schmerzensschrei aus und fiel von der Kirchenbank. Joaquín sprang auf und hielt sie im letzten Moment, bevor sie mit dem Kopf auf dem steinernen Boden aufschlug. Ein Raunen ging durch die Kapelle. Die beiden Zofen der Condesa eilten herbei. Die eine fächelte ihr hastig Luft zu, die andere hielt ihr ein Riechfläschchen unter die Nase, woraufhin sie wieder zu Bewusstsein kam. In ihren Augen jedoch flackerte die pure Angst. Sie griff mit der Hand unter ihr Kleid, zog sie blutig wieder hervor und hielt sie wie eine stumme Anklage dem Conde entgegen. »Seht her, was Ihr angerichtet habt!«, schrie sie mit schriller Stimme. »Es ist nicht rechtens, einem Bastard auf diese Weise die Gunst unseres Herrn zu gewähren.« Dann versagte ihre Stimme.

»Schnell, holt einen Médico!«, rief Joaquín und trug sie aus der Kapelle, nicht ohne seinem Vater einen vernichtenden Blick zuzuwerfen. Doch der ließ sich nicht aus der Fassung bringen.

»Fahrt fort!«, herrschte er den Mönch an. »Wir sind noch nicht am Ende. Die Frau muss ebenfalls getauft werden.«

Mit leicht zitternder Stimme beendete der Geistliche das Taufritual mit dem Schlussgebet.

Nachdem die letzten Worte verklungen waren, drückte Iriomé ihren Sohn hastig an sich und machte Anstalten, die Kapelle zu verlassen. Das alles war zu viel für sie. Die Taufe erschien ihr wie eine große Lüge. Wie ein Verrat an Tara, an ihren Ahnen und ihrem Glauben. Doch der Conde hielt sie zurück und flüsterte ihr ins Ohr: »Wenn Ihr in diesem Land überleben wollt, dann müsst Ihr dieses Spiel mitspielen. – Los, tauft sie!«, befahl er dem Franziskaner.

»Das kann ich nicht mit meinem Gewissen vereinbaren«, gab er leise zurück. »Sie ist eine Hexe. Ich habe es selbst miterlebt.«

»Ihr wisst nur zu gut, dass das alles großer Unsinn ist. Wenn Ihr jetzt nicht sofort Eures Amtes waltet, werde ich Euch noch heute mit Schimpf und Schande vom Hofe jagen und dafür sorgen, dass kein Castillo in der gesamten Extremadura noch eine warme Mahlzeit für Euch hat.«

Angst flackerte in den Augen des Mönchs. »Dann muss sie aber zuerst noch die Beichte ablegen.«

So langsam ging es mit der Geduld des alten Conde zu Ende. »Sie hat nichts zu beichten«, sagte er lauter als beabsichtigt. »Sie war bis gestern im Kloster. Ich warne Euch, Mönch!«

Das Hofgesinde war inzwischen unruhig geworden. Nur die Aussicht, sich später beim anschließenden Tauffest auf Kosten des Conde die Mägen vollzuschlagen und sich zu betrinken, hielt es noch auf den Kirchenbänken.

»Gut, ich werde es tun«, lenkte Frai Hieronymus ein. »Aber allein auf Eure Verantwortung. Denn der Herr lässt so etwas niemals ungestraft geschehen.«

»Natürlich auf meine Verantwortung, was denn sonst«, brummte der Conde verärgert. »Jetzt fangt schon an.«

»Und wie bitte soll sie heißen?«

Der Conde zögerte einen Moment. »Ah, stimmt, darüber haben wir uns gar keine Gedanken gemacht.«

»Die Äbtissin nannte mich immer Irina«, sagte Iriomé. »Sie konnte meinen richtigen Namen nicht aussprechen.«

»Also, da habt Ihr es. Irina de Alba y Santa Barbara. Eindrucksvoll, nicht wahr?«

Frai Hieronymus seufzte und tauchte seine Hände in das Taufbecken.

Die Tafel für das anschließende Tauffest war nur halb so lang und bei Weitem nicht so üppig gedeckt wie bei dem Fest, das Iriomé von der kleinen Kammer aus beobachtet hatte. Dieses Mal war sie jedoch keine heimliche Zuhörerin, sondern der Ehrengast, der neben dem Conde auf einem erhöhten Stuhl saß.

Nachdem alle Weinkrüge gefüllt waren, erhob er den seinen und stellte sie als Prinzessin »der Insel der Glückseligen« vor und als seine zukünftige Ehefrau. Genau in diesem Moment trat Joaquín an die Tafel. »Die Condesa lässt sich entschuldigen«, sagte er mit lauter, vorwurfsvoller Stimme. »Die Blutung konnte aufgehalten werden, aber sie muss nun bis zur Niederkunft liegen und darf nicht einmal das Bett verlassen, um ihre Notdurft zu erledigen. Die Aufregung der letzten vierundzwanzig Stunden war wohl zu viel für sie.«

Der alte Conde verzog keine Miene. »Na, dann ist sie ja in ihren Gemächern gut aufgehoben und kann uns hier nicht die Stimmung verderben.«

Joaquín wollte seinem Vater etwas entgegensetzen, doch Iriomé hielt ihn zurück. »Hat sie Schmerzen?«

»Ja, aber eine Frau aus dem Dorf hat ihr etwas gegeben. Sie schläft jetzt. Ich habe nach Ibn Said schicken lassen. Er soll sich hier ganz in der Nähe aufhalten.«

»Hoffentlich ist es dann nicht zu spät«, sagte Iriomé leise.

Joaquín zog sie zur Seite. »Was meinst du damit?«

»Manchmal löst sich die Haut, in der das Kind liegt, frühzeitig auf. Schmerzhafte Blutungen können ein Zeichen dafür sein.«

»Und was bedeutet das?«

»Vielleicht nichts.«

Iriomé spürte, dass er sie am liebsten gepackt und zu seiner Frau geschleift hätte, doch vor dem gesamten Gesinde konnte er sich eine solche Ausfälligkeit nicht leisten.

»Könntest du ihr mit deinem Zaubermittel helfen, wenn es zum Äußersten kommen sollte?«, flüsterte er ihr stattdessen ins Ohr.

Iriomé dachte an den Schwur, den sie am Sarg der toten Guadalupe geleistet hatte. Sie würde Amakuna nie wieder zu Heilzwecken verwenden. »Nein, das werde ich nicht tun«, antwortete sie ihm.

»Fahr zur Hölle«, zischte er zurück.

Der alte Conde packte ihn am Handgelenk. »Ich muss darauf bestehen, dass du dich gegenüber meiner künftigen Gattin und der Mutter meines Sohnes angemessen benimmst«, maßregelte er Joaquín.

»Ich werde nicht mit Euch feiern, während meine Frau leidend darniederliegt«, entgegnete er, sodass alle es hören konnten.

»Als ich deinen Sohn geboren habe, hat es dich nicht gestört, Hochzeit zu feiern. Ich habe gehört, es soll ein rauschendes Fest gewesen sein«, sagte Iriomé, allerdings so leise, dass nur er es hören konnte.

Zornesröte überzog sein Gesicht. »Ich werde einen Boten zu Seiner Exzellenz Lorenzo de la Huerta schicken. Mal sehen, was er zu diesem Possenspiel zu sagen hat!«, schrie er außer sich.

»Tu, was du nicht lassen kannst«, sagte der alte Conde noch immer ruhig. »Doch ich werde ihm den Einlass verwehren. Noch bin ich der Herr auf Trujillo.«

In seiner Wut stieß Joaquín beim Hinausgehen ein Weinfass um, sodass sich der Wein wie Blut über den Steinboden ergoss. Umgehend eilten zwei Mägde herbei, um es wieder aufzustellen und den verschütteten Wein aufzuwischen.

»Was wollte er von Euch?«, beugte sich der alte Conde zu Iriomé. »Hat er Euch beleidigt?«

»Nein, er ist nur sehr wütend.«

»Er ist wütend auf sich selbst, und er hat allen Grund dazu. Denn er liebt Euch noch immer. Nur kann er es nicht zeigen und auch nicht leben. Erst im Alter durchschaut man, wie die Dinge wirklich sind, und erkennt, was wichtig ist.« Der Conde erhob sich schwerfällig. Als er aufrecht stand, überragte er auch die stehenden Diener. »Kommt, lasst uns miteinander anstoßen, unabhängig von Rang und Namen. So, wie es einst in den guten alten Zeiten auf den Burgen der Extremadura Sitte war.«

Alle pflichteten ihm lautstark bei und erhoben ihre Krüge.

»Auf das Wohl des jungen Enrique de Alba y Santa Barbara.«

»Auf das Wohl des jungen Enrique de Alba y Santa Barbara«,

wiederholte das Gesinde seine Worte und machte sich dann wie Verhungernde über die aufgetischten Speisen her.

Iriomé war der Appetit vergangen. Sie dachte mit Wehmut an das letzte Fest, das sie mit ihrem Volk begangen hatte. Auch dort hatte es mehr als sonst üblich zu essen und zu trinken gegeben, doch keiner mutete seinem Körper so etwas zu wie die Menschen hier. Die meisten von ihnen konnten schon nach kurzer Zeit kaum mehr gerade sitzen. Iriomé beobachtete gar, wie manche nach draußen gingen und sich den Finger in den Hals steckten, um sich dann von Neuem den Teller vollzuhäufen. Sie schienen vollständig den Kontakt zu sich selbst verloren zu haben, folgten nur noch ihren Begierden und konnten sonst an nichts anderes mehr denken. Eine Art Flucht vor der Wirklichkeit, vor einem Leben, das sie nicht selbst bestimmen durften. So, wie es jetzt auch ihr beschieden war. Iriomé sehnte sich mit ihrem ganzen Sein nach Benahoare zurück. Sie spürte ein Ziehen in der Brust, was es ihr unmöglich machte, länger zu bleiben, und so entschuldigte sie sich bei dem alten Conde, dass es Zeit wäre, ihren Sohn zu füttern.

»Geht nur. Ich werde später noch einmal nach Euch sehen«, sagte er freundlich.

Sie war froh über die frische Nachtluft, die ihr entgegenschlug, und ging zügig über den grob gepflasterten Innenhof zu dem Torbogen, der den Seitenflügel mit dem Hauptgebäude verband. Als jemand zu ihr aufschloss, sie gegen die Mauer drückte und die Hände links und rechts von ihrem Kopf an die Wand stemmte, wusste sie sofort, dass es Joaquín war. Sie roch seinen Atem. In diesem Moment war sie froh über ihr eng geschnürtes Kleid, das sie fast wie eine Rüstung umschloss. Sein Herz, das einst im Gleichklang mit ihrem geschlagen hatte, war wieder in seinen alten Rhythmus verfallen. Das samtene Braun seiner Augen lud nicht mehr ein, darin zu versinken. Im Gegenteil. Sein Blick war von Furcht gezeichnet, von Hochmut und kalter Gewalt, die er nicht zögern würde anzuwenden, wenn er es als notwendig erachtete. Und trotzdem spürte sie die Wärme seines Körpers, sein Knie an ihren Beinen, seinen Lendenschutz, der sich gegen ihren Unterleib drückte. Der Duft seiner frischen Wäsche, vermischt mit dem Geruch seines Schweißes. Leicht wie das Flackern einer Kerzenflamme strichen seine Lippen über ihren Hals.

»Ich schlafe im Augenblick allein. Mein Gemach ist im runden Turm über dem meines Vaters. Du musst nur die Treppen hinaufsteigen.«

Iriomé wusste nicht, was sie denken sollte. In ihr kämpften körperliche Lust und Wut gegeneinander.

»Wirst du heute Nacht kommen?«, fragte er. »Soll ich das Feuer schüren und auf dich warten?« Er ließ von ihr ab und nickte ihr zu, als hätten sie einen angemessenen Handel besiegelt. Dann verschwand er in der Dunkelheit. Iriomé wusste, sie war verloren. Sie war nicht nur gefangen in diesem Kastell, sie war genauso wie er eine Gefangene ihrer Liebe und Leidenschaft, die jedoch hier zwischen den hohen Mauern nicht atmen konnte.

Als sie an den silbrig leuchtenden Schießscharten entlang zu ihren Gemächern ging, spürte sie, dass ihre Haut im Mondlicht brannte. Sie stellte sich vor, dass Joaquín nackt auf seinem Bett lag und sie erwartete.

Iriomé glaubte, gerade erst eingeschlafen zu sein, als Ana sie weckte.

»Señora, bitte wacht auf. Der alte Conde … es geht ihm nicht gut. Er hat nach Euch verlangt und auch schon Frai Hieronymus für die Letzte Ölung rufen lassen. Ich glaube, es geht dem Ende zu.«

Anas Worte sorgten dafür, dass Iriomé sofort hellwach wurde. Sie sah hilflos an ihrem Nachthemd hinunter. Bestimmt schickte es sich nicht, so ihr Zimmer zu verlassen. Doch Ana hielt ihr bereits einen Mantel aus grüner Seide hin. Sie schlüpfte hinein und eilte zu den Gemächern des Conde.

Vor dem Fenster zeigte sich bereits die Morgendämmerung. Iriomé erkannte an seinem Bett ihren alten Freund Ibn Said. Unter anderen Umständen hätte sie sich gefreut, ihn wiederzusehen, doch der ernste Ausdruck in seinem Gesicht ließ sie innehalten. Er hatte gerade den Verband vom Bein des Conde gelöst. Iriomé nahm den Geruch von Eiter und Fäule wahr, der aus einem riesigen Geschwür emporstieg, das den ganzen Oberschenkel bedeckte. Nachdenklich wiegte Ibn Said seinen Kopf hin und her.

»Ich kann nicht mehr viel für Euch tun, Señor. Der Eiter hat Euer Blut endgültig vergiftet. Selbst wenn wir das Bein abschlügen, würde Euch das nicht helfen.«

»Ich lebe damit seit über zehn Jahren«, erklärte der Conde mit brüchiger Stimme.

»Da habt Ihr großes Glück gehabt«, erwiderte der Médico.

»Mehr einen starken Willen«, flüsterte Ernesto de Alba mit schwächer werdender Stimme.

»Sie ist schuld!«, rief Frai Hieronymus und hielt Iriomé einen Kerzenleuchter ins Gesicht, sodass die Flammen beinahe ihr Haar in Brand gesetzt hätten, wenn Ibn Said ihn nicht beiseitegestoßen hätte.

»Wollt Ihr sie gleich hier verbrennen?«, herrschte er den Mönch an. »Im Angesicht eines Sterbenden?«

Frai Hieronymus wich einen Schritt zurück. »Ich habe Seine Exzellenz gewarnt. Er hat mich gezwungen, diese Hexe zu taufen. Doch der Herr lässt nicht mit sich spielen.«

Erst jetzt bemerkte der Conde Iriomés Anwesenheit und versuchte, nach ihrer Hand zu greifen. »Ihr braucht keine Angst zu haben«, flüsterte er. »Für Euch und den kleinen Enrique wird gesorgt.« Dann wandte er sich an Ana, die hinter Iriomé stehen geblieben war. »Ich möchte, dass Ihr nun alle weckt und hierher bringt. Meinen Sohn, seine ehrenwerte Gattin, sollte sie dazu in der Lage sein, den Burgvogt Roberto de la Torre und meinen Schatzmeister und teuersten Freund Aaron Soreon.«

Der Médico stand auf, um sich diskret zurückzuziehen. Doch der alte Conde gebot ihm mit einer Handbewegung Einhalt. »Ich bitte Euch, als unabhängiger Zeuge meines Letzten Willens zu bleiben.« Er schloss die Augen und öffnete sie erst wieder, als Joaquín und seine auf ihn gestützte Gattin kurz darauf in kostbare Schlafröcke gehüllt erschienen. Sie ließen sich am Fußende des Bettes nieder, ohne Iriomé einen Blick zu schenken. Aaron Soreon kam mit wildem, ungekämmtem Bart und besorgtem Gesichtsausdruck herein. Er hatte sich nur einen dünnen seidenen Mantel übergeworfen, während der Burgvogt, der ihm auf dem Fuß folgte, bereits mit einem dunklen Übermantel, schwarzen Beinkleidern und glänzenden Stiefeln für den Tag gekleidet war. Um diese Stunde hatte er schon längst mit seiner Arbeit begonnen, um den gewohnten Tagesablauf auf dem Castillo garantieren zu können. Er lächelte Iriomé beruhigend zu.

Der Atem des Sterbenden wurde schneller, als brauchte er besonders viel Luft dafür, was er den Anwesenden jetzt zu sagen hatte. »Mein treuer Freund Aaron. Ich möchte, dass Ihr noch heute Nacht Eure Sachen packt und Euch morgen früh auf den Weg nach Augsburg im Schwabenland macht. Dort lebt eine mächtige Kaufmannsfamilie. Sie nennen sich die Welser. Ich habe Anton Welser, einen rechtschaffenen Mann, einst in seiner Handelsniederlassung in Sevilla kennengelernt. Er hat mir damals mit 100 Silbertalern in einer äußerst prekären Situation geholfen. Ich möchte ihm nichts schuldig bleiben. Es ist wichtig, dass Ihr so schnell wie möglich aufbrecht, denn wie Ihr selbst wisst, werdet Ihr nicht mehr lange unbehelligt in diesem Land reisen können. Nehmt zum Schutz drei gut bewaffnete Caballeros mit.«

Iriomé sah Tränen in den Augen des Juden aufsteigen. Es musste schwer für ihn sein, nicht nur einen guten Freund zu verlieren, sondern auch noch seine Heimat. Sie konnte sein Leid mehr als nachempfinden.

»Ich werde Euch ein Stück des Weges begleiten«, mischte sich der Médico ein und legte Aaron eine Hand auf die Schulter. »Ich verfüge über einen Ferman, einen Pass, persönlich ausgestellt von Seiner Exzellenz dem Großinquisitor Lorenzo de la Huerta. Damit dürften wir ohne Probleme durch jede Kontrolle kommen, zumindest bis an die Grenze von Aragon. Dort herrschen noch keine so strengen Gesetze gegenüber Juden, und Ihr seid vorerst sicher.«

Aaron sah ihn dankbar an. Iriomé ahnte, dass es dem Conde um mehr als um die Rückzahlung alter Schulden ging. Ernesto de Alba konnte seinen Freund nun nicht mehr schützen und wollte ihn vor der immer grausamer werdenden Judenverfolgung retten. Iriomé hatte noch immer die Schreie der Opfer im Ohr, die in dem kleinen Dorf auf dem Scheiterhaufen ihren Tod fanden. Mochte Aaron dieses Schicksal erspart bleiben. Von Joaquín wäre gewiss wenig Hilfe zu erwarten. Er hatte sich mit der Macht verbündet und würde den alten Mann, ohne mit der Wimper zu zucken, der Inquisition übergeben. Die kleine Ansprache hatte den Conde viel Kraft gekostet. Er lag bleich mit geschlossenen Augen in seinen Kissen. Doch dann richtete er sich auf, als wüsste er, dass ihm nicht mehr viel Zeit blieb.

»Und Ihr«, wandte er sich an den Franziskaner, »werdet mich jetzt mit der jungen Dame vermählen, und zwar noch bevor ich meinen letzten Atemzug tue. Denn ich bin ein Mann, der immer sein Wort gehalten hat.« Den letzten Satz konnte er nur noch im Flüsterton von sich geben, dann versagte seine Stimme, und er sank auf sein Lager.

Frai Hieronymus lächelte nur. Diesmal fühlte er sich eindeutig in der stärkeren Position und genoss es sichtbar. Er schüttelte den Kopf.

Doch das bekam Ernesto de Alba y Santa Barbara schon nicht mehr mit. Seine Augen waren geschlossen, er atmete schwer.

Frai Hieronymus zündete die Sterbekerze an und stellte sie neben das Bett des alten Conde, der noch einmal mühsam den Kopf hob, die Augen aufschlug und seinen Sohn direkt anblickte.

»Ich möchte, dass du mir schwörst, den kleinen Enrique wie einen Bruder zu achten und zu schützen und seine Mutter wie eine Schwester.«

Joaquín zögerte, als hoffte er, das schnelle Eintreten des Todes würde ihn von einem solchen Versprechen entheben.

Doch Ernesto de Alba y Santa Barbara sah seinen Sohn weiter abwartend an, ebenso wie alle anderen Anwesenden. Schließlich konnte er es nicht weiter herauszögern. Er hob die Hand und sagte leise. »*Juro!* – Ich schwöre.«

Inés stieß einen ähnlichen Schrei aus wie in der Kapelle und brach erneut zusammen. Ibn Said sprang auf und trug sie mithilfe von Aaron aus dem Sterbezimmer.

»De la Torre, Ihr müsst das bezeugen«, sagte der Conde mit letzter Kraft, bevor sein Kopf in die Kissen zurücksank, diesmal endgültig. Er tat seinen letzten Atemzug und verschied.

Ana öffnete das Fenster, ließ die kühle Morgenluft herein und zog sich dann zurück. Die Kerze erlosch. Da es sonst niemand tat, schloss Iriomé die Augen des Toten und verschränkte seine Arme vor seiner Brust, wie sie es in der Gruft gesehen hatte, in der Guadalupe aufgebahrt war.

Joaquíns Blick war starr ins Nichts gerichtet. In seinen Augen war keine Träne zu entdecken. Seine Gefühle waren tief in seinem Herzen verschüttet. Weder der Tod seines Vaters noch die Existenz seines kleinen Sohnes konnten sie wieder zutage bringen. Und viel mehr gab es nicht, um die Seele zu berühren. Er war verloren. Iriomé setzte sich neben ihn. Er kam ihr vor wie ein kalter Fels.

Frai Hieronymus, der währenddessen das Totengebet sprach, warf ihr einen triumphierenden und zugleich vernichtenden Blick zu, den sie jedoch ignorierte. Joaquín schien davon nichts zu bemerken und sah erst auf, als sich eine von Inés' Zofen mit besorgter Miene näherte und ihm etwas ins Ohr flüsterte. Er sprang auf und bedeutete Iriomé, ihm zu folgen. Kaum hatte er die Tür hinter sich geschlossen, packte er sie bei den Schultern.

»Du musst etwas tun, und zwar sofort, sonst wird meine Frau sterben und das Kind ebenfalls. Der Médico kann ihr nicht mehr helfen! Ich werde alles verlieren, was meine Familie in mehreren Generationen aufgebaut hat. Königin Isabella wird mir die Schuld am Tod ihrer Lieblingscousine geben und nicht länger ihre schützende Hand über Trujillo halten.«

Seine Worte, die er in rauem Befehlston ausgestoßen hatte, prallten an Iriomé ab. »Ich kann dir nicht helfen. Das habe ich dir bereits gesagt!« Ihre Stimme klang so kalt, dass sie selbst erschrak. Sie wusste, dass Entscheidungen, die aus dem Gefühl des Hasses getroffen wurden, meist keine guten waren. Doch sie wollte ihren Schwur unter keinen Umständen brechen. Zudem hatte Joaquín sie zu oft gedemütigt, zu oft hinter seine eigenen Interessen gestellt, als dass sie sich bemüßigt gefühlt hätte, für ihn eine Ausnahme zu machen. Er hatte sie Situationen ausgesetzt, auf die sie nicht vorbereitet war, und sie in die Position einer Bittstellerin gebracht. Schließlich war sie eine Harimaguada, die Nachfolgerin der großen Tichiname, die sie zur Hüterin von Amakuna bestimmt hatte.

Iriomé wandte sich ohne ein weiteres Wort ab und trat durch die Tür in das Gemach des Conde, um sich endgültig von ihm zu verabschieden. Auch wenn es ihm letztlich um die Interessen seines Adelsgeschlechts gegangen war, hatte er sich ihr gegenüber doch zuvorkommend verhalten. Im Gegensatz zu seinem Sohn war er nicht von Angst getrieben, sondern von Selbstachtung und echter Durchsetzungskraft. Sie öffnete die Tür und wäre beinahe mit dem Burgvogt zusammengestoßen, der gerade das Sterbezimmer verlassen wollte.

»Wie geht es der Condesa?«, erkundigte er sich höflich bei Joaquín.

Der hatte jedoch nur einen hasserfüllten Blick für Iriomé übrig und lief mit schnellem Schritt davon.

»Für Euch muss das alles höchst verwirrend sein«, wandte sich der Burgvogt mitfühlend an Iriomé.

»Ich habe schon Schlimmeres überstanden«, sagte sie leise und schob sich dann an ihm vorbei zum Lager des Conde.

Die Fenster des Raumes waren gegen Osten gerichtet, und die ersten Strahlen der Morgensonne trafen den Leichnam von Ernesto de Alba y Santa Barbara, als wollten sie ihn nicht erkalten lassen. Sie setzte sich auf die Bank zu Füßen seines Bettes. Frai Hieronymus' noch immer anhaltendes Totengebet nahm sie nur als monotones Gemurmel wahr.

Vielleicht hatte die Äbtissin ja recht, und es gab die wahre Liebe nur zu den Göttern, den Geistern oder Ahnen. Vielleicht waren die Menschen immer nur für eine kurze Zeit in der Lage, dieses große, umfassende Gefühl füreinander zu empfinden, und sanken dann zurück in ihr Dasein, das von Gier, Eifersucht, Geiz und anderen hässlichen Eigenschaften überschattet war.

33. KAPITEL

Inés und ihr Kind verstarben nur wenige Stunden nach dem Conde. Joaquín brachte Iriomé persönlich die Nachricht, während sie in ihrem Schlafgemach mit ihrem Sohn ein kleines Spiel spielte. Sie pendelte mit einer Schnur, an der eine Perle hing, vor dem wachen Säugling, der bereits in der Lage war, ihren Bewegungen mit den Augen zu folgen und seine Händchen nach der Perle ausstreckte.

Sie sagte zunächst gar nichts, sondern fuhr mit ihrem Spiel fort.

Joaquín holte sich einen Hocker, setzte sich zu ihr an die Wiege, die am offenen Fenster stand, und sah den beiden zu.

»Was willst du?«

»Dich.«

Iriomé hielt inne und sah ihn fassungslos an.

»Es gibt jetzt nur noch uns. Das Schicksal hat uns auserkoren. Das weißt du so gut wie ich. Wir gehören zusammen, gegen alle Widrigkeiten. Und unser Sohn wird eines Tages der Herr von Trujillo sein.«

Iriomé glaubte, ihn nicht richtig verstanden zu haben. Sie legte das Pendel zur Seite und nahm Tamanca auf den Arm, der prompt zu schreien begann, weil sein Spiel unterbrochen worden war.

»Ich verstehe ja, dass du eifersüchtig warst, aber dafür besteht jetzt kein Grund mehr. Ich werde dich heiraten. Ganz offiziell.«

Iriomé war noch immer nicht in der Lage, auch nur ein Wort zu erwidern.

»Ja, ich werde die Mutter meines Sohnes heiraten«, wiederholte er bestimmt.

»Das war ich immer«, sagte sie leise.

»Aber jetzt hat sich die Situation verändert.«

»Stimmt. Jetzt hast du Angst, keine Nachkommen mehr heranziehen zu können. Weil es in eurer Familie bereits zu viele Totgeburten gab. Jetzt bin ich plötzlich gut genug! Jetzt ist unser Sohn plötzlich kein Wagnis mehr!«

»Iriomé, bitte. Du musst mir verzeihen. Ich habe mich geirrt. Ich habe mich vom Glanz und Ruhm einer Cousine der Königin blenden lassen. Ich dachte, meinem Vater beweisen zu müssen, dass ich in der Lage bin, den Besitz der Familie aufrechtzuerhalten. Und das war nur durch diese Heirat möglich. Ich hatte keine andere Möglichkeit. Aber die Wahrheit ist und war schon immer, dass ich dich liebe und endlich das mit dir leben will, wozu uns das Schicksal auserwählt hat.«

Iriomé vermochte in diesem Augenblick nicht zu unterscheiden, ob er diese Wahrheit auch tatsächlich fühlte oder sich nur bei ihr einschmeicheln wollte. Aber das spielte keine Rolle mehr. Noch während Joaquín ihr anbot, was sie sich sehnlichst gewünscht hatte, schloss sich ihr Herz ihm gegenüber. Und es würde sich nicht mehr für ihn öffnen. Nicht in diesem Leben.

Sie hatte nur noch Verachtung für diesen Mann übrig.

»Ich werde dich niemals heiraten. Und meinen Sohn wirst du nicht bekommen«, sagte sie mit fester Stimme. »Wenn er hier aufwächst, wird er ein Herz aus Stein in seiner Brust tragen wie sein Vater. Wir werden zurück in meine Heimat reisen.«

Joaquín fiel in sich zusammen. Ähnlich wie bei ihrem ersten Abschied im Kloster kam er ihr vor wie ein Baum ohne Blätter.

Vielleicht liebte er sie, aber selbst wenn, war es eine Liebe, die den Stürmen des Lebens nicht standhalten konnte. Er würde immer wieder umfallen.

»Ist das dein letztes Wort?«, presste er hervor.

Iriomé nickte. »Ich werde noch heute unsere Sachen packen.«

Joaquíns Gesichtszüge verhärteten sich. »Und wie willst du das anstellen? Dich in einen Vogel verwandeln und übers Meer auf deine Insel fliegen?«

»Bestimmt nehmen Aaron und der Médico mich mit bis an die Küste. Dort werde ich ein Schiff finden, das mich nach Hause bringt.«

»Das werde ich nicht zulassen.« Er stand ruckartig auf, sodass der kleine Schemel, auf dem er saß, polternd umfiel und Tamanca erschrocken zu brüllen begann.

»Die Göttin wird mir einen Weg weisen«, sagte Iriomé leise und wiegte ihren Sohn in den Armen, der daraufhin sofort wieder still wurde. Joaquín achtete nicht weiter auf den umgefallenen Schemel und wandte sich zur Tür.

»Deine Göttin?« Er lachte auf. »Du wirst bald sehen, wohin sie dich bringen wird.«

Die Antwort darauf erhielt Iriomé schon kurze Zeit später. Es klopfte, und zwei Caballeros, die sie als Torwachen kannte, forderten sie harsch auf, ihnen zu folgen. Als sie nicht sofort reagierte, packten sie sie an den Armen und zogen sie vom Stuhl.

»Befehl des Conde. Am besten, Ihr nehmt Euch noch einen Umhang mit, denn dort, wohin wir Euch bringen, ist es nicht sehr warm.«

Was hatte Joaquín vor? Wollte er an ihr Rache nehmen dafür, dass sie ihm nicht gehorchte?

Die beiden Männer ließen sie los, damit sie sich ihren Umhang umlegen konnte. Sie sah sich blitzschnell um. Die einzige Fluchtmöglichkeit war durch das geöffnete Fenster. Von dort könnte sie die Mauer hinunterklettern, doch nicht mit einem

Säugling im Arm. Sie ging zur Wiege, um Tamanca herauszunehmen, doch sie wurde jäh von einer weiblichen Stimme aufgehalten.

»Das Kind bleibt hier!«, sagte Ana, die sich bisher hinter den Wachen versteckt hatte und nun die Wiege außer Reichweite rückte. Die Wachen nahmen Iriomé zwischen sich und schleiften sie zur Tür. Sie schrie. Tamanca schrie. Doch ihre Schreie trafen nur das raue Gemäuer des Castillos, das sie wie ein Raubtier verschluckte.

Die beiden Männer brauchten all ihre Kräfte, um Iriomé die steinernen Stufen hinunter in das Kellergewölbe zu zerren, wo sich das Burgverlies befand. Beinahe wären sie auf dem glitschigen Boden ausgerutscht. Für Iriomé war es eine Möglichkeit zur Flucht, doch sie erwischten ihr Gewand und zogen sie daran zurück. Beide warfen sich über sie. Nach einem kurzen Kampf stießen sie Iriomé in eine dunkle, modrige Zelle. Die schwere, mit Eisen beschlagene Holztür wurde von außen verriegelt.

Sie atmete schwer. Blut lief ihre Schläfe hinunter. Ihre Beine waren aufgeschürft und brannten, wo sie über den rauen Boden geschleift worden war. Sie spürte ihr linkes Auge zuschwellen. Wie der Wächter vorausgesagt hatte, fror sie. Sie zog die Beine an und versuchte sich, so gut es ging, mit dem dünnen Umhang zu bedecken, was jedoch nicht viel nutzte. Nur von ganz oben drang etwas Licht durch ein kleines Loch. Genug, um zu erkennen, dass sie nicht allein hier war. Sie teilte diese schaurige Unterkunft mit einer Schar Ratten, die neugierig näher kamen. Iriomé ließ sie gewähren. Im Gegensatz zu den meisten Menschen kamen ihr diese Tiere geradezu liebevoll vor. Sie nahm auf ihre ganz spezielle Weise Kontakt mit ihnen auf und überzeugte sie davon, Abstand zu halten.

Irgendwann, Iriomé hatte sogar ein wenig geschlafen, hörte sie, wie der Schlüssel sich im Schloss drehte und die Tür geöffnet wurde. Sie hoffte, dass es Joaquín war und sie ihn überzeugen konnte, sie wieder herauszulassen. Doch vor ihr stand, mit einer

Laterne in der Hand, die sein hageres Gesicht wie eine dämonische Fratze aussehen ließ, ihr ärgster und verhasster Feind: Alonso Fernández de Lugo. Hinter ihm hatten sich die beiden Wachen aufgestellt und ließen sie nicht aus den Augen.

De Lugo schloss mit einem Lächeln die Tür und lehnte sich dagegen. Sein Gesicht wirkte eingefallen, tiefe Falten hatten sich zwischen Mund und Nase in seine Haut gekerbt. Auch sein Körper war hagerer, als er ihr in Erinnerung war.

»So sieht man sich wieder! Es ist lange her, dass du mir das Leben gerettet hast. Und ich hatte bisher keine Möglichkeit, mich dafür erkenntlich zu zeigen«, sagte er. »Aber jetzt werde ich es tun.«

Iriomé wusste nicht, was schlimmer war: die Stimme oder die Blicke dieses Mannes.

»Ich werde dir nämlich das Leben retten, so wie du einst das meine gerettet hast.«

»Mein Leben ist nicht in Gefahr«, entgegnete sie. »Joaquín will mich heiraten.«

»Ja, und anschließend wird er dich aus dem Weg schaffen und irgendeine Adelige, die mit dem Königshaus verwandt ist, heiraten. Egal, ob die ihm einen Sohn gebärt oder nicht. Denn er hat ja schon einen! Wie praktisch. Und unser gemeinsamer Freund, Seine Exzellenz Frai Lorenzo de la Huerta, mit dem du ja auch schon das Vergnügen hattest, wird netterweise dafür sorgen, dass der kleine Enrique von der Königin als Joaquíns legitimer Sohn anerkannt wird. Dafür bietet Joaquín ihm ab sofort seine vollständige Unterstützung bei der Einrichtung seiner Inquisitionstribunale auf seinem Land an.«

Iriomé starrte ihn mit offenem Mund an.

De Lugo lachte höhnisch. »Was glaubst du, wie schnell du dort auf einem ihrer Scheiterhaufen landen wirst? Für Joaquín ist dies die einfachste Möglichkeit, dich loszuwerden, und durchaus eine legitime. Er selbst hat gesehen, wie du im Kloster Santa Maria del Valle – man überlege sich das, in einem Kloster! – dem Satan gehuldigt und ihm ein Ziegenopfer dargebracht hast. Und glaube bloß nicht, dass er dir noch einmal das Leben retten wird. Das hast du verspielt. Ein für alle Mal.« Sein Lachen ging in einen Hustenanfall über. »Und wenn das nicht reicht, werde ich gegen dich aussagen. Und sollte das immer noch nicht genug sein, haben wir noch immer die Äbtissin von Santa Maria oder die junge Mutter aus diesem kleinen Dorf nördlich von Cádiz, die du wieder zum Leben erweckt hast.«

Iriomé sackte in sich zusammen. Sie sollte also brennen. So wie Guayafanta es vorausgesagt hatte.

»Aber du kannst alldem entgehen, wenn du für mich deinen Zaubertrank braust, und zwar so viel ich davon benötige. Na, was sagst du? Damit ist doch allen geholfen.« Er lachte kehlig. »Denke darüber nach. Aber nicht zu lange.«

»Kann ich meinen Sohn sehen? Er muss doch trinken«, sagte Iriomé verzweifelt.

Sie bekam keine Antwort mehr. Kaltauge hatte ihr Gefängnis bereits verlassen.

Einer der Wachen brachte ihr einen Krug mit Wasser und einen Kanten altes Brot sowie eine Decke. Obwohl sie keinen Hunger oder Durst verspürte, aß und trank sie. Sie musste bei Kräften bleiben, wenn sie sich, wie auch immer, aus dieser Lage befreien wollte. Weder ein Leben nach de Lugos Wünschen noch der Tod waren eine Wahl.

Die einzigen Freunde, die sie hatte, würden heute Nacht aufbrechen, um ihr eigenes Leben zu retten. Die Hoffnung, dass sie sie hier herausholten, war gering. Trotzdem blieb Iriomé die ganze Nacht hellwach. Sie hörte auf jedes Geräusch, jede Stimme. Sie nahm jeden einzelnen Schrei der Nachtvögel wahr, das Heulen der Wölfe in der Ferne. Als der nächste Morgen graute und ein dünner Lichtstrahl sie in ihrem Verlies traf, saß sie noch immer auf dem steinigen Boden. Die einzigen Lebewesen, die hin und wieder nach ihr gesehen hatten, waren die Ratten.

Was sie weit mehr quälte als Kälte, Hunger und die Angst vor dem Feuertod, war die Sorge um ihren Sohn. Er fehlte ihr. Er war es, der sie am Leben hielt und ihr Trost spendete, wenn die Einsamkeit sich wie ein graues Tuch über sie legte. Als sie noch in der Klause des Klosters lebte und mit Guadalupe Medizin aus Kräutern zubereitete, fühlte sie sich zumindest nützlich und mit der Aufgabe verbunden, die ihr von Tara bestimmt war. Doch nun schien sie den Kontakt zu ihrer Göttin vollständig verloren zu haben. Jene Ratten, die hier unten lebten und die Abfälle der Burg fraßen, erfüllten ihren Lebenssinn mehr, als sie selbst es derzeit tat. Sie war nicht nur äußerlich eine Gefangene, auch ihre Seele war eingesperrt. Sie konnte keine freie Entscheidung treffen. Vielleicht gab es für sie auch keine mehr.

Der Tag verging, ohne dass Joaquín oder Kaltauge sie aufsuchten oder sie eine Nachricht von ihren Freunden erhielt. Langsam verlor Iriomé jegliche Hoffnung, dass sich ihr Schicksal noch einmal wenden könnte. Als sie sich dessen bewusst wurde, erschrak sie. Sie berührte das Medaillon, das noch immer um ihren Hals hing. Nichts im Leben geschah umsonst. Alles, was sie durchlitt, hatte irgendwie mit Amakuna zu tun. Und plötzlich wusste sie auch, wie. Die Erkenntnis traf sie wie ein Blitzschlag. Ihr Sohn Tamanca war der Schlüssel. Mit ihm öffnete sich die Tür in die Zukunft. Er würde der nächste Hüter des Pilzes sein. Seine Nachkommen würden dafür sorgen, dass das Geheimnis gewahrt bliebe und erst enthüllt würde, wenn die Zeit dafür gekommen war. Das war es, was Tichiname ihr hatte sagen wollen.

Joaquín war als Vater ihres Sohnes bestimmt worden. Denn nur als dessen Sohn würde Tamanca die Macht haben, Amakuna zu schützen.

@ @ @

Iriomé war kurz eingenickt, als sie glaubte, eine Berührung an der Schulter zu spüren. In der Annahme, es sei eine Ratte, die ihr trotz Absprache zu nahe gekommen war, tat sie eine kräftige

Handbewegung, um sie zu verscheuchen, und stieß dabei gegen Roberto de la Torre, der ihre Hand festhielt.

»*Rápido!* Kommt schnell«, flüsterte er.

Iriomé war sofort hellwach und auf den Beinen.

»Ich habe Euer Pferd gesattelt. Wenn Ihr schnell reitet und Euch immer gen Nordosten haltet, habt Ihr Eure Freunde schon morgen Abend eingeholt. Sie konnten Euch nicht mitnehmen, denn der Conde hat jeden Winkel der Kutsche durchsucht. In der Nähe des Dorfes Tabla de la Reina erwarten sie Euch in einem Bauernhof, der einem gewissen Paco de Oriega gehört.«

Der Burgvogt war ein wahrer Freund. Er half ihr nun schon zum zweiten Mal.

»*Gracias*«, flüsterte sie, folgte ihm so leise wie möglich die Treppe hinauf und dann immer im Schatten der Burg über den Hof. Als sie die steile Wand emporsah, drang aus den Fenstern ihrer einstigen Gemächer noch Licht. »Ich kann nicht fort ohne mein Kind.«

Er blieb stehen und drehte sich zu ihr um. Der Mond beleuchtete sein Gesicht. Iriomé konnte darin Mitgefühl lesen. »Das ist unmöglich! Zwei Männer bewachen die Tür, und die Zofen der verstorbenen Condesa sowie eine Amme aus dem Dorf sind in dem Zimmer. Ihr könnt froh sein, wenn Ihr es schafft, Kastilien zu verlassen und außerhalb der Machtbefugnis dieses wahnsinnigen Mönchs zu kommen. Er wurde zum Großinquisitor ernannt und ist nun, aufgestachelt von de Lugo, ebenfalls an Euch interessiert.«

»Bitte! Leiht mir das!« Sie griff nach seinem Dolch, den er im Gürtel trug. »Keine Angst, Ihr bekommt ihn zurück«, sagte sie, zog sich den dünnen Umhang aus, rollte ihn zusammen wie ein dickes Seil und wickelte ihn sich um den Oberkörper. Darin verstaute sie auch den Dolch.

De la Torre sah ihr verblüfft zu. »Was habt Ihr vor?«

»Ich hole jetzt meinen Sohn, während Ihr die Wachen vor der Tür ablenkt. Mit den Frauen werde ich schon fertig.« Sie griff nach dem ersten vorstehenden Stein des groben Mauerwerks über ihrem Kopf und zog sich daran hoch. Ihre Zehen fanden Halt, während ihre Augen bereits nach einer neuen Möglichkeit suchten, sich weiter hinaufzuziehen.

»Euer Pferd wartet auf Euch an der Tür zum geheimen Gang«, rief er leise hinauf und sputete sich, in den Westflügel zu gelangen.

Iriomé war bereits einige Mannlängen die Wand hochgeklettert und hatte fast das Fenster erreicht. Sie setzte den Gürtel ihres Mantels wie eine Schlinge ein und warf ihn über vorstehende Steine, die zu weit weg waren, um sie mit der Hand zu erreichen. Dann zog sie sich daran hoch. Stück für Stück näherte sie sich dem erleuchteten Fenster. Hin und wieder brach ein kleineres Stück vom Mauerwerk unter ihren Füßen ab, doch immer gelang es ihr, einen Halt zu finden. Sie spürte, dass die Haut unter ihren Fußsohlen riss, doch das kümmerte sie nicht. Das, was ihr bevorstand, forderte ihre ganze Konzentration. Sie hatte viele Stunden im eiskalten Meer überlebt, war immer wieder ihrem ärgsten Feind entwischt und würde es auch diesmal schaffen.

Als ihre Fingerspitzen endlich den Fenstersims erreichten, besaß sie gerade noch genug Kraft, ihren Körper hinaufzuziehen. Sie kauerte sich in die Fensternische und wartete, bis sich ihr Herzschlag und Atem beruhigt hatten. Durch einen Spalt im Vorhang blickte sie ins Innere des Zimmers.

Die Wiege stand noch immer am Fenster. Doch Tamanca lag nicht darin. Iriomé erschrak. Was, wenn er ganz woanders untergebracht war? Vielleicht unten im Dorf bei der Amme. Wie sollte sie ihn dann finden? Doch in diesem Moment näherte sich eine Frau mit dem Säugling im Arm der Wiege. Iriomé presste sich tief in die Nische, sodass sie nicht entdeckt werden konnte, und wagte erst nach einer Weile, wieder durch den Vorhangschlitz zu spähen.

Tränen der Erleichterung quollen aus ihren Augen. Tamanca lag friedlich auf dem Rücken, einen Daumen im Mund, und schlief. Ihren ursprünglichen Plan, sich das Kind mit dem Mantel um den Oberkörper zu binden und dann die gleiche Strecke zurückzuklettern, verwarf sie. Es war zu gefährlich. Falls sie abstürzte, wäre sein junges Leben beendet. Das durfte auf keinen Fall geschehen.

Sie schlug mit dem Griff des Dolches die Scheibe ein und öffnete das Fenster. Gellende Frauenschreie drangen an ihr Ohr, doch sie kümmerte sich nicht darum, packte das Kind und riss die Tür auf. Der lange Flur war leer. Auf de la Torre war Verlass. Sie rannte, den Säugling an sich gepresst, die Treppe hinunter. Im Vorbeihasten sah sie eine der Wachen leblos am Boden liegen. Die andere aber tauchte plötzlich am Ende des langen Flurs auf. Jemand riss sie am Arm in ein großes Zimmer. De la Torre schob sie hinter einen schweren Vorhang, der bis zum Boden reichte. Nicht eine Sekunde zu spät, denn schon stürmte der zweite Wachmann herein. »Wo ist sie?«

»Weg.«

»Ihr wart es, der ihr zur Flucht verholfen habt«, schrie er ihn an.

De la Torre schüttelte den Kopf. »Seid Ihr verrückt geworden? Sie hat sich selbst befreit! Ich habe sie bis hierher verfolgt.«

»Und jetzt?«

»Sie hat sich in Luft aufgelöst.« Er öffnete das Fenster und sah nach draußen. »Sie ist wahrlich eine Hexe, so wie es sich alle hier erzählen.«

Der Wachmann wurde bleich.

»Euren Freund hat sie bereits verhext. Ich habe ihn neben der Treppe liegen sehen. Wir sollten lieber schauen, dass wir ihr aus dem Weg gehen, bevor uns dasselbe geschieht.«

Der Wachmann blickte misstrauisch und verängstigt zugleich um sich, aber er entdeckte nichts Ungewöhnliches. Bereitwillig folgte er dem Vogt.

Iriomé wartete noch einige Herzschläge lang, kletterte dann aus dem offenen Fenster und rannte, so schnell sie konnte, mit ihrem Sohn zum Stall.

In der Burg gingen überall die Lichter an. Die Frauen hatten Alarm geschlagen. Hunde bellten. Männer brüllten sich Befehle zu. Sie erkannte Joaquíns Stimme unter ihnen.

Nachdem sie Tamanca sicher in den Umhang gewickelt und sich umgebunden hatte, zog sie sich an der Mähne der grauen Stute auf ihren Rücken. Und als wüsste Karima genau, worauf es ankam, spazierte sie, ohne zu zögern in den dunklen Gang.

»Viel Glück«, hörte sie den Burgvogt noch rufen, der hinter ihr den Holzverschlag wieder versperrte. Sie hatte keine Gelegenheit gehabt, ihm seinen Dolch zurückzugeben, doch vielleicht erwarteten sie Situationen, in denen sie froh wäre, ihn zu besitzen.

Es war noch immer dunkel, als sie aus dem Tunnel herauskamen. Sie orientierte sich an den Sternen und lenkte Karima gen Nordosten. Erst nachdem sie sich endgültig aus dem Schatten der Burg gelöst hatte, spürte sie, wie ihre Seele sich befreite und ihre Flügel entfaltete wie ein Schmetterling. Nie wieder würde sie hierher zurückkehren, an den Ort ihrer größten Demütigung.

Ohne sich und ihrer Stute eine größere Rast zu gönnen, ritt sie immer weiter nach Osten, der aufgehenden Sonne entgegen. Sie hielt nur an, um ihren Sohn zu stillen und wenn sie einen Bach kreuzte, um Karima saufen zu lassen. Sie selbst verspürte weder Hunger noch Durst, nur den Wunsch, so viel Abstand wie möglich zwischen sich und Trujillo zu bekommen.

Irgendwann glaubte sie, in der Ferne Pferdegetrappel und Hundegebell zu vernehmen, und trieb die Stute an ihre Grenzen. Doch es war nur eine Jagdgesellschaft, der es wohl mehr um Wildschweine ging als um eine entlaufene junge Frau und ihr Kind.

Der weitere Tag verlief ohne Zwischenfälle. Als die Sonne schon recht tief stand und alles in ein rötliches Licht tauchte, erreichte sie das Dorf Tabla de la Reina und fragte dort nach dem Hof von Paco Oriega, der sich nur ein wenig außerhalb befand.

Auf den ersten Blick machte alles einen recht friedlichen Eindruck. Eine Amsel sang in einem der Feigenbäume, darunter scharrten ein paar Hühner. Iriomés Blick streifte die Bienenstöcke, einen Schweinekoben, ein paar Ziegen, zwei Kühe und ein Kalb. Sie ritt vorsichtig näher, vorbei an einem Schuppen und einem halb zerfallenen Wirtschaftsgebäude. Keine Menschenseele war zu sehen. Sie stieg ab und band Karima an einem Baum vor dem Eingang des weiß gekalkten Haupthauses.

Da löste sich aus dem Schatten des Schuppens eine bunt gekleidete Gestalt. Iriomé fiel auf die Knie – teils aus Erschöpfung, teils aus Dankbarkeit, den Freund endlich wiederzusehen.

Ibn Said zog sie wieder auf die Beine und umarmte sie. Als er sah, dass sie Tamanca bei sich hatte, war er es, der vor ihr in die Knie ging. »Ich habe gewusst, dass du es schaffen würdest!«, sagte er voller Bewunderung.

»Ohne de la Torre wäre das nicht möglich gewesen«, gab sie fast schüchtern zurück. Sie war es nicht mehr gewohnt, dass man ihr so viel Respekt entgegenbrachte.

»Er ist ein guter Christ, einer der wenigen«, sagte Ibn Said und stand auf. Besorgt sah er zum Tor. »Ist dir auch bestimmt niemand gefolgt?«

Iriomé schüttelte den Kopf. »Du hast mir Karima in weiser Voraussicht geschenkt. Wer sollte in der Lage sein, sie einzuholen?«

Er lächelte. »Das stimmt. Trotzdem müssen wir sofort weiter. Jetzt ist nicht nur de Lugo hinter dir her, sondern auch noch der junge Conde.«

Iriomé wollte sich weder an die hässliche letzte Begegnung mit Joaquín erinnern noch an das, was Kaltauge ihr vorgeschlagen hatte, um angeblich ihr Leben zu retten. Deshalb erzählte sie auch Ibn Said nichts davon. Wahrscheinlich konnte er sich sowieso vorstellen, was geschehen war. Schließlich lebte er schon lange in diesem Land und kannte die Menschen. Sie sah ihn mit müden Augen an.

»Ich bin fast ununterbrochen geritten, gönne mir ein wenig

Schlaf, sonst werde ich mich nicht mehr lange auf meinem Pferd halten können.«

Er deutete auf den Schuppen. »Dort kannst du dich ins Heu legen. Wir machen alles bereit und wecken dich dann.«

Sie blickte besorgt zu ihrer Stute, die mindestens genauso erschöpft war wie sie selbst.

»Ich werde mich um Karima kümmern«, beruhigte sie Ibn Said.

Iriomé drückte seine Hand und verschwand mit ihrem Kind in der Scheune. Während sie es stillte, kam ihr der erschreckende Gedanke, dass es vielleicht doch keine so gute Idee gewesen war, sich den Freunden anzuschließen. Joaquín und Kaltauge würden bestimmt als Erstes dieser Spur folgen. Die Erschöpfung war jedoch stärker als die Angst, und sie fiel in einen tiefen Schlaf.

Der Geruch einer kräftigen Fleischbrühe weckte sie. Vor ihr stand Aaron und lächelte sie an. »Hier, esst das, und dann kommt hinaus, wir sind bereit.«

Iriomé nahm dankbar die Schüssel mit der Suppe entgegen. Es schwamm etwas Gemüse darin und sogar ein paar kleine Stücke Fleisch. Sie löffelte alles bis auf den letzten Rest aus und entdeckte dann, dass Aaron ihr ein Bündel einfacher Bauernkleidung dagelassen hatte.

Sie trug noch immer ihr Hausgewand und den grünen Umhang, den sie als Tragetuch für Tamanca benutzte. Iriomé zog das verschmutzte Hemd aus und wusch sich mit dem Wasser aus einem Regenfass vor der Scheune. Es machte ihr nichts aus, sich so vor den Männern zu zeigen, die bereits aufgesessen waren und auf sie warteten. Bis heute war es ihr ein Rätsel, warum Nacktheit etwas Anstößiges war und jeder in diesem Land sich bis zum Hals verhüllte, egal wie heiß es war.

Zurück in der Scheune beschloss sie, zwar die neuen Kleider zu tragen, aber nicht das Medaillon. Sie zog es sich über den Kopf, verkürzte die Kette durch einen Knoten und legte sie dem schlafenden Tamanca um. Er war nun der neue Hüter von Amakuna. Sobald er alt genug wäre, wollte sie ihm erklären, was es mit dem Pulver auf sich hatte. Und falls man sie doch wieder in Gefangenschaft nehmen sollte, würde niemand bei ihr das Zaubermittel entdecken.

Um schneller voranzukommen, hatte Ibn Said beschlossen, die Kutsche, in der er und Aaron bisher gereist waren, auf dem Hof zurückzulassen und nur mit den beiden Pferden weiterzureiten. Der Inhalt der Goldtruhe war auf drei Säcke verteilt worden, die sich die drei Caballeros, die zu ihrem Schutz mitritten, hinter ihre Sättel geschnallt hatten. Keiner stellte irgendwelche Fragen darüber, warum Iriomé plötzlich mit ihnen ritt. Und sie selbst wollte gar nicht wissen, was für eine Geschichte Aaron ihnen aufgetischt hatte.

Sie hielten von Anfang an ein strenges Tempo und ritten immer weiter gen Nordosten, bis die Sonne am nächsten Tag senkrecht am Himmel stand. Laut Ibn Said konnten sie es sich erst erlauben, langsamer voranzukommen, wenn sie die Grenze zu Aragon erreichten. Dort regierte nicht Isabella von Kastilien, sondern ihr Mann Ferdinand von Aragon. Und weder der Conde von Trujillo noch Alonso de Lugo, noch der dicke Mönch hatten dort irgendwelche Machtbefugnisse. Derzeit aber waren sie mindestens zwei Tagesritte von Soria entfernt, der ersten aragonesischen Stadt hinter der Grenze.

Auf der Höhe von Segovia, deren römische Aquädukte sich schon von Weitem gegen den blauen Himmel abhoben, legten sie eine kleine Pause ein, um die Pferde zu tränken. Ibn Said schwelgte in geschichtlichen Ausführungen und berichtete, dass seine Vorfahren die einst zum Römischen Reich gehörende Stadt im 8. Jahrhundert erobert, sie jedoch vor 200 Jahren wieder an die Spanier verloren hatten.

Iriomé verstand zwar inzwischen, dass die Zeitrechnung der Christen sich auf die Geburt Jesu bezog und man nun das Jahr 1493 schrieb, hatte jedoch kein Gefühl für einen so langen Zeitraum. Vor allem nicht für die vielen Leben, die währenddessen gelebt und wieder beendet worden waren, oftmals gewaltsam. Auf Benahoare kannte man bis zur Ankunft der Spanier keine Eroberungen, die ein ganzes Volk samt seiner Sitten und Gebräuche zunichtegemacht hätten. Zwar flammten immer wieder kleine Streitereien zwischen den Stämmen auf, die jedoch nie zur vollständigen Vernichtung des Schwächeren führten. Sie fragte sich immer wieder, warum es den Menschen hier so schwerfiel, zu teilen, warum jeder Angst hatte, der andere könnte ihm etwas wegnehmen.

Ganz in Gedanken, merkte sie erst im letzten Moment, dass der Caballero an der Spitze die Hand hob und sein Pferd parierte. Von vorn näherte sich eine berittene Hermandad, fünf Männer in königlichen Farben. Sie hatten die kleine Reisegesellschaft bereits erspäht und ritten geradewegs auf sie zu. Iriomé blieb keine Möglichkeit mehr, sich zu verstecken. Besorgt drückte sie den Säugling an sich und zog das Tuch so hoch, dass auf den ersten Blick nicht unbedingt zu erkennen war, was sich darin befand. Aaron ermahnte alle, die Ruhe zu bewahren, und der Médico suchte in seiner Tasche nach dem »Wunderpapier«, das angeblich alle Kontrollen überzeugte und niemanden weiter nachfragen ließ.

»Wohin des Weges?«, fragte der Hauptmann der Truppe. In seinem Gürtel steckte ein Krummsäbel, und seine wachen Augen schienen jeden von ihnen zu durchbohren.

»Wir sind nur auf der Durchreise nach Augsburg im Schwabenland, um im Auftrag des Conde von Trujillo dort Schulden zu begleichen. Ich bin sein Schatzmeister«, erwiderte Aaron mit ruhiger Stimme.

»Ihr seid Jude!«, rief der Hauptmann und zeigte mit dem Finger auf ihn. »Ihr wisst doch, dass Königin Isabella per Dekret verfügt hat, dass alle Juden, die sich nicht zum wahren Glauben bekehrt haben, bis Ende dieses Monats das Land verlassen haben müssen.«

Aaron blieb weiterhin ruhig. »Ich werde auch nicht hierher zurückkehren, sondern von Augsburg aus weiter ins Heilige

Land ziehen, um dort in der Erde meiner Vorfahren begraben zu werden.«

»Ich hoffe, Ihr schafft es bis dorthin.« Der Hauptmann grinste abfällig und deutete dann auf Iriomé, die sich mit ihrem Kind so unauffällig wie möglich im Hintergrund gehalten hatte. »Und die, wer ist die?«, bellte er.

»Meine Frau. Sie kommt mit mir und wird auch nicht zurückkehren.«

Der Spanier musterte Iriomé, lenkte sein Pferd neben das ihre und zog ihr das Tuch vom Gesicht. »Etwas jung, um zu sterben, und auch zu jung für Euch. Findet Ihr nicht auch? Und etwas zu schön. Wo kommt Ihr her, schönes Kind?«

Ibn Said sah den Zeitpunkt gekommen, einzugreifen. Er hielt dem Hauptmann seinen Ferman unter die Nase. »Ich bin der Leibarzt Seiner Exzellenz Frai Lorenzo de la Huerta, und das sind meine Freunde, die ich bis zur Grenze begleite. Seine Exzellenz ist, wie Ihr sicher wisst, der Onkel der Condesa von Trujillo. Ich glaube nicht, dass er es schätzen würde, wenn Ihr diesen Auftrag seines angeheirateten Neffen behindern würdet.«

Der Hauptmann sah sich das Papier genauer an. Zumindest tat er so. Iriomé und der Médico warfen sich einen wissenden Blick zu. Immerhin schien er das Siegel des Inquisitors zu erkennen, denn er reichte dem Médico das Papier mit einem Kopfnicken zurück.

»Das hättet Ihr mir doch gleich sagen können.« Er gab seinem Pferd die Sporen und machte seiner Compañía ein Zeichen, woraufhin sie alle in einer Staubwolke verschwanden.

Iriomé atmete auf. Es entging ihr aber nicht, dass einer ihrer bewaffneten Begleiter sie argwöhnisch musterte.

Er lenkte sein Pferd neben sie. »Ihr ändert Eure Pläne schnell, Señora. Wolltet Ihr nicht vor einigen Tagen noch den alten Conde ehelichen, der angeblich der Vater Eures Kindes ist? Dann gab es Gerüchte, der junge Conde wollte Euch heiraten, und jetzt seid Ihr plötzlich die Frau des Juden?«

Ibn Said, der wie schon so oft zur Stelle war, wenn Iriomé in Schwierigkeiten geriet, ritt an ihre Seite und funkelte den Mann wütend an. »Ich wüsste nicht, was Euch das angeht. Ihr seid allein zu unserem Schutz und dem des Goldes da. Vergesst das nicht.«

Der Caballero sah ihn abfällig an. »Du hast mir gar nichts zu sagen, Moro. Für gewöhnlich spreche ich nicht mit solchen wie dir. Wenn Gott dein Volk für würdig befunden hätte, würde er euch jetzt nicht wieder in die Wüste schicken. Ihr Moros habt euch mit Gewalt genommen, was euch nicht gehört, und jetzt zahlt ihr den Preis. Ich werde zurückreiten und den jungen Conde informieren, was hier vor sich geht.« Er wendete sein Pferd und gab ihm so brutal die Sporen, dass sich das geschundene Tier vor Schreck auf die Hinterbeine stellte und laut wieherte, bevor es losgaloppierte.

Iriomé, die sich gerade erst von der Begegnung mit der Hermandad erholt hatte, blickte ihm erschrocken nach und sah dann zu den anderen zwei bewaffneten Begleitern, die jedoch keine Anstalten machten, ihm zu folgen. Sie ritt zu ihnen, verbeugte sich und dankte ihnen, indem sie die Hand auf ihre Schulter legte.

»Ich bin Francesco de la Torre, und das ist mein Bruder Adolfo«, sagte der eine. »Dankt unserem Vater. Er hat uns den Schwur abgenommen, nicht von Eurer Seite zu weichen, bis wir die Grenze erreicht haben.«

Iriomé schickte erneut einen stummen Dank an den Burgvogt von Trujillo. Es war ein gutes Gefühl, dass es selbst in diesem Land, in dem die nackte Angst regierte, Menschen gab, die bereit waren, für sie ein solches Wagnis einzugehen.

»Wir sollten nicht eher rasten, bis wir die Grenze erreicht haben«, mahnte Aaron. Keiner widersprach, obwohl sie alle wund geritten waren und Schlaf brauchten.

Die Sonne brannte noch immer vom Himmel, und sie kamen nur langsam voran. Jedes Mal, wenn sie sich einem Dorf näherten, umritten sie es, um keine Spuren zu hinterlassen. Die Landschaft wurde immer karger. Es fand sich nur wenig Grün für die Pferde und noch weniger Wasser. Iriomé blutete das Herz, als sie während einer kurzen Rast ihre Stute betrachtete. Die Rippen zeichneten sich deutlich unter dem struppig gewordenen Fell ab, und über die vor Kurzem noch feurigen Augen hatte sich der Schleier der Erschöpfung gelegt.

Immer wieder warf Iriomé einen Blick zurück, als erwartete sie jeden Moment in der Ferne eine Staubwolke, aus der sich ihre Verfolger herausschälen könnten. Doch es blieb ruhig. Das Flimmern der unterschiedlich heißen Luftschichten war die einzige Bewegung am Horizont.

Nach weiteren zwei Tagen erreichten sie am späten Nachmittag mit letzter Kraft die Grenzstadt Soria. Die Stadttore waren noch geöffnet, und Ibn Saids Ferman bewirkte ein neues Wunder. Der Médico war schon einmal hier gewesen und führte sie zu einem kleinen Gasthof, wo sie übernachten konnten, ohne dass viel gefragt wurde.

Während Aaron und Ibn Said sich erschöpft in einem Massenlager niederlegten, wies der dicke Wirt Iriomé mit ihrem Kind eine kleine Kammer mit einem einfachen, aber sauberen Strohlager zu. Als sie den kleinen Tamanca stillte, sah sie durch das Fenster Francesco, einen der beiden Söhne des Burgvogts, Wache halten. Um nicht einzuschlafen, ging er beständig auf und ab, die Ebene, über die sie gekommen waren, fest im Blick. Er gab ihr das gute Gefühl, sicher zu sein. Zum ersten Mal seit langer Zeit fürchtete sie nicht, beim Aufwachen in die kalten Augen von Alonso de Lugo zu blicken.

34. KAPITEL

Am nächsten Morgen ritten sie bei Sonnenaufgang los, um noch vor der Dunkelheit Zaragoza zu erreichen. Sie überquerten eine weitere karge Hochebene, auf die unbarmherzig die Sonne brannte, und fanden kaum Schattenplätze zum Rasten. Mensch und Tier waren von den Anstrengungen der Reise so ermüdet, dass sie noch langsamer vorankamen als geplant. In Zaragoza hatte Aaron Freunde, bei denen sie sich eine Weile ausruhen konnten. Von dort würden sie weiter zu einer Hafenstadt mit dem Namen Barcelona reisen, wo sich dann ihre Wege trennten. Ibn Said hatte versprochen, Iriomé bei der Suche nach einem Schiff behilflich zu sein, das sie und ihren Sohn zurück auf ihre Insel bringen würde. Anschließend wollte er nach Kastilien zurückkehren und so lange wie möglich in den Diensten des Inquisitors bleiben, um sein geliebtes al-Andalus nicht verlassen zu müssen. Aaron plante, mit einem Schiff nach Marseille zu fahren und sich dann Richtung Nordosten in vielen beschwerlichen Tagesreisen bis ins Herzogtum Schwaben durchzuschlagen. Er hatte Iriomé einige Zeichnungen gezeigt, auf denen ihre Reiseroute markiert war, mitsamt den zu passierenden Ortschaften. Doch genauso wenig, wie sie sich die Länge von Zeit vorstellen konnte, war sie in der Lage, Entfernungen abzuschätzen und wie lange man dafür brauchte, sie zurückzulegen. Während sie Benahoare schon öfter im Laufe eines Mondwechsels umrundet hatte, schien sich dieses Land bis ins Unendliche auszudehnen. Das war auch einer der Gründe, warum sie sich so unwohl fühlte. Wer sich hier auf die Reise machte, konnte nie wissen, ob er überhaupt noch zu Lebzeiten ankam.

Sie erreichten die Stadtmauern von Zaragoza erst nach Einbruch der Dunkelheit, die Tore waren bereits geschlossen. So blieb ihnen nichts anderes übrig, als erneut in einer Herberge zu übernachten. Aaron schlug vor, im Schankraum die glückliche Bewältigung des ersten Reiseabschnitts bei Wein und einem deftigen Ziegenbraten zu feiern. Ibn Said stimmte ein und zeigte Mitleid heischend seinen Hosenbund, der um einiges von seinem immer noch runden Bauch abstand. Alle lachten. Es hatte etwas Befreiendes, ein Gefühl, das Iriomé schon lange nicht mehr verspürt hatte.

Schon bald drehte sich in der Gaststube ein knuspriger Ziegenbraten an einem Spieß über dem Kaminfeuer. Sein Duft setzte bei allen die Magensäfte in Gang und steigerte den Hunger ins Unermessliche. Ibn Said rief die Wachen herein, die ebenso ausgehungert waren, und blieb dann vor dem Braten sitzen, bis er bereit zum Verzehr war. Zwei Küchengehilfen schnitten mit einem scharfen Messer das zart rosafarbene Fleisch in Scheiben. Der Fleischsaft, der dabei auf den Boden tropfte, wurde von zwei wohlgenährten schwarzen Katzen aufgeschleckt. Iriomé mochte diese Tiere nicht, obwohl sie inzwischen wusste, dass sie Mäuse und Ratten fraßen und eigentlich sehr nützlich waren. Irgendwie hatte sich der Gedanke in ihr festgesetzt, dass sie Unglück brachten, und auch jetzt konnte sie sich dessen nicht erwehren. Doch schließlich siegte die Vernunft. Sie waren außerhalb des Einflusses der Inquisition, ein Gedanke, der sie beruhigte. Es gelang ihr sogar ein Lächeln, als einer der Küchengehilfen ihr mit einem eindeutigen Augenzwinkern ein besonders großes Stück Fleisch auf den Teller legte. Dazu gab es kräftiges Bauernbrot und eine Tunke, die mit Lorbeer abgeschmeckt war, ein Gewürz, das Iriomé von Benahoare kannte und sie einmal mehr daran erinnerte, wie sehr sie ihre Heimat vermisste.

Der Wirt stellte ihnen eine große Kanne mit Rotwein hin, von dem Aaron jedem etwas in seinen Zinnbecher eingoss. Ibn Said erhob seinen und prostete allen zu. »*Salud!* Auf eine gelungene Reise!« Sie stießen miteinander an und machten sich dann heißhungrig über ihr Essen her.

Plötzlich ertönten von draußen Pferdegetrappel, Sporenklirren und harsche Kommandos in der Sprache Kastiliens. Ibn Said ließ seine Gabel fallen, auf die er gerade ein dickes Stück Ziegenfleisch gespießt hatte. Die Katzen unter dem Tisch stoben auseinander. Aaron wurde kreidebleich. Iriomé sprang auf, griff nach Tamanca, der in einem Korb auf der Ofenbank schlief, und lief Richtung Küche, um durch den Hinterausgang zu fliehen. Doch da stürmten bereits zehn Männer mit gezogenen Schwertern herein. Der Vorderste erkannte sofort Iriomés Absicht und erwischte sie, bevor sie an den erschrockenen Küchenmägden vorbeirennen konnte. Er zerrte sie zurück in den Schankraum, schlug ihr so brutal ins Gesicht, dass sie zu Boden ging, und entriss ihr den Säugling. In diesem Moment erwachte in Ibn Said noch einmal der alte Fechter, der in seiner Jugend für al-Andalus gekämpft hatte. Er griff nach seinem Schwert, das er in alter Manier selbst während des Essens niemals ablegte, und warf sich mit einem maurischen Kampfschrei auf den spanischen Caballero, der ihn um mindestens zwei Köpfe überragte. Da er der menschlichen Anatomie kundig war, wusste er genau, wo er zustechen musste. Der Mann ging zu Boden wie ein gefällter Baum. Auf seinem Rücken prangte die blutrote Blume hinter dem goldenen Spalier, das Wappen von Frai Lorenzo de la Huerta.

Francisco und Adolfo de la Torre versuchten tapfer, ihre Schützlinge zu verteidigen, doch sie waren nur zu zweit und der Hermandad des Großinquisitors weit unterlegen.

Iriomé war wieder zu sich gekommen und rannte mitten durch das Kampfgewühl nach draußen, dem Mann hinterher, der ihr den Sohn entrissen hatte. Sie erreichte ihn gerade noch, als er sein Pferd besteigen wollte, was ihm mit dem brüllenden Säugling im Arm nur schwer gelang. Es wäre in diesem Moment ein Leichtes gewesen, ihm Tamanca zu entreißen, doch der Caballero, der draußen geblieben war, um die Pferde zu bewachen, packte sie von hinten und zerrte sie zurück. Bevor er sie jedoch bewusstlos schlagen konnte, sprang der Médico wie aus dem Nichts dazwischen. Er blutete aus mehreren Wunden. Iriomé erkannte blitzschnell, dass ein weiterer Kampf von Mann zu Mann sein Ende nach sich ziehen würde. So zog sie den Dolch von Roberto de la Torre und rammte ihn dem Spanier in sein linkes Auge. Mit einem schmerzerfüllten Schrei ging er zu Boden. Der andere war inzwischen aufgestiegen und mit Tamanca in der Dunkelheit verschwunden. Sie hörte nur noch das sich schnell entfernende Hufgetrappel, vermischt mit dem zornigen Geschrei ihres Sohnes.

Die restlichen Männer stürmten nun ebenfalls nach draußen. Ibn Said war es trotz seiner Verletzungen gelungen, die Pferde loszubinden. Er saß bereits auf und schrie Iriomé in arabischer Sprache an, die noch immer fassungslos in die Richtung blickte, in der ihr Sohn verschwunden war: *»Yalla, Yalla!«*

Endlich erwachte sie aus ihrer Starre, schwang sich auf ihre Stute, die wie von selbst hinter Ibn Saids Hengst hergaloppierte. Tränen liefen Iriomé über die Wangen und tiefe Schluchzer erschütterten ihren Körper, sodass sie sich kaum im Sattel halten konnte. Doch ihr blieb keine Wahl. Die Häscher waren ihnen direkt auf den Fersen. Iriomé nahm alle Kraft zusammen und passte sich Karimas geschmeidigen Bewegungen an. Wie ein Pfeil schossen sie durch die Nacht. Der Vollmond wies ihnen den Weg, und Iriomé wünschte sich nichts mehr, als sich für immer in seinem bleichen Licht aufzulösen. Sie hatte alles verloren.

Ibn Said hielt sich nur mit letzter Kraft im Sattel. Sie hatten einen riesigen Bogen um die Stadtmauer gemacht, und er lenkte nun sein Pferd zum großen Haupttor, vor dem Bettler und arme Pilger lagerten, die sich keine Unterkunft in der Stadt leisten konnten.

Das Tor wurde von aragonesischen Soldaten bewacht, in deren Gegenwart sie zunächst sicher sein würden. Die kastilische Hermandad konnte sie hier nicht vor aller Augen gefangen nehmen.

Jetzt erst fiel Iriomé auf, dass die beiden Brüder nicht mehr bei ihnen waren. Dafür gab es nur drei Gründe. Entweder waren sie tot, gefangen genommen oder hatten sich in letzter Konsequenz auf die andere Seite geschlagen. Sie hoffte tief in ihrem Herzen, dass nicht Ersteres eingetreten und ihretwegen erneut jemand zu Tode gekommen war.

Ibn Said hatte viel Blut verloren und war so geschwächt, dass er mehr vom Pferd fiel, als dass er abstieg. Zwei junge Männer, die durch das Pferdegetrappel wach geworden waren, halfen Iriomé, ihn neben einer Feuerstelle zu lagern. Sie brachten auf ihre Bitte Wasser und erhitzten es, sodass sie einige Fetzen Stoff darin auskochen konnte, wie sie es von ihrem Lehrmeister gelernt hatte. Nachdem sie etwas abgekühlt waren, verband sie ihn damit, so gut es ging. Aus den Heilkräutern noch aus der Zeit im Kloster, die sie in alter Gewohnheit in einem Ledersäckchen bei sich trug, bereitete sie mit etwas Wasser einen Brei, den sie auf die tiefsten Wunden auftrug.

Ibn Said hatte inzwischen das Bewusstsein verloren. Sie spürte, dass Abora, die Kraft des Lebens, begann, ihn zu verlassen. Sie nahm seine Hände und versuchte, ihm ein wenig von ihrer eigenen Energie zufließen zu lassen. Er war ihr bester Freund. Er durfte nicht sterben. Vor allem nicht für sie. Schon allein der Gedanke daran war ihr unerträglich. Während sie mit den sauberen Stofffetzen seine Wunden verband, erinnerte sie sich daran, wie sie beide an der Stadtmauer von Cádiz darauf gewartet hatten, in einem unbeobachteten Moment durch das Tor schlüpfen zu können. Damals schon hatte sie gespürt, dass er eines Tages sein Leben für sie geben würde. War es jetzt so weit?

Die beiden jungen Männer, die ihr geholfen hatten, zogen sich zurück und ließen sie mit dem Verletzten allein. Iriomé nahm seine Hand und bat in ihrer Verzweiflung Tara um Beistand, doch tief in ihrem Herzen wusste sie, dass auch die Göttin nicht mehr helfen konnte.

Eine schwere Hand legte sich auf ihre Schulter. Sie blickte auf. Es war Aaron. Auch er hatte einen blutenden Schnitt im Gesicht, schien aber ansonsten unverletzt.

»Wie geht es ihm?«, fragte er leise.

»Nicht gut«, antwortete Iriomé.

»Die Inquisition ist unerbittlich. Nichts kann sie aufhalten. Keine Grenze und auch kein Gesetz. Einer der Männer des Inquisitors faselte irgendetwas von einem Zaubermittel, das Ihr hättet.«

Iriomé schüttelte heftig den Kopf. »Wenn ich über so ein Mittel verfügen würde, glaubt Ihr, ich hätte es Ibn Said nicht längst gegeben? Das alles ist großer Unsinn.«

»Ich habe mir so etwas gedacht«, sagte er und sah sich dann suchend um. »Wo ist Tamanca?«

Die Sorge um Ibn Said hatte den Schmerz über den Verlust ihres Kindes ein wenig überdeckt, doch jetzt traf er sie wie ein Dolchstoß mitten ins Herz. Sie besaß keine Tränen mehr und blickte den alten Mann nur wehmütig an.

Er nahm ihre Hand und hielt sie eine Weile fest in seiner.

»Er wird jetzt ein Konquistador«, flüsterte Iriomé. »So, wie es Tanausú vorhergesehen hat.«

Aaron schüttelte den Kopf. »Er ist immer noch zur Hälfte Euer Sohn, und das wird er auch bleiben. Niemand kann verleugnen, woher er stammt.«

»Ihr meint, ich werde ihn wiedersehen?«

Aaron wiegte bedächtig den Kopf. »Irgendwann gewiss.«

Iriomé blickte hoffnungsvoll zum Horizont, wo sich mit einem ersten Silberstreifen der nächste Tag ankündigte.

»Sobald es hell ist und sie das Stadttor öffnen, gehen wir mit dem ersten Pilgerstrom hinein. Zum Haus meines Freundes Nathán und seiner Frau ist es nicht weit.«

»Ibn Said kann nicht reiten. Vielleicht sind die beiden jungen Männer, die mir vorhin geholfen haben, bereit, ihn in die Stadt zu tragen. Aber wird das nicht auffallen?«

»Im Gegenteil. Viele Pilger bringen ihre Kranken zur Heiligen Jungfrau.«

Iriomé sah ihn fragend an.

»Morgen findet zu Ehren der Virgen del Pilar ein großes Fest statt. Tausende von Gläubigen ziehen an der Jungfrau vorbei, die auf einer Säule steht, und bitten sie um Gnade. Da werden wir sicher keine Aufmerksamkeit erregen.«

Aaron hatte sich inzwischen zu ihr gesetzt. Iriomé reinigte mit dem letzten sauberen Tuch die Schnittwunde, die sich quer über seine Wange zog. »Diese Heilige Jungfrau«, begann Iriomé. »Kann sie vielleicht auch Ibn Said helfen, oder ist sie nur für die Christen da?«

Aaron zwirbelte nachdenklich seinen langen weißen Bart. »Sie wird ihm wahrscheinlich nicht helfen, weil er nicht an sie glaubt, ebenso wenig wie ich. Wir haben jeder unseren eigenen Gott.«

»Und wo sind sie jetzt, Eure Götter?«

Sie blickte auf Ibn Said, dessen Augendeckel flatterten und der vor Schmerz den Kopf hin und her warf.

»Ich weiß es nicht. Seit die Christen uns verfolgen und das Volk der Juden so großes Leid ertragen muss, habe ich manchmal Zweifel, ob überhaupt irgendein Gott existiert.«

Iriomé sah ihn erschrocken an. »Ich könnte keinen Atemzug tun, ohne zu wissen, dass Tara mich liebt und leitet, sie mir hilft in der Not und Abora, die Kraft des Lebens, von ihr kommt.«

»Manchmal fällt es mir schwer, so zu denken«, erwiderte Aaron. »Aber vielleicht will Gott mich in solchen Zeiten prüfen, um zu sehen, wie stark mein Glaube tatsächlich ist.«

Iriomé konnte und wollte dem Gespräch nicht in diese

Richtung folgen. Sie hatte noch nie wirklich an Tara gezweifelt und Tara noch nie an ihr. Ihre Verbindung war reine gegenseitige Liebe, die niemals enden würde. Das, was die Göttin bestimmte, war richtig. Daran würde sich niemals etwas ändern. Selbst wenn sie entschied, ihr den einzigen Freund und das Kind zu nehmen, würde sie ihre Liebe nicht infrage stellen.

Bei Sonnenaufgang sorgte Aaron dafür, dass sie ihre Pferde gegen ein wenig Geld an einem Unterstand zurücklassen konnten. Und nachdem die Stadttore geöffnet worden waren, trugen die zwei jungen Männer Ibn Said in die Stadt. Sie schafften es, unbehelligt die Wachen zu passieren, und wurden vom Pilgerstrom, der sich in Richtung der Basílica del Pilar bewegte, mitgezogen. Die meisten der Reisenden waren arme Leute in Lumpen, darunter viele Aussätzige, alte Menschen mit Krücken sowie Mütter mit mehreren Kindern im Schlepptau. In ihrer aller Augen las Iriomé Hoffnung: Hoffnung auf ein besseres Leben, Hoffnung auf Gesundheit und Hoffnung auf ein wenig Wohlstand.

Als sie den Platz vor der Basílica erreichten, blieb Iriomé staunend stehen. So etwas hatte sie noch nie gesehen. Blumengestecke in allen nur erdenklichen Farben bildeten einen riesigen bunten Teppich. Lila, rosa, weiß, rot, orange, gelb. Die Menschen strömten in Scharen herbei und legten fortwährend neue Sträuße und Gestecke dazu.

Von alldem bekam Ibn Said nichts mit. Er war noch immer nicht bei Bewusstsein. Iriomé machte sich große Sorgen. Er hatte viel Blut verloren, und die Wunde auf seiner Brust blutete noch immer. Bevor sie losgegangen waren, hatte sie seine Verbände noch einmal erneuert, doch schon jetzt waren sie wieder vollständig durchnässt. Wenn sie nicht bald das Haus von Aarons Freunden erreichten und er ruhig liegen konnte, würde er hier mitten unter den Menschen sterben. Sie mahnte Aaron zur Eile. Ihr erschien es wie eine Ewigkeit, bis sie in eine etwas ruhigere Gasse einbogen und der Jude vor einem größeren zweistöckigen Haus stehen blieb. An seinem Gesichtsausdruck erkannte sie sofort, dass etwas nicht stimmte. Die Türen und Fenster im Erdgeschoss, wo sich einst ein Laden oder Warenkontor befunden haben musste, waren mit Holzbrettern vernagelt. In den oberen Stockwerken waren die Vorhänge zugezogen.

Die beiden jungen Männer lehnten Ibn Said vorsichtig gegen die Hausmauer. »Wir müssen zurück zu unserer Familie«, sagte der eine und zuckte bedauernd die Schultern.

»Alles Gute«, murmelte der andere. »Vielleicht kann die Jungfrau ja noch helfen.«

Iriomé bedankte sich bei ihnen, hockte sich an die Mauer und nahm Ibn Said in die Arme.

»Nathán und Rahel sind wahrscheinlich geflohen«, vermutete Aaron. »Seit Königin Isabellas Eheschließung mit Ferdinand von Aragon sind Juden auch hier wohl nicht mehr sicher.«

Vielleicht lag Aaron doch nicht so falsch, und der Gott der Juden hatte tatsächlich seine Kinder verlassen, dachte Iriomé. Und plötzlich erschütterte sie der Gedanke, dass Tara möglicherweise nur noch eine Erinnerung war. Sie musste daran denken, wie sie mit Guayafanta an der heiligen Quelle gewesen und es ihr nicht mehr gelungen war, in Verbindung mit der Göttin zu treten. Sie hatte geschwiegen, wie auch der Idafe, der sprechende Seelenstein ihres Volkes.

Wollte sie vielleicht einfach nicht wahrhaben, dass eine neue Zeit angebrochen war?, fragte sich Iriomé. Eine Zeit ohne Götter, in der die Menschen allein auf sich angewiesen waren …

»Ich sehe nach, ob vielleicht die Hintertür offen ist«, sagte Aaron unschlüssig. »Die Gasthäuser und Pilgerherbergen sind überfüllt, und außerdem wird man Euch dort als Erstes suchen.«

Iriomé nickte nur, während sie Ibn Said festhielt.

Als Aaron kurz darauf zurückkam, wirkte er etwas zuversichtlicher. »Kommt, wir bringen ihn hinein«, sagte er. Sie nahmen den Médico in die Mitte und schleiften ihn mehr, als dass sie ihn trugen, in den Hinterhof. Aaron war durch eine kleine Luke ins Haus gelangt und öffnete die Küchentür von innen.

Dort sah es so aus, als hätten die Bewohner in großer Eile ihre Siebensachen gepackt. Benutztes Geschirr stand noch auf dem Küchentisch sowie Essensreste, über die sich inzwischen größtenteils die Ratten hergemacht hatten.

In einer Ecke stand eine einfache Schlafstatt, auf die sie den noch immer bewusstlosen Médico betteten. Während Aaron Feuer im Ofen entzündete, nahm Iriomé vorsichtig die Verbände ab, um Ibn Saids Wunden erneut zu reinigen. Mit einem Rest von Wasser aus einem Krug kochte sie die Stoffe noch einmal aus und hängte sie dann auf eine Leine über dem Herd.

In einem der Zimmer im ersten Stock fand sie Decken und frische Tücher, zurückgelassene Kleidung der einstigen Bewohner sowie eine Schere. Es war wieder so weit. Sie musste ihre Haare opfern und sich erneut in einen Jungen verwandeln. Die einzige Möglichkeit, auch nur einen Schritt nach draußen zu tun. Sie tauschte ihr Kleid gegen ein paar Beinkleider und ein grobes Leinenhemd. Dann lief sie hinunter in die Küche und hielt Aaron auffordernd die Schere hin. Er verstand sofort, was sie von ihm verlangte, und in kürzester Zeit sah sie wieder aus wie der Diener des Médico.

Den restlichen Tag wachte sie an Ibn Saids Lager, dem es langsam etwas besser zu gehen schien. Die Wunden hatten aufgehört zu bluten, und er war in einen unruhigen Schlaf gefallen. Aaron war neben dem Ofen vor Erschöpfung eingeschlafen. Sein Schnarchen erfüllte den Raum, der nur spärlich durch das Feuer und eine einzelne Kerze erhellt wurde. Durch die zugenagelten Fenster drang kaum ein Geräusch nach innen. Die Stunden vergingen, ohne dass irgendetwas geschah.

Erst als es draußen langsam dämmerte, wagte Iriomé sich aus dem Haus, um frisches Wasser am Stadtbrunnen zu holen und vielleicht irgendetwas Essbares aufzutreiben.

Trotz ihrer Verkleidung sah sie sich aufmerksam nach allen Seiten um, als sie auf die Straße trat. Doch niemand schien sie zu beachten. Sie folgte in einem gewissen Abstand einer Frau in schmutzigen Kleidern, die ebenfalls einen leeren Krug bei sich hatte und sie zum Stadtbrunnen führte, der von vielen Menschen umlagert war. Während sie warten musste, bis sie an die Reihe kam, wurde sie Zeuge einer Unterhaltung zwischen einem Diener und einer Waschfrau, die sie aufs Höchste beunruhigte. Auch wenn der aragonesische Dialekt fremd in ihren Ohren klang, verstand sie doch so ungefähr, worum es ging. Es gab Unruhe in der Stadt wegen eines kastilischen Edelmanns, der heute beim Vizekönig von Aragon erschienen war und nach einer groß gewachsenen, hellhaarigen Sklavin suchte. Die Alguaciles, die Stadtbüttel des Bischofs, suchten bereits überall nach ihr, und Ausrufer hatten verkündet, dass jeder drei Goldstücke erhalten würde, der sie lebend brachte. Iriomé erstarrte. Die dicke Waschfrau, die hinter ihr stand, stieß sie an. »Los Junge, du bist dran, wir haben unsere Zeit auch nicht gestohlen!«

Iriomé fasste sich, so gut sie konnte, wandte ihr Gesicht ab und füllte ihren Krug mit Wasser. Und ohne sich noch einmal umzudrehen, lief sie zurück zum Haus von Aarons Freunden. Sie rüttelte den Juden wach, der immer noch genauso am Ofen lag, wie sie ihn zurückgelassen hatte. Er fuhr hoch und wusste im ersten Augenblick gar nicht, wo er eigentlich war. Iriomé strich ihm beruhigend über die Schulter und hielt ihm einen Becher mit Wasser hin.

»Sie suchen nach mir. Und wer mich findet, bekommt drei Goldstücke.«

Aaron musste auf diesen Schreck erst einmal einen Schluck Wasser nehmen. »Hat Euch irgendjemand erkannt?«

Sie schüttelte den Kopf.

»Ihr müsst noch heute Nacht Zaragoza verlassen und wie geplant Richtung Barcelona reiten.«

»Das kann ich nicht. Ich werde Ibn Said niemals im Stich lassen.«

»Doch, das wirst du«, meldete sich der Médico mit schwacher Stimme vom anderen Ende der Küche.

Iriomé lief sofort zu ihm. »Wie fühlst du dich?«, rief sie, froh darüber, ihn wieder bei Bewusstsein zu sehen.

»Wie soll ich mich schon fühlen«, sagte er leise. »Kurz vor dem Exitus. Ich werde hier sterben, kleine Iriomé, doch du bist zu jung dafür.«

»Aber …«

»Kein Aber. Ich möchte nicht, dass alles vergebens war.«

Aaron kam hinzu und sah besorgt auf Ibn Said herab. »Ich kümmere mich um ihn«, sagte er zu Iriomé. »Ich kenne noch eine zweite jüdische Familie, die werden uns bestimmt bei sich aufnehmen.«

»Und wenn sie auch fliehen musste?«

»Ich werde es herausbekommen.« Er nahm noch einen Schluck von dem Wasser und ging zu Hintertür. »Es kann eine Weile dauern. Soweit ich mich erinnere, haben sie am anderen Ende der Stadt im Viertel der Juden eine Goldschmiede.«

»Viel Glück«, murmelte Iriomé und wandte sich wieder Ibn Said zu. »Möchtest du etwas trinken?«

Er nickte. Iriomé stützte ihn und hielt ihm den Becher mit Wasser an die Lippen. Er konnte jedoch kaum schlucken, das Wasser lief ihm rechts und links aus den Mundwinkeln heraus. Auch das Atmen fiel ihm schwer.

Alle zwei Stunden wechselte sie seine Verbände und versuchte ihm später eine Mehlsuppe einzuflößen, für die sie ein paar Zutaten in der Küche entdeckt hatte.

Draußen war es bereits dunkel geworden, doch Aaron war noch immer nicht zurück. Iriomé spürte, dass etwas nicht stimmte. Am liebsten wäre sie ihn suchen gegangen, doch sie wagte es nicht, Ibn Said allein zu lassen. Sein Atem wurde immer flacher. Sie glaubte, bereits die hohen Stimmen zu hören, die ihn in die andere Welt riefen. Sein Puls pochte nicht einmal halb so schnell wie ihr eigener. Tränen stiegen ihr in die Augen, und ihre Brust fühlte sich an wie eingeschnürt. Warum nur? Warum mussten gerade die Menschen, die ihr hier in dieser fremden

Welt zur Seite gestanden und ihr die Treue gehalten hatten, so früh gehen?

Sie dachte an Guadalupe, die ihr in der fremden Welt des Klosters wieder einen Lebenssinn gegeben hatte. Sie war ein Opfer von Amakuna, ebenso wie der Médico. Doch sie würde keine weitere Schuld auf sich nehmen müssen, denn der Pilz befand sich nicht mehr in ihrer Obhut. Hatte sie versagt, oder war es Teil des großen Plans, dass Amakuna nun im Besitz ihres Sohnes war?

Am Morgen, als sie aus einem kurzen Schlaf erwachte, war Ibn Said tot. Iriomé legte ihre Stirn an seine und verabschiedete sich auf ihre Weise von ihm. Sie begann, die hohen Töne der Harimaguadas anzuschlagen, um seiner Seele den Weg zu weisen, auch wenn sie nicht wusste, ob die Seele eines Mauren vielleicht auf andere Weise reiste. Sie blieb mit dem Freund so lange verbunden, bis sie sicher war, ihn ziehen lassen zu können. Doch was nun? Ibn Said hatte ihr erklärt, dass die sterblichen Überreste eines Muslims noch am Tage seines Todes bestattet werden müssten, und zwar an einem ruhigen Ort, in jungfräulicher Erde mit dem Kopf Richtung Mekka, wo sich das wichtigste Heiligtum seines Volkes befand. Iriomé wusste weder, was jungfräuliche Erde war, noch, wie sie ihn ungesehen aus der Stadt bekommen konnte. Sie brauchte Aarons Hilfe. Nur wie sollte sie ihn in dieser großen, fremden Stadt finden, ohne ihren Feinden in die Arme zu laufen? Doch ihr blieb keine Wahl, denn sie hätte es nicht über sich gebracht, den Leichnam ihres Freundes, der mehrfach sein Leben für sie riskiert hatte, hier unbestattet liegen zu lassen.

Es war inzwischen Mittag geworden, die Sonne stand steil am Himmel, sodass nicht einmal in den engen Gassen Schatten zu finden war. Iriomé bemerkte, dass viel weniger Menschen unterwegs waren als am Tag zuvor und dass die Läden, die gestern noch ihre Waren draußen aufgebaut hatten, geschlossen waren. Es musste Sonntag sein, der Feiertag der Christen. Ob auch die Häscher des Inquisitors an diesem Tag ruhten? Wahrscheinlich nicht. Sie holte noch einmal jedes Wort in ihr Gedächtnis, das Aaron gesagt hatte, bevor er gegangen war: eine Goldschmiede am anderen Ende der Stadt im Viertel der Juden. Das hieß, sie musste das Zentrum durchqueren, wo die große Basílica stand. Und dann?

Ohne nachdenken zu müssen, schlug sie die richtige Richtung ein. War sie einmal einen Weg gegangen, vergaß sie ihn nicht, denn ihre Erinnerung holte unablässig die Farbe eines bestimmten Hauses, die Form eines Daches und die Beschaffenheit des Bodens für sie hervor.

Plötzlich ertönte lautes Pferdegetrappel. Iriomé zwängte sich in einen Hauseingang. Keine Sekunde zu spät. Die Hermandad des Inquisitors stob rücksichtslos durch die engen Gassen. Wer nicht rechtzeitig aus dem Weg sprang, lief Gefahr, von den Hufen der Pferde getroffen zu werden.

Auf ihr inneres Gefühl vertrauend, folgte Iriomé ihnen in gebührendem Abstand.

Vor einem Gebäude von enormen Ausmaßen, dessen Vordach von unzähligen dicken Säulen getragen wurde, stiegen sie ab und übergaben ihre Pferde an zwei junge Burschen, die dienstbeflissen herbeigelaufen kamen. Nur einer der Reiter war mit gebeugtem Rücken und nach unten gerichtetem Blick sitzen geblieben. Als einer der Jungen ihm vom Pferd helfen wollte, wurde er von einem Hustenanfall geschüttelt, der so laut war, dass man ihn bis auf die andere Seite der breiten Straße hören konnte.

Iriomé gefror das Blut in den Adern. De Lugo! Er war ihr tatsächlich bis hierher gefolgt. Und nun verstand sie auch, warum. Er war sterbenskrank. Nachdem der Anfall vorüber war, krächzte er mit heiserer Stimme: »Hat er gesagt, wo sie ist?«

Iriomé erkannte augenblicklich den Ernst der Situation. Sie hatten Aaron gefasst und würden mit allen Mitteln versuchen, aus ihm herauszuquetschen, wo sie sich aufhielt. Genauso, wie man es mit Guadalupe und Guayafanta gemacht hatte. Was sollte sie tun? Sie konnte den Freund, sofern er überhaupt noch lebte, nicht im Stich lassen. Doch wenn sie jetzt dort hineinging, würde sie hier sterben, in derselben Stadt, in der Ibn Said vor einigen Stunden seinen letzten Atemzug getan hatte. War das ihr Schicksal? Wenn Tara sie tatsächlich verlassen hatte, dann wollte sie diesem Schicksal folgen. Was machte das Leben dann noch für einen Sinn?

Sie atmete tief durch, überquerte die Straße und lief zum Tor des Palacio.

»Ich will Alonso de Lugo sprechen«, sagte sie in klarem Kastilianisch zu den Wachen, die vor dem mit schwerem Eisen beschlagenen Tor standen.

Sie schenkten ihr keinen Blick und machten nur eine Handbewegung, um sie zu verscheuchen.

»Ich bin die Sklavin, nach der er suchen lässt«, probierte sie es noch einmal und nahm die kleine Stoffmütze ab, die sie im Haus der jüdischen Familie entdeckt hatte.

Einer der Wächter musterte sie und griff ihr an die Brust, die nur schwer zu verstecken war, zumal sie Tamanca nicht mehr stillte.

»Tatsächlich ein Weib!«, rief er und packte Iriomé am Arm. Der andere wollte ebenfalls nach ihr greifen, doch Iriomé schlug ihm auf die Hand, dass er aufheulte.

»Na warte.« Er gab ihr eine Ohrfeige, die sie fast zu Boden streckte.

»Wenn du sie totschlägst, hat keiner mehr etwas davon«, sagte der Erste beinahe vorwurfsvoll und hielt sie fest. »Hast du schon vergessen. Drei Goldmünzen, wer sie dem Kastilier lebend bringt.«

Der Zweite hielt sofort inne. »Du hast recht.«

Sie klopften Iriomé geflissentlich den Staub von Hose und Hemd. Dann packte sie der eine am Arm und zerrte sie ins Innere des Palacio, während der andere wieder seinen Posten einnahm.

Im Gegensatz zu draußen war es hier dunkel und kühl. Iriomé betrat einen langen Flur mit Holztüren auf beiden Seiten. Hinter einer hörte sie gedämpft das Husten de Lugos. Der Wachmann klopfte an.

Iriomé schloss die Augen. »*Vacaguaré*«, flüsterte sie. Es würde kein leichter Tod werden. Die Folter konnte sich über Tage, sogar Wochen hinziehen und endete unerbittlich mit dem Feuertod. Doch nichts hielt sie mehr in diesem Leben.

Der einst so kalte Blick de Lugos war getrübt und stumpf. Er saß in gebeugter Haltung an einem Holztisch. Ihm gegenüber Aaron. Sein weißer Bart war blutverschmiert, das Gesicht von Misshandlungen gezeichnet. Iriomé meinte, das Brennen und Ziehen seiner Wunden am eigenen Körper zu spüren. Ein Vorgeschmack von dem, was sie selbst in Kürze erwartete.

Kaltauge brauchte einen Moment, bis er sie erkannte. Er erhob sich wankend und stolperte mit ausgestreckten Armen auf sie zu. Doch bevor er sie erreichte, stürzte er und fiel direkt vor ihren Füßen zu Boden. Niemand kam ihm zu Hilfe. Wie ein Ertrinkender klammerte er sich an ihre Knie und versuchte, sich an den Hosenbeinen hochzuziehen. Iriomé verharrte mit eiserner Miene. Sie spürte weder Hass noch Mitgefühl, noch irgendeine Art von Genugtuung. Es gab nichts, was ihre Gefühle, gleich welcher Art, noch einmal zum Klingen bringen würde. Ihr Herz war erkaltet. Zu Stein gewordene Lava, gegen die die Wellen schlugen, mal sanft, mal heftig. Es würde sich nichts mehr bewegen.

Langsam lösten die knochigen Finger, die es bis zu ihrer Hüfte geschafft hatten, die Umklammerung, und der ausgemergelte Körper des Konquistadors sackte zu Boden. Er röchelte noch einmal, dann sickerte Blut aus seinen Mundwinkeln, wie tags zuvor das Wasser aus Ibn Saids Mund. Er zuckte, seine Augenlider flatterten. Dann blieb er mit verkrampfen Gliedern am Boden liegen. Die zwei Männer der Hermandad, die sich in dem Raum befanden, und ein Mann mit groben Gesichtszügen und einer Lederschürze, die mit Blut befleckt war, erschauderten.

»*Bruja* – Hexe!«, flüsterte der eine und starrte Iriomé angsterfüllt an. Aber keiner machte Anstalten, sie zu ergreifen. Bevor sie es sich anders überlegen konnten, zerrte Iriomé Aaron von der Bank und lief mit ihm so schnell wie möglich nach draußen. Der Wachmann, der sie hereingebracht hatte, ließ sie passieren. Ein Blick auf den toten Kastilier hatte ihm wohl gereicht. Von ihm würde er nicht einmal mehr auch nur einen einzigen Goldtaler bekommen. Besser, er ließ die Finger von dieser merkwürdigen Frau.

Draußen vor dem Palacio reihten sich Iriomé und Aaron in den erneuten Pilgerstrom ein, der sie auch diesmal zur Basílica del Pilar schwemmte. Schon von Weitem waren die inbrünstigen Gebete der Gläubigen zu hören. Obwohl Iriomé Aarons Hand so fest wie nur möglich hielt, wurden sie von einer Gruppe junger Pilger getrennt, die sich recht rücksichtslos durch die Menge kämpften, als wären sie bei einem Wettrennen.

Irgendwann, sie hatte jegliches Gefühl für das Fortschreiten des Tages verloren, fand Iriomé sich in der riesigen Kathedrale wieder, deren Hunderte von Säulen ihr vorkamen, als trügen sie nicht nur das Dach des Gotteshauses, sondern den gesamten Himmel. Die kleine Statue der Virgen Maria del Pilar stand auf einer silbernen Säule und blickte geduldig auf die langen Reihen von Menschen, die gekommen waren, um ihr zu huldigen und ihre Hilfe zu erflehen. Iriomé erfuhr von einer Mutter, die gerade mit ihrer kleinen Tochter sprach, was es mit der Legende um die Jungfrau auf sich hatte. Die Mutter Jesu sollte nach seiner Kreuzigung einem seiner Jünger mit Namen Jacobus hier auf einer Säule stehend begegnet sein. Und deshalb hatte man um diesen heiligen Platz herum die Basílica gebaut.

Sie reihte sich in die lange Menschenschlange ein und wartete geduldig, bis sie endlich am Fuße der Säule angelangt war und in das goldene Antlitz der Jungfrau blickte. Zum ersten Mal seit Langem überkam sie ein Gefühl von Ruhe. Es war für sie nicht die Mutter Jesu, die auf sie heruntersah, sondern Tara, die Erdmutter. Doch eigentlich gab es da auch keinen Unterschied. Iriomé dankte ihr, dass sie noch am Leben war, und versprach, nie wieder an der Existenz der Göttin zu zweifeln. Der Blick, den sie zurückerhielt, sprach von Vergebung und von Gnade. Davon, dass es keinen Sinn ergab, andere für das eigene Schicksal verantwortlich zu machen und dadurch Leid zu erfahren und immer wieder neues Leid zu erschaffen. Und davon, dass trotz allem der einzig gangbare Weg die Liebe war, gegenüber sich selbst, gegenüber den Menschen und gegenüber den Göttern.

35. KAPITEL

Romy schlug die Augen auf und blickte in Ricardos besorgtes Gesicht. Er wirkte verändert, sodass sie ihn im ersten Moment gar nicht erkannte. Er war tief gebräunt und hatte sich einen Vollbart wachsen lassen. »Wir müssen weg hier, so schnell wie möglich«, sagte er, nahm ihre Hand und zog sie von der kleinen Bank unter dem Drachenbaum.

Romy hatte große Schwierigkeiten, aufrecht zu stehen. Ihre Knie zitterten. Zu sehr saßen ihr Iriomés Erlebnisse noch in den Knochen. Ein Blick auf den Eingang von Sams Höhle katapultierte sie jedoch zurück in die Gegenwart. Sam war für Amakuna gestorben, genau wie Iriomés Freunde aus der Vergangenheit. Das musste ein Ende haben.

Der Pilz hatte nur Unglück gebracht und würde das weiterhin tun. Die Menschheit war noch nicht bereit und würde es auch in naher Zukunft nicht sein.

»Dieser Borges, er wird uns alle töten«, flüsterte sie.

»Keine Angst, Tanausú ist auf dem Weg hierher. Er wird wissen, was jetzt zu tun ist«, sagte Ricardo.

»Was?« Deutlich sah sie das Bild des kräftigen Mannes, auf den vor ihren Augen im Hinterhof der Boutique geschossen worden war. »Tanausú ist nicht tot?«

Ricardo schüttelte den Kopf. »Wir haben heute Morgen miteinander telefoniert. Er ist ein *Guerrero Sagrado*. Vergiss das nicht.«

Romy war sich plötzlich nicht mehr sicher, in welcher Zeit sie sich eigentlich befand, zumal Ricardo mit seinem Bart aussah wie ein Guanche.

»Wer bist du wirklich?«, fragte sie leise und erinnerte sich daran, wie sehr sie ihm misstraut hatte, als sie sich kennenlernten.

Er lächelte, legte seine Stirn an ihre und verbeugte sich. »Chusar Axhoran, Magoc e Cel. Gegrüßt seist du im Angesicht der Erde, des Mondes und der Sonne.«

Romy verstand nun gar nichts mehr.

»Ich bin ein Freund von Tanausú«, sagte Ricardo mit Ehrfurcht in der Stimme. »Er ist schon einmal in einem Barranco in der Caldera abgestürzt und hat sich das Genick gebrochen. Aber er ist zu uns zurückgekehrt.«

»Geheilt?« Wenn es stimmte, was Ricardo da sagte, konnte es nur so sein, dass der Ökoaktivist den Pilz bei sich trug und sich selbst geheilt hatte – in der Caldera wie in Marbella.

Ricardo nickte. »Er ist unser Anführer und wird es ewig bleiben.«

»Anführer von wem?« Es gab doch keine Guanchen mehr im 21. Jahrhundert. Romy hatte das Gefühl, als würde sich alles um sie herum drehen. Bilder aus der Vergangenheit und Gegenwart mischten sich vor ihrem inneren Auge. Sie musste sich noch einmal setzen.

»Ich gehöre zu einer Gruppe, die sich *Corro Benahoare* nennt und von deren Existenz nur ihre Mitglieder wissen – und du. Wir setzen uns dafür ein, dass die Insel in ihrer Ursprünglichkeit erhalten bleibt und die alten Traditionen nicht verloren gehen. Tanausú ist unser Anführer. Er weiß alles über das Leben der Urkanarier und hat uns viel beigebracht. Wir verbringen oft Zeit in der Caldera und versuchen, die Vergangenheit noch einmal auferstehen zu lassen.«

Romy verstand nur langsam. Tanausú hatte sich wohl so eine

Art Umweltkampftruppe mit Neoguanchen aufgebaut. Und die sahen ihn als ihren unsterblichen Helden. Was er gewissermaßen ja auch war. Und sie selbst?

Sie musste endlich anfangen, sich an eine neue Sicht der Dinge zu gewöhnen. Nichts schien so zu sein, wie die Menschen es sich vorstellten oder wünschten. Das meiste davon waren nur persönliche Manifestationen von Mustern, die man als Kind eingetrichtert bekam – von den Eltern, in der Schule, in der Uni und generell durch die Gesellschaft. Und dann passierte plötzlich etwas, das alles auf den Kopf stellte, als ob das Programm des Lebens mal schnell wie mit einer Fernbedienung umgeschaltet wurde.

»Wir müssen los«, unterbrach Ricardo ihre Gedanken. »Ich bringe dich jetzt in Sicherheit, wo dich keiner finden kann. Dort ist auch Thea.«

Romy fiel ein Stein vom Herzen. Sie hatte ihre Freundin so vermisst. »Wie geht es ihr?«, fragte sie besorgt.

»Gut! Sie gewöhnt sich an ihr neues Leben im Norden der Insel. Soweit ich weiß, hat sie sich mit einer alten Kräuterfrau aus Garafía angefreundet. Und sie behandelt auch schon einige Frauen in Santa Domingo.«

Demnach lebte Thea wieder ihr altes Leben als Harimaguada, überlegte Romy. Wusste Ricardo das? Wusste er überhaupt von Amakuna?

»Mein Motorrad steht oben am Parkplatz. Wir sollten jetzt wirklich los«, drängte er. »Denn wer auch immer hinter dir her ist, wird dich bestimmt als Erstes hier suchen.«

Der heiße Wüstenwind brannte auf ihrer Haut, als sie, eng an Ricardos Rücken gepresst, mit ihm in den Norden der Insel fuhr. Borges und seine Männer waren für sie zu Konquistadoren und Inquisitoren der Gegenwart geworden. Sie konnten, wie die Hermandad von Lorenzo de la Huerta, jeden Moment irgendwo auftauchen. Iriomés Schicksal war zu dem ihren geworden. Die

Göttin hatte sich im buchstäblich letzten Moment darum gekümmert, dass Kaltauge das Zeitliche segnete. Aber würde sie auch in diesem Leben dafür sorgen?

Irgendwann hörte die asphaltierte Straße auf, und sie rollten nur noch über eine immer enger werdende Sandpiste, die sich zwischen trockenen, stacheligen Gewächsen in Richtung Küste schlängelte. Es dämmerte bereits, als Ricardo endlich anhielt und den Motor ausschaltete. »Den Rest müssen wir zu Fuß gehen«, sagte er, während er seine Enduro auf den Boden unter ein paar Büsche legte, sodass sie von ferne nicht zu erkennen war.

Sie befanden sich auf einem riesigen Felsplateau. Vor ihnen lagen die majestätischen Steilklippen der Nordküste, an die das Meer mit lautem Donner schlug. Alles war in einen leicht gelblichen Dunst gehüllt, der vom Sand rührte, den der Calima aus der Sahara mitbrachte.

Romy konnte nicht den kleinsten Trampelpfad erkennen, doch Ricardo wusste genau, wo er hinwollte. Sie folgte ihm stumm, immer weiter bis an den Rand der Klippe. Der heiße Wind und das Gebrüll des Meeres machten eine verbale Verständigung unmöglich.

Nach einer Weile blieb er so abrupt stehen, dass Romy ihn beinahe umgerannt hätte. Vor ihnen gähnte ein Loch im Boden, so groß, dass sich ein Mensch gerade durchzwängen konnte. Um die Öffnung herum lag herausgerissenes Gestrüpp. Romy erkannte an Ricardos erschrockenem Gesicht, dass dies kein gutes Zeichen war. Er ließ sich dennoch vorsichtig mit den Füßen voraus in das Loch hinunter und war kurz darauf verschwunden. Romy blieb nichts anderes übrig, als ihm zu folgen. Ihre Füße fanden an den Seitenwänden, aus denen ein paar Steine herausragten, Halt. Sie ließ sich Stück für Stück den Erdschacht hinunter, bis sie wieder horizontalen Boden unter ihren Füßen spürte. Vor ihr erstreckte sich ein Tunnel, dessen rechte Seitenwand Löcher hatte, durch die ein wenig Tageslicht drang. Hier war es wenigstens angenehm kühl. Als sie durch eine der Öffnungen blickte, sah sie mindestens fünfzig Meter unter sich die weiße Gischt des Atlantiks, die bis zu ihr heraufspritzte. Daher die Pfützen auf dem Boden.

Plötzlich stand Ricardo wieder neben ihr, nahm ihre Hand und zog sie weiter. Mit einer Taschenlampe leuchtete er ihr den Weg, der innerhalb der Klippen entlangführen musste. Schließlich öffnete sich vor ihnen eine riesige Wohnhöhle, die zum Meer hin teilweise verglast war und einen atemberaubenden Blick auf den Atlantik und die steilen Felsen bot. Doch von Thea keine Spur. Außerdem schien bereits jemand vor ihnen hier gewesen zu sein. Und dieser Jemand hatte eindeutig etwas gesucht. Die Einrichtung war vollständig zerstört, Kisten geöffnet, Decken, Kleidung und Nahrungsmittel am Boden zerstreut, Sitzgelegenheiten umgestoßen, Matratzen aufgeschlitzt. In einer Ecke entdeckte Romy Theas türkisfarbenes Kleid und ihr Tuch.

Sie setzte sich auf eine der Kisten und starrte nach unten in die wilde Gischt, die sich über die Felsen ergoss, um sich dann wieder in die Weiten des Atlantiks zurückzuziehen. War Thea ebenfalls ertrunken? Hatte Borges auch sie gefoltert, um den Fundort des Pilzes in Erfahrung zu bringen?

»Hier, schau dir das mal an.« Ricardo hielt ihr eine mit Großbuchstaben bedruckte DIN-A4-Seite hin.

Wir haben Thea in unserer Gewalt
und sind bereit, sie gegen Romy Conrad
auszutauschen. Übergabe auf dem
Teufelsfest in Tijarafe.
Keine Polizei, sonst stirbt sie.

»Kannst du mir erklären, was die von dir wollen und wer die überhaupt sind?«

Er schien nichts über Amakuna zu wissen. Tanausú hatte seine Freunde offensichtlich nicht eingeweiht. Er war definitiv klüger gewesen als sie.

Ricardo packte sie bei den Schultern und sah ihr in die Augen, doch Romy war unfähig, ein Wort über die Lippen zu bringen.

»Ich weiß es nicht«, log sie und merkte schon im selben Moment, dass er ihr nicht glaubte. »Entschuldige, aber ich kann es dir nicht sagen. Tanausú wird dir alles erklären. Ich kann es nicht.« Romy hatte Tränen in den Augen. Sie wollte auf keinen Fall das Risiko eingehen, noch einen weiteren Menschen zu gefährden.

Ricardo war damit zwar alles andere als zufrieden, aber er fragte nicht weiter nach.

Sie las noch einmal die wenigen Zeilen. Schon merkwürdig, dass Borges, oder wer auch immer hinter der Entführung steckte, gerade diesen Ort ausgewählt hatte. Wahrscheinlich plante er die Übergabe direkt während des spektakulären Feuerwerks. Nur würde das woanders stattfinden. Ihre Idee, die Höhle mit Carlos' Feuerwerk zu sprengen, schien ihr nach wie vor eine mögliche Lösung zu sein. Sie hoffte nur, dass Tanausú bald eintreffen würde. Er war der Einzige, der ihr jetzt helfen konnte. Der Heilige Krieger! Wenn sie damals, als Sam ihr zum ersten Mal von dieser Legende erzählt hatte, auch nur geahnt hätte, dass da tatsächlich etwas dran war, wäre bestimmt so einiges anders gelaufen.

»Hier kannst du jedenfalls nicht bleiben«, sagte Ricardo mit ruhiger Stimme. »Wir fahren zu mir nach Hause.«

Das Motorrad lag glücklicherweise noch an derselben Stelle. Ricardo zog sein Hemd aus und legte es über den Sitz, der so heiß geworden war, dass man darauf Spiegeleier hätte braten können. Romy bedankte sich und stieg auf. Ihre Gedanken überschlugen sich.

Wie sollte sie an Carlos' Sprengstoff kommen? Würde Tanausú überhaupt mitmachen? Wie konnte man Thea vorher befreien?

Kurz vor Tijarafe bog Ricardo von der Hauptstraße ab und fuhr eine kleine Nebenstraße hinunter in Richtung Meer, die direkt zu seiner Finca führte, einem alten einstöckigen kanarischen Haus mit Holzbalkonen, um das mehrere kleinere Häuschen aus Natursteinen standen. Unter ein paar Mandelbäumen pickten Hühner ihr Futter, und ein paar gut genährte Katzen lagen faul herum. Aus einem Zwinger gellte ohrenbetäubendes Hundegebell. Erst nach einem scharfen Befehl, der aus dem Haus schallte, wurde es etwas ruhiger. Die Haustür öffnete sich, und kein anderer als Carlos lief ihr freudestrahlend entgegen.

»*Hola guapa!*« Er umarmte sie und drückte ihr rechts und links einen dicken Schmatzer auf die Wangen. »Wir kennen uns von der Fähre«, erklärte er seinem erstaunten Sohn, »und haben uns bei einer guten Flasche Wein die Zeit vertrieben. Wenn ich gewusst hätte, dass sie eine Freundin von dir ist …«

Romy konnte es kaum glauben. Irgendjemand zog hier gewaltig die Strippen und sorgte dafür, dass alles seinen Lauf nahm. Es konnte kein Zufall sein, dass sie genau an dem Ort gelandet war, wo sich der Lastwagen mit dem Sprengstoff befand! Hatte vielleicht Tara ihre Hände im Spiel? Romy erspähte Carlos' Lkw unter einem mit Wein bewachsenen Wellblechdach. »Na, haben Sie Ihre gefährliche Ladung gut hierhergebracht?«

»Alles bestens.« Er klopfte seinem Sohn auf die Schulter. »Ricardo wird den tollsten Teufel abgeben, den Tijarafe je erlebt hat.«

Romy hatte das Gefühl, als ob der junge Mann die Begeisterung seines Vaters nur bedingt teilte, sich aber der Tradition beugte. Sie hoffte nur, dass Tanausú so bald wie möglich hier eintreffen würde, um gemeinsam ihren Plan zu besprechen. Wahrscheinlich kamen sie doch nicht drum herum, Ricardo einzuweihen.

Carlos lachte und schnalzte ein paar Mal laut mit der Zunge, um die aufgeregten Hunde zu beruhigen, die sich an das Gitter des Zwingers drängten und um seine Aufmerksamkeit buhlten. »Das sind Podencos. Die besten Jäger der Welt, schnell und spurensicher«, erklärte der Palmero stolz. »Man braucht nicht einmal ein Gewehr. Sie füllen mir jedes Wochenende meine Tiefkühltruhe. Und dann gibt es *Conejo en salsa* oder *con ajo*.« Er fuhr sich mit der Zunge über die Lippen. »Ich glaube, vom Wochenende ist noch etwas übrig.«

Romy musste lachen. Carlos war wirklich ein Genießer, und obwohl ihr im Moment der Sinn nach allem anderen als nach Kaninchenbraten stand, ließ sie sich von ihm dazu überreden, etwas zu kosten.

»Na, was macht der eifersüchtige Liebhaber?«, fragte er, als sie gemeinsam zum Haus gingen.

Ricardo sah sie skeptisch von der Seite an.

»Ich glaube, er ist immer noch hinter mir her.« Sie blinzelte dem Junior verschwörerisch zu, der glücklicherweise begriff und den Faden sofort aufnahm.

»Ich habe Romy angeboten, vorerst bei uns zu bleiben«, sagte er. »Ich kenne sie und ihre Freundin von ihrem letzten Urlaub hier auf La Palma.«

»Pass bloß auf, nicht dass du plötzlich ein Messer zwischen den Rippen hast«, lachte Carlos. »War nur Spaß. Ist natürlich kein Problem«, sagte er. »Die Señorita kann in einer der Höhlen schlafen. Da ist es jetzt während des Calimas sowieso am angenehmsten.«

Obwohl sie nun schon zum zweiten Mal auf La Palma war, fand Romy die Idee, in Höhlen zu schlafen, noch immer gewöhnungsbedürftig, auch wenn sie inzwischen wesentlich komfortabler waren als zu Zeiten der Guanchen.

Als sie das Haus betraten, schlug ihnen leckerer Essensgeruch entgegen. In der Küche stand eine kleine, leicht buckelige und mindestens achtzigjährige Frau. Sie trug eine viel zu große Küchenschürze über einem schwarzen, fast bodenlangen Kleid und hatte das weiße Haar am Hinterkopf zu einem kleinen Dutt zusammengebunden.

»*Abuela,* wir haben Besuch«, schrie Ricardo ihr ins Ohr.

Sie drehte sich um, und Romy blickte in ein schmales, von unzähligen kleinen Fältchen durchzogenes Gesicht. Sie strahlte sie an. »Ich bin Rosa, Carlos' Mutter. Wie schön, eine so hübsche Frau hier in unserem bescheidenen Haus zu haben«, sagte sie mit fast mädchenhafter Stimme und umarmte Romy. Sie reichte ihr gerade mal bis zur Brust. »Wollen Sie etwas trinken? Nein, diese Männer! Haben die Ihnen noch nichts angeboten?«

»Wir sind doch gerade erst angekommen«, nahm sie die beiden in Schutz.

»Die Männer heute haben keine Manieren mehr.« Sie reichte Romy ein großes Glas Wasser, das sie in einem Zug austrank. »Mein Mann war da noch ganz anders.«

Ricardo lachte und zupfte sie am Ohr. »*Abuela*, deinen Mann hast du seit 50 Jahren nicht mehr gesehen. Woher willst du wissen, wie er jetzt ist?«

»Das stimmt. Dieser Schuft!« Rosa drehte sich wieder zum Herd und hantierte mit ihren Töpfen, aus denen weitere köstliche Gerüche aufstiegen. Ricardo schenkte sich ebenfalls ein Glas Wasser ein und setzte sich zu Romy, die am Küchentisch Platz genommen hatte. »Mein Großvater ist in den Sechzigerjahren, als hier eine richtige Hungersnot herrschte, nach Kuba ausgewandert, um dort sein Glück zu versuchen, wie viele andere auch. Seitdem haben wir nie wieder etwas von ihm gehört.«

Romy hatte darüber schon gelesen. Kuba galt eine lange Zeit sogar als die achte Insel der Kanaren. »Aber die meisten sind doch zurückgekehrt oder haben ihre Familien nachkommen lassen, wenn sie sich dort etwas aufgebaut hatten, oder?«

»Ja, schon.« Rosa lachte verächtlich. »Manche haben sich dort aber auch eine neue Frau gesucht, eine jüngere. So wie mein José, dieser Schuft!«, sagte Rosa noch einmal.

Romy musste grinsen, auch wenn es für Rosa bestimmt nicht leicht gewesen war. Hier in dieser gemütlichen Küche fiel ein wenig die Spannung von ihr ab, und sie fühlte sich wieder wie ein Mensch und nicht wie ein gejagtes Kaninchen.

»Dafür haben Sie jetzt diese beiden wunderbaren Männer. Wer hat das schon?«

»Das stimmt«, bestätigte Rosa. »Und dafür danke ich dem Herrn jeden Tag.«

Um nicht in irgendein Fettnäpfchen zu treten, verkniff sich Romy die Frage nach Ricardos Mutter, aber die alte Frau schien Gedanken lesen zu können.

»Meine Schwiegertochter ist auch weggegangen und nicht mehr wiedergekommen. Sie war vom Festland und konnte es hier auf der Insel irgendwann nicht mehr aushalten. Carlos hat sich nie wieder eine Neue gesucht.« Rosa wiegte nachdenklich den Kopf hin und her. »Alles wiederholt sich. Und manchmal braucht es viele Generationen, bis ein Schmerz überwunden ist.«

Rosa ist eine weise Frau, dachte Romy. Iriomés Liebesgeschichte kam ihr unwillkürlich in den Sinn. Dann tauchte Nics Gesicht mit den warmen Augen vor ihr auf. Sie hatte schon eine ganze Weile nicht mehr an ihn gedacht, besser gesagt, sich selbst verboten, an ihn zu denken. Und auch jetzt scheuchte sie den Gedanken an ihn schnell wieder davon, während sie der alten Frau half, den Tisch im *Comedor* zu decken. Das holzgetäfelte Esszimmer mit den alten sepiafarbenen Fotos an der Wand wurde sonst wohl eher selten benutzt. Romy zu Ehren legte Rosa sogar eine weiße Tischdecke auf und holte das Sonntagsgeschirr und das edle Silberbesteck heraus.

»Das ist doch nicht nötig«, versuchte Romy sie zu bremsen, auch wenn sie zugeben musste, dass sie die umsorgende Atmosphäre genoss und sich wenigstens für eine kurze Zeit in Sicherheit fühlte.

Das Kaninchen war zart wie Butter und ließ sich leicht vom Knochen lösen. Dazu gab es *papas arrugadas,* in Salzlake gekochte, schrumpelige Kartoffeln, *mojo*, die berühmte kanarische Paprikasoße, und einen kräftigen Rotwein aus Garafía. Als Romy jedoch die ersten Bissen herunterschluckte, überfiel sie ein spontaner Brechreiz. Mit einer entschuldigenden Geste erhob sie sich.

Sie schaffte es gerade noch bis ins Badezimmer, öffnete den Klodeckel und übergab sich kurz und kräftig. Stimmt, ich bin ja schwanger, schoss es ihr durch den Kopf. Bei all den Aufregungen war ihr Zustand völlig in den Hintergrund geraten. Nachdem sie sich den Mund ausgespült hatte, ging sie zurück in den *Comedor,* in der Hoffnung, dass ihr niemand etwas anmerken würde. Rosa schimpfte noch immer über untreue und unzuverlässige Männer, offensichtlich nicht zum ersten Mal, denn weder Carlos noch Ricardo schienen ihr richtig zuzuhören. Sie waren damit beschäftigt, das Kaninchenfleisch vorsichtig mit den Zähnen von den kleinen Knochen zu ziehen und keinen davon zu verschlucken. Ricardo warf Romy einen prüfenden Blick zu, als sie sich wieder setzte, der sogar seinem Vater auffiel. Allerdings interpretierte er ihn falsch. »Pass bloß auf!«, sagte er schmunzelnd. »Eifersüchtige Liebhaber verstehen keinen Spaß.«

Und Menschen wie Borges auch nicht, dachte Romy und schalt sich selbst. Allein schon durch ihre Anwesenheit brachte sie diese nette Familie in Gefahr. Und das gefiel ihr gar nicht. Aber was sollte sie tun?

In diesem Moment klingelte Ricardos Handy. »Ja, sie ist hier bei mir.«

Tanausú! Romy fiel ein Stein vom Herzen.

»Wir kommen.« Ricardo steckte sein Handy wieder ein und stand auf. Er drückte seiner Großmutter einen Schmatzer auf die Wange. »Das Essen war wie immer *muy rico.* Wir müssen leider noch einmal weg«, entschuldigte er sich für den abrupten Aufbruch.

Romy bedankte sich ebenfalls und folgte Ricardo nach draußen. Sie atmete auf. Endlich war sie nicht mehr allein für alles verantwortlich, für all das Unglück, das bereits geschehen war, und für die Entscheidungen, die noch zu treffen waren.

Auf dem Motorrad brausten sie wieder Richtung Norden, bogen jedoch kurz vor Puntagorda ab und fuhren hoch in die Berge. Die Straße schlängelte sich in unzähligen Kurven empor. Die Temperatur stieg mit jedem Höhenmeter. Während es sonst in den Höhenlagen stets kühl und windig war und am Meer sonnig und warm, verhielt es sich während des Calima genau umgekehrt. Der heiße Fahrtwind trug zusätzlich dazu bei, dass Romy irgendwann überhaupt nicht mehr wusste, ob sie nun vorwärts oder rückwärts fuhren. Die Mischung aus Schweiß und sandigem Wind war unerträglich. Ihre Augen brannten, sie musste sie zu zwei schmalen Schlitzen zusammenkneifen. Selbst als sie im Wald zwischen riesigen Kiefern querfeldein fuhren, wurde es nicht kühler.

Schließlich hielten sie auf einer kleinen Lichtung an, in der ein altes Steinhaus stand. Romy war froh, absteigen zu können. Sie fühlte sich wie ein paniertes und gebratenes Schnitzel. Allein den Sand von ihrer Kleidung abzuschütteln verursachte schon den nächsten Schweißausbruch.

Ricardo stieß eine Pfiffkombination aus, die Romy von Iriomé kannte, und tatsächlich erschien Tanausú kurz darauf in dem niedrigen Eingang des kleinen Häuschens. Er musste sich bücken, um nicht am Türstock anzustoßen. Romy bekam eine Gänsehaut, als sie ihn erblickte. Er sah müde aus, trug einen Dreitagebart und seine grüne Armeejacke. Er begrüßte zuerst Ricardo nach Art der Guanchen, indem er die Stirn an seine legte und den alten Gruß murmelte, dann tat er das Gleiche mit ihr.

»Geht es dir gut?«, stammelte Romy.

Tanausú nickte. *»Perdona«,* entschuldigte er sich, »dass ich dich in Marbella im Stich gelassen habe. Das war nicht geplant. Aber du hast es ja auch ohne mich hierher geschafft, woran ich übrigens nicht den geringsten Zweifel hatte.«

Dann bat er Ricardo, sie für einen Moment allein zu lassen. Widerspruchslos entfernte er sich und nutzte die Zeit, sein völlig verdrecktes Motorrad mit einem Lappen zu säubern.

»Du weißt doch sowieso schon alles, was geschehen wird«, sagte Romy leicht provokant. Es fiel ihr noch immer schwer, die Geschichte des Heiligen Kriegers tatsächlich zu glauben.

»Leider nicht. So wie du immer nur bestimmte Zeitabschnitte in der Vergangenheit erlebst, geht es mir mit der Zukunft. Das ist wie bei einer Fernsehserie. Wenn es am spannendsten ist, hört es meistens auf, und man muss sich bis zur nächsten Folge gedulden.«

»Und woran liegt es, dass du mit dem Pilz in die Zukunft blickst und ich in die Vergangenheit reise? Schließlich bin ich doch die Harimaguada, oder?«

Er lächelte. »Weil Amakuna jeden immer das sehen lässt, was für seine Entwicklung im Augenblick das Richtige ist.«

»Das heißt, der Pilz ist ein Lebewesen und denkt mit?«

»So könnte man es sagen. Ja.«

Sie überlegte einen Augenblick, bevor sie das aussprach, was sie schon eine ganze Weile beschäftigte. Nämlich, dass sie ohne Iriomé das alles hier gar nicht hätte durchstehen können. Sie fühlte sich stärker als je zuvor mit allem verbunden. Zum ersten Mal empfand Romy dieses Bewusstsein als das größte Geschenk des Schöpfers an die Menschen: das Leben in seiner ganzen Intensität, in allem, was es hervorbrachte, zu spüren; tief in die lebendige Natur hineinzusehen, sie zu erkennen und sich in ihr geborgen zu fühlen; sich der Schöpfung bewusst zu sein – und nicht einfach nur blind durch sie hindurchzutrampeln. Die Erde gab ihr Halt, die Bäume boten Schutz, die Luft erlaubte ihr, sich zu entfalten, und der Wind gab ihr Antworten auf viele Fragen; Wasser übertrug ihr Kraft, und das Ziehen der Wolken erinnerte sie an Veränderung und Vergänglichkeit. Sie fühlte sich gewappnet für das, was nun auf sie zukam.

Tanausú lächelte. Romy nahm an, dass er bereits alles wusste, bevor sie noch die richtigen Worte gefunden hatte. »Mir geht es nicht anders«, sagte er. »Es ist eine ganz besondere Kraft, die es uns möglich macht, Dinge zu tun, zu denen man nur fähig ist, wenn man hinter den Vorhang der Zeit sehen kann. Vielleicht ist es aber auch der beruhigende Gedanke, dass unsere Seele immer wiederkehren wird.« Er blickte zu Ricardo, der mit dem Rücken zu ihnen stand und noch immer mit seinem Motorrad beschäftigt war. »Hast du ihm von Amakuna erzählt?«

Sie schüttelte den Kopf. »Ich war kurz davor, aber ich habe es nicht getan. Ich wollte ihn und seine Familie nicht auch noch gefährden. Der Pilz hat schon genug Unglück angerichtet. Jetzt haben Forsters Leute auch noch Thea entführt. Ich bin überzeugt, dass dieser Borges dahintersteckt.« Sie holte den Zettel heraus, den sie in Tanausús Versteck gefunden hatten, und übergab ihn ihm.

Er las die Worte mit ernstem Gesichtsausdruck. Die Narbe an seiner Stirn färbte sich dunkel. »Auf dem Teufelsfest also«, murmelte er. »Ein idealer Ort. Die Menschen kommen zu Tausenden von allen Inseln, um sich dieses verrückte Spektakel anzusehen.«

»Ich weiß. Ricardos Vater hat einen ganzen Lkw voller Feuerwerkskörper dafür vom Festland hierhergebracht.« Sie holte tief Luft und fasste ihn am Unterarm. »Was, wenn wir damit die Höhle sprengen oder zumindest den Eingang zerstören, damit so schnell niemand mehr Zugang hat?« Gespannt wartete sie auf seine Reaktion.

Tanausú ließ sich mit seiner Antwort so viel Zeit, als spiele er die ganze Aktion schon mal im Trockenen durch.

»Es ist die einzige Möglichkeit, dem ganzen Wahnsinn ein Ende zu machen«, legte Romy noch einmal nach.

»Ich glaube, du hast recht«, sagte er schließlich. »Der Pilz hatte einst die Aufgabe, den Harimaguadas einen Blick in die Zukunft zu gewähren oder sie in die Vergangenheit reisen zu lassen, um die Vorkommnisse der Gegenwart besser zu verstehen, aber nicht, um die Menschheit vor dem Tod zu bewahren. Diese Zeit ist noch nicht gekommen. Irgendwann wird es vielleicht so weit sein. In irgendeinem Leben wird Amakuna möglicherweise diesen Planeten retten. Dann werden *einige Menschen* wissen, wo es zu finden ist.«

Romy wurde zum ersten Mal bewusst, dass man auch über sein jetziges Leben hinaus Verantwortung übernehmen konnte. »Das heißt, du bist einverstanden?«

»Es ist deine Entscheidung, Romy. Du bist die Hüterin des Pilzes. Ich werde mit Ricardo sprechen. Das Teufelsfest ist schon morgen. Wenn es noch irgendeine Möglichkeit gibt, wird er uns helfen.« Er grinste. »Denn schließlich ist er ja der Teufel.«

»Musst du ihm dann nicht von Amakuna erzählen?«

»Ja. Das muss ich wohl. Er hat einen Schwur geleistet, die Tradition und die Sitten der Benahoarias für alle Zeiten zu respektieren und zu schützen. Er ist ein guter Junge und ist es wert, einer von uns zu werden.«

◎ ◎ ◎

Am nächsten Tag wachte Romy bereits früh auf. Als sie den Holzverschlag der kleinen Schlafhöhle öffnete, wehte ihr noch immer der Wind heiß entgegen, obwohl die Sonne noch nicht einmal aufgegangen war. Ihr Körper sehnte sich nach Wasser, und ihre Zähne brauchten eine Zahnbürste. Sie lief den kleinen Trampelpfad an einer steilen Felswand entlang zu Carlos' Finca. Alles war noch still. Sie überquerte den staubtrockenen Hof, machte allerdings einen großen Bogen um den Hundezwinger, um kein Gebell auszulösen. An der Außenwand der Küche entdeckte sie einen Wasserhahn. Sie drehte ihn auf und schreckte zurück. Selbst jetzt, am frühen Morgen, kam das Wasser glühend heiß aus der Leitung.

»Buenos días«, hörte sie Carlos vom kleinen Holzbalkon im ersten Stock rufen. »Warte, ich komm runter und mach dir auf, dann kannst du das Badezimmer benutzen.«

Romy drehte den Hahn wieder zu und folgte dankbar seiner Aufforderung.

Als sie sich in dem einfachen, aber sauberen Badezimmer im Spiegel sah, erschrak sie über sich selbst. Ihr dunkel gefärbtes Haar war wieder heller geworden und von Sand und Staub verklebt, ihr Gesicht tiefbraun, und ihre blauen Augen blitzten wie nie zuvor. Es war die Guanchin, die ihr entgegenblickte. Iriomé, wie sie sich vor dem Amakuna-Ritual ihr Gesicht und ihre Haare mit Asche und Tonerde eingerieben hatte. Romy würde nun ihre Aufgabe als Hüterin des Pilzes übernehmen und sie mit allen Konsequenzen erfüllen.

Tanausú und Ricardo hatten die ganze Nacht damit verbracht, aus den Feuerwerkskörpern für das Teufelsfest Sprengsätze zu bauen. Sobald sie damit fertig waren, wollte der einstige Anführer der Guanchen sich auf den Weg in die Caldera machen und sie so platzieren, dass der Eingang zur Grabeshöhle der Harimaguadas komplett verschüttet würde. War Thea auf dem Teufelsfest gegen Romy ausgetauscht worden, sollte sie Borges und seine Männer zu einer bestimmten Stelle in der *Cumbre*, einem kleinen Gebirgszug oberhalb von Los Llanos, bringen, wo der *Corro Benahoare* sie befreien würde. Obwohl der Plan eigentlich bombensicher war, hatte Romy ein merkwürdiges Gefühl. Es war aber nicht Angst, sondern eher Enttäuschung, eine tiefe Traurigkeit. Nicht dass sie es bedauerte, nun nicht der Alexander Fleming des 21. Jahrhunderts zu werden. Vielmehr tat ihr der Gedanke an die unzähligen Menschen und vor allem Kinder weh, die mit todbringenden Krankheiten in den Krankenhäusern der Welt dahinsiechten. Mit der kompletten Zerstörung der Höhle war ihre ursprüngliche Idee, den Pilz als allumfassendes Heilmittel der Menschheit zur Verfügung zu stellen, ein für alle Mal gestorben, zumindest in diesem Leben. Eine Tatsache, die der Ärztin und Wissenschaftlerin in ihr alles andere als gefiel.

Doch ihre Entscheidung war unwiderruflich. Und vielleicht hatte der Médico ja recht, dass der Mensch mit einem solchen Zaubermittel Gott ins Handwerk pfuschen und dadurch nur Unheil hervorrufen würde, was sich in der Vergangenheit ebenso wie in der Gegenwart bereits bestätigt hatte.

36. KAPITEL

Auf der *Danza del Diablo* war buchstäblich der Teufel los. In den engen Gassen und auf der *Plaza* von Tijarafe wurde getanzt und gefeiert. Die jungen Leute trugen blinkende rote Hörner auf dem Kopf. An unzähligen Buden wurden Wein und Bier ausgeschenkt. Auf einer Bühne spielte eine zehnköpfige Salsaband, während aus verschiedenen Kneipen andere Musik ertönte. Dazu das Grölen und die Gesänge der Betrunkenen. Die Menschen verständigten sich hauptsächlich durch Brüllen oder Handzeichen. Tanausú und Romy schoben sich durch die Massen zur Haupttanzfläche. Paare jeden Alters bewegten sich im Rhythmus der Klänge. Immer wieder spielte die Band das extra für diesen Anlass komponierte Stück, das die Spannung steigen ließ und die Menschen zum Mitsingen anregte. *»Dirididiri el diablo está aquí.«* Doch noch ließ sich der Teufel nicht blicken. Und erst mit seinem Erscheinen würde Borges auftauchen. Wenn alle abgelenkt waren und sich der kompletten Hysterie und Ekstase hingaben.

Nach gefühlten drei Stunden war es so weit. Eine monströse Figur, mindestens zwei Mann hoch, schwarz mit glühend roten Augen, erschien auf der Tanzfläche. Romy bewunderte Ricardo, wie er das managte. Sie wusste, er trug einen Anzug aus Asbest unter dem Kostüm und eine Atemmaske. Die Menge tobte. Die

Band spielte den Teufelssong jetzt in dreifacher Lautstärke. Darauf folgte ein ohrenbetäubendes Trommelsolo. Die Menschen johlten, schrien und versuchten, aus dem direkten Umfeld des Teufels zu fliehen. Manche jungen Männer zogen ihre Hemden und T-Shirts aus in Erwartung der ersten Feuerwerkskörper, die aus dem Kopf der Figur abgeschossen werden sollten. Eine Art Mutprobe und natürlich, um den jungen Mädchen zu imponieren.

Und tatsächlich zischten die ersten Raketen mitten in die kreischende Menge.

Romy sah Tanausú erschrocken an. »Wieso? Ihr habt doch … Ich dachte …«

»Der Chinesenshop in Los Llanos hatte noch ein paar illegale Feuerwerkskörper vorrätig«, brüllte er in ihr Ohr. »Die reichen aber nur für höchstens drei Minuten, dann ist Schluss mit lustig.«

In diesem Augenblick spürte Romy einen Ruck. Sie wurde aus Tanausús Armen gerissen und befand sich Sekunden später im eisernen Griff von Antonio Borges. Nur aus den Augenwinkeln erhaschte sie einen Blick auf Thea, die Tanausú nun in den Armen hielt.

Der Argentinier schleifte Romy mehr, als dass er mit ihr ging, zum Rand der Tanzfläche. Sie hatte nicht die geringste Chance, sich ihm zu entwinden. Zwischen den Buden, in denen unter dicken Rauchschwaden Fleisch gebraten wurde, tauchten zwei weitere Männer auf, die Romy in Empfang nahmen.

»Es wäre gut, wenn Sie kooperieren würden, Frau Doktor. Wir wollen den Menschen hier doch nicht ihr Fest verderben«, zischte Borges ihr ins Ohr.

Aber selbst wenn sie sich die Seele aus dem Leib geschrien hätte, es kümmerte sich sowieso niemand um sie oder schien es merkwürdig zu finden, dass sie hier regelrecht abgeschleppt wurde.

Auf der Straße war der Lärmpegel fast noch höher als auf der *Plaza*. Ein Auto parkte hinter dem anderen, ausgestattet mit riesigen Lautsprecherboxen, die ihren eigenen Sound über die offenen Heckklappen auf die Straße schickten. Um fast jeden Wagen standen kleine oder größere Gruppen und tranken aus Pappbechern mitgebrachten billigen Alkohol. Auch sie hatten kein Erbarmen mit Romy und lachten nur, als sie versuchte, sich gegen die Männer mit Händen und Füßen zur Wehr zu setzen. Schließlich kamen sie in eine etwas ruhigere Seitenstraße, an deren Ende zwei große Jeeps standen.

Romy glaubte ihren Augen nicht zu trauen. An einem von ihnen lehnte Nic. Also doch! Er war derjenige, der die Fäden in der Hand hielt, der über allem stand. Erst auf den zweiten Blick kam ihr irgendetwas merkwürdig vor. Nic schien nicht freiwillig hier zu sein. Der Mann in schwarzer paramilitärischer Kleidung, der neben ihm stand, hatte einen Revolver in der Hand, der eindeutig auf ihn gerichtet war.

»Jetzt hör mir mal gut zu«, zischte ihr Borges abermals ins Ohr. »Wie du siehst, steht dort dein Freund Nic. Aber es geht ihm nicht gut. Gar nicht gut sogar. Er hat einen Gehirntumor und wird in einigen Monaten sterben. Und dein Kind wird ohne Vater aufwachsen.«

Romy erstarrte, auch wenn sie sich zuerst nicht sicher war, ob sie Kaltauge richtig verstanden hatte, denn es war noch immer sehr laut. Eine spanische Schnulze, die von *amor* und von *ojos negros* handelte, schallte durch die kleine Gasse.

»Du hast den Schwangerschaftstest im Badezimmer liegen lassen«, brüllte Borges gegen die Musik an.

Obwohl sie das Ganze im ersten Moment für einen Bluff hielt, wusste sie im nächsten, dass Borges die Wahrheit sagte. Deshalb hatte Nic die Krämpfe. Es war gar keine Epilepsie, sondern ein Tumor, der sie verursachte.

»Du willst doch nicht deinem Kind irgendwann sagen müssen, dass du seinen Vater hast sterben lassen.«

Was sollte sie jetzt tun? Tanausú war bereits unterwegs in die Caldera, um die Höhle zu sprengen und Amakuna endgültig zu vernichten. Sie riss sich von den beiden Männern los, rannte auf

Nic zu und fiel ihm in die Arme. Ihr war plötzlich alles egal. Sie liebte diesen Mann, sie wollte nicht, dass er starb. Sie musste ihn retten, auch wenn Borges' Plan dann aufgehen würde. Iriomé glaubte einst, dass die Liebe die stärkste Kraft des Universums sei, doch sie war daran verzweifelt und hatte ihr Herz gegenüber Joaquín wieder verschlossen. Es war Romys Bestimmung, diese Zweifel zu überwinden, um Tichinames Prophezeiung, dass der Pilz von einem liebenden Paar geschützt werden müsste, doch noch zu erfüllen.

»Borges steckt hinter allem«, flüsterte Nic ihr ins Ohr. »Er will im Alleingang den Pilz an kranke Milliardäre verkaufen. Du hast recht gehabt. Er ist für die Morde verantwortlich. Und als ich ihn damit konfrontiert habe …« Er hob die Hände, die mit Kabelbinder gefesselt waren. »Er wird vor nichts mehr zurückschrecken.«

»Ich liebe dich«, sagte sie. Und es war das erste Mal in ihrem Leben, dass sie diesen Satz so überzeugt aussprach.

»Te amo también«, sagte er und bewegte eigentlich nur seine Lippen. Und zum ersten Mal in ihrem Leben glaubte sie einem Mann diese Worte.

»Das ist das Einzige, was zählt. Ich werde sterben, Romy, ich bin sehr krank, aber ich weiß, dass ich zumindest für eine kurze Zeit die Liebe habe erfahren dürfen.« Er strich ihr mit seinen gefesselten Händen zärtlich über das Gesicht und wischte mit seinem Daumen die Tränen von ihren Wangen.

»Es tut mir leid, dass ich diesen Moment tiefster Innigkeit stören muss, aber es ist Zeit, dass wir losfahren«, sagte Borges mit zynischem Lächeln.

»Du darfst ihm auf keinen Fall den Fundort zeigen, Romy«, rief Nic ihr zu, während Borges ihn in den Wagen stieß.

»Ich glaube kaum, dass sie auf dich hören wird, nicht wahr?« Er grinste Romy an. »Als werdende Mutter trägt man nicht mehr nur die Verantwortung für sich selbst.«

Nic sah sie überrascht, verzweifelt und zugleich voller Liebe an. Ein Blick, der ihr durch und durch ging, der alle Gefühle, die jahrelang in ihr brachgelegen hatten, erweckte. Borges, der keine Sentimentalitäten aufkommen lassen wollte, zerrte sie zu dem zweiten Jeep, der ebenfalls zur Abfahrt bereitstand. Er setzte sich neben sie auf die Rückbank und gab das Kommando, loszufahren.

Während Romy ursprünglich die ganze Truppe in die Falle lotsen sollte, die in der Cumbre sorgfältig von dem Corso Benahoare vorbereitet worden war, musste sie nun noch vor Tanausú die Höhle erreichen, wenn sie Nics Leben retten wollte.

Es war wiederum die Liebe, die sie in genau die gleiche Lage brachte wie einst die Guanchin. War es vielleicht ein weiterer Fehler? Würde dadurch wieder alles dem Untergang geweiht sein? Sie legte die Hand auf ihren Bauch. Vielleicht ging es ja nur um den Menschen, der da in ihr heranwuchs. Vielleicht hatte er oder sie, wie einst Tamanca, die Aufgabe, Amakuna weiter zu schützen, und es war gar nicht wichtig, Nics Leben zu retten. Vielleicht hatte er seine Schuldigkeit mit der Zeugung getan. Doch was war mit der Liebe? Iriomé hatte ihr Herz aus Enttäuschung und Demütigung verschlossen, obwohl sie einst so sehr an die mächtigste aller Mächte geglaubt hatte. Unvermittelt sah sie die Augen der María del Pilar vor sich und spürte den Blick, den sie Iriomé geschenkt hatte.

»Und wohin?«, herrschte Borges sie an.

»In die Caldera«, sagte sie mit fester Stimme.

Borges strich ihr über die Wange. »Endlich zeigen Sie Vernunft, Frau Doktor. Aber eigentlich«, er zögerte einen Moment, »habe ich von Anfang an gewusst, dass wir uns irgendwann einig werden würden.« Für ihn schien die Welt wie ein Uhrwerk zu funktionieren und die Menschen wie Marionetten, deren Schnüre er nach Lust und Laune anzog oder locker ließ.

Romy stieß seine Hand weg und schloss die Augen, um sich auf ihren Seelenbruder zu konzentrieren. So wie einst Iriomé mit Tanausú in Verbindung stand, müsste er doch auch jetzt in der Lage sein, im Voraus zu spüren, dass sich das Blatt wendete. Bestimmt hatte der Heilige Krieger so etwas wie telepathische

Fähigkeiten. Trotz der angespannten Situation musste sie über sich selbst lächeln. Wie sehr hatte sie früher auf derartige Kräfte herabgesehen, und jetzt retteten sie möglicherweise ihr und Nic das Leben.

@ @ @

Irgendetwas lief nicht nach Plan. Er hatte das Gefühl, Romy wollte ihm eine Botschaft zukommen lassen, doch er verstand nicht, was es war. Seine Fähigkeit, ohne die modernen Mittel der Kommunikation Nachrichten zu empfangen, verkümmerte zunehmend. So sehr er sich auch konzentrierte, er verstand nicht, was sie ihm sagen wollte. Er holte aus Ricardos Motorrad alles heraus, was die Kiste hergab, sodass Thea, die hinter ihm saß, sich noch enger an ihn presste.

Am Parkplatz im *Barranco de las Angustias* stellte er die Maschine ab. Thea legte die Hand auf seine Schulter. »Romy ist nicht auf dem Weg in die Cumbre. Sie kommt hierher mit Borges und seinen Männern.«

»Was!?«

»Du musst deine Freunde vom *Corro Benahoare* anrufen. Es wird wieder einen Kampf geben. So wie schon einmal.«

Tanausú sah sie – nur einen Augenblick überrascht – an und zückte dann sein Handy. »Und werden wir diesmal gewinnen?«

@ @ @

Romy wurde immer unruhiger. Tanausú schien sie nicht zu hören.

Sie hoffte nur, dass er nicht glauben würde, sie hätte die Seiten gewechselt, wenn sie jetzt mit Borges' Leuten in der Caldera auftauchte.

»Wohin jetzt?«, riss die raue Stimme des Fahrers sie aus ihren Gedanken.

Sie waren am Parkplatz angekommen. Romy sah ganz hinten Ricardos Motorrad stehen, das sich Tanausú von ihm geliehen hatte.

Borges folgte ihrem Blick. »Kann es sein, dass schon jemand vor uns Pilze sammeln gegangen ist? Ich muss Ihnen nicht sagen, was das für Nic und Sie bedeutet.« Er öffnete die Tür des Jeeps und ließ sie aussteigen. »Ich nehme an, von hier aus geht es zu Fuß weiter.«

Der zweite Jeep parkte direkt hinter ihnen.

Als sie Nic aussteigen sah, spürte Romy einen Stich im Herzen. Ihre Blicke trafen sich. Nein, das waren nicht die Augen eines gierigen Konquistadors. Wie hatte sie nur die ganze Zeit zweifeln können? Es waren Augen voller Liebe und Wärme, in denen die Bitte um Verzeihung stand.

Es fiel ihr schwer, mit anzusehen, wie einer von Borges' Männern ihm eine Waffe in den Rücken drückte. Am liebsten wäre sie zu ihm gelaufen, doch der Argentinier hielt sie am Arm fest und stieß sie vor sich her.

»Bitte nach Ihnen, Frau Doktor«, sagte er auf seine unnachahmlich schneidende Art. »Ich glaube, wir haben keine Zeit zu verlieren.«

Der kleine Trupp setzte sich in Marsch. Vorneweg zwei Männer mit automatischen Waffen, dann Borges mit Romy. Dahinter drei weitere Bewaffnete mit Nic in ihrer Gewalt.

Bei Vollmond war die Caldera ein wildes Gewirr aus Licht und Schatten zwischen den Felsen, geeignet für eine Flucht. Doch es war nicht die Mündung der Waffe in ihrem Rücken, die Romy davon abhielt, sondern derjenigen, die auf Nic gerichtet war.

Er war ein Opfer von Borges, ebenso wie Joaquín einst von Kaltauge benutzt worden war. Diese Konstellation durfte sich nicht wiederholen. Alles war veränderbar. Nichts blieb für immer! Dieses Leben bot die Chance dafür. Warum sonst waren sie alle wieder aufeinandergetroffen, wenn nicht aus dem Grund, endlich reinen Tisch zu machen?

Plötzlich ertönte ein polterndes Geräusch. Romys Kopf fuhr herum. Der letzte Mann war zu Boden gegangen. Sein Schädel war zertrümmert. Ein mittelgroßer Felsbrocken rollte den Abhang hinunter. Die übrigen Männer zogen ihre Waffen und gingen in Deckung. Einer schaltete eine schwere LED-Taschenlampe ein und leuchtete systematisch die Felswände ab, während ein anderer mit einem Feldstecher versuchte, den Angreifer ausfindig zu machen. Mehrmals schossen sie auf undefinierbare Bewegungen. Doch außer dem Echo und etwas Geröll, das herabfiel, vermochten sie nichts auszurichten.

Einmal glaubte Romy den Schatten eines Mannes zu sehen, der sich an einem langen Stock über die Felsen schwang wie damals die Guanchen. Vielleicht spielte ihr aber auch nur ihre Fantasie einen Streich. Entbrannte hier gerade eine neue Schlacht? War das die Chance der Guanchen, Rache zu nehmen?

»Wer auch immer das ist«, zischte Borges Romy ins Ohr, der sich neben sie an einen Fels drückte, »befiehl ihnen aufzuhören, sonst …«

»Sonst was?«, zischte sie zurück.

»Du weißt, was ich meine«, schnaubte er. »Los weiter!«, rief er seinen Männern zu. »Um den kümmern wir uns später.« Er stieß den Toten mit seinem Stiefel vor die Felswand.

Kurz vor der *Cascada de Colores* erwischte es den Nächsten. In seinen Rücken hatte sich eine Holzlanze gebohrt, die aus kürzester Entfernung geworfen worden sein musste. Er schrie gellend auf und fiel vornüber zu Boden. Aus seinem Mund strömte Blut. Einer seiner Kollegen versuchte, das Ungetüm aus seinem Körper zu ziehen, was einen weiteren Schwall von Blut auslöste, das nun aus der Wunde sprudelte. Er röchelte ein letztes Mal.

Alarmstufe Rot! Die Männer weigerten sich, weiterzugehen. Das hier hatte nichts mit dem zu tun, was sie in ihrer Ausbildung als Sicherheitsleute gelernt hatten. Das war ein Guerillakampf erster Güte. Dafür waren sie weder vorbereitet noch ausgerüstet.

»Wenn noch ein Einziger meiner Männer angegriffen wird,

stirbt Nic. Jetzt und hier.« Borges machte ein Zeichen, und Nic wurde vor ihren Füßen zu Boden gestoßen.

Borges richtete seine Waffe auf Nics Kopf und sah Romy auffordernd an. Ihr blieb keine Wahl. Sie spitzte die Lippen und stieß in zwei verschiedenen Tonarten laute Pfiffe aus, die als Echo aus dem Krater zurückschallten. Sie kamen so natürlich aus ihr heraus, als hätte sie sich schon immer auf diese Weise verständigt. Der eine bedeutete »Aufhören«. Der andere »Todesgefahr«.

Keine Antwort.

»Was soll das?«, bellte Borges, der im Gegensatz zu seiner sonst so beherrschten und süffisanten Art immer nervöser wurde.

In diesem Moment kam ein lang gezogener Pfiff zurück.

»Sie hören auf«, sagte Romy.

»Und wer bitte sind ›sie‹?«

»Die kanarischen Ureinwohner, die ihr Heiligtum schützen.«

Borges lachte auf. »Erzählen Sie mir keine Märchen. Die sind doch längst ausgestorben.«

»Sie meinen, sie wurden ausgerottet von genau solchen Typen wie Ihnen.«

»Antonio. Bitte!« Nic rappelte sich vorsichtig hoch. »Das alles macht doch keinen Sinn.«

»Nein?!« Borges trat dicht vor ihn. »Für mich schon. Ich habe es nämlich satt. Endgültig satt. Dieser Pilz ist meine Chance, auf die habe ich lange genug gewartet.«

Sehr lange, dachte Romy.

In seinen Augen glitzerte Wut. Er packte Nic am Kragen. »Du glaubst, du hast das Glück für immer gepachtet. Aber damit ist jetzt Schluss, mein Freund. Du hast dein Versprechen, mich zu deinem Partner zu machen, nicht eingehalten.«

»Es war ein erpresstes Versprechen, Antonio.«

»Ein Mann steht zu seinem Wort. Aber diese Eigenschaft kennt man wohl nicht, wenn man mit dem goldenen Löffel im Mund geboren ist.«

Auf ein Zeichen von Borges wurde Romy von einem stämmigen Typen weggezerrt, sodass sie nicht verstehen konnte, was die beiden Männer weiter miteinander sprachen.

»Wer sind diese Ureinwohner und wie viele?«, fragte sie der Stämmige mit russischem Akzent.

»Ich weiß es nicht«, antwortete Romy. Und das entsprach sogar der Wahrheit.

»Selbst wenn sie nicht in der Überzahl sind, haben wir hier keine Chance«, fuhr er fort. »Wir kennen das Gelände nicht. Die können uns töten wie die Fliegen.«

Romy sah nachdenklich in das grobschlächtige, aber gutmütige Gesicht des Mannes. Vielleicht war es schlau, einen Verbündeten unter Borges' Männern zu rekrutieren. Jemand, der auf ihrer Seite war, wenn der Argentinier völlig durchdrehte.

»Dies sollte mein letzter Job sein. Mein Leben setze ich nicht aufs Spiel. Ich werde nämlich Vater.«

Romy musste trotz des Ernstes der Situation lächeln. »Und ich werde Mutter. Nic Saratoga ist der Vater. Passen Sie auf ihn auf, und ich werde dafür sorgen, dass Sie hier lebend rauskommen.«

Er nahm ihre Hand und drückte sie. »Das werde ich tun. Mein Wort darauf. Ich heiße übrigens Slatjo Kamiriew und bin aus Tschetschenien.«

»Gut, Slatjo«, erwiderte Romy. »Wir haben einen Deal.« In dem Moment kam Borges zu ihnen. »Können wir weiter?«

Sie nickte. »Die Guanchen werden sich ruhig verhalten. Wenn Sie keinen Fehler machen.«

Der Mond leuchtete nun voll in den Krater, sodass sie keine Taschenlampen mehr brauchten.

Immer wieder glaubte Romy, einen von Tanausús Freunden wahrzunehmen, die ihnen im Schatten der Felsen folgten. Es war beruhigend und beängstigend zugleich, sie in der Nähe zu wissen. Wenn sie aus irgendeinem Grund wieder angriffen, wäre das Nics Ende. Doch sie erreichten das Höhlenheiligtum ohne weitere Zwischenfälle. Romy deutete stumm nach oben zum Eingang der großen Ritualhöhle, der im Halbdunkel des Mondlichts wie ein Unheil verheißender Schlund wirkte. »Dort ist es«, sagte sie zu Borges.

Er folgte ihrem Blick, und es kam Romy so vor, als wäre er plötzlich unschlüssig. »Gibt es keine andere Möglichkeit da hoch, außer über diese Felswand?«

Sie schüttelte den Kopf.

»Meine Männer sind dafür nicht ausgerüstet. Deshalb werden Sie jetzt da hochklettern und mir den Pilz holen.«

»Ohne Seil?«

»Das schaffen Sie auch so!«

»Und wenn ich nicht mehr zurückkomme?«

»Sie werden zurückkommen.« Er warf einen Blick zu Nic. »Die Liebe ist eine starke Macht, Frau Dr. Conrad, nicht wahr?«

Romy dachte an Kaltauge, wie er in seinem letzten Todesröcheln Iriomé um Hilfe anflehte. Das löste schlagartig ihre Angst vor Borges auf. Sie spürte aufs Neue die Kraft der Guanchin, während sie zum Einstieg in die Felswand lief. Niemand folgte ihr, aber dafür waren sämtliche Nachtsichtgläser auf sie gerichtet sowie mindestens eine Waffe.

Die Haken von ihrer Tour mit Sam waren noch da, und Romy zog sich daran hoch. Sie erinnerte sich noch genau an die Route, die sie beim letzten Mal geklettert war, und fühlte sich auch ohne Seil einigermaßen sicher. Die Aufregungen der letzten Stunden hatten zwar ihre Nerven strapaziert, doch die Krallen der Angst schlugen diesmal nicht zu, bohrten sich nicht in ihre Brust und schnürten ihr auch nicht die Kehle ab. Es war, als hätte sie die Angst besiegt. Ein für alle Mal.

Oben angekommen, zog sie sich über die Kante und blieb einen Moment sitzen, um zu verschnaufen. Dann holte sie die Taschenlampe heraus, die sie in ihren Gürtel gesteckt hatte, und betrat die Höhle. Sie hätte mit verbundenen Augen weitergehen können, erkannte jede Abzweigung, jeden Stein, über den sie steigen, jeden Überhang, wo sie den Kopf einziehen musste. Es kam ihr vor, als würde sie von Iriomé geführt.

Als sie die Felskathedrale betrat, sah sie, dass aus dem Loch ganz oben in der Decke ein Seil herunterhing. Tanausú musste von hier aus eingestiegen sein.

»Tanausú?«, rief sie in die Dunkelheit hinein. Und noch einmal. »Tanausú?«

Keine Antwort. Sie arbeitete sich weiter vor durch die engen Gänge, bis sie denjenigen erreichte, in dem sich die Grabkammer der Harimaguadas befand. Sie war aufgebrochen. Die Steine, mit denen sie und Sam den Eingang verschlossen hatten, lagen auf dem Boden. Sie griff nach dem Seil, das dort hing, und kletterte hinauf, wie sie es schon einmal getan hatte. Mit ihrer Taschenlampe leuchtete sie das Grab ab. Nicht ein einziger Pilz wuchs mehr auf dem Boden. Dafür waren fein säuberlich in allen vier Ecken kleine Pakete mit Sprengstoff deponiert.

»Warum hast du sie hierhergebracht?«, hörte sie plötzlich Tanausús Stimme aus einer Felsnische. Er leuchtete ihr mit seiner Lampe ins Gesicht, sodass sie geblendet war. »Du machst schon wieder denselben Fehler!«

»Nic braucht den Pilz. Er ist todkrank.«

»Amakuna ist nicht dafür da, Menschen zu heilen. Es darf nur von einer Harimaguada und denen, die ihr folgen, genutzt werden. Es ist deine Aufgabe, den Pilz zu schützen, bis die Zeit für deine Nachfolge gekommen ist. Ich dachte, da wären wir uns einig.«

Romy wollte alles andere, als jetzt einen Streit mit ihm anfangen, doch irgendwie musste sie ihm ihre Position klarmachen. »Eine Frau allein kann diese Aufgabe nicht mehr bewältigen. Ich weiß nicht, ob du davon Kenntnis hast, aber Tichiname sagte vor ihrem Tod, dass der Pilz nur durch die Liebe zwischen einem Mann und einer Frau geschützt werden könne.«

»Und du glaubst ernsthaft, Nic Saratoga, CEO von Forster's Health, ist dieser Mann?«

Sie nickte. »Das ist, was mir mein Herz sagt, und ich glaube daran, mehr als an alles andere auf dieser Welt.«

»Iriomé hat sich in Joaquín de Alba y Santa Barbara geirrt. Nicht wahr?«

»Hat sie nicht. Die damalige Zeit war gegen sie. Es war zu früh. Die Welt aber hat sich weiterentwickelt. Heute stehen wir an der Schwelle zu einem neuen Denken.«

»Das glaube ich nicht«, erwiderte Tanausú unwirsch. »Der Kampf zwischen denen, die ausnutzen, und denen, die ausgenutzt werden, ist der gleiche geblieben. Und glaube mir, ich weiß, wovon ich spreche.«

»Wenn die Liebe keine Chance bekommt, wird es immer ein Kampf bleiben. Und nichts wird sich je ändern. Ist es das, was du willst? Immer weiter kämpfen, bis in alle Ewigkeit oder bis nichts mehr übrig ist von dieser Welt?«, fragte sie herausfordernd.

Er sah sie nachdenklich an. »An dieser Stelle waren wir schon einmal. Und du siehst ja, wo die Welt jetzt steht.«

»Ich gebe trotzdem nicht auf. Iriomé hatte damals keine Chance. Ich glaube, heute haben wir eine.«

»Vielleicht hast du recht. Aber ich kann dir ohnehin nicht helfen. Amakuna wird erst wieder im Dezember zur Wintersonnenwende hier wachsen.«

»Was?!« Romy sah ihn verzweifelt an. »Dann wird Nic nicht mehr leben«, sagte sie leise. »Und alles …«

In diesem Moment wurde sie von zwei Männerstimmen unterbrochen, die aus dem Innern des Berges kamen.

»Borges' Spürhunde«, flüsterte Romy.

»Komm.« Tanausú zog sie hinter sich her in einen der Seitengänge. Von dort aus gelangten sie durch einen winzigen Verbindungsschacht direkt in die »Kathedrale«.

Offensichtlich waren die zwei Söldner doch in der Lage gewesen, ihr zu folgen, und hatten sich nun in dem Labyrinth von Gängen verlaufen. Doch keiner klang wie der Tschetschene.

Das bedeutete, Nic wurde nur noch von Borges und Romys

Verbündeten Slatjo bewacht. Damit wuchsen ihre Chancen, ihn zu befreien.

»Los, du zuerst.« Tanausú reichte ihr das Seil und hielt es straff, während Romy daran hochkletterte. Sie stützte sich mit den Füßen an der Felswand ab und hoffte inständig, dass ihnen genug Zeit blieb, bevor die beiden auftauchten.

Es dämmerte bereits, als auch Tanausú oben angekommen war und das Seil hinaufzog – genau in der Sekunde, als die Schatten der beiden Söldner erschienen.

»Wo ist Thea?«, fragte Romy, nachdem er Luft geholt hatte.

»An einem sicheren Ort, von wo aus sie das Ganze hier per Fernzündung um genau fünf Uhr morgens in die Luft jagen wird.« Er sah auf seine Uhr. »Also, exakt in zehn Minuten.«

»Wenn Borges die Explosion hört, wird er Nic töten.« Romy wusste zwar, dass Slatjo bei ihm war, doch der Argentinier würde auch seinen eigenen Mann außer Gefecht setzen, wenn er ihm im Weg war.

»Schaffen wir es in dieser Zeit hinunter zur Krankenhöhle?« Sie sah ihren Seelenbruder flehend an. »Bitte! Wir müssen Nic helfen.«

»Wenn ich nicht mitkomme, würdest du es alleine tun?«, stellte Tanausú mehr fest, als dass er sie fragte. »Es ist meine Aufgabe, dich zu schützen.«

Romy fiel ein Stein vom Herzen. Sie bewunderte diesen Mann, der entgegen all seinen Erfahrungen und seiner Einstellung zu Männern wie Nic Saratoga trotzdem an ihrer Seite blieb.

Er reichte ihr einen von zwei Sprungstäben, die neben dem Felsloch im Gebüsch verborgen lagen.

»Du weißt ja noch, wie das geht?«

Es war ihre einzige Chance, noch vor der Explosion unten anzukommen. Romy nahm den Stab, hielt kurz nach einem geeigneten Platz Ausschau, auf dem sie landen wollte, und rammte ihn dort in den Boden. Sie holte tief Luft und schwang sich dann nach unten. Wie selbstverständlich zog sie ihn wieder heraus und wiederholte das Ganze, bis sie in nur wenigen Minuten mindestens hundert Höhenmeter überwunden hatte. Tanausú, der ihr auf dieselbe Weise gefolgt war, überholte sie und wies ihr den Weg, quer durch stacheliges Gestrüpp und loses Geröll zu einer kleinen Plattform oberhalb der Krankenhöhle. Von dort aus konnten sie genau beobachten, was unten vor sich ging.

Borges hatte ein Walkie-Talkie in der Hand und bekam gerade von seinen Männern die Information, dass sie eine Höhle gefunden hatten, die bis oben hin mit Sprengstoff vollgepackt war. Von einem Pilz oder ähnlichen Gewächsen keine Spur. Er schleuderte das Gerät auf den Boden und richtete die Waffe auf Nic, der mit gefesselten Händen neben dem Höhleneingang lehnte.

»Ich sterbe sowieso«, sagte Nic mit leiser Stimme.

»Es wird mir trotzdem eine Genugtuung sein«, erwiderte Borges.

Romy hielt den Atem an. Wie im Schnelldurchlauf eines Films liefen die Bilder der Vergangenheit vor ihrem inneren Auge ab. Wie Iriomé Joaquíns Kopf beiseitezog, als Guayafanta ihn töten wollte, und wie umgekehrt Joaquín ihr Leben rettete, als er Kaltauge auf dem Schiff zum Zweikampf herausforderte. Nun war es offensichtlich an ihr, zu handeln. Sie drehte sich Hilfe suchend zu Tanausú um, doch der war verschwunden.

Als ob sie nun ganz von Iriomé geführt würde, bückte sie sich blitzschnell und griff nach einem der Felsbrocken, die zu Haufen am Boden lagen. Sie spürte eine nie gekannte Kraft in sich erwachen, visierte den Hinterkopf ihres Todfeindes an und holte aus.

Der Stein traf genau. Borges brach zusammen, doch er konnte noch einen Schuss auslösen, der von den Felswänden widerhallte. Romy zuckte zusammen. Sie stolperte, rutschte, stürzte den Abhang hinunter, kam wieder auf die Füße und rutschte weiter. Ihr Herz raste. War Nic in letzter Sekunde ein weiteres Opfer von Borges geworden?

Blutend und verschrammt erreichte sie die Höhle. Borges lag auf dem Boden und rührte sich nicht mehr. An der Stelle, wo vorher Nic gelehnt hatte, stand jetzt Slatjo und hielt sich die blutüberströmte Schulter. »Glatter Durchschuss, das wird wieder«, sagte er.

»Nic?« Romy war so außer Atem, dass sie kaum sprechen konnte.

Der Schrank von einem Mann lächelte und beugte sich zur Seite.

Hinter ihm kam Nic unverletzt zum Vorschein. Als sie ihn in ihre Arme schloss, war das der schönste und innigste Augenblick, den sie je erlebt hatte. Seine Küsse, sein Atem, sein Geruch durchdrangen sie bis in die letzten Winkel ihres Körpers. Allein dieses Gefühl war alles wert, was sie auf sich genommen hatte. Sie war angekommen. Endlich. Der Feind war vernichtet. Die Liebe hatte gesiegt. »Du musst durchhalten. Nur noch dieses Jahr, dann wächst der Pilz wieder«, flüsterte sie in sein Ohr. In diesem Moment erschütterte eine enorme Sprengung den Krater. Nic zerrte Romy in die kleine Höhle, während draußen Steine und Geröll herabprasselten.

Thea hatte es getan.

»Es ist besser so«, sagte Nic leise und strich ihr sanft über das verfilzte Haar. »Sonst fängt alles wieder von vorne an.«

»Romy!« Es war Tanausú, er klang besorgt. »Alles in Ordnung? Auch wenn er in seiner Militärjacke nicht wie der letzte Anführer der Guanchen aussah, so vermittelte er doch durch seine Statur, seine Gestik, seinen Gang und den stolzen Blick diesen Eindruck. Romy fühlte sich ihm auf tiefe Weise verbunden und wollte das bis in alle Ewigkeit bewahren. Der Blick, den er Nic zuwarf, war jedoch alles andere als freundlich.

»Es freut mich, Sie endlich auch persönlich kennenzulernen«, sagte Nic und streckte ihm die Hand entgegen.

Tanausú ignorierte sie. »Diese Freude kann ich leider nicht teilen.«

»Er ist auf unserer Seite«, sagte Romy in dem Versuch, die Situation zu entspannen.

»Ein bisschen spät, nicht wahr?«, entgegnete Tanausú.

»Eigentlich nicht. Ich war es von Anfang an.«

»Das stimmt. Aber ich hatte kein Vertrauen«, bestätigte Romy.

»Ich möchte Ihnen einen Vorschlag machen.« Nic sah Tanausú direkt in die Augen. »Wie Sie ja vielleicht schon gehört haben, werde ich nicht mehr lange leben. Und ich weiß, Sie planen, sowohl gegen Forster's Health wie auch gegen zwei andere pharmazeutische Konzerne gerichtlich vorzugehen«, sagte er mit ruhiger Stimme.

»Und?«

»Ich kann Ihnen sämtliche Insiderinformationen liefern und werde offiziell als Zeuge aussagen, wenn wir es schaffen, dass sich das Ganze nicht zu lange hinzieht.«

Tanausú sah ihn überrascht und ungläubig zugleich an. »Im Angesicht des Todes werden viele fromm.«

»Ich verstehe Ihren Zynismus, aber ich meine es ernst.« Nic hielt Tanausú noch einmal die Hand hin, doch der schlug wieder nicht ein.

»Und woher dieser Sinneswandel?«, wollte er wissen.

Nic sah Romy lange an, bevor er antwortete. »Ich tue das für mein Kind und für eine bessere Zukunft. Ob Sie mir das glauben oder nicht, spielt dabei keine Rolle.« Er suchte Tanausús Blick. »Ich gebe zu, ich habe eine Weile gebraucht, bis ich verstanden habe, welche Richtung diese Welt einschlagen muss, damit sie nicht gänzlich vor die Hunde geht. Aber besser spät als nie. Auch wenn mir nicht mehr viel Zeit bleibt, werde ich alles in meiner Kraft Stehende tun, gewissen Menschen das Handwerk zu legen. Ich kann Ihnen helfen, Ihre Ziele zu erreichen, vielleicht mit etwas anderen Mitteln, als Sie das gewohnt sind, aber glauben Sie mir, sie werden wirkungsvoll sein.«

Tanausú blickte ihm prüfend in die Augen, fasste dann in die Innentasche seiner Jacke und überreichte ihm zwei kleine Pilze. »Das waren die letzten.«

Romy kämpfte mit den Tränen. Jetzt würde alles gut werden.

Sie hatte die richtige Entscheidung getroffen, als sie gegen alle widrigen Umstände dem Ruf der Liebe gefolgt war. Nic war von Anfang an für sie bestimmt gewesen. Doch es war Iriomé, die ihr diesen Weg vorgegeben hatte. Ohne die Guanchin und ihr Schicksal hätte sie niemals den Mut und die Kraft aufgebracht, den Weg auch zu gehen. Lange stand Romy in Gedanken versunken zwischen den beiden Männern.

Erst der Ruf eines frühen Falken lockte sie aus der Höhle. Er kreiste über ihr, immer wieder. Wollte er ihr etwas sagen? Sie blickte nach oben, und plötzlich verstand sie. Iriomé hatte ihn geschickt, um ihr zu sagen, dass sie Joaquín inzwischen vergeben hatte. Der Weg für Romys Liebe zu Nic war frei. Sie war endgültig erlöst. Sie sollte ihre Seele auf die Schwingen des Vogels legen. Er würde sie nach Hause bringen.

Im nächsten Moment tauchte gegen den heller werdenden Himmel in der Ferne die schmale Silhouette einer Frau auf, die langsam näher kam. Thea. Mit ihren inzwischen wieder nachgewachsenen, fülligen Haaren erinnerte sie Romy unweigerlich an Tichiname. Ihr folgte eine Gruppe von Männern mit Bärten und langen Stäben in der Hand. Die beiden Freundinnen umarmten sich innig. Sie waren endlich wieder vereint. Amakuna war zur richtigen Zeit aufgetaucht. Der erste Schritt war getan. Doch der Kampf um eine bessere Welt hatte gerade erst begonnen.

EPILOG

Nach der Zeitrechnung der Christen waren über zehn Jahre vergangen, bis Iriomé ihre einstige Heimat wiedersah.

In Barcelona konnte Aaron kein Schiff für sie finden, das sie zurück auf ihre Insel gebracht hätte, und so war sie mit ihm weiter nach Augsburg gereist und bei den Welsern untergekommen. Dort schätzte man sie sehr, nicht nur wegen ihrer Schönheit und ihrer besonderen Ausstrahlung, sondern wegen der Kenntnisse über ihre Heimat.

Das berühmte Handelshaus plante nämlich eine Mission zu den neu entdeckten Inseln, um genau auf Benahoare, das inzwischen La Palma hieß, Land für den Anbau von Zuckerrohr zu erwerben. Es war wie eine Fügung des Schicksals, dass man Iriomé einlud, mitzukommen, und so konnte sie endlich nach Hause, sogar auf recht komfortable Weise. Das Schiff war doppelt so groß wie das von de Lugo, sie hatte eine eigene kleine Kajüte und durfte die Mahlzeiten mit dem Kapitän, den Offizieren und dem Auftraggeber Anton Welser einnehmen.

Der Kaufmann, der selbst nach einer monatelangen Schiffsreise in seinen bauschigen Hosen und seiner schwarzen, eng anliegenden Jacke noch korrekt aussah, hatte von Anfang an mehr in ihr gesehen als eine kundige Beraterin. Iriomé war sich dessen bewusst und bedauerte zutiefst, dass es ihr nicht möglich gewesen war, ihm ihr Herz zu öffnen. Sie fühlte sich noch immer wie von einem Tuch aus grauer Traurigkeit eingehüllt und erlaubte niemandem, es von ihr herunterzuziehen.

Er stand erwartungsvoll neben ihr an der Reling, als sich das Schiff unter schwachem Wind langsam ihrer Insel näherte. Doch Iriomé konnte und wollte ihn nicht an ihren Gefühlen teilhaben lassen. Ihr Blick war starr auf das gerichtet, was sie das Land ihrer Ahnen nannte, aber sie wusste schon jetzt, dass nichts mehr so sein würde wie früher.

Nachdem sie sich bei ihrem Gönner bedankt und von der Mannschaft verabschiedet hatte, setzte sie zum ersten Mal wieder einen Fuß auf die Insel. Auf der Seite, wo die Sonne aufging, waren eine kleine Stadt und ein Hafen entstanden, in dem mehrere Schiffe dümpelten. Überall wurde gehämmert und gebaut. Es kam ihr vor, als hätte man die Hälfte der spanischen Bevölkerung hier angesiedelt. Nur ganz selten blitzte ein hellerer Schopf in der Menge auf. Iriomé hoffte trotzdem, noch jemanden zu finden, den sie kannte und der ihr sagen konnte, ob Nesfete und die Menschen, die sie vor langer Zeit in dem Vulkankrater zurückgelassen hatte, noch am Leben waren. Doch kein bekanntes Gesicht kreuzte ihren Weg. Sie hörte, dass die meisten ihre Höhlen verlassen hatten und für die neuen Grundbesitzer arbeiteten. Die jungen Mädchen machten den Spaniern schöne Augen und hofften, geheiratet zu werden. Genau das, was Tanausú vorausgesehen hatte, war eingetreten. Ihr Volk würde in der nächsten oder übernächsten Generation verschwunden sein. Jetzt erst verstand sie gänzlich, warum die Stimme der alten Medizinfrau versagt hatte, als sie das Schicksal von Benahoare voraussah. Iriomé wollte nur noch eines: dort hingehen, wo die Zeit für immer stehen blieb.

Von einem der Seeleute hatte sie sich Hemd, Hose und einfache Schuhe geben lassen, um auf den steinigen und schmalen Pfaden durch die wilden Felsschluchten vorwärtszukommen.

Die Sonne hatte bereits ihren höchsten Stand erreicht, als sie sich dem Ort der heiligen Quelle näherte. Doch wo war das vertraute Plätschern, das sonst schon aus der Entfernung zu hören gewesen war? Auch die kleinen Vögel, die dort immer Wache gehalten hatten, waren verschwunden. Die Quelle war versiegt. Kein Rinnsal tröpfelte aus der Felswand. Dort, wo einst wilde Farne um das mit Wasser gefüllte Steinbecken gewuchert hatten, fand sich nur noch trockenes Gestrüpp. Die vor vielen Generationen in den Fels geritzte Spirale hatte ihre Kraft verloren. Selbst die Sonne, die sie hell beschien, konnte sie ihr nicht zurückgeben.

Zum letzten Mal fuhr Iriomé mit dem Finger die Linien der Spirale nach, diesmal von außen bis zu ihrem Mittelpunkt. Dann hielt sie inne. Es war zu Ende. Für sie gab es hier keine Aufgabe mehr. Der Zauber, die Magie der Natur, die Geister – sie hatten endgültig die Insel verlassen. Iriomé blieb nichts anderes, als ihnen zu folgen.

Sie setzte sich auf einen Fels, schloss die Augen und versuchte, wenigstens in ihrer Vorstellung einzutauchen in jenen Raum, den Tichiname ihr immer als die eigentliche Welt nahegebracht hatte; die Welt, mit der die Seele des Menschen verbunden war. Nur dort konnte man sich und andere erkennen. Dort begann alles, und dort würde alles enden.

Sie stand auf und setzte ihren Weg fort zum Höhlenheiligtum von Aceró. Der Drachenbaum, den Tichiname vor der großen Höhle hatte wachsen lassen, war nicht mehr da, auch die Holzleitern zwischen den Höhlen waren verschwunden. Sie stieß einen Pfiff aus, doch nur das Echo antwortete ihr. Hier war keiner mehr.

»*Vacaguaré*«, murmelte sie leise und kletterte dann die steile Felswand hinauf zur letzten Ruhestätte der Harimaguadas. Sie öffnete die Grabkammer und verschloss sie wieder von innen. Dann hockte sie sich in eine Ecke auf den Felsboden, schloss die Augen und begann ihre letzte Reise.

Romy saß vor den Kartons der Umzugsfirma, die ihre Sachen nach Spanien bringen sollten. Einerseits tat es ihr leid, Wohnung und Job in Augsburg aufzugeben, andererseits freute sie sich auf ihr neues Familienleben in ihrem geliebten Spanien.

Nic wollte am Abend kommen, um dann gemeinsam mit ihr nach Marbella zu fliegen. Sie hatten sich seit zwei Wochen nicht gesehen, da er über beide Ohren mit der Trennung von seiner Frau und vor allem von Forster's Health beschäftigt war. Jennifer und sein Schwiegervater legten ihm alle nur erdenklichen Steine in den Weg, doch er ließ sich nicht aus der Bahn werfen. Ohne auch nur ein einziges Mal einzuknicken, verfolgte er unverdrossen seine neu eingeschlagene Richtung. Romy konnte ihn dafür nur bewundern. Eigentlich hätte sie den Abend lieber mit ihm allein verbracht, aber Thea bestand darauf, dass sie beide zur Eröffnung des neuen Welsermuseums kamen, dessen Schirmherrin ihre Mutter war. Die Freundin hatte sich wieder mit ihr versöhnt und war überraschenderweise durch sie auf das letzte Puzzleteilchen gestoßen, das noch fehlte, um das Bild von Iriomés Leben zu vervollständigen. Und heute Abend wollte sie es Romy präsentieren.

Theas Mutter, eine äußerst gepflegte ältere Dame im elfenbeinfarbenen Paillettenkostüm begrüßte jeden Gast mit Handschlag. Thea selbst war nicht zu sehen, dafür jeder, der in Augsburg Rang und Namen hatte. Ganz hinten in einer Ecke des Foyers erspähte Romy sogar Anton Feistner mit seiner Frau, dem sie eigentlich nicht begegnen wollte.

Trotzdem genoss sie es, gemeinsam mit Nic durch die schlichten Räume zu gehen, in denen verschiedene Exponate aus der Geschichte der berühmten Augsburger Kaufmannsfamilie ausgestellt waren. Denn er war nicht nur in der spanischen Geschichte zu Hause, sondern wusste auch sonst viel über die Zeit des ausgehenden Mittelalters in Europa.

Plötzlich blieb er ruckartig stehen, als hätte ihn der Blitz getroffen, und starrte auf ein altes, schon leicht verblichenes Ölporträt, das eine Frau mit rätselhaftem Gesichtsausdruck und für die Zeit völlig untypischen offenen, rotblonden Haaren zeigte. Statt die Hände, wie üblich, gefaltet in den Schoß gelegt, formten Daumen, Zeige- und Mittelfinger eine Spirale. Er sah stumm und fassungslos von dem Bild zu Romy und wieder zurück, als müsse er erst einmal ordnen, was gerade in seinem Inneren vorging.

Romy war nicht weniger überrascht, auch wenn sie schneller die Zusammenhänge erkannte. Iriomé hatte es also tatsächlich lebend bis nach Augsburg geschafft und musste dort bei den Welsern untergekommen sein. Und sie musste zumindest so viel Eindruck gemacht haben, dass man ein Porträt von ihr hatte malen lassen.

»Ich kenne diese Frau«, sagte Nic leise zu Romy. »Und auch wenn du mich anschließend für komplett verrückt hältst, muss ich dir eine merkwürdige Geschichte erzählen …«

ENDE

SCHLUSSBEMERKUNG

Alonso Fernández de Lugo, der große Kanareneroberer, hat tatsächlich gelebt und 1492 La Palma im Auftrag von Königin Isabella von Kastilien unterworfen. Allerdings starb er nicht, wie von mir »erfunden«, in Zaragoza an der Schwindsucht, sondern erst 1525 in San Cristóbal de la Laguna auf der Insel Teneriffa. Bereits im September 1492 konnte er, ohne dass es zu Kämpfen kam, mit einem Teil der zwölf Stammesfürsten in Tazacorte ein Übereinkommen erzielen. Sie zeigten sich sowohl bereit, zum Christentum überzutreten, als auch Königin Isabella als ihre Oberherrin anzuerkennen.

Nach einigen Kämpfen ergaben sich im April 1493 auch die restlichen Stammesfürsten mit Ausnahme von Tanausú, der in der Caldera, dem großen Vulkankrater, die Stellung hielt. De Lugo bot ihm im Mai 1493 einen Waffenstillstand an, auf den er einging. Als Tanausú sein Gebiet verließ, um zu verhandeln, wurde er jedoch in einen Hinterhalt gelockt und gefangen genommen. Er verstarb auf dem Transport nach Spanien durch Verweigerung der Nahrungsaufnahme.

Nach der erfolgreichen Unterwerfung La Palmas schloss Königin Isabella am 2. Februar 1494 mit de Lugo einen neuen Vertrag über die Eroberung der Insel Teneriffa. Diese gelang ihm jedoch erst im zweiten Anlauf. Dann aber lebte er dort bis zu seinem Tod als Gouverneur.

Ebenfalls historisch ist die Figur des Francisco Pizzaro, der als Sohn eines Schweinehirten in Trujillo geboren wurde. Ob er allerdings je de Lugo begegnete, ist nicht verbürgt. Ihn lockte im Zeitalter der Entdeckungen das Abenteuer, in die Neue Welt zu ziehen. Er wurde Bürgermeister und Richter von Panama-Stadt und erwarb sich dort ein kleines Vermögen. 1522 erfuhr er von der Existenz des Inkareichs und angeregt durch Hernán Cortés' Eroberung des Aztekenreiches schwebte ihm Ähnliches vor. 1524 verpflichtete er sich, das legendäre Goldland Eldorado zu finden. Im zweiten Band der Amakuna-Saga wird er eine wichtige Rolle spielen.

Die Zeit, in der Iriomé auf das spanische Festland gerät, ist von den Folgen der Reconquista, der Rückeroberung Spaniens von den Mauren geprägt, deren letzte Bastion Granada 1494 fällt. Eine der ersten Maßnahmen der neuen Machthaber ist die Einführung der Inquisition. Juden und Mauren werden verfolgt und in den berühmten Autodafés (Verbrennungen auf dem Scheiterhaufen) hingerichtet.

Aber auch in der Gegenwart entspricht vieles der Realität. Auf dem Gebiet der Forschung psychotroper Pilze hat man in letzter Zeit neue Erkenntnisse gewonnen, die laufend in die Medikamentenentwicklung einfließen. Und was die dunklen Machenschaften der Pharmaindustrie betrifft, ist die Realität der Fiktion sicherlich weit voraus.

DANKSAGUNG

Besonders verdient gemacht hat sich mein Nachbar auf La Palma, Ángel Prietro Groizard, der mir nicht nur die Geschichte von Benahoare nahebrachte, sondern auch die Legende von den *Guerreros Sagrados.* Außerdem belohnten er und seine Frau Mariú mich nach manchem harten Schreibtag mit ihrer Kochkunst.

Ebenfalls möchte ich Jorge de País und Monica Vaquero vom Cabildo in Santa Cruz de la Palma danken, die mich in jeder Phase des Schreibprozesses unterstützt haben.

Dank an:

- meine Freundin Saleema Thierauf, die mir immer wieder Mut zusprach und mich, wenn es an manchen Tagen nicht so gut lief, vom Schreibtisch wegzog und mir Zwangspausen verordnet hat.
- meinen guten Freund Günther Kellerer, der als ehemaliger Mitarbeiter bei einem großen Pharmakonzern aus dem Nähkästchen geplaudert hat.
- Miguel und Michaela Dane, denen ich meine Kenntnisse über das mittelalterliche Spanien und die Mykologie verdanke.

- meine Erstleserin Sabrina Fox. Sie ist extra die Treppe hinuntergefallen um mit hochgelegtem Bein das Buch in zwei Tagen lesen zu können.
- meine Freunde Kiro und Stephan, die mich vor allem in der Endphase liebevoll unterstützt haben.
- meine Lektorinnen Christine Neumann für ihr dramaturgisches Gespür und Angela Kuepper für den Feinschliff.
- meinen alten Freund Michael Görden, der sich durch mindestens fünf Fassungen gekämpft hat und immer für mich da war, wenn die Figuren nachts auf meiner Bettkante saßen und nach Action verlangten.

Und last, not least danke ich Christian Strasser, der diesem Roman eine Chance gegeben hat.

Ich widme dieses Buch Armin Gontermann, der die Veröffentlichung leider nicht mehr erleben konnte aber sich sehr darüber gefreut hätte.